JN315351

弥勒世　上

馳　星周

角川文庫
17269

1

ケビン・ヘンダーソン伍長《ごちょう》が運転するマスタングは左右にふらつきながらコザ十字路を目指していた。ケビンは酩酊《めいてい》している。一ダースのビールとボトル半分のワイルドターキー、それにヘロインで。ヘロインはセンター通りの店でおれが渡した。便所でヘロインを静脈にぶち込んできた伍長の耳もとで囁《ささや》き続けた。

「あんたら、黒人兵に馬鹿にされ続けて、それでいいのか?」

熱をこめた声で。憎悪をまぶした語調で。ケビンは黒人兵を憎んでいた。ブラックパンサーを憎悪していた。故郷で繰り広げられている反戦運動に激怒し、民主化運動にうんざりしていた。ケビンは若い。典型的な南部アメリカの白人だ。おれの囁きに即座に反応した。

「ニガーがなんだってんだ。あんなやつら、おれがまとめて袋叩《ふくろだた》きにしてやる」

ケビンの英語は南部訛《なま》りで聞き取りにくい。

「ブッシュにひとりで殴り込みに行くのか?」

おれはケビンを煽《あお》った。照屋《てるや》は黒人兵相手のAサインバーが林立する飲屋街だ。白人たちはブッシュと呼び、黒人たちは英語訛りで「テルヤ」と呼ぶ。どちらにしろ、照屋は黒人兵の溜《た》まり場で、白人が近づけば袋叩きにあうことになっている。

「ブッシュだろうがニューヨークのハーレムだろうがかまうもんか。あのマザー・ファッカーどもをぶち殺してやる。白人のご主人様に逆らうとどんな痛い目に遭うかわからせてやる」

ケビンは愚かなガキだ。おまけにヴェトナム帰りで苛立《いらだ》っている。一ダースのビールとボトル半分のワイルドターキーとヘロインで飛びまくっている。ヘロインを与えなくても簡単に籠絡《ろうらく》できたかもしれない。

「口だけならなんとでもいえるな」

「黙れ！　故郷の町じゃ、おれ一人で六人のニガーをぶちのめしたこともあるんだぞ」

「じゃあ、やれよ、伍長。ブッシュに行って、ニガーどもにお仕置きしてやるんだ」

多分、ケビンはおれがだれなのかもわからなくなっていたはずだ。ただ、声にだけ反応していた。熱狂的な声に。憎悪をまぶされた語調に。

「やってやるぜ。待ってろよ、ニガーども!!」

ケビンは椅子を蹴立《けた》てて店を出た。車に飛び乗ってブッシュを目指した。アルコールで紅潮した肌。鳶色《とびいろ》の目は憎悪に濁り、ヘロインで混濁した脳味噌《のうみそ》と口は意味不明な言葉を辺りにまき散らす。ケビンが駐車に手間取っている間に、おれは車を飛び降りて照屋に先回りした。カメラを持つ手がねっとりと汗ばんでいた。

照屋は今夜も黒人兵で溢《あふ》れかえっている。あちこちの店からジャズやブルーズの狂騒的なリズムや物悲しいメロディが流れてくる。ハーニー——黒人相手の売女《ばいた》を侍《はべ》らせてビールを呷《あお》る黒人たちは夜の闇にとけ込んで、目だけが異様に輝いている。通りにはビールとハシシと小便の匂いが立ちこめている。夜の熱気に焙《あぶ》られてすべてが気化し、空気と混じり、照屋独特の臭気を形成している。

おれは照屋の通りの入口近くの路地に入り込んだ。小便の匂いを嗅《か》ぎながら、カメラを構えた。ケビンが来るのを待った。ケビンが黒人兵たちにぶちのめされるその瞬間を待った。

「ニガーども、おれ様が来たぞ！　ケビン・ヘンダーソン伍長が来たぞ。ジーザスはおまえらニガーが嫌いだ。ジーザスはおまえらニガーを祝福したりなんかしない。おまえらは猿だ。猿以下だ。このケビン・ヘンダーソン伍長がそのことを教えてやる。尻尾《しっぽ》を巻いて逃げ出すなら今の内だぞ」

ケビンの怒鳴り声が聞こえてきた。ただでさえ訛りがきついのに、アルコールと麻薬のせいで呂律《ろれつ》がおかしくなっている。それでも、ケビンの憎悪や侮蔑《ぶべつ》は明確に響き渡っていた。

ケビンは喚《わめ》き続けながらおれの前を通り過ぎた。まっすぐ歩くことができずに店の壁や電柱にぶつかりながらよろめいていた。おれが渡したヘロインは上物だ。理性を濃い霧の奥深くにしまいこみ、運動能力を奪い取る。センター通りからコザ十字路までの道中、ケビンが事故を起こさなかったのは奇跡に等しい。おれの手が汗ばんでいるのはそのせいでもある。

通りでビールをラッパ飲みしていた黒人たちが目配せした。何人かの黒人がばらばらになって林立する店の中に飛び込んでいった。ケビンはなにも気づかない。相変わらず喚き続けている。

「ニガーども。おれはここだ。ジーザスの使いはここにいるぞ。おまえたちに裁きを与えるために、ここにいるんだ。ニガーども、畏《おそ》れろ、ゆるしを乞《こ》え!!」

いくつもの店から黒人たちがぞろぞろと出てきた。ぎらついた黄色っぽい目が闇に浮かんでいる。黒人たちの後にハーニーたちが続いている。彼女たちの目は暴力への期待と恐怖に潤んでいる。ケビンはなにも気づかない。

「ニガーども、ひざまずけ、ゆるしを乞え、おれのケツにキスしろ。さもなきゃ、貴様らを地獄に叩き落としてやる」

黒人たちは無言でケビンを取り囲んだ。ケビンは先頭の黒人にぶつかってよろめいた。だれかが指をぱちんと鳴らした。次の瞬間、黒人たちはケビンに襲いかかった。ビール瓶がケビンの頭に叩きつけられ、軍靴が腹にめり込む。ケビンの喚きが消え、肉が肉を撲《う》つ鈍い音が響き渡る。だれも声を発しない。訓練された兵隊たち。訓練されたブッシュの野獣ども。

おれは興奮を抑えながらカメラのシャッターを切った。ストロボがまばゆい光を放つ。興奮した黒人たちはそれに気づくことなくケビンをいたぶり続けている。女たちは無言でそれを見守っている。ケビンは黒人たちの足もとに転がって、ただの肉塊と化しているようだった。

写真を五枚撮った。それが限度だった。気づかれれば、今度はおれが袋叩きにされる。

静かに腰をあげた瞬間、だれかに肩を叩かれた。心臓がとまりそうだった。

「またこんなくだらんことやっとるのか、尚友《しょうゆう》」

柔らかいウチナーグチが聞こえてきた。とまっていた心臓が再び動きだした。

「脅かすなよ、政信《せいしん》」

おれは振り返った。比嘉《ひが》政信が笑っていた。坊主頭の顔は日に焼けて真っ黒だった。昼間ならいざ知らず、夜の照屋では黒人と見間違う。たぶん、その辺のバーでギターでも弾いていたのだろう、薄汚れたTシャツにジーパン姿で足もとは草履《ぞうり》だった。右手にビール瓶を持っていた。仕事が終わった後は、吉原《よしわら》にでも繰り出すつもりなのだ。

「またでっち上げの記事か」

「それが仕事だからな。おまえはバンドか？」

「明日ヴェトナムに行くブラザーがいるんでな、その壮行会さ。せっかくのパーティをぶち壊されたもんだから、連中、いきり立ってる。あの白人、殺されるかもしれんぞ。放っておいていいのか？」

「どうせアメリカーじゃないか」

おれは吐き捨てるようにいった。政信の笑顔は揺るぐことがなかった。

「おまえ、そのアメリカーのために働いてるじゃないか」

「いったろう、仕事だ」

「まあ、おまえのやることに口出しはしないが、いい加減にしておかないと、そのうち気づかれるぞ」

「だいじょうぶさ。おれはおまえの幼馴染《おさななじ》みだからな」

政信の顔からやっと笑みが消えた。政信はなにかいいたそうにしたが、途中で言葉を飲みこみ、ビールでそれを飲み下した。

「じゃあな。これから写真を現像して記事を書かなきゃならん」

おれは政信に背を向けた。呼び止められることはなかった。

＊　＊　＊

『コザのギャングスター、無軌道に暴れ回る黒人兵

昨夜未明、コザ市テルヤの特飲街で、海兵隊所属ケビン・ヘンダーソン伍長（21）が酔って暴徒化した黒人兵の集団に襲われた。ヘンダーソン伍長は酔いのせいであやまってテルヤ地区に足を踏み入れたと思われるが、十数人の黒人兵に囲まれ、殴る蹴るの暴行を受けた。事件の現場は凄惨《せいさん》な光景に包まれていた。

ここ数年、テルヤ地区の黒人兵の無軌道ぶりは、コザ市民の悩みの種になっている。彼

らは民主化運動を隠れ蓑《みの》に、ブラックパンサーを名乗って、やりたい放題の無法行為を毎夜、繰り広げている。無銭飲食、市民への暴力行為、婦女子への暴行、強盗、強請《ゆすり》は後を絶たない。こうした行為は米軍の権威を失墜させるだけでなく、コザ市民の米軍への信頼を失わせるものになるため、当局では頭を痛めている。

信頼できる情報筋によると、ライカム（琉球《りゅうきゅう》米軍司令部）はこうした黒人兵たちの悪《あく》辣《らつ》な行為には断固たる処置を取る方向で対策をまとめているという。

「問題は、軍内部での地位向上を求める黒人兵たちではなく、民主化運動の名を騙《かた》るギャングスターのような連中にある。彼らは自らの権利だけを主張し、義務を果たそうとしない。これは軍及び合衆国に対する反乱である」

黒人兵たちの残虐な暴力行為はコザ市の治安を乱しているだけでなく、米軍内の規律の乱れを呼び、白人兵との間の亀裂《きれつ》を深める役割すら果たしている。激化するヴェトナム戦線で重要な任務を帯びている兵士たちにとって、束の間の安らぎであったはずのコザ市の特飲街も、今ではジャングルと変わらぬ様相を呈している。

白人兵たちはテルヤ地区のことを「ブッシュ」と呼ぶ。そう、そこはブッシュの中に兵が潜む戦場なのだ。そして皮肉なことに、ブッシュから彼らを狙うスナイパーは、彼らの友軍なのである』

書き終えた原稿と写真を照らし合わせてみた。写真は完璧《かんぺき》だった。黒人兵にビール瓶で頭を殴られ、崩れ落ちていくケビンの後ろ姿を見事に捉《とら》えていた。記事はクズだ。だが、クズでかまわないと言い聞かされている。

黒人兵たちの無法行為を暴き出せ、でっち上げろ。やつらに白人同様の権利を与えたら、軍だけでなく合衆国そのものが崩壊しかねないということをまっとうなアメリカ白人に教えてやるんだ。

デニスは唾《つば》を吐きながらそう力説する。デニスはデスク担当のアメリカ人だが、デニス自身も上の方から同じことをいわれているに違いなかった。

リュウキュウ・ポスト——タカ派御用達《ごようたし》の英字新聞。社主はテキサス出身の白人で軍上層部との親交が深い。CIAともつながりがあるとまことしやかに噂されている。実際、CIAのエージェントではないかと思われる人間が社内には何人もいる。彼らは記者を騙り、沖縄における民主化運動や労組の動き、べ平連の活動状況を内偵しているはずだ。

要するにリュウキュウ・ポストは民主化運動、反戦運動を徹底的に糾弾する政府のお先棒を担いでいる新聞だ。おれはここに勤めて三年になる。英語力と無思想を買われて誘われた。それ以前は、小さな新聞社の記者をやっていた。そのころの仕事仲間はおれを見かけると露骨に顔をしかめる。アメリカーに尻尾を振った犬野郎と思っているのだ。おれは連中にはなにも感じない。連中は正しいからだ。おれは犬野郎だ。アメリカの永住権が欲しくて、糞《くそ》にも劣るアメリカーの右翼野郎どもに尻尾を振っている。

できあがった原稿と写真をデニスのところへ持っていった。デニスは飛びあがって喜んだ。

「完璧だ、ショーン。これで黒人どものでたらめぶりをアピールできる。記事の内容はともかく、この写真はインパクト大だ」

アメリカ人はおれのことをショーンと呼ぶ。尚友という音が連中には発音しづらいからだ。だれがそう呼びはじめたのかはわからないが、アメリカ人社会の中では、おれはいつしかショーンで通るようになっていた。

「それで、この白人兵はどうなった？」

デニスが写真を見ながら訊《き》いてきた。

「さあ」おれは肩をすくめた。「酒と麻薬に溺《おぼ》れている愚かな兵隊のひとりですよ」

デニスはそれで納得したようだった。電話に手を伸ばし、おれの記事についてレイアウトの担当と話しはじめた。人の命はどんどん軽くなっている。

おれはデニスに手を振った。ケビンに付き合ってかなりの量のビールを飲んだ。その後に原稿書き。疲れが首筋に溜《た》まっている。

「ああ、ショーン――」

デニスの声に振り返った。デニスは受話器の送話口を手で押さえていた。

「明日のランチ、予定入ってるかい？」

「いや。なにかあるのかい？」

「君と会って話したいっていう人間がいるんだ。悪い話じゃないと思う」

おれは首を傾げてみせた。デニスは思わせぶりに笑っているだけだ。リュウキュウ・ポスト社内には秘密主義が蔓延《まんえん》している。

「明日になればわかるってことだな？」

「そうだ。十二時ジャスト、ライカムの将校クラブに来てくれ」

思わず口笛を吹きそうになった。将校クラブで会食ということは、軍の将校か、それに準じる人間がおれに会いたがっているということだ。おれには心当たりがまったくなかった。もっと詳しい話を聞きたかったが、デニスはすでに電話に戻っていた。おれは諦《あきら》め、編集部を後にした。

2

将校クラブは閑散としていた。無理もない。去年の主席公選では米軍の思惑を裏切る形で革新共闘会議の屋良朝苗《やらちようびよう》が当選を果たし、その直後には嘉手納《かでな》基地内でB52墜落事故を起こした。沖縄の反基地闘争はかつてない盛り上がりを見せ、本土の佐藤政権とアメリカの間での沖縄返還交渉が現実味を増している。だというのに、米空軍は今年の四月に百五十人もの基地労働者の大量解雇を発表した。全軍労の大規模なストが予想されているこの時期に、昼間から悠長にランチを楽しんでいられる人間は数が限られている。米軍は基地の外にも内にも敵を作りまくっている。挙げ句の果てに、ヴェトナム戦争だ。帰休兵だけでなく、司令部の連中だっていつも苛立《いらだ》っている。

戸口に突っ立っていたフィリピン人のウェイターに名前を告げると個室に案内された。だだっ広い部屋に十人がけのテーブルがあって、デニスと白人がふたり、コーラを飲みながらおれを待っていた。おれは戸惑いと驚きを押し隠しながら笑顔を浮かべた。デニスは時間にルーズだ。部下との待ち合わせに早めにやってくることなど、ついぞない。

「相変わらず時間に正確だな。君は本当に琉球人らしくない」

デニスが腰をあげた。

「デニスこそ早いじゃないか」

「今日は特別だからな。紹介するよ」

デニスはふたりの白人の方に手を向けた。

「ミスタ・スミスにミスタ・ホワイトだ」

おれは苦笑した。スミスにホワイト。偽名以外の何物でもない。ホワイトの方はリュウキュウ・ポストのオフィスで何度か見かけたことがあった。三十代後半の白人で、遊軍記者という名目であちこちに飛び回り、そのくせ記事を書いているところを見たことは一度もない。薄手のジャケットの下は開襟シャツで襟元から覗《のぞ》く肌は日に灼《や》けている。沖縄に長い証拠だ。スミスの方は年齢は四十代後半、ダークブルーのスーツに、ご丁寧にネクタイまできっちり結んでいる。首筋に浮いた汗を何度もハンカチで拭《ぬぐ》っていた。来沖歴は短いのだろう。まだこの島に合う服装のなんたるかを知らないのだ。

「ミスタ・イハ」先に手を差し出してきたのはスミスの方だった。「ショーンと呼んでもかまわんかね？　イハというのはどうにも発音しにくい」

「かまいませんよ」

おれはスミスの手を握り返した。スミスの手は汗で湿っていた。ホワイトの手は乾いていた。

「何度か見かけたことがあるね」

おれがいうと、ホワイトは思わせぶりに笑ったが、口は開かなかった。

「さて、と、なにを食べる、ショーン？　今日はこちらの奢《おご》りだ。なんでも好きなものをオーダーするといい」

「ＣＩＡに奢られるっていうのは、なんだかぞっとしませんね」

腰をおろしながらスミスとホワイトの方をうかがった。ホワイトは目を丸くしたが、スミスの方にはなんの変化もなかった。

「おれたちがＣＩＡ？」

「他にありえないでしょう。ミスタ・スミスにミスタ・ホワイト。その名前だけでも充分ですがね。もう一つ加えれば、この将校クラブです。軍人はこんな真似はしない。オフィスに呼び出してあれこれ命令するだけです」

「英語が上手だな、ショーン」

スミスがいった。

「勉強しましたから」

おれはすました顔で答えた。

「よろしい。我々はＣＩＡかもしれんし、そうではないかもしれん。ただ、君に依頼したいことがあってここにいる。話をする前に、食事のオーダーだ。先に食事を食べたからといって、後で君が我々の申し出を断っても恨んだりはしない。オーケイかね？」

申し出を断っても恨んだりはしないのは確かだろう。その代わり、おれは馘《くび》を切られることになるだけだ。

「わかりました」

おれは大仰なメニューを広げた。なんでも食っていいといわれても、要は肉があるだけだ。ビーフにチキン、パンとサラダ。おれはチキンを選んだ。

さっきのフィリピン人のウェイターが冷えた白ワインのボトルを持って戻ってきた。ワインを注ぎながらオーダーを聞き、また出て行く。おれたちは白々しい乾杯をした。ワインは酸っぱすぎた。

「さてと、食事が出てくる前に、少しだけ話をさせてもらってもいいかな？」

ホワイトが鞄《かばん》から取り出した書類を目で追いながらいった。

「かまいませんよ」

「伊波《いは》尚友。昭和十五年、奄美《あまみ》大島生まれ。本名は平尚《たいらひさし》。間違いないね？」

ホワイトは訛《なま》りは強いが正確な日本語でそういった。返事をしようとしても声が出なかった。ホワイトの日本語も驚きだったが、それ以上に内容に畏《おそ》れを抱かされた。

「昭和二十二年、いつごろかは正確にはわからないが、父の平正嗣《まさつぐ》と共に琉球に密航した。平正嗣はコザに流れ着き、戸籍を改竄《かいざん》して伊波正嗣と名乗るようになった。君は伊波尚友だ」

「よくそこまで調べましたね」

ワインで驚愕《きょうがく》と恐怖を飲みこみながらいった。

「おれたちはCIAなんだろう？」

ホワイトは英語に戻ってウィンクした。くだけた言い方だったが、目は冷たく光っていた。

「伊波正嗣は大島どっこいになった」

ホワイトが視線で確認を迫ってくる。おれはうなずいた。あの頃はそういう連中がいっぱいいた。大島で食いつめ、一旗揚げようと沖縄を目指した島人たち。たいていは基地周辺で働いたが、ある者はやくざになり、ある者は娼婦《しょうふ》になった。奄美出身のやくざ者は大島どっこいと呼ばれ、娼婦は大島パンパンと呼ばれた。奄美出身の人間は言葉遣いと名前で素性がばれ、いわれのない差別にさらされた。それを嫌った親父は、戦火で戸籍関係の書類が散逸していた当時の状況を利用して、伊波姓の戸籍をだれかから買い取ったのだ。

「伊波正嗣は戦果あぎゃーのボスだった。米軍物資を略奪しては、闇市で売りさばいていた」

ホワイトの訛りの強い日本語はおれの記憶を強く刺激した。初めて辿《たど》り着いた沖縄の人々が話す言葉は、おれには異国の言葉に聞こえた。大島の言葉と似てはいるのだが、どこかが決定的に違う。打ち壊された家屋、焼けただれた平地。青い空を縦横無尽に飛び回る米軍機の轟音《ごうおん》。強姦《ごうかん》される女たちの悲鳴。沖縄の人間は生きるために米軍の物資を盗んだ。盗みを戦果をあげたと称した。戦果をたくさんかき集める者は「戦果あぎゃー」と呼ばれて賞賛された。おそらくは、米軍物資の戦果強奪は沖縄の人間のささやかな意趣返しだった。

「だが、伊波正嗣は昭和二十三年九月、強奪の現場をＭＰに発見されて射殺された。孤児になった君は施設に預けられたが、中学校を卒業後に施設から脱走。センター通りの特飲街で米兵相手の通訳を仕事にしながら暮らしを立てた。二十一歳の時にコザ・プレスのメッセンジャーボーイに雇われ、二十三歳で正社員。二十六歳でリュウキュウ・ポストに転職。妻子なし、ガールフレンドなし。吉原にも滅多に足を向けないが、ゲイではない」

「いつからおれのことを調べてたんですか？」

「半年ぐらい前からだよ」ホワイトは英語で答えた。「ところで、君は十五の時にはそこその英語を喋《しゃべ》れたようだが、どこで勉強したんだい？」

「そこらへんで」

おれはぶっきらぼうに答えた。おれの入れられた施設は八重島《やえしま》の近くにあった。今でこそ寂れてはいるが、コザで最初の特飲街があった場所だ。米兵相手のＡサインバーが林立し、米兵が集まり、米兵相手の女たちが群れていた。英語は日常的におれの周囲に漂っていた。施設の他のガキどもは、食い物や煙草をねだる言葉しか覚えなかったが、おれと政信は別だった。おれは奄美出身で、政信は宮古《みやこ》の出だった。どちらも差別される。親がいなければなおさらだ。最低の階級からはい上がるには、最高の階級にいるアメリカーの言葉を覚えるのが一番手っ取り早いと、少なくともおれは子供心に感じ取っていた。英語を覚えるのは、沖縄方言を覚えるのと変わらなかった。

「喋るのは簡単だったけど、読み書きには苦労しましたよ」

「だが、今では英語で立派な記事も書ける」

それまで黙っていたスミスが口を開いた。

「立派かどうかはわかりませんが」

スミスがもう一度口を開きかけたときに、個室のドアがノックされた。食事ができあがってきたのだ。

おれたちは笑顔をむりやり浮かべ、当たり障りのない会話を交わして食事をとった。チキンは固く、サラダのドレッシングは甘すぎた。デニスが何度となくこの会食の目的を聞きだそうとホワイトに話しかけていたが、見事に黙殺された。デニスはおれを彼らに紹介した後では用済みなのだった。

「そろそろ、続きを再開しよう」

コーヒーを飲み終えると、スミスがいった。

「いつでもどうぞ」

「君は奄美の出身だから、沖縄に対して特別な感慨は持っていないと聞いている」

おれはうなずいた。感慨がないわけではないが、それはスミスには関係のないことがらだった。

「君は日本本土に対しても特別な意識を持っていないと聞いている」

おれはもう一度うなずいた。やまとはおれにとって、アメリカと同じ異国にすぎない。

「君はアカの思想に共鳴したこともなければ、興味を持ったこともない。本土復帰運動にもまったく関心を示していない。リュウキュウ・ポストで記事を捏造《ねつぞう》し、類《たぐ》い希《まれ》な取材能力と英語での文章力を発揮している。時に君の書く記事は琉球の民衆を愚弄《ぐろう》さえしている。君の忠誠心はどこにある？　君はなにを望んでいる？」

「欲しいものは、アメリカの市民権だけです」

おれはぬるくなったコーヒーに口をつけた。コーヒーは薄かった。

スミスがホワイトに目配せした。

「我々は明確な目的を持った人間を歓迎するよ、ショーン。市民権は約束できない。だが、我々の申し出を君が受けいれ、君の出した結果に我々が満足すれば、グリーンカードを君に提示しよう。その後は、君の努力次第だ。合衆国は、たとえそれが移民であったとしても、国家に尽くそうとする人間は喜んで受けいれる」

「で、ぼくはなにをスパイすればいいんですか？」

おれは訊《き》いた。また、スミスとホワイトが目配せをした。

＊　＊　＊

スミスたちの目的は考えるまでもなかった。沖縄の日本への返還交渉は秒読み段階に入っている。本土では安保闘争が激烈化し、沖縄では核抜き本土並み復帰実現を叫ぶ人間たちが集合離散を繰り返し、基地労働者たちはついに自らの権利を求めて立ち上がった。ヴェトナムは泥沼化し、反戦兵士なる連中が戦争反対を訴えはじめている。アメリカは底なし沼にはまっているようなものだ。

事態を立て直すために、あるいは最悪の事態を迎えるのを先延ばしにするために、アメリカは情報を求めている。ありとあらゆる情報を。それがクズに等しい情報だったとしても。

スミスとホワイトはデニスを個室の外に追い出した。デニスは不服そうだったが抗《あらが》う術《すべ》はない。

「我々は琉球におけるありとあらゆる情報を必要としているんだ」

ホワイトがおれの考えを裏づけ、スミスが言葉を引き継いだ。

「だが、ここは琉球で、我々はアメリカ人だ。どれだけ勉強しても日本語や琉球方言を完《かん》璧《ぺき》に使いこなすことはできないし、我々の肌は白すぎる。現実にミスタ・ホワイトは日本語を使いこなすが、アメリカ人、おまけに白人だというだけで民衆の中には入っていけない。日系米国人も同じだ。我々には現地人のエージェントが必要なのだ」

「それはぼくも同じですよ」おれはスミスの話の腰を折《くじ》った。「あなたがいったように、ぼくにはなんのポリシーもない。どんな活動にも与《くみ》していない。おまけにリュウキュウ・ポストででたらめな記事を書いていることは大勢に知られている。琉球新報や沖縄タイムスの記者の中には、ぼくを売国奴と呼ぶ者もいます。そんな人間がいきなり民主化運動に目覚めたといっても、だれも信じちゃくれませんよ」

ホワイトが微笑み、スミスが重々しくうなずいた。まるでおれがテストに合格したとでもいうように。

「君に目をつけたのは、君が比嘉政信の友人だからだ」

スミスがいった。おれが予想していたとおりの答えだった。

「君も知っているように、比嘉政信は毎晩のようにテルヤに出入りしている。黒人兵たちとの付き合いは親密だし、ブラックパンサーを名乗る無法者のリーダーとはブルーズのバンドを組んでいる。彼は黒人兵を通してベース内の裏切り者どもと通じているし、日本本土の反戦活動家とも連絡がある。さらにいえば、彼は琉球内の不良学生たちと親しいし、様々な民主化活動家とも親交がある」

ベース内の裏切り者とは、反戦を訴える兵隊たちのことで、不良学生というのは、要するに過激派のことだった。沖縄の過激派などひよっこのようなものだが、権力者が反体制派を問答無用で目の敵にするのはいつの時代も変わらない。

スミスの言葉通り、政信は顔が広かった。黒人兵や学生たちとはギターで語り合い、地元の人間とは三線《さんしん》と民謡と泡盛で繋《つな》がりあっている。島人《しまんちゅ》特有の濃い顔に浮かぶ笑顔はあけっぴろげで、そのくせ、中学時代に受けた知能テストでIQ190以上とのお墨付きを受けた脳味噌《のうみそ》はどこまでも明晰《めいせき》だ。政信の家には、昼間から学生たちがたむろし、麻薬をやりすぎた黒人兵が寝っ転がり、鉢巻きを巻いた全軍労の幹部が意見を聞きにくる。

「君はそういう人間に信頼されている。だから、我々は君を必要とすると判断したのだ」

「そうですか」

おれはうなずくだけにしておいた。政信がおれを信頼しているというのはお笑いぐさにすぎないが、余計な情報を相手に与える必要はない。

「カバーストーリーはこちらで用意してある」ホワイトが口を開いた。英語だった。「昨日、君が引っかけたケビン・ヘンダーソン伍長《ごちょう》はベース内の病院に収容された。半身不随の重傷だ。MPが捜査をしているが、おそらく、犯人は捕まらないだろう。たったひとりでブッシュに乗りこむ愚か者は死んでも文句をいえない。そうだろう?」

おれは反応を示さずに、ホワイトの次の言葉を待った。

「だが、君は違うことを考えた。良心の呵責《かしやく》に耐えきれなくなったんだ。君はデニスと口論する。もうこんな仕事はできない。ゴミためのゴミを漁《あさ》るような仕事はもううんざりだ、とね。デニスはこういう――黙れ、イエローモンキー。貴様ら猿は白人のご主人様のいうことを聞いていればそれでいいんだ、余計な口出しをするな」

「イエローモンキーといわれたおれは、怒ってデニスをぶちのめすんですか？」

おれは皮肉をこめていった。ホワイトとスミスはにこりともしなかった。

「その通り。君はリュウキュウ・ポストを飛び出て流浪の民になる。那覇から昔懐かしいコザに移り住み、やがて、反米反基地活動に身を投じるようになる。過去を反省して真実に目覚めるんだ」

話の流れは飲み込めた。あとは報酬の話をするだけだ。昨日、デニスの話を聞いたときから、おれの腹は決まっていた。どんなことでもする。それが最低の汚れ仕事だったとしても、すべてやり遂げてアメリカーになるのだ、と。搾取される側から搾取する側に転身するのだ、と。

「報酬はグリーンカードだけですか？」

「君には月百五十ドル払う。経費もその中から賄ってくれ」

思わず口笛を吹いた。おれのポストでの給料は月三十ドル。銀行員や公務員でも月四、五十ドルが相場というご時世に、百五十ドルは破格だった。

「我々がどれだけ君に期待しているか、わかるだろう？」

ホワイトがウィンクした。それに応じる余裕は、おれにはなかった。アメリカーになっても金がなければばうちなーんちゅと変わらないということはわかっていた。金とグリーンカード。両方が手にはいるのなら、おれの人生はバラ色だ。ヴェトナムも本土復帰も全軍労のストも、すべて吹き飛んでしまえばいい。

「それで、ぼくはどんな情報を集めてくればいいんです？」

「すべてだ。君が目にするもの、耳に飛び込んできたこと、すべてを我々に報告するんだ」

ホワイトがいった。会食がはじまったときの堅苦しさは消え、犬《いぬ》に命令を下す飼い主の視線がおれを射貫いていた。

3

昼食後の時間は慌ただしく過ぎていった。リュウキュウ・ポストのオフィスで私物を整理し、デニスと芝居を演じた——派手な口論。

「おまえは馘《くび》だ!!」

デニスの怒声と共にオフィスを飛び出し、自分の部屋で荷物をまとめた。夜は夜で繁華街に繰り出し、自棄《やけ》になっている元売国奴の役を演じなければならなかった。沖縄は狭い。噂はあっという間に島内を駆けめぐる。何人かがカウンターで飲んでいるおれの肩を叩《たた》き、「ポストと喧嘩《けんか》したんだって？」と囁《ささや》いていった。

次の日はコザだった。何軒かの空き家を見て回り、センター通りとコザ十字路のちょうど中間にあった洋風の一軒家を借りることにした。不動産屋は目を丸くしていたが、アメリカーの会社から望外の退職金が出たのだというと納得した。アメリカーは嫌いだ。アメリカーが憎い。だが、アメリカーは金と力を持っている。コザ市民の、それが共通した認識だった。

コザは沖縄でも特に米軍に依存して発展してきた街だ。元々はなにもない焼け野原だったものを、嘉手納基地からのおこぼれを狙って人が続々と集まってきた。朝鮮戦争当時や、ヴェトナム開戦時は米兵たちが落としていく米ドルで我が世の春を謳歌《おうか》した。だが、時は流れる。ヴェトナム戦争はアメリカーに暗い影を落とすようになり、本国で反戦運動が活発になるにつれ、コザの繁華街で金を落としていく米兵の数は次第に減っていく。本土復帰が現実味を帯びるにつれ、基地に依存する市民の暮らしには不安がよぎる。アメリカーは嫌いだ。基地は憎い。B52は撤去せよ。けれど、基地がなければ生きていけない。二律背反──コザが背負った十字架だ。

数日に分けて那覇のアパートの荷物をコザの家へ運び込んだ。その間に、見せかけの就職活動にも勤《いそ》しんだ。ポストと喧嘩して馘を切られた、雇ってくれ──沖縄の左がかったジャーナリズムは見事に売国奴のおれを無視した。アメリカー寄りのジャーナリズムは体よくおれを追い払った。

四面楚歌《そか》。おれにいい顔を見せるうちなーんちゅはいない。当たり前だ。おれはうちなーんちゅどもに泥をかけるような生き方をしてきた。後ろ指を指されようが、陰険な眼差《まなざ》しを向けられようが、暴力で威嚇されようが屁《へ》とも思わなかった。おれはうちなーんちゅが嫌いだ。この島が嫌いだ。常夏《とこなつ》の太陽は思考能力を鈍らせる。自ら道を切り開こうという気概をなし崩しにする。うちなーんちゅたちは本土復帰に揺れている。祖国復帰という連中もいる。頭が悪いにもほどがある。どうせ日本に復帰したところで、支配者がアメリカーからやまとーんちゅに変わるだけだ。支配され、搾取され続ける構造はなにひとつ変わらない。ここ百年の歴史がそれを証明している。なのにうちなーんちゅにはそれがわからない。この島のせいだ。この暑さのせいだ。

グリーンカードを取得したら、おれはアメリカに移住する。雪の降り積もる北国で残りの人生を過ごす。真っ暗な空から白い雪片が舞い落ちるのを見ながら眠りにつく。その時おれが見る夢は、沖縄で見る夢とは違うはずだ。

＊　＊　＊

いきなり政信のところを訪れるのはまずかった。政信は勘がいい。おれの目的はたちどころに悟られる。時間はかかるが、周囲から攻めていくほか手がなかった。

コザの夜を徘徊《はいかい》した。センター通り、ゲート通り、パラダイス通りに諸見百軒《もろみひやっけん》通り、そして、仲の町。白人兵とビールを酌み交わし、うちなーんちゅに混じって若い女たちと踊った。耳をそばだて、目を光らせ、だれがだれと繋がり、だれとだれが反目しあっているのかを探った。日本からもべ平連の活動家が来ていた。過激派の学生もジョニ赤のコークハイを飲んでいた。目つきの悪い男たちがいた——多分、本土から来た公安の連中だ。うちなーんちゅの方言に苦虫を嚙《か》みつぶしたような顔をして聞き耳を立てている。

　コザは混沌《こんとん》としていた。昼間の熱波は夜の底に張りついたままで、酒と麻薬と精液を発酵させる。だれもが政治談義に花を咲かせ、本土復帰への期待と不安を分かち合っている。センター通りやゲート通りには殺伐とした空気が流れ、ファック・ユーやマザー・ファッカー、ゴー・トゥ・ヘルという言葉が飛び交い、嘉手納基地の金網には「ノー・モア・ウォー」という張り紙が巻きついている。酒と麻薬と女とヌードショーを売り物にするAサインバーの壁には、米兵たちが自分の名前をサインした一ドル紙幣が貼りつけてある。その横にへたくそな日本語で「兄弟、おれは必ず帰ってくるぜー」の文字。ヴェトナムの戦場を生き延びて、無事コザに帰ってくるためのおまじないだ。年々、ヴェトナム帰りの米兵たちは荒っぽく、刹那《せつな》的になっていく。その米兵たちに殴られ、罵《のの》られながら、身体を与え、米ドルをむしり取っていく娼婦《しょうふ》たち。アメリカーに身体を売る女は最低だといいながら、吉原で女を買ううちなーんちゅたち。

　Aサインバーの店主はいう。「四、五年前まではアメリカーたちがばんばん札びら切ってくれて大わらわさー。金数える暇もなくって、全部ドラム缶に放り込んでたもんだけど、今はだめだー。アメリカーも渋ちんさー」

　欲と憎しみを混ぜ合わせたカクテル。南溟《なんめい》の饗宴《きょうえん》。うちなーんちゅとやまとーんちゅとアメリカー。白人と黒人と黄色人種。左翼と右翼。基地反対派と基地受容派——一般市民と基地に依存して生きる人間たち。本土復帰後の利権を漁りにきたやまとーんちゅ。その利権のおこぼれにあずかろうと群がる上流階級の人間たち。政治家に官僚。労働者に学生。

もとしんかからんぬー――元手のいらない連中――と呼ばれるやくざ者、娼婦たち。ハードロックと琉球民謡。エレキギターと三線《さんしん》。東洋と西洋の融合。コザは燃えている。静かに、ちろちろと、だが確実に燃えている。灼熱《しゃくねつ》の太陽の下、核融合が起こるその時を、今か今かと待ちかまえている。

飲み、踊り、笑いながら、おれも待った。かつての知り合いがおれに声をかけてくるのを。行動のきっかけを。おれをこの島から連れだしてくれるはずのなにかを。

コザに越してきてから一週間目の夜だった。仲の町の小さなバーで飲んでいると、五、六人の団体が店に入ってきた。年の頃はおれと同じで三十前後。なにかの集会の帰りという雰囲気を漂わせていた。その中に顔見知りがいた。栄門健《えいもんけん》だ。同じ施設の出身で、とりわけ仲が良かったわけではないが、名字が沖縄でも珍しいので覚えていた。栄門たちは標準語で話していた。ということは、連中の多くはやまとーんちゅだということだ。栄門たちは店の一番奥のボックス席に陣取った。ジョニ赤をボトルで頼み、深刻な顔をして話し込みはじめた。おれは耳をそばだてた。

五分でおおよそのことがわかった。連中は東京からきた反戦団体の人間だ。べ平連かもしれない。沖縄基地内の反戦米兵と連携するため反戦アングラ誌を作ろうと、ない知恵を絞っている。ここが沖縄だということで安心しきっているのか、連中の口のしまりは緩く、声は大きかった。おれのような人間がいるかもしれないということは頭にない。子供がスパイごっこをしているようなものだった。

おれは腰をあげた。便所は連中のボックス席の奥にある。足をゆるめながら、連中の脇を通り過ぎた。出もしない小便をし、時間を見計らって外に出ると、栄門がおれに視線を向けてきた。

「尚友じゃないか？　伊波尚友だろう？」

おれは目を細めて栄門を見た。記憶にはあるが名前が思い出せない、そんな芝居だ。

「おれだよ。栄門。栄門健だよ」

おれの記憶にあるのはウチナーグチを使う物静かなガキとしての栄門健だった。標準語を喋《しゃべ》る男は、どこか記憶とずれている。だが、それが今の沖縄だった。

「健か。懐かしいなあ」

おれは破顔してみせた。

「おまえ、コザでなにしてるんだ？」

そういってから、栄門は眉《まゆ》をひそめた。どこかでおれの噂を耳にしたことがあるに違いない。

「仕事、馘になってな。那覇もつまらないから、コザに戻ってきてるのさ」

「仕事が馘って、尚友、おまえ、アメリカーの新聞社に勤めてたんだよな？」

「何年も会ってないのに、そんなことまで知ってるのか？」

栄門はばつの悪そうな顔をした。

「だれかから小耳に挟んだんだよ。おれは今夜は客がいるから、コザにいるんなら、今度、ゆっくり飲もう」

「そうか。ちょっと待ってくれ」

おれはリュウキュウ・ポストの名刺を取り出し、余白にコザの住所と電話番号を書きこんだ。

「これが今の住所だ。暇なときにでも連絡してくれ」

栄門に名刺を渡し、カウンターの内側にお勘定と声をかけた。魚が針を完全に飲みこむまでは焦ってはいけない。スパイとしてはひよっこかもしれないが、新聞記者、それもあくどい記事を書く記者としての経験は充分にある。

「わかった。おれもいろいろ忙しいから、いつ連絡できるかわからんが……そのうち、昔の仲間みんな集めて同窓会でもしようぜ」

栄門は名刺をポケットにしまいこんだ。栄門がおれに連絡してくる確率はかなり低いだろう。それでも、餌はばらまいておく必要がある。

おれは勘定を払い、栄門に笑顔を振り向けて店を出た。

＊　＊　＊

栄門と会ったバーを出た後、もう三軒ほどはしごしてから家に戻った。時間は午前三時半。沖縄ではまだ宵《よい》の口だった。

部屋に明かりが点いていた。玄関は鍵《かぎ》がかかっていなかった。明かりを消し忘れたわけではないし、戸締まりを怠ったわけでもない。だれかが家の中にいるということだった。

居間のソファにホワイトが座っていた。ホワイトはオリオンビールの小瓶を飲んでいた。

「冷蔵庫も勝手に開けたのか？」

おれは英語で皮肉をいった。ずいぶん遅いご帰館じゃないか」

「喉《のど》が渇いてたんでね。ずいぶん遅いご帰館じゃないか」

「琉球じゃまだ早いほうだよ、これでも。鍵はどうやって？」

「忘れたのかい？　君の話によると、おれはＣＩＡなんだぞ」

ホワイトはウィンクした。おれは舌打ちでそれに応《こた》えた。

「それで、ＣＩＡのお目付役がなんのご用で？」

「あれから一週間以上が経ったが、君からはまだなんの報告もない。金を払っている側としては心配になるのも当然だろう」

「まだ報告するようなことはなにもない」

「毎晩、おれたちの金で飲み歩いてるだけだからな」

ホワイトはしたり顔だった。おれは感情が表情に出ないようにするので精一杯だった。

「おれに尾行をつけてるのか？」

「必要なことならなんでもする。おれたちのことをなんだと思ってるんだ？　慈善団体か？」

「おれはきちんと働いてるよ」

「ミスタ・スミスはその答えには不満足だ。このミスタ・ホワイトもだ」

「だったら、あんたたちが自分でやればいい」

ホワイトの顔つきが変わった。犬に反抗された飼い主の表情に、黄色い猿に馬鹿にされたお偉い白人様の目つきだった。

「おれたちはおまえがアメリカの犬だといいふらすこともできるし、契約不履行でおまえを収監することもできる。それを忘れるな」

「わかってますよ。おれはただ、おれにはおれなりのやり方しかできないといってるだけだ」

ホワイトはビール瓶を口に運んだ。おれの答えには一応満足したようだった。

「ミスタ・スミスからの命令だ。これからは毎週金曜日に、君が自ら書く報告書を提出すること。活動に進展があったかどうかに関係なく、だ」

「そうしろというなら、そうします」

「そうしてくれ。それじゃ、ビールをごちそうさま」

ホワイトは瓶をわざとらしくテーブルの上に置き、家を出て行った。おれは部屋の真ん中に立ち尽くし、腹の奥からこんこんと湧いてくる怒りに身を任せた。

4

二日後の朝、栄門から電話がかかってきた。栄門は一昨日の素っ気なさを詫《わ》び、昼食を一緒にどうかといってきた。おそらく、栄門は朝の早い内に、那覇やコザのあちこちに電話をかけたのだろう。おれがポストを飛び出たでたらめな経緯を確認し、連絡をしてきた。栄門がやまとーんちゅと話していた反戦アングラ誌のことが頭をよぎる。連中にはアイデアはあっても編集のノウハウがない。おれは元新聞記者だ。栄門が一昨日の再会を渡りに船だと思ったとしても不思議はない。

栄門が指定したのはコザ十字路に近い中華料理屋だった。照屋にもほど近い場所だが、夜の喧噪《けんそう》は綺麗《きれい》に消えていた。昼間の住人たちが忙しげに立ち働き、無数の車が排気ガスをまき散らしている。夜の喧噪のかすかな余韻は、空気の中に混じっている小便の匂いだけだった。

栄門はもう席に着いていた。連れがふたり。ひとりはおれたちよりやや年配の男で、もうひとりは若い女で、顔立ちから見て黒人とのハーフのようだった。どちらも、一昨日の栄門の連れの中にはなかった顔だ。

「一昨日は悪かったな。久しぶりに会ったっていうのに……客がいたんでな」

栄門は標準語でいった。つまり、年配の男はやまとーんちゅだということだ。

「気にするなよ。おれもかなり酔っぱらってたからな。あの後で付き合えといわれても困っていたところさ」

「そういってくれるとありがたい……ところで、おまえ、仕事を馘《くび》になったっていってたよな？　こちらのおふたりがそのことでちょっと訊《き》きたいことがあるとおっしゃってるんだ」

栄門が言葉を切ると、ふたりが立ち上がった。ふたりとも表情が硬い。おれへの不審がありありと浮かんでいた。

「清水本司《しみずもとし》さん」栄門は年配の方にちらりと視線を走らせ、次におれと女の顔を交互に見比べた。「こちらの女性、思い出せないか、尚友？」

女は縮れた髪を後ろで束ねていた。肌の色は黒いというよりは褐色で、唇もどちらかというと薄かった。目鼻立ちははっきりしていて、大振りな目がしっかりとおれを見つめていた。身長は百六十五センチ前後。花をあしらったブラウスにジーパンをはいている。記憶の棚をどれだけ探ってみても、女の顔に見覚えはなかった。わかったのは、彼女が沖縄で生まれ育ったのなら、辛《つら》い青春時代を過ごしただろうということだけだ。

「あの施設にいたのか？」

おれは訊いた。女は曖昧《あいまい》にうなずいた。

「そうか。尚友は中学を卒業するのとほとんど同時に脱走したからよく覚えてないか。おれは高校を出るまであそこにいたからな。おれたちより六年下の照屋仁美《てるやひとみ》さんだ」

十代のころの六年差というのは永遠にも等しい時間差だった。おれは照屋仁美の顔をもう一度凝視したが、記憶が刺激されることはなかった。

「お久しぶりです」

照屋仁美が口を開いた。綺麗なウチナーグチだった。

「おれのこと、覚えてるのか？」

おれは標準語で聞き返した。ウチナーグチは嫌いだという意思表示だ。栄門が清水に照屋仁美の言葉を通訳した。

「伊波さんと比嘉さんは有名でした。施設で一番を争う問題児だって」

「問題児だったのは政信だけだ」

おれは舌打ちしそうになるのをこらえていった。他人の口から政信の名前が出ると苛立《いらだ》ちが襲ってくる。何年経ってもそれだけは変わらない。

照屋仁美ははにかみながら微笑んだ。はじめてみせる人間らしい反応だった。

「施設にはふた通りの人しかいなかったですよ。わたしを『あいのこ』っていっていじめる子か、わたしをかばってくれる子。でも、伊波さんも比嘉さんも違ったわ。ふたりとも黙って遠くで見てるだけで――」

それでやっと照屋仁美のことを思い出した。ちりちりの髪の毛は今よりもっと短く、手足も同じだった。縮れた髪の毛と褐色の肌を他のガキどもに揶揄《やゆ》され、しかし、泣くことも逃げることもせずに当のガキどもを睨《にら》みつけていた少女。母親は黒人兵に強姦《ごうかん》され、仁美を身ごもった。母親の黒人に対する恨みは根深く、その恨みは自分を強姦したのと似た肌を持つ娘にも向けられた。あまりの虐待を見かねた年老いた祖父母が仁美を引き取ったが、寄る年波に勝てなくなって仁美は施設に預けられることになったのだ。

「だから、よく覚えてるの」

「おれは忘れていたよ。政信なら覚えてるだろう。あいつは綺麗な女には目がないからな」

おれはことさら冷たい口調でいった。きまずい空気がおれと照屋仁美の間に流れた。たぶん、清水は本土から来たベ平連の人間で、栄門と照屋仁美はベ平連のシンパなのだろう。

「まあ、昔のことは置いておいて、これからのことを話そうじゃないか」

栄門が取りなすようにいって、おれたちに着席を促した。ビールと豚肉の炒《いた》め物、それに炒飯《チャーハン》を勝手に頼み、話を切り出した。

「想像はついてると思うが、清水さんは本土のベ平連の人だ。おれたちはそれに協力してる」

栄門の言葉に、清水は偉そうに、照屋仁美は真摯《しんし》にうなずいた。

「ベ平連の活動は多方面に亘《わた》ってるんだが、清水さんの目的は、反戦アングラ誌を作って基地の中の兵隊の反戦意欲を扇動しようってことなんだ」

「ベ平連がおれになんの用だ？　おれはついこの間までアメリカーにおべっかをつかっていた男だぞ」

「だから、だよ。アングラ雑誌は米兵に読ませるんだから、当然、英語で書かなきゃならない。ところが、おれたちの周りには英語は話せてもちゃんとした文章を書ける人間がなかなかいないんだ」

栄門は言葉を切り、清水の反応をうかがった。清水は腕を組んでだんまりを決めこんでいた。傲慢《ごうまん》なやまとーんちゅ――右翼であろうが左翼であろうが、本質はなにも変わらない。沖縄の人間はそのことに気づかず、自ら喜んで尻尾《しっぽ》を振っている。

清水の無言を了解と受け取って、栄門は話を続けた。

「悪いが、那覇のあちこちに電話をかけて、おまえのこと、調べさせてもらった」

おれはわざと顔をしかめてみせた。

「そう気を悪くするな。おれたちもな、米軍や本土の公安の連中に目をつけられてる。用心に越したことはないんだ」

「本土の我々の組織の中にも、公安のスパイが潜り込んでいるという話もある」清水が口を開いた。「一週間前までアメリカの手先になっていた人間をおいそれと信頼するわけにはいかんのだよ」

偉ぶった口調だった。言葉の端々に沖縄に対する優越感が滲《にじ》み出ている。照屋仁美がかすかに眉《まゆ》をひそめたが、清水本人と栄門はなにひとつ気づいてはいないようだった。

「おまえがリュウキュウ・ポストを馘になった経緯はだいたいわかった。複数の人間が話を裏づけてくれたしな。情報提供者の中にはアメリカーの関係者もいるんだ」

栄門は自慢気だった。自分のコネクションの強さを誇示したがっていた。アメリカーの関係者という人間に、アメリカーの息が充分にかかっている可能性はまったく考慮していない。

だ。

「それで？」

おれは素っ気なく聞き返した。栄門は鼻白んだが、清水の目を意識しながら言葉を繋《つな》いだ。

「おまえの本音が聞きたいのさ。三年も勤めて、ろくでもない記事を書き飛ばしてたのに、どうして——」

ビールと炒め物が運ばれてきて、栄門は口をつぐんだ。おれたちはお互いのグラスにビールを注ぎ、おざなりに乾杯した。

「どうしていきなりポストと喧嘩《けんか》したのか、か？」

ビールを一息で飲み干して、おれは栄門にいった。栄門が頷《うなず》き、清水と照屋仁美がおれの横顔に食い入るような視線を向けた。

「うんざりしたのさ。おれがポストで働いてたのは、思想のためじゃない。金のためだ。あそこは給料が良かったんだよ。おれは金のために記事を書きまくった。ろくでもないでたらめな記事を書いたよ。それでなにが悪い。金がなけりゃ生きていけない。アメリカーが憎くても、おれたちはちっぽけな存在で、なにをどう足掻《あが》いたってアメリカーには勝てないようにできてるんだ。だったら、金を稼いで楽に生きた方がいいじゃないか。だから、おれは仕事をしたよ。黒人米兵や全軍労の悪口を書きながら、嫌な気分になることがあるからって、それがどうしたっていうんだ？」

おれの問いかけは、三人に黙殺された。ろくでなしのたわごとには、だれも聞く耳を持たない。

「だが、それにもうんざりしたんだ。十日ぐらい前に、おれは若い白人兵の人生を台無しにした。くだらない記事を書くためだ。その白人兵は酒と麻薬に酔って照屋にひとりで殴り込みにいった。もちろん、返り討ちだよ。何十人もの黒人兵に囲まれて、まるでサンドバッグだ。おれは警察やMPに通報することもできたが、しなかった。写真を撮らなきゃならなかったんだ。黒人兵に暴行を受けているまじめな白人兵の写真をな。それがポストの意向だったのさ。おれは写真を撮って、その白人兵を見捨てて会社に戻って記事を書いた。その記事は褒められたよ。黒人の凶暴性がよく表現されてるってな。その後で聞いたんだ。白人兵が半身不随の重傷を負ったってな。それで、なにもかも嫌になった」

「君はそういうことはしょっちゅうやっていたんだろう？　どうして十日前のその事件に限って、良心が目覚めたのかね？」

清水がいった。相変わらず偉ぶった声だった。その声を聞くだけで、怒りの導火線に火が点《つ》く。芝居をする必要はまったくなかった。

「その事件に限って？　その白人はまだ二十そこそこだったんだぞ。愚かでくだらない麻薬中毒者だったかもしれないが、故郷には家族がいて、結婚を約束してる女もいた。おれはセンター通りのバーで、そいつが婚約者からもらった手紙を見せてもらったよ。とても幸せそうだった。おれは婚約者の写真を見せられて、綺麗《きれい》な娘だなと答えながら、その白人をどうやってはめるかだけを考えてた。そうさ、おれが唆《そその》かしたんだ。酒とヘロインで頭が働かなくなった若造に、照屋に殴り込みをかけろって唆したんだよ。その結果が半身不随だ。死んだ方がましかもしれない。いいかげん、うんざりもするだろうよ。それともなにか？　本土から来たべ平連のお偉いさんには、その程度の人間の感情も理解できないっていうのか？　おれが沖縄人だからか？」

「そういうことをいっているわけではない」

清水は露骨に顔をしかめた。栄門はおろおろしていた。照屋仁美はおぞましいものを見るような目つきでおれを見ていた。照屋仁美の記憶がどう形作られているかは知らないが、少なくとも、昔のおれのイメージは崩壊しただろう。

「とにかく――」おれは自分のグラスにビールを注ぎ足した。「すべてにうんざりしたんだ。自分自身も含めてな。それだけだ」

「その白人に謝罪したの？」

照屋仁美がいった。目は明確におれを非難していた。

「どうして？　あいつはヘロインを死ぬほど打ってたよ。おれのことなんか覚えちゃいないさ」

「彼だって戦争の被害者なのよ」

照屋仁美は今でははっきりとおれのことを睨《にら》んでいた。

「おれたちうちなーんちゅだって戦争の被害者じゃないか」

照屋仁美はそれ以上問いつめてはこなかった。諦《あきら》めたように首を振り、清水と栄門に目配せした。栄門がわざとらしく咳払《せきばら》いし、話を元に戻そうとしはじめた。

「ええと、ということは、おまえはもうアメリカーのために働くつもりはないんだな？」

「ないよ。元々アメリカーが好きだったわけじゃないし、今じゃ、心の底からうんざりしてる」

おれはビールを舐《な》めるように飲んだ。

「じゃあ、おれたちの活動を手伝ってくれるつもりはあるか？」

栄門は清水の視線を気にしながらまくしたてるようにいった。

「ボランティアでか？　ごめんだよ。おれは失業中なんだ。反戦活動にうつつを抜かしている暇なんかない。仕事を探さなきゃな」

清水が鼻を鳴らした。おれは煙草に火をつけ、清水に向かって煙を吐き出した。栄門の目に落ち着きがなくなり、照屋仁美はわざとらしい仕種《しぐさ》でビールのグラスに口をつけた。

ここまでの流れは予想どおりだった。偉ぶったやまとーんちゅに真面目な活動家。アメリカーにおべっかをつかっていたおれは、適度に話を茶化し、悪ぶってみせる。最初から餌に食いつけば連中はおれを疑うに決まっていた。あとは連中の度量次第だ。これであっさり身を引くのならそれでもかまわない。今の沖縄には「活動家」が溢《あふ》れている。

「仕事が見つかるなら手伝っていただけるんですか？」

照屋仁美が唐突にいった。唇がビールで濡《ぬ》れていた。

「仕事があるのか？」

おれは反射的に応《こた》えていた。

「お給料はそれほど良くはないですけど」

「本土のある出版社が雑誌を持っていてな」照屋仁美の言葉を継いで、清水が口を開いた。「沖縄の時事ネタを定期的に欲しがってるんだ。小さな出版社で、自分のところの記者を派遣するほど金はない。なんとか派遣したところでこちらの方言がわからないから、現地で助手が必要になる。これまた金がかかるというわけだ。沖縄でまともな記事がかけるような人間はすでにこっちの新聞社なりに勤めているからな。記者の経験があってこちらの事情に通じているとなれば、その出版社も渡りに船だ」

栄門と照屋仁美の視線が落ちた。清水は自分でも気づかぬうちに、沖縄に対する偏見をさらけ出していた。それがふたりには辛《つら》い。だが、そのことを指摘して清水の不作法をたしなめるにはコンプレックスが強すぎる。連中が反戦アングラ雑誌を作るのに、おれのような人間の手を借りようとするのもコンプレックスの裏返しだ。自分たちにはまともな原稿が書けない。自分たちにはまともな英語が書けない。自分たちはやまとーんちゅに対して劣っている。そうやって卑下し、自らを傷つけ、怒り、悲しみ、自分たちが受けた傷を、自分たちより弱いものにぶつけて生きていく。その対象は離島の人間であり、奄美あたりから来たよそ者だ。

ろくでもない。なにもかもが、ろくでもない。人間は平等だなどというたわごとを本気で信じているのなら清水に食ってかかればいい。おれを罵《のの》れればいい。だが、連中にはそれができない。うちなーんちゅは人がいいからだというやつがいる。おれにいわせれば、愚かだからだ。だから、薩摩《さつま》に征服され、やまとにいいようにあしらわれ、アメリカーに陵辱されつづけてきた。

食呉《むぬく》ゆすど吾御主《わーうしゅ》——食わせてくれる人間が王様だ。うちなーんちゅはそうやって生きてきた。少なくとも、十五世紀の尚真《しょうしん》王時代以来、そうやってきた。薩摩が攻め入ってきたとき、琉球は五百三十一人の兵士が命を落とした。それで首里《しゅり》の王府は慌てて講和を結んだ。だが、五百三十一人のうち、王府の人間はたったの八人にすぎなかった。残りの五百二十三人はいわゆる義勇兵だ。首里王府は民間人の犠牲を屁《へ》とも思わず、身内が八人殺されただけで琉球を薩摩に売った。食呉ゆすど吾御主。それでもうちなーんちゅは王府を責めず、それどころか数百年後には、やまとを本土と呼び、祖国ではない本土への復帰を熱望している。その矛盾にだれもが目をつぶっている。

「月に最低で二十ドルは保証するそうだ」

清水がいった。おれは舌打ちした。ポストの給料は三十ドルだった。おれと同い年の銀行員ならやり手で四十ドルから五十ドルは稼いでいる。それの半分以下だ。普通なら話にならない。

「安いのはわかってる。ただ、時間の自由もきく仕事だ。暇なときにバイトでもなんでもすればいいいさ」

栄門が縋《すが》るようにいってきた。

「どうしてそうまでしておれに手伝わせたいんだ？」

おれは訊《き》いた。栄門は口をつぐんだ。清水はあらぬ方を見ていた。

「わたしたち、真剣なんです」おれに応えたのは照屋仁美だった。「本気でヴェトナム戦争に反対してるんです。戦争を阻止できそうなことならなんでもやろうって決めてるんです。アングラ反戦誌はそのひとつの武器。基地内にいる兵隊さんたちがひとりでも戦争の異常さに気づいてくれれば、それだけ——」

照屋仁美の言葉は少しずつ熱を帯びていった。それにつれ、彫りの深い浅黒い肌の顔に輝きが増していく。照屋仁美は美しかった。差別にもくじけなかった人間の美しさだ。おれには持てなかった種類の美しさだ。

おれは照屋仁美の言葉に耳を傾けながら、鳩尾《みぞおち》のあたりから湧き起こってくる感情を持て余していた。おれは照屋仁美の美しさに嫉妬《しっと》していた。

「いいたいことはわかった」照屋仁美が一息つくのを待って、おれはいった。「あんたたちは立派だ。わかってる。おれはクズだ。それもわかってる。で、あんたたちは目的のために手段を選ばず、おれのようなクズでも利用できる人間は利用したいわけだ。そういうことだな？」

自分で思っていた以上に辛辣《しんらつ》な口調だった。照屋仁美の表情から輝きが消え失《う》せ、栄門はおろおろし、清水は不快そうに唇を曲げた。

「おい、尚友、そういういいかたは——」

栄門が取りなすようにいった。

「ああ、わかってる。いろいろ根ほり葉ほり聞かれて苛立《いらだ》ってるんだ。楽しいことじゃない」

「まあ、それは悪かった。だけど、こっちの事情も察してくれ。おまえがクズなんかじゃないことはよくわかってるんだ。だからこうして接触させてもらったんだ。だから、な？」

「わかったよ。引き受けよう。英語で文章を書けばいいんだな？　おれが全部書くのか？　それとも翻訳するだけか？」

「翻訳するだけだ」清水が口を開いた。「そのうち、アメリカ本土から反戦活動家が来てくれることになっている。その後は彼らが彼らの言葉で兵士たちに反戦を訴えるだろう。それまでの間、君に我々の書く文章の英文翻訳をお願いしたいんだ」

おれはほくそ笑んだ。アメリカから来る活動家——スミスとホワイトには願ったりかなったりだろう。

「おれは使い捨てか」

「そういうわけじゃないって」

おれの台詞《せりふ》を栄門が必死な顔つきで否定した。おれは微笑んでやった。

「だいじょうぶだ。そんなに気を遣うな。使い捨てで結構。おれも、ただ働きを永遠に続ける気はない。次の仕事を探すまでの間の腰掛けでやるまでだ」

「よろしくお願いします」

照屋仁美が頭を下げた。おれは腰をあげた。

「今日はこの後、約束があるんだ。おれがやらなきゃならないことの詳しい打ち合わせは、電話かなにかで伝えてくれ」

おれは三人に背を向けた。あんなやつが本当に——清水の声が聞こえたが、振り返らずに店を出た。

5

二日後に照屋仁美から電話があった。夜、照屋近辺で会えないかという。おれは承諾し、電話を切った。

月が変わって六月になっていた。テレビでは沖縄返還交渉のために渡米した愛知《あいち》外相のニュースと、近々行われるだろう全軍労のストのニュースをしきりに流していた。アメリカー世《ゆー》から再びやまと世《ゆー》へ。沖縄の日本復帰は日ごとに現実味を帯びていく。ただでさえ熱い沖縄が、炎のように燃え上がっている。だが、その炎の虚《むな》しさに気づいている人間は少ない。日本に復帰しても、「吾御主」がアメリカーから自民党政府に変わるだけだ。自民党政府によって、おそらく沖縄はアメリカ以上に食い荒らされる。事実、本土資本による沖縄の土地買い占めがはじまっている。今でさえ、職がない中卒、高卒の若者は本土に集団就職して、非人間的な境遇にさらされている。多分、日本復帰後はその動きが加速されるだろう。土地を奪われ、労働力を奪われ、沖縄は死滅していく。あるいは「食呉ゆすど吾御主」の言葉どおり、本土政府に物乞《ものご》いすることで生きていくしかない。

アメリカーは嫌いだ。本土はもっと嫌いだ。だからといって独立する展望も気概もない。すべては数百年のうちに奪われてしまった。あの忌まわしい戦争の記憶も風化しつつある。沖縄は呪わしい。

おれは預金通帳を眺めた。残高は五百ドル。ポストで働いている間に貯めた金だ。まだ額は少ない。しかし、この仕事をうまくこなせば、残高は数倍になる。グリーンカードが手に入る。アメリカでうまく立ち回り、市民権を手に入れればおれは自由になれる。この数年、おれはそんな妄想に囚《とら》われている。

通帳をしまって、出かける支度をした。栄門と照屋仁美。民主化運動、反戦運動、ベ平連。呼び方はなんだっていい。ふたりはどこかで政信と繋《つな》がっている。政信はなんにだって首を突っ込む。あとでごちゃごちゃ詮索《せんさく》されるより、こちらから出向いてジャブをぶち込んでやった方がいい。

政信は電話を持っていなかった。政信に電話を取り次いでくれる人間もおれは知らなかった。だが、この時間にやつがいそうなところはあたりがつく。コザ十字路を十三号線に沿って北にしばらく歩くと吉原と呼ばれる売春街にぶち当たる。特に十三号線の右側は坂道が続く狭い一画に、それこそ無数の売春宿が建ち並んでいる。照屋やセンター通り界隈《かいわい》の売春宿とは違って、吉原はうちなーんちゅ専用の売春街だった。

分厚い雲が空を覆っていた。今にも一雨きそうな湿った空気が肌にまとわりついてくる。梅雨が明ければ台風の季節がやってくる。だが、台風がもたらす強風も、沖縄全土を覆っている炎を吹き消すことはできそうにもない。かえって炎を煽《あお》るだけだろう。

おれはだらだらと続く坂をのぼった。

夜の吉原はそれこそ原色のネオンに彩られた歓楽街だが昼間は死んだように眠っている。遣《や》り手婆が店の軒先を掃除しているか、寝起きの売春婦たちが瞼《まぶた》をこすりながらふて腐れた顔をして煙草を吸っているのに出くわすぐらいだ。中には昨日の稼ぎが悪かったのか、化粧っけのない顔で流し目を送ってくる女もいた。

「比嘉政信がどこにいるか知らないか？」

おれは流し目を送ってきた女に訊いた。

「政ちゃん？」女の顔がぱっと輝いた。「昨日は桜《さくら》のところに寄ってたみたいだから、まだ寝てるさー」

「桜ってのはどこの娘だ？」

女はもうおれには興味を失ったという表情と声で「バーかえで」と告げた。

「あんたも政信とはたまに寝るのかい？」

女の顔がまた輝いた。

「うん。政ちゃん、人気があるからねー」

「金は？」

「そんなもの、政ちゃんからはもらえないさー。お金じゃないの。愛なんだよ」

女の顔には屈託がなかった。政信の話をするときだけ、金で春をひさぐ自分の立場を忘れているかのようだ。おれは〈かえで〉の場所を訊いて女に背を向けた。

〈かえで〉は坂の中腹にあった。格子の向こうにバーとは名ばかりの半畳ほどの空間があり、パイプ椅子がぽつんと置かれている。吉原一帯はコザ派と呼ばれるアシバー――暴力団の縄張りだが、数人の女を抱える大きな所帯から、ひとりかふたりの女を働かせるだけの小さな店まで、売春宿のあり方は千差万別だった。大きな店はそれだけコザ派の監視の目が厳しく、政信が潜り込むのは決まって細々と経営している小さな売春宿だった。

「すみません」

格子の外からウチナーグチで声をかけてみたが反応はなかった。引き戸には鍵《かぎ》がかかっていなかった。おれは勝手に引き戸を開けて中に入った。左手に申し訳程度のカウンターがあって、粗末な棚に埃《ほこり》をかぶった泡盛とウィスキーのボトルが並んでいた。右手の奥に煙草のヤニと手垢《てあか》と脂で黒ずんだ階段があった。二階の部屋からは扇風機が首を振る鈍い音が聞こえてきた。

「政信、いるんだろう？　そろそろ起きてこいよ」階段の下で声を上げた。「おれだよ。尚友だ」

人が動く気配が二階から伝わってきた。眠たげな女の声がそれに続いた。

「政ちゃん、どぅしが来てるよー。起きて」

女の言葉は本土の言葉とウチナーグチがでたらめに混じったものだった。どぅしというのは友達という意味だ。

おれはパイプ椅子に腰をおろした。煙草に火をつけて、政信が降りてくるのを待った。煙草がほとんど灰になったころに階段が軋《きし》みはじめた。

「なんだよ、尚友、珍しいじゃないか」

政信は目をこすりながら降りてきた。顔の下半分が無精髭《ぶしょうひげ》で覆われ、よれよれのTシャツに米軍放出のアーミィパンツをはいていた。饐《す》えた空気が匂ってきたが、政信は気にもしていないだろうし、おそらくは桜という女もそんなことには無頓着《むとんちゃく》なのに違いない。

「ちょっと相談したいことがあってな。時間あるか？」

おれは煙草を足もとに捨てながら立ち上がった。

「怖いな」

政信がいった。

「なにが怖いんだ？」

「ずっとおれを避けてた幼馴染《おさななじ》みがよ、相談事があるからって吉原にまでわざわざ出かけてきやがった。怖いだろうが、尚友」

政信は手を伸ばしてきた。おれに断りもなく胸ポケットの煙草を抜き取り、自分の煙草であるかのように火をつけた。

「おまえに怖いものなんかあるもんか。昔から無鉄砲だった。あの施設でうーまくといえば、おまえのことだったじゃないか」

うーまくというのは悪ガキに対して使う言葉だ。人のいうことを聞かず、無鉄砲で乱暴者。政信は乱暴ではなかったが無鉄砲なことでは人後に落ちなかった。

「おまえだってうーまくだっただろう。他人は気づいてないみたいだったけどな」

「付き合ってくれるのか、くれないのか？」

「毛唐の新聞、辞めたんだってな。そのことと関係あるのか？」

おれはうなずいた。政信はそうかといって微笑んだ。

＊　＊　＊

散歩でもしながら話すか、と政信はいった。おれたちは狭い路地を歩いて吉原を横切った。政信に気づいたパンパンたちが歓声をあげる。眠たげなアシバーたちが険悪な視線を政信に浴びせる。政信は女たちに笑顔をふりまき、アシバーたちは見事に無視した。

おれはポストを辞めた経緯と栄門たちから仕事を依頼された経緯を嘘を交えて説明した。おれが話している間、政信は黙って耳を傾けていた。

「米軍のイヌだったおまえが、べ平連の手伝いをするってか」

おれが話し終えると、政信はいった。

「おれにはものを書くことしかできないからな。アメリカーの新聞はもうおれを相手にしてくれないし、ウチナーの新聞にはおれは毛嫌いされてる」

「自業自得だ。しょうがねえ」

「金が欲しかったんだよ」

「金だけじゃねえだろう」

政信はなんでもお見通しだった。ガキのころからおれが売春街に通っては米兵から英語を習っていた目的を、政信は的確に把握していた。

「アメリカーに行ってどうするよ、尚友。どこに行っても同じだぞ。搾取されてボロぞうきんみたいに扱われる。そうなりたくなかったら、今度は自分が搾取する側に回らなきゃならねえ。仏教でいうところの無間《むげん》地獄だ。馬鹿みたいなこと夢見てねえで、ちゅらかーぎーのほーみーいじってた方が楽しいぜ」

美人のあそこをいじる――政信がウチナーグチを使うときは、どこか沖縄そのものを揶揄《やゆ》する響きがあった。

「おまえの毛遊《もーあし》びーの相手は女だけじゃないだろう。労組の連中に過激派の学生、照屋のブラックパンサー気取りの黒人……べ平連にだって噛《か》んでるんだろう?」

毛遊びーというのは、かつての沖縄では日常的に見られた若い男女の性の宴《うたげ》のことだ。他の南国の島同様、昔のうちなーんちゅも性に対しては大らかだった。それが変わったのは薩摩の支配下に入ってからで、今では毛遊びーという言葉は単に女遊びと同義になっている。沖縄民謡にはそうした性を謳歌《おうか》する歌詞のものが多い。そして、政信は三線《さんしん》を使って民謡を歌うのが得意だった。若い連中や黒人兵の心にはエレキギターで、中年以上のうちなーんちゅの心には三線で、政信はするりと入り込んでいく。おれが英語習得に血眼になっていたとき、政信は近所の老人たちから三線を習うのに夢中だった。三線を自由自在に扱えるようになると、沖縄本島はもとより宮古や八重山《やえやま》の民謡の歌詞を覚えるのに夢中だった。

「暇つぶしだよ」政信はいった。「退屈だから付き合ってるのさ。民主化運動？　馬鹿いえ。あんなもの、おかみからなにがしかのお恵みもらって、それで終わりよ。庶民は庶民。搾取される側は搾取される側。なんにも変わらんさ。反戦運動？　馬鹿いえ。アメリカーがなんでヴェトナム戦争に反対してると思う？　アメリカ人がいっぱい死んでるからだ。ヴェトナム人同士が殺し合うだけの戦争だったら、あいつら反対もなにもしないのよ。本土復帰？」

政信はいたずらっぽい目をおれに向けた。

「おまえには説明するまでもないだろう。馬鹿らしい」

「よくそこまでいえるな。おまえのことを信頼してる人間、腐るほどいるんだろうが」

「真剣にやってるからな。そうじゃなきゃ暇つぶしにならんだろうが」

政信は奇妙な倫理観の中で生きている。他人にとっては矛盾した行為に見えるが、政信の中ではなにも矛盾していないのだ。

「おまえと話していると疲れる」

おれはぽつりといった。

「だからおれを避けてるのか？　つれないなあ。おまえとおれは兄弟みたいなもんじゃないか」

「それこそ馬鹿をいうなよ。たまたまあの施設にぶち込まれたってだけの仲じゃないか」

「行逢《いちゃ》りば兄弟《ちょーでー》、か。おまえ、この言葉嫌いだったな、そういえば」

縁があって出会ったものはみな兄弟――沖縄の諺《ことわざ》みたいなものだったが、政信のいうとおり、おれは嫌いだった。うちなーんちゅはこの諺にこそうちなーんちゅの心が込められているという。みんなでたらめだ。確かに沖縄の人間はよその人間に比べれば情が厚いかもしれないが、それにしたって自分の暮らしに余裕があるからいえることだった。戦後の沖縄では、行逢りば兄弟という諺は宙に浮かんで漂うしかなかったし、おれはそのことをしっかり覚えていた。疎まれ、蔑《さげす》まれ、わけなく殴られた少年時代。ウチナーグチでは魂のことをマブイという。なにかショックを受けるとその人間はマブイを落としたといわれ、ユタのところへ行ってマブイを込め直してもらわなければならない。おれのマブイは、あの時落ちたままなのだ。多分、政信のマブイもどこかに落ちて苔《こけ》むして転がっているのだろう。おれと政信を繋《つな》いでいるものがあるとしたら、マブイがない。ただその一点だ。

「それで、おれになにを訊《き》きたいんだ、兄弟」

「こっちに来てるべ平連の連中のことだ。栄門がおれに会わせたのは清水って男だったが、クズみたいなやつだった。信用してもいいのか？」

清水の名前を出した途端、政信は喉《のど》を震わせて笑った。

「とんでもないおっさんだからな、あの男。二、三回沖縄に来ただけでもう、全部わかったつもりになってる。典型的なやまとーんちゅだ。話してると胸くそが悪くなるだろう?」

「とりあえず、当座をしのげる金をもらえるんならなんでもいいんだが……」

「仁美もいたんだろう? 清水はクズだが、栄門や仁美は真面目にやってる。清水はおまけだと思ってればいいんじゃないのか」

「あの娘とも付き合いがあるのか?」

「もちろんよ」政信は下卑た笑いを浮かべた。「ちゅらかーぎーだろうが、仁美はよ。そのうちスカートの中のほーみー食べさせてもらいたいと思ってる。おまえもそう思うだろう?」

おれは小さく首を振った。

「同じ施設で育ったっていわれるまでは、だれなのか思い出しもしなかったよ」

「おまえはなあ……」政信はおれより激しく首を振った。「おまえ、女に対してなにか勘違いしてるだろう。男にはこれがあって、女にはほーみーがある。それだけだ。そこんとこ勘違いすると、人生生きづらいぞ、尚友」

「おれの勝手だ」

「まあ、そういうことだな。じゃあよ、尚友、おれはこの後バンドの練習があるからな。

他にも話があるんなら、夜、照屋に来てくれや」

おれたちはコザ十字路の近くまで歩いてきていた。おれの額は汗でうっすら濡《ぬ》れていた。政信は汗ひとつかいていなかった。

「そうだな。今夜、照屋仁美と照屋で約束してるんだ。顔を出してみるよ」

政信は何度もうなずいて、おれに背中を向けた。おれの胸ポケットから奪ったままの煙草を返す素振りも見せなかった。二、三歩あるいて振り返り、思わせぶりな笑みを浮かべた。

「栄門や仁美が相手だったら、おまえ、騙《だま》すの簡単だろうがよ、おれに話すときはもう少しまともな嘘考えろよ。ポストの仕事にうんざりして上司と喧嘩《けんか》した？　あの仕事にうんざりするようなら、最初からやっとらんだろう、尚友。なにを隠してるかしらんが、気をつけろよ」

おれのマブイは落ちたままだ。だから、おれの身体の内部にはぽっかりと空洞があいている。その空洞をどす黒い感情が満たしていった。政信への憎悪。あるいは殺意。それを飲みこんで、おれは曖昧《あいまい》にうなずいた。

6

三時すぎに雨が来た。弾丸のような驟雨《しゅうう》が地面を叩《たた》き、すべての音をかき消していく。

通りを歩いていた人間は商店の軒先から空を見上げていた。にわか雨があがるのを待っているのだが、雨はいっこうにやむ気配を見せなかった。おれは喫茶店に避難した。アイスコーヒーを飲みながら、のんべんだらりとテレビを見た。ＯＨＫ――沖縄放送協会、要するに沖縄のＮＨＫだ――は沖縄の本土復帰に関する特別番組を放映していた。渡米する愛知外相の映像が映し出され、左翼を標榜《ひょうぼう》する評論家かなにかが偉そうに喋《しゃべ》っている。「日琉同祖」。そんな言葉が何度も聞こえた。かつてはまがりなりにも独立国だったという歴史を無視したたわごとだ。大昔を辿《たど》ればやまとーんちゅとうちなーんちゅは同じだというのなら、日本人と韓国人、それに中国人も同じだろう。中国が同じことをいい出したら、日本は中国に併合されるとでもいうのか。

でたらめだ。すべてはおためごかしにすぎない。

おれと同じように雨から逃れてきた連中が、テレビを見ながら勝手なご託を並べはじめた。連中の話題も本土復帰と全軍労のスト一色だった。耳障りだが追い出すこともできない。おれは耳に蓋《ふた》をして、政信が別れ際にいった言葉に思いを馳《は》せた。

政信は苦もなくおれの嘘を見破った。政信はおれのことをよく知っている。いや、おれのことだけではない。政信は人間というものをよく知っている。政信は頭がいい。ＩＱが示す以上に頭がいい。そのせいで何度煮え湯を飲まされたかわからない。政信のすべてを見通しているかのような表情に、何度怒りを覚えたかわからない。おれは政信に嫉妬《しっと》していた。政信はおれが嫉妬していることを知っていた。知っていて気にかけなかった。あの施設で政信がおれとつるみたがったのは、政信の考え方になんとかついていけるのがおれだけだったからだ。

おれは施設から逃げ出したかった。政信から逃げ出したかった。なんとかその思いを遂げたが、おれが忌避するものから逃げ出すには、沖縄はあまりにも狭すぎた。

思い出が触媒になって溢《あふ》れてきた感情を弄《もてあそ》んでいる間に雨があがった。コザの街はずぶ濡れで黒ずんで見えた。夜になってネオンに明かりが灯《とも》り、白と黒の米兵が奇声を上げて襲撃してくるまで、コザはいつだって寝ぼけている。

隠蔽《いんぺい》工作を維持すべく、おれは再び街に出てやる気もない就職活動に精を出した。断られるとわかっている相手に頭をさげるのは気分のいいものではない。だが、それでアメリカに渡れるのなら、どんなことでも我慢はできる。うちなーんちゅもやまとーんちゅも、もちろん政信も、アメリカまでおれを追いかけてはこないだろう。

凄《すさ》まじい勢いで降った雨も、基地周辺のぴりぴりした空気を洗い流すにはいたっていなかった。全軍労のストを控えて、基地周辺の住民も基地を守る警備兵も表情を強張《こわば》らせて雨に濡れた街路やゲートの前に立っていた。

照屋仁美と待ち合わせたのはコザ十字路近くにあるカフェだった。カフェ、サロン、バー、クラブ——コザには酒を出す店はいろいろあるが、要は値段の違いにすぎなかった。カフェからクラブになるにつれて金がかかるようになっていく。

照屋に繰り出す前に腹ごしらえをしている黒人兵でいっぱいのダイナーで軽い晩飯を食

い、カフェに着いたのが午後八時ちょうど。待ち合わせの時間にぴったりだったが、照屋仁美は先に来ていた。照屋仁美の前にはストローをさしたコーラの瓶があって、中身は半分ほどに減っていた。おそらく、十分前にはもう着いていたのだろう。うちなーんちゅとは思えない時間感覚だった。沖縄の人間にとって、八時待ち合わせということは八時半までに着けばいいというのと同じことだ。

照屋仁美はピースサインをあしらったデザインが印刷されたピンクのTシャツを着ていた。ピースサインの下にはご丁寧に『LOVE&PEACE』という英文が書かれていた。下半身はベルボトムのジーパンで足もとはサンダルだった。おれに気づくと腰をあげ、店に入ろうとするおれを仕種《しぐさ》でとめた。支払いを済ませて店を出ると、おれを気遣う素振りも見せずに照屋に向かって歩きはじめた。

「どこへ行くんだ？」

照屋仁美の背中を追いかけながらおれは訊いた。

「照屋です」当然だといわんばかりの口調で照屋仁美がいった。「伊波さんに会わせたい人がいるんです」

先日の面談で、照屋仁美は自分なりにおれという人間に対する判断を下したようだった。

「政信じゃないだろうな？　それなら無駄だぞ。昼間会った」

「米兵です」

「黒人か？」

おれはやっと照屋仁美に追いつき、肩を並べた。

「八時半に会う約束だったんですけど、もっと早い時間にならないかって、さっきいわれて……」

照屋仁美の彫りの深い顔が曇っていた。それでおれにはだいたいの事情が飲みこめた。

「麻薬か？」

照屋仁美の憂いが深くなる。

「マリファナだけだったらいいんですけど、あまり遅いとヘロインを打つかもしれなくて」

「麻薬中毒の黒人兵か。反戦運動も大変だな」

「凄《すご》く頭のいい人なんです。麻薬をやっていなければ素晴らしい人なんです。でも、頭が良すぎるのか、基地の外にいるときは現実逃避だっていって……」

「弁解する必要はないさ。おれだってやつらのことはよく知ってる」

照屋仁美の歩調は早かった。おれは上着を脱いだ。湿った空気が肌に不快だった。

照屋仁美は臆《おく》することなく照屋の特飲街に足を踏み入れていった。見張り役の黒人兵がおれたちの顔に一瞥《いちべつ》をくれ、白人ではないことを確認する。バドワイザーの小瓶をラッパ飲みしながら通りをぶらついていた黒人兵が照屋仁美に卑猥《ひわい》な声をかけてきた。日頃から差別にさらされている連中は自分より弱いものを嗅《か》ぎ分ける鼻を持っている。黒人兵は彼女がハーフであることに気づいたのだろう。だが、照屋仁美は毅然《きぜん》とした態度でそれを無視した。おれにはとても真似できそうになかった。

照屋仁美は一軒のバーの前で足をとめた。コンクリートがむき出しの壁に「ＢＵＳＨ」と書かれたネオンがかかり、毒々しい光を放っていた。店の中からもの悲しいトランペットの音が流れてくる。

「いらっしゃったことはありますか?」

照屋仁美が首を傾げながら訊《き》いてきた。おれは小さく首を振った。

「驚かないでくださいね」

「たいていのことには慣れっこさ」

照屋仁美がドアを開けた。トランペットの音が大きくなる。生演奏ではなくレコードの音で、ところどころに耳障りな雑音が混じっていた。トランペットの音と共に大麻の匂いがおれを包み込んだ。店内の空気は噎《む》せそうなほどに煙っぽく、湿っている。五人ほどが座れるカウンターに、四人がけのボックス席が三つという小さなバーだった。フロアの中央には四畳半ほどの空間が設けてある。酒と麻薬に酔った黒人兵とハーニーたちが踊る小さなダンスフロアだ。照屋のどんなＡサインバーにも、こうしたダンスフロアは必ず設けられている。

カウンターの内側に店の人間とおぼしきうちなーんちゅがいた。照屋仁美とおれには視線も寄こさずに、眉間《みけん》に皺《しわ》を寄せてスピーカーから流れてくるトランペットの音に聞き入っている。客は三人。一番隅のボックス席を占領してマリファナ煙草を回し喫《の》みしていた。

こちらもうちなーんちゅと同様に、闖入《ちんにゅう》者を気にする素振りも見せなかった。照屋――ブッシュは閉じられた世界だ。黒人と黒人を許容する人間以外は立ち入らない。それと知らずに迷い込んだ人間は叩き出される。ケビン・ヘンダーソン伍長《ごちょう》のように。

「エディ」

照屋仁美が黒人たちに声をかけた。中央の黒人が物憂げに顔をあげた。膜がかかったかのように淀《よど》んでいた目が、照屋仁美を認めて心持ち大きくなった。

「ヒトーミ」

黒人が腰をあげた。おれは口を開けた。座っているときは気づかなかったが、黒人は大男だった。身長で二メートル、体重で百二、三十キロはあるだろう。頭がでかく、手足がでかく、肩幅も胸幅も分厚い。まるで巨大な岩石のような肉体だった。

大男は左右に揺れながらおれたちの方に寄ってきた。大男はアラビア風の模様が入った開襟シャツを着て、折り目のきっちり入ったスラックスをはいていた。シャツもズボンもはち切れそうだった。ビールと大麻の匂いをまき散らしていた。

「ヒトーミ」

大男は照屋仁美を抱きしめた。一瞬、彼女の背骨が折れると思った。だが、大男はその巨体に似合わない優しげな仕種で照屋仁美を両腕ですっぽりと包み込んだだけだった。

「エディ、昼間電話でお話ししたでしょう。会わせたい人がいるって」

照屋仁美は子供にいいきかせるような口調でいった。大男が照屋仁美を解放し、身体を反転させた。両目が悲しげに細くなっていく。大男は諦《あきら》めたというように首を振り、シャツの胸ポケットから眼鏡を取りだしてかけた。眼鏡をかけると無骨な印象しかなかった顔が一変して、愛嬌《あいきょう》らしきものが感じられるようになった。

「あんたはだれだ?」

大男がいった。大麻に酔っているせいか、呂律《ろれつ》が回っていないようだった。

「ショーンだ。よろしくな、ブラザー」

おれはわざとくだけた英語でいった。大男の眼鏡の奥の目がきょろきょろと忙《せわ》しなく動いた。大麻の酔いの陰に隠れていた大男の知性がきらめくのをおれは見逃さなかった。

「こりゃ驚いた。英語がうまいじゃないか、ブラザー」

「だから彼女はおれをあんたに紹介したいんだろう」

「なるほどな。おれはエディだ。エディ・ジョンソン軍曹。米軍内での正式な呼び名だ。ブッシュのブラザーたちの間じゃ、イブラヒムで通っている。イブラヒムが発音しにくけりゃ、エディと呼んでくれてかまわない」

大男——エディはいった。イブラヒムと名乗ったということは、自らがブラックパンサーであることを認めたに等しい。エディが愚か者だとは思えない。たとえ、大麻に酔っていたとしても。だとしたら、照屋仁美はエディの絶大な信頼を得ているということだ。

ブラックパンサー——キング牧師にかぶれたいかれた黒人連中は、照屋には腐るほどいた。白人と闘うためには思想と大義が必要で、ブラックパンサーはその両方を与えてくれる。もちろん、ブラックパンサーの連中は軍隊内では従順な黒人兵を装っている。ブラックパンサーの一員だということがばれれば、軍を追い出されることはなくても、ヴェトナムで激戦地へ送られることになるからだ。

「ハロー、エディ。よろしく」

おれはエディに右手を差し出した。失敗だった。岩よりごつい手で思いきり握られた。あまりの痛さに思考が吹き飛びそうになったほどだ。おれが顔をしかめると、エディは嬉《うれ》しそうに笑った。笑っていてもおれの手を放そうとはしなかった。おれを試している。この程度で負けを認める臆病者《おくびょうもの》か、それとも——。おれは堪《こら》えた。目尻《めじり》に涙が浮かんでも、エディはそれを敗北の証《あかし》とは認めないだろう。相手が白人であれ黒人であれ、言葉に出して降参しなければアメリカーには通じないのだ。

「エディ、いい加減にして」

照屋仁美が助け船を出してくれなければ、おれの右手は潰《つぶ》れていたに違いない。それぐらいエディの握力は凄《すさ》まじかった。

「すまなかったな、ショーン。おまえが意地を張るからつい調子に乗った。おれと握手をして悲鳴をあげなかったやつはいない。おまえにはガッツがある」

エディがやっとおれの右手を放した。エディは笑ったままだった。おれはエディを睨《にら》みながら右手をさすった。感覚がまったくなくなっていた。

「こんなところに突っ立ってないで座ろうじゃないか、ブラザー。ビールでいいか？　それとも一緒にマリファナを楽しむか？」

「ビールでいい」

エディがカウンターの中のうちなーんちゅに飲み物を頼んでいる間に、おれと照屋仁美は空いているボックス席に腰をおろした。照屋仁美は心配そうにおれの顔を覗《のぞ》きこんだ。

「だいじょうぶですか？」

「だいじょうぶなもんか。あのデカブツ野郎、頭がおかしいんじゃないのか」

「エキセントリックではあるわ。でも、この辺ではとても影響力のある人なの」

「そうだろうな」

おれはエディの連れのふたりに視線を走らせた。ふたりは大麻には飽きたらしく、右手をゴムのチューブで縛ってヘロインを注入しようとしていた。血走った白目が、麻薬がもたらす陶酔への期待に潤んでいる。

「ヒトーミ」エディが戻ってきてへたくそな日本語を口にした。「ショーンはだれですか？」

「新聞記者よ。でも、先日、会社を辞めたの」

照屋仁美が答えた。エディにもわかるようにゆっくり喋《しゃべ》っていたが、彼女の生真面目さは充分にエディに伝わっているようだった。

「それで？」

エディは新しい大麻に火をつけた。深く煙を吸い、ゆっくり吐き出す。煙は濃霧のようで、その匂いを嗅いでいるだけでこちらも酔ってしまいそうだった。

「わたしたちの仕事を手伝ってもらおうと思ってるの。ショーンは英語で原稿を書いてくれるわ」

「ショーン、英語、とても上手ね」エディは照屋仁美に優しくいい、おれには鋭い視線を向けた。「それだけ英語がうまいってことは、英字紙の記者だったってことか、ブラザー？」

「そうだ。おれはファックな記者だったよ」

おれが答えるのと同時に、うちなーんちゅが飲み物を運んできた。おれにはビール。照屋仁美にはコーラ。エディにはゴムチューブと注射器のセット。照屋仁美が眉《まゆ》をひそめたが、エディは気づかないふりをしていた。

おれは静かに視線を巡らせた。カウンターの奥の壁に飲み物の値段表が貼ってあった。その横にそれよりも小さな紙が貼ってある。麻薬の値段表だ。大麻からヘロイン、覚醒剤《かくせい》、コカイン、LSD。麻薬の流通に関しては、コザは米国本土並みだった。

「そのファックな記者が、どうして反戦運動に関わってるんだ？」

エディが早口の英語でまくし立てた。照屋仁美に内容を悟られたくないようだった。

「彼女にぞっこんなのさ」おれは照屋仁美の横顔に視線を走らせた。「恋の前じゃ思想もくそも関係ない」

エディが笑った。

「その通りだ。おまえを信用しよう、ショーン。ヒトーミは素敵な女性だからな」

「なんの話をしてるの？」

照屋仁美が怒ったような表情で口を開いた。

「君は素敵だって話をしてたんだ」

おれはさらりといった。照屋仁美の頬が紅潮した。確かに、馬鹿げた思想にかぶれていなければ、照屋仁美は素敵な女性といってもよかった。

「ふざけないでください、伊波さん」

照屋仁美の剣幕にエディが肩をすくめた。

「わかったよ。話をはじめよう。おれを彼に引き合わせて、おたくたちはなにをしたいんだ？」

「エディは黒人の反戦兵の理論的な指導者なんです」

「ブッシュマスターは麻薬と女が好きなだけだと思っていた」

「伊波さん！」

おれの軽口を受け流すには照屋仁美は若すぎ、真摯《しんし》にすぎた。ブッシュマスターというのは長年照屋に出入りしている黒人兵を指していう言葉だ。おれがいったように、大抵は麻薬と女に狂っている。そうでなければ、白人への憎悪に精神を蝕《むしば》まれている。

「冗談にいちいち怒っていたんじゃ、アメリカーとはまともに付き合えないだろう」

おれはいった。

「伊波さんはアメリカーじゃありません」

「おれはうちなーんちゅでもない」

おれはビールを乱暴に飲んだ。いわずもがなのことを口にしてしまったことで、気分が荒《すさ》みはじめていた。おれが奄美出身であることは照屋仁美もよく知っているはずだし、沖縄で異端児であることを自慢してもなんの足しにもならない。ガキのようなことを口にして、ガキのように拗《す》ねている。おれはそんな自分が嫌いだった。

「エディは――」

照屋仁美はおれの気分に気づかずに、エディに視線を向けた。エディはにやにや笑いながらおれたちの会話を聞いていた。目は再び膜がかかったようになり、知性のきらめきはどこかに消えていた。大麻の紙巻きはもう半分ほどが灰になっていた。

「麻薬をやっていなければ、本当に繊細で知的な人なんです。本当なら大学で勉強すべきなのに、家庭が貧しいからしかたなしに軍隊に入って――」

「やつの生い立ちには興味はない」おれはぴしゃりといった。「おれになにをしてほしいのかだけいってくれ。できることなら精一杯やるし、できないことなら話をするだけ無駄だ」

「伊波さんはいつもそうなんですね」

照屋仁美はやるせなさそうに首を振った。

「いつも？　なにがだ？」

「いつもそうやって他人と関わりを持つことを拒絶するんです。昔からそうでした。施設のみんなは協力しあって生きていこうとしているのに、伊波さんはいつも知らん顔。施設を抜け出してはどこかに行って、自分のためになることだけをして戻ってくる」

照屋仁美はおれを断罪しているわけではなかった。ただ、淡々と事実を述べていた。

「おれだけじゃないだろう」

おれはいった。政信の横顔が脳裏をよぎっていった。

「伊波さんだけです。比嘉さんはわたしたちともっと遊んでくれました」

おれの心を見透かしたかのように、照屋仁美は政信の名前を出した。荒んでいた気分がますます荒んでいく。おれはビールを飲み、話題を変えた。

「おれがおれであることは変えようがない。そんなおれに目をつけたのはあんたたちだ。だから、くだらない話はやめて本題に入ってくれ」

照屋仁美はおれのかたくなさを見て取ると、小さな溜息《ためいき》をひとつ漏らして口を開いた。

「機会があるごとにエディと話をして、反戦米兵の心の内がどんなものなのか、伊波さんに知ってもらいたいんです。わたしの口から聞くより説得力があると思うし、反戦兵の気持ちがわかっていた方が伊波さんの書く文章にも資するところがあると思うんです」

「それは清水の考えか？」

照屋仁美はきっぱり首を振った。

「わたしと栄門さんで考えたことです。アングラ雑誌を出すまでにはまだ時間がかかります。その間、伊波さんにはエディと意思の疎通をはかってもらいたいんです。エディは顔が広いですから、他にもいろいろと人脈が広がっていく可能性もあります」

「どうして自分たちでそれをやらないんだ？」

おれは意地悪な質問をぶつけた。照屋仁美の表情が曇った。

「わたしたちの英語力では限界があるんです」

悔しそうにいう照屋仁美の横顔はおれの嗜虐《しぎゃく》心を刺激した。照屋仁美は確かに素敵な女だった。

＊　＊　＊

午後九時を回ると、ぽつりぽつりと黒人兵がドアを開けて店の中に入ってくるようになった。そうした黒人兵たちと入れ替わるように照屋仁美は帰っていった。壮大な目的に対して自分の力があまりに卑小であること、おれのような人間の力を頼りにせざるを得ない状況に憤慨しながら。あるいは落胆しながら。

おれはそのまま残り、ビールをちびちび舐《な》めながらエディとその連れの様子を観察していた。エディは大麻の紙巻きを二本灰にし、コークハイを四杯飲み干して上機嫌だった。

連れのふたりはヘロインのせいで酩酊《めいてい》していた。顔の筋肉がしまりなく緩み、精気のないどんよりした目がなにもない宙を凝視している。時折、唇の端から涎《よだれ》が垂れてTシャツやジーパンを汚しても気にする素振りも見せない。

エディは饒舌《じょうぜつ》だった。

「白人どもは黒い兄弟を恐れている」

エディはいった。

「おれたちはやつらより優れた視力をもっている。聴力も、やつらはかなわない。ジャズもブルーズもロックンロールもおれたちの音楽だ。白人がどれだけいい楽器を持ってしゃかりきになって演奏しても、黒い兄弟にはかなわないのさ、ブラザー。なぜって、やつらにはソウルがない」

エディは息継ぎもせずに喋《しゃべ》っているように見えた。唇の端に唾液《だえき》の蛙の卵のような白い塊がくっついていた。粘りけのなくなった唾液の塊だ。

「おれたちの音楽には詩がある。すべての虐待された兄弟は崇高な詩人なんだ。ぶよぶよに太った白人どもの脳味噌《のうみそ》をどれだけかき回したって、人の心を打つ言葉は出てこない。やつらは堕落しきっている。そんな人間に、詩神《ミューズ》が情けをくれるはずもないだろう。だから、連中の演奏する音楽にはソウルがないんだ。わかるか、ブラザー？　悲しみを理解できない人間には詩は書けない。詩のない音楽はくそだ。白人はくそだ」

エディは五杯目のコークハイを飲み干して、左腕にゴムチューブを巻いた。太い腕に太い血管が浮きあがった。

「運動能力もやつらはおれたちにかなわない。脳味噌のできも、だ。白人どもの脳味噌はビールと脂肪こってりのハンバーガーでできてるんだ。そんな頭でまともにものが考えられるはずがないだろう。だからやつらはおれたちを恐れるんだ。自分たちより優れている黒い肌の人種に牛耳られることが怖くてしょうがないんだ」

エディは右手に注射器を持った。注射器の中身は蒸留水で溶いたヘロインだ。白人の脳味噌がビールとハンバーガーでできているというのなら、おれの目の前の黒人たちの脳味噌は、間違いなく大麻とヘロインでできている。

「おれたちは連中より優れている。だから、やつらはおれたちを差別する。虐待する。肥《こえ》溜《だ》めの中に顔を押し込んで、ブーツの底で踏みつけるんだ。そうしないといられないんだ。怖くてしょうがないんだ」

エディは注射針を左腕の静脈に突き刺した。注射器の中身をゆっくり血管に押し込んでいく。

「黒人は貧乏なままにしておかなきゃやばい。黒人に白人と同じ権利を与えちゃやばい。黒人に教育を受けさせちゃやばい。なぜって、そんなことをしたら、白い旦那《だんな》様たちはあっというまに白い奴隷にさせられちまう。そうだろう、ブラザー?」

注射器の中身が空になると、エディは血管から針を抜いた。大麻のせいでぎらついていた目から光が消えた。エディは焦点の合わない視線をテーブルの上にさまよわせた。注射器を放り投げ、残っていた大麻に火をつけた。

「黒人に教育を受けさせるぐらいなら、スポーツをやらせた方がましってもんだ。ベースボールにフットボール、バスケット。それでやつらに金をくれてやりゃ、不満も解消するってわけだ。筋肉を動かしてる間は脳味噌も使わない。戦争がおっぱじまれば、前線に真っ先に駆り出されるのも黒人だ。全部、同じ理屈だ。わかるだろう、ブラザー。やつらはおれたちを恐れてるのさ。やつらは真実を歪《ゆが》めて大手を振って歩いている。そんなやつらのために、戦場で犬死にするのなんかまっぴらだ。おれは間違ってるか、ブラザー？」

ヘロインのせいでエディの呂律《ろれつ》が怪しくなっていた。黒人にしか通じない俗語が混じり、ますます聞き取りづらくなっていく。おれはエディから大麻を奪い取った。煙を深く吸い、ゆっくり吐き出す。エディの吐き出す言葉にはうんざりだった。こんな麻薬中毒をおれに紹介した照屋仁美にもうんざりしていた。こんなことしかできない活動組織にもうんざりしていた。こんな連中からなにかを探り出させようとしているホワイトたちにもうんざりしていた。

たぶん、大麻のせいだ。エディがひっきりなしに吐き出す煙を、おれも充分に吸い込んでいた。エディの機関銃のように吐き出されるたわごとと大麻の煙で自分でも気づかぬうちに酩酊していた。

エディは喋りつづけている。もう、エディの英語を聞き取ることは不可能になっていた。おれは大麻を右手の指で挟みながら腰をあげた。カウンターに向かい、水を頼んだ。

「いい匂いさせてるじゃねえか、ブラザー」

カウンターにもたれかかっていると、小柄な黒人兵が近寄ってきた。おれは右手の大麻をそいつにくれてやった。

「気前がいいな、ブラザー。エディのダチかい？　だったら、おれのダチでもあるってことだな」

黒人兵は大麻を吸いながら右手を差し出してきた。おれはその手を握りながら訊《き》いた。

「あんた、ブッシュにはよく出入りしてるのかい？」

「週末は通い詰めさ。ベースにいると息が詰まるからな」

「だったら、セイシンっていううちなーんちゅを知らないか。ギターのもの凄《すご》くうまいやつだ。ここら辺で演奏してる」

「セイシンを知らないやつはもぐりだぜ」

政信の名を聞いて、黒人兵の目が輝いた。

「今夜、どこで演奏してるか知らないか？」

「今夜はたしか、〈オージー〉で演奏してるんじゃなかったかかな」

「ありがとう」

「あそこはやばいとこだぜ」

「わかってるさ」

おれは黒人兵の肩を叩《たた》いて出口に足を向けた。外は雨だった。霧雨とも小雨ともつかない細かな水滴がネオンの明かりを受けて宙に浮かんでいる。おれは目を細めた。視界に膜がかかっているような感覚がある。原色のネオンが目にまばゆい。路地にたむろしている黒人たちの俗語ががんがんと耳に飛び込んでくる。

大麻の影響だった。おれは雨の路地にたたずんで頭がしゃんとするのを待った。麻薬に酔ったまま政信に会いに行くのは自殺行為だ。黒人たちの視線が痛かった。遠目にはおれの肌は白く見える。黒人たちはうちなーんちゅが照屋に迷いこむとそいつが白人かどうかを確認し、違うと知ると興味をなくすのが常だった。

雨の下で煙草を二本吸うと頭がいくぶんすっきりしてきた。意を決して〈オージー〉に向かった。〈オージー〉は照屋の突き当たりにあるダンスクラブだ。ロックバンドの演奏とフロアショー——ストリップを売り物にしている。裸と麻薬と過激な音楽が暴力的な雰囲気を醸し出して、照屋でも一番危険な店とされていた。

夜の十時を回って照屋は活気に満ちあふれていた。原色のネオンで彩られた酒場の合間に、黒人相手の床屋や洋裁店が軒を連ね、地元の娘たちを相手に黒人兵が卑猥《ひわい》な冗談を飛ばしている。片言の英語しかわからない娘たちは愛想笑いを浮かべながら黒人たちにチップをねだる。照屋は猥雑《わいざつ》だった。政信は猥雑な場所が好きだった。

〈オージー〉は盛況のようだった。店から十メートル離れていても、腹に響くようなベースの低音が照屋の空気を震わせているのがわかる。さらに近づけば、酒と麻薬と音楽に酔った黒人兵たちの怒号が鼓膜を震わせる。おれは〈オージー〉のドアに手をかけた。ドアはびりびりと震えていた。躊躇《ちゅうちょ》せずにドアを開けると暴力的なエレキギターの音が耳だけではなくおれの全身を揺さぶった。客の熱気で燻《いぶ》された熱い空気がおれを包みこみ、翻弄《ほんろう》する。

店内は足の踏み場もなかった。ビール瓶を片手にした黒人兵たちがリズムに合わせて拳《こぶし》を突き上げ、足を踏みならす。その度に店はぐらぐらと揺れるが、だれひとりそんなことを気にとめたりはしない。戦場帰りの帰休兵たちは殺伐とした精神を解放するために、ここにいる。道徳も倫理もくそもない。

おれは黒人たちをかき分けて店の中央に向かった。入口をはいって左の奥の壁際が簡易ステージになっていて、黒人が演奏しているのが見えた。ドラムにベース、リズムギター。リズムギターの黒人がマイクに向かって歌っていたが、歌はまったく聞こえない。政信の姿は見えない。だが、アンプが弾《はじ》き出すリードギターの音は容赦がなく、ステージの最前列に陣取っている黒人たちの狂乱ぶりは、そこに政信がいて一心不乱に弦をかき鳴らしているのだということを証明していた。

人いきれに噎《む》せながら、おれは前進を続けた。ジャングルの中を行軍する兵士のような気分になっていた。洒落《しやれ》にならないのはおれの前進を妨げている連中が、すべからくジャングル帰りだということだ。おれの強引な進軍に怒った黒人がなにかを叫び、おれの背中をどやす。おれも叫んだが、どんな声もエレキギターの音にかき消されてしまう。

ふいに視界が開けた。最前列に辿《たど》り着いたのだ。演奏している黒人たちの汗がおれに降りかかった。熱狂している客たちの視線は下に向いていた。政信がステージの上で大の字になって寝転がり、ギターを弾いていた。陶酔した表情を浮かべながら、正確にフレーズを弾いている。

曲が佳境にはいると政信は跳ね起きた。客を挑発するように腰を突きだし、ギターの弦を震わせる。目尻《めじり》が吊《つ》りあがり、頬の筋肉が痙攣《けいれん》している。政信のギターの音色にベースの低音が絡みつき、バスドラムが機銃のように打ち鳴らされる。店内にはビール瓶が飛び交い、戦場の狂気がここで再現されているようだった。

政信が宙を舞った。ステージの上で高くジャンプし、着地すると同時にすべての音が消えた。ギターの音も、ベースの音も、ドラムの音も、そして客たちの怒号も。完全な静寂が店内を一瞬支配し、次の瞬間、爆発したように弾けた。バンドを賞賛する黒人たちの拍手と指笛はいつ終わるともなく続いた。

政信は笑顔を振りまきながらステージを降りた。客の黒人たちと拳を突きあわせながらおれの方に向かってきた。

「よう、どうだった？」

「おまえは狂ってる」

おれはいった。満足げな笑みが政信の顔いっぱいに広がった。

7

酷《ひど》い頭痛とともに目が覚めた。記憶をまさぐりながら起きあがった。頭痛は拷問のようで、いっこうに消えようとしなかった。おれは畳の上にじかに寝ていた。シャツとズボンが汗でべったり肌にはりついている。電源が切れていた扇風機をつけて、おれはもう一度部屋を見渡した。ギターと三線《さんしん》が立てかけてあるだけの殺風景な部屋だった。記憶がやっと戻ってきた。おれが寝ていたのは政信のアパートの一室だ。

〈オージー〉で政信と話をしようというのははじめから無理なことだった。政信の演奏に興奮した黒人たちが次から次へとやって来ては握手を求めてくる。「おまえは最高にクールだ」。多くの黒人が同じ言葉を口にした。多くの黒人が、政信が友人だと紹介したおれに酒を奢《おご》ろうとした。善意の申し出をすべて断ることはできなかった。おれはビールとバーボンとカクテルをチャンポンで飲まされた。気がつくと政信に背負われていた。

頭痛はとまらず、胸もむかついてきた。おれは部屋を出てトイレで吐いた。それから、政信の部屋のドアをノックした。返事はない。おれは静かにドアを開けた。蝶番《ちょうつがい》が軋《きし》んで大きな音を立てた。政信の部屋はもぬけの殻だった。おそらく、おれを運び込んだ後で吉原に向かったのだろう。

「政信？」

おれは念のために声を出した。返事がないのはわかっているが、確かめずにはいられなかった。頭痛も吐き気もいつの間にか消えていた。部屋の中に足を踏み入れて、ドアを閉めた。部屋には敷きっぱなしのせんべい布団と薄汚れたちゃぶ台があるだけだった。壁際には錆《さ》びたスチール製の本棚。畳の上に直にレコードプレイヤーが置かれている。殺風景というにはあまりに殺風景な部屋だが、政信にはそれが似つかわしかった。

掌《てのひら》がじっとりと汗ばみ、心臓が早鐘を打ちはじめた。唾《つば》を飲みこんで、本棚を調べる。下段は箱入りの『マルクス＝レーニン全集』で占められていた。その上の段はトルストイやドストエフスキーといったロシアの小説が並ぶ。真ん中の段は下の段とはなんの脈絡もない雑誌類がでたらめに積み重ねられていて、上の二段には手書きのノートと洋楽のレコードが並んでいた。

ノートを手にとってぱらぱらとめくった。手書きの五線譜が並び、音符と政信の注釈があちこちに書きこまれていた。ノートは全部で十冊。そのどれもがギターの演奏のために政信が書き記したものだった。

ノートをめくる手をとめて、おれは耳を澄ませた。人の気配はまるで感じない。もう一度本棚に視線を走らせても、ホワイトたちが気に入るようなものはありそうにもなかった。欲しいのは人の名前だ。政信と繋《つな》がりがある人物。どこかの組織に繋がる人物。

おれはもう一度ノートをめくった。今度はじっくり、詳細に目を通した。

五線譜と音符、殴り書き。曲名すら見あたらず、殴り書きはそれこそミミズがのたくったような文字で解読不能に近かった。すべては濃いめの鉛筆で書かれていて、ところどころがかすれている。書かれてから数年は経っているだろう。

たぶん、米兵たちとバンドを組み始めたころに書きとめたノートなのだ。政信はもともと音感が異常なほどに発達していた。三線で弾く琉球民謡の数々も、年寄りの歌や三線を聞くだけで弾きこなしていた。自分ひとりでギターを弾くだけなら、こんな五線譜など必要はないはずだ。

十冊のノートは鉛筆のかすれが減るにしたがって、内容も薄っぺらになっていく。殴り書きの数も減り、五線譜にも力がなくなっていく。ロックンロールは単純な音楽だ。政信がすぐに飽きたとしても不思議ではない。米兵相手の演奏は楽しいのだろうが、政信の好奇心をいつまでも引きつけておけるほど、ロックンロールには奥行きがない。アメリカ生まれの音楽で、政信が本気でのめりこむようなものがあるとすればジャズやブルーズ、そんな気がする。

ノートの九冊めまでにはなんの意味も見出《みいだ》せなかった。十冊めのノートは半分以上が白紙のままだった。半ば諦《あきら》めかけながらノートをめくっていると、ノートの後半、真っ白なページの隅に小さな書き込みを見つけた。注意していなければ見過ごしてしまいそうな、小さな書き込みだった。

「ラウンジ　ニューヨーク　AM5:00」

日付はなかった。〈ラウンジ　ニューヨーク〉がどこにあるのかもわからない。

それでも、わざわざ政信が書きこんだということは、なにか意味があるということだった。しかも、早朝の五時という指定がある。ただの待ち合わせならこのノートに書きこむようなことはしないだろうし、わざわざそんな時間を指定することもない。

残りのページに目を通した。すべて白いままだった。ノートをもとの場所に戻し、扇風機の電源を切って、おれは政信の部屋を後にした。

* * *

電話帳で〈ラウンジ　ニューヨーク〉を調べた。〈クラブ　ニューヨーク〉ならコザと那覇に一軒ずつ。だが〈ラウンジ　ニューヨーク〉の表記はどこにもない。

念のため、コザと那覇の〈クラブ　ニューヨーク〉を見に行ったが、なんの変哲もないクラブにすぎなかった。

ホワイトに連絡を取った。教えられてあった緊急連絡用の電話番号をダイヤルした。

「過去五年分の琉球の電話帳を用意してくれないか？」

「なにか収穫があったのか？」

耳障りな雑音に遮られて、ホワイトの声は聞き取りにくかった。

「収穫になるのかどうか、それを確かめたいんだ」

「なるほどな。我々の兎はそろそろ本格的に行動をはじめたというわけだ」

「兎？」

「君のことだよ。君は我々の愛すべきラビットだ」

雑音の向こうからホワイトの含み笑いが聞こえた。湧き起こってきた怒りを、おれはなだめた。怒りはいつもおれの傍らにいる。そいつと付き合うのは慣れっこになっている。

「電話帳は？」

「できるだけ早く、君のアパートに運び込むように手配するよ」

ホワイトは喋《しゃべ》り足りなそうだったが、おれは電話を切った。まだ二日酔いが残っている。おれは畳の上に身体を投げ出し、うだるような暑さの中で眠りについた。

8

翌日の午前中に電話帳が届いた。二年前の電話帳の中に〈ラウンジ　ニューヨーク〉の名前を見つけた。住所は金武《きん》。今年の電話帳に載っていないということは潰《つぶ》れてしまった可能性が高い。

とりあえず、金武に出向いた。金武は基地を取り囲む町の一つで、基地の町におきまりの歓楽街を抱えている。住所からいっても〈ラウンジ　ニューヨーク〉はその歓楽街にあったはずだった。

昼間の金武は、コザと同じで死んだように眠り呆《ほう》けていた。町民の大半は農民か漁民で、昼間は働きに出ている。歓楽街の住民は周辺から夜になると出かけてくる連中だから、歓楽街には人けが少ない。ネオンがともっていない路地は薄汚れていて、アルコールと吐瀉《としゃ》物の匂いが充満してもの悲しい佇《たたず》まいをみせていた。

〈ラウンジ　ニューヨーク〉は金武の歓楽街の外れにあった。看板とネオンは無惨に砕け、錆びたシャッターが戸口を塞《ふさ》いでいる。閉店してから少なくとも二年は経っていそうだった。外観から想像できるのは、そこがかつては米兵を相手にした飲み屋で、そこそこの坪数があるということだけだった。

付近の人間に話を聞いてみたかったが、この時間帯では無理があった。シャッターを押し上げようと試みたが、頑丈な錠前がついていて徒労に終わった。潰れた酒場――〈ラウンジ　ニューヨーク〉はただそれだけでしかない。おれは諦めてコザに戻った。

金武からコザにいたる道には、空軍の不当解雇を糾弾するビラや横断幕があちこちに掲げてあった。全軍労の組合員も非組合員も、革新派も保守派も、本土復帰派も反対派も、息をのんでストの行方を見守っている。

適当に時間を潰し、照屋に足を向けた。〈BUSH〉は昨日と同じように閑散としており、これまた昨日と同じようにエディと連れの三人が奥のボックスを占領していた。

「ハイ、エディ」

おれはにこやかな笑みを浮かべてエディに声をかけた。三人が一斉に振り返る――昨日と違って目は濁っていない。まだクスリには手をつけていないのだろう。

「よう、ショーン。調子はどうだ？」

エディが白い歯を見せた。

「良かった。覚えててくれたんだな」

「忘れるはずがないだろう。ヒトーミの友達はおれの友達だぜ、ブラザー」

「だがあんたは昨日は大麻とヘロインでぶっ飛んでた」

「ラリってても大切なことは忘れないさ。座れよ、ブラザー」

エディの連れのふたりが席を空けた。おれはそこに腰をおろした。

「それで、今日はなんの用なんだ、ショーン？」

「別にこれといった用はないよ。あんたの話を聞きに来ただけさ。なにしろ、昨日のあんたは——」

「ぶっ飛んでた、か。そういじめるな、ブラザー。こんなクソみたいな世界、クスリがなきゃやってられねえ」

エディはごつい手でおれの背中を叩《たた》いた。息が詰まりそうになった。

「明日からはくそったれなストのせいで、しばらく基地の外に出られそうにないからな」

大麻を吸っていなくても、ヘロインを注射していなくても、エディは饒舌《じょうぜつ》だった。女の話をし、車の話をし、音楽の話をし、政治の話題を口にした。アメリカ社会がいかに歪《ゆが》んでいるか、黒人たちがどれだけの差別と搾取に苦しんでいるか、この戦争がどれだけくだらないか——エディの口調は明晰《めいせき》だった。まっとうだった。まっとうすぎて欠伸《あくび》が出そうになるほどだった。おれは欠伸をする代わりに、黙ってエディの言葉に耳を傾けた。クスリをやっていないときのエディは危険だ。知性に曇りがない。おれがドジを踏めば即座に気づくだろう。かといって、クスリをやっているときのエディも危険だ。思想と恨みと妬《ねた》みと怒りが暴走する。エディの手綱は慎重に扱う必要がある。

三十分ほど話してから、エディは大麻の最初の一本に火をつけた。知的な光を放っていた両目にかげりが出るのに五分とかからなかった。饒舌に拍車がかかるのに、十分もかからなかった。エディの連れたちは、とっくに大麻に酔いしれていた。

頃合いを見て、おれは訊《き》いた。

「金武の方には行くことはないのかい？」

「あそこは白豚どもの根城だぜ、ブラザー。どうして誇り高いおれたちが白豚どもの世話をしてやらなきゃならねえんだ」

「〈ラウンジ　ニューヨーク〉って店、どんな店か聞いたことはないかい？」

「ニューヨーク。あそこはアメリカでもっともまっとうな街だ。だから、白豚どもはニューヨークに憧《あこが》れる。おれたち黒い兄弟も憧れる。ニューヨーク、ニューヨーク、サウスブロンクスこそおれたちの故郷だ」

エディは金武に関しての情報はなにひとつ持ち合わせていない——おれはそう判断し、少しずつ話を切り替えた。知りたいのは名前だ。名前ならなんでもいい。エディと仲のいい兵隊の名前を聞いた。連れのふたりの名前も聞いた。エディと白人に関する意見を共にする黒人兵の名前を二つ、三つ聞きだした。話のできる白人兵の名前を聞きだした。そのあたりで、エディは大麻からヘロインに切り替えた。

潮時だった。大麻を吸っているエディはなんとか扱える。ヘロインをやり始めたエディは始末に負えない。おれは適当な理由をでっち上げて〈ＢＵＳＨ〉を後にした。

＊＊＊

夜の金武に舞い戻り、ネオンの洪水をかき分ける。何軒かの店に飛び込み、それとなく〈ラウンジ　ニューヨーク〉のことを訊《たず》ねた。

「ニューヨーク？　二年前に潰れたよ。理由？　覚えてないさー、そんな昔のこと。今？　閉まったままだろう。オーナーはだれだったかねえ」

「ニューヨーク？　ああ、あそこはさ、二年前にいかれた黒人兵たちに襲われたんだよ。店の女の子がさー、黒人なんか相手にできないとかいって、それで頭に来たらしくてさー。襲われたっていっても、たいしたことなかったんだけど、白人たちが嫌ってねえ。オーナー？　島田《しまだ》とかいう男がやってたけど、ありゃ、金武の人間じゃないしね。今なにしてるかは知らんさ」

「ニューヨーク？　昔は派手に商売やってたけどねえ、黒人に殴り込みされてからはさっぱりさあ。それで、二年前に店たたんだんだよ。島田？　下の名前はなんだったかねえ。ほら、こういう場所は移り変わりが早いから、いちいち名前なんか覚えてないでしょう。比嘉政信？　さあ、聞いたことないねえ」

「ニューヨーク？　さあねえ、時々真夜中に人が出入りしてることはあるみたいだけど、営業はしとらんでしょう」

そういったのは、〈ラウンジ　ニューヨーク〉の真裏で営業している店の年配のバーテンだった。

「出入りしてるって、どんな連中が？」

おれはカウンターの上に身を乗り出した。

「よく見てるわけじゃないから……本当に、朝の四時とか五時とか、そんな時間にね、シャッター開いてることがあるんですよ」

「ということは、だれかが今でもあの店の鍵《かぎ》を持っていて管理しているってことですよね？」

「そこまではねえ。こっちも忙しい合間にちょっと気づくだけだから」

「あの店のオーナーは島田っていう人らしいんだけど、知ってますか？」

「あそこが営業してるときはちょくちょく顔を合わせてましたよ。島田哲夫《てつお》っていって、確か、宜野湾《ぎのわん》辺りに住んでたんじゃなかったかなあ。ちょうど、あんたと同じぐらいの年頃で、若いのに礼儀がちゃんとしててねえ」

島田哲夫——記憶を探ってみたが、心当たりはなかった。

「その人、今なにをしてるか知りませんか？」

バーテンは首を振った。目尻《めじり》の辺りにおれを迷惑がっている雰囲気が漂いはじめていた。

「比嘉政信という名前に心当たりはありませんか？　二年ぐらい前まではちょくちょくあの店に顔を出してたと思うんですが？」

「他の店のお客さんのことまでは知恵がまわりませんよ。お客さん、うちも今がかき入れ時なんですよ。そろそろ勘弁してもらえませんか？」

おれはジョニ赤の水割りをお代わりした。それでも、バーテンダーの迷惑そうな態度に変わりはなかった。

「最後にひとつだけ……この辺りの店舗を取り仕切っている不動産屋は？」

「金武不動産ってのがこの路地の外れにあるよ」

おれは礼をいって店を出た。

＊　＊　＊

翌日、午前の時間を使って金武不動産を訪れた。〈ラウンジ　ニューヨーク〉の借り主は島田哲夫の名義のままになっていた。営業を続けてもいないのに、律儀に家賃だけを支払っている。

「時期を見て営業を再開したいということだったと思うんですがねえ」

不動産屋も首を傾げるほど、それは不自然な状況だった。不動産屋に金を握らせて、島田哲夫の住所を聞きだし、宜野湾に向かった。

そこにあるはずだったアパートは取り壊されて更地になっていた。老朽化が激しかった前のアパートを取り壊して新しいアパートを建てている最中だという。工事現場の人間はもちろん、大家も島田哲夫の転居先は知らなかった。宜野湾の役場で島田哲夫の住民票を調べたが、現住所は宜野湾のアパートのままになっていた。

〈ラウンジ　ニューヨーク〉の線は、島田哲夫の消息が途切れた時点で完璧《かんぺき》に行き詰まった。これ以上のことを知りたければ、政信にべったりくっついて、あいつが口を滑らせるのを待つしかない。想像しただけで気が遠くなる。おれは肩を落としてコザに舞い戻った。徒労感が背中にのしかかっていた。

＊　＊　＊

疲労が澱《おり》のように溜《た》まっていた。扇風機を回しても、熱く湿った空気をかき回すだけでなんの役にも立たない。空調の効いたポストのオフィスが恋しかった。

汗をかきながら報告書を書いた。栄門、照屋仁美、清水、エディ、エディから聞きだしたいくつかの名前。政信絡みの件はすべて外した。〈ラウンジ　ニューヨーク〉も島田哲夫も報告書には記載しない。中身が薄っぺらな報告書だ。ホワイトは気に入らないだろうが、おれの知ったことではない。

部屋にいると暑さに苛立《いらだ》ちが募るだけだった。報告書をポストに投函《とうかん》するついでに車でコザの街を流した。窓を開け放ってスピードをあげれば、少しは暑さを紛らわすことができる。

夕方前のコザの街は静かだった。ストを告げる横断幕が誇らしげに翻っている。

胡屋《ごや》十字路の近くで数人の労働者と一緒に歩いている栄門を見つけた。車を路肩に寄せて声をかけた。

「どうした、しけた面して。送ってやろうか？」

栄門の一行は五人だった。おれのオンボロ車にはきついが乗れないことはない。

「尚友か。こんなところでなにしてるんだ？」

「あんたからも照屋さんからも連絡がないから、暇を持て余してるんだよ」

おれの皮肉に栄門は顔をしかめた。連れの顔色をうかがいながら、おれの方に足を進めてきた。四人は胡散《うさん》臭げな表情でおれの様子をうかがっていた。ひとりの顔に見覚えがあった。社大党——社会大衆党の青年幹部。アメリカ帰りが売り物の平良恵一《たいらけいいち》という男だ。平良のような男がいるということは、ストの打ち合わせに向かう最中ということだろう。

「立て込んでるんだ。連絡を怠っていたわけじゃない。一昨日、照屋君が君を米兵に引き合わせただろう？」

「麻薬中毒の黒人兵にね。それより、立て込んでるってのはストのせいか？」

「まあな」

栄門は曖昧《あいまい》に言葉を濁した。

「べ平連に労働闘争、あんたも大変だな。どこに行くんだ？　乗せていってやるから遠慮するなよ。少し狭いがなんとかなるだろう」

栄門はおれの真意を測りかねているようだった。

「心配しなくても、あんたたちのことを米軍に売ったりはしないさ。売ったところで、米軍もなにもできないしな」

「そんなことは思っちゃいないさあ」栄門は後ろに首を曲げた。「知り合いなんですが、途中まで送ってくれると」

「乗せてもらおう。この天気じゃいつ雨になるかわからんしな」

答えたのは平良だった。

「じゃあ、頼むよ。全軍労の事務所まで」

栄門はそういって、後ろのドアを開けた。真っ先に乗りこんできたのは平良だった。その後に三人が続き、栄門は助手席に腰をおろした。おれは車を発進させた。非力なエンジンが悲鳴をあげたが、かまわずアクセルを踏んだ。

「どこかで見たことがあるね」

平良がいった。

「何度か記者会見で。この前までリュウキュウ・ポストの記者だったんですよ」

おれの答えに、栄門と平良を除く三人が身じろぐのがわかった。

「君がそうか。栄門君から話は聞いてるよ。心を入れ替えたんだってね」

「まあ、そんなところです」

「陰でいろいろいう人間もいるだろうが、君も今では我々の同志だ。よろしく頼むよ」

平良の言葉は慇懃《いんぎん》だった。金門《きんもん》クラブ出身ということを、言葉の端々に匂わせているように感じる。

金門クラブというのは、アメリカの金でアメリカに留学し、帰国した連中の集まりのことだ。かつては民政府と深い繋《つな》がりを持って、エリート中のエリートとして沖縄に君臨していた。本土復帰が現実味をましている今となっては、アメリカーの手先として嫌われている。平良はだから社大党の中心を担う若手として革新的発言を繰り返し、自分が金門クラブ出だという事実を払拭《ふっしょく》しようと躍起になっている。それでも、エリート意識はなくならないらしい。鼻持ちならない男だが、そんな人間は腐るほどいる。

「よろしくお願いします」

おれは当たり障りのない返事を返した。後部座席では内緒話がはじまっていた。抑えた声で早口でまくしたてるウチナーグチは、聞き取ることができない。

「照屋君もこの件で忙しいのか?」

おれは栄門に訊《き》いた。

「彼女もいろいろ走り回ってるよ。昔から活発な子だったからな。尚友も彼女のことはよろしく頼むよ」

「よろしくっていわれてもな……彼女はおれのことが嫌いみたいだ」

「おまえの態度が悪いからだよ。彼女、本当はおまえに英語を教わりたがってるんだぞ」

「英語なら後ろの先生に教わればいい」

おれは声を低めた。栄門がまた顔をしかめた。

「そういう態度がだめだといってるんだ」

「おれは昔からこうだ。変わりようがない」

「とにかく、あの施設じゃおまえと政信がなにかと目立ってた。だから彼女にはおまえたちに特別な思い入れがあるんだ。それなのに——」

「あの施設っていえば、あんた、島田哲夫って名前に聞き覚えはないか？」

「いや、知らんな。だれだ？」

「おれもうろ覚えでな。昔、調べものをしてたときにおれたちと同年配のその島田哲夫って名前に出くわしたんだ。出自なんかを調べると、おれたちと同じような施設出身だというから、もしかしてと思ったんだが、あんたも知ってるように、おれは施設の人間には興味がなかったから、名前をよく覚えてない」

「いや、やっぱり島田哲夫っていう名前には心当たりがないな。別の施設にいたんじゃないか。あの頃は多かったからな」

「そうか。だったらいい」

おれは車のスピードを緩めた。角を曲がった先に全軍労の事務所があった。

「おれにも手伝えることないか？　暇でしょうがないんだ」

「なにかあるだろう。立て込んでるが、一緒について来いよ」

栄門は屈託のない声でいった。後ろの連中も文句はいわなかった。

おれたちは車を降り、事務所の中に入っていった。まだストが決行されるかどうか決まったわけでもないのに建物の中は殺伐とした熱気で満ちあふれていた。汗くさい男どもが声を荒らげ、炊き出しに駆り出された女どもが忙《せわ》しなく立ち働いている。

「適当にやっててくれ」

栄門はおれにそう告げ、平良たちと共に奥の一室に姿を消した。おれは所在なく立ち尽くし、建物の内部をぐるりと見渡した。打倒、米軍！　戦争反対！　要求を勝ち取ろう！——雄々しいスローガンがあちこちに書き殴られている。建物の中にいる男たちは顔を真っ赤にして議論を戦わせ、外で炊き出しを作っている女たちは湯気にまみれて暢気《のんき》な笑い声をあげている。笑いの中心にいるのは政信だった。政信は三線《さんしん》を片手に、猥歌《わいか》をうたっていた。琉球民謡の猥歌は露骨だが底抜けに明るい。政信のしゃがれた声にはロックンロールよりも民謡の方がはるかに似合っている。

おれは建物を抜け出して女たちの輪に近づいた。政信は三線を軽くかき鳴らしているだけだった。歌う声もそれほど大きくはない。たぶん、政信なりに中の男たちに気を遣っているのだ。どうやら政信が演奏しているのは宮古の猥歌のようだった。琉球本島のウチナーグチと宮古方言は似て非なるものだが、男と女がまぐわう話なら、言語体系が違っても理解はたやすい。女の声色を使って歌う政信に、女たちは腹を抱えて笑い転げている。

政信はおれに気づくと片目を閉じてみせた。ひときわ声を高くして女の絶頂を示唆すると、三線をしゃらんとかき鳴らして深々とお辞儀をした。

「もう終わりかい、政ぐわー」

女たちの輪から声が飛んだ。政ぐわーというのは「政ちゃん」という意味合いのウチナーグチだ。さすがの政信も、おばあたちにかかると子供扱いだった。

「もう勘弁してくれよ」

政信は笑いながら女たちの輪から抜け出した。

「こないだは大丈夫だったか？」

政信はおれの肩を叩《たた》きながらいった。

「とんでもない二日酔いだったよ。悪かったな、挨拶《あいさつ》もしないで。どうせ女のところだろうと思ったから、そのまま帰った」

「おまえがあれだけ飲むのは初めて見た。驚いたなあ」

「たまには飲むさ。ここのところ、鬱屈《うっくつ》してるしな」

「尚友の鬱屈は怖いからな。鬱屈溜《た》めて爆発するタイプだ。怖くてたまらん」

政信はおどけてみせた。

「ふざけるなよ。そんなことより、なんでこんなところにいるんだ？」

「ストなんていったら祭と同じだろうが。こんなでかい祭、外から眺めてるだけじゃつまらん」

「そんなことを連中が聞いたら、色めき立つぞ」

「だれも聞いちゃいないさ。みんな自分のことだけで一生懸命でよ。気分が昂揚《こうよう》して他のこと目に入らんのさ。祭と一緒だろうが」

「その祭で、おまえの役目はなんだ。カチャーシーでも踊るのか？」

「おれは炊き出し部隊の隊長よ。食い物こさえてピケ張ってる連中に配って回る。大役だ。

ついでに、おばあたちゃ若い連中に基地闘争のなんたるかを教育する役目も仰せつかってる」

政信の口調からはそれが本気なのか冗談なのかの区別がつかなかった。

「旗振ってストを扇動する方がおまえらしいんじゃないか」

「それで本当になにかが変わるんならな」

政信の口調が微妙に変化した。おれは政信の横顔を盗み見た。薄笑いが消え、暗い光を帯びた目が宙を見つめていた。

「これだけ大規模なストを打っても変わらないか？」

「変わらんさ。おまえもわかってるだろう、尚友。ストやって、とりあえず米軍の譲歩取り付けても、結局軍隊は軍隊よ。民間人のことなんて屁《へ》とも思ってない。見てろ、このストで少しは態度変えてもな、米軍はすぐにまた大量解雇はじめるぞ。遅かれ早かれこの島はやまとにたたき売られるんだしな。今ごろこんなストやっても遅いのよ」

「それでも祭は祭だから楽しまなきゃ損だっていうんだな」

「そうだ。どうせなにも生み出さない祭なら、楽しまなきゃ損だ。おまえもそうやってみろ。そうすりゃ、人生もう少しましに思えてくるぞ」

「見解の相違だな」

「おまえは中途半端に頭が良すぎるんだ、尚友」

お馴染《なじ》みの怒りが鳩尾《みぞおち》のあたりからこみ上げてきた。耐え難い、身を焼くような怒りだ。

体の自由がきかなくなり、思考力が奪われる。おれはそうなる寸前でかろうじて抑制した。

「おれはこういうふうに生まれてきたから、こういうふうに生きていくことしかできない。おまえとは違うんだ、政信」

「人は変わろうと思えば変われるんだぞ、尚友」

「変わりたくはないし、おまえだって自分を変えようとしたことがあるとは思えないな」

「おれに怒りたかったら、怒りゃいいんだ」

「余計なお世話だ」

怒りはくすぶっている。政信に見下され、図星を指され——頭の上がらない兄貴に駄々をこねているガキのようだ。そうした自己認識が、政信に対する怒りをさらに煽《あお》り立てていく。悪循環だということはわかっている。わかっていてもとめられない。それがおれの愚かさだ。

「おまえも参加するのか？」

政信がいった。口調は抑え気味だった。多分、おれの怒りを察知している。多分、おれのねじくれた精神構造を察知している。そんな言葉遣いをすれば、さらにおれの怒りに油を注ぐだけなのがわかっていながら、そうせずにはいられない。それが政信だ。政信だって自分を変えられずに苦しんでいる。

「多分な」

おれは努めて冷静に答えた。

「おまえのことを胡散《うさん》臭く思ってる連中も大勢いるからな、いろいろいわれるぞ」

「おまえに比べれば、屁みたいなもんだ」

「そりゃそうだな」

「このストが終われば、しばらく島は静かになるぞ。次の祭は日本とアメリカーが沖縄復帰のアドバルーンを打ち上げてからだ。だから、せいぜい楽しんでおけよ、尚友。どうせ、おまえの仕事はおまえを苦しめるだけだ」

「けっこう楽しんでるんだぜ、これでも」

「だったらいいけどな」

政信はそういうと、おれのそばから離れていった。おれは事務所の奥に戻り、そこに集っている連中の中から見覚えのある顔を洗い出していった。ホワイトに送る報告書——内容が乏しくても名前があれば体裁を取り繕うことはできる。

栄門と平良が戻ってきて、軍との交渉は多分決裂するだろう、その時はストに加わってくれといった。おれはうなずいた。少しずつ、だが確実に、おれは栄門のコネクションに食い込んでいっている。いずれ大きなネタを摑《つか》むチャンスが向こうから転がってくるだろう。

＊＊＊

帰りがけに政信の姿を探してみた。政信はどこにもいなかった。

部屋に戻ると、またホワイトが勝手に上がりこんでいた。前と同じようにビールを飲んでいる。

「報告書を読んだよ」

「もっとまともな仕事をしろと脅しをかけにきたのか?」

「いいや。短時間であれだけの情報を仕入れてきた君の能力に恐れ入ってるところさ。ミスタ・スミスもとても満足している。とくに、エディ・ジョンソン軍曹とその友人たちの名前はとても有益だ」

「そりゃ、どうも」

おれはホワイトが手にしていたビールの瓶を奪い取ってラッパ飲みした。ホワイトはなんの反応も示さなかった。怒ることもなく、笑うこともない。

「これからもこの調子で頼みたい」

「努力するさ。当然だろう。目の前に人参をぶら下げられたら、兎はそれを食おうとする」

「兎がお気に召さないのか?」

「別に」

おれは煙草に火をつけ、畳の上に直接腰をおろした。

「わたしがまた無断でこの部屋に上がりこんだのが気に入らないんだな。君はまるでうちなーんちゅらしくない」

「だからおれを選んだんだろう？」

ホワイトが片目をつぶった。虫酸《むしず》が走ったが、おれもホワイトと同じで表情にはなにも出さなかった。

「ここに来たのにはわけがある。君の意見を直接聞きたくてね」

「なんなりと」

「日本から来たべ平連の清水という男だが、君はどう思う？」

「間抜けだ。鼻持ちならない愚か者だよ。自分じゃそのことに気づいてないし、清水を送り出してきた組織もなにもわかっちゃいないんだろう」

「清水の協力者の栄門と照屋という女性は？」

「清水よりはまともだが、愚か者だ」

照屋仁美の悲しげな横顔が脳裏を横切《よぎ》った。おれはまたビールを飲み、煙草をふかした。

「なぜそう思う？」

「人類はみな平等だなんていうたわけたことを信仰してる」

「君は極端な悲観論者だからそう思うんじゃないのかな」

「おれの意見が聞きたいんだろう？」

「その通り」ホワイトは苦笑した。おれが口をつけたビールを気にする素振りもなく飲み干した。「エディ・ジョンソン軍曹は？」

「ただの薬物中毒者だよ。クスリをやらなけりゃ、多分危険人物だ。だが、すっかりクスりにやられている。エディより、エディに近い人物を探っていった方が確かだと思う」

「探る自信は？」

「なんともいえんね。白人より黒人の方がガードが固い」

「我々は君に期待してるんだがね」

「頑張ってみるよ」

「照屋に集まる黒人兵たちの様子はどうだい？」

「あんたたち白人を心の底から憎んでるよ。爆発するのも時間の問題だな。白人のMPたちには黒人の扱いに気をつけるよう忠告しておいた方がいい」

「それは我々の管轄外の問題だな」

ホワイトは薄笑いを浮かべていた。我慢の限界だった。おれは立ち上がり、ホワイトを促した。

「質問は終わりか？　だったら、そろそろ帰ってもらいたいんだがね。疲れていて、眠いんだ。明日《あした》は、全軍労のストもある」

ホワイトはゆっくり腰をあげた。

「そういえば、君は今日、全軍労の事務所に顔を出してたな。なにか収穫はあったかい？」

「これから収穫するんだよ」

おれはにべもなくいい、ホワイトを部屋の外に追い出した。

9

全軍労は燃えている。今回のストが決行されれば、日米政府の横槍《よこやり》に屋良主席が及び腰になって回避せざるを得なくなった今年の2・4ゼネストの雪辱戦になる。あのゼネストは去年墜落事故を起こした空軍基地内のB52撤去が最大の目的だったが、米軍はその舌の根も乾かぬうちに、空軍労働者百五十人の解雇を発表した。四月十六日のことだ。理由はドル防衛政策による基地の合理化。でたらめだ。だれもがそう思った。基地との闘いで沖縄の民主化運動の中心的役割を担いはじめていた全軍労へのいやがらせとしか民衆の目には映らない。あまつさえ、米軍は全軍労との交渉を頭から拒否した。やっと話し合いの席についたのは三日前だが、時機を逸したことはいなめない。アメリカーはうちなーんちゅのことを三等国民と見なしている。だからでたらめを平気でする。もはやそんな時代ではないことに、米軍は気づいてもいない。

全軍労は燃えている。復讐《ふくしゅう》に燃えている。それは全軍労とは関係のないうちなーんちゅも同じだ。復帰を目前にして二十五年にわたる恨みを晴らそうとしている。違うのは、米兵相手のAサインバーに関わっている連中――経営者、従業員、そしてそいつらにたかっているやくざどもだ。軍の怒りを買えば、オフリミッツ政策で痛い目を見るのは特飲街の人間と決まっている。全軍労のストに対して、ピケ破りを敢行するのは決まってAサインバーの血の気の多いボーイたちだった。

六月四日の早朝から、沖縄全土は騒然とした空気に包まれていた。全軍労は米軍との最後の交渉を行っているが、それが決裂すれば、午後六時から普天間《ふてんま》で総決起集会が行われることになっていた。そこでスト決行が発表される。ストの期限は六月五日午前零時から二十四時間。あちこちに散らばる米軍基地の主要七十ゲートにピケを張る予定になっていた。全軍労とそれを支援する組織がものものしく街を練り歩く。ピケ破りを画策している特飲街の連中が物陰でひそひそ話し合っている。

政信は炊き出し部隊の隊長だといったが、それはでたらめだった。若い学生や過激派を集めて、ピケ破り対策の防衛隊を組織しているのだということを栄門からおれは聞いた。栄門の目は血走っていた。期待と不安に顫《ふる》えている。

おれは配送部隊に配置された。握り飯や毛布、薬品などを各ピケ隊に配ってまわる仕事だ。ピケ破りの連中を見かけたら、本部に連絡する役目も担わされていた。配送部隊の隊長は具志堅《ぐしけん》という男だった。強面《こわもて》の外見とは違って気弱な男で、炊き出しをしている女たちに顎《あご》で使われていた。

昼過ぎになって米軍との交渉が決裂したという情報が伝わってきた。その瞬間から、全軍労の事務所は緊迫した空気に包まれた。だれもが神経質になり、あるいは気分を昂揚《こうよう》させて、ぎらぎらとした熱気を放ちはじめている。

「伊波君、ちょっと悪いけど、普天間の決起集会に参加する人間を運んでくれないかね」

具志堅が申し訳なさそうにそういったのが午後二時過ぎだった。おれはオンボロトラックに全軍労、県労協、教職員会の組合員を十人乗せた。出発しようとエンジンをかけた時、もうひとりがトラックに駆けよってきた。照屋仁美だった。

「わたしも連れていってください」

照屋仁美の表情は切迫していた。声は切実だった。助手席に乗っていた教職員会のふたりが照屋仁美に席を譲って荷台に回った。

「すみません。もっと早くに出発してるはずだったんですけど、乗せてもらう予定だった車が満員になって……」

「気にするなよ」

おれはトラックを発進させた。コザを走り抜ける間、荷台の乗員に気づいた町民たちが「ちばりよー（頑張れ）」「アメリカーばたっくるせー（アメリカ人を叩《たた》き殺せ）」と勝手な声援を送ってきた。特飲街の従業員らしき連中が「しなさりんどー（死なせるぞ）」と脅しをかけてきた。照屋仁美は上の空だった。

街を離れれば、眼前に広がるのは基地ばかりだ。ゲートの前に立つ兵隊たちはものものしい雰囲気を周囲にまき散らしている。まるで戦場にいる兵士と変わらなかった。米軍も今回のストに対しては強気の姿勢で臨むつもりのようだった。

「ものものしいな」

おれはひとりごちるようにいった。

「前回のゼネストは寸前で回避されましたけど、その分のエネルギーが溜《た》まってますから。軍も気を抜けないというのが本音だと思います」

「誰に対してもそういう喋《しゃべ》り方をするのか？　それともおれが相手だからか？」

照屋仁美は一瞬わけがわからないという表情を浮かべ、すぐに腹立たしげに眉《まゆ》をひそめた。

「わたしがだれにどんな喋り方をしようが、伊波さんには関係のないことだと思いますけど」

「確かにおれには関係がないかもしれないが、ちょっと寂しくてね」

照屋仁美はおれの横顔から目をそらした。照れているようにも怒っているようにも見えた。

「英語を勉強したいんだって？」

「え、ええ。でも、忙しくて、なかなか時間を作れないんです」

「教えてやるよ」

「いいんですか？」

「おれでよければ。高校までは出てるんだよな？」

「でも、成績は良くありませんでした」

「関係ない。要は度胸と慣れだ。今度、適当な参考書を見繕って買っておくよ。それを使って勉強しよう」

「ありがとうございます」

照屋仁美が助手席で向きを変えて頭を下げた。

「そんなことをする必要はない。仲間だろう」

照屋仁美が顔をあげた。驚きと喜びが浅黒い肌に浮かび上がっていた。おれは自己嫌悪を押し殺し、他愛《たわい》もない話に切り替えて普天間を目指した。

＊　＊　＊

集会場には三時すぎに着いた。荷台の連中が次々に飛び降り、群衆の中に姿を消していく。横断幕が至る所に翻り、シュプレヒコールがあちこちでこだましている。群衆はてんでばらばらに喋りあっており、数千人の声の集まりは地鳴りのようにあたりの空気を震わせていた。

「それじゃ、わたしもここで。英語の授業、楽しみにしてます」

照屋仁美もそういってトラックを降りていった。連中をおろしたらすぐに戻ることになっていたが、おれはトラックのエンジンをとめた。助手席のダッシュボードの上に載っていたヘルメットを手にしてトラックを降りた。群衆の中に分け入って、照屋仁美の後をつける。集会場はさまざまな階級の人間たちでごった返していた。労働組織の幹部たち、人民党、社大党、その他政党の幹部たち。右翼も左翼もない。うちなーんちゅは熱病に伝染している。イデオロギーはただひとつ、反米、反基地。伝染病が去った後に来るもののことはだれも頓着《とんちゃく》しない。

お偉いさんたちは無視して歩いた。そういう連中のことはホワイトたちも把握しているはずだ。やつらが知りたいのは、基地内のウジ虫——それに繋《つな》がる連中。要するにベ平連絡みのことのはずだ。だから、おれは自己嫌悪を押し殺して照屋仁美を尾行している。清水のような男がこの集会を見過ごすはずがない。清水の周囲には照屋仁美や栄門以外の人間がまとわりついているはずだ。

照屋仁美は軽やかな足取りで群衆の間を縫うように歩いている。時折、顔見知りと挨拶《あいさつ》を交わすが、その足取りに淀《よど》みはなかった。

照屋仁美の足取りが一段と早くなったのは、ちょうど集会場の半ばを過ぎて人口密度が多少緩やかになったあたりからだった。照屋仁美の視線の先に、もったいぶった顔をした清水の顔があった。清水の周囲には四人の男が群がっていた。栄門の姿はない。照屋仁美が清水の横で足をとめ、真剣な顔でなにかを告げはじめた。

おれはヘルメットをかぶって上着を脱いだ。サングラスをかければ、よっぽど目ざとい人間でもないかぎり、おれとは気づかないだろう。清水と照屋仁美の後方から近づいていった。耳をそばだて、目を皿にする。

「米軍は今回は本気だと……」

照屋仁美が喋っている。語尾は周りの声にかき消されて聞こえない。

「それは……の情報かね？」

清水がもったいぶった声で応じている。おれはふたりの会話に神経を集中させながら、清水の周りの四人を観察した。四人とも若かった。学生か元学生といった雰囲気で、ヘルメットがまるで似合っていなかった。おそらくは、過激派か左翼学生。沖縄の過激派は本土の連中に比べれば可愛いものだ。四人の表情に残る幼さもそれを証明している。おれは四人の顔を脳裏に刻み込んだ。

「栄門さんが全軍労の上の方に伝えたんですけど、こっちだって本気だっていうだけで取り合ってくれないって」

照屋仁美の声が明瞭《めいりょう》に聞こえる位置まで近づいた。だれもおれのことを気にする素振りは見せていなかった。おれは煙草に火をつけ、腕組みをした。四人の若造はふたりの会話に聞き入っている。

「いや、それは却《かえ》って好都合だ。米軍が実力行使に出て、労組側に怪我人でも出れば、反米、反戦運動に更に火がつく可能性がある」

清水の言葉は相変わらず偉そうだった。怪我をする労働者のことをこれっぽっちも思いやってはいない。

「清水さん、それじゃあんまりじゃないですか」

四人の若造の中の、背が一番低い男が清水に食ってかかった。

「こういう運動には犠牲がつき物なんだよ、島袋《しまぶくろ》君。綺麗《きれい》事だけではなにも立ちゆかん」

照屋仁美も四人の若造も、清水の物言いに反発していた。清水だけがそのことに気づいていなかった。

おれは静かにその場を離れた。島袋――名前をひとつ手に入れただけで、おれには大収穫だった。

10

コザに戻った後も、おれはスト要員の移送に追われた。普天間の決起集会場は元より、北は辺野古《へのこ》のマリン基地、南は那覇の空軍基地まで、ヘルメットをかぶった労働者たちを運んでまわる。

コザから牧港《まきみなと》へ向かう途中で、ラジオのアナウンサーが総決起集会がはじまったことを報《しら》せはじめた。

助手席に乗っているのは四十代前半のいかつい男だった。太い眉毛に白いものがちらほらと混じっている。日焼けした顔には深い皺《しわ》が刻まれている。こんな時期でなければ、仕事のあとに古酒《くうす》でも飲んで博奕《ばくち》に明け暮れているのがお似合いの男だ。そんな男がまなこを大きく見開いて、ラジオに聞き入っている。

アナウンサーの声は興奮にひび割れていた。周囲の雑音は群衆の昂揚《こうよう》した気分を物語ってあまりあった。

やがて静寂が訪れ、全軍労の委員長、仲間《なかま》英介《えいすけ》の声がひときわ高く響き渡った。

「全軍労に結集する二万余名の基地労働者は、本日ここに組織の総力を結集して、空軍百五十名の一方的な人員整理の強行実施に抗議し、春闘要求をかちとり、基地労働者の生活と権利を確保するため、六月五日午前零時より二十四時間の第一波全面実力行使の決行を宣言した——」

助手席の男がラジオのボリュームを最大にあげた。窓を開け、荷台の連中に向かって叫んだ。

「聞こえるか？　スト決行の宣言だ。いよいよはじまるぞ!!」

荷台の連中がそれに雄叫《おたけ》びで応《こた》えた。助手席の男の体温があがるにつれて、車内の温度もあがっていくような錯覚を覚える。

雲の隙間から夕日が顔を覗《のぞ》かせている。橙色《だいだいいろ》に染まった雲が田圃《たんぼ》を照らし出している。まるで沖縄という島そのものが燃え上がっているかのようだ。

ストの宣言はまだ続いていたが、助手席の男も荷台の連中ももう、耳を貸してはいなかった。体内で滾《たぎ》る血の高ぶりにすべてを委《ゆだ》ねている。理性はなく、洞察もない。自らが置かれた立場を客観視することもない。

祭がはじまるのだ。理性などうっちゃって本能にすべてを委ねればいい。体力が尽きるまで三線《さんしん》を弾き、歌をうたい、カチャーシーを踊る。うちなーんちゅはそうやって生きてきた。そうやって現実をなおざりにし、夢の世界に生きてきた。その結果がこれだ。薩摩とやまとに翻弄《ほんろう》され、戦争で生き地獄を味わされ、アメリカーに尻尾《しっぽ》を振る生活を余儀なくされる。

ふりむん――ウチナーグチで狂人や愚か者を指す言葉だ。夢ぬふりむん。うちなーんちゅはだれもが夢幻の中で踊り狂おうとしている。

だが、夢は夢にすぎない。夢に現実を打ち負かす力はない。夢から覚めたとき、うちなーんちゅはどうするつもりなのか。今まではよそ者を蔑《さげす》むことで自分たちを慰めてきた。本土に復帰すれば、今度は自分たちが蔑まれる。そうなったらどうするつもりなのか。

拳《こぶし》を固く握って基地を睨《にら》みつけている助手席の男からは、そうした疑問に対する答えは返ってきそうにもなかった。

＊　＊　＊

全軍労は本気だったが、アメリカーも本気だった。軍は各ゲートの前に完全武装のＭＰを配置してピケ隊に対峙《たいじ》させていた。銃剣をつけたＭ１ライフルが基地労働者たちを威嚇している。

基地近辺のあちこちで怒号が巻き起こっている。これまでのストとは違って、物々しい険悪な雰囲気がピケ隊を取り巻いている。夢が夢ではなくなった。労働者たちは驚愕《きょうがく》し、怒り狂っていた。事務所の電話は鳴りやむことがない。ラジオやテレビでは屋良主席や政治団体、労働団体が遺憾の意を表明し、米軍を詰《なじ》っている。

おれはてんてこ舞いだった。事務所と各ピケの間を走り回り、食料を配送する。握り飯を運んでは、状況はどうなっているんだと詰問され、知らないと答えて詰られた。

深夜になっても状況は変わらない。コザや那覇の街はしんと静まりかえっている。だが、それは住民が眠り呆《ほう》けているというわけではなく、息を殺してテレビやラジオの報道に耳を傾けていることを意味していた。本気を出してきたアメリカーに全軍労はどう立ち向かうのか。基地から収入を得てきた人間が、基地に反旗を翻し、その基地から銃を突きつけられ、それでも戦い続けるのか。

全軍労は引くに引けない状況に陥っていた。

事務所ではお偉いさんたちが軍司令部や高等弁務官の事務所に電話をかけまくっている。アメリカーに抗議するといきまいている。しかし、どの電話もけんもほろろの対応で切られてしまう。青ざめた顔、赤らんだ顔。憎しみと怒りが渦を巻き、交錯している。

炊き出しを配送する先々で、おれは政信を捜した。照屋仁美を捜した。現場はあまりに人が多く、あまりに混沌《こんとん》としていてふたりの姿はどこにも見あたらなかった。

おれは炊き出しの配送が馬鹿らしくなって職務を放棄した。どうせ、連絡体系もずたずたになっている。MPに捕まって足止めを食らっていたのだと言い訳すればだれにもわからない。

炊き出しを運ぶ代わりに、おれは自分の部屋に戻ってカメラを持ち出した。各ピケ隊の持ち場に行って写真を撮る。顔を赤らめてMPに抗議する労働者。無表情に銃剣を構えるMP。いい写真が何枚も撮れた。どんな通信社もどんな新聞社も涎《よだれ》を垂らすような写真だ。

フラッシュを焚《た》くと無表情だったMPたちの顔が憤怒に染まった。ピケを張っている労働者たちがもっと撮れと煽《あお》ってきた。アメリカーの無法を写真に収めて全世界にばらまいてやれ——ストの蚊帳《かや》の外でおろおろしているお偉いさんたちとは違って、現場の人間はだれもかれもが殺気立っている。

キャンプ瑞慶覧《ずけらん》に向かった。陸軍の司令部がある基地だ。米軍の象徴とうちなーんちゅのせめぎ合いをカメラに残しておきたかった。途中でトラックを停め、徒歩でリージョンクラブゲート前に向かった。拡声器がだれかのアジテーションをあたりにばらまいている。その隙間を縫うように、三線《さんしん》の音が地を這《は》うように伝わってきた。拡声器のアジテーションや周囲の殺伐とした雰囲気とはまるで場違いな、涼しげな旋律を軽やかに奏でている。

政信に間違いない。

おれは足を速めた。三線の音を頼りに方向を決める。ピケ隊のはるか後方の土手に腰をおろして、政信は三線をかき鳴らしていた。政信の横に、男がひとりいた。暗くて表情はわからないが、ヘルメットをかぶっているわけではなく、着ているものもピケ隊にはそぐわないスーツのようだった。アシバーか遊び人、そんな雰囲気を漂わせている。男はおれの接近に気づくとそそくさと腰をあげ、政信になにかを告げてピケ隊の中に飛び込んでいった。

おれは息を殺して土手をのぼった。

「今のはだれだ？」

「おれのファンさ。ピケに疲れておれの民謡を聴いて心を和ませてた」

「馬鹿いえ」

おれは立ち去った男がいた場所に腰をおろした。草に覆われた地面がまだ生暖かい。周囲に洋モクの吸いがらが数本落ちていた。

「どっちかというと、ピケに参加するよりピケ破りをしそうな風体だったじゃないか」

「見た目で人を判断するな。あの中にはいろんな連中が混じってるさ」

政信はピケ隊の方に顎《あご》をしゃくった。これ以上問いつめても、まともな返答は期待できそうになかった。おれは質問を変えた。

「おまえはなにをやってるんだ？　若い連中を集めて防衛隊を組織してるんじゃなかったのか？」

「あれを見ろよ、尚友」政信は三線を引く手を止めてゲートを指さした。「アメリカーがあの態度じゃ、ピケ破りの出番もないだろう。あいつらは家に帰ってこのストに対するオフリミッツがいつまで続くか、泣きながら考えてるさ。やることがないから、おれは戦いの歌でピケの連中を鼓舞してるのさ。よくあるだろう。アフリカかなんかの部族がよ、戦いの前に歌と踊りで士気を高めるみたいなのがよ。おれたちにあるのは三線と民謡だからな、ちょっと違うかもしれないが、なにもないよりはましだろう」

「頭の固い連中がおまえを睨んでるぞ」

「放っておけ。三線狂いのふりむんとアメリカーの手先だった人でなしがなにやら話し込んでたって、だれが気にする。アメリカー様々よ。銃剣つけたライフル、突きつけてるんだからな。なにが自由だ。なにが人権だ。本国じゃ建前でもそれを謳《うた》ってるくせに、極東の黄色い猿にはなにもやらんとよ。アホらしくてな、歌でもうたってた方がよっぽどましだ」

「おまえがまとめてた若い連中は？」

「アメリカーたっくるせーってな、ピケに混じって騒いでる」

「そうか」

おれは政信に気づかれないように小さく吐息を漏らした。政信の周りに群がっている若い連中なら、清水と一緒にいた島袋という若者のことをなにか知っているかもしれないと考えていた。それも無駄足に終わったわけだ。

「じゃあな、政信」

おれは腰をあげた。

「おまえはなにをしてるんだ？」

「写真を撮ってるんだよ。栄門や照屋仁美からアングラ反戦誌を作るのを手伝えといわれてるからな。銃剣をかまえたＭＰと無垢《むく》な市民――絵になるだろう？」

「なんでもいいが、仁美を泣かせるようなことはするなよ。あれはいい娘だ」

ふいに湧き起こってきた嫉妬《しっと》心を悟られたくなくて、おれはピケ隊の方に顔を向けた。

だれかが焚き火を熾《おこ》しているらしく、オレンジ色の炎が闇に浮かびあがって揺らめいている。

「おれたちと違って汚れてないから、か」

おれは独り言のようにいった。

「おれたちってのはなんだ？　おれは汚れてないぞ。綺麗《きれい》なもんだ」

「死なさりんどー、馬鹿」

そういって、カメラをかまえた。炎にレンズを向け、シャッターを切る。ストロボがあたりを一瞬覆い、再び闇がおれたちを飲みこんでいく。

「写真撮ってるのはだれだ⁉」

炎の向こうでだれかが怒鳴るのが聞こえた。政信がまた三線をつま弾きはじめた。祭はまだ続いている。

＊　＊　＊

夜が明けて、家にこもっていた連中もぞろぞろと外に出てくるようになった。どの基地の周辺でも、ピケ隊とMPを民衆が遠巻きにし、不安げに見守っている。

外に這い出てきたのは民衆だけではなかった。政党のお偉いさんたちも、この時がアピールの絶好のチャンスとばかりにストの現場にやってきてはアジ演説を繰り返すようになっていた。

基地は沖縄住民の民意を汲《く》みあげろ、一方的な人員整理は民主主義の理念に反する、ヴェトナム戦争はアメリカーの帝国主義の現れだ——どれもたわごとだ。

おれは写真を撮るのにも飽きて、またぞろ、炊き出しの配送に精を出していた。どの現場に行っても、無精髭《ぶしょうひげ》を生やし、目の隅にヤニを溜《た》めた男たちの疲弊しきった表情がおれを迎える。男たちは握り飯を頬張り、アメリカーには負けんぞと叫んで、またピケの隊列に戻っていく。空元気だ。ストもあと数時間で終わる。強気の米軍からなにがしかの譲歩を引き出せたとしても、その後に待っているのはオフリミッツによる嫌がらせであり、米兵にたかって生きている特飲街の人間との骨肉を相食《あいは》むような身内同士の諍《いさか》いだ。

午前九時半に事務所に戻り、あと一踏ん張りだというかけ声とともに嘉手納の第二ゲートへ送り出された。百人分の握り飯と魔法瓶に詰められたなかみ汁を荷台から降ろし、運転席で煙草を吸っていると、照屋仁美が尋常ではない表情で駆けよってくるのに気づいた。照屋仁美だけではない。数人の男が同じような表情で駆けてくる。

「瑞慶覧のリージョンクラブゲートまで乗せていってください」

「どうした？」

「ラジオを聞いてないんですか？　米軍が実力行使に出たんです。瑞慶覧と牧港の兵站《へいたん》部隊のゲートで怪我人が出たって……」

おれはラジオのスイッチを入れた。照屋仁美が助手席に、それ以外の男たちが荷台に勝手に乗りこんできた。

ラジオのアナウンサーは絶叫していた。

「本日午前十時頃、キャンプ瑞慶覧と牧港兵站部隊のMPが抗議行動を起こしている全軍労組合員たちを、銃剣をつけたライフルで強引に排除するという暴挙に出ました。米軍の実力行使により、牧港兵站部隊の城間《ぐすくま》ゲート前でピケ隊の慰労に来ていた社大党・安里《あさと》委員長が負傷したほか、怪我人が多数出ている模様です。現場は大変混乱しています」

アクセルを踏みながら腕時計を覗《のぞ》きこむ。午前十時十五分。

「急いでください」

照屋仁美が叫ぶようにいった。

「わかってる」

答えながらアクセルを思いきり踏み込んだ。オンボロのトラックは喘《あえ》ぐようにしか走らない。

「だれが怪我したのかとか、怪我の程度とかはわかってるのか？」

おれは照屋仁美に訊《き》いた。照屋仁美は首を振った。

「わたしたちもトランジスタラジオのニュースで聞いただけなんです。詳しいことはなにひとつわかりません」

「どこかで公衆電話を見つけて、事務所に訊くか？」

「それより、瑞慶覧に……急いでください」

照屋仁美の声は震えていた。

11

瑞慶覧は混乱を極めていた。ピケ隊は怒号をあげながらゲートに向けて投石していた。MPたちは無表情のまま、銃剣を装着したM1ライフルをピケ隊に向けて微動だにしない。ピケ隊とMPたちを遠巻きにするようにパトカーと救急車が囲んでいる。警官が拡声器でピケ隊に落ち着けと促そうとしていたが、怒りに増幅された怒号がなにもかもをかき消していた。

「どうしよう」

助手席の照屋仁美が口を押さえながらウチナーグチでいった。照屋仁美は驚き、悲しみ、憤っている。

二台の救急車がいたが、怪我人はすでに病院に搬送されているのだろう。救急車の周りだけが混乱とは無縁のように静まりかえっている。

トラックのスピードを落としてゲートに近づいていった。三人の警官が笛を吹き鳴らしながらおれたちを制止した。照屋仁美が助手席から飛び降りた。荷台の連中がそれに続き、警官たちと押し問答をはじめた。

「止まりなさい。ここから先は行っちゃいかん」

「ぬーいちょんが。わってぇ全軍労やん」

なにを抜かしてる、おれたちは全軍労だ——荷台にいた男のひとりが大声で叫ぶ。その隙に他の連中がピケ隊に合流しようとしたが、警官たちが体を張って止めた。

「通してください。あなたたちがとめなければならないのはあっちの方でしょう!!」

照屋仁美の声がひときわ高く響いた。その声に警官たちが怯《ひる》む。仕事で警官をしているとはいえ、アメリカー嫌いはうちなーんちゅなら共通して心の奥に抱えている感情だ。警官たちも忸怩《じくじ》たる思いでストの行く末を見守っている。

「この先は危険なんだ。わかってくれ」

年嵩《としかさ》の警官が懇願するようにいった。顔が苦悩に歪《ゆが》んでいる。

「危険なのはわたしたちの仲間なんです。通してください。お願いします」

照屋仁美もその他の連中も、警官の懇願に耳を貸す余裕はない。通せ、通さないと叫びながら揉《も》み合い、やがて人数が勝る全軍労側が警官たちを押し切った。

「わってぇアメリカーやしらにくさん!」

照屋仁美たちに押し切られて尻餅《しりもち》をついた警官が叫ぶ——おれたちだってアメリカが憎いんだ。切実な叫びだったが、それが照屋仁美たちの背中に届くことはなかった。もちろん、おれの心に触れることもない。

おれはキーを抜き、トラックをおりた。右手にはカメラ——ブン屋根性はなかなか抜けない。

外から見るゲート付近は混乱の極みだったが、中に入るとそこは混沌《こんとん》としていた。だれもが口々になにかを叫び、前へ進もうとし、角材を持ち、石を持ち——怒りと憎しみで収拾がつかない。照屋仁美たちの後ろ姿も、ものの数秒で見失ってしまった。

腰をかがめ、カメラを腹の内側に押し込んで保護する。視界を塞《ふさ》ぐ連中を押しのけて前に進んだ。押され、押し返され、突き飛ばされ、突き飛ばし返し、罵《のの》られ、罵り——遮二無二前進する。暴徒と化そうとしているピケ隊と銃剣つきのライフルを構えたMP。もしピケ隊が暴走すれば、あたりは阿鼻叫喚《あびきょうかん》の修羅場と化す。銃弾がピケ隊に撃ち込まれ、無《む》辜《こ》の労働者が死体と化す。妄想が膨らむ。鬱屈《うっくつ》していた想いが爆発する。

おれはわくわくしていた。昂揚《こうよう》していた。照屋仁美のことも、政信のことも、ホワイトのことも忘れていた。アメリカーに対する憎しみも、うちなーんちゅに対する侮蔑《ぶべつ》も、世界に対する怒りも、すべてを忘れてはしたなく舞い上がっていた。

ピケ隊の最前列にやっと辿《たど》り着いた。血の気の多い男たちや、若い連中が陣取ってMPたちに罵声《ばせい》を投げつけている。おれは端の方に寄って地面に膝《ひざ》をつき、カメラを構えた。構図を決めてシャッターを切る。空は梅雨曇りだったが、明るさは充分だった。ストロボは必要ない。

向かい合うMPとピケ隊。MPが守るゲートの向こうには広大な軍事施設が広がっている。対するピケ隊の後方は野原が広がっているだけ。その分、対立構造が鋭く浮かびあがる。

夢中でシャッターを切った。ファインダーから覗ける世界がおれのすべてだった。ピケ隊の怒号はひとかたまりの巨大な岩石のようになって、おれの頭の上をただ通りすぎていく。MPたちの無表情な顔の皮膚の向こうに熱く脈打つ血管が透けて見える。指先の細胞がシャッターボタンと融合して、おれはカメラと一体化している。

　MPの足もとに小石が飛んでくる。MPが舌打ちする。無表情な仮面の下に潜んでいる感情が一瞬だけ剥《む》き出しになる。おれはシャッターを切る。その瞬間、すべての事象がスローモーションのようにおれの目に映るようになった。MPの唇が動く――サノヴァビッチ。カメラと一体化したおれはその表情を余さずフィルムに焼きつける。

　ファインダー越しにそのMPと視線が合った。

「Fucking son of a bitch」

　MPの罵声まで間延びして聞こえる。おれはシャッターを切り続ける。MPの仮面が完全に剝《は》がれる。吊《つ》りあがった目、紅潮した頰、唾《つば》を飛ばしながら動く口。前に向けて踏み出される軍靴。ライフルの銃身がゆっくりおれの方に向けられる。横にいたMPが異変に気づき、そのMPの肩に手をかける。MPはその手を振り払う。完全に頭に血がのぼっている。

　MPはおれに向かって叫んでいる。声は聞こえないが、口の動きですべてが理解できる。

「写真を撮るのをやめろ、このくそったれの黄色い猿め!!」

　おれはやめなかった。シャッターを切り続ける。おれはカメラと一体化している。カメラの意志がおれの意志だ。おれの意思がカメラの意思だ。だれにもおれたちを切り離すことはできない。

MPがライフルの銃床を肩に当てた。銃口をおれに向ける。それでもおれは動かない。シャッターを切り続ける。おれ自身ですらおれをとめることはできない。

MPが頬を銃把に押し当てる。指が引き金にかかる。MPの目は常軌を逸した光を放っている。

その異常な行動に気づいた他のMPがそのMPに飛びかかるのと、おれの頭上で怒鳴り声がしたのは、同時だった。

「馬鹿野郎!!」

襟首を強い力で引っ張られて、おれは真後ろに倒れた。スローモーションだった視界が元に戻る。おれは瞬《まばた》きを繰り返し、怒気を露《あら》わにしておれを見おろしている政信を見上げた。

「なにをしてやがる!?」

「なにをって、写真を撮ってたんだよ」

「写真がなんだ。おまえ、撃たれるところだったんだぞ」

衣服についた泥を払いのけながら身体を起こした。ゲートの方では例のMPが他のMPたちに引きずられて基地の中に消えていくところだった。MPの異様な行動に気づいたピケ隊の連中が次々に投石をはじめていた。ピケ隊と基地のゲートの間に凄《すさ》まじい電流のような緊張感が張りつめていた。

「こっちに来い」

政信がおれの腕を引いた。抗《あらが》う体力も気力もなかった。カメラに集中しすぎて脳味噌《のうみそ》が干上がっている。喉《のど》がからからに渇いている。

政信はおれをピケ隊の外れの方に誘導した。ピケを張っている連中はおれたちに見向きもしない。怒りに我を忘れかかっている。

おれも我を忘れた。怒りのためではなく、浅ましい欲望のために。

「見ろ。MPのやつらが銃剣で突っかけてきたあとも無茶苦茶だったが、おまえのせいで手がつけられなくなってる」

政信が足をとめ、ピケ隊の方に顎《あご》をしゃくった。政信の横顔は強張《こわば》っていた。普段はなにもかもを笑い飛ばしているような目が、余裕を失って一点を見つめている。政信は怒っていた。これだけ無防備に怒りを露わにする政信を見るのは久しぶりだった。

「おまえが無茶をしたから」

「おれのことを心配してとめてくれたわけじゃないんだな」

「当たり前だ。あの時おまえが撃たれてたら、ここの連中はどうなる？　辛うじて残ってる理性が蒸発してゲートに突進したぞ。そうなりゃ、MPも反撃する。死体の山が築かれるところだったんだ。わかってるのか、尚友」

「そうなったら、おまえの望むところだったんじゃないのか？」

やっと政信に反撃する余裕が戻ってきた。政信に説教されるのは、いつだって耐えがたい。

政信はゆっくりおれに向き直った。

「こんなところで死人が出てもなんにもならん。どうせ人が死ぬなら、もっと劇的な場所が必要だ」

声にはいつもの響きが戻っていたが，顔はまだ強張ったままだった。こういう時の政信はつい本音を漏らす。やはり、政信はなにかを求めている。歌三線《さんしん》で無頼を気取っているのも、内に秘めている激情を抑えるために他ならない。無頼を気取っているくせに、反戦反基地運動や民主化運動に片足を突っ込んでいるのは、綺麗《きれい》な言葉で飾り立てられた空虚なスローガンのその先に、政信が求めるなにかがあるからに他ならない。理想主義か虚無主義か。おれの気持ちが虚無主義に傾いていることを考えれば、政信が求めているのは理想だろう。おれと政信は昔から正反対の方角を見ていた。

パトカーのサイレンがあちこちで響いていた。激高したピケ隊に危険を感じた警官たちが増援を求めたのだろう。ピケ隊の怒号も無機質なサイレンの集合音の前では鳥のさえずりのようなものだった。

「これで少しは連中も落ち着くだろう」

政信が吐息を漏らした。

「怪我人が出たって聞いたが、酷《ひど》い状況だったのか？」

「それほどたいしたことはない。跳ねっ返りの若いやつらがゲートの前まで突っ込んでいって、MPの銃剣にちょこっと切られた。ま、うちなーんちゅも血を見れば興奮する。そういうことだ」

政信の顔に薄笑いが戻ってきた。MPが無表情の仮面をかぶってピケ隊に対峙《たいじ》しているように、政信はいつも皮肉屋の仮面をかぶっている。MPと政信が違うのは、その仮面の強固さだ。意思と意志、そして思想の堅牢《けんろう》さだ。

「牧港の方じゃ、社大党の安里が怪我をしたそうだ」

「遠足気分でアジ演説ぶって、周りの空気を読めないからそうなる。革新の連中なんてみんなそんなもんだ。沖縄のため、人民のためとお題目だけ唱えて、てめえたちがなにをやってるのかはまるでわかっちゃいないのさ。沖縄をただ同然でやまとに売り払おうとしてるのにな」

おれたちはピケ隊から離れた。夜、政信が三線を弾いていた土手まで行って、腰をおろした。ピケ隊の中を探しても照屋仁美の姿は見つけられなかった。

「アメリカーに支配され続けるのもいや。だからといって本土の政府もいや——だったら、うちなーんちゅはなにをすればいいんだ？　独立か？　馬鹿らしい」

おれは吐き捨てるようにいった。

「そうだ。独立なんて馬鹿げてる」

政信はおれの言葉を肯定した。おれは拍子抜けして、煙草をくわえた。

「おれにも一本くれ。今朝から切らしちまったんだが、ピケ抜けて買いに行くともいえなくてな」

おれは煙草の箱を政信の目の前に差し出した。政信は一本抜き取って、深々と煙を吸った。

「アメリカーからもやまとからも独立して行けるほどうちなーは豊かじゃない。薩摩に蹂《じゅう》躙《りん》される前から、中国とやまとの顔色をうかがってきたんだ。その間にうちなーんちゅはとことんまで骨抜きにされた。独立したって、あっという間に滅びるだけだ」

「だったら、おまえはなにを望んでるんだ、政信？」

「おまえはどうだ、尚友？　おまえの望みはここから出て行くことだけか？」

おれと政信は見つめ合ったまましばらくぴくりとも動かなかった。紫煙がたなびき、サイレンの音が空気を震わせている。

「昔から尚友はそうだったな。学校抜け出して八重島の特飲街に行って、アメリカーの英語にじっと耳を傾けてる。二時間でも三時間でも飽きずにそうしてた」政信はおれから目をそらした。「なにかに集中すると、他のことが目に入らなくなる。さっき写真撮ってたときもそうだったんだろう？」

「はぐらかすなよ。おれの望みはおまえのいうとおり、ここから出て行くことだ。昔からそのことだけ考えてた。だから、二時間でも三時間でも八重島にいられたんだ。おまえの望みはなんだ、政信？　おまえはなにがしたい？　民主化運動なんて屁《へ》とも思ってないくせに、なにを期待してる？」

「おれはおまえが羨《うらや》ましいよ、尚友」

「はぐらかすなといっただろう」

政信は煙草を吸った。目を細めてピケ隊を凝視する。羨ましいといわれて、おれの心にさざ波が立っていた。形容しがたい感情が全身を塗りつぶしていく。怒り、憎しみ、殺意、絶望と失望——おれも煙草を吸った。唇がわなわなと震えていた。

「おれなんかには話したくないか」

煙を吐きながらいった。

「昨日の夜よ、おまえ、ここから写真撮ってただろう。焚《た》き火をさ」

「ああ」

「おれの望みはあの火を大きくすることだよ、尚友。なにもかもを焼き尽くすようなでっかい炎さ。燃やしてえ。なにもかも燃やし尽くしてえ」

政信は視線を煙草の穂先に移した。赤く燃える灰をじっと見つめていた。

12

祭の後——ストは終わった。全軍労や復帰協、革新政権の重鎮たちがこぞって米軍の強硬姿勢を非難する談話を発表したが、米軍は遺憾の意を表明しただけでだんまりを決めこみ、問答無用のオフリミッツで反逆者たちへの怒りをあらわにした。

オフリミッツ――アメリカーの最終兵器だ。うちなーんちゅがアメリカーに対して牙《きば》を剝《む》くと、やつらはオフリミッツで対抗する。兵隊たちが繁華街に立ち寄るのを禁止し、軍に寄生している沖縄経済に打撃を食らわすのだ。オフリミッツのあおりを食らうのは、ストを決行する全軍労や復帰協とはなんの関係もない特飲街――とりわけ、Aサインバーを経営する連中や、米軍相手の娼婦《しょうふ》たちだ。米兵が基地から出てこなければ、連中の稼ぎは激減する。

自分たちは無関係だと訴えても、アメリカーからの反応はなにもない。勢い、特飲街の人間の反発は、ストを決行してアメリカーを怒らせる組合員たちに向けられる。特飲街に立てられた全軍労の立て看板は業者や業者にたかっているアシバーたちに取り壊され、踏みにじられる。アメリカーに操作される内部対立。わかっていてもとめることはできない。苛《いら》立《だ》ったやくざ者たちが、全軍労の組合員を闇討ちするという事件が頻発する。憎悪は熱波人はパンのみにて生きるにあらず。しかし、口にするパンがなければ理想も語れない。苛立ったやくざ者たちが、

梅雨が明けた。ぎらつく太陽が陸と海とをフライパンに変える。陽光の下に五分もいれば、産毛の根元がちりちりと音を立てる――そんな錯覚に陥っていく。それでも、おれは暇があれば泡瀬《あわせ》の海岸や、時には車を駆って残波《ざんぱ》岬へ行った。なにをするわけでもない。浜辺に座りこんで、飽きることなく海を眺めている。実際、オフリミッツが解除されても昼間はすることがない。エディを筆頭とする黒人兵たちは夜にならなければ照屋にはやっ

てこない。うちなーんちゅの活動家たちも、昼間は仕事に精を出している。昼に眠り、夜、活動する。おれは夜行動物と化してコザの不夜城を徘徊《はいかい》している。

「ちゅーやうみぬーさちょーん」

浜に座って海を眺めていると、地元の年老いた漁師や主婦がそう声をかけてくる。

今日も海が咲いてるねえ。

おれは曖昧《あいまい》にうなずき返し、腰をあげる。神に愛《め》でられた清き海から、人の欲望が作りあげたネオンの街へ。

砂に足を取られながら海に背を向け、途中で振り返る。泡瀬の海は咲き誇っている。まるでなにかを言祝《ことほ》いでいるかのように、無数の光を無限にばらまいている。

――なにもかも燃やし尽くしてえ。

政信の言葉が頭の中に反響する。頭痛を覚えるほどに、政信の言葉はおれの脳に強く刻み込まれていた。かつては――十五年も昔の政信なら、炎で燃やし尽くすのではなく、海が放つあの光で世界を覆いたいと思っていたはずだ。政信もおれと同じで、どこかに魂を落としたままになっているのだろう。

* * *

海を見るのに飽きると、おれは仕事に奔走する。本土の雑誌のためにどうでもいい記事を書き飛ばし、スパイを続ける。エディ、照屋仁美、栄門――そして、清水の周囲にまとわりついていた学生たち。島袋という名前。

琉球大学と沖縄大学の学生名簿を手に入れた。島袋という姓の学生――目が眩《くら》むような数。少しずつ、確実に輪をすぼめていく必要がある。復帰協――沖縄県祖国復帰協議会や民青、革マル、中核派のアジト、その他諸々《もろもろ》、左翼学生の集まりそうな場所に顔を出し、顔を売り、潜入工作をする。おれの前歴を知っている者も、おれが瑞慶覧で撮った写真を見ると口をつぐんだ。この写真を使って反戦アングラ雑誌を作るというと、目を輝かせた。若さは愚かさと同義だ。幹部連中は政治にうつつを抜かしているが、下っ端の学生たちは埒《らち》もない理想に自らの夢を託している。沖縄の学生たちとべ平連の活動は、時に離反し、時に連携する。やまとの過激派に比べれば可愛いものだが、連中の東京とのコネクションは時に重大な情報をもたらすこともある。深く、深く潜入する。焦る必要はない。

夜は照屋だ。黒人兵たちと夜の狂乱を共有しなければならない。

エディは螺旋《らせん》の渦に巻き込まれ、奈落《ならく》に向かって落ちている。荒廃した精神を支えるのに、もはや大麻では役に立たず、ヘロインとLSDのカクテルで自分を奮い立たせようと無駄な努力を続けている。

クスリでラリったエディの口からは意味不明の言語が垂れ流される。おれの仕事はその垂れ流しの中から貴重な情報を拾いあげることだ。

デイヴィッド・キーン曹長。アンドリュウ・ネビル伍長《ごちょう》。マイケル・ジョンソン一等兵。リック・〝ザ・ディック〟・シアラー軍曹。

白人も黒人もごた混ぜで、エディは自分の周囲の人間の名前を吐き出す。黒人はブラザー。白人はエディの思想に共鳴するインテリもどき。おれは拾いあげた名前を後日、ホワイト経由でスミスに報告する。すると、一週間後か十日後に、件《くだん》の下士官は不当な理由を押しつけられて本国に強制送還させられる。

そういう仕組みだ。エディは最悪のジャンキーだが、おれは最悪の犬だ。

エディのおかげでおれは照屋の〝ブッシュマスター〟たちに認知されるようになった。通りで知った顔に行きあえば、拳《こぶし》を突きあげ、その拳をぶつけ合う。ブッシュマスターの伝統におれも組み入れられた。連中は酒を飲み、じゅりぐわー——娼婦の股間《こかん》にいちもつをぶち込むことだけを考えているわけではない。自分専用のハーニーのご機嫌をとらなければならない。本国の家族へ送金しなければならない。なにより、ヴェトナムの戦場で、最前列での殺し合いに参加しなければならない。自分たちに修羅場を押しつけて、後方でのうのうとバーボンを飲んでいる白人士官への憎悪を飼い慣らさなければならない。

きっかけは横須賀《よこすか》から沖縄に転属になったジェレミーという伍長だった。伍長は横浜に日本人の恋人がいた。その恋人が他の黒人兵に横取りされるのではないかという被害妄想を抱いていた。ジェレミーは毎週、恋人に手紙を書いていたが、恋人からの返信は月に一度がいいところだった。

「これを英語に翻訳してくれ」

恋人から届いた手紙をおれに差し出して、ジェレミーはいった。おれは手紙を読んだ。

なんのことはない。ジェレミーの恋人は英語の読み書きがまったくできないのだ。ジェレミーが恋情と嫉妬《しっと》に煽られて毎週書き殴っていた手紙も、恋人にとっては新聞の折り込みチラシと一緒だった。

黒人のスラングを織り交ぜたおれの翻訳にジェレミーは感激した。今度は自分の書く手紙を日本語に翻訳してくれといった。もちろん、高くはないが金は払う。お安いご用だ。おれは舌なめずりしながらそのアルバイトを引き受けた。

ジェレミーとおれの関係は瞬く間に照屋中に広まった。おれに手紙の翻訳を頼んでくる黒人兵はネズミ算式に増えていった。片言の英語しか話せないハーニーたちへの愛の賛歌。あけっぴろげな痴話の数々。愛《いと》しい女へ宛てた手紙の中で、黒人兵たちは滑稽《こっけい》なぐらい無防備になる。

女の歓心を買うための、基地内の四方山話《よもやま》。ブッシュマスターたちの動向。基地の中のブラックパワー運動の推移。話がわかる白い坊やたちのナイーヴな言動。

おれはお人好《よ》しのような笑顔を浮かべながら手紙を翻訳し、中身の一部をホワイトに提出する報告書に書き写した。

ホワイトはおれの仕事に満足しているといった。だが、スミスはそうではない、ともいった。我々が欲しているのは広範囲な情報だ。君がもたらす情報は米兵に限定されすぎている。

翻訳——もっとベ平連の情報を集めてこい。

照屋仁美や栄門とは二、三日に一度の割で会っている。情報を交換し、アングラ反戦誌を立ち上げるためのあれやこれやを模索している。本部が送って寄こすといっていたアメリカ本土の活動家が沖縄にやってくる気配もない。清水の姿もない。おそらく、東京に引き上げて、今後の対策を本土の連中と話し合っているのだろう。

ストが終わって三週間が経ったころ、おれはふたりにストの時に撮った写真を見せた。ふたりは、おれに銃口を向けるMPの写真に戦慄《せんりつ》し、興奮した。

「いつこんな写真を撮ったんだ？」

栄門がいった。

「瑞慶覧で、みんなが興奮してる間に撮りまくったんだよ」

「でも、このMP、伊波さんに銃口を向けてるわ。今にも撃ちそうな顔じゃない」

照屋仁美は眉間《みけん》に皺《しわ》を寄せた。

「危うく撃たれるところだった。政信に助けてもらった。怒鳴られながらだけどな。馬鹿野郎、死ぬ気かって。でも、おかげでいい写真が撮れた。これから作るアングラ誌の創刊号の表紙には最高じゃないか」

「その件だが――」写真を凝視しながら栄門が口を開いた。「東京のべ平連の方から、アメリカ側との調整がうまくいかないから、こっちで独自の活動をはじめろといってきてるんだ。まとまった活動資金ももうすぐ送金されてくる。東京の人間に任せるのはやめて、おれたちで雑誌を立ち上げたいと思ってる」

「じゃあ、原稿はだれが書くんだ？」

「そうね。エディに原稿を書いてもらって――」

照屋仁美が身を乗り出してきたが、おれはそれを冷たく遮った。

「エディはだめだ」

「どうして？」

「あいつは重度の薬物中毒だ。クスリ中毒は信用できない。どこで大事な情報をぽろりと漏らすかわかったもんじゃないからな」

「だけど、エディにはちゃんとした思想があるわ」

照屋仁美は胸を張っていた。理想はすべてに優先する。理想のない思想は、理想に燃えるクスリ中毒のたわごとにも劣る。瞬《まばた》きひとつせずにおれを睨《にら》む照屋仁美の双眸《そうぼう》はそう訴えているかのようだ。理想に対抗できるのはくそにまみれた現実でしかない。

「左腕にヘロインを注射するエディの顔を見たことがあるか？」

おれはことさらに冷たい口調でいった。照屋仁美は唇を噛《か》んだ。

「ヘロインであっちの世界に行ったまま、ＬＳＤの錠剤を口に含むエディを見たことがあるか？」

照屋仁美は首を振った。口惜しそうではあったが、おれを睨む目の光が曇ることはない。

「おれは毎晩、真横でクスリ漬けになっていくエディを見ている。今のあいつはおまえが知っているエディの抜け殻だ」

「じゃあ、どうしろっていうの？　今から新しい協力者を探すのは時間的に無理でしょう」

「候補は何人か見つけてある。おれだって、毎晩、照屋で飲んだくれてるだけじゃないんだぞ、仁美」

おれは名前を呼び捨てにした。照屋仁美は一瞬、息をのみ、怪訝《けげん》そうに眉《まゆ》をひそめ、やがてかすかに頬を紅潮させた。羞恥《しゅうち》のためか、怒りのためかはわからなかった。

「その人たち、信用できるんですか？」

「おれが信用できないというならしょうがない。あんたたちで勝手に進めてくれ。だが、エディはだめだ。どうしてもエディを使うというなら、おれは降りる」

「まあ、そう肩肘《ひじ》はるなよ。照屋君も別に尚友が信用できないといってるわけじゃないんだ。ただ、エディは彼女が見つけてきた協力者だからな。わかってやれ」

栄門はどちらかというと照屋仁美をなだめるような仕種《しぐさ》を見せた。照屋仁美は唇を真一文字に結んで視線を落としていた。

「で、おまえが候補にあげてる黒人兵っていうのはどういう連中なんだ？」

「ひとりは海兵隊の伍長。もうひとりは空軍の軍曹だ。ふたりともブラックパンサーだが、それほど過激な思想を持っているわけじゃない。白人兵とも付き合いがある。おれはこのふたりをなんとかうまく使って、反戦思想を持ってる白人兵に接触しようと思っている」

「だが、それじゃ時間がかかるな」

「繋《つな》ぎの間はおれが原稿を書くよ。どうせ匿名なんだ。だれにもわかりっこない」

栄門と照屋仁美は顔を見合わせた。

「そこまでやってくれるのか？」

「暇だからな、どうせ。なかなか新しい仕事も決まらない」

「生活費はどうなってるんだ？」

「そっちに紹介してもらった雑誌の仕事もあるし、黒人兵たちのラブレターの翻訳で小遣いを稼いでる。心配はいらない」

「そうか……なら、最初のうちは原稿もおまえに頼むとして、それでオーケイかどうか、東京に訊《き》いてみる」

「おれたちでやるといっておきながら、いちいち東京にお伺いをたてるのか？」

栄門が気分を害したというように小さく舌打ちした。

「尚友、そのものの言い方なんとかしろよ。余計な衝突繰り返すだけだぞ」

「おれは昔からこうだ。直せるものならとっくに直ってる」

「まったく、おまえといい政信といい、どうしてそう頑固なんだ。付き合いきれんぞ」

「政信に原稿を書かせてもいいな。あいつはおれより文才がある……が、翻訳が面倒だな。自分で直に英語で書いたほうが効率がいい」

栄門と照屋仁美がまた顔を見合わせた。政信の名前が唐突すぎたのか、それともふたりの思惑と一致したのが意外だったのか。どちらにしろ、ふたりはおれにはなにもいわなかった。

「政信はともかく、準備を進めてくれ。東京の方から文句をいってくることはないと思うが、万一の時はおれがなんとかする。はじめることが肝心だ」

「おれはかまわんが、雑誌の判型やレイアウトもおれがやっていいのか？　それとも別に人がいるのか？」

栄門が首を振った。たいした反戦運動だ——喉《のど》もとまで出かかった言葉をおれは飲みこんだ。栄門のいうとおり、いらぬ衝突を繰り返す必要はない。

「雑誌のタイトルは？」

「『NO　MORE　WAR』です」

照屋仁美がいった。照屋仁美の表情はおれにユタを思い起こさせた。ユタ——神の力を身に着けた巫女《みこ》。ユタは遥《はる》か昔から沖縄に根づいていて、今でもうちなーんちゅはなにかがあるとユタにお伺いをたてに行く。ユタ買いと称して。

「『NO　MORE　WAR』ね。それじゃ直截《ちょくせつ》すぎる。学のない兵隊ならそれでもいいかもしれないが、インテリには逆に馬鹿にされるおそれがある。それも東京の意向か？」

おれは照屋仁美を無視して栄門にいった。照屋仁美は唇の端を震わせていた。

「いや」照屋仁美の反応に気づかずに栄門は首を振った。「おれと照屋君で考えたんだが、だめか？」

「だれに反戦を訴えたいのか、だよ。あまねく米軍内の人間に訴えたいなら、もう少し考えた方がいい」

「じゃあ、伊波さんが考えてください」

『NO MORE HEROES』だな。もう、英雄はいらない。戦争はいらないって直接訴えるより奥が深いし、無学のやつにもわかりやすい」

「よし、それで行こう。さすがに尚友だ。おれたちだけじゃそこまで考えつかん」

照屋仁美が口を開く前に、栄門が手を叩《たた》いた。照屋仁美は悔しさに身体を硬直させていた。おれが肩に手を置くと、我に返ったというように目を瞬《しばたた》かせ、身体の力を抜いた。

13

照屋仁美は不機嫌なままだった。照屋に向かう道すがらも、俯《うつむ》きかげんに視線を落とし、足早に歩いていく。頑《かたく》なな後ろ姿は笑いものにするには繊細すぎて、煙草を吸いながら後をついていくしか方法はなかった。

声をかけづらいのは、照屋仁美のナイーヴさに打たれたせいだけではない。おれには彼女の気持ちが手に取るようにわかる。自らが必死になって集めた手勢、考えをおれにあっさり否定されて、照屋仁美は屈辱とコンプレックスの波にさらわれそうになっている。

政信と対しているときのおれと同じだ。こてんぱんに打ちのめしてやりたいのに、それができない己の無力さに絶望し、その絶望を相手に転嫁し、そうせざるを得ない自分にまた激しく絶望し、それを繰り返して底なし沼のような状況にはまってしまう。世界に対して誠実であろうとすればするほど、底なし沼の粘度は増していく。

おれが照屋仁美と違うのは、おれが魂をどこかに落としたままの存在だということだ。ナイーヴさにはとうの昔に決別を告げているからだ。世界に対してというよりは自分自身に誠実であることをなによりも望んでいるからだ。歪《ゆが》んだ性質ゆえに、自分と同じような境遇でありながら自分より弱いものをいたぶることに悦《よろこ》びを覚える人間だからだ。

おれもよく自分自身に苛立《いらだ》つ。だが、おれはそれを飼い慣らす術《すべ》を知っている。照屋仁美は若い。悲しいほどに若い。

照屋に着いたときには、もう、夜の十一時をまわっていた。この時間を過ぎると、黒人兵たちの酔いも勢いを増し、照屋の街が狂騒の坩堝《るつぼ》と化す瞬間への秒読みがはじまっている。

照屋仁美がこんな時間に照屋を訪れるのは、おそらくは初めてだろう。真夜中の照屋はまっとうな婦女子には恐ろしすぎる。真っ黒いいちもつをおっ勃《た》てた酔っぱらいが、それを突っこむための肉の穴を探してうろつきまわっている。そうした連中から金を取りそびれた娼婦《しょうふ》が、大声で泣きわめきながら半裸に近い姿で通りをさまよっている。

照屋仁美は俯くのをやめ、足取りをゆるめ、おれに寄り添うように歩きはじめた。暗闇に浮かびあがる黒人兵たちのぎらついた目が、品定めするように照屋仁美の四肢を舐《な》めていく。

おれに気づいたブッシュマスターのひとりが拳《こぶし》を突きあげて近寄ってきた。おれたちは互いの拳を宙でぶつけあった。

「いい女を連れてるじゃないか、ブラザー」

ブッシュマスターは安ワインと大麻の匂いが入り交じった口臭をまき散らしていた。おれは照屋仁美の腰を抱いて引き寄せた。照屋仁美は抗《あらが》わなかった。

「紹介するよ。ヒトミだ。おれとエディの知り合いだよ」

「エディか……あいつのこと、気をつけてやってくれよ、ブラザー。あいつはどんどんクレイジーになっていってる」

「わかってるさ、ブラザー。クスリさえなけりゃ、あいつは最高にいいやつだ」

もう一度拳をぶつけあい、ブッシュマスターはおれたちに背を向けた。

「なんの話をしてたんですか？」

「君がいい女だから譲ってくれといわれて、おれの女はだれにも譲らないと断ったんだ」

「ふざけないで」

照屋仁美はおれの足を軽く踏んだ。ある種の才能があれば英語がわからなくても、言葉の本質を摑《つか》むことはできる。照屋仁美にはその才能があり、英語も本気になれば短期間で身につけるだろう。

「君がいい女だとあいつがいったのは本当だ。まあ、挨拶《あいさつ》みたいなものだな。その後話したのはエディのことだ。ここら辺の連中は、みんなエディのことを心配してる」

「電話で話すときはいつもと変わらないのに……」

「昼間はクスリをやってないからだ」

照屋仁美は唇を嚙《か》んだ。だが、俯いたり、挑戦的な目でおれを睨《にら》むことはしなかった。夜の照屋の異様な雰囲気が、おれの言葉に重みを持たせている。

「とにかく、まずエディに会おう。その後で、おれが目をつけてる連中に引き合わせるよ」

おれはそういいながら、〈BUSH〉のドアを開けた。ソウルミュージックが通りに溢《あふ》れ出てくる。顔なじみになったうちなーんちゅのバーテンがうなずき、店の奥に顎《あご》をしゃくった。おれは左腕に注射を打つ真似をした。バーテンは寂しそうにうなずいた。

「気を確かにしておけよ。エディはもうヘロインをやってる」

「はい」

店の中央のフロアでは、五人の黒人兵が洗面器にストローを突っこんで、腰を振りながら中に注いだ赤玉パンチを飲んでいる。送別会——ヴェトナムに行かなければならないブラザーのための祝宴だ。フロアの隅では別の黒人兵がハーニーの腰を抱いて踊っている。踊りながらハーニーの耳許《みみもと》でなにかを懸命に訴えている。おそらくはその黒人兵もヴェトナムに送られる。愛の言葉を、束縛の呪文《じゅもん》を、自己憐憫《れんびん》のたわごとを、愛人の耳に吹きこんでいるのだろう。

おれたちは黒人たちをかき分けてフロアを横切った。エディはいつもの席に腰を落ち着けていた。左腕にはゴムチューブが絡みついたままで、足もとに空っぽの注射器が転がっていた。取り巻きのふたりはいない。ふたりは十日前にヴェトナムに旅立った。その頃から、エディのクスリ浸りも激しさを増していった。

「よう、エディ」おれは声を張りあげた。「今夜は久しぶりにヒトミを連れてきたぞ」

エディが反応した――目だけをおれたちに向けた。血走った目はどんよりと濁り、知性から見捨てられた瞳《ひとみ》が落ち着きなく左右に動いている。

「おれがわかるか、エディ？」

おれはエディの目の前に自分の顔を突き出した。エディは瞬《まばた》きを繰り返し、面倒くさそうにうなずいた。

「怒鳴らなくてもわかるぜ、ショーン。マイ・ブラザー。おれは天国にいる。そのおれをくそまみれの現実に引き戻すのはブラザーのすることじゃねえ」

「ヒトミだ。会うのは久しぶりだろう？」

おれは照屋仁美を促して、エディの隣に座らせた。エディを挟むようにして、おれは反対側に腰を据える。

「ヒトーミ。おれの天使が、やっとおれに会いに来てくれたのか」

エディは間延びした動きで照屋仁美の腕をとった。照屋仁美は呆然《ぼうぜん》とエディの横顔を見つめ、されるがままになっていた。

「聞いてくれ、ブラザー。おれの天使は酷《ひど》い天使だ。可愛い顔で、可愛い声で、いつもおれのいちもつを刺激する。そのくせ、触ってもくれないし、しゃぶってもくれない。入れさせてもくれない。そんなことをすりゃ、おれは地獄に真っ逆さまだ」

エディは歌うように喋《しゃべ》った。いや、実際、歌っていた。店内に流れるメロディに合わせて、節をつけて歌っていた。照屋仁美がエディの手を振り払おうとしたが、逆にエディは照屋仁美を引き寄せた。

「エディ、ヒトミが困ってる。もう、ゆるしてやれ」

「ゆるしてほしいのはおれの方だ、ブラザー。おれの天使はいつもおれに微笑みかける。可愛い声で笑いながら、パラダイスを語るんだ。自由な世界、平和な世界、差別のない世界、だれもが平等な世界。おれは天使の語るパラダイスに耳を傾ける。天使のおっしゃるとおりだといってうなずく。だが、おれは知ってるんだ、ブラザー。そんなのはたわごとだ。でたらめだ。そんな世界があるわけがない。もし、実現できるんならとっくに実現されてる。おれたちが毎日くそを舐めてるのは、神様がそんなパラダイスを欲してないからだ。おれは知ってる。知ってるくせにな、ブラザー、天使のいうことに耳を傾けて、微笑んで、頭の中で天使を犯すことばかり考えてるんだ。おれは腐ってる。この世界は腐ってる。こんなおれにやらせてくれない天使も間違ってる」

エディは処置なしだった。全身を弛緩《しかん》させているくせに、口調——歌はしっかりしていて、照屋仁美を放さない腕の筋肉は盛りあがっている。照屋仁美は泣いていた。赤ん坊のように泣きじゃくりながら首を左右に振っていた。エディの変貌《へんぼう》ぶりに驚き、エディの告白に嫌悪し、そんなエディに希望を託そうとしていた自分自身に絶望し、泣いていた。英語がわからなくても、エディが自分になにを求めていたかは理解できるのだ。

おれはなにも感じなかった。ここに来たいといったのは照屋仁美だ。エディと話をしたいといったのはおれの目の前で泣いている女だ。おれが目をつけたという黒人兵の様子を知りたいといい張ったのも泣きじゃくっている愚かな女だ。

エディは喋りつづけている——歌いつづけている。次第に歌詞から意味が欠落していき、卑猥《ひわい》な言葉を連呼するだけになっていく。照屋仁美の手を自分の股間《こかん》に押しつけようと躍起になっていた。エディの歌に耳を傾けているのはおれと照屋仁美だけだ。他の黒人兵は振り向きもしない。だれもがエディのヘロイン依存を知っている。エディは照屋にいても忘れられた存在になろうとしていた。

おれはエディの肩に手を置いた。耳に口を近づけ、優しい声で囁《ささや》いた。

「ブラザー、おまえもどこかに魂を落としたままなんだな」

エディが歌うのをやめた。糸の切れた操り人形のような不自然な動きで首《こうべ》をおれの方に巡らせた。エディの細めた目に涙が溜《た》まっていた。

「おれはソウルをどこかに落としちまったのか、ブラザー？」

「おれも同じだ、ブラザー。みんなどこかに魂を落としてる。そのことに気づくやつもいれば、気づかないやつもいる。気づくと、辛《つら》い」

エディの目尻《めじり》から大粒の涙がこぼれ落ちた。

「おれは死にたい。おれは死にたくない。どうしたらいいのか、わからないんだ、ブラザー」

「わかるやつがいるかよ」

エディは目を開けたまま泣きはじめた。涙が滝のように流れ、頬を濡《ぬ》らし、鼻を濡らし、口を濡らし、顎に伝って落ち、それでもエディは瞬きひとつしなかった。

エディの手の力が緩んだのだろう。照屋仁美が立ち上がり、身を翻して店の外に出て行った。

「落とした魂を探さなきゃな、エディ。リュウキュウにはこんな言葉がある。魂込《まぶいぐ》み――落とした魂を元に戻すんだ」

「おまえは？　おまえもおまえの魂を探してるのか、ブラザー？」

「おれの魂は焼かれて灰になったよ。探しても、もうどこにも見つからない」

おれは首を振って、エディの頬を叩《たた》いた。エディの涙のせいで掌《てのひら》が濡れた。泣き続けているエディをその場に残して、照屋仁美の後を追った。仲の町辺りで飲んでいたというなら放っておいてもかまわないが、ここは照屋だ。コザだ。基地の街だ。人種差別を屁《へ》とも思っていないくせに、人種差別撤廃を謳《うた》う偽善者どもが支配する小さな島だ。米兵による強姦《ごうかん》事件は日常茶飯事と化している。男が強姦してはいけないのは、アメリカ国籍を持ったまっとうなアメリカの婦女子だけだ。うちなーんちゅは人間のうちに入らない。

店を出て通りの左右を見渡した。ビール瓶を片手にした黒人兵たちが、右手の電信柱を指さして喚《わめ》いている。照屋仁美が電信柱に縋《すが》りつくようにして泣いていた。小さく顫《ふる》える肩はあまりにも無防備で、危険でさえあった。

　おれは黒人たちを押しのけて照屋仁美のそばに行き、肩に手をかけた。

「いやっ」

　照屋仁美は身をよじった。

「おれだよ、仁美。落ち着け。黒人たちがおまえを見てる。おれと一緒にいなかったら、どこかに連れ込まれて強姦される。落ち着いて、気をしっかり持つんだ。ここは照屋だぞ、コザだぞ。めそめそ泣いているやつは餌と同じだ」

「でも、でも……あんまりです」

　照屋仁美が振り返った。化粧っ気のない顔が涙で濡れている。照屋仁美は赤ん坊のように泣き、激情を垂れ流している。

　途方に暮れた。泣きじゃくる照屋仁美はあまりに無防備で、華奢《きゃしゃ》で、おれの歪《ゆが》んだ嗜虐《しぎゃく》心を刺激する。嗜虐心を刺激されているのはおれだけではないだろう。ここにとどまっているのは危険だが、照屋仁美をどうやってなだめたらいいのかがわからなかった。他人をいたぶるのは得意だが、慰めるとなるとどうにもならない。おれこそ本物の愚か者だ。女の扱い方は昔から下手だった。

　おれは振り返り、黒人たちに怒鳴った。

「セイシンがどこにいるか知らないか？」

政信が照屋にいる確率は五分五分。どこかの店でギターを弾いているか、吉原辺りで女といちゃついている。

「クレイジーなギター弾きのことなら、さっきまで〈マリナーズ・ハイ〉にいたぜ、ブラザー」

だれかが海兵隊の集まる店の名を口にした。

「セイシンを呼んできてくれ。頼む」

闇に浮かぶいくつもの目に向かって叫び、おれは照屋仁美に向き直った。照屋仁美は顫えながら泣き続けていた。照屋仁美を抱きしめてやりたかったが、なにかがおれを堰《せ》きとめる。指ひとつ動かすことができずに、おれは気休めにもならない言葉を口にするのが精一杯だった。

「もう大丈夫だ、仁美。エディはここにはいない。クスリ中毒のけだものはおまえには手を出さない」

「違います……そうじゃないんです」

照屋仁美の言葉は嗚咽《おえつ》にとぎれがちだった。照屋仁美の涙の原因が他にあるということはおれにも充分わかっている。ただ、言葉が出てこないだけだ。

「わかってる。わかってるさ」

照屋仁美がおれに縋りつきたがっていることも充分わかっていた。だが、おれには照屋仁美を受けいれることができなかった。照屋仁美は無垢《むく》すぎて、おれは汚れすぎている。

照屋仁美は激情に流されているだけだ。おれと一緒に地獄へ堕《お》ちていく気構えはない。おれや政信が暮らしているのは煉獄《れんごく》だが、おれたちにとっての煉獄は照屋仁美には地獄と同じようなものだろう。目の前で顫える若い肉体をおれは欲していた。それと同時に、無垢な魂に致命的な傷を負わせることが恐ろしくもあった。

後ろの方が騒がしくなった。照屋仁美は顔をくしゃくしゃにして泣き続けている。エディのせいというよりは、おれに受けいれてもらえないという事実に心を締めつけられているかのようだった。おれは息をのんだ。おれが抱きしめれば、照屋仁美はおれの胸に顔を埋《うず》めるだろう。傷ついた魂を癒《いや》して欲しいと願うだろう。だが、おれには癒すことはできない。おれにできるのは傷ついた魂に塩を塗り込むことだけだ。

「仁美を泣かせてるのか、尚友」

太くて低い声が鼓膜を顫わせて、おれは安堵《あんど》の息をそっと漏らした。

「なんとかしてくれ、政信。おれにはお手上げだ」

おれは照屋仁美の方を見たまま、政信に懇願した。照屋仁美から目を離すのが怖かったし、振り返って政信の顔を見るのも怖かった。

「仁美を泣かせたら承知しないといっただろう」

政信の声がゆっくり近づいてくる。

「おれのせいじゃない」

「じゃあ、だれのせいだ？」

「彼女自身さ」

おれはやっと振り返った。政信の顔が驚くほど近くにあった。

「なにがあったのかは知らんが、こうなるとわかってて止めなかったんだろう、尚友。おまえが泣かせたも同然だ」

政信は断定した。おまえのことなど一から十まで知り尽くしているんだぞといいたげな目が、おれの全身を舐《な》めていく。屈辱に顫えそうになる身体を、おれは歯を食いしばって制御した。照屋仁美をなんとかしてくれと政信に懇願したのは他でもないおれ自身だ。泣きじゃくる照屋仁美に手を焼いて為《な》す術《すべ》もなかったのはおれ自身だ。すべてをコントロールできるつもりでいい気になっていたのはおれ自身だ。照屋仁美の無防備な涙に、あそこまで心を動かされるとは思ってもいなかった。

「彼女を頼む」

顔の筋肉が強張《こわば》って、おれの口から出た言葉は不明瞭《ふめいりょう》だった。それでも政信は小さくうなずいた。おれは政信に譲るようにその場から離れ、野次馬の黒人たちをかき分けた。

「待てよ、尚友。逃げるつもりか？　てめえの尻《しり》はてめえで拭《ふ》くのが筋だろう。最後まで付き合え」

政信の声が追いかけてきたが、おれは足を止めたりはしなかった。照屋仁美にも政信にもうんざりしていた。おれ自身にもうんざりしていた。なにもかもにうんざりしていた。だというのに、おれにはしなければならないことがある。やらなくてもいいことをしようとするおれがいる。

〈マリナーズ・ハイ〉という看板を見つけて、店の中に入った。照屋の他の店と同じで、小さなバーカウンターとお粗末なボックス席、それに狭いダンスフロアがあるだけの店だ。ここで政信がギターを弾いていたとは思えない。酔っぱらうことを楽しんでいたとも思えない。

顔見知りの黒人がひとり、いた。二、三度手紙の翻訳をしてやったことがある伍長《ごちょう》だ。ボックス席でひとり、ビールを気怠《けだる》げに飲んでいる。〈マリナーズ・ハイ〉は海兵隊が集まる店だが、伍長は陸軍の所属のはずだった。

「ヘイ、ブラザー」にこやかに声をかけて、向かいの席に腰をおろした。古びた椅子はほんのりと温かい。「退屈そうじゃないか」

「おれのハーニーが体調を崩して寝込んでるんだ。ちょうど良かった、ショーン。ハーニーに手紙を書きたいからまたいつものように翻訳してくれよ」

「お安いご用だよ、ブラザー」

おれはボックス席のテーブルの上に視線を走らせた。おれの席の前に飲みかけのビール瓶とグラスが置いたままになっている。グラスはまだ冷たかった。つい数分前までこの席にはだれかが座っていたということだった。店内を見回した。客の黒人は五、六人といったところで、カウンターの上にも、他のボックス席のテーブルの上にも、飲みかけのグラスが置かれていた。おれと照屋仁美の騒ぎを聞きつけて外に出て行った連中がいたのだろう。そのどこかに政信がいたのだとしても見当はつけづらい。

「だれかここにいたのかい？」

伍長は曖昧《あいまい》に顔を動かした。肯定したのかも否定したのかも定かではなかった。

「おれのハーニーはいい娘なんだ。わかるだろう、ショーン。他の連中の売女《ばいた》とはわけが違う。おれのことを世界中のだれより愛して、理解してくれる」

たわごとを垂れ流す伍長——名前をやっと思い出した。ウィル・ジョンソン伍長。嘉手納の弾薬庫に所属している。

「手紙はいつ書くんだい、ウィル？」

「明日書く。手紙は明後日持ってくるよ。その時に翻訳してくれ。おれのハーニーに愛を伝えるんだ。情熱的に頼むぜ、ブラザー」

「だから、任せろって」

おれは拳《こぶし》を突き出した。伍長がにやりと笑って、おれの拳に自分の拳をぶつけてくる。

「くそったれの白豚たちに惨めな死を」

伍長がいった。

「ヴェトナムにくそをまき散らそう」

おれはいった。どちらもブラックパンサーの標語のようなものだ。

「おまえはいいリュウキュウ人だ。おれのハーニーの次に素敵だ」

伍長は瓶に残っていたビールを一気に飲み干した。おれはバーテンに合図して新しいビールを注文した。

「ところで、さっきまでここにセイシンがいただろう？　クレイジーでクールなギター弾きだ」

「ギター弾き？　知らないな」

にこやかだった伍長の目に落ち着きがなくなった。

「おかしいな。照屋じゃ有名なギター弾きだ。あんただって演奏を聞いたことはあるだろう？」

「連れと一緒だったからな。他にどんな客がいるかなんて、気にもしてなかったよ。そのセイシンってやつがこの店にいたっていうんなら、いたんだろう。おれの知ったことじゃないさ。どうしてそんなやつのことが気になるんだ？」

伍長は苛立《いらだ》たしそうに空のビール瓶を弄《もてあそ》んだ。照屋で飲んだくれている黒人兵はおおむね、芝居が下手だった。

「ならいいさ。あいつはおれの幼馴染《おさななじ》みなんだ。あんたたちブラザーがおれの幼馴染みを気に入ってるんなら嬉《うれ》しいと思っただけだよ」

「セイシンと知り合いなのか？」

カマをかける前に伍長はドジを踏んだ。驚きに見開かれた目が、政信との深い関係を物語っている。

「いっただろう。幼馴染みさ。それより、ハーニーの具合はどうなんだ。よっぽど悪いようなら、いい医者を紹介するぜ」

落ち着きのなかった伍長の目がぱっと輝いた。伍長は身を乗り出し、自分の愛人の苦境を熱く語りはじめた。

政信とウィル・ジョンソン陸軍伍長。弾薬庫勤務の黒人兵と話し込むどんな理由が政信にあるというのか。

新しいビールが運ばれてきた。おれと伍長は乾杯をした。それ以上、政信のことには触れなかった。政信が戻ってくる気配もない。おそらく、どこか静かなところに照屋仁美を連れていったのだろう。

全裸の政信と照屋仁美が絡み合う妄想が頭の中を駆け抜けていった。

おれはグラスに注いだビールを一気に飲み干した。頭の芯《しん》がきりきりと痛む。

照屋仁美の涙におたつき、政信になんとかしてくれと懇願し、そのくせ政信が現れると犬の仕事を思い出す。

「くそっ」

乱暴にグラスを置くと、伍長が心配そうに目を細めた。沖縄勤務が長い連中は、日本語の簡単な罵倒《ばとう》語なら理解する。

「なにかあったのか、ブラザー?」

「なんでもないよ。自分がいやになっただけだ」

「みんなそうさ、ブラザー」

伍長はおれがエディにかけたのと同じ言葉を口にした。こめかみの血管が痙攣《けいれん》するのを感じて、おれは冷たいグラスを額に押し当てた。

14

昼間は原稿書きに勤《いそ》しみ、夜は照屋の街を徘徊《はいかい》する。照屋仁美からの連絡はない。政信からもなしのつぶて。代わりに栄門から電話があった。

「照屋君と連絡が取れないんだが、なにか知らないか？」

「さあな。あの晩別れたっきりだよ」

「その時、なにかあったのか？」

栄門は押し殺した声で訊《き》いてきた。まるでおれが照屋仁美を強姦《ごうかん》でもしたかのような声音だった。

「クスリで飛んでいるエディを見て、かなりショックを受けたみたいだったな。彼女には刺激が強すぎたかもしれない」

「そうか……それだけだったらいいんだが」

「あんまり動転してるようだったから、たまたま近くにいた政信に後を頼んだんだ。彼女のことが知りたかったら、政信に訊いてみろよ」

喋《しゃべ》りながら唇を噛《か》みたくなった。政信にあの後のことを訊きたかったのはおれの方だ。

だが、うじうじしているだけで結局はなんの行動も起こせなかった。

「わかった、そうしてみるよ……それから、例の反戦アングラ誌の件だが、照屋君と話してから決めるつもりだったがもうそんなに時間がない。おまえに任せるから進めてくれないか」

「もう原稿を書きはじめてるよ」

おれは電話を切って、原稿用紙を睨《にら》んだ。架空の白人下士官によるヴェトナム戦争の断罪——要するにリュウキュウ・ポストでやっていたのと同じ仕事だ。捏造《ねつぞう》記事。おれにすれば、欠伸《あくび》が出るほど簡単な仕事だった。ろくでもないたわごとを、タイプライターでマシンガンのように書き飛ばす。

戦争犯罪の告発。軍隊内での非民主的システムの非難。黒人や南米出身兵の差別撤廃を訴える青臭い檄文《げきぶん》。軍隊が守るべき人民に銃を向けた全軍労ストへの対応の批判。なによりも戦争反対——我々は人殺しの道具になるために入隊したわけではない。手を替え品を替え——インテリ風の文体から下層階級出身者による書き間違えの多い原稿まで、ほとんど恍惚《こうこつ》を覚えながら書いていく。

三日で必要な原稿のほとんどを書きあげた。あとは割付をして、原稿と写真を印刷屋に持っていくだけだ。表紙は当然、おれに向けられたM1ライフルの銃口の写真だ。

原稿と写真、それに割付用紙を適当にまとめ、押入に放り込んだ。どうせホワイトが勝手にあがってきて、勝手に中身を見るだろう。おれの文才に感嘆し、おれの非道さに侮蔑《ぶべつ》の笑みを浮かべるだろう。

身支度を整えて部屋を出た。七月に入って、暑さはさらに厳しさを増している。日が翳《かげ》った後でも、気温はそれほど下がらない。涼しくなるというよりも、昼間より湿度が増してさらにたちの悪い熱波が街を取り囲んでいる。

近所の定食屋でゴーヤーとポーク——豚の缶詰の炒《いた》め物で晩飯を取り、胡屋十字路の方角に足を向けた。

あの夜以来、おれはウィルの仕事ぶりをだれかれとなく訊《たず》ね歩いている。エディはあの夜以来、たがが外れたようになっている。そのうち、薬物乱用が発覚して本国に強制送還されるだろう。エディもそれを望んでいるふしがあった。

そこが黒人だけのパラダイスであり、おれが黒人連中に迎え入れられているとしても、兵隊は兵隊であり、黒人たちの軍務に関する口は重かった。エディが吐き出す言葉は支離滅裂だった。照屋を徘徊するうちなーんちゅはおれだけではない。政信もこの辺りを遊び場にしている。おれがウィル・ジョンソン伍長《ごちょう》のことを探っているという話がいつ、政信の耳に入らないとも限らない。照屋で伍長のことを調べるのはもう限界だった。

ウィルのハーニーは仲の町近くの狭いアパートに住んでいた。名前は具志川《ぐしかわ》リサ——下の名前は源氏名だろう。リサの住所はウィルの手紙の宛名で知った。ウィルがおれに翻訳させた手紙から推察すると、リサは性病を患っている。ウィルに内緒で商売に精を出し、どこかで病気を移されたに違いない。ウィルにばれるのが怖くて、重病だと嘘をついている。

リサのアパートは尺八通りと呼ばれる売春街の裏手にあった。古びてくすんだアパートで、一目見ただけで荒廃という文字が脳裏に浮かんだ。リサは二階建てのアパートの右端の部屋に住んでいる。石造りの壁に穿《うが》たれたかのように窓があって、カーテンがかすかに揺れていた。扇風機が回っている証拠だった。娼婦《しょうふ》が仕事に出かけるのにはまだ早すぎる時間だ。

表札もないドアをノックすると、ドアが軋《きし》んで湿った音を立てた。返事はなかった。ノックを繰り返すと、不機嫌な声が中から聞こえてきた。

「うるさいわね、どこのだれよ？」

ドア越しに聞こえてくるリサのウチナーグチはひび割れ、しわがれていた。

「新聞社の者ですが、具志川さんですよね？　ちょっとお伺いしたいことがありまして」

おれは声を潜めた。秘密を探ろうとする者の声。秘密を手に入れるためならなにがしかの金を差し出す用意のある者の声。リュウキュウ・ポスト時代によく使った声音。娼婦のような人種は概してこの手の声に敏感だった。

「新聞社？」

リサの声から棘《とげ》が消えた。

「はい。開けてもらえませんか。決して怪しい者じゃありません。お話を伺わせてもらえるなら、多少の礼金も用意できます」

声の主相手に駆け引きを駆使する必要もない——おれの判断は正しかった。軽い足取りが聞こえて、ドアが開いた。やつれた顔の女が、ドアの向こうからおれの様子をうかがっている。

「新聞って、どこの新聞？」

「リュウキュウ・ポストっていう英字新聞です。具志川リサさんですね？」

「英字新聞があたしなんかになんの用さ？」

「ウィル・ジョンソンのことで訊きたいことがあるんですよ」

「ウィリー？　あいつがなんかしでかしたの？」

拍子抜けしたというようにリサの肩から力が抜けていった。

「それを訊きたいんだ」

おれはドアの隙間に身体を滑り込ませた。

「ちょっと、いきなりなによ」

リサを下がらせ、ドアを閉める。怯《おび》えと怒りが入り混じった表情を浮かべるリサに、用意しておいた金を差し出した。

「騒がずに話を聞かせてくれれば、これをやる」

リサは返事をしなかった。落ちくぼんだ目で、わざと厚みを持たせるためにくしゃくしゃにしてから伸ばした米ドル紙幣の束を凝視している。実際には二十ドルしかないのだが、リサの目には五十ドルに見えているのかもしれない。

「なにを話せばいいの?」

札束を凝視するリサの視線はぴくりとも動かなかった。

「ウィル・ジョンソン伍長の話だ」

「あいつ、なにしたの?」

「なにも。ただ、ちょっと話を聞きたいだけだ。いいか、この金には口止め料も含まれてる。おれのことをウィルにちょっとでも漏らしたら、おまえがウィルに内緒で客を取って梅毒に罹《かか》ったことをばらすぞ」

「やめてよ、そんなこと」

リサはやっと札束から視線を外した。落ちくぼんだ眼窩《がんか》の奥の瞳《ひとみ》が小狡《こずる》そうな色を宿していた。

「この金があれば、病院に行ける。梅毒を治療すれば、ウィルと元のように会って金をふんだくれる。そうだろう?」

「いくらあるの?」

リサが金に手を伸ばしてきた。おれは札束を引っ込めた。

「話してからだ」

「ウィルのことで話すことなんてなにもないよ。しけた兵隊で、頭の中にあるのはあれのことだけ」

リサは額に浮かぶ汗を拭《ぬぐ》った。おれも汗まみれだった。玄関口の気温は異常に高い。居間の方から聞こえてくる扇風機の音が発汗をさらに促している。

「中に入ろう。ここは暑すぎる」

「そんなこといって、変なことするつもりなんじゃないでしょうね？」

「これだけの金があれば、病気持ちじゃない女を腐るだけ買える。わざわざ梅毒の女を強姦する必要もないさ」

リサは底光りする目でおれを睨み、口を開いた。

「あんた、やまとーんちゅみたいな口の利き方するね」

「ウチナーグチは下手なんだ」

おれはリサを促して部屋の中にあがった。四畳半の狭い部屋だ。家具と呼べるような物は粗末なパイプベッドと衣装簞笥《だんす》しかなかった。おれとリサはパイプベッドに腰をおろして向かい合った。

「早く済ませてよ。もう少ししたら商売に出かけなきゃならないんだから」

「アメリカーに梅毒を移しまくるのか」

「それぐらい屁《へ》でもないでしょう」

おれの皮肉にリサは薄笑いで応《こた》えた。他人がどうなろうと構わないという精神の荒廃が薄笑いの奥に潜んでいる。

「よし、手短に済ませよう。ウィルは弾薬庫でなんの仕事をしてるんだ？」

「ファイヤー・アームって知ってる？」

おれはうなずいた。

「それの管理をしてるんだって。それ以上詳しいことは聞いてないし、興味もないから知らない」

ファイヤー・アーム――小火器。拳銃《けんじゅう》、ライフル、マシンガン。そんなものを扱う兵隊とつるんで、政信はなにをするつもりなのか。すぐに頭に浮かぶのは銃の横流しと密売だ。沖縄のやくざ社会も年々きな臭さを増している。やまとの連中が沖縄の利権を狙って侵攻を企て、沖縄のやくざたちはそれに対抗するために長年の反目には目をつぶって結束しようとしている。沖縄のやくざたちにとって、武器は――銃はどれだけあっても困ることはない。

かつては、おれの親父がそうだったように戦果あぎゃーと呼ばれる連中が軍の物資を強奪して闇市で捌《さば》いていた。もちろん、その中には銃器もあっただろう。当時のやくざたちも争って武器を手に入れようとしたはずだ。

今の戦果あぎゃーは、米軍内の不満分子、不良分子と手を組んで仕事をする。煙草、洋酒、洋菓子――PXからの横流し物資は街中に溢《あふ》れている。書類の不備で物資の欠乏が発覚しても、その頃には横流しに関わっていた兵隊はヴェトナムで戦死しているか、満期除隊して本国でのうのうと暮らしている。真相はすべて闇の中。軍から溢れ出た物が沖縄中に流通している現実だけが取り残される。

だが――政信が金に執着しているとは考えづらかった。金の実用性を認めながら、金を軽蔑《けいべつ》する。政信にはそんな面がある。金のためだけに銃器の横流しに手を染めるはずがない。

「なに黙ってるのよ？　用が済んだんなら、お金置いて出てってよ」

リサの声でおれは思考を中断した。

「ウィルと仲のいい兵隊は？」

「一番仲がいいのはテッドかな。あとは、マイクとコービー、それにサム。バスケット仲間なんだって」

「フルネームは？」

リサが首を振った。おれは名前をメモに書き取った。

「みんな嘉手納弾薬庫に所属してるのか？」

「そうだと思う」

「うちなーんちゅでウィルと仲がいいのは？」

「男？　女？」

リサの顔に嫉妬《しっと》の色が浮かぶ。ウィルをただの金蔓《かねづる》ぐらいにしか考えていないくせに、女の影が感じられるとなると嫉妬する。沖縄の女の業の深さは、時に滑稽《こっけい》ですらある。

「男だ」

おれはいった。リサは少しの間首を傾げ、なにかに思い当たったというように額を指先で弾《はじ》いた。

「政ぐわー。知ってる？　ギターと三線《さんしん》が上手な人。いつも照屋で会うと、ふたりで話し込んでるわよ」

「他には？」

　リサはまた考え込んだ。

「照屋の飲み屋のバーテンさんやボーイぐらいしかいないよ。普通のうちなーんちゅも照屋にはあんまり来ないでしょう」

「思い出せよ」

　おれはリサの足もとに札束を投げ捨てた。その上に五ドル札を二枚、足す。リサの目が急に真剣みを帯びた。

「だれでもいいんだ。照屋でウィルが飲んでる時に、話しかけてきたうちなーんちゅはいないか？」

「ちょっと待って。急《せ》かされると思い出せなくなるよ。元もと頭悪いんだから」

　リサは腕を組んで天井を睨《にら》んだ。首を振る扇風機の風がリサの髪の毛を揺らす。風は生暖かく、湿っていた。風が当たっている間は汗も蒸発するが、扇風機の首が横を向くととめどもなく汗が流れ出てくる。上着の袖《そで》で汗を拭いながら、おれはリサが口を開くのを待った。

「そういえば、半年ぐらい前かな。照屋で飲んでたら、アシバーみたいな人が来て、ウィルと話し込んでた。あたし、つまんないから話なんてやめて踊ろうよっていったら、ウィルに凄《すご》い剣幕で怒られたんだ。仕事の話を邪魔するなって」

「名前は？」

　リサは首を振った。

「アシバー風だったんだな？」

「そう。ここにね、傷があった」リサは自分の右の目尻《めじり》を指でなぞった。「アシバーじゃなくて、アシバーみたいっていったのは、その人が結構まともな英語喋《しゃべ》ってたから。アシバーで英語喋れる人ってそんなにいないでしょう？」

　ウィルの日本語はたかがしれている。政信の英語も照屋あたりで遊ぶ分には問題はないが、銃器の横流しを密談するのに充分とはいえない。政信の陰にだれかがいる。

　脳裏に炎が浮かぶ。ストの夜、瑞慶覧のピケ隊の背後の土手。政信と一緒にいたアシバー風の男。おれに気づくと逃げるように消え去った男。

　なにもかも燃やし尽くしてえ——炎を見つめながら呟《つぶや》いた政信。

　右の目尻に傷のある男をなんとしても突き止めなければならない。

「政ぐわーとそのアシバー風の男が一緒にいるのを見たことはあるか？」

「ないよ、そんなの。照屋でうちなーんちゅがふたりでいたら目立つでしょ。なにかあるんなら、別のところで会うんじゃないの」

「頭が悪いといっていたが、そうでもないじゃないか」

「あんたの喋り方って、本当にやまとーんちゅそっくり。人を馬鹿にしてるみたい」

リサの目はまた足もとの札束に釘付《くぎづ》けになっていた。おれは腰をあげた。

「ありがとう。その金はおまえの物だ。おれがいったこと、忘れるなよ。照屋でおれを見かけても知らないふりをするんだ。いいな？」

リサが足もとの金に飛びついた。札束をかき集め、数えはじめる。もうおれの存在など頭にはないかのようだった。

＊　＊　＊

リサのアパートから真っ直ぐ照屋に向かった。ブラックパンサーのブラザーたちと飲み明かし、のろけ話や愚痴に耳を傾け、さりげなく名前を聞きだしていく。

テッド・アレン一等兵。マイケル・クリスティ伍長《ごちょう》。コービー・クラーク軍曹。サミュエル・ミラー伍長。嘉手納弾薬庫所属の兵士たちで結成されたバスケットボール・チーム、カデナ・フェニックスのメンバー。ウィルを加えて五人。五人が五人とも、ここ一年ほどは金回りがいいらしい。

嘉手納弾薬庫からの銃の横流し――間違いはない。

アシバー風のうちなーんちゅを記憶している人間はひとりもいない。

ホワイト宛の報告書――銃器の横流しの件は記載しない。当たり障りのない名前を羅列し、『NO MORE HEROES』の進行状況を報告するだけにとどめる。

ホワイトからの連絡――『NO MORE HEROES』とは傑作だ。君の書く与太話も傑作だ。引き続き、情報収集に励め。ホワイトはおれの留守中に部屋に上がりこみ、おれの原稿に目を通している。

金武の不動産屋に行って、安いアパートを借りた。ホワイトには知られていないねぐら——集めた情報の保管場所が必要だった。政信の関わっている銃器横流しの件はぎりぎりまでホワイトには秘密にしておきたい。理由のない妄念がおれを駆り立てる。

金武には〈ラウンジ　ニューヨーク〉がある。運が良ければ、島田哲夫にぶち当たるかもしれない。アシバー風の男と島田哲夫が、おれの頭の中では重なりはじめていた。

15

照屋はここのところ、いつにもまして殺気立っている。ニクソンのヴェトナム撤兵計画に沿って、五千人の海兵隊員が沖縄のホワイトビーチに上陸したのが六月十七日。戦場の殺伐とした空気をまとった兵隊たちがコザの街に繰り出してきて、白人たちが集まるセンター通りもゲート通りも、そして照屋にも荒廃という名の風が吹きあれはじめた。些細《ささい》なことで口論が起こり、口論はすぐに殴り合いに変わり、殴り合いはナイフや割れたビール瓶を使った殺し合いに発展する。兵隊同士の諍《いさか》いが無いときには無銭飲食や強盗、強姦《ごうかん》が頻発した。照屋でリーダーシップを握るブッシュマスターたちも、荒《すさ》んだヴェトナム帰りの兵士をなだめることはできず、通りにはいつでも怒声と悲鳴が交錯し、大麻の煙が渦を巻き、ヘロインとアンフェタミンのカクテルが乱舞した。治安の悪化——士気の低下に頭を痛めた軍当局はMPによるパトロールを強化し、居丈高なMPの態度に激高した黒人たちがさらなる騒ぎを繰り返す。

白豚どもも同じように暴れているのに、なぜおれたち黒人だけが目をつけられるんだ。

だれかが叫ぶ。

ライト・オン！

大勢の黒人たちが照屋だけで通じる連帯の言葉をぶちあげ、黒い拳《こぶし》を突き合わせる。

夜毎の騒乱の中、おれは照屋を野良犬のように徘徊《はいかい》した。ラブレターの翻訳稼業で手なずけたブラザーたちから情報を収集してまわった。ウィル、テッド、マイク、コービー、サム——連中が政信と接触する時を待ちわびた。だが、その瞬間はなかなか訪れなかった。

そもそも、政信の姿を照屋で見かけることがなかった。

全裸で絡み合う政信と照屋仁美——ろくでもない妄想だけがおれの頭の中で増殖していく。

栄門から再度連絡があったのは、そんな日々に疲れを感じはじめていたときだった。

「今日の夕方、空いてないか？」

「なにがあるんだ？」

「本土からべ平連のメンバーが来てるんだ。その集会に呼ばれてる。おれたちの反戦アングラ雑誌の中身を彼らに吟味してもらいたいと思ってな」

「原稿なら書き上がってるし、割付もほとんど終わってるぜ。あとは印刷して製本するだけだ」

「そいつは助かる。原稿と割付用紙、持ってきてもらえるか？」

「かまわんが、場所はどこだ？」

「八重島だ。あの辺りなら本土の公安がうろつけばすぐに目につくだろうということでな」

栄門は金城《きんじょう》という活動家の名前を口にした。金城の家が八重島の近くにあるという。

「金城さんの家はわかりづらいところにあるんだ。どこかで待ち合わせようか？」

「いや。あの辺はよくわかってる。直接行くよ」

おれはいって、電話を切った。

＊　＊　＊

八重島——アメリカーたちはニュー・コザと呼んでいた。コザにできた最初の特飲街で、Aサインバーが映画の書割りのように立ち並んでいた。昼間は廃墟《はいきょ》のように静まりかえっているのに、太陽が西に沈むと、どこからともなくAサイン業者、従業員、娼婦《しょうふ》、そしてアメリカ兵たちが群れをなして押し寄せてきて、消えることのないネオンの明かりの下、淫猥《いんわい》な空気を育《はぐく》んでいた。
おれや政信が押し込められた施設は八重島のすぐそばにあって、もともと早熟な島の子供たちはアメリカーと娼婦の睦《むつ》み合う声を聞き、絡み合う姿を見、さらに早熟なやなわらび——悪ガキへと成長していった。おれが英語を覚えたのも八重島で、女に対して歪《ゆが》んだ感覚を持つようになったのも八重島に足繁く通っていたせいだ。

八重島の繁栄は長くは続かなかった。度重なる米軍のオフリミッツ政策のせいで次第に客足が遠のき、やがてはセンター通り、ゲート通り、そして照屋にその地位を譲ってしまった。残されたのは廃墟のような街並みだけだった。かつての八重島は映画の書割りのような街だったが、今の八重島は西部劇に出てくるゴーストタウンと化している。

そのゴーストタウンをおれはのんびり歩いた。そろそろ日が傾こうとしているのに、八重島は海の底に沈んだままだった。黴《かび》くさい腐臭が立ちこめ、人に見放された建材が惨めったらしく苔《こけ》むし、近所の子供たちの嬌声《きょうせい》がお経のようにこだましている。

八重島を歩いても感慨に囚《とら》われることはなかった。ここは確かにおれが思春期を過ごした場所だったが、おれが魂を落としたのはここではなかった。落としてしまった魂に自ら油をぶちまけ、火を放って燃やし、灰になったそれを足で踏みにじったのは、八重島ではなかった。

昔は信じていたのだ。魂を。魂込《まぶいぐ》みを。そうした信仰を生んだ島々を。大島生まれと馬鹿にされ、蔑《さげす》まれ、足蹴《あしげ》にされ、それでもおれはうちなーんちゅとして育った。おれの成長と共に、沖縄からはありとあらゆるものが喪《うしな》われていった。言葉、文化、習慣、信仰。今でもユタはいる。ユタを買う庶民がいる。御嶽《うーたき》で太古の神に祈りを捧《ささ》げる人間がいる。

先祖のために巨大な墓を建て、一族――門中《むんちゅう》総出で墓参りをする風習もまだ残っている。しかし、すべては見てくれだけで中身は喪われてしまった。徐々に、徐々に喪われていった。唐世《からゆー》、やまと世《ゆー》、アメリカー世《ゆー》。支配者が変わるたびに沖縄はなにかを喪い、それの穴埋めをせぬままにいたずらに時間を浪費してきた。中国が悪いというのか。やまとが悪いというのか。アメリカーが悪いというのか。

今の沖縄でおれが目にするものはすべて、中身を喪った抜け殻だ。この八重島のように主《あるじ》を喪った廃墟にすぎない。

一軒の廃墟から子供が三人、声をあげながら躍り出てきた。子供たちはおれを見て目を丸くし、すぐにはにかむような笑顔を浮かべて走り去っていった。子供たちが出てきた建物の壁には朽ちかけた看板が傾いたまま張りつけられていた。

クラブ・エルドラド――黄金郷。黄金郷などどこにもないことをおれは知っている。政信も知っている。うちなーんちゅもみんな知っている。知っているくせに目をつぶっている。ないものをあると言い張ることで現実を夢幻の彼方《かなた》に追いやろうとしている。

おれにはそれがゆるせない。

＊　＊　＊

金城朝一《ちょういち》の家は八重島の廃墟が並ぶ通りの一本東側の路地沿いに建っていた。古い造りの平屋で、石造りの門に置かれたシーサーの頭が半分ほどが欠けていた。辺りには鶏舎が多く、鶏の餌と糞《ふん》の匂いが強く立ちこめている。

約束の時間にはまだ間があったが、八重島を歩き、思いだしたくもない想い出を辿《たど》っていたせいで神経が疲弊していた。鶏の匂いに辟易《へきえき》したまま八重島の近くで時間を潰《つぶ》すことなどできそうになかった。

「ごめんください」

ウチナーグチでそういって、開けっ放しの玄関をくぐった。醤油《しょうゆ》と砂糖の濃密な香りが鼻腔《びこう》に残っていた鶏の匂いを消していく。はい、と女の声がして床を歩く音が伝わってきた。すでに何人かの活動家がやって来ているらしく、家の中はどこか落ち着きがなかった。

「めんそーれー」

軽やかなウチナーグチと共に姿を現したのは顔に皺《しわ》が目立つ中年の女だった。

「伊波といいます。栄門君に誘われまして」

「健ちゃんのお友達？ 外は暑かったでしょう。さ、あがってくださいな」

おれがヤマトグチで挨拶《あいさつ》をすると、女も綺麗《きれい》なヤマトグチで微笑んだ。

「今日はやまとから人が来るから、ウチナーグチは使わない方がいいわねー。せっかくの七夕だっていうのに、小難しい顔して政治談義。なにが愉《たの》しいんだか」

皺だらけの顔と違って、少女のように若々しい声だった。おそらくは金城の女房なのだろう。民主化だ、闘争だと息巻いている男たちを、しょうがないと諦《あきら》めつつ包容する沖縄女独特の強さが物腰に滲《にじ》んでいた。

女に案内されて、おれは家の中を進んだ。金城の家は外から感じるより広く、廊下をしばらく進んだ先に居間があった。充分な広さがある居間には先客が四人。四人が四人とも学生風で、その中のひとりが、あの島袋という学生だった。四人はビールの入ったグラスを傾けながら談笑していたが、おれが入っていくとぴたりと会話を止め、探るような視線をおれに向けてきた。

「今、おビールを持ってきますからね」

金城の妻が去っていっても、四人の視線は変わらない。

「こんにちは。今日はよろしく」

おれは四人の視線を受け流して腰をおろした。扇風機の風が汗を掻《か》いた身体《からだ》に涼味を授けてくれる。

「どちらさんですか？」

口を開いたのは島袋だった。

「伊波だ。栄門という男と一緒に反戦アングラ雑誌を作っている。君たちは学生か？」

四人が一斉にうなずいた。学芸会にでも参加しているかのような従順さだった。

「どこの大学だ？」

「琉球大学です。英文科の二回生です。僕は島袋昇《のぼる》です。こっちから順に、仲間《なかま》、大嶺《おおみね》、儀間《ぎま》です」

琉球大学法文学部英文科二回生の島袋昇その他――情報を脳味噌《のうみそ》に刻み込む。

「革マルや中核派には見えないな」

「過激派と一緒にしないでください。おれたちは非暴力闘争を訴えてるんです」

島袋の右隣に座っていた学生——仲間がグラスを乱暴に机の上に置いた。島袋を含めた四人のうちの三人が、全軍労ストの決起集会で清水の周囲にまとわりついていた顔だった。

「非暴力か。それで世界が変わるんならそれに越したことはないな」

おれは原稿と割付用紙をいれた大判の茶封筒を机の上に放り投げた。おれの口調に四人はむっとしていたが、茶封筒の中身に対する好奇心には勝てないようだった。

「アングラ雑誌を作ってるっていいましたよね？　それですか？」

真っ先に口を開いたのは島袋だった。目が輝いている。

「そうだよ」

「見せてもらうわけにはいきませんか？」

「かまわんよ」

おれの言葉が終わるより早く、島袋は茶封筒に手を伸ばした。慎重な手つきで中身を取りだし、輝いたままの瞳《ひとみ》を原稿に向けた。他の三人も身を寄せ合って、島袋の肩越しに原稿を覗《のぞ》きはじめた。

四人の中でもっとも好奇心が強く、物怖《ものお》じしない性格なのが島袋。島袋に引きずられているような感じなのが仲間と大嶺。自我が強く、三人とは多少距離を置いているように感じられるのが儀間だった。

「翻訳はだれがやったんですか？」

英文のタイプ原稿と縦書きの翻訳原稿を見比べながら島袋が訊《き》いてきた。床が軋《きし》む音が遠くでしはじめていた。

「おれだよ」

金城の女房の足音に耳を傾けながら、おれは答えた。ほとんど同時に金城の女房が姿をあらわした。手にした盆の上にはオリオンビールの瓶とグラスが載っている。ビール瓶の表面には水滴が隙間なく張りついている。

金城の女房はグラスをおれの前に置き、ビールを注いだ。

「食べるものもすぐに用意できますから。学生さんがいると、支度も大変でねー」

儀間がごめんなさいと頭を下げた。他の三人はまだおれの原稿と首っ引きになっている。

「いいのよ。たくさん食べてくれた方が作り甲斐《がい》があるから」

ウチナーグチでいただきますといって、おれはビールに口をつけた。

「伊波さんでしたっけ？　お生まれは？」

「奄美です」

「あれまあ。でも、伊波っていう名前は……」

金城の女房の顔から笑みが消えた。あるかなしかの罪悪感が皺だらけの顔の上を横切っていく。

「奄美生まれだってことがわかるといろいろあったんで、親父が勝手に島風の名前に替えたんですよ」

「それでねえ……昔は大変だったからねえ」

意味をなさない言葉を呟《つぶや》いて金城の女房は腰をあげた。その顔に、もう罪悪感の影はない。その無関心が差別される側の傷口をさらに広げるという自覚もない。お馴《な》染《じ》みの憎しみがおれの裡《うち》に広がっていく。飼い慣らそうと努力し、惨めに失敗した憎悪。はじめはおれを足蹴《あしげ》にするうちなーんちゅに向けられていたのに、次第に対象が広がり、やがてはおれ以外のすべての人間、事象に向けられるようになった憎悪と蔑《さげす》み。荒れ狂う憎しみの中で、おれは唯一絶対の存在だった。絶対者は他を慮《おもんぱか》る必要がない。憎しみの王国の中でただひたすらに呪詛《じゅそ》をまき散らしていればいい。しかし、現実の世界でおれはあまりにも非力だ。裡なる憎悪を飼い慣らさなければ、生きていくこともままならない。憎悪を飼い慣らすことにはしくじったが、共存する術《すべ》は学んだ。今では、だれもおれの憎しみには気づかない。たぶん、政信を除いては。

「奄美大島の出身なんですか？」

儀間がおれの顔を覗きこんできた。

「ああ、そうだ」

「自分は石垣です」

儀間は囁《ささや》くような小声でいった。まるでなにかの犯罪の共犯者であるかのような口ぶりだった。沖縄の人間は本土の人間の差別に晒《さら》されてきた。沖縄の人間はその鬱屈《うっくつ》を離島の人間を差別することで晴らしてきた。宮古、石垣――離島の人間はさらなる離島の人間を差別してきた。途切れることのない連鎖。生きとし生けるすべての人間は、他者を差別するという一点で共犯者だ。

「だからなんだ」

おれは冷たく応じた。儀間の双眸《そうぼう》で光っていたなにかが、その瞬間、綺麗に消え失《う》せた。

「この日本語訳、本当にあなたがなさったんですか？」

おれと儀間の間に流れていた空気には無頓着《むとんちゃく》に、島袋が甲高い声をあげた。

「取材も原稿取りも翻訳も割付もおれがひとりでやったんだよ」

おれはビールを飲みながらいった。本当はでたらめな原稿を書き、それを英語に翻訳しただけなのだが、大学の英文科といっても二回生ぐらいではそれに気づくだけの英語力はない。

「凄《すご》いじゃないですか。これだけ俗語が混じった英語、よく訳せましたね。英語はどこで習ったんですか？」

「八重島だよ」

島袋はきょとんとした。仲間も大嶺も同じだ。儀間だけが、なにかを理解したというように小さくうなずいた。

学生たちがおれに銃口を向けるMPの写真に見入っているときに、玄関の方で若い女の声がした。照屋仁美だった。学生たちが雷に打たれたかのように身を硬くした。身体の緊張とは裏腹に、目には喜色が宿っている。

非暴力闘争を訴える左翼学生のマドンナ——照屋仁美の役柄はそんなところだ。本人が意識しようがしまいが、エキゾチックな顔立ちとバランスの取れた肢体は若い牡《おす》の肉欲を刺激する。

＊　＊　＊

沖縄は性に対して奔放な文化を持っているが、近頃の学生はやまとの嘘くさい道徳に毒されているのか、学生たちの緊張ぶりは滑稽《こっけい》なほどだった。

照屋仁美と金城の女房のやり取りといっしょに足音が近づいてくる。学生たちの緊張は極限にまで達していた。照屋仁美の声に勃起《ぼっき》し、近づいてくる足音だけで射精してしまいそうな雰囲気だった。たぶん、島袋たちは廊下を歩いている人間が三人いるという事実にも気づいていないだろう。

「島袋君たち、もう来てるんですか？」

声とともに照屋仁美が姿を見せた。照屋仁美の背後には栄門がいた。それに気づいた瞬間、学生たちは落胆するように肩を落とした。

「伊波さんもいらしてるわよ」

金城の女房がそういうのと、照屋仁美がおれに気づいて立ち竦《すく》むのはほとんど同時だった。すぐ後ろを歩いていた栄門が背中にぶつかりそうになっても、照屋仁美は微動だにしなかった。落胆していた学生たちが照屋仁美の視線を追って、一斉におれを見た。四人の瞳に複雑な色が宿る。納得、羨望《せんぼう》、失望、嫉妬《しっと》、落胆、諦観《ていかん》。嫉妬の色を濃く滲《にじ》ませていたのは島袋と儀間だった。

「急に立ち止まって、危ないじゃないか」

栄門が困惑して口を開いた。照屋仁美は振り返り、栄門を詰《なじ》るようにいった。

「伊波さんがいるって、栄門さんいわなかったじゃないですか」

「いわなかったけど、いるに決まってるだろう。今日は例の雑誌の件の話もすることになってるんだ」

栄門は助けを求めるような視線をおれに向けてくる。おれはアメリカー風に肩をすくめただけで栄門の懇願を無視した。居心地が悪い。肚《はら》の据わりがよくない。あの夜——照屋仁美と政信がどこに消え、なにをしたのか。例の妄想が頭の中を駆けめぐっている。

照屋仁美は唇をきつく結び、おれから離れた場所——大嶺の横に腰をおろした。大嶺は嬉《うれ》しそうだったが、島袋と儀間はおれと照屋仁美の間柄を疑っていた。栄門がおれの横に来て、腰をおろしながら耳許《みみもと》で囁いた。

「おまえら、なにがあったんだ？」

「彼女をたらし込もうとして、手ひどくふられたんだよ」

おれも小声で応じた。

「ふざけるな」

栄門は唇をへの字に曲げておれを睨《にら》んだ。居間の空気は一変していたが、だれもがだんまりを決めこんでそのことを指摘する者はいなかった。扇風機の羽根が間の抜けた音を放っている。

「あらあら、どうしちゃったのよ?」

金城の女房がひとり、おろおろしている。おれは身体を乗り出して島袋から原稿と写真、割付用紙を奪い取った。それを栄門に見せる。栄門はふくれっ面を忘れて、おれの原稿を読みはじめた。玄関の方がまた騒がしくなり、金城の女房が立ち去る。照屋仁美は俯《うつむ》いたままだ。仲間と大嶺はその照屋仁美の横顔を盗み見、島袋と儀間はおれを凝視している。

おれは煙草に火をつけた。玄関から複数の人間の辺りをはばからない声が聞こえてきた。どうやら、この家の主《あるじ》と今夜の主賓が御見えになったようだった。煙草の煙を吐き出しながら頭を切り換えた。小娘に気を取られている場合ではない。仕事がおれを待っている。おれの裡に巣くっている粘ついた感情とおれ自身を切り離すには仕事が、なすべきことが必要だった。

客を促す金城の女房の声が聞こえて、主賓たちがどやどやと居間にやって来た。先頭に立っているのが肌の浅黒い男——おそらく、金城朝一。その後ろに清水がいる。清水は訳知り顔を他のふたりに向けていた。ひとりはサラリーマン風の身なりをした男。もうひとりは正体不明——手入れをしていない長髪、ヒッピー風の服装。そのふたりの後ろに、三人のうちなーんちゅの顔が見える。うちなーんちゅとやまとーんちゅは顔つきと身振りに違いがある。

「早いな。もうみんな揃ってるじゃないか」

金城朝一が声を張りあげた。うちなーんちゅが時間にだらしがないのは周知の事実だ。

「本土の人がお見えになるのに、こっちのやり方じゃ通じんでしょう」

栄門が答えた。仏頂面は消えていた。学生たちは居住まいを正して本土からの客人に好奇心と憧憬《しょうけい》の入り混じった目を向けている。照屋仁美は栄門が机の上に放り出したおれの原稿を手にとって目を走らせている。

「いい心がけだ。さあ、遠慮しないで入ってください。狭いし、暑いですけどね」

金城は振り返った。清水が尊大にうなずき、サラリーマン風とヒッピー風に顎《あご》をしゃくる。三人は自分たちが主賓であることを意識しながら上座に腰をおろした。金城朝一と他の三人は栄門と本土の連中の間に陣取る。

「紹介しよう。清水さんはもう知ってるよな？　こちらは、丸山《まるやま》さんに濱野《はまの》さんだ」

サラリーマン風が丸山、ヒッピー風が濱野だった。ふたりは小さく頭を下げた。

「おふたりは今まで本土の方で反戦活動をしてらしたんだが、このたび、清水さんと一緒に沖縄方面の活動に携わることになった。今後、よく顔を合わせることになると思うので、心しておいてくれ。丸山さん、濱野さん、みんなを紹介しましょう」

金城はうちなーんちゅ特有の朗らかな声音で栄門以下を紹介しはじめた。しかし、なめらかな弁舌は学生たちを紹介し終わった視線がおれの上に来たところでとまった。

「伊波尚友君だ。反戦アングラ雑誌の編集を手伝ってくれている」

栄門が金城の言葉を引き取った。清水がふんと鼻を鳴らし、丸山はおれから視線を外した。濱野だけが興味津々といった不躾《ぶしつけ》な視線をおれに向けていた。清水からおれの来歴と無礼な態度を知らされているのだろう。本土から来たべ平連といっても、清水と丸山のふたりと、濱野の間には目に見えない線が引かれているような気がした。

「とりあえず、今日は顔合わせということで、酒を飲みながら親交を温めましょう」

金城がいうと、それが合図だったかのように金城の女房を先頭にした女たちが盆に載った酒とつまみを運んできた。ビールに古酒《くうす》、洋酒。つまみは沖縄の伝統的な家庭料理ばかりだった。

金城がビールを片手に乾杯といい、酒宴がはじまった。清水はもちろん、丸山も濱野も政治的なアジテーションはおろか、沖縄に対するおべっかすら口にしなかった。

＊　＊　＊

丸山と濱野の口が軽くなってきたのは酒宴がはじまって一時間ほどが経ってからだった。最初はビールに口をつけていたものの、学生たちの執拗《しつよう》な酌に古酒、ウィスキーと酒が進んでいき、丸山はすでに酔眼、濱野はそこまではいっていないにしても頬が紅潮し口元に締まりがなくなっていた。清水は金城や栄門、照屋仁美となにやら話し込んでいたが、学生たちの注目を丸山と濱野が独占しているのが気にくわないのか、ときおり顔をしかめて濱野たちの方に嫌味な視線を送っていた。

おれは隅の方でおとなしくしながら、清水たちの会話、丸山や濱野がうっかり漏らす言葉に耳を傾けていた。この会合におれが参加したことを、スミスやホワイトは喜ぶだろう。せいぜい連中のご機嫌をうかがってやらねばならない。

耳に飛び込んでくる会話——丸山は東京の某大学で国文学の講師を務めている。詩集を二冊、出版したことがあるらしい。濱野は奥多摩《おくたま》の方に居を構えて売れない絵を描いている。描いた絵を新宿に持っていき、路上で販売しているのだと学生たちに自慢気に話していた。絵を描いていないときは一日中ジャズやブルーズを聴いている。沖縄に来たのは、べ平連の活動もあるが、なによりも本場のアメリカ人たちが演奏するジャズやブルーズを生演奏で耳にしたいからだ。

「ジャズやブルースかぁ……」島袋が首を傾げた。「センター通りやゲート通りだと、生演奏があるのはロックンロールなんですよね。黒人音楽だと照屋だけど、僕たち、照屋にはあんまり詳しくないんで」

「照屋っていうのはなんだい？」

濱野が訊《き》いた。

「照屋なら伊波君が詳しいですよ」横から口を出してきたのは栄門だった。「これ、見てください。今、僕らが作ってる反戦アングラ雑誌なんですけど」

栄門はおれの原稿と写真を濱野に渡した。濱野は瞬《まばた》きを繰り返しながらおれの原稿に目を通しはじめた。

「取材から米兵への原稿依頼、原稿の翻訳まで、ほとんど全部伊波君がやってくれてるんです。今までの反戦雑誌は白人を取り上げることが多かったんですよ。でも、僕たちのは黒人が主です。照屋というのはコザにある飲食街なんですが、そこに集まってくるのは黒人兵ばかりでして。そこなら戦争問題だけじゃなく、アメリカの人種差別問題も浮き彫りになる。伊波君はその照屋のエキスパートなんですよ」

おれは栄門のヤマトグチを聞きながら、照屋仁美の動きを横目で追っていた。話題が照屋のことになったとたん、彼女は俯き、神経質に爪を弄《もてあそ》びはじめた。思い詰めたような横顔は、照屋の黒人兵に最初にコネクションを作ったのは自分なのにという憤懣《ふんまん》と、あの夜受けた屈辱との間で揺れているように見えた。

「これ、凄《すご》い写真だね」

濱野が例の写真を手にとってしげしげと見つめた。

「本当に撃たれるところでしたよ」

「だろうね。この兵隊の表情、小銃の陰に隠れてるけど鬼気迫ってる。前にいたっていう新聞社じゃ、写真も撮ってたのかい？」

「やまとの大手と違って小さな新聞社ですからね。記者とカメラマンは兼業です」

「そうか。記事は嘘っぱちを書けても、写真は嘘をつかないか」

栄門がはっとして濱野に視線を走らせた。おれは気にもとめなかった。濱野は清水とは違う種類の人間に思える。嫌味ではなく思ったことを口にしているだけだろう。それとなく盗み見ると、清水はしかめっ面を濱野に向けていた。このふたりはお互いを毛嫌いしている節があった。丸山はふたりの間に挟まる緩衝材の役割でも担っているのだろう。だが、当の丸山はすっかり酔っぱらって学生たちとの不毛な議論の花を咲かせていた。

「君たちのアングラ雑誌、いけるんじゃないかな。この写真だけで充分迫力があるし、文章もよく書けてる。心強い味方を手に入れたよね」

濱野が栄門に笑いかけた。屈託のない笑顔に栄門の表情も緩んでいく。

飴《あめ》と鞭《むち》だ。やまとのエリート意識丸出しの清水はうちなーんちゅの反発を招くだけだが、その後に濱野がこの屈託のない笑顔を浮かべて登場する。単純なうちなーんちゅはいちころでやられてしまうだろう。清水と濱野の一見不釣り合いなコンビにも、それなりのわけがある。うちなーは——沖縄は本土の人間にとってもそれほど混沌《こんとん》としてきているということだろう。かつてのようにあれをしろ、これをしろと命令するだけではたち行かなくなってきている。

他愛《たわい》ない会話の中から、情報を吸い上げていく。スミスとホワイトを喜ばせる情報を脳に刻み込み、蓄積させ、できるだけ早くこのくだらない茶番劇から脱出したい。

「僕ら三人、幼馴染《おさななじ》みなんですけどね——」栄門はおれと照屋仁美を指さした。「昔からこいつが一番頭が良かったんですよ」

栄門は自画自賛するようにいった。笑顔を作ろうとしていたがそれには失敗していた。栄門の頭の中にある一番頭が良かったやつというのはおれではなく、政信のことだったろう。それはおれや照屋仁美にとっても同じことだ。

おれはいつも二番手だった。勉強でも運動でもずる賢さでも、政信に勝ったためしがない。だれもが政信が特別であることを知っていた。だれもが政信の裡《うち》に眠る特異な才能と精神を畏怖《いふ》していた。ひねくれ、妬《ねた》み、憎んだのはおれだけだ。

「彼女がいろいろと協力してくれたんですよ。おれひとりじゃ、なにもできない。だいたいが、不審の目で見られてますしね」

おれは照屋仁美に顎をしゃくった。照屋仁美はもう俯《うつむ》くのはやめていたが、おれを拒否する姿勢までは崩していなかった。

「いや、東京にいると情報が偏ってしまってね。沖縄の活動家もなかなかやる。感服しました。これからも我々と連携して、反戦運動を盛り上げていきましょう」

栄門と照屋仁美、それに学生たちが大きく頷《うなず》いた。おれは頷く代わりに煙草をくわえた。変節した破廉恥な男には似つかわしい態度だろう。濱野は微笑みながら、おれにいった。

「それで、早速なんだけど、その黒人街に案内してもらえないだろうか?」

活動家もくそもない。自分の欲望にのみ忠実な人間の表情が濱野の顔に浮かびあがっていた。しょせん、濱野にとっても反戦運動、民主化運動といったものは手すさびにすぎない。社会のありように不満を持ち、そこから闘争に立ち上がったのだとしても、うちなーんちゅの苦しみとは次元の違う立場にいる。だからこそ、観光気分で本場のジャズを聴いてみたいなどということが平気でいえる。

「ジャズが聴きたいんですよね？」

「そう。本場のジャズ。聴けるところ、あるかな？」

「いくつか心当たりはありますよ。こっちは音楽に詳しいわけじゃないんで、濱野さんのお眼鏡にかなうかどうかはわかりませんが……明日の夜でかまいませんか？」

「もちろん」

おれは照屋仁美に声をかけた。

「仁美、明日の予定は？」

「え、わ、わたしですか？」

「もちろん。照屋だったらおれよりおまえの方が長いんだ。一緒に濱野さんをご案内しよう。早い時間だけでいいから」

「でも、わたし……」

照屋仁美は煮え切らない。彼女に下駄《げた》を預けても時間をいたずらに浪費するだけだ。

「じゃあ、明日……濱野さんたちはどこにお泊まりですか？」

「京都ホテルだ」

栄門がいった。

「わかりました。明日、午後八時、ホテルにお迎えにあがりますよ。それでいいよな?」

最後の言葉を照屋仁美に放った。照屋仁美にはうなずく以外方法はなかったはずだ。

「わかりました」

肚《はら》をくったのか、照屋仁美は挑むような口調でいった。視線は濱野ではなくおれに向けられていた。

16

金城の家を辞したのが午前零時前。丸山と学生の仲間は酔いつぶれて金城家の居間で撃沈した。栄門は清水と濱野をホテルに送り届けるためにタクシーに乗りこんだ。残った学生三人はもう一軒飲みに行こうと意気込んではいたが、酩酊《めいてい》しているのは明白で、その目的が照屋仁美以外にないことも明白だった。

酔った学生たちをなだめすかし、嫌がる照屋仁美の腕をとって通りに出、流しのタクシーに彼女を押し込んで、ひとり歩いて部屋に戻った。長い散歩のせいで幾分酔いが覚め、ホワイト宛の報告書を勢いに任せて書き殴り、多分、布団に潜り込んだのが午前五時。目覚めると昼の二時をまわっていた。

濡《ぬ》らした手拭《てぬぐ》いで身体を拭い、身支度を整えて部屋を出た。昨夜は七夕の夜の星空を見上げることもなかったが、昼間になるとなおさら空を見上げるのは困難だった。太陽は悪意すら感じられるような光と熱を放ち、おれから水分を奪っていく。慌てて部屋に戻り、麻の上着を羽織った。重苦しさを感じるが、素肌を日光で焙《あぶ》られるよりはよっぽどましだ。

日陰を選んで歩きながら照屋に向かった。カデナ・フェニックス——嘉手納弾薬庫勤務の五人の兵隊たちはそれぞれに愛人をこしらえている。ウィルのハーニーであるリサを除けば、四人のハーニーたちはみんな、照屋近辺の安アパートに居を構えていることはすでに調べてあった。ひとつの身体で四人全員を見張ることはできない。階級が一番上のコービー・クラーク軍曹に的を絞って調査を続けるつもりだった。

ラブレターの翻訳稼業のおかげで、昨日、今日とコービーとマイケル・クリスティ伍長《ごちょう》が休暇を取り、ハーニーの部屋で過ごすことはわかっていた。コービーのハーニーも、マイケルのハーニーも同じアパートに住んでいる。

クラーク軍曹のハーニーはエイミーと名乗る娼婦《しょうふ》だった。本名は与那覇恵美《よなはえみ》。どこかは知らないが離島の出身で、食うに困った親が女衒《ぜげん》に売り飛ばしたのだと周囲に漏らしている。沖縄の娼婦にも格がある。うちなーんちゅ専門、やまとーんちゅ専門、白人専門、黒人専門。さらに細かく分類すれば、本島出身、離島出身。エイミーは最下級に分類される娼婦だ。つけいる隙も見つけやすい。

死体のような腐臭を放っている照屋の飲屋街を横切って住宅街に分け入った。エイミーが住んでいるのは、ほとんどの店子《たなこ》が黒人専門の娼婦たちというアパートだ。彼女たちの多くが、自分の部屋を自前の連れ込み宿として使用している。

アパートは静まりかえっていた。娼婦たちも、彼女の部屋に泊まり込んだ黒人兵たちもまだ眠りを貪《むさぼ》っている時間なのだろう。アパートのはす向かいで営業している洋裁店を見つけ、おれはそこに入った。狭い店内で若い娘がふたり、ミシンを前にして裁縫に精を出している。

コザにはこうした洋裁店や床屋が多かった。客の大半はやはり黒人兵で、彼らの流行にあった服を作ったり、彼らのちりちりに縮れた頭髪に鋏《はさみ》を入れるのには、それなりの熟練を要する。

夏用の背広を作りたいのだといって生地を選び、娘たちに寸法を採らせながらアパートを見張った。午後四時をまわっても、アパートに人の出入りはなかった。

「今日は静かだね」

腕の長さを採寸している娘に声をかけてみた。

「そうですね。お昼過ぎになんだかばたばたしてたみたいだけど、その後はとても静か」

「ばたばたしてたって？」

「はい。そこのアパート、ハーニーさんたちが多いんだけど、お昼過ぎにMPが来て、そこに泊まってた黒人さんたちと一緒に、慌てた様子でまた行っちゃったんです」

反射的にアパートに視線が向いた。

「あ、お客さん、動かないで……」

「黒人たちが出て行ったのは何時頃？」

「二時前ぐらいかしら——動かないでください」

休日に基地の外で外泊する兵士たちは目一杯娑婆《しゃば》の空気を満喫しようとする。帰投時間のぎりぎりまで粘ってハーニーたちに嫌な顔をされる兵隊も多い。それなのにまだ陽が高い時間に慌てて帰り支度をするというのは奇妙だった。しかもMPまで出動している。

「その黒人たちはMPに連行されたんじゃないのか？」

「そうじゃなかったと思いますよ。いつもみたいな偉そうな態度じゃなかったし、どっちかというと慌ててたみたいでしたから」

「すまん。急用ができた。また来るよ」

困惑するお針子を残して洋裁店を出た。陽射しはまだ強烈だった。アパートの敷地に入り、耳を澄ませて様子をうかがった。静かだった。ソウルミュージックの調べも、英語とウチナーグチの睦言《むつごと》も聞こえてこない。あからさまな性交の雰囲気すら微塵《みじん》もない。二時過ぎに、このアパートに泊まっていた黒人兵たちが基地に戻り、その後の空いた時間をハーニーたちは惰眠を貪るのに費やしている。そう考えるのが無難だった。

問題は、なぜ黒人兵たちが慌てて帰投したのかということだ。

照屋の周囲をゆっくり歩き回った。汗に濡れたシャツが肌にへばりつく。襟足がすぐに風呂《ふろ》あがりのように濡れ、アスファルトの照り返しに視点が定まらない。造りの粗末な建物のそばを通ったとき、性交を連想させる声が聞こえてきた。床屋で髪を刈らせている黒人兵の姿を見かけた。ドアを開け放ち、昼間から営業している飲み屋のカウンターにもたれかかってビールを飲んでいる黒人兵を見た。
すべての兵隊が基地に帰投したわけではない。
なにかがおかしかった。よく知っている街であり、毎日のように歩いている道なのにな
にかが決定的に欠落している。
エイミーの部屋を訪れようかと迷ったが、結局はやめにした。まだ、危険を冒す段階で
はない。先日、リサに脅しをかけたばかりだ。ハーニーたちに横の繋《つな》がりがあれば、おれ
の不審な行動がウィルたちの耳に入る可能性がある。
喫茶店に入り、コーラで涼を取ってから公衆電話を使った。ラブレターの翻訳稼業の合
間に、カデナ・フェニックスのハーニーたちの連絡先はすべて耳に入れておいた。何事に
も抜かりはない。
アパートの一階には大家の門中に繋がる人間が管理人代わりに住みこんでいる。おれは
そこに電話をかけた。与那覇恵美さんをお願いします――エイミーさんね、ちょっと待っ
て。おきまりのやり取りがあって、声が遠ざかっていく。待ったのは三分ほどだった。荒
い息づかいに続いて、不機嫌な女の声が聞こえてきた。
「ハロー。コービー？」
「ノー。アイム・ノット・コービー」兵隊のふりをする。「ジミーといいます。コービー
のフレンドね。コービー、話せますか？」
「コービー・イズ・ノット・ヒア」

拙《つたな》い発音の英語が返ってきた。エイミーはおれの偽装を疑いもしていない。

「ノー。日本語、だいじょうぶ。日本語、話してください」

「コービー、いないわよ。さっき基地に帰ったから」

「ホワイ？　おかしいです。今日、コービーと会う約束してますね。コービー、基地に帰ったら会えません」

「知らないわよ、あんたの約束なんか。とにかく、コービーは基地に帰ったの。さっき、MPが来て一緒に出て行ったんだから」

「それじゃ、マイケル、話せますか？」

「マイケルもコービーと一緒に基地に帰ったみたいよ」

「マイケルもいないね。わたし、困ります。コービー、基地に帰る前、なにかいいましたか？」

「なにも。ファッキン・ヘルって叫んで出て行っただけ」

エイミーの英語の発音はいただけなかった。だが、コービーがファッキング・ヘルと叫んで基地に戻ったのは確かなようだ。

くそったれ——コービーは何に対して毒づいたのか。弾薬庫勤務のコービーとマイケルが呼び戻されたことと関係があるのだろうか。

事故——ふたつの漢字が頭の中で飛び跳ねた。飛行場や弾薬庫では事故が日常茶飯事に起こる。離着陸の失敗。弾薬の暴発。ファッキング・ヘル——コービーの声が耳の奥でこだまする。ただの事故ならば、そうした毒づきかたはしない。死傷者が出たのか。軍の施設に致命的な障害が起こったのか。あるいは——知花《ちばな》弾薬庫には毒ガスが貯蔵されていると噂されている。辺野古には核弾頭が隠されていると噂されている。

「しょうがないね。また電話するよ」

おれは電話を切った。掌《てのひら》が汗でべっとりと濡れていた。

喫茶店のラジオはやまとの歌謡曲を流していた。ニュースにチャンネルを替えてもらった。米軍基地で事故が起こったという報道はなかった。

照屋を後にしてゲート通りに向かった。軍関係者の家族が通りをぶらついているだけで、特に変わった様子は見受けられない。第二ゲートの向こうの基地も普段と変わってはいない。センター通りも同様だった。平穏な光景が漫然と広がっている。

なにもありはしない。コービーとマイケルが基地に呼び戻されたのはただの規律違反かなにかに違いない。ろくでもない事態が起こったのだとしたら、アメリカーたちがあんなにものんびりとしているわけがない。

何度も自分にいい聞かせた。だが、尻《しり》の辺りのむず痒《かゆ》さは強まっていく一方だった。部屋に戻り、顔見知りの新聞記者に片っ端から電話をかけた——米軍に変わった動きはないか？　返事はどれもこれも否定的なものばかりだった。なにも起こってはいない。なにかが起こっているのだとしても、だれもなにも知らない。すべては秘せられている。根拠のない疑惑だ。くだらない妄想だ。

悶々《もんもん》としながら、夜の来るのを待った。

＊＊＊

ホテルのロビーに島袋と儀間がいた。おれに気づくと、馴《な》れ馴《な》れしい笑顔を浮かべる。

「どうしてここにいるんだ？」

「僕らも連れていってくださいよ。アメリカの人種差別問題に興味があるんです。照屋に行けばいろんなことがわかりそうじゃないですか」

島袋がいった。

「自分たちで勝手に行けばいい。白人じゃなきゃ、いきなり殴られることはない」

おれの声は自分でもそれとわかるほど不機嫌で無愛想だった。頭の中で渦巻いている疑問に決着がつかないかぎり、ガキの相手をする気分にはなれそうもない。

「冷たいじゃないですか」

「遊びじゃないんだ。とっとと帰れ」

照屋に興味があるというのは本当だろう。あの近辺に住んでいるか、あの近辺で商売を営んでいるのでない限り、一般のコザ市民は照屋に進んで近づこうとはしない。白人たちが照屋のことをブッシュと呼ぶのと同じように、コザ市民にとっても黒人たちが群れを作って潜む照屋は異界に等しい。だが、照屋に対する好奇心と共に、照屋仁美に対する好奇心も、若いふたりからは如実に感じられる。

自らの欲望を隠すことも押し殺すこともできない若さは、いつだっておれを苛立《いらだ》たせる。おれはガキの頃から自分の欲望をひた隠しにしてきた。そうしなければならないという強迫観念に囚《とら》われてきた。政信にだけはおれの欲望を知られたくなかったからだ。政信に知られれば、生きてはいけないと思いこんでいたからだ。それほど、政信に対するおれのコンプレックスは抜きがたかった。

「僕らがピクニック気分だとでもいうんですか？」

儀間が詰め寄ってくる。

「うちなーんちゅが三人も連れだって照屋を練り歩くだけでも好奇の視線を浴びる。それが五人になればなおさらだ。別にお忍びというわけじゃないが、だからといって目立っていいことはなにもない」

「だけど――」

儀間が途中で口を閉じた。視線がおれの背後へと移動する。島袋も同じだった。振り返らなくてもわかった。照屋仁美が到着したのだ。

「島袋君に儀間君じゃない。どうしたの？」

「僕らも照屋に連れていってもらいたくて。だけど、伊波さんが反対するんです」

島袋が母親に甘える子供のような声を出した。しかめっ面になりそうなのを堪《こら》えて、おれは照屋仁美に向き直った。

「いいじゃないですか。連れていってあげれば」

照屋仁美がいった。おれと行動することで生じる気詰まりな感覚を、若いふたりで紛らわそうとでもいうのだろう。

「黄色いのが五人で照屋に行くのか？」

「早い時間ならだいじょうぶでしょう。濱野さんも賑《にぎ》やかな方が好きなんじゃないかしら」

照屋仁美に引くつもりはないようだった。

「仕方がないな」

おれは首を振った。島袋と儀間が嬉《うれ》しそうに目を合わせた。照屋仁美も笑っている。勝ったつもりになっているようだった。

おれは三人から離れて煙草をくわえた。煙をくゆらせながら、頭を切り換える。島袋に儀間、照屋仁美。いいだろう。三人に濱野を押しつけて、その間に照屋で情報収集に努めよう。カデナ・フェニックスのひとりでも捕まえることができれば、おれの疑問にもなんらかの解答が与えられるはずだ。

濱野は八時ちょうどに姿を現した。

「沖縄の人は時間にルーズだと聞いてたんだけどねえ」

「沖縄の人間同士ならそうですけど、やまとの方がいらっしゃったら、それなりに努力するんですよ、わたしたちも」

濱野の軽口に、照屋仁美が笑顔で応じる。援軍の多さに気分も大きくなっているようだった。

「じゃあ、早速ですが行きましょう」おれは灰皿に煙草を押しつけて腰をあげた。「濱野さんは運がいい。今夜は海兵隊の腕自慢たちが組んだバンドの演奏があるという話です」

「いいねえ。昨日から本当に楽しみにしてたんだよ。で、その腕自慢たちが演奏するのはジャズなのかな?」

濱野は相好を崩して手もみした。よほど好きなのだろう。

「そういう話でしたよ。若い黒人たちはソウルミュージックっていうんですか? 今風の曲を好んでるんですが、中にはジャズが好きな連中もいて、照屋の外れの方のクラブで騒いでいるんだそうです」

「沖縄と同じだねえ。沖縄にも三線《さんしん》という独特な楽器と、独特な音階を持った民謡があるのに、若い人が興味を持ってるのは本土の歌謡曲か洋楽ばかりみたいじゃないか」

若いふたりがばつの悪そうな表情を浮かべたが、濱野は気にする風もなくおれと肩を並べてホテルを出た。照屋仁美がおれたちに続き、一呼吸遅れて島袋たちが後を追ってきた。

「沖縄民謡にも興味があるんですか?」

「うん。あの音階が魅力的でね。日本風でもないし、中国風でもない、独特の音階ね。昨日、金城さんの家に行く前に、いろいろとレコードを聴かせてもらったんだけど」

すぐ後ろで照屋仁美がおれたちの会話に集中している気配があった。口を挟みたいのだろうが、若いふたりと同じで照屋仁美も沖縄の民謡に関する知識はほとんどないだろう。

普通の連中は祖父母が歌う民謡を耳にしたことがあるだろうが、おれたちは施設育ちだ。昔ながらの民謡を歌ってくれる祖父も祖母もいなかった。

「おれの知り合いに三線の名手がいますよ。紹介しましょうか」

政信の顔を思い浮かべながらいった。政信と濱野は気が合うだろうという確信があった。どちらもボードビリアン風だ。趣味と暮らしがごっちゃになっている。濱野を政信にくっつければ、濱野から政信に関する情報を引き出せるかもしれない。

「へえ、名手って、そんなにうまいの？　かなり年配の方なんだろうね」

「それがおれの幼馴染《おさななじ》みです。おれたちの年代には珍しく、ガキの頃から三線を弾いてましてね。なあ、仁美。おまえもあいつの三線を聞いたことがあるだろう？」

おれは肩越しに振り返って照屋仁美に水を向けた。

「政信さんのことですか？　わたし、エレキなら聞いたことはあるけど、三線はないです」

照屋仁美の発言は、おれには意外だった。おれの記憶にある昔の政信はいつだって三線を抱えていた。時間がゆるすかぎり、三線をかき鳴らしていた。おれたちと照屋仁美の間に横たわる、わずか数年の時間。ないに等しく、永遠にも等しい。

「政信やっちー、伊波さんや照屋さんの知り合いなんですか？」

儀間が後ろの方で甲高い声を張りあげた。やっちーというのは、目上の者を呼ぶときにつける言葉だ。ヤマトグチでいえば、政信にいさんということになる。

「おまえたち、政信を知ってるのか？」

「やっちーは有名ですよ。エレキ弾かせたら、コザで一番上手だって。うちの大学でも、時々有志を募ってやっちーのバンドの演奏会やってもらってますから」

儀間の目も島袋の目も輝いている。学生にとって政信は憧《あこが》れるに値する存在なのだ。エレキがうまく、基地のアメリカーたちと対等に交流し、活動にも積極的に参加する。向かうところ敵なしのスーパーマン。

「そうか。君の幼馴染みは興味深い人物のようだなあ。是非、会わせてください」

「多分、今夜会えますよ」

「今夜？　その照屋っていうところですかな？」

「そうです。黒人たちとバンドを組んで、よく照屋のダンスクラブで演奏してるんです」

「バンドっていうと、ロックンロールを演奏するのかな？」

「ロックンロールもやりますが、熱を上げているのはブルーズです」

おれはわざと英語風にいった。濱野はそっちの方を気に入るだろうと思ったのだ。

「ブルースか、そりゃいい。沖縄民謡もブルースも根っこは一緒に違いない。いや、伊波君、是非君の幼馴染みにも会わせてください。俄然《がぜん》、興味が湧いてきましたよ」

濱野は破顔した。額に大粒の汗が浮かんでいたが、濱野は気にする素振りも見せなかった。

17

〈ソウル・トレイン〉は照屋の繁華街の外れの、街灯の明かりも届かないような暗がりでひっそりと営業していた。客の多くは三十代を過ぎたと思えるベテラン兵たちで、ジャズのレコードに耳を傾けながら、静かにビールのグラスを傾けている。生演奏を売りにする照屋の他の店と同様、店内の一番奥まったところに粗末で小さなステージがあり、ドラムセットとウッドベース、ピアノが物悲しげに放置されていた。

濱野は嬉しそうに、島袋と儀間は興味津々という顔で店内を見回していた。照屋仁美は落ち着いていた——エディが顔を出しそうにはない店だから。おれは気が急《せ》いていた。

「演奏は九時からはじまるそうです。それまではビールでも飲んでいてください。おれはちょっと、さっきいっていた三線の名手を捜してきます」

「そんなに焦らなくてもいいですよ。夜はまだ長いんだし」

「早めに捕まえないと、女を調達してどこかにしけ込んでしまうおそれがあるんですよ」

喋《しゃべ》りながら照屋仁美を盗み見た。照屋仁美は平然とした顔をしていた。

「なるほど、そういう人種か」

「そういう人種です。じゃあ、諸君、濱野さんの接待、よろしくな」

濱野を三人に押しつけて、おれは〈ソウル・トレイン〉を出た。そろそろ夕食を終えた黒人兵たちが繰り出してくる時間だった。照屋の狭い通りに黒人兵たちの姿が見える。その光景は普段の照屋となにも変わらない。

来た道を戻って〈BUSH〉を目指した。エディなら早い時間から照屋に繰り出しているはずだ。まずはビール、続いて大麻。まだヘロインに手を出す時間でもない。

〈BUSH〉には閑古鳥が鳴いていた。エディのいつもの席は空っぽだった。エディの連れの姿もない。

「エディは？」

バーテンに訊《き》いた。

「今日はまだですね。珍しいですよ。雨でも降るんじゃないかな」

バーテンの言葉が終わる前に踵《きびす》を返した。カデナ・フェニックスの面々を捜して、照屋の店を虱潰《しらみつぶ》しにしていく。どの店にも黒人たちがいた。だが、ウィルもマイケルもコービーもテッドもサミュエルもいない。彼らだけではない。おれが知っている限りの、嘉手納や知花の弾薬庫勤務の兵隊の姿はどこにもない。

尋常ではない事態が起こった——直観が補完される。陸海空に海兵隊、黒人兵たちはいつものように照屋の宴《うたげ》を待ち望んでいる。それなのに、弾薬庫勤務の兵隊だけがいない。

腕時計を覗《のぞ》きこんだ。午後九時をまわっている。〈ソウル・トレイン〉ではすでに生演奏がはじまっているだろう。おれの知ったことではない。

〈BUSH〉にとって返した。今度はエディがいた。エディはひとりだった。おきまりの大麻やヘロインを注入するための道具はエディのテーブルの周りにはなかった。エディは琥珀《こはく》色の液体で満たされたグラスを手にして弄《もてあそ》んでいた。

「エディ」

「ハイ、ショーン。久しぶりだな。座れよ」

エディの声はしっかりしていた。エディの目はいつもとは違って悲しみに塗りつぶされていた。

「クスリは？」

エディの向かいの椅子に腰をおろしながら訊いた。エディが首を振った。

「ブラザーのひとりが入院した。今も生死の境をさまよってる。彼のために祈らなきゃならないから、今夜はドラッグはやらないと決めたんだ」

「なにがあったんだ？」

「コンフィデンシャル・マター」

エディは悲しげに呟《つぶや》いた。機密事項——軍関係者以外に漏らしてはならない秘密。

「おれたちはブラザーだろう、エディ。弾薬庫でなにかが起こったんだということは知ってる。おれに隠し事をしても意味がないぜ」

「わかってる。それでも、機密事項は機密事項だ。人殺しのくだらない武器のために、ブラザーが死にかけてるっていうのに、おれは軍の規律に縛られてる。こんな馬鹿げたことがあるか、ブラザー」

エディの声の調子が次第にあがっていく。おれは振り返った。エディに注意している者はだれもいない。

「エディ――」

「本当は、おれが知ってるってことがばれるだけでやばいんだ。知花のブラザーがおれに連絡してきた。死にかけてるブラザーの魂のために、規則を破っておれに報《しら》せてきたんだ。わざわざ、ジャンキーのおれにな」

エディの瞳《ひとみ》が涙で潤んだ。今にも嗚咽《おえつ》を漏らしそうだったが、エディは意志の力でそれをねじ伏せた。クスリにさえ手を出さなければ、エディは明晰《めいせき》な意志と頭脳の持ち主だ。だが、明晰な頭脳を持っているからこそ、クスリに手を出さざるを得ないのも事実だった。そうやって、エディは奈落《ならく》の底に落ちていく。

「おれに話せ、ブラザー。どうせろくでもない事故が起こって、軍はそれをもみ消そうとしてるんだろう。おれは元もと新聞記者だった。覚えてるだろう。おれがどこかの新聞社にリークしてやる。そうすれば、もしおまえのブラザーが死んだとしても、軍は頬被《ほおかむ》りできなくなる。軍に制裁を加えてやるんだ。あんたも、あんたのブラザーたちも、くそったれの軍に忠誠を誓って犬死にする必要はない」

記者時代の習性がまだ根強くおれを捉《とら》えていた。特ダネの予感、スキャンダルの尻尾《しっぽ》を摑《つか》んだという感触に、指が顫《ふる》える。喉《のど》が渇きを訴える。

「毒ガスだ」エディがぽつりといった。「知花の弾薬庫で毒ガス漏れ事故が起こった。二十人以上がガスを吸って病院に運ばれた。おれが知ってるのはそれだけだ。詳しいことは知花勤務の連中か、軍の上層部しか知らないだろう。知花に毒ガスがあるということが知れ渡れば、また軍は窮地に立たされる。今ごろは、必死になって隠蔽《いんぺい》工作を行ってるところさ」

「毒ガスはやっぱりあったんだな」

「おれたちも本当にあるとは知らなかったよ、ブラザー」

エディの表情は苦悶《くもん》に歪《ゆが》んでいた。それが悲惨な事故の犠牲になった同胞を悼んでのことなのか、それともクスリの中毒症状によるものなのかはわからなかった。多分、両方なのだろう。

「ショーン。おれは軍がゆるせない。軍を仕切ってる白い豚野郎どもがどうにもゆるせない。おれの代わりに、やつらに罰を与えてやってくれ」

「わかったよ。おれに任せろ、ブラザー」

おれは差し出されたエディの右手を握った。エディのごつい手はこれまでにない優しさでおれの手を握り込んだ。その感触におれは打たれた。

空約束。反故《ほご》にされた契約。打ち捨てられた無数の誓い。繰り返される裏切り。誠実さは求めようもなく、恥知らずであることが良しとされてきた。琉球王朝は沖縄人民を見捨て、やまとは沖縄を嘲弄《ちょうろう》し、アメリカーは沖縄を蹂躙《じゅうりん》する。

それでもこの島の人間は馬鹿正直にあろうとしてきた。歌をうたい、カチャーシーを踊り、すべてを忘却することで生きてきた。

おれにはそれができなかった。破棄された約束。繰り返された裏切り。すべてはおれの中で沈殿し、堆積《たいせき》していく。うずたかく積み重なったものは、押し潰され、固まり、強固な岩盤となっておれを飲みこむ。岩盤に閉じこめられて、おれは身動きすることすらままならない。叫ぶこともできず、悲しむこともできず、傷つき、憎み、呪い、それでも空約束と裏切りを繰り返し、渦に巻き込まれるまま流される。

「どうした、ショーン？」

エディが怪訝《けげん》な表情を浮かべていた。

「なんでもない」おれは右手を引っ込めた。「いくつか新聞社を当たってみる。どこでも興味を示すはずだ」

おきまりの空約束。考えるまでもなく口をついて出てくるおためごかし。おれの右手には、まだ、エディのごつい手の優しい感触が残っている。

「泣いているのかと思ったよ」

エディがいった。

「泣いている？　おれが？」

「失言だ。忘れてくれ、ショーン。それより、頼んだぞ。白豚どもの悪行を暴いてくれ。それができるのはおまえだけだ」

「わかってる。できるだけのことはしてみるよ」

おれは腰をあげた。エディにさよならをいい、背を向けた。

「喪《な》くしたソウルが見つかるといいな、ショーン」

エディの声が追いかけてくる。おれは聞こえなかったふりをして、足早に〈BUSH〉を後にした。

＊　＊　＊

もう一度、照屋の店を一軒一軒歩いてまわった。カデナ・フェニックスの連中はいない。弾薬庫関連の兵隊たちは外出を禁じられているのだろう。知花とは関係のない部署であったとしても、同じような事故が起こらないように徹底的な検査が行われているはずだ。

カデナ・フェニックスの連中が、おれが推測したように政信に武器の横流しをしているのなら、それが発覚する可能性もある。ウィルたちは今ごろ顔を蒼白《そうはく》にしているかもしれない。

〈オージー〉のボーイに政信宛のメモを託した。

「会って話したい。弾薬庫の件で。　尚友」

夜になっても蒸し暑さは変わらない。おれは歩きすぎて疲労困憊《こんぱい》していた。重い足を引きずって、濱野たちが待っている〈ソウル・トレイン〉に戻った。

＊＊＊

すでに生演奏は終わっていた。濱野と学生たちはご機嫌な様子だった。照屋仁美は怒っていた。

「濱野さんを放っておいて、なにをしてたんですか？」

濱野に詫《わ》びをいい、席に落ち着くやいなや、照屋仁美はおれの耳に押し殺した声を吹き込んだ。

「爆弾を掴んだ」

おれはいった。照屋仁美の右の眉《まゆ》が吊《つ》りあがった。

「どういうこと？」

「今日、知花の弾薬庫で事故が起こった。死者は出てないようだが、何人かが重傷を負ったらしい。軍はそれを隠そうと躍起になってる」

おれは照屋仁美の耳に唇を寄せた。照屋仁美の体臭が香った。安物の化粧品の甘ったるい香りの奥に、野性的な体臭が嗅《か》げた。おれは発情した。自分が掴んだ特ダネの熱さに焙《あぶ》られた神経が過敏になっている。

「知花って……」

「毒ガスが隠されてるって噂されてるところだよ」

「まさか」

照屋仁美は目を大きく見開いた。長い睫毛《まつげ》の上で、あちこちから反射してきた店の照明が踊っている。

狂おしくも切ない。おれの脳味噌《のうみそ》は手にした特ダネに興奮している。おれの身体は照屋仁美が発する牝《めす》の匂いに発情している。脳味噌と身体の反発にあって、心が引きちぎれそうだ。

「間違いない。エディがクスリもやらずに怪我をした仲間のために祈っていた。おれの知り合いの黒人兵たちの姿もない。みんな、弾薬庫に勤務してるんだ」

照屋仁美の体臭を嗅ぎながら、おれは囁《ささや》くようにいった。おれの吐息が耳たぶにかかるたびに、照屋仁美が身震いする——妄想だ。照屋仁美はおれの話に聞き入っている。性的な兆候はなにもない。

「もう少し情報を集めたいんだ。うまく行けば、おれたちの反戦アングラ雑誌で米軍の隠蔽工作を暴くことができるかもしれない」

照屋仁美の顔を正面から見据えて妄想を断ち切った。

「もしできるなら、凄《すご》いことだわ」

照屋仁美の褐色の肌に朱が差している。思いもよらぬ興奮に、目が潤んでいる。

「できるさ。軍の関係者以外でこのことを知っているのはおれたちだけだ。おれには兵隊たちにもつてがある。全貌《ぜんぼう》を暴いて、雑誌に書き立てるんだ。反戦ＧＩからの告発という形をとってな。米軍も日本政府も、沖縄の基地には核兵器や化学兵器はないといい張ってるんだ。世界がひっくり返るぞ。おれたちがそれをやるんだ」

「世界をひっくり返す？」

照屋仁美は一語一語を嚙《か》みしめるようにいった。

「そうだ。世界をひっくり返してやるんだ」

性的な興奮が消え、違う種類の昂揚《こうよう》感に身体の内部が満たされた。世界をひっくり返す──ＣＩＡもくそも関係ない。この世界にはびこるありとあらゆる欺瞞《ぎまん》をこの手で糾弾できる。そう考えるだけで、熱く熔《と》けた溶岩のような塊がおれの五臓を焼き焦がす。民主化運動にうつつを抜かす連中が得たいと願っているのもその力だ。だが、やつらにはなにもできない。やつらの存在そのものが欺瞞だからだ。世界を変えようといいながら、やつらの望む変革とは、汚濁にまみれた現実からほんのわずかばかりの埃《ほこり》を払い取ろうというものだ。劇的な変革など、だれも望んではいない。単なる不満をイデオロギーとすり替え、理想の名のもとに群れ、限定された世界での権力闘争に明け暮れ、挙げ句、世界が本当に激変するとわかれば、布団に潜り込んでおろおろするしかない連中だ。

おれは違う。すべてを破壊できる力を与えられたら、おれは躊躇《ちゅうちょ》なくその力を行使する。世界を嘲笑《あざわら》って、自分自身さえ嘲笑って、おれはなにも恥じることはない。

「危険はないの？」

「あるわけがない」

おれは即座に答えた。おれにはＣＩＡのお墨付きがある。連中を謀《たばか》るだけの知恵と経験がある。うまく立ち回り、背後から近づいてやつらの首を絞めることなど朝飯前だ。

それで、その後はどうするんだ、尚友——ふいに、頭の中で政信の声が響いた。反射的に振り返ったが、政信がいるはずもない。冷水を浴びせられたような気分だった。

「どうしたの？」

照屋仁美が首を傾げた。

「なんでもない」

苦々しい思いを堪《こら》えながらおれはいった。頭の中ではまだ政信の声がこだましている。声の指摘は正しかった。世界は変わらない。スミスとホワイトに後足で砂をかけて、その後おれはどうするというのだろう。世界をひっくり返すことなどだれにもできない。毒ガス事故とその隠蔽《いんぺい》工作を暴けば、確かに世界に激震は走るだろう。だが、変わりはしない。相変わらずアメリカーはヴェトナムに爆弾をばらまき続け、沖縄に居座り続ける。わかっていたはずだ。わかっていながら自分の口走った言葉にいたずらに昂揚した。

「とにかく、もう少し情報を集めたい。いいか、仁美。この件は栄門にも内緒だぞ」

「どうして？」

「栄門は人が良すぎる。だれかにうっかり漏らさないとも限らないからな。こういう情報は、慎重に扱わなければやばいことになるんだ」

照屋仁美の視線がおれから逸《そ》れていった。定まらない視点を宙でさまよわせながら、考え込むように腕を組む。

「いつまで秘密にしておかなきゃならないの？」

「おれがいいというまでだ」

「わかりました」

きっぱりとした返事がかえってきた。

「伊波君、そろそろいいかな？」

濱野の遠慮がちな声がおれたちの間に割って入ってきた。

「君が照屋君を独り占めにするもんだから、学生諸君がいきり立って困るんだ」

濱野のいうとおり、島袋と儀間が不機嫌そうにビールの入ったグラスを傾けていた。

「すみません。お客さんを放ったらかしにして」

おれは濱野に頭を下げた。濱野はこの店の空気が気に入ったらしい。満面の笑みを浮かべながら鷹揚《おうよう》にうなずいた。

「いきり立ってなんかいませんよ、僕たち」

島袋が不服そうに唇を尖《とが》らせた。

「まあまあ、冗談だよ、冗談。それより、伊波君。例の三線《さんしん》の名手とかいう君の友人は捕《つか》まったのかな？」

「それが、済みません。今夜はこの近辺には出没していないみたいでして」

「そうか。それは残念だけど、まあ、今夜だけというわけじゃないから、そのうち、よろしくお願いしますよ」

濱野がグラスを掲げた。おれは自分がなにも飲んでいないことにやっと気づいた。儀間のグラスを借り、ビールを満たし、濱野と乾杯した。

学生たちは冗談をいい交わしている。照屋仁美はひとりでなにかを考え込んでいる。おれは千々に乱れる思いを持て余していた。

18

濱野をホテルに送り届けてから、自宅に戻った。電話機の前に座り、政信からの連絡を待った。無為の時間――〈ソウル・トレイン〉で味わった昂揚と失望に思いを馳《は》せる。世界をひっくり返すというイメージは麻薬のようにおれを引きつける。落としてしまった魂が、どこかで熱く脈打っているのを感じることすらできる。だが、それがありえないこともおれは知っている。二律背反――煉獄《れんごく》にいるような苦悩。

午前一時をまわっても、政信からの電話はない。苦悩と〈ソウル・トレイン〉で照屋仁美に発情した余韻のせいで、脳も身体も火照っている。苛立《いらだ》ちが増し、落ち着きがなくなる。電話を置いたテーブルの前で行きつ戻りつし、あることに思い至った。

カデナ・フェニックスと政信。武器庫からの弾薬の横流し。知花弾薬庫での毒ガス事故。米軍の調査。金武の〈ラウンジ　ニューヨーク〉。

横流しさせた武器弾薬を〈ラウンジ　ニューヨーク〉に隠匿しているのだとしたら、米軍の調査の結果、武器の横流しが発覚する恐れがあると感じているのなら、今ごろ政信は汗だくになって武器弾薬をどこかに移送しているはずだ。

慌てて部屋を出た。車に飛び乗り、ひたすらに金武を目指した。移動の時間がもどかしい。排気量の小さいエンジンの馬力不足が恨めしい。

路上に車を乗り捨て、逸《はや》る気持ちをなだめながら金武の繁華街を歩いた。通りにはまだ米兵たちがうろついている。〈ラウンジ　ニューヨーク〉のシャッターは降りたままで、過去数時間の間に人の手が触れた気配はなかった。すぐに店の前を素通りした。〈ラウンジ　ニューヨーク〉入口を監視できる四つ辻《つじ》の角に電信柱があった。電信柱に背中を押しつけながら、待った。

二時から三時。足もとに捨てた煙草の吸い殻が山をなしていくのと反比例するように通りを歩く兵隊たちの姿が減っていく。おれの姿も目立つようになっていく。地面に尻《しり》を降ろし、電信柱にもたれかかって泥酔して眠り呆《ほう》けている酔っぱらいを装った。夜の空を覆う漆黒の闇が東の方で膨張しはじめている。もうすぐ、夜が明けるだろう。冷え冷えとした橙色《だいだいいろ》が海の方から立ち上がり、夜の闇を押しのけて消えていく。後に残されるのは突き抜けた青い空と、灼熱《しゃくねつ》の太陽だけだ。そうなってしまっては、酔っぱらいの振りをすることもかなわない。

時計の針が四時を指そうというころになると、酒場から引き上げる米兵が通りに繰り出してきて、一時的に周囲に喧噪《けんそう》が戻る。だが、それも夜が明けるまでのことで、東の空が赤く燃え上がりはじめるころには、金武の繁華街も遅い眠りを貪《むさぼ》るための準備をはじめていた。真夏の太陽がアスファルトを焙《あぶ》り、熱された空気がじりじりと街を覆っていく。あまりの暑さに音をあげ、おれは車に戻った。車を通りに入れ、黄ナンバー――米軍関係者の車が並ぶ路肩に隙間を見つけ、そこに停めた。車の中で監視を続行する。

午前五時過ぎ――人けの減った通りにトラックが進入してきた。ナンバープレートはひしゃげ、捻《ねじ》れ、折れ曲がり、読みとることができない。暑さと睡魔に朦朧《もうろう》としていた脳に活が入った。トラックの荷台には幌《ほろ》がかけられている。こんな時間に繁華街を出入りする種類の車ではない。

トラックは〈ラウンジ　ニューヨーク〉の真ん前で停車した。荷台の幌の中から四人の男が飛び降りてきた。四人が四人とも、典型的なアシバーの格好をしていた。運転席と助手席からも人が降りてくる。助手席から降りてきたのは政信だった。運転席から降りてきたのは、例のアシバー風の男だった。

息をのんで成り行きを見守る。政信とアシバー風の男が、荷台の四人になにかを指図している。アシバー風の男が上着のポケットから鍵束《かぎたば》を取りだし、シャッターの前で屈《かが》む。金属が軋《きし》んで擦《こす》れる音をたてながらシャッターがあがり、四人が店の中に入っていった。政信とアシバー風の男が額を寄せて囁《ささや》きあう。政信が鋭い視線を周囲にばらまく。

四人の男たちが大きな木箱を店の中から運び出し、荷台に載せはじめた。木箱には文字が刻印されている。遠すぎてすべてを読みとることは不可能だったが、「U．S．ARM

Y」と読めた気がした。

男たちが運び出した木箱は全部で四箱だった。すべてを運び終えると、男たちは再び荷台に飛び乗った。政信とアシバー風の男が助手席と運転席に乗りこみ、トラックが発進した。

充分な距離が開くのを待って、おれは車のエンジンをかけた。スピードを上げすぎないようにして後を尾《つ》ける。ハンドルを握る手が汗で滑った。煙草の吸いすぎで喉《のど》の奥に違和感があった。しかし、なにも気にならない。目に入るのはトラックの後ろ姿だけ。聞こえるのはおれの鼓動だけ。嗅《か》げるのはきな臭くも香ばしい、隠匿された秘密だけが放つかすかな腐臭。感じるのは、政信の尻尾《しっぽ》を摑《つか》めるかもしれないという事実が放つ暗い悦《よろこ》び。汗で濡《ぬ》れた掌《てのひら》を上着の裾《すそ》で拭《ぬぐ》いながら、おれは政信の乗ったトラックを追い続けた。

＊　＊　＊

宜野湾の海に近い一画で、政信たちのトラックがスピードを落とした。一瞬、尾行に気づかれたのかと思ったが、トラックは止まることもなく走り続ける。もう少し距離をあけて、おれも車を走らせた。

しばらく走ると、トラックのブレーキランプが点滅した。距離にして三百メートル。すぐ先にあった路地を左折してしばらく走り、車を停めた。徒歩で来た道を戻る。トラックが走ってきた道沿いには、一般の住宅と小さな倉庫が軒を並べていて、トラックがとまったのはそうした一軒の倉庫の前だった。

金武のときと同じように、荷台にいた四人が、木箱を倉庫の中に運び込んでいた。トラックが止まっているのとは反対側の路肩に古びたセダンが見える。

四つの木箱を倉庫に運び終えると、男たちはまた荷台によじ登った。今度は運転席に政信が座り、アシバー風の男は向かいに停めてあったセダンに乗りこんだ。

走った。息を切らしながら車に舞い戻り、Uターンさせて連中の出方を待つ。

まず、トラックが来た道を戻って走り去っていった。三十秒、待った。アシバー風の男のセダンはやって来ない。辛抱しきれずに、車を出した。トラックが走り去ったのとは反対の道の向こうに車の影が見えた。

アクセルを踏みつけた。加速性能の差か、追いつくどころかじりじりと引き離されていく。セダンが巻きあげる土埃《つちぼこり》だけが頼みの綱だった。新しい馬力のある車が欲しかった。

ホワイトに掛け合ってみるべきかもしれない。

つかず離れず、土埃を追う。セダンはかなりのスピードを出している。近づきたくても近づけない。

セダンはしばらく未舗装の道を走っていたが、やがて一号線に乗り入れ那覇を目指して南下しはじめた。早朝の一号線は交通量も少なく、セダンはぐんぐんスピードを上げていく。おれはアクセルを床まで踏んだ。古いエンジンが悲鳴をあげ、がたのきた車体が激しく軋んだ。それでも、セダンとの距離は縮まらなかった。ハンドルにしがみつくようにしてセダンを追った。見失わないことだけを祈りながら。

太陽が蒼穹《そうきゅう》に張りつき、透き通った海が日光を乱反射させている。万華鏡のように無数の表情を見せる海面は、まさに咲いているという表現にかなっている。だが、今のおれには目に飛び込んでくる光が苛立たしいだけだ。

セダンの後ろ姿の向こうに、那覇の街並みが見えている。セダンは那覇の街に飲みこまれるとスピードを落とした。慎重に距離をあけ、後を追い続ける。一号線を外れ、路地を縫い、国際通りを横切って古い住宅が建ち並ぶ一画で、セダンは止まった。更地のまま放置され、近隣の人間に駐車場として使われている場所だ。おれは路肩に車を停め、エンジンを切り、息をのんで成り行きを見守った。

アシバー風の男は後ろを振り返ることもなくセダンから離れていった。おれも車を降りて、欠伸《あくび》をするふりをした。おれと男の距離は約二百メートル。男は肩を落として歩いている。大きな通りから路地に滑り込み、苔《こけ》むした感じの古い平屋の中に入っていった。

おれはことさらにのんびりした足取りでその平屋に近づいた。男がおれに気づいている様子はなかった。それでも、心臓が不規則に脈を打つ。唾《つば》を飲みこみながら家の前を通りすぎた。表札はなかったが、郵便受けに住所が記されていた。その住所を脳に刻み込んで、おれは逃げるようにその場を後にした。

＊　＊　＊

車の中で仮眠をとった。斑《まだら》に彩られた世界の夢を見た。すべてが淡い色に覆われ、そこに立ち尽くすおれ自身すら淡く、儚《はかな》く、霞《かすみ》のように揺らめいていた。夢に筋はなかった。ただ、おれはそこにいるだけなのだ。なにもかもが強烈な原色に彩られているうちなーとはまるで正反対の濃淡だけの世界。だからこそ、夢に見るのか。

日陰に停めていたのだが、それでも暑さは容赦なく、喉の奥で唸《うな》りながら目覚めた。顔見知りの役人の家まで車を走らせ、出勤するのを待ち伏せる。金を握らせ、脅しをかけ、那覇の家と宜野湾の倉庫の持ち主、借り主を調べることを約束させた。

仮眠を取ったのはほんの一時間。昨日の夜から腹にはなにもいれていない。それでも気力は充実していた。眠気は消え、空腹も感じない。まるでヘロインを注射した後のエディのように、おれは現実の世界と隔絶されていた。

もう一度宜野湾に戻り、例の倉庫を調べた。かつては水産加工物の倉庫だったのだろう。潮と魚介類の生臭い匂いが周囲に染みついている。朽ち果てたような外観を裏切るように、シャッターだけは真新しく、おれひとりの力では鍵をこじ開けることもできそうにはなかった。

運び込まれた四つの木箱。拳銃《けんじゅう》、ライフル、マシンガン。そんなものを集めて、政信はなにを企《たくら》んでいるのか。軍からの横流し物資を——それも危険な物を、こんなところに隠匿しておく馬鹿はいない。横流し物資は、文字通り右から左へ横流しして稼ぐのが一番なのだ。

それ以上倉庫を調べるのを諦《あきら》めて、車を飛ばして瑞慶覧へ急いだ。基地の近くに車を停めて、米軍総司令部を観察した。慌ただしい動きはない。毒ガス漏れ事故の隠蔽《いんぺい》工作は深く静かに進行している。瑞慶覧では埒《らち》があかないと判断して、キャンプ桑江《くわえ》に向かった。陸軍の医療本部がある基地だ。陸軍だけではなく、在琉、在日米軍基地の中でも最大の医療施設を誇っている。毒ガス事故の怪我人が収容されるとしたら、桑江しか考えられない。

一度部屋に戻り、双眼鏡を手にして桑江へ向かった。一号線を海沿いに外れ、車の中から双眼鏡を覗《のぞ》く。長居はできない。MPにでも見つかれば、逮捕拘束は免れない。双眼鏡を覗いて見える医療本部は歯ぎしりがしたくなるほど小さかった。確認できるのは人の出入りだけ。おれの必要とする情報にはほど遠い。それでも三十分、踏ん張ってみた。患者の家族と思《おぼ》しき私服の人間が数人、病院から出てきただけで、やはり収穫はなかった。彼らが見舞ったのが毒ガス事故の被害者だと断じる証拠はどこにもない。

相変わらず眠気はない。空腹も感じない。しかし、重い疲労感が肩にのしかかってきていた。米軍に対する無力感は、なにも他人のものだというわけではない。おれは無力だった。この件に関してはホワイトに頼ることもできない。おれが知っていることを知れば、連中もおれに対する態度を改めるだろう。

いつの間にか昼飯時になっていた。コザに戻り、センター通りで昼飯を取った。ターコライス——うちなーとアメリカーの醜い融合。ターコライスを平らげ、コーラを飲み干すと、ちょうど午後一時になるところだった。おれは公衆電話で役人に電話をかけた。

役人はぶっきらぼうに名前を告げた。

「高嶺康助《たかみねこうすけ》。那覇の家も宜野湾の倉庫も、持ち主の名義はそうなっています」

げっぷが出た。げっぷのついでに、食べたものが食道を逆流しそうだった。高嶺康助。

通称マルコウ。コザの花街、吉原の利権を一手に握るやくざ者だった。まん丸と太った体型から、だれからもマルコウと呼ばれている。

政信とアシバー風の男、そして本物のアシバー——やくざ。米軍の銃器の横流しが三人を結びつけていることは間違いない。木箱を運んでいた連中も、おそらくはマルコウの手の者なのだろう。だが、政信がなぜそこに加わっているのかが釈然としない。

おれはこめかみを押さえながら電話を切った。

19

電話で照屋仁美を捕まえ、晩飯を一緒に食う約束をした。やまとーんちゅたちは、栄門が面倒を見ているらしかった。濱野が政信に会いたがっている。照屋仁美はそういった。おれは政信を捕まえる努力をすると請け合った。

政信たちの銃器の横流しと毒ガス漏れ事故。調べなければならないことが多すぎる。身体がひとつでは足りない。だが、おれには信頼できる人間がいない。だれかを騙《だま》して、おれの代わりを務めさせなければならない。

かつての同業者たちに近づくのは危険すぎる。連中はプロだ。プロは些細《ささい》なことから真実に至る道を発見する。アマチュアはうまく誘導すれば使いっ走り程度の役には立つ。おれに必要なのはその使いっ走りだ。

栄門は口が軽すぎる。学生たちは話にならない。となれば、おれには照屋仁美しかいない。照屋仁美はエディと面識がある。エディから情報を引き出せる。あの夜のことを、照屋仁美が忌避していない限りは。

頭の中で筋を組み立て、疵《きず》がないかどうかを何度も確認する。照屋仁美の性格とおれの性格を吟味し、矛盾をなくし、わずかな秘密の匂いをまぶしてやればできあがりだった。おれが無垢《むく》な人間でないことは、照屋仁美でなくてもわかっている。

車を駐車場に乗り捨て、政信のアパートに足を向けた。早朝に仕事をこなしたばかりだ。多分、眠り呆《ほう》けているだろう。

ドアをノックしても返事はなかった。ドアノブに手をかけると、ドアは軋《きし》みながら開いた。鍵《かぎ》はついているが、鍵をかけることは滅多にない。政信がそうだというのではなく、それが沖縄の常識だ。もっとも、米兵の姿が多い基地の周辺ではそういうこともなくなってきている。部屋に上がりこんで女を犯し、金を奪う米兵が少なくないからだ。

ドアが開いた途端、政信の体臭が鼻をついた。日向《ひなた》を思わせる汗の匂いと、照屋の薄暗い路地を思わせる体臭。どちらも政信の匂いだ。靴を脱いで部屋にあがり、両手を振って空気を攪拌《かくはん》しながら政信が寝ている部屋に向かった。

扇風機が首を振っている。生ぬるい風が頬を嬲《なぶ》っていく。煎餅《せんべい》布団の上に、政信がだらしなく横たわっていた。掛け布団は敷き布団の傍らに打ち捨てられていた。

「おい」

政信の剝《む》き出しの臑《すね》を蹴《け》った。政信は声にならない唸りをあげて寝返りを打った。

「起きろよ、政信。もう、三時になるぞ」

もう一度、臑を蹴った。政信は動かない。おれは窓際に寄って、固く閉じられていたカーテンを開けた。途端に日光が差し込んで、宙に浮かぶ埃《ほこり》を浮かびあがらせながら政信の全身を照らした。政信が顔をしかめ、もう一度唸った。

「なにしやがる」

「起きろよ。話があるんだ」

「寝たのは明け方なんだぞ」

「もう三時だ。寝るのが遅かったにしても、八時間以上は経ってるだろう」

そういいながら、窓を開けた。熱く膨張した空気の塊が流れ込んできた。空気の塊は部屋の中でさらに膨張し、あっという間にその体積を増していく。こうなったら扇風機も用無しだった。火傷《やけど》しそうな空気を攪拌するだけで、涼をもたらすことはない。

「畜生！」

叫びながら政信が体を起こした。

「なんなんだよ、尚友」

「昨日、照屋には行かなかったのか？」

「水を持ってきてくれ」

政信はおれの質問には答えずに頭《かぶり》を振った。木箱を運び終えた後で、アシバーたちと一杯飲みに行ったのかもしれない。おれは台所でコップに水を汲《く》んだ。生ぬるい水を政信は一気に飲み干した。

「くそ。瞼《まぶた》がくっついたままだ。照屋だって？　なんの話だ？」

「おまえに伝言を残しておいたんだがな。連絡がなかったってことは、照屋に行ってないってことだろう。なにをしてたんだ？」

「女だよ。決まってるだろうが」

政信は目をこすりながら平然と嘘をついた。

「昨日、知花の弾薬庫で毒ガス漏れ事故があっただろう。そのことについて、おまえに話を聞きたかったんだ」

おれが「毒ガス漏れ事故」といったとき、政信の動きが一瞬、とまった。やはり政信は知っていたのだ。カデナ・フェニックスの連中から連絡を受け取って、慌てて銃器を移し替えたに違いない。

「毒ガス漏れ事故？　なんだそりゃ？」

「付き合いのある黒人兵から聞いた。間違いない。米軍は隠蔽しようとしてる。そのことを、栄門たちとやっている反戦アングラ雑誌に書こうと思ってるんだ。とんでもない特ダネだからな」

「おまえがなにをやろうが勝手だがな、その事故とおれになんの関係があるんだ？」

「おまえはおれより照屋で顔が広いだろう。弾薬庫勤務の黒人兵を知ってるんじゃないかと思ってな」

政信は立ち上がった。コップを握りしめたまま台所に足を向ける。もう一杯水を飲み、大きく頭を振った。

「いちいち所属先を聞いて仲良くなるわけじゃねえからな。おれたちが話すのは音楽と女の話だけだ。もし必要だっていうんなら、弾薬庫に勤務してるやつがいるかどうか、確かめてやるよ。おまえはともかく、仁美も絡んでる話なんだろうからな」

裸で絡み合う政信と照屋仁美。昨日嗅《か》いだ照屋仁美の体臭。妄想と記憶がごちゃ混ぜになっておれの神経を緩やかに撫《な》でていく。

政信は台所に突っ立ったまま、うがいをはじめていた。

「頼むよ。おれの情報源は弾薬庫勤務じゃないんで、入ってくる情報も断片的なんだ。この件に関しては、仁美もおれと一緒に動くことになる」

「おまえ、仁美と寝たのか？」

口に含んだ水を吐き出しながら、政信はいった。その瞬間、裸で絡み合うふたりの妄想がおれの頭からきれいさっぱり消えていった。

「彼女はおれを嫌ってるよ」

「じゃあ、おまえは嫌ってないってことだな」政信の肩が顫《ふる》えた。政信は笑っていた。

「相変わらず、女のことになるととうしろうだな、尚友。仁美はおまえに惚《ほ》れてるんだよ。だからわざとつれない態度を取るんじゃねえか」

妄想は消えた。だが、今度は記憶が増殖する。照屋仁美の体臭が、ありありと鼻腔《びこう》によみがえる。野性味と女という性の微妙なバランス。獲物を引き寄せ、獲物に牙《きば》をたてる巧妙な罠《わな》。政信の体臭が凝縮した部屋にあっても、おれは昨日の照屋仁美の体臭を間近に嗅ぐことができる。

「くだらない」おれは吐き捨てるようにいった。「そんなことより、政信。もうひとつ頼みがあるんだ」

「なんだよ？」

「やまとからべ平連の活動家が何人かこっちに来てる。そのうちのひとりがジャズ狂なんだが、沖縄の民謡にも興味があるといってる。それで、おれの幼馴染《おさななじ》みが三線《さんしん》の名手だといったら、どうしても会わせろといって聞かないんだ」

「冗談じゃねえぞ、尚友。なんでおれがやまとーんちゅなんぞを接待しなきゃならねえんだよ」

政信は振り返った。露骨な嫌悪の表情を浮かべている。

「おれのためとはいわない。栄門と仁美のために会ってやってくれないか」

政信の唇が歪《ゆが》んだ。

「殊勝なことをいうようになったな、尚友。本気で栄門たちを助けようと思っているわけじゃあるまいに」

「仁美のことは嫌いじゃない。それだけじゃ、充分な説明にはならないか」

おれはいった。いった瞬間、自分で口にした言葉がおれの胸に食い込んできた。

「わかったよ。あの伊波尚友がそこまでいうんだからな。会ってやるさ」

政信は畳の上に腰をおろした。壁に無造作に立てかけてあった三線を引き寄せ、調弦する。言葉尻《じり》を捉えられて揶揄《やゆ》されると思っていたおれは拍子抜けした。調弦を終えると、政信は弦をつま弾きはじめた。ビートルズの曲を沖縄音階でアレンジしたメロディが熱い空気を和ませていく。

「黒人兵たちから事故の情報を聞きだして、あとはそのやまとーんちゅを喜ばせてやればいいだけだな？　他にもなにかあるなら今の内にいっておけよ、尚友」

島田哲夫とマルコウの名前が喉《のど》まで出かかった。訊《き》きたいことは山ほどあった。訊けば、政信はあっさりと教えてくれるという確信もあった。政信が欺こうとしているのは米軍や警察、琉球政府であって、おれではない。だが、政信の口から直接聞くのではおれの裡《うち》にある空洞が満たされない。政信の目を盗み、政信を出し抜き、政信の秘密をこの手で暴きたい。そうすることでおれは政信を告発することができる。政信から教えてもらったのではそれができない。仁義や友情といった干涸《ひか》らびた言葉とは違う感情がおれたちには、少なくともおれには流れている。

「いや、それだけでいい。今晩、照屋にいるんなら、そのやまとーんちゅを連れていくよ」

おれは身体を反転させた。政信は相変わらず三線を弾いている。メロディはビートルズのアレンジから宮古民謡のそれに変わっていた。男と女の交合をおもしろ悲しく歌った曲のはずだ。どこかで聞いたことがある。多分、酒の席で政信の演奏を耳にしたのだろう。宮古の民謡はおれには縁がない。

「今日は吉原に行かなきゃならん。そのやまとーんちゅ、吉原を嫌がる柄か？」

政信が顔をあげた。

「場所の雰囲気を楽しみながら、でも結局女は買わない。そんな男だよ」

「なんだよ、それじゃおまえと一緒じゃねえか」

政信の口が大きく開いた。嫌味ったらしい笑い声が聞こえてくる前に、おれは政信に背を向けた。

20

首筋に張りがあって肩の関節が軋《きし》んでいた。オンボロ車の中での短い仮眠が身体に負荷をかけているようだ。それでも、眠気は襲ってこない。政信と島田哲夫とマルコウ。知花弾薬庫での毒ガス漏れ事故。手に入れた情報の断片が頭の中で錯綜《さくそう》し、神経がよじれてい

く。太陽はぎらつき、アスファルトの照り返しがおれを足もとから容赦なく焙《あぶ》りたててい
く。鼻の奥に残る照屋仁美の体臭が理性を麻痺《まひ》させる。

家に帰りたくはない。眠りたくはない。

おれの車はアシバー風の男に見られている可能性がある。尾行されていたとは気づいていなくとも、記憶にある車が近づいてくれば警戒するだろう。米兵相手のもぐりの中古車屋で車を買った。フォードのセダン。いい加減くたびれ、がたがきている。売買契約書はなし。登録用の書類もなし。米軍関係者の車輌《しゃりょう》には黄色いナンバープレートがつけられている。数字の下にはご丁寧にも「THE KEY STONE OF THE PACIFIC」という文字が綴《つづ》られている。太平洋の要石《かなめいし》――沖縄のことだ。沖縄にある米軍基地のことだ。ともあれ、黄ナンバーの車をとめる勇気のある警官はいない。米兵どもは好き勝手に車を乗り回し、転属になれば売り払って沖縄を出て行く。

買った車にそのまま乗りこんで、金武に向かった。昼前までは蒼《あお》く澄み渡っていた空が雲にすっかり覆われていた。いつ雷雨がやってきてもおかしくない空模様だが、陽射しが遮られるのは歓迎だった。

アパート近くの路地に車を乗り捨て、タクシーでコザに戻ると、照屋仁美との約束の時間が迫っていた。慌てて服を着替え、センター通りに急いだ。予約したのは老舗《しにせ》のステーキハウスで、うちなーんちゅの姿はほとんど見かけない。

照屋仁美は先に来ていた。いつものTシャツにジーパン姿ではなく、白地に赤い花をあ

しらったワンピースを身にまとっている。おれには気づかず、眉間《みけん》に皺《しわ》を寄せてメニューに見入っていた。席に案内しようとするウェイターを遮って、気づかれないように後ろから近づいた。鼻に神経を集中させ、照屋仁美の周囲の空気を嗅いだ。シャンプーとリンスの香りしかしない。目を閉じて、さらなる集中を自分に課す。合成香料の向こうにある、照屋仁美の体臭に思いを馳《は》せる。無駄だった。なにも嗅ぎ取れなかった。落胆の溜息《ためいき》を漏らし、己の鈍い嗅覚《きゅうかく》を呪い、気を取り直して照屋仁美の肩越しに声をかけた。

「相変わらず時間に早いな。うちなーんちゅじゃないみたいだ」

照屋仁美が驚いて振り返った。シャンプーとリンスの匂いが強くなる。

「いついらっしゃったんですか？」

照屋仁美は目を大きく見開いた。両手で持っていたメニューを胸に当て、メニューの端に顎《あご》を乗せるようにしておれを見上げた。

「たった今だ。あんまり熱心にメニューを見ているから、いったいどれだけ奢《おご》らなきゃならないのかと思って声をかけたんだよ」

「このレストランを予約したの、伊波さんじゃないですか。わたし、値段を見て驚いてたんです」

おれはテーブルを回って席についた。

「新聞社を馘《くび》になったときの退職金がまだ残ってる。気にしないで好きなものを食えばいい」

「なにを食べたらいいのかわからないわ。伊波さん、わたしの分も注文してください」

照屋仁美はメニューをおれに差し出した。おれはメニューを無視してウェイターを呼び、お薦め料理の中身を聞いてから、サーロインステーキと赤ワインを注文した。ウェイターはフィリピン人で、会話はすべて英語だった。

「英語を教えてくれるっていう約束、どうなったんですか？」

「忘れているわけじゃない。君が教えてもらいに来ないだけだ」

照屋仁美の唇が中央に寄って盛りあがっていく。不満を口にする前に出る癖だ。ここのところの付き合いで、照屋仁美のこともかなり理解できるようになっている。

「そうだ。濱野さんたちは、今日は栄門と一緒にいるんだよな？」

「そうですけど」

照屋仁美の機先を制していった。

「連絡はつくか？　昼間、政信と話をしたんだが、今夜なら濱野さんと会ってもいいというんだ」

「照屋でですか？」

「吉原だ」

輝きかけていた照屋仁美の目が一瞬で曇った。輝きの意味も、曇りの意味も、おれには計りがたい。

「女を買うわけじゃないさ」

「伊波さんがそういう人じゃないことは知ってます」

「おれも男だぜ」

「わかってます。わたしだって子供じゃありません」

照屋仁美は曇ったままの双眸《そうぼう》でおれを見据えた。その視線には物理的な力があった。おれはたじろぎ、言葉を失い、力無く首を振った。

「濱野さんに連絡を取ってくれ。今夜、時間があるのか、吉原でもかまわないかってな」

「電話してきます」

照屋仁美は勢いよく立ち上がり、おれに背を向けてレジの方へ歩いていった。足を踏み出すたびに腰が左右に揺れ、ワンピースの裾《すそ》が軽やかに翻る。

もう一度、周囲の空気を鼻で吸い込んだ。シャンプーとリンスの残り香、その向こう、目に見えない薄膜の向こうに、確かに照屋仁美の体臭はとどまっている。とどまっているはずなのに、おれには嗅《か》ぎ取れない。煙草に火をつけ、煙と共にシャンプーとリンスの香りを吹き飛ばした。苛立《いらだ》っている。くだらないことで苛立っている自分に、さらに苛立っていく。

電話を終えた照屋仁美が戻ってきた。

「大丈夫だそうです。十時にはホテルに戻るとおっしゃってましたから、十時半にロビーでということで約束しました」

十時半——早過ぎもせず、遅過ぎもしない時間だ。うちなーんちゅの夜は遅い。男たちは仕事を終え、家に帰り、夕食を摂《と》った後で夜の巷《ちまた》に繰り出していく。仲の町、諸見百軒通り、吉原といったうちなーんちゅ専用の繁華街が活気を帯びるのは、たいていは九時をまわってからだ。

ワインとオードブルが運ばれてきた。おれがグラスを掲げると照屋仁美は自分のグラスをおれのグラスに軽く当てながら口を開いた。

「民主化と反戦のために、乾杯」

おれにはなにもいうべきことがなかった。ワインを口に含み、酸味に顔をしかめた。おれの表情の変化を照屋仁美は悪く取ったようだった。

「わたしの乾杯の音頭、気に入らなかった？」

「そうじゃない。おれはおまえたちほど純情にできちゃいないが、おまえがなにを信じようとおまえの勝手だ。それに茶々を入れるつもりはないよ」

「でも、伊波さんは真剣に反戦アングラ雑誌を作ってるわ」

「おれにできることは協力する。約束したからな」

「それだけですか？　この島にある基地を見ても、なんとも思わないの？」

照屋仁美はグラスの中のワインを一気に飲み干した。おれと同じように顔をしかめ、それでも、新たなワインを要求してグラスをおれに向けた。

「思うことはある。だが、おまえたちの考えてることとは違うだろうな」

ワインを注ぎながらいった。

「伊波さんと政信さんは昔からそうでしたね。周りのみんなとは考えることもやることも違う……」

「政信とおれは違う」

きつい口調になっていた。ワインを口に含み、フォークとナイフを手にとってオードブルを食べた。照屋仁美は料理には手をつけず、グラスを持ったまま放心したように宙を見つめていた。

「おまえはどうして反戦運動に関わるようになったんだ？」

沈黙に耐えかねておれは口を開いた。

「B52です」照屋仁美は唇を舐《な》めた。長い睫毛《まつげ》がかすかに顫《ふる》えている。「わたし、嘉手納の基地からは離れたところに住んでるんですけど、それでももの凄《すご》い音で目が覚めました」

去年の十一月十九日の早朝、嘉手納空軍基地で離陸しようとしていたB52爆撃機が墜落、爆発炎上した。当時、おれは那覇に住んでいて布団の中でうとうとしていたのだが、それでも爆発音は耳に届いた。基地周辺に住んでいる人間にとってはまさに青天の霹靂《へきれき》だっただろう。おれはすぐに取材に飛んだが、だれもが原爆が落ちたのだと思いこみ、戦争が始まったのだと勘違いしてパニックに襲われ、右往左往していた。うちなーんちゅにとって、遠いヴェトナムで行われている戦争をなによりも身近なものとして認識する直接の起因となったのは、間違いなくあの墜落事故だ。

「本当に戦争が起こったんじゃないかと思いました。恐ろしくて、悲しくて、涙がいつまでも止まらなかった。しばらくして落ち着いてから考えました。基地がこの島にある限り、戦争はいつだって身近なものなんだって。基地がなくならない限り、戦争もなくならないんだって」

照屋仁美の思いは、当時のうちなーんちゅのほとんどが抱いた思いだったろう。それまでは微妙に違う動きをしていた民主化運動、復帰運動と反戦運動が運命共同体として同じうねりの中に飲みこまれていったのも、あの事故がきっかけだ。

「あの事故の前も、教公二法阻止闘争にも参加していたし、主席公選でも屋良朝苗先生の応援にかけまわってたわ。でも、どこか他人《ひと》任せだったのは否定しません。世の中の流れにのって、ただ騒いでいただけ。でも、あのB52の事故で、人生観や世界観が変わったの。立ち上がらなければ。ひとりひとりが立ち上がって、世界を変えていかなければとんでもないことになるって……栄門さんが反戦活動に参加しているの知ってたから、すぐに連絡を取って……それで、今こうして伊波さんと一緒に食事を摂っているの」

照屋仁美は饒舌《じょうぜつ》だった。まだワインに酔っているわけではない。己の信条を、信念を語るとき、人はだれでも饒舌になる。照屋仁美の饒舌は押しつけがましくはなかった。どこかに照れがある。照れながらも饒舌に語らねばならない信念を照屋仁美は胸に秘めている。

「おれもあの朝は早くから取材に行ったよ。書いた記事は米軍発表のでたらめばかりだったけどな」

凄《すさ》まじい火炎が滑走路一帯を焼き尽くしていた。まだ黒かった空一面が、オレンジ色に照らされていた。近くには弾薬貯蔵庫もあり、そこに引火していたらそれこそ原爆に匹敵するような大爆発が起こっていたかもしれない。だが、米軍司令部は「単なる事故」とい い張り、なにごともなかったかのように事後処理を行おうとしていた。うちなーんちゅは怒り狂った。反米派も親米派も、この時ばかりは手を取り合って怒りを露《あら》わにした。

おれはなにも感じなかった。いや、諦《あきら》めと、冷めた憎しみに脱力しただけか。

「嘘っぱちの記事を書いて、それだけですか、伊波さんは。なにも感じなかったの?」

「おれたちがなにを思おうと、なにをしようと基地はなくならない。アメリカに代わってやまとがこの島を治めることになっても基地はなくならない。賭《か》けてもいい」

「そういうことを訊《き》いてるんじゃありません」

「なにを訊かれても、おれの答えは同じだよ。なにをしても現実は変わらない」

「だったらどうして――」

照屋仁美はテーブルの上に身を乗り出してきた。ワンピースの下の胸のふくらみがまぶしい。わずらわしいシャンプーとリンスの香りの底に、荒々しい体臭を嗅ぎ取ることができた。ワインのせいか、怒りのせいか、照屋仁美の体臭は生々しくおれの鼻腔《びこう》をくすぐる。切実な感情が魂の抜け落ちた後の空洞に満ちていく。

「どうしてわたしたちを手伝ってくれるんですか、か」

おれは照屋仁美の言葉を引き取った。おれがスパイだからだ。活動家の物言いに辟易《へきえき》しているからだ。うちなーんちゅがどうなろうと知ったことじゃないからだ。とりとめのない考えが現れては消えていく。

「気まぐれだ。仕事を馘《くび》になって、暇だからな」

「そんなはずありません。政信さんがいってました。尚友はああ見えて、実は激情家なんだって」

照屋仁美はワイングラスを勢いよくテーブルに置いた。中のワインが揺れ、跳ね、グラスから飛び散った数滴が白いテーブルクロスを葡萄《ぶどう》色に染めた。

「政信のいうことなんか信じるな」おれはぴしゃりといった。「あいつはなんだってわかったつもりになってる。実際、ある種の天才だから、あいつにはいろんなことがわかるんだろう。だが、あいつにもわからないことがある。頭が良すぎて、頭の悪い人間のことがわからないんだ」

「伊波さんは頭がいいじゃないですか」

「おれは馬鹿だよ。自分でも嫌になるぐらい、馬鹿だ」

「そんなこと――」

「もう、この話はいい。それより、食べろよ。せっかくの料理だ」

おれは右手のナイフで照屋仁美の皿を指した。

「あ、ごめんなさい」

照屋仁美は慌ててナイフとフォークを手にし、料理を口に運んだ。

「仕事の話をしよう。知花弾薬庫で毒ガス漏れ事故が起こったのは間違いない。それこそ、B52の墜落事故並みの大事件だ」

「でも、新聞でもテレビでもなにも伝えてないわ」

「爆撃機の墜落爆発とは違って、目に見えない災害だからな。それに核と同じで、ないといい張っている毒ガス兵器の事故だ。米軍も隠蔽《いんぺい》工作に必死になってる。このままだと、すべては闇の中だ」

鮭の燻製《くんせい》を頬張る照屋仁美の目が暗く沈んだ。真っ黒な瞳《ひとみ》の奥で暴れているのは、多分、やるせない怒りだろう。

「わたしはどうすればいいんですか？」

「照屋に来る黒人兵の中に、何人か弾薬庫勤務の兵隊がいるんだが、事故が起こった日以来、そいつらは照屋に来ていない。多分、外出禁止令が出されてるんだと思う。なんとかコンタクトを取ろうとしてるんだが、うまくいかない。おれが持ってる唯一のつてはエディだ」

照屋仁美は瞬《まばた》きを繰り返した。動揺を外に表すまいと懸命に堪《こら》えている。

「おれが動き回れればいいんだが、反戦雑誌の第一号には是非ともこの事故に関する記事を載せたいんだ。となると、原稿の差し替えや割付の変更もしなきゃならない。おれひとりで取材もして原稿の書き直しもするとなると、とてもじゃないが時間が足りないんだ」

「わたしがやります」

照屋仁美はナプキンで口を拭《ぬぐ》った。口紅が取れて、彼女の本来の唇の色が現れる。褐色の肌に相応《ふさわ》しい、暗いピンクの唇だった。

「相手はエディだぞ。また、この前みたいなことになるかもしれない」

「この前はわたしが悪かったんです。取り乱して……大丈夫です。エディがクスリでわけがわからなくなる前に話を聞きだしますから」

「エディはこの件で打ちのめされてる。前に会ったときはクスリに手を出してはいなかったが、多分……」

「大丈夫です。わたしだって子供じゃないって、さっきいったでしょう？」

照屋仁美はナプキンを膝《ひざ》の上に戻し、オードブルをナイフで力強く切り刻んだ。迷いはどこにも見えなかった。

「毒ガス漏れの事故で病院に運ばれた人間のひとりがエディの友達なんだ。エディにはいろいろ情報が流れてきているはずだ。なんでもいいからやつから聞き出せ。どこでどうやって事故が起こったのか、漏れたのはどんな毒ガスなのか、被害の規模はどの程度なのか、軍当局の隠蔽工作がどんなふうに行われてるのか……とにかく、事故と事後処理の輪郭を摑《つか》むんだ」

「やってみます」

「エディとふたりきりで会ったりするなよ。あいつとは人目の多いところで会うようにするんだ」

「心配してくれてるんですか？」

照屋仁美の声は妙になまめかしかった。おれは煙草に火をつけ、揺れる心を落ち着かせた。

「ああ、心配だ。エディは自棄《やけ》になってる。最近のクスリの量も半端じゃない。そのうち、人格も崩壊しそうだ」

「みんな、戦争のせいです」

「違うな。エディが弱すぎるんだ。だからこそ、あいつには気をつけなきゃならない」

「なんでも否定しなきゃ気が済まないんですね」

照屋仁美はフォークとナイフを置いた。皿はきれいに片づけられていた。おれの皿には半分以上の料理が残っている。

「他人のいうことを闇雲に否定してるわけじゃない。おれはただ、現実を指摘しているだけだ」

「伊波さんの目に見える世界とわたしたちが見ている世界は違うっていうことですね」

暗いピンク色の唇がワイングラスに近づいていく。照屋仁美は一口ワインを飲み、ワイングラスを透かしておれを見た。

「たぶん、そういうことだろう」

ワインのせいで照屋仁美の顔色が読めなかった。

「とにかく、安心してください。儀間君たちを用心棒代わりに連れていきます」

「それはいい。あの学生たちはおまえに気があるみたいだからな。せっせと目を光らせるだろう」

「儀間君たちには気をつけろとはいわないんですか？」

照屋仁美はワイングラスを置いた。

「あいつらはガキだ。おまえはガキじゃない。自分でそういったじゃないか」

おれは煙草を灰皿に押しつけた。照屋仁美の不服そうな顔が、煙で歪《ゆが》んで見えた。

＊　＊　＊

サーロインステーキは焼きすぎで、くたびれたおれの胃には重たすぎた。照屋仁美の健《けん》啖《たん》ぶりを見ているだけで疲れてくる。おれはステーキを半分残したが、照屋仁美はデザートまでぺろりと平らげた。

コーヒーを飲み終えると、ちょうどきりのいい時間だった。勘定を済ませ、レストランを出た。外は土砂降りの雨だった。真っ黒な空から無数の雨粒が弾薬のように降り注いでいる。通りには人影もない。

「参ったな」

タクシーを探したが、急な雨に通りを歩いていた連中が殺到したのだろう、空車はどこにも見あたらなかった。

「店に戻って雨が上がるまで待たせてもらおう。濱野さんには遅れると連絡を入れて

「──」

「これぐらいの雨、へいっちゃらですよ」

照屋仁美はハンドバッグから傘を取りだした。小さな折りたたみ傘で、横殴りの雨を遮れるとは思えなかった。それでも照屋仁美は傘を広げ、通りに出て振り返った。

「ほら、伊波さんも早く。雨なんかに負けてちゃ、うちなーんちゅの名折れですよ」

ボトル半分の赤ワインが照屋仁美を大胆にしていた。花柄のワンピースはすぐに濡《ぬ》れて照屋仁美に張りつき、若々しい肢体を鮮やかに浮かびあがらせる。その姿は淫靡《いんび》だったが、顔に浮かんでいる笑顔には邪気がなく、なんとも危うい印象だった。

意を決して足を踏み出した。照屋仁美の左腕がおれの右腕に蛇のように絡みついてくる。暖かな体温が、濡れた衣服を通して直に伝わってくる。傘の下に潜り込んでも、辛うじて頭部が雨の直撃を避けられるだけで、おれも照屋仁美も数秒もしない内にびしょ濡れになっていた。

「覚えてますか？　昔、台風が来たとき、外で遊んでた伊波さんが迎えに来てくれて、こうやって一緒に帰ったんですよ」

遠い記憶──忘れ去ろうと努めていた過去。戦災孤児が集まる施設で、おれは感情を抑制する術《すべ》を学んだ。したり顔の大人たちと、訳知り顔の政信に対するそれが精一杯の抵抗だった。おれは他人から干渉されることを極端に嫌った。他人に自分の感情や思考を読まれることが恐ろしかった。とりわけ、政信に感情や思考を汲《く》み取られることは、あいつに支配されるも同然だと思っていた。おれは自分の感情を抑制し、欲望を抑え込み、代わりに年少の子供たちの感情を弄《もてあそ》ぶことで精神の均衡を保っていた。

年少の子供たち——年上の中学生にすがりついてくる煩わしい連中。その中に、たしかに照屋仁美もいた。黒人の血ゆえに差別され、虐げられ、いつも泣きべそをかき、そのくせ決して折れることなく自分の足で地面に踏ん張って立っていた。

群がってくるガキどもに愛嬌《あいきょう》を振りまき、突然、掌《てのひら》を返して冷たくあしらってやる。ガキどもはまごつき、うろたえ、泣き叫び、それでも、おれの愛嬌にすがるしかなくておれの後をついてきた。照屋仁美にも何度かそんなことをしたはずだ。他愛《たわい》もないガキの中のひとり。そうでしかなかった。

「覚えちゃいないな、そんな昔のことは」

「伊波さんは嘘つきだって、政信さんがいってました」

「政信のいうことなんか信じるなといっただろう」

おれは照屋仁美の腰に腕を回した。互いに身体を押しつけるようにして歩かなければならないほどに、雨足は強まっている。照屋仁美の柔らかな腕、胸、脇腹の肉の感触を強く意識しながら、このまま溶けあってしまいたいという切実な欲求にかられた。叩《たた》きつけてくる雨ですら、おれの欲望を冷ましてはくれない。

「本当に覚えてないんですか？」

「覚えていてもらいたいか？」

おれは足をとめた。おれの動きに引きずられて、照屋仁美は体勢を崩した。おれは照屋仁美を抱きかかえ、顔を覗《のぞ》きこんだ。傘は照屋仁美の右手に握られて、道路に向かって開いている。大粒の雨が照屋仁美の顔を叩き、濡らし、センター通りのけばけばしいネオンが濡れた顔をなまめかしく彩る。

「わたしには大切な想い出です」

照屋仁美は瞬《まばた》きもせずにいった。

記憶——おれが十二歳の時だ。大型の台風が本島に上陸した。停電の闇の中、施設の食堂に子供たちが集められた。ろうそくの淡い光に浮かびあがる顔。施設の大人たちが子供の人数を数えていく。「仁美がいない」と誰かが叫んだ。だれも照屋仁美の居場所を知らなかった。おれだけがいそうな場所を知っていた。八重島の近く。打ち捨てられた廃屋の片隅。そこが照屋仁美の隠れ家だった。子供たちにいじめられた後は、決まってそこへ行き、ひとりの時間を過ごす。英語を学ぶために八重島に通っている間に、おれは偶然、廃屋に忍び込む照屋仁美を見つけた。照屋仁美は薄汚れた人形をその廃屋に置いていた。辛《つら》いことがあると、廃屋に忍び込んでは人形を抱きかかえ、自分が母親になったつもりで人形を叱責《しっせき》する。「このぐらいのことで泣いてちゃいけませんよ。お母さんも頑張るから、仁美もつよくならなくちゃ」。見てはいけないものを見たような気がして、おれはすぐに廃屋を後にした。

そのことは、だれにもいわなかった。だれにでも他人の目から隠しておきたい秘密はある。十二歳であったとしても、おれはすでにそのことに気づいていた。

狂乱する大人たち、不安を隠しきれない子供たち。おれは闇に乗じて食堂を抜け出し、びしょ濡れになりながら、廃屋で泣いている仁美を見つけた。おれにしがみついて泣きじゃくる仁美をなだめ、ふたりで強風に逆らいながら歩いて帰った。おれの手を強く握りしめてくる小さな手の感触がまざまざとよみがえってくる。おれに頼り切っていた小さな生き物に覚えた愛《いと》おしさを、今でははっきり思い出していた。

「おまえは『にーふぁーでーびる』といったよ。嵐の中、せっかく迎えに行ってやったのに、それしかなくてがっかりした覚えがある」

そう、照屋仁美はウチナーグチで「ありがとうございました」と馬鹿丁寧にいったのだ。六歳の少女の精一杯の感謝の言葉におれはなにひとつ反応できずに、ただ立ち尽くしていた。

「にーふぇーでーびる」照屋仁美がいった。「心の底からそう思ったから、いったの。あの時から、伊波さんはわたしの英雄。伊波さんがなにをしてても、伊波さんのことをだれかがなにをいっても、それだけは変わらないわ」

照屋仁美を抱きしめたかった。唇を吸い、抱きしめ、それこそ溶けあうばかりにお互いを貪《むさぼ》り、ひとつになり、照屋仁美の中に入り込んでいきたかった。欲望は耐えがたい。なのに、おれの身体はぴくりとも動かない。

「英雄か……おれには無縁な言葉だな」

　おれは照屋仁美を引っ張るようにして抱き起こした。照屋仁美が傘を差し直そうとしたが、もう、傘は意味をなさなかった。

「急ごう。遅れそうだ。やまとーんちゅは時間にうるさいからな」

「ごめんなさい。伊波さん、びしょ濡れにさせちゃった」

　照屋仁美は傘をおれの方に差してきた。内側に溜《た》まった水が落ちてくる。

「わたし、帰ります。栄門さんや濱野さんには適当にいっておいてください」

「帰るって、おい——」

　押しつけられた傘の柄を、おれは反射的に握った。もたついている間に照屋仁美がするりと懐に入り込んできて、おれの唇に自分の唇を押し当てた。永遠と同質の一瞬。照屋仁美の唇はすぐにおれから離れていった。

「積極的にならないと伊波さんは振り向いてくれないって……政信さんがいってました。これだけはわたし、政信さんのいうことを信じます」

　まくし立てるようにいって、照屋仁美は踵《きびす》を返した。十二歳の時と同じように、おれはなにひとつ反応できず、呆然《ぼうぜん》と立ち尽くして去っていく照屋仁美の後ろ姿を眺めているだけだった。

＊　＊　＊

　濱野は落ち着きのない視線を左右に走らせていた。土砂降りの雨もすっかりあがり、吉原の坂道の水たまりがけばけばしいネオンの明かりを反射させている。

「いやあ、他の連中を誘わなくて良かった」

濱野がぽつりといった。

「どういうことですか？」

「左翼っていうのは、頭の固い人間が多くてね。こういう売春街を見ると、けしからんといって怒りだすんだよ」

「婦女子の人権がないがしろにされている、ですか」

「そう。どうしてこういう街ができて、どうしてこういうところで働かざるを得ない人間が出てくるのかっていうことには気が回らずにさ。ときどき、うんざりさせられるよ」

「なのに濱野さんはそういう連中と一緒に活動しているわけですよね。どうしてですか？」

「右翼よりはましだからさ」

濱野は自嘲《じちょう》するように笑った。乾いた笑い声は湿った空気に搦《から》めとられ、しばし宙に浮いた挙げ句、突然、消えていく。おれたちは無言のまま坂をのぼった。雨のせいで客足が悪かったのだろう、女たちが盛んに声をかけてくる。

「やっぱり、こういうところで働く女性というのは離島の出身者が多いのかな？」

「離島だけじゃないですよ。やんばるから来ている女も多い。知ってますか、濱野さん。うちなーんちゅはやまとから差別されていると憤る。でもね、うちなーというのは要するに、那覇や首里近辺の人間を指す言葉なんですよ。やまとがうちなーを差別するように、うちなーんちゅはやんばるの人間を差別する。やんばるの人間は離島の人間を差別する。離島の人間はさらにまた小さな島の人間を差別する。いったい、どこのどいつが差別反対なんていってるのかと思いますね」

「その口ぶりからすると、君も差別されてきたくちかね？」

「おれは奄美大島出身なんです。これから逢《あ》う男は宮古島です」

「照屋君もあの容貌《ようぼう》じゃ相当辛い目に遭ってきたんだろうなあ」

「今でもあると思いますよ。おれたちは外見からじゃ差別の対象になるとはわからないけど、仁美は別です」

「やりきれんなあ」

「でも、それが現実です。仁美はそれでも身体を売らなくても生きてこられた。幸せですよ」

「ものは考えようだな」

おれたちはまた口をつぐみ、坂道をのぼった。坂の突き当たりを右に折れれば、そこが政信の指定した店だった。ドアを開けても店の人間の歓迎の声はなく、テレビの音が虚《むな》しくこだましていた。政信は小さなカウンターで女を横に侍《はべ》らせて泡盛を飲んでいた。

「なんだ、尚友。ずぶ濡《ぬ》れじゃねえか」

おれを見て、政信は目を剝《む》いた。

「時間に遅れそうだったんでな。雨の中を歩いたんだ」

「だからおまえはだめなんだよ。本物のうちなーんちゅなら、平気で人を待たせるぜ」

「今のうちなーんちゅなら、相手がやまとーんちゅだったら台風が来てても飛んでいくんじゃないか。媚《こ》びを売ってアメリカーから解放してもらって、ついでに金も落として欲しいっていいってるんだからな」

「違いない」

政信はグラスに残っていた泡盛を豪快に飲み干した。

「すみません、紹介が遅れて」おれは濱野に視線を向けて、頭を下げた。「こいつが例の男です。比嘉政信。政信、こちらは東京からいらした濱野さんだ」

「どうもはじめまして」濱野は政信に右手を差し出した。「伊波君から三線《さんしん》の名手がいると聞いて、逢ってみたくてどうしようもなくなりましてね。それで無理をいって……」

政信は濱野の手を握り、人好きのする笑みを浮かべた。

「堅苦しい挨拶《あいさつ》は抜きにして、座ってください。尚友がおれを三線の名手といったんですか？　あいつは音楽の才能は皆無なのに、それでもわかるんですかね、いい音だけは」

濱野は切れのあるジャブを食らったボクサーのような顔をした。政信はそれにはかまわず、濱野を自分の隣の席に座らせた。おれは濱野の左横の席に腰をおろした。

「智美《ともみ》、こっちのふたりにも酒を作ってやってくれ」

女が立ち上がってカウンターの中に入り、新しいグラスに泡盛を注いだ。

「こっちの連中はウィスキーばかりありがたがって飲むんだけど、おれはこれが好きでね。濱野さん、泡盛はだいじょうぶですか？」

「おかまいなく。わたし、アルコールが入っているものならなんだって飲みますから」

泡盛で乾杯し、おれたちはとりとめのない会話を交わした。やがて、濱野が沖縄民謡に関する質問をはじめ、政信と濱野は熱く語りはじめた。おれと智美と呼ばれた女は蚊帳《かや》の外だったが、智美は政信の肩に顎《あご》を乗せて満足げにしていた。孤独なのはおれだけだった。

政信たちの会話に耳を傾けながら、心は過去に飛んでいた。濡れた衣服を通して伝わってきた照屋仁美の体温。軽く押しつけられた唇の甘さ。照屋仁美は顫《ふる》えていた。顫えながら精一杯の強がりを見せていた。なぜ抱きしめてやれなかったのだろう。どこまで自意識に縛られれば気が済むのだろう。なにを求め、なにを唾棄《だき》したいのか。

なにもわからなかった。外界と接する皮膚の内側では憎悪と怒りが渦巻いている。うちなーんちゅ、アメリカー、やまとーんちゅに対する憎悪と怒り。なくしてしまった魂が収まっていた場所はそのまま空虚な空間と化して悲しげな蠕動《ぜんどう》を繰り返しながらぽっかりと口を開けている。その空間をも憎悪と怒りで埋め尽くしてしまいたいのにかなわない。空間はおれを拒否してそこに存在する。

三線の音に我に返った。いつの間にか政信が三線を抱え、弦を爪弾《つまび》いていた。

「おれがよく歌うのは、宮古や八重山の民謡です。〝あやぐ〟っていうんです。おれが宮古の出だってこともあるけど、本島の歌より大らかでね」

「とにかく、聴かせてくださいよ」

濱野のうわずった声が指揮者の合図だというように、政信は弦をかき鳴らしはじめた。途端に、店の中の淀《よど》んだ空気に電流が走ったような緊張感が流れた。

「これは『伊良部《いらぶ》トーガニ』という歌。おれの一番好きな歌です」

三線が琉球弧独特の音階を響かせる。酒で緩んでいた政信の顔の筋肉に緊張が走って、歌声が嫋々《じょうじょう》と響き渡った。

三線も見事だが、政信の歌はなにものをも超絶していた。歌詞は聴き取れなかった。だが、政信の『伊良部トーガニ』という歌がどんな謂《い》われを持っているのかも知らない。だが、政信の歌を聴くだけで、それが恋歌だということはすぐにわかる。恋しあう男と女の姿が脳裏に浮かんでくる。聴くものの胸を締めつけ、心を揺さぶり、感情を翻弄《ほんろう》する。なくしてしまった大切なものを思わせながら、政信の歌は余韻を引いて静かに消えていく。歌が終わっても、だれも口を開かない。

政信の歌に、おれは見事に心を奪われていた。おれの心を奪った政信に、いい知れぬ憎悪を抱いていた。照屋仁美に心を奪われるのは構わない。他の何かに心を奪われるのはかまわない。政信だけはゆるせない。政信のすることに心を揺さぶられる自分がゆるせない。

おれは泡盛を飲んで、グラスを乱暴にテーブルに置いた。濱野がそれに遅れて拍手をはじめた。

「いや、素晴らしい。ぼくもいろんな音楽を聴いてきたけど、こんなに感動したのは久しぶりだ」

「おだてでもなんにも出てこないよ」

政信はくだけた口調で応じた。おれがぼんやりしている間、ふたりはそれなりに親密な関係を作りあげたようだった。

「いやいや、あんた、本当に凄《すご》いよ。これだけじゃもったいない。何曲か聴かせてくれ。お願いだ」

「じゃあ、次の歌、行こうか」

政信はまた三線をかき鳴らしはじめた。濱野と智美が陶酔したような表情でそれに聞き入る。

おれは手酌で泡盛をグラスに注ぎ、苦々しい想いと共に飲み下した。

21

二日続けて、那覇の家を見張った。アシバー風の男は、昼の間は家にこもったまま動かない。夜になると、那覇の社交街に繰り出しては怪しげな連中と顔を合わせている。

怪しげな連中――不良米軍兵たち。那覇の辻町《つじまち》の暗がりで、大麻やヘロインが売買される。アシバー風の男は手に入れた大麻やヘロインを、地回りのやくざたちに卸しているようだった。大きな商売とはいえない。しかし、弾薬庫勤務の黒人兵を誑《たぶら》かして武器を横流しさせるだけの稼ぎならば、あるいは——。

マルコウの影は見あたらない。当然だ。コザのやくざが那覇でおおっぴらに商売をすれば、血の雨が降るだけではすまされない。

アシバー風の男がヘロインを買い付けた白人兵に近寄り、懐柔して男の名前を聞きだした。

「ティム」

白人兵はいった。「てつお」という音はアメリカ人には発音しづらい。ならば、ティムが哲夫であってもおかしくはない。

二日間の徹夜——照屋には近づけない。二日目の夕方になって身体が悲鳴をあげ、簡易旅館の部屋を取ってベッドに身体を横たえた。目を閉じ、目を開ける。瞬《まばた》きしただけだと思っていたのに、すでに四時間が経過していた。

二日の間、眠ろうと思えば眠る時間を作ることはできた。それでも遮二無二睡眠を拒否してきたのは、目を閉じれば、政信の歌が耳の奥によみがえるからだった。

今さら慌ててみても遅かった。アシバー風の男——ティムはもう家を出ているだろう。那覇の社交街を虱潰《しらみつぶ》しに当たれば、どこかで見つけることはできるはずだ。

シャワーを浴びて、照屋仁美に電話した。照屋仁美も毎晩、照屋に出かけていってエディから情報を集めているはずだ。出かける前に捕まえなければ、話ができるのは翌日以降になってしまう。

照屋仁美のアパートの大家が電話を繋《つな》いでくれた。

「もしもし。伊波さん？」

「ああ。その後、進展してるか？」

「少しずつですけど。エディ、クスリを打ちはじめるのも、クスリが回るのも早くなっていて――」

照屋仁美はあの夜のことはおくびにも出さなかった。

「少しわかったことを教えてくれ。あんまり時間がないんだ」

「わかりました。エディの話だと、漏れたのはＶＸガスですって」

「ＶＸガス？　なんだ、それは？」

「エディも詳しいことは知らないそうなんだけど、一種の神経ガスだって」

「ＶＸというガスで間違いないのか？」

「儀間君たちがエディの英語をちゃんと聞きとってくれたから、間違いはないと思います」

「よし。それで？」

「その毒ガスを保管しているコンテナが破損してガスが漏れたらしいの」

「被害に遭った人数は？」

「二十人ちょっとだって、エディはいってたわ」

「その中に民間人は？」

「そこまでは訊《き》いてません」

「だったら訊いてくれ。これが重要なんだ。もし、毒ガス事故に沖縄の民間人が巻き込まれていて、それを米軍が隠したということになれば、これはとんでもないスキャンダルになる。ただの毒ガス漏れ以上のだ」

「この後、早速訊いてきます」

「それから、儀間たちに大学の図書館かなにかでVXガスのことを調べるように頼んでくれないか」

「儀間君たちにはちゃんと説明はしてないんですけど、薄々なにが起こったのかは感づいてるみたいです」

「そりゃそうだろう。馬鹿なガキどもだが、愚かなわけじゃないからな」

「それで……」

照屋仁美はいいにくそうに言葉を濁した。

「なんだ？　はっきりいってくれ」

「儀間君たち、怒ってるんです。米軍はゆるせないって」

「箝口令《かんこう》を敷くんだ。君のためと思わせろ。そうすりゃあいつらはなんだっていうことを聞くさ」

「なんだかいやらしいことをしてるみたい」

照屋仁美の口調が湿りはじめた。照屋仁美はいまだにくだらない倫理や愚かな正義感の虜《とりこ》だった。

「おまえの気持ちはよくわかる。でも、おれのためにやってくれ」

「やります」

間を置かずに返事が戻ってきた。さっき感じた湿り気はその口調にはまったく感じられなかった。

「仁美……」

「伊波さんはどうか知りませんけど、わたしはこの前の夜のことちゃんと覚えてます。自分がなにをいって、なにをしたか、はっきりと」

「おれも忘れてるわけじゃない」

「今度はいつ逢《あ》えますか？」

囁《ささや》くような声が受話器を通しておれの鼓膜を顫《ふる》わせた。

「身体があいたら、連絡する」

おれの声も、どこか別のところで響いているかのようだった。

「約束ですよ。待ってますから」

「被害に遭った民間人とガスのことを調べさせる件、忘れるなよ」

「絶対に忘れません」

照屋仁美はまだなにかいいたげだったが、おれは電話を切った。背中に悪寒が張りついている。もう一度照屋仁美の声を聞きたいという欲望を振り払って、おれは部屋を出た。

夜だというのに那覇の街は相変わらず蒸し暑く、濃い水蒸気の中を歩いているかのようだ。おれは水膜の中を彷徨《さまよ》いながら、アシバー風の男――ティムの姿を求めて社交街を目指した。

＊　＊　＊

那覇軍港近くの白人兵が多く集まるバーで、おれはティムを見つけた。ティムは年若い白人兵の集団とビールを飲みながらダーツに興じていた。英語には堪能《たんのう》なようで、白人兵たちの下品なジョークにも笑顔で応じていた。

おれはティムと白人兵たちに背を向ける形でカウンターの隅に腰掛け、耳をそばだてた。主だった会話はダーツゲームへの賭《か》け金と、昨日遊んだ娼婦《しょうふ》たちのことだった。

おれはビールを中ジョッキで頼み、カウンターの内側にいるバーテンに声をかけた。

「ずいぶん若い連中だな」

「マリーンだよ。ヴェトナム帰りのさ。まだガキのくせに向こうで酷《ひど》い目に遭ってきたんだろう。荒っぽくってねえ。撤兵もいいけどさ、沖縄に送るんじゃなくてアメリカーの本国へ送り返せばいいのにさ」

「一緒にいるうちなーんちゅは？」

「ああ、哲夫かい？　ろくでもないアシバーだよ。ああやって、若い米兵に取り入っちゃ、麻薬だのなんだのを手に入れてるんだ」

やはりティムは島田哲夫だった。金武の〈ラウンジ　ニューヨーク〉を経営していた男。政信とつるんでなにかを企《たくら》んでいる男。

「まあ、いろんな人間がいるさ」

おれはそういって、バーテンダーとの会話を打ち切った。背後ではダーツゲームの決着がついたらしく、派手な笑い声と金を受け渡す気配が伝わってくる。

「おれからそんなに金をむしり取ってどうしようってんだよ、ティム」

テキサス訛《なま》りの若い声がした。

「銃を売ってくれるんなら、返してやってもいいぜ」

島田哲夫の声がそれに続いた。ブロークンだが、ちゃんと意味の通じる英語だった。

「銃？」

「ハンドガン、ライフル、なんでもいいぜ。地元のやくざに高く売れるんだ」

「そんなの軍紀違反だぜ」

別の白人兵の声が響いた。

「今さら軍紀違反もくそもないだろう。ヴェトナムでどんな目に遭ってきたのか、忘れたわけじゃないんだろう？　後は除隊して国に帰るだけじゃないか」

島田哲夫の声に、若い兵隊たちは沈黙で応じた。島田哲夫の真意を測りかねているようだった。

「まあ、いい。その気になったら声をかけてくれ。ゲームで金を賭けようといいだしたのはそっちなんだしな」

「今度はおれとやろうぜ、ティム」

別の野太い声が島田哲夫に挑みはじめた。

「賭け金は？」

「三十ドル」

金額に歓声が湧き起こり、白人兵たちは再び活気を取り戻してダーツに興じはじめた。

おれは静かに席を離れ、出口に向かった。店を出しなに振り返ってみたが、島田哲夫がおれを警戒しているような空気は微塵《みじん》もなかった。だからといって、調子に乗ってすぐそばでの観察を続けるわけにもいかない。リスクは最低限に。それがスパイの鉄則だ。

車に乗り込み、バーの入口を監視できる場所に移動した。運転席から見張りを続ける。

無為の時間——脳味噌《のうみそ》がでたらめに動き始める。照屋仁美の唇の感触。「今度はいつ逢えますか」という囁くような声。政信の宮古民謡。切実な欲望と苦悩と憎悪。

照屋仁美にいわれるまで、おれはあの嵐の夜のことを忘れていた。あの時のことだけではない。施設にいたころの大方の記憶を封印して、おれは生きてきた。施設の記憶は政信にまつわる記憶と分かちがたく結びついているからだ。政信との関わりを、すべて断ち切って生きていきたかった。だが、沖縄はあまりにも狭すぎる。那覇とコザは近すぎる。コザに足を踏み入れるたびに、おれは政信の影を見る。政信の噂を耳にする。断ち切りたくても断ち切れない絆《きずな》はおれを苛立《いらだ》たせる。

照屋仁美に指摘したように、政信はある種の天才だった。洞察力と直感力に優れ、多くの才能に恵まれていた。それに比べておれは凡人だった。施設で出会って二年も経たないうちに、自分はどう足掻《あが》いても政信の高みには到達できないのだと気づかされた。その時から、政信はいつだっておれの憎しみの対象だった。妬《ねた》み、僻《ひが》み、絶望し、政信を憎むことをおれは選んだ。それしか選択肢がなかったのだ。おれの憎しみを政信は歯牙《しが》にもかけなかった。それどころか、おれの憎しみを知りながら、施設の中のだれよりも頻繁におれに声をかけてきた。「他の連中は馬鹿だからな」と政信はよく口にした。裏返せば、おれは「少しばかりまともな馬鹿」ということになる。施設での想い出は、おれには屈辱的なことばかりだ。

照屋仁美を抱けないのも、おそらくは政信のせいだ。彼女がおれに惚《ほ》れていると最初に指摘したのが政信だからだ。くだらない敵愾《てきがい》心。だが、おれはあらゆるくだらないものに心を縛られて生きてきた。

悪寒がまた背中に張りついてくる。沖縄という南国で育ち、暮らしながら、おれはいつも寒さに顫えていた。

照屋仁美はおれを暖めてくれるだろう。おれの感じる寒気を振り払ってくれるだろう。だが、照屋仁美が同じ施設出身だという現実が、照屋仁美と政信の間にも繫《つな》がりがあるという事実が、おれを凍らせる。身体の内側にぽっかりと開いた空間が悲しく蠕動《ぜんどう》する。

悪寒が耐えがたくなり、このまま車を飛ばしてコザに帰ろうかと考えたとき、バーのドアが開いて島田哲夫が姿を現した。おれは不快な思いを断ち切って車のエンジンをかけた。島田哲夫は通りかかったタクシーをとめて乗りこんだ。充分な車間を取って後をつける。黄ナンバーの車が真後ろにつけていたところで気にするとは思えないが、用心に越したことはない。

タクシーは国際通りを突っ切って那覇市街を抜けた。そのまま北を目指してひた走っていく。那覇の街明かりは背後に遠ざかり、満天の星が行く手に広がった。夜間飛行をしている米軍機の轟音《ごうおん》が闇夜に響き渡り、前を行くタクシーのブレーキランプが思い出したように赤い光を放つ。

島田哲夫はコザに向かっていると考えて間違いなさそうだった。真夜中に近いというのに、コザへと続く道は車が多かった。大方は軍用車だ。島田哲夫はコザでなにをするつもりなのか。政信に会うのか。マルコウと密会するのか。ハンドルを握る手が汗で濡《ぬ》れていた。瞬《まばた》きするのを忘れた目はからからに乾いていた。

三十分弱でドライブは終わった。タクシーは胡屋十字路を右折し、コザ十字路を左折したところで停止した。道路を渡った反対側は吉原だ。政信のお気に入りの場所だし、マルコウが仕切っている場所でもある。タクシーを降りた島田哲夫が道路を横切り、吉原の坂道をのぼりはじめた。おれは路肩に車を乗り捨て、その後を追った。島田哲夫は声をかけてくる女たちをきっぱりと無視して先を急いでいた。かたくなな背中に女たちの罵声《ばせい》が飛ぶ。このまま島田哲夫の後をつけていくのは難しそうだった。自分と同じように女たちから罵声を浴びせられる客がいれば、不審に思うだろう。

おれは最初におれに声をかけてきた女に目をつけた。吉原の娼婦としては薹《とう》が立っている。三十をいくつかすぎたであろう顔の皮膚は、化粧でなんとかごまかそうとしているが、皺《しわ》が目立って物悲しい。

「兄さん、遊んでいくの？」

「遊んでる時間はないが、遊んだだけの金は払う」

「なにさせたいのさ」

自分の容姿を心得ているのだろう。女は落胆する代わりにこすっからい表情を浮かべた。

「あの男がどの店に入るのか見てきてくれないか」

おれは島田哲夫の背中を指さした。

「面倒なことはごめんだよ」

「面倒なことになんかならないさ」おれは数枚のドル紙幣を女の手の中に押し込んだ。

「教えてくれたら、同じだけの金を払う」

女は視線を手元に走らせ、小さく微笑んだ。

「店の中で待ってな。すぐ報《しら》せてあげるから」

女はおれに背中を向け、島田哲夫の後を追い始めた。ミニスカートで覆われた大きな尻《しり》を左右に振っている。張り切った後ろ姿は彼女の困窮さを表しているかのようだった。おれは溜息《ためいき》をひとつ漏らし、女の店の中に入った。みすぼらしい店だった。場末の食堂にあるような小さなテーブルがひとつあるだけだった。酒類はプラスティックのケースに入れられたまま、コンクリートで塗りつぶされた床の上に直接置かれている。二畳ほどのスペースしかなく、その奥の三畳間には薄く潰《つぶ》れて湿った布団が敷かれていた。

極力視界になにも入れないようにしながらテーブルの脇のパイプ椅子に腰をおろし、煙草に火をつけた。灰皿を探したが見あたらなかった。長くなった灰はそのまま床に落とした。吸いながらも足もとに落とし、靴で踏みにじった。

吐き出した煙がゆっくりと薄まり、周囲の空気に同化して消え去ったころ、女が戻ってきた。

「〈サロン　あかね〉って店に入っていったよ」

女は息を切らしながらいった。おれは残りの金を財布から抜き取った。〈あかね〉という店は、この前の夜、濱野を政信に会わせるために行った店だ。島田哲夫は政信に用があったのだ。

「あそこ、うちと同じで女はひとりしかいないからさ、今から行っても待ち惚《ぼう》けだよ」金を受け取りながら女は言葉を続けた。「どうせなら、遊んでいきなよ。こんなにもらっちゃ悪いしさ」

「おっかない女房が家で待ってるんだ」

「なにさ。はじめからやる気なんかないくせに」

おれは口を開きかけたが、ためらって閉じた。なんといってやればいいのかわからなかった。無言で女に背を向け、店を後にする。とりとめのない想いが頭の中で渦巻いている。女たちのかけてくる声を耳から閉め出し、荒い息を吐きながら坂道をのぼった。

〈サロン　あかね〉はこの前と同じ佇《たたず》まいで営業していた。ネオンが灯《とも》っているだけで、客引きをする女や男の姿はない。入口の引き戸はぴしゃりと閉められてはいたが、格子がはめられた窓は涼を取るためか半分ほど開け放たれていた。〈あかね〉の周囲には客と客引きの姿が目立つ。窓際に突っ立って盗み聞きするには都合が悪すぎた。

しつこい客引きを避ける振りをしながら道の端を歩き、〈あかね〉の開け放たれた窓の中を盗み見た。例の狭いカウンターに男が三人。右端に政信。中央にアロハシャツを羽織った小太りの男——マルコウ。左端に島田哲夫が座っている。三人は額を突き合わせるようにしてなにかを話し合っていた。

その場に立ち止まりたいという切実な欲求を押し殺して、おれは坂道をのぼりきり、その先に下っていった。吉原の一画を迂回《うかい》するように車に戻り、自宅に向かった。三人がなにを相談しているのかはわからなかった。だが、三人が繋がっていることはこの目ではっきりと確認した。それだけでも収穫というべきだろう。

部屋に戻ったあとは、ホワイトへの報告書を書き殴った。東京からやって来たべ兵連の活動家。活動家と行動を共にする金城のこと。栄門と照屋仁美の名前。学生たちの名前。罪悪感は覚えなかった。良心が痛むこともなかった。罪悪感に悩まされる代わりにマルコウのことを書き加えた。

コザのアシバー――やくざの親分がベ平連の活動に関与している噂あり。調査が必要と思われる。

最後に、爆弾を付け加えた。

――照屋で情報収集中、知花弾薬庫での重大事件の話を耳にした。真偽のほどは如何《いか》に？

レポート用紙を封筒に押し込み、切手を貼ってポストに投函《とうかん》した。明日の夜にはホワイトが慌ててやってくるだろう。

部屋に戻って布団の中に潜り込んだ。眠りはなかなか訪れようとしなかった。照屋仁美と政信の顔が交互に浮かんでは消えていく。疲弊した神経が悲鳴をあげる。胃が痙攣《けいれん》し、喉《のど》の奥が疼《うず》く。それでも眠りは訪れない。やけくそになって、戸棚の奥に隠しておいた洋酒を引っ張り出し、生《き》で呷《あお》った。数杯続けて飲むと、目眩《めまい》に襲われるようになった。自分自身と政信への憎しみに塗りつぶされながら、おれは漆黒の闇に飲みこまれていった。

22

目覚めたのは昼過ぎだった。身体は汗にまみれていた。気分は汚濁にまみれていた。頭痛が酷《ひど》く、目の奥がちくちくと痛んだ。外に出かける気分と体調ではなく、しかたなしにテーブルの上に原稿用紙を広げ、反戦アングラ雑誌用の原稿を書いた。

知花弾薬庫における毒ガス漏れ事故の記事。断片的な情報を駆使して、架空の米兵による檄文《げきぶん》調の原稿。核と毒ガスを根絶せよ、地には平和を、心に安寧を。子供たちの未来のために立ち上がれ、GIたちよ。

くだらない原稿だった。書いているうちに神経がささくれ立ってくる。だが、成人して以降のおれの人生の大半は、こうしたろくでもないものを書き飛ばすことで費やされてきた。今さら己の来し方を呪っても、過去や現在のありようが変わるわけでもない。

空腹を覚えた。原稿書きを中断して、冷蔵庫の中の余り物でちゃんぷるーを作った。食い終わったときは午後の五時をまわっていた。まともな勤め人なら、仕事を終える時間だ。少し迷ってから、照屋仁美の職場に電話をかけた。電話に出た相手に照屋仁美の名前を告げて、待った。

「仁美ちゃん、ボーイフレンドから電話よ」

遠くから照屋仁美をからかう声が聞こえてきた。それに続いて照屋仁美を冷やかすような声。照屋仁美のその声に対する反応の仕方がありありと想像できた。かすかに照れながら、きりっとした視線を相手に向けて「ボーイフレンドなんかいません」と無下に応じるのだ。

「もしもし……」

「ボーイフレンドなんかいないといったか？」

「聞こえてたんですか？」

「最初の方だけな」

「もう、仲嶺《なかみね》さんったら。男性から電話がかかってくると必ずわたしのボーイフレンドだって決めつけるんです」

「年頃の娘に浮いた噂ひとつないからだろう」

「伊波さんまでわたしをからかうんですか？」

照屋仁美の口調にきつさが加わった。これ以上刺激してはいけないという合図だ。

「今、話ができるかい？」

返事がかえってくるのに少し間があいた。多分、周りの状況を確認しているのだろう。

「他でお会いできませんか？」

「今日はこれから出かけなきゃならないんだ」

出かける予定などなにもなかった。ただ、照屋仁美に逢《あ》うのが怖かった。自分がなにをしてしまうのか予測できない。

「わかりました」照屋仁美の声にははっきりと落胆の色が滲《にじ》んでいた。「ガスの件ですけど、今日、儀間君たちが調べに行ってくれていて、今夜、話を聞くことになってます」

「民間人の被害状況は？」

「それが……エディにもわからないらしくって。エディ、ここのところ機嫌が悪いんです。わたしがいつも儀間君たちを連れていくから」

「エディの機嫌なんて放っておけばいい。どうせクスリをやればそんなことは忘れるんだ。

今夜も照屋には行く予定か？」

「はい。エディも少し調べておくといってたし……」

「だったら、エディの他に、これから名前をいう黒人兵が照屋に来てるかどうか調べてくれないか？」

「いいですよ」

おれはカデナ・フェニックスの五人の名を告げた。

「もし、そいつらが照屋にいて、どうして自分たちのことを探してるのかと訊《き》かれたら、おれの名前を出せ。用事があってしばらく照屋に来られないんだが、やつらのことを心配してたといえばいい」

「その人たち、伊波さんとどういう関係があるんですか？」

「ラブレターの代筆をやってあげているんだ。ついでに、米軍内の情報を訊きだしてる。全員、弾薬庫勤務の兵隊だ。なにか知っているかもしれんが、エディほど簡単な連中じゃない。なにか訊くときは慎重に頼む」

「わかりました。儀間君に伝えておきます。わたしが英語ができればいいんだけど……伊波さん、いつ英語を教えてくれます？」

甘えるような囁《ささや》き声――耳に心地よい。そのままずっと照屋仁美の声を聞いていたくなる。

「そのうち、都合のいいときに」

「いつもそうじゃないですか——」

照屋仁美の声に重なるように、だれかが玄関のドアをノックしはじめた。おそらくは、ホワイトだ。

「客が来た。また連絡する」

「女性ですか？」

照屋仁美の声が尖《とが》っている。

「この一年でおれがキスした女はおまえだけだ」

おれはそういって電話を切った。意志に逆らって、心臓が早鐘を打っていた。

ホワイトはしつこくノックを続けていた。このまま反応がなければ、またぞろ無断侵入を試みる腹づもりなのだろう。顔から表情を消して、おれは玄関に向かった。

「今開ける。静かにしてくれ」

声をかけるとノックがとまった。素早くドアを開ける——上着のポケットに右手を突っこんだホワイトが立っていた。ポケットの中にはこの家の合い鍵《かぎ》があるのだろう。

「まだ明るい時間に珍しいじゃないか」

表情を消したままおれはいった。

「新しい報告書を読んだよ。話し合わなければならないことがある」

知花弾薬庫での事故に関する記述——スミスもホワイトも大いに慌てたことだろう。最上級の軍事機密が、おれのような下っ端のスパイの耳に届いているのだ。

「今日はビールはないぞ」

「ビールを飲みながらするような話でもない」

おれの皮肉にホワイトは取り合わなかった。いつもは人を見下したような笑みを浮かべているが、ほんのり赤みがかった頬がホワイトの緊張を表していた。

「じゃあ、あがるといい」

「お邪魔する」

おれはホワイトに背を向けて居間に戻った。すぐ後ろをホワイトが発する張りつめた空気がついてくる。おれの投げつけた爆弾は相当な効果を発揮したらしい。

おれたちは粗末な食卓を間に挟んで向かい合った。おれの目の前には冷めたお茶がある。ホワイトのために新しいお茶を淹《い》れる必要は感じなかった。

「それで、話し合わなければならないことっていうのは？」

「君の報告書にあった、知花弾薬庫の件だよ。だれから聞いたんだ？」

「照屋でうわさ話を耳にしただけだよ。あんたが飛んでくるっていうことは、まんざらでたらめでもなかったわけだ。なにがあったんだ？」

「君の関知するところじゃない。だれからそのうわさ話を聞いたのか、思い出してくれ」

おれは煙草をくわえながらホワイトの顔色を観察した。目の下から顎《あご》にかけての皮膚が赤く染まっている。蒼《あお》い目には冷酷な官僚に特有の容赦のない光が宿り、興奮のせいか額にうっすらと汗が浮かんでいた。獣じみた酸味を伴った体臭が匂ってくる。

「照屋で情報収集するときは、大抵は酒を飲んでるかマリファナを吸ってることが多いんだ。おれは黄色人種で、あんたたち白人よりはましな人間と思われてるが、それでも黒人じゃないからな。そういうふうに連中のしきたりに従わないと仲間に入れてもらえない」

「だから覚えていないというのか？　それにしては、君の報告書はいつも的確だ。酔っぱらって書いているとは思えんな」

「報告書を書いているときは素面《しらふ》だよ」

「そういうことをいっているわけじゃない」

「わかってるさ」おれは激するホワイトを制して煙草をふかした。「だが、考えてもみてくれよ。おれの仕事の主目的はあんたたちに悪さをしかねない米兵や民間の活動家の動向を探ることだ。基地内で起きたという事故の内容調査じゃない」

ホワイトは腕を組み、唇を一文字に結んだ。

「弾薬庫の話はたまたま耳にしただけだ。その時は気にも留めなかった。ただ、報告書を書いているときに思い出したんで、書いたまでだよ」

「だれがその噂を流しているのか、我々はどうしても知る必要があるんだ、ショーン」

「それほど大きな事故が起こったということだな、ミスタ・ホワイト」

ホワイトは馴《な》れ馴《な》れしい口調で話しかけてきた。おれは自分の英語を事務的なものに変えた。ホワイトが眉《まゆ》をひそめた。

「米軍はその事故のことを隠したいんだ。だから、ただのうわさ話にも過敏に反応する」

「思い出してくれ、ショーン」

「なにが起こったんだ？　核弾頭から放射線が漏れでもしたのか？」

「ショーン――」

「忘れないでくれ、ミスタ・ホワイト。おれはこれでも琉球人なんだ。風変わりな人間で、この島に対する忠誠心なんかかけらも持っていないが、それでも、友人や知人はいる。少ないけれどね。おれの友人たちが死ぬかもしれないのに、ただ米軍のために働けといわれてもおれとしては承伏できない。なにが起こったのか話してくれ。だったらおれも、自分の脳味噌《のうみそ》をフル稼働させて記憶をたぐり寄せる努力をしよう」

「核に関わる事故じゃない。誓ってもいい」

ホワイトは組んでいた腕をほどき、縋《すが》るような眼差《まなざ》しでおれに両手を突き出した。

「報告書は昨日投函《とうかん》したばかりなのに、あんたは今日すっ飛んできた。だれが考えたって異常事態が発生してるんだよ。ミスタ・ホワイト、教えてくれる気はないのか？」

「最高機密なんだ。教えるわけにはいかない。わかってくれ、ショーン」

ホワイトの表情が歪《ゆが》みはじめていた。簡単に操縦できると思っていた黄色い猿に、逆に自分がいいようにあしらわれている現実とどう折り合いをつけたらいいのかと悩んででもいるかのようだ。

「わかった。どんな事故が起こったのかはもう訊かない。代わりにこれだけ教えてくれ」

「なんだ？」

「民間人の犠牲者は？」

緊張していたホワイトの顔の筋肉が瞬く間に緩んでいった。

「ゼロだ。民間人の犠牲者はいない」

「今後出る可能性は？」

「それもない」

ホワイトはきっぱりといった。声の調子、表情、仕種《しぐさ》、どれを取っても嘘の匂いはしない。落胆が押し寄せてくる。毒ガス漏れ事故だけでもとてつもないスキャンダルだが、そこに民間人の被害が加われば、沖縄の日本返還の土台が揺らぎかねないほどの大スキャンダルへと発展したはずだ。おれがホワイトに話して聞かせたことは、すべて与太話だった。おれはスキャンダルを望んでいた。おれ以外のだれもが安心して両足を乗っけている世界が崩壊していく様をこの目で見たかった。

だが、その望みも潰《つい》えてしまった。毒ガス漏れ事故は一大スキャンダルになるだろう。だが、被害が米軍内でとどまったのなら、スキャンダルはやがて下火になる。世界は崩壊することもなく、ただ続いていく。

「そうか……それは良かった」

おれは落胆を押し隠していった。

「さあ、今度は君の番だ、ショーン。思い出してくれ。だれがうわさ話をまき散らしていたんだ？」

おれは煙草を消し、考え込む仕種をしてみせた。エディやカデナ・フェニックスの連中の名前を出すわけにはいかない。ホワイトを納得させ、なおかつ他者に迷惑がかからない方法を考える必要があった。

「だめだ。思い出せない。今日か明日の夜、照屋に行ってみるよ。黒人兵たちの顔を見れば、なにか思い出せるかもしれない」

「ショーン、よく聞いてくれ。これは大事なことなんだ。おれもミスタ・スミスも、だれが事故のことを外部に漏らしたのか、どうしても知る必要があると考えている。これは特別クラスの機密事項なんだ。それが外部に漏れるとなると、軍規どころか軍の存続すら危ぶまれることになる」

「努力はする。だが、過剰な期待はやめてくれ。あんたはマリファナを吸ったことがあるかい？」

ホワイトは首を振った。

「あれをやると、注意力が散漫になる。五感が絡み合って、ほつれて、最後にはなにもかもがどうでもよくなる。そんな時に耳にしたんだ。だれが話してたのか、思い出せるかもしれないし、思い出せないかもしれない」

「思い出すんだ。思い出すことができなければ、調査してうわさの元を突き止めてくれ」

「だったら、もう少し金がいる」

おれは努めて事務的な口調でいった。

「今月は特別ボーナスとして五百ドル余分に振り込もう」

「千ドルだ。照屋に集まる黒人たちの絆《きずな》の強さを、あんたたちはよく理解してない。仲間を裏切らせるとなると、それなりの報酬が必要になる」

ホワイトは目を閉じ、すぐに開いた。

「ミスタ・スミスの承認が必要だが、多分、大丈夫だろう」

「多分じゃだめだ」

ホワイトは拳《こぶし》を握った。指の関節が音を立てる。いかついＧＩが同じことをやったのなら多少は効果があったかもしれないが、ホワイトが凄《すご》んで見せても滑稽《こっけい》なだけだった。おれは黙ってホワイトを見つめた。

「わかった。おれが約束しよう。もし、ミスタ・スミスの許可が下りなくても、おれがポケットマネーを出すよ」

「ありがとう、ミスタ・ホワイト。もうひとつ、頼みがある」

「これ以上、なにをしろというんだ？」

もともと赤かったホワイトの顔がさらに赤らんでいく。白人はおれたちのことを黄色い猿と呼ぶが、赤ら顔の白人はおれたち以上に猿にそっくりだ。

「おれの永住権のことだ。口約束じゃ心許《こころもと》ない。ミスタ・スミスに念書を書いてもらいたい」

「図に乗るなよ、ショーン」

ホワイトは立ち上がった。長身の背をかがめておれを睨《にら》みおろした。おれは座ったまま、その視線を受け止めた。

「詳細はわからないが、知花の弾薬庫で重大な事故が起こったらしい」

おれは言葉を切って、新しい煙草に火をつけた。ホワイトは怪訝《けげん》な表情を浮かべていた。

「沖縄タイムスや琉球新報の記者に、おれがそういったらどうなると思う?」

「脅迫する気か、ショーン?」

ホワイトの顔は赤いのを通り越して、今度は蒼白《そうはく》になりつつあった。

「友情の証《あかし》が欲しいだけだよ、ミスタ・ホワイト。アメリカーにいいように使われて、用がなくなったらゴミクズのように捨てられた琉球人を、残念ながらおれは大量に見てきたからね」

「ミスタ・スミスに頼んでみる。だが、保証はしないぞ、ショーン」

「それだけで充分だよ」

「おれはおまえの望みを聞き入れてやった。必ずうわさ話の元を突き止めろ。それができなかったら、ただじゃおかんぞ」

「脅さなくても大丈夫さ。アメリカーに逆らうことの愚はよく心得ている」

「そうであってもらいたいよ」ホワイトは食卓越しにおれの上にかがみ込んできた。酸味の強い体臭がおれの鼻に襲いかかってくる。「ここだけの話、琉球人にここまでコケにされたのは初めてだ。きちんと働け。さもなきゃ、これだ」

ホワイトは親指で自分の首を掻《か》き切る真似をした。体臭が遠ざかって、おれは止めていた息を吐き出した。脅しが効いたと勘違いしたのだろう、ホワイトは満足そうにうなずいた。

「これからは報告書じゃなく、口頭で報告してもらうことにするぞ、ショーン。月曜日の夜はいつも空けておいてくれ」

ホワイトはそういって、帰っていった。

23

那覇は市議選で燃えていた。その余波が沖縄全土を覆っている。通りで、辻《つじ》で、料理屋で、居酒屋で、クラブで、うちなーんちゅたちは額を突き合わせては政治を語っている。弄《もてあそ》んでいる。なにも知らず、知らされず、知ろうともせず、暢気《のんき》に苦しい現状と明るい未来を天秤《てんびん》にかけている。

島田哲夫の行動を二日間追ったが、進展はなにもなかった。島田哲夫はあの夜以来、政信やマルコウと接触することもなく、ただ、那覇の社交街で遊び呆《ほう》けていた。

照屋仁美は東京から来た活動家のお供で多忙を極めているようだった。会う約束をすることもかなわず、電話で思わせぶりな台詞《せりふ》を交わしながら、おれも照屋仁美も溜息《ためいき》を漏らすばかりだ。知りたかったことをすべてホワイトの口から訊《き》きだしてしまったことも、照屋仁美にはいえなかった。

肉体的にも精神的にも、おれは臨界点を超えつつあった。疲弊しきった筋肉と精神を刺激するものが必要だった。三日目の夜に、島田哲夫の背中に張りつくのを切り上げ、例の倉庫に向かった。

倉庫に到着したのは午前一時すぎだった。周囲はひっそりと静まりかえり、野良猫が時折だみ声をあげている。車のトランクから工具箱を引っ張り出した。上着のポケットには雑貨屋で買っておいた型どりされていない南京錠用の鍵《かぎ》が一本、入っている。工具箱の中からヤスリを探し出して倉庫に向かった。

ヤスリで適当に鍵の先端を削り、鍵穴に差し込んで乱暴に捻《ひね》る。鍵を引っ張り出して、傷がついた部分にヤスリを当てる。周囲を気にしながら、一時間ほど根気よく同じ作業を続けていると、鍵が鍵穴にすっぽりはまるようになった。ヤスリについていた油で指先が黒ずみ、鉄粉が着ているものの上に飛び散っている。額の汗が目に入る。猫の声はいつの間にかやみ、遠くから波が寄せては返す音が聞こえてくる。空には満天の星。漆黒のカーテンに穿《うが》たれた穴から差し込んでくる日の光のように星がきらめいている。きらめきながらおれを嘲笑《あざわら》っている。

「知ったことか」

だれにともなく呟《つぶや》きながら、おれはヤスリをこすり続けた。午前二時半すぎ、南京錠が鈍い音を立ててあっけなく外れた。ヤスリを地面に突き立てて、おれは扉を開けた。

倉庫の中の空気は熱く、淀《よど》んでいた。湿った埃《ほこり》が顔にまとわりついてくる。不快な感触を押しのけて、英語の文字が入った木箱に向かって突進した。文字通り、突進したというに近い。周りのものはなにも目に入らず、おれは飢えた餓鬼のように木箱に手を伸ばしていた。ざらついた表面さえ気にならず蓋《ふた》を開けた。

鉄塊が開けはなった扉から差し込んでくる星明かりを受けて鈍く光った。細かく砕いた発泡スチロールがみっしり敷き詰められた箱の中にあるのは、間違いなく数十丁の拳銃《けんじゅう》だった。MPたちがこれ見よがしに腰に差している米軍制式拳銃と同じものに違いなかった。汗が首筋を伝ってシャツを濡《ぬ》らした。指先が細かく顫《ふる》えて自分の意志では制御できない。箱の中に何丁の拳銃があるのかはわからないが、すべてを売り払えたとしたら一財産だ。

おののきながら隣の箱を開けた。呼吸ができなくなった。M1カービンライフルが黒光りしている。この前の全軍労のストの際、MPがピケ隊と対峙《たいじ》するときに着剣していたのがこの銃だ。新品のカービンライフルは、美しくもまがまがしかった。

政信たちはこれをどうするつもりだ？——疑問符が頭の奥の方で無秩序に飛び跳ねていた。拳銃ならまだしも、小銃を手に入れようという輩《やから》がそうたくさんいるとは思えない。疑問に答えが出せないまま、次の箱を開けた。思わず、唇を舐《な》めた。箱に入っていたのは突撃銃だった。ライフルとマシンガンの性能をあわせたような銃で、ヴェトナム戦争では米軍の主力兵器になっている。グリースが塗られた真新しい銃身に、英語で「アーマライト」という文字が彫り込まれているのが見えた。

拳銃に小銃に突撃銃。政信たちがやっているのはただの横流しではない。直感に身を焼かれながら、最後の箱に手をかけた。もう驚きはなかった。強い好奇心だけがおれを支配していた。

最後の箱に入っていたのは手榴弾《しゅりゅうだん》だった。

「アメリカ相手に戦争でもおっぱじめるつもりか、政信？」

手榴弾を見おろしながら、脳裏の政信に向かっておれは呟いた。

＊　＊　＊

手首の付け根の血管がはっきりと脈打っているのがわかる。血管の中を血が凄《すさ》まじい勢いで流れているのを感じる。政信の秘密の扉をこじ開けたまではいい。だが、あの銃器の種類と数はおれの想像をはるかに超えていた。米軍装備を横流しして売りさばくことは、この沖縄では昔から行われてきた。だが、拳銃はともかく、小銃や突撃銃、それに手榴弾といった危険な代物をそう簡単に売りさばけるはずがない。マルコウをはじめとする沖縄の暴力団が本土の暴力団の侵攻に備えて武器を蓄えているとは聞くが、それにしてもあの倉庫に隠匿されていた武器の数は尋常ではない。

尋常ではないが、だからといっておれが倉庫で呟いてしまったようにアメリカ――米軍相手に戦争をしかけるには貧弱にすぎる。相手は、世界に冠たる最強の軍隊だ。しかもヴェトナム戦争のまっただ中、兵士たちは鍛え抜かれている。素人がなにをどうしようが、簡単に返り討ちにあうのがおちだ。

寝つけず、眠れず、朝の八時に照屋仁美からの電話で布団から抜け出した。東京から来たべ平連の三人は二、三日中にいったん東京へ戻るらしい。それで、今夜関わりのあった人間を招いての送別会が開催される。その前に逢《あ》えないか、と照屋仁美はいった。学生ふたりも連れてくるという。おれはもちろん承諾した。

電話を切ってテレビをつけた。ニュースはアメリカーのアポロ十一号の話題で持ちきりだった。人類初の月面着陸。お祭騒ぎは全世界に広がっている。その陰で隠微な秘密が闇の中に葬られようとしている。

テレビを消した。疲労は限界に達しようとしていた。だが、眠ることもじっとしていることもできそうになかった。

体を洗い、服を着て外に出た。行く当てはどこにもない。政信の部屋へ行き、留守であることを確かめた。ドアには鍵がかかっていない。靴を脱いで部屋にあがり、部屋にあるものを片っ端から確かめていった。なにもない。銃器の隠匿、その目的、そうしたことの一切を明かしてくれるものはなにもなかった。あの時のノートもどこかに消えていた。

三十分ほどで探索を諦《あきら》め、外に出た。そろそろ政信が帰ってくる頃合いだ。日が昇っている間中、政信は眠りを貪《むさぼ》るだろう。おれにできることはなにもない。

車を駆って北に向かった。やんばるの森を目指した。道は途中から舗装が途切れた。道が悪くなるに連れて緑が濃さを増していく。蒼穹《そうきゅう》の下、まがまがしくさえある木々の緑が目に焼き付いて痛みを覚えるほどだった。窓を開けると、潮の匂いを樹木の放つ香りが吹き飛ばしていた。適当なところで車を路肩にとめ、森の中に分け入っていった。

ガキのころ、親父はおれをよくやんばるの森に連れていったらしい。おれの記憶にはないが、親父と付き合いのあった連中がそういっていた。沖縄本島の中で、やんばるだけが大島——奄美の匂いを嗅《か》ぐことができる。親父はそういっていたらしい。なにかと理由をつけてはやんばるの森の中で時間を潰《つぶ》していた。

やんばる——沖縄本島北部の人間もつらい差別の歴史を背負ってきた。たぶん、親父はやんばるの人間たちに自分と同じ匂いを嗅いでいたのだろう。それは離島に対する思いも同じだったはずだ。酔ったときは必ず、死ぬほど金を稼いだらやんばるか離島に豪邸を建ててそこで静かに暮らすのだ、そう親父は口走っていたらしい。奄美には帰らないのかと問われると、口をつぐんで不機嫌そうに酒を呷《あお》っていたと聞かされた。

親父がうちなーんちゅを恨んでいたことは間違いない。謂《い》われのない差別のせいなのかどうかはわからないが、それだけは確かだ。だからこそ、親父はうちなーんちゅが足を運ぶ御嶽《うーたき》を拒否して森を選んだのだろう。奄美の匂い云々《うんぬん》はこじつけにすぎないはずだ。

血のつながりなど屁《へ》でもない。おれはそう信じている。だが、親父の血がおれに流れているという事実までを否定するつもりはない。おれは奄美で生まれ、コザで育った。おれは気が滅入《めい》ると海へ行く。きらきらと輝く波を漫然と眺めて頭の中を空っぽにする。気が動転したときは海では物足りず、やんばるの森の中に入っていく。木々の匂いを肺一杯に溜《た》め、小動物や虫たちの息づかいに耳を澄ませていると不思議な安息が訪れてくる。

道路から数十メートルほど奥まったところで、ちょうどいい大きさの岩を見つけた。てっぺんが平らになっている。そこに腰をおろし、煙草に火をつけた。日光を目一杯浴びた植物が吐き出す酸素のせいか、森で吸う煙草はやけにうまい。紫煙の流れる先を目で追いながら、政信のことを思った。照屋仁美のことを考えた。内なるおれ自身をじっと見つめた。

おまえはなにを求めている？　おまえはなにがしたいのだ？

おれがおれ自身に放つ問いは、緑渦巻く森の奥に吸い込まれていくだけだった。答えはどこにもない。そもそも、答えがあるはずもない。

呆然《ぼうぜん》と座りこみ、手足を虫に刺されながら二時間ほどをその場で過ごした。気分は森に分け入る前となにひとつ変わっていなかった。

こんなことは初めてだった。

24

待ち合わせた喫茶店には十分遅れて到着したが、照屋仁美たちはまだ来ていなかった。

照屋仁美が時間に遅れるのは珍しい。おそらく、島袋と儀間が手間取っているのだろう。

コーヒーを注文し、夕刊を斜め読みしながら時間を潰した。やんばるの森から戻ってくると、コザは安酒と化粧の匂いしかしなかった。コザでこれなら、東京や大阪はどんな匂いがするというのだろう。新聞は相変わらずアポロ十一号を一面に飾っていた。その次が那覇の市議選に関する記事。民主化闘争、日本復帰問題の記事は隅に追いやられている。

騒々しい声を立てながら照屋仁美たちがやって来たのは約束の時間を三十分弱回ったころだった。照屋仁美に島袋と儀間、それに見慣れない少女がひとりいた。

「遅れてごめんなさい」

照屋仁美が真っ先にやって来ていった。

「これぐらい、どうってことはないさ」

照屋仁美に答えながら、おれは見慣れぬ少女をそれとなく観察した。薄いピンクのTシャツにジーパン姿。化粧っけはなく、うちなーんちゅにしては肌が白い。瞳《ひとみ》の色も髪の毛も色素が薄かった。白人との混血、もしくは混血とうちなーんちゅの間にできた子供というところらしい。年齢は十五から二十の間。沖縄の女は成熟するのが早い。これぐらいの年頃の娘の正確な年齢を特定するのは無理があった。

「照屋さんは謝らなくてもいいですよ。おれたちが遅れたんだから」

悪びれずにいったのは島袋だった。視線は儀間と少女の間を行ったり来たりしている。どうやら、島袋と儀間は照屋仁美への憧《あこが》れをあっさりかなぐり捨てて、少女を欲望の対象に定めたらしい。たしかに少女は美しかった。うちなーんちゅにしては珍しい儚《はかな》さを細い身体の内に秘めている。

「愛《あい》ちゃん、こっちに来て」

照屋仁美が少女に声をかけた。少女は俯《うつむ》き加減にこっちへやってくる。

「當銘《とうめ》愛子さん。愛ちゃん、こちらが伊波さんよ」

「當銘です」

少女はぺこりと頭を下げた。おれはもの問いたげな視線を照屋仁美に向けた。

「ちょっと、今回の調べものの件で人手が足りなかったから手伝ってもらったんです」

照屋仁美の口調はどこかいい訳がましかった。それでぴんと来た。當銘愛子は施設の子供だ。おれや政信や照屋仁美がそうだったように、親が殺されるか、あるいは親に捨てられるかしてひとり、この世界に取り残された子供。照屋仁美は自分と同じ境遇の子供たちに援助でもしているのだろう。おれたちが育った施設は遠い昔に取り壊されたが、似たような施設はいくらでもある。照屋仁美はおれが施設のころのことを思い出したがらないことも心得ているだろう。それが罪悪感にも似た感情を伴って、いい訳がましい口調にさせてしまうのだ。

「おれはそんな相談は受けなかった」

おれは少女を見たまま、冷たい声でいった。少女の頬が見る間に紅潮していった。

「すみません。相談する時間がなかったの」

「謝ることないじゃないですか。別に悪いことをしたわけじゃないんだし」

儀間が不満を露《あら》わにして口を挟んできた。いたいけな少女をいじめる悪党はゆるさないと顔に書いてある。思わず、吹き出しそうになった。

「そんなところに突っ立ってないで、座れよ」

おれは空いている座席に顎《あご》をしゃくった。照屋仁美がおれの向かいに、その横に當銘愛子が座った。儀間が素早く當銘愛子の横のわずかにあいた空間に尻《しり》を滑り込ませ、島袋が憤懣《ふんまん》やるかたないという顔をしておれの横に座った。

「いいことをしたとか悪いことをしたとか、そういう問題じゃない」四人が腰をおろすやいなや、おれはいった。「これは信頼の問題だ」

おれの剣幕が伝わったのか、四人は口をつぐんだ。島袋と儀間はそれでも不服そうだったが、照屋仁美と當銘愛子は表情をはっきりと曇らせていた。

「ごめんなさい。わたしが無理に愛ちゃんにお願いしたの。どうしても人手が足りなくて……」

「もういい。だいたいのことは察しがつく。次からは気をつけろ」

おれはぴしゃりといった。照屋仁美の顔が青ざめ、ついで赤らんでいく。當銘愛子は俯いたままだった。

「そんないい方ないじゃないですか」儀間が唇を尖《とが》らせた。「まるで命令口調で気にくわないな」

「気にくわないなら抜けてもらってかまわないんだぞ。これは学生のお遊びとは違うんだからな」

「お遊び気分なんかでやってませんよ」

今度は島袋が口を開いた。

「だったら、その娘にいいところを見せたいと顔に書いてあるのはなぜだ?」

島袋も儀間も顔を赤らめた。反論はない。四人が四人ともお遊び気分で事に当たっていたのは間違いがないのだ。そこを指摘されれば黙るしかない。

ウェイトレスがおれたちの雰囲気の悪さを気にかけて、注文を取りに来るのを迷っていた。おれは彼女に声をかけ、四人分の注文をした。彼女の後ろ姿をぼんやり眺めながら質問を放った。

「ガスのことについて教えてくれ」

その質問が待ちかねていた救いだったとでもいうように、照屋仁美はテーブルの上に身を乗り出してきた。失点を挽回《ばんかい》したいという熱い思いが黒い瞳にありありと宿っている。

「その前に、照屋の——」

照屋仁美がテーブルに突いた手の上に、おれは自分の手を重ねた。照屋仁美の指先はひんやりとしていた。照屋仁美の頬が赤らんで行くに連れて、指先の温度も高まっていく。

「その話は後で聞くよ」

おれは手を離し、儀間に視線を送った。

「ガスの話だ」

「ちょっと待ってください」

答えたのは島袋の方だった。島袋は持参していた鞄《かばん》を覗《のぞ》き、大学ノートを取り出してぱらぱらとめくった。

「手短に頼むぞ」

「わかってます。VX神経ガスですね。一九四九年にイギリスの科学者によって発見された神経ガスの一種だそうです。元々は無色無臭の液体で、酸素と接触することで気体に変化します。人体に入ると中枢神経を破壊して呼吸麻痺《まひ》を起こさせる——」

やはりろくでもない毒ガスであることに間違いはなかった。

「致死量は？」

「文献によると十ミリグラムで成人男子を殺すのには充分だそうです」

「十ミリグラムか……ぴんと来ないな」

「一ガロン、つまり約四リットルですけど、その量のVX神経ガスはおよそ三十六万人の殺傷能力があると書いてありました」

「三十六万人……」

照屋仁美も當銘愛子も儀間も、おれと島袋のやり取りを固唾《かたず》を飲んで見守っていた。お遊び気分は完全に抜けている。科学的資料が示す現実の恐ろしさを、だれもが完璧《かんぺき》に認識していた。

「とんでもない毒ガスですよ。アメリカーは本当にこんなものを沖縄に持ち込んでるんですか？」

島袋がいった。若さゆえの瞬間的な怒りに顔が染まっている。おれは照屋仁美に視線を送った。照屋仁美は小さくうなずいた。島袋と儀間はだいたいのことを推測しているということだ。

「約束できるか？」

「なにをです？」

「だれにも口外しないと。親兄弟にも口外しない、ここで見聞きすることは絶対の秘密にすると約束できるか？」

島袋と儀間は互いに目を見合わせた。戸惑いと好奇心が交錯し、好奇心が徐々にふたりを圧倒していく。

「約束します」

ふたりは同時に口を開いた。

「多分、アメリカーは核だけじゃなく、こうした毒ガス兵器も沖縄に配備しているはずだ。あいつらがやまとーんちゅ以上に本音と建前を使い分けるのはわかってるだろう？」

返事はなかった。おれは先を続けた。

「多分、毒ガス漏れ事故が起こった。多分、米軍はそれをひた隠しにしようとしている。多分、死人は出なかった。多分、民間人の犠牲者も出なかった。わかってるのはそれだけだ」

「マスコミに情報を漏らせば、多分、じゃなくなるんじゃないですか？」

口を開いたのは當銘愛子だった。羞恥《しゅうち》に顎を引きながら、それでも熱っぽい口調で訴えた。おれは當銘愛子の目を覗き込みながらゆっくり首を振った。當銘愛子は辛《つら》そうに目を伏せた。

「マスコミは信用できない。アメリカーがこれだけ厳重な箝口令《かんこう》を敷いてるんだ。沖縄の新聞に情報が漏れたとわかれば必ず強い圧力をかけてくる。現場の記者はやる気でも、上の方が必ず折れる。真相は闇の中だ」

でたらめだった。少なくともうちなーんちゅが経営する新聞社は、どれもがアメリカーに対する敵愾心《てきがい》をその背景に持っている。軍からの圧力で屈するようなやわな性根は持ち合わせていない。だが、それを目の前のガキどもに教えてやる必要はない。

「本土の新聞はそれ以上に問題外だ。アメリカーだけじゃなく、日本政府の横槍《よこやり》も入るに違いないからな。沖縄返還が間近に迫っているというのに、下手なスキャンダルはごめんだというのが自民党の本音だろう。これはおれたちうちなーんちゅの問題だ。おれたちうちなーんちゅが米軍の薄汚い秘密を暴露してやらなけりゃ意味がない。おれと照屋君は、この問題をおれたちが発行するアングラ雑誌で書こうと思ってる」

「うちなーんちゅと反戦GIによる告発ですね？　そりゃいいや。新聞なんかに載るより、そっちの方がよっぽど効果的だ」

島袋がいった。若い者に特有の汗と体臭が入り混じった匂いがおれの鼻腔《びこう》をつく。照屋仁美の体臭とは違って、それはとてつもなく不快だった。不快感が表情に出ないように注意しながら、おれは口を開いた。

「これは、おれたちだけの手でやり通さなきゃ意味がないことなんだ。わかってくれるか？」

「わかりました。絶対、秘密にします。約束を破ったりはしません」

「よし。それじゃ、照屋でわかったことを教えてくれ」

おれは照屋仁美に水を向けた。

「はい」

照屋仁美の顔はおれが手を重ねた時以来、ほんのりと赤らんだままだった。

「エディの話によると、知花弾薬庫の毒ガス兵器を管理しているのは第二六七化学中隊だということです。おそらく、事故当時に現場にいたのも、その中隊の人間じゃないかと――」

「エディはケミカル・カンパニィといったかい？」

「ええ。確かに英語で第二六七ケミカル・カンパニィといってましたよ」

儀間が答えた。第二六七化学中隊――米陸軍の忍者部隊と呼ばれる中隊だ。六五年の在沖米軍機構改革の際に、第二兵站《へいたん》部隊の下に設立されたことだけがわかっているが、その存在は公式には発表されていないし、任務内容も極秘扱いになっている。

「犠牲者の名前は？」

おれの問いに照屋仁美は首を振った。

「わかりません。でも、エディは調べてみると約束してくれました」

「エディの状態はどうだい？」

照屋仁美は小さく首を振った。溜息《ためいき》がそれに続く。エディは地獄への螺旋《らせん》階段を転げ落ちているのだろう。哀れな男だ。

「他には？」

「事故当日以降、弾薬庫関連の指揮を執っているのはダミアン・ダフ少佐という人物だそうです。エディはＣＩＡの手先だといってますけど」

「隠蔽《いんぺい》工作の指揮を執ってるんだろう。汚い任務だし、そういう仕事をする士官は現場の兵隊からは嫌われるんだ。ダフ少佐の所属は？」

「わかりません」

「エディにそれも調べるようにいっておいてくれ」

あるいはカデナ・フェニックスの連中に。やつらももう照屋に戻ってきているだろう。

「おれが名前を教えた黒人兵たちは照屋に戻ってきてるか？」

「ええ。でも、なんだかわたしたちを警戒してるみたいで……伊波さんの名前を出してもなかなか打ち解けてもらえないんです」

そろそろ照屋へ舞い戻る頃合いかもしれなかった。これ以上、政信や島田哲夫を追いかけても、連中がなんらかの行動を起こさない限り手詰まりの様相を呈している。

「他には？」

「知花弾薬庫に貯蔵されてる毒ガス兵器はＶＸだけじゃないそうです。ただ、どんな種類のガスなのかはエディもわからないと……」

「すべてをエディに頼ってもしかたないな……とりあえず、今日わかったことを原稿に織り込もう」

おれが口を閉じるのを見計らったように、コーヒーが運ばれてきた。卓上を支配していた緊張感が一挙に緩み、学生たちは朗らかな笑みを浮かべながら、凄《すご》いことになったなと話しはじめた。

＊　＊　＊

送別会は仲の町の居酒屋で行われることになっていた。おれたちは喫茶店を出て徒歩で仲の町に向かった。照屋仁美と當銘愛子が仲睦《なかむつ》まじくおれの前を歩いている。姉妹のような親密さがふたりの間には漂っていた。儀間がふたりにまとわりつくように歩き、島袋は思い詰めたような顔をしておれの横に並んでいた。

「愛ちゃん、施設から高校に通ってるんです」

「そうだろうな」

島袋がいった。

「例によってお父さんがアメリカーで……結婚しよう、アメリカーに行こうって口ではうまいことといいながら、除隊したらそのまま音沙汰《おとさた》なしってやつですよね。愛ちゃんのお母さん、それでも頑張って女手ひとつで愛ちゃんを育ててたんだけど——」


「病気になって、はいそれまでよ、か」

おれはふざけた口調で応じた。島袋がきつい目でおれを睨《にら》んでいるのはわかっていたが、平然と受け流した。

「愛ちゃんのおじいとおばあは離島にいるんですよ。かなり高齢で、とてもじゃないけど、愛ちゃんの面倒までは見きれないって——」

「なにをいいたいんだ？」

おれは島袋に冷たい視線を向けた。島袋の頬は紅潮していた。

「照屋さん、愛ちゃんのこと自分の妹みたいに可愛がってるんです」

「見りゃわかるさ」

島袋は相変わらず思い詰めたような顔をしていた。それがおれには気にくわない。努力を惜しまなければ夢は必ず叶《かな》う、そんなたわごとを信じている若者の顔だ。なにも知らない愚か者の顔だ。

「安い給料の中から、なけなしのお金を施設に寄付して、それだけじゃ飽き足りなくて、週末は施設の運営も手伝ってるんです。ぼくたち、いったんです。なにもそこまでしなくてもって。そしたら、照屋さんはこういいました。伊波さんなら自分の気持ちをわかってくれるって」

島袋はおれの歩調にあわせながら、挑むような視線を向けてきていた。

「おれになにをしろというんだ？」

「愛ちゃんが照屋さんの仕事を手伝うの、認めてやってください」

「認めるもなにも、もう仁美は勝手に手伝わせてるじゃないか」

「どうしてそんなに冷たくてかたくななんですか？」

島袋の発した問いかけに、おれは思わず足を止めた。轟々《ごうごう》と音を立てて血が頭にのぼっていく。視界の隅でなにかがちかちかと明滅しはじめていた。拳《こぶし》を握り、深く息を吸う。憤怒の理由はわかっている。理由がわかっているのならば、抑えることもできる。

「怒ったんですか？」

島袋がいった。島袋の声はかすかに顫《ふる》えていた。

「いや……おれが冷たくてかたくなだって？　おまえもそのうちおれと同じようになるさ」

努めて冷静な声を出した。そう、昔、政信に相対したときに出した声と同じように。感情を露《あら》わにすれば、政信におれという人間の底を見透かされる。その恐怖がずっとおれを縛っていたし、その頃身につけた処世術は今ではおれの第二の本能と化している。

「おまえもいずれ、わかるようになる」

呆《ほう》けたように突っ立っている島袋に、念を押すようにそういって、おれは再び歩き始めた。

＊　＊　＊

おれたちが店に着いたときには、すでに宴会は始まっていた。十畳ほどの座敷席は座る場所さえ見つけられないほどの混み具合だった。ほんの数日の間に、東京の連中は精力的に沖縄を歩き回ったらしく、老若男女、ありとあらゆる種類の活動家が集まっているかのような盛況だった。

栄門や金城に呼ばれて座敷の中央に向かう照屋仁美と當銘愛子を尻目《しりめ》に、おれは座敷の隅っこの方に腰を落ち着け、わいわいと騒いでいる連中の言葉に耳を傾けながら、肴《さかな》を酒と一緒に胃の中に流し込んだ。集まった客たちの会話の中身は多岐に亘《わた》っていた。全軍労のストへの米軍の処罰の行方。アポロの月面着陸の可否。佐藤とニクソンの思惑……毒ガス漏れ事故の話題を口にする者はいない。

「お、伊波君、伊波君……」

おれの名を呼ぶ声に振り返ると、ビールの入ったグラスを持った濱野が腰をあげてこちらに来ようとしているところだった。

「いやあ、君の友達、比嘉君。彼は本当に凄いねえ」

濱野は無遠慮におれの周りの客たちを押しのけて自分の座る空間を確保した。おれと差し向かいに座り、断りもなくおれのグラスにビールを注ぐ。

「君に紹介してもらった後も、夜時間ができるとちょくちょく会いに行かせてもらってね。

いやあ、あの若さであれだけの楽曲をこなせる人間なんて、沖縄にもそういないんじゃないかなあ」

濱野はだらしなく相好を崩していた。酒もそれなりに入っているようだが、なにより、政信という人間に酔っている。そういう表情だ。

「あいつは三線《さんしん》を覚えたころから、近所の老人の家を回っては民謡を教わっていましたからね。持ち歌はそれこそ無数にあるし、即興の歌を入れたら、あいつは二十四時間歌い続けることだってできますよ」

「即興の歌？」

「昔からの民謡に、今風の歌詞を即興で乗せるんですよ。吉原の娼婦《しょうふ》たちによく聴かせてやってます」

「それは聴いてないなあ。聴きたかったなあ……なんだか、東京に帰るのが嫌になってきたよ」

濱野はちびりとビールを飲んだ。目尻がさがり、やるせなさが表情に表れる。

「また戻ってくればいいじゃないですか」

「そうだな。そうしよう。伊波君、ぼくはね、彼の歌をレコードに吹き込みたいと思ってるんだ」

「政信はうんとはいわないでしょう。それに、ベ平連の活動はどうするんですか？」

「実はね、そんなのはどうでもいい」濱野はおれの方に顔を寄せ、声を低めた。「清水さんにこんなことを聞かれたらどやされるがね、ぼくには反戦活動より芸術活動の方が大切なんだ」

「それは困りましたね」

おれは微笑んで見せた。悪戯《いたずら》小僧同士があうんの呼吸で見せ合う、あの笑顔だ。濱野もおれと同じように微笑んだ。

「それでね、伊波君に頼みがあるんだよ」

「怖いな」

「比嘉君がね、レコード録音にうんといわないだろうというのはぼくもわかってるんだ。ああ見えて、かなり頑固なところがありそうだからね。東京からちょっとだけやって来たぼくが頼んだって、そりゃ無理というものさ。だけど、幼馴染《おさななじ》みの君が説得してくれればなんとかなるんじゃないかなと思ってね」

無理だ——喉元《のどもと》まで出かかった言葉を飲みこんだ。たとえおれが仲のいい幼馴染みであったとしても関係はない。政信は我が道を行く人間だし、世俗の事柄にはほとんど関心がない。歌三線は単なる道楽であり、望む人間の前で歌うのは悦《よろこ》びなのだろうが、レコードにそれを録音し大々的に発売するということを、政信は無頓着《むとんちゃく》どころか嫌うだろう。だが、それを濱野に告げるのもまた無意味なことだった。

「おれが出て行ったからといって、そう簡単にうなずくような男じゃないんですけどね」

「それはわかってるんだよ、伊波君。だけどねえ、とにかく可能性を試してみないことには泣くに泣けないんだよ。あれだけ素晴らしい民謡を、コザだけで埋もれさせておくのはまったくもってもったいない」

濱野は頬を紅潮させて訴えた。よっぽど政信の歌に心を揺さぶられたのだろう。

「わかりました。やるだけやってみましょう。だけど、あまり期待はしないでくださいよ」

「ありがたい。よろしく頼むよ、伊波君」

濱野はグラスを大仰に掲げてみせた。おれは仕方なく乾杯に付き合った。グラスとグラスがぶつかる音は座敷の喧噪《けんそう》に飲みこまれる。おれと濱野の会話に耳を傾ける人間も皆無だろう。

「歌を聴くほかに、政信とはどんな話をしたんですか？」

グラスに口をつけながらおれは水を向けた。

「いろいろ話を聞いたよ。彼は歌だけじゃなくて話もうまいからね。沖縄における反戦運動の実態とか、照屋に集まってくる黒人兵たちの間にくすぶっている不満だとかね。中でも興味深かったのは、彼の沖縄に対する現状分析かな」

「なんといってました？」

好奇心を露わにしないように、さりげなく訊《き》いた。濱野は左右に視線を走らせ、唇で舌を湿らせてから話しはじめた。

「彼がいうには、沖縄は独立すべきだそうだ」

「独立？」

宜野湾の倉庫に隠された武器が脳裏をかすめていく。独立？　アメリカとやまとに戦争をしかけようというのか？　馬鹿らしいにもほどがある。歌三線にうつつを抜かしている男と遊び人とやくざがつるんで、いったいなにができるというのか。

「そう。アメリカの支配が嫌だからやまとに助けを求めるなどというのはもってのほかだとね。乞食《こじき》根性といってたかな。屋良政権も他の革新政党も教職員会も全軍労も、偉そうな顔をして沖縄をやまとに売ろうとしている連中は全員、買弁野郎だそうだ」

「政信はそういう買弁野郎たちと一緒に活動してるんですけどね」

「おや、彼らが買弁層だという意見には君も賛成かね？」

「若い連中はみんな、沖縄は日本に復帰すべきだと思ってますよ。若い連中だけじゃないですけどね。みんな、教師にそう教わってきたんです。日琉同祖、日の丸崇拝、天皇万歳。ちゃんと歴史を勉強すればそんなのがでたらめだということはすぐにわかるはずなんですけどね。薩摩に征服されるまでは、沖縄はれっきとした独立国だったんだから」

「教育者たちが歪《ゆが》んだ歴史を教えている？」

濱野は真剣な眼差《まなざ》しをおれに向けていた。

「自分たちがそうでありたいと願っていることを、厚顔にも子供たちに教え込んでるんです。そうやって世論を誘導し、なし崩しに日本復帰路線を決めておきながら、自分たちこそ革新でございい、庶民の味方でございいという顔をしている。政信のいうように、買弁層だと思いますね。世界中の歴史を繙《ひもと》いても、そういう連中の存在が一国をして他国に支配させられる大本を作るんです」


「君も日本復帰には反対かね」

「反対はしませんよ。ただ、連中がいうように日本に復帰すればすべてが丸く収まるなんてたわごとは信じられませんね。搾取するのがアメリカーからやまとに変わるだけです。うちなーんちゅが苦しむことに変わりはない」

「確かに、佐藤政権は沖縄民衆のことなんかこれっぽっちも考えてはいないな。日本に復帰しても、米軍基地はそのまま沖縄に残るよ。それも核つきでね。なおかつ、自衛隊までやってくる。まさしく、踏んだり蹴《け》ったりだ」

濱野は押し殺した声でいった。その声はひび割れて、まるでくたびれ果てた老人のようだった。

「そうした事実を、屋良政権も社大党もだれもいわないんです。いうと、すべてがぶち壊しになりますからね」

「比嘉君も同じようなことをいっていたよ。ぼくたちやまとーんちゅが沖縄の人間の同胞だったことは一度もないと、厳しい口調でいわれたなあ」

「だけど、独立というのも日本復帰と同じぐらい馬鹿げている。濱野さんはそう思いませんか？」

「思うさ。今の沖縄の人たちの暮らしは、悲しいかな米軍の存在のおかげで成り立ってる。

日本に復帰したらしたで、自民党政権からの助成金が下りてこなければ経済が立ちゆかなくなるだろう。アメリカも日本も拒否して、それでどうやって沖縄は食べていくというんだい？　無理だろう？」

「政信はなんといってたんですか？」

おれが訊くと、濱野の顔から緊張が消えた。

「滅びればいいんだそうだよ。アメリカや日本に尻尾《しっぽ》を振って生きていくぐらいなら、潔く滅びを選べばいいんだとさ」

「あいつらしいいい種《ぐさ》だな」

「彼はアナーキストだよ。正真正銘のね。ただし、彼は自分の意見が極論だということは充分に弁《わきま》えている。アナーキストではあるがリアリストでもあるんだな。面白い人間だよ」

「振り回される側はたまったもんじゃないですけどね」

「確かにその通りだな。彼の思想は危険だが、彼の歌は素晴らしい。ぼくはね、彼の歌の方を世間に広げたいんだよ」

また、話は振り出しに戻った。濱野の言葉に適当に相槌《あいづち》を打ちながら、おれの思惟《しい》はまた宜野湾の倉庫に飛んでいた。ライフルや手榴弾《しゅりゅうだん》で武装して、米軍基地に戦闘を挑む政信や島田哲夫、それにマルコウの配下のやくざ者たち。どう想像しても荒唐無稽《むけい》な光景だった。それでも、それを夢想しているのが政信ならば、百パーセントありえないとは断言できない。

「政信はふりむんだから」

おれはぽつりといった。濱野がその言葉に反応した。

「ああ、ふりむんね。沖縄の言葉は雅《みやび》だよね」

「ふりむんの意味、おわかりなんですか?」

「比嘉君の口から聞いたからね。彼はね、こういってたよ、伊波君。尚友はふりむんだから」

濱野は政信の口調を真似ていった。体内の血液が凍りついたような錯覚に襲われた。

「政信がそういってたんですか?」

「うん。伊波君は悲しいふりむんだと、そういってたかな。どういう意味かと聞いても、答えてはくれなかったけどね」

己自身の一部と化していた憎しみが、肉から分離して浮かびあがり、魂の抜け落ちたあとの空洞に入り込んでいこうとしていた。

おれは底が浅い人間なのかもしれない。だれに浅い底を見透かされても構わない。だが、政信に見透かされることだけは耐えられない。

「気に障ったかい?」

濱野が怪訝《けげん》な顔をしていった。

「いえ、別に」

「そう。だったらいいけど。だけど、伊波君。凄《すさ》まじい形相になってたよ。ほんの一瞬だけどね」

「気のせいですよ」

おれは薄笑いを浮かべながら濱野のグラスにビールを注いだ。グラスに映ったおれの顔には、笑みなど微塵《みじん》も浮かんではいなかった。

25

なにごともなく数日が過ぎた。毒ガス漏れ事故の隠蔽《いんぺい》工作は着実に進んでいるようで、新聞やテレビのニュース番組に登場することもない。政信たちもだんまりを決めこんで、特に目立った動きもなかった。

照屋仁美からの連絡もない。當銘愛子に対するおれの態度に臍《へそ》を曲げているのかもしれない。

おれは政信への憎しみになんとか折り合いをつけ、昼間は原稿書きに勤《いそ》しみ、夜は照屋に繰り出した。

カデナ・フェニックスの五人は照屋に戻ってきていた。連中は何事もなかったかのように酒を飲み、踊り、大麻をくゆらしている。ここ数日どうしていたんだと水を向けても、訓練で基地から出してもらえなかったと一様に口を揃えるだけだった。銃器の横流しの件は口にするのもはばかられるし、連中が政信と接触する様子もない。苛立《いらだ》ちだけが募り、ありとあらゆる感情がおれを素通りしていく。悲しいふりむん——政信が口にしたという言葉が、何度も耳の奥でこだまする。

政信になにがわかるというのか。おれ自身でさえ自分のことがわからないというのに、政信になにがわかるというのか。

何度も同じ言葉を繰り返し、その度に強烈な自己嫌悪に襲われる。

もちろん、政信はわかっている。論理的に思考の道筋を立てなくても、政信には直感ですべてを把握することができるのだ。一度聴いただけの民謡を、すぐさま三線《さんしん》と声で再現できるのと同じように。そして、なぜ政信がおれのことを「悲しいふりむん」と呼んだのか。躍起になって怒りを煽《あお》り立てながら、その実、おれにはそのわけがよくわかっていた。

わかるからこそ、ゆるせない。理解できるからこそ、やるせない。やんばるの森ですら、もはやおれを癒《いや》してはくれない。照屋の暗がりにひとり、呆然《ぼうぜん》と立ち尽くし、おれの瞳《ひとみ》に映るのはただひたすらに闇だけだった。

照屋仁美と島袋たちがエディに話を聞いている場面に出くわしたときも、おれは声をかけることすらできずにその場を立ち去った。いたたまれずに照屋を後にし、行く当てがないことに気づいて吉原に足を向けた。

政信はいつもの場所で、いつもと同じように酒を飲んでいた。

「よう、どうした」

智美という女を横に侍《はべ》らせ、三線を脇に抱え、政信は泡盛の入ったグラスを呷《あお》った。

「そろそろかなと思ってな」

おれは政信の左横に腰を据えた。智美がすぐに立ち上がり、新しいグラスに政信の泡盛を注ぐ。

「そろそろってなんだ？」

「いろいろ調べてくれと頼んでおいただろう？」

「ああ、あの件か……どうもな、みんな口が堅い。よっぽどとんでもない事故なんだろうな」

政信はしゃあしゃあといってのけた。

「なにもわからなかったたってことか？」

「ああ。すまんな。サボってたわけじゃないんだぞ」

おれは透明な酒を口の中に放り込んだ。喉《のど》が灼《や》け、食道が灼け、胃が灼ける。顔をしかめることで噴出しそうな感情を抑え込み、おれは口を開いた。

「濱野につきまとわれてたらしいじゃないか」

「あのおっさん、とんでもねえなあ。なにが反戦活動家だ。ただの好事家《こうずか》じゃねえか。百曲ぐらい歌わされたよ」

「また戻ってくるといってたぜ。おまえの歌をレコードに吹き込みたいそうだ」

「冗談じゃねえよ」

「政ぐわーの民謡、レコードになったらみんな買うよ」

智美がいった。政信は一瞬、虚を突かれたような表情を浮かべたが、すぐに破顔した。

「柄じゃねえって」

もう一度政信の虚を突けるとしたら、今しかなかった。

「おれのことを悲しいふりむんといったらしいな」

政信はゆっくりおれを見た。政信の目には奇妙な色が宿っている。

「不満か？」

「おれはふりむんだ。自分でもそのことはよくわかってる。だが――」

おれは口を閉じ、泡盛を飲んだ。自分でも驚くほど喉が渇いている。

「自分がふりむんだってことはわかってても、おれにそれを指摘されるのは嫌か」

「おまえはおれを悲しいふりむんといったんだぞ」

おれは嚙《か》みつくようにいった。むきになっている。むきになった自分が呪わしい、恥ずかしい。それでも自分を止める術《すべ》を見出《みいだ》すことができない。疲れているのだ。疲労が肉体を侵し、精神を侵し、まともな思考からおれを遠ざける。危険な兆候だ。長時間緊張したまま綱渡りを続けている。だが、ぴんと張られた一本の綱を渡りきるしかおれにできることはない。

「だいじょうぶか、尚友。おまえらしくないぞ。ずいぶん、くたびれた顔をしてる」

そういいながら、政信はおれから視線を外した。憐《あわ》れまれている――直観がおれを貫く。

政信はおれを憐れんでいる。火のような憤怒《ふんぬ》がおれの全身の細胞を焼き尽くす。グラスに残っていた泡盛を一気に飲み干した。酒は火を鎮めるどころかさらに煽るだけだった。導火線に火がついている。導火線はじりじりと音をたてながら燃えている。導火線がおれの心臓に達すれば、おれは爆発してしまう。おれがおれではなくなってしまう。

それでなにがいけないのか。自分自身を厭《いと》い、憎んできたくせに、なぜ自分が自分でなくなることをこれほどまでに恐れるのか。どこまで矛盾した存在であれば気が済むのか。

おれは目を閉じた。暗闇の中でひとり、火が消えるのを待った。

おれがおれであることはやめられない。

「尚友？」

政信が声をかけてくる。それでもおれは目を閉じ続けた。暗闇の中にうずくまり、おれから剝離《はくり》していこうとする、おれ自身を形づくる細胞のひとつひとつを懸命に引き留める。

「おい、だいじょうぶかよ、尚友」

政信がおれの肩に手をかけた。分厚く暖かい掌《てのひら》の感触。その瞬間、あやふやだった世界とおれが繋《つな》がった。おれを燃やし尽くそうとしていた火は消えている。導火線は跡形もない。

目を開けた。政信がおれを覗《のぞ》きこんでいる。無精髭《ぶしょうひげ》に覆われた頰がかすかに緊張している。滅多に見られない、政信の感情の発露。

「だいじょうぶだ。勢いよく飲んだから、ちょっと目眩《めまい》がしただけだ」

「だったらいいけどよ」政信の顔が遠ざかっていく。「おまえ、目一杯張りつめる質《たち》だからな。時々、心配になる」

政信にはなんでもわかっている。わからないことはない。

「いつも保護者気取りだ。おまえはいつだってそうだった」

「しょうがねえだろう。それがおれの質なんだよ。いくらおまえに嫌われたって、これだけは直せねえよ」

「よくいうぜ。最初から直す気なんかないくせに」

おれは腰をあげた。財布から一ドル札を抜き取り、カウンターに置く。

「銭はいらねえよ。この店はいつだっておれの奢《おご》りだ」

「おまえの奢りじゃなくて、そこの智美姐《ねえ》さんの奢りになるんだろう。悪いから、金は置いていくよ」

スカッチの水割り一杯五十センというのがだいたいの相場だ。うちなーんちゅは英語も縮めていう癖がある。セントはセン。泡盛二杯で一ドルなら、充分にお釣りがくるはずだった。

おれは政信たちに背を向けた。疲労は重く肩にのしかかっている。気分がすぐれたわけでもない。それでも——なんとか自分の足で立っている。

「尚友、おまえ、結局なにをしに来たんだ？」

政信がいった。おれは振り向いて答えた。

「おまえの顔を見に来たんだよ。嘘つきの顔をな」

「おまえに嘘つき呼ばわりされたくはねえな」

政信は笑った。屈託のない笑みだ。おれにはできずに政信にはできることは数え切れないほどある。

苦々しい想いがまたよみがえってきた。おれはなにかに追い立てられるように、足早に店を出た。

＊　＊　＊

空を見上げると雲が消えていた。満天の星がおれを嘲笑《あざわら》うように瞬いている。空に向かって手を伸ばす。背伸びして手を差し出せば届きそうなほど近くに星がある。きらめく星々をこの手に握り、それを照屋仁美に手渡したい。埒《らち》もない考えが脳裏をよぎる。おれらしくもない。まったく、おれらしくない。

唇を嚙み、コザの街中をうろついた。目的もなくうろついているつもりではいた。その実、おれの足はある場所に向かって真っ直ぐに進んでいた。

古ぼけたアパートだ。これが社交街のそばにあれば、娼婦《しょうふ》たちが仕事場兼用に使っているアパートと見分けがつくまい。地べたに這《は》いつくばるようにして金を稼いでいる人間が住まうには相応《ふさわ》しい。このアパートを出た足で米軍基地の広大な敷地、洋風の宿舎、ゴルフ場、野球のグラウンドを目の当たりにすれば、沖縄に厳然として存在する矛盾に気づかないわけにはいかないだろう。

照屋仁美はそんなアパートに住んでいる。稼ぎの大半をくだらない活動や施設の運営のために投げ出しているせいだ。

おれはアパートの塀に身体を預け、煙草を吸いながら空を見上げた。星々は相変わらず瞬いているが、その煌《きら》めきに暖かみはない。数万、数億光年の時空を突き進んできた光は悲しいほどに凍《い》てついている。

どれぐらいそうやって星を見つめていたのだろう。近づいてくる車のエンジン音に我に返った。長い間空を見上げていたせいで首の筋肉が凝っていた。

やって来たのはタクシーだった。後部座席に照屋仁美が座っているのが目視できる。わかっていた。わかっていて待っていた。照屋仁美を照屋で見かけたときから、彼女がタクシーで帰ってくるだろうことはわかっていたのだ。

照屋仁美はタクシーを降り、おれに気づいた。長い脚を揃えて立ち止まり、目を大きく開いてもう一度おれがおれであることを確認する。

「伊波さん？　どうしたんですか？」

「君の顔が見たかったんだ」

おれはいった。いいながら自分を罵《ののし》っていた。ここに来たのは照屋仁美の顔を見たかったからではない。抱きしめたかったのだ。抱きしめてもらいたかったのだ。彼女の肌の下の肉のうねりを感じたかったのだ。おれの皮膚の下で怒りと悲しみと絶望に顫《ふる》える肉を感じ取ってほしかったのだ。

「わたしが帰ってくるのを待ってたんですか？」

「ああ。星を見ながらね。あの星を君にプレゼントしてあげたいと思っていた」

「伊波さん？」

照屋仁美は首を傾げた。警戒するような足取りで、ゆっくり近づいてくる。

「おれがこんなことをいうとおかしいか？」

「おかしいです。いつもの伊波さんじゃないみたい」

照屋仁美の声は夜の湿った空気にまとわりつかれ、勢いを失って消えていく。悲しみが、密《ひそ》やかに確実におれを満たしていく。なぜ悲しいのか。おれにはそれすらもわからない。

手を伸ばせば届く距離に照屋仁美はいた。

「だったらこういおうか……おまえが欲しくて、ここでずっと待っていたんだ」

「本当にどうしちゃったんですか、伊波さん」照屋仁美の顔が悲しげに歪《ゆが》んでいく。「酔ってるんですか？」

見たくはないものを見てしまった者の表情で照屋仁美はおれを見つめている。彼女の中で大切に育《はぐく》まれた英雄の虚像が無惨に打ち砕かれているのだろう。

「おれじゃだめか？」

おれはいった。照屋仁美は無言のまま激しく首を振った。

「おれは悲しいふりむんなんだそうだ。そういわれて、本当にそうだっていうことに気がついた」

「だれにいわれたんですか？」

「政信だよ。決まってるだろう」

「本当に酔ってるんじゃないんですね？」

「泡盛を二杯飲んだ。それで酔っぱらってるというんなら、酔っぱらってるんだろう」

星に向かって手を伸ばしたように、照屋仁美に腕を伸ばした。指先が肩に触れる。照屋仁美は駄々をこねる幼児のように身体をくねらせた。

「おれじゃだめか？」

おれはもう一度訊《き》いた。照屋仁美はさらに激しく身体をくねらせた。

「好きです」照屋仁美は唐突にいった。「伊波さんがどんな人でも、わたしは伊波さんが好きです」

肩に触れたままの指先——顫えているお互いの肉。肉の顫えをもっと感じたくて、おれはさらに腕を伸ばし、照屋仁美の肩に手を置いた。そのまま引き寄せて抱きしめれば、肉の顫えをもっと強く感じ取ることができる。だが、そうした瞬間、照屋仁美はおれの腕の中で消えてしまうという畏《おそ》れにおれは囚《とら》われてもいた。それほど、おれを好きだと訴える照屋仁美は儚《はかな》かった。

「でも、今の伊波さんはいや」

予期していた。そういわれるだろうと思っていた。それでも、衝撃は大きかった。失望の強さはおれの予想をはるかに超えていた。

「おれはおれだ。昨日も今日も明日も変わらない」

「違います」

照屋仁美はおれの目を真っ直ぐに見ていた。恥じることもなく衒《てら》うこともなく、精一杯の勇気と自尊心を振り絞っておれと対峙《たいじ》している。

おれは照屋仁美を抱き寄せた。腰にきつく腕を回して、唇に唇を押しつけた。照屋仁美は抗《あらが》わなかった。身体の力を抜き、なすがままにされている。それが彼女の抵抗の術《すべ》だった。おれはむきになっていた。まるで、全軍労のストに対して銃剣で対峙した米軍のように。恐れ、苛立《いらだ》ち、おののき、怒り、混乱、悲しみ。無数の感情がせめぎ合い、おれを引き裂く。

照屋仁美の唇を割った。口腔《こうこう》に舌を滑りこませた。コーラの味がする。塩辛い味がそれに混じっている。照屋仁美はなにひとつ抗わなかった。ただ、泣いていた。コーラに混じる塩辛い味は涙のせいだった。

すべてが虚《むな》しくなった。おれは空虚だった。魂がはまっていたはずの空洞から、虚《うつ》ろがおれという存在を侵していく。

乱暴に照屋仁美を突き放した。照屋仁美は無言で泣き続けている。唇を拭《ぬぐ》うこともせず、おれに抗議することもせず。

「済まなかった」

それだけいうのが精一杯だった。おれは踵《きびす》を返し、足早にその場を立ち去った。

「伊波さん。ごめんなさい。ごめんなさい」

照屋仁美がウチナーグチで謝っている。おれのゆるしを請うている。

「今日みたいな伊波さんじゃなかったら……こんなことというと笑うかもしれないけど、わたし、待ってます。ずっと待ってます。だから——ごめんなさい。本当にごめんなさい」

ゆるしを請わなければならないのはおれの方だった。なのに、照屋仁美が謝っている。

耳を塞《ふさ》ぎたかった。そんなおれを見られたくはなかった。いたたまれず、かといってなにができるわけでもない。

おれは逃げた。照屋仁美のもとから、文字通り逃げ出した。

＊　＊　＊

車に飛び乗って宜野湾を目指す。あれほどまでに晴れ渡っていた空は、またぞろ分厚い雲に覆われて星どころか月さえ見ることがかなわない。

親の敵のようにアクセルを踏みこむ。車体が軋《きし》んでみしみしと音をたてる。まるでおれの心がたてているような音だ。

どうしたんだ、尚友？　政信に悲しいふりむんといわれたことがそんなに腹立たしいのか？

腹立たしいのだ。悲しいのだ。辛《つら》いのだ。自分でも制御不能な感情に縛られて、おれはおれではなくなっている。

例の倉庫の周辺には、いつもと同じように人影はなかった。前に来たときに作った合い鍵《かぎ》で倉庫の中に入った。埃《ほこり》と黴《かび》の匂いが鼻をつく。なにかに突き動かされているように、おれは倉庫の中に突進し、木箱を乱暴に開けた。黒光りする鉄塊に視線を奪われる。

なにをどうしたいというわけではない。ただ、おれを引き裂こうとする感情を鎮めたかった。

いつものおれに戻りたかった。そのためには、非日常的ななにかが必要だった。圧倒的な暴力を裡《うち》に秘めたなにかが、おれには必要だった。

黒光りする鉄塊に手を伸ばす。冷たい感触を予感していたが、実際には鉄塊は生暖かかった。倉庫の中の高い温度のせいだろう。

オートマティックのコルトはずしりと重い。その重さは人を殺すための道具としてのまがまがしさをおれに充分に実感させる。

弾倉を外し、弾薬を確かめる。もう一度弾倉を戻し、スライドを引いてみる。硬質の金属音が、なぜかおれの神経をなだめていく。

予備の弾倉をひとつ失敬し、倉庫に鍵をかけて車に戻った。運転席に座ったまま、右手に握った銃を空に向ける。すべての弾丸を撃ち尽くしたいという欲望がおれを飲みこもうと蠕動《ぜんどう》した。

撃鉄を下ろし、安全装置をかけ、銃を胸の中に抱きこんだ。この銃で政信を撃ち殺す瞬間を夢想した。

おれはいつものおれに戻っていた。

26

銃を撃った。驚くほどの轟音《ごうおん》が鳴り響き、世界が崩壊した。おれは荒れ果てた大地にひとり取り残され、耳鳴りに苦しんでいる。助けを求める自分の声さえ、おれの耳には届かない。視界は闇に塗りつぶされ、鼻に感じるのは強い火薬の匂いのみ。見えず、嗅《か》げず、聞こえず。五感を遮断されるということは、まったき孤独に叩《たた》き込まれることだとおれは悟り、恐怖を感じ、足掻《あが》く。

足掻いている最中に目が覚めた。おれは布団に潜り込んでいた。居間で電話が鳴っていた。耳鳴りの正体はそれだった。

昨日は金曜日。おれは一晩中コザ市内の繁華街をうろついていた。部屋に戻ってきたのは明け方だ。まだ頭が朦朧《もうろう》としている。夜の巷《ちまた》では、全軍労のストに対する米軍の処置——解雇四人、解雇検討三人、十日の停職四人、二日の停職三十八人——について、だれもが身勝手な議論を交わしていた。

額に浮いた汗を拭いながら電話に出た。早口の英語が寝ぼけたままの脳味噌《のうみそ》を乱暴に揺さぶった。

「今朝の朝刊を読んだか？」

ホワイトは名乗りもしなかった。

「朝刊？　まだだよ。今起きたところだ」

「すぐに読め。その後で電話をしろ」

電話はそれで切れた。まだ夢の余韻が残っている。崩壊した世界。荒れ果てた大地にひとり。寒気がする。汗が引いているからではない。

玄関に向かおうと体の向きを変えた瞬間に、また電話が鳴り始めた。舌打ちしながら電話に出た。

「今、読むところだよ」

「伊波さん？　あの――」

電話の主はホワイトではなかった。照屋仁美の声は怯《おび》えていた。よほどおれの口調が厳しかったのだろう。

「すまん。別の人間からだと思ったんだ。どうした、こんな時間に？」

「あの……この前はすみませんでした」

あの夜のことが鮮明によみがえる。間違いなく、あの時のおれの精神は崩壊していた。政信の「悲しいふりむん」という一言のせいで、おれは我を失っていた。今は立ち直っている。あの銃の重さと冷たさが、おれと世界を繋《つな》ぎ止めている。

「いや。悪いのはおれの方だ。君を傷つけた。すまん。ゆるしてくれ」

謝罪の言葉は滑らかに口をついて出てきた。

「いえ、それは……それより、伊波さん、今朝の朝刊読みましたか？　例の事件が――」

「毒ガス漏れ事故が新聞に載ってるのか？」

夢の残滓《ざんし》も甘い感情も、すべては霧散した。

「ええ。アメリカの――」

「後で電話する」

照屋仁美の返事も待たずに電話を切り、玄関に向かった。郵便受けから沖縄タイムスを引き抜く。紙面を開くのももどかしい。

『沖縄に毒ガス兵器を配備』

派手な見出しが視界一杯に広がった。一面の最上段の記事。特ダネ扱いの仰々しさ。

『基地内でガス漏れ事故　軍要員24人入院　米国防総省　詳細を明らかにせず』

目眩《めまい》を覚えた。膝《ひざ》から力が抜けて、その場に膝をついた。新聞を持つ両腕が力なく顫《ふる》える。

だれが密告したのか。だれが嗅ぎつけたのか。うちなーんちゅでこの事件を知っているのは限られた人間だけだ。

儀間や島袋の顔が脳裏をよぎっていった。アメリカーは決して漏らさない。

目頭を擦《こす》り、記事を読んだ。當銘愛子の顔が網膜に焼きついて離れない。だれかが密告したわけでも、腕のいい記者が事件を嗅ぎつけたわけでもなかった。七月十八日付のウォール・ストリート・ジャーナルが掲載した特ダネが、すべての発端だ。記事はその受け売りで、仰々しい言葉が並んでいるが、事件の概要をすべて報告しているわけではない。事故が起こった場所すら特定されていない。

それでも——おれたちの反戦アングラ雑誌でこの特ダネをすっぱ抜こうという目論見《もくろみ》はご破算になった。照屋仁美は落胆しているだろう。学生たちは憤っているだろう。おれは——おれは？

新聞を放り投げ、ホワイトに電話をかけた。

「どこから情報が漏れたんだ？」

おれも名乗らずにいきなり切り出した。

「被害者の家族だ。軍の対応が不満だといって、ウォール・ストリート・ジャーナルに泣きついたらしい」

開いた口が塞がらない。沖縄では箝口《かんこう》令を徹底していたくせに、本土ではなにもしていなかったに等しい。間抜けにもほどがある。

「お粗末だな」

「我々も怒り心頭だし、国防総省からやいのやいのといってきている」

「それで？」

「昨日のスト関係者の処分発表の後にこの騒ぎだ。沖縄の世論は大きく揺れ動くだろう。すべてをリサーチして報告してくれ」

「すべてを？　無理な相談だよ。おれの身体はひとつしかないんだぜ」

「君にできる範囲ですべてのことを、という意味だ。ミスタ・スミスに掛け合って、君への報酬と経費を増額することになった。千五百ドル。文句はないだろう？」

文句などあるはずがない。

「そっちは、起こったことをすべて公表する意志はあるのか？」

「馬鹿な質問だな」

「世論は返還と基地撤去一色になるぞ」

「彼らにはなにもできんよ。ただ、一部の強硬な不満分子の動向は把握しておきたいんだ。わかるな？」

「オーケイ」

「とりあえず、次の月曜日、どこかで会おう」

「コザと那覇は避けた方がいい」

「じゃあ、金武のハンバーガーショップにしよう。ターコライスの美味《おい》しい店を知ってるんだ」

おれは店の名前を聞いた。

「じゃあ、そこで午後七時に」

電話を切り、電話をかける。照屋仁美は電話の前で待っていたらしい。大家に彼女への電話の旨を告げ、彼女が出るまでにそれほどの時間はかからなかった。

「やられたな。どうやら、被害者の家族が騒いでことが公になったらしい」

「どうするんですか？」

「どうもこうもないさ。ばれてしまったものはしょうがない。もう原稿もほとんど書き上がっている。これまでの計画通り、雑誌を発行しよう。栄門も焦《じ》れてるんだろう？」

「ええ。雑誌の内容を早く知りたいって」

「どっちにしろ、しばらくはこの件でうちな一中が大騒ぎになる。今夜にでもいろいろ呼び出しがかかるだろう。その時に、詳しい打ち合わせをしよう」

「わかりました――」

電話を切る気配が伝わってくる。おれは慌てて口を開いた。

「仁美――」

「は、はい？」

「今度は酔わずに行くよ。まっとうな、いつものおれで。その時は、拒否しないでくれ」

「いつでも待ってます。わたし、そういいました」

吐き出すようにいって、照屋仁美は電話を切った。怒っているのか、照れているのか、おれにはまったくわからなかった。

＊　＊　＊

テレビのチャンネルをニュースに合わせた。大袈裟《おおげさ》な表情を浮かべたアナウンサーたちが毒ガス漏れ事故の詳細を話し続けている。屋良朝苗を中心とした政府や革新政党の重鎮たちがけしからんと叫んでいる。見識者と呼ばれる連中が毒ガス兵器の恐ろしさ、それを配備する米軍の非道さを訴えている。

今さらなにをという感慨を抱きながら、画面から伝わってくる怒りと恐怖の大きさにおののきを覚えた。だれもが怒っている。だれもが顫えている。ホワイトは現状を楽観視しすぎている。うちなーんちゅの怒りと恐怖を軽く見すぎている。

おれは服を着替え、街に出た。コザは騒然としていた。商店街、食堂、喫茶店。だれもが新聞を広げている。だれもがラジオやテレビのニュースに耳を傾けている。だれもが怒りの表情を露骨に浮かべている。見えない兵器——毒ガスへの恐怖に怯えている。だれもがアメリカーへの呪詛《じゅそ》を撒《ま》き散らし、無力な民政府を呪い、本土自民党政権を口汚く罵《ののし》っている。人身御供《ひとみごくう》に供された自らの運命を嘆き悲しんでいる。

本土復帰へ旗をたなびかせていた風が淀《よど》んでいる。ホワイトたちが望んでいない風が吹こうとしている。秩序だっていた世界に罅《ひび》が入りかけている。

おれは浮き足だっていた。コザの人間たちの怒りと恐怖の奥に潜んでいる世界の終わりの兆しに、薄暗い悦《よろこ》びを覚えていた。

喫茶店で栄門に電話をかけた。栄門は仕事場にはいなかった。店の人間の迷惑そうな顔を無視して立て続けに電話をかけ、金城の家で栄門を捕まえた。

「大変なことになったな」

「ああ、アメリカーのやつらふざけやがって。こっそり毒ガス兵器を配備してたってことは、絶対に核もあるぞ。なんとしてでも基地を沖縄から撤去させるべきだ」

そんなことは無理だ。栄門たちが語るのはいつだって夢物語だけだ。

「仁美から聞いてるかもしれないが、おれたちもこの件では独自に調査を進めてたんだ。例のアングラ雑誌に載せようと思ってな」

「照屋君からはなにも聞いてないよ。おまえが、なにかを調べてるって話だけだ。待てよ、おまえ、毒ガス漏れ事故のことを知ってたのか？」

「いいや。知花の弾薬庫で事故が起こったらしいってことだけだ。照屋で黒人兵から聞いたんだ。詳しいことがわからなくてずっと調べてた。かなり厳しい箝口令が敷かれてたようで、調査にはかなり手間取ったんだが、今朝の新聞の記事で、いくつかわかったこともある」

「今からこっちに来られるか？」栄門の声の調子があがった。「おまえの話をみんなにも聞いてもらいたいんだ。照屋君もおっつけやって来る予定になってる」

「すぐに行くよ」

おれは電話を切った。しかめっ面をしている喫茶店の主人に一ドル札を渡し、礼もいわずに店を出た。タクシーに飛び乗り、金城宅を目指す。

タクシーのラジオも毒ガス漏れ事故のニュースをがなり立てている。運転手はラジオのボリュームを目一杯にあげていた。

「お客さん、聞きましたか？　酷《ひど》い話ですよねえ」

「ああ、まったく酷い話だ」

「さっきもね、別のお客さんを運んでたんだけど、このままじゃやまとへの復帰も喜べないっていってましたよ。自民党も知らぬ存ぜぬっていってますけどね、本当のところは知ってたんでしょうねえ」

「知らなかったなんてのはでたらめだろう。あいつら、テーブルの下でがっちり手を握ってるんだから。運転手さん、あんたも復帰賛成派かい？」

「このニュースを聞くまではね。やまととの国境がなくなって、旅券なしでも行き来ができるようになれば、ほら、わたしらのような商売は楽になるかと思ってたんだけどさ。でも、アメリカーがこっそり毒ガスなんか配備してて、それをやまとの政府が黙認してたってことがわかるとさ、復帰してもなにも変わらんのじゃないかと思えてくるさ」

世界には確実に罅が入りはじめている。

「復帰してもなんにも変わらないよ。そんなのははじめからわかりきってることじゃないか」

「そうかもしれんねえ」

そういって、運転手は口をつぐんだ。ルームミラーに映る初老の顔は悲しげに沈んでいる。世界が軋《きし》み、あちこちに罅が入りはじめている。その現実に、どう対処していいかわからないでいる。

「やっぱり、原爆も配備されとるのかね」

目的地近くになって、運転手が口を開いた。

「配備されてるよ、間違いなくね。やまとの政府もそのことを知ってる。これも間違いないよ」

おれの言葉に運転手は目を伏せた。それっきり口を開こうとはしなかった。

容赦のない陽射しが金城の家の半壊したシーサーを照らしている。大声で来意を告げると、金城の女房がこの前のように現れて、おれを居間に誘った。この前と違うのは、底抜けに明るかった女房の顔が暗く沈んでいることだ。

居間には金城と栄門の他に、反戦活動系の活動家が四、五人いた。名前は知らなくとも、いずれもどこかで見たことのある顔ぶれだ。だれもが陰鬱《いんうつ》な表情を浮かべ、酒ではなくお茶で舌を湿らせていた。

「待ってたよ」栄門が軽く腰を浮かせた。「おまえのことはもうみんなに説明してある。早速、経緯を聞かせてくれ」

初対面の挨拶《あいさつ》はなし。おれの経歴に対する反応もない。それほど、ここに集まった連中は切迫した雰囲気を撒き散らしている。

「最初に気づいたのは、照屋でいつも見かける黒人兵たちの姿が消えたからだ。おおよそ、五人。五人が五人とも弾薬庫勤務の兵隊だった」

「どの弾薬庫だ?」

金城が口を開いた。テレビやラジオのニュースでも、まだどこで事故が起こったのかは報道されていない。

「最後までおれの話を聞いてくれ。質問はその後だ」

おれはぴしゃりといった。金城は反論しなかった。この場の主導権を握っているのは間違いなくおれだった。他の人間は軒並み情報に飢えている。

「同じ勤務の兵隊五人が同時に姿を消すなんて滅多なことじゃ起こらない。なにかあったんだと思って、調べはじめた。なにかを摑《つか》めば、おれたちがやってる反戦アングラ雑誌の記事にできるかもしれないと思ってね」

金城の女房がお茶を運んできて、おれは言葉を切った。だれも一言も発しない。お茶で喉《のど》を潤して、おれは続けた。

「調べてみると、コザの繁華街から姿を消したのはその五人だけじゃなかった。黒人も白人も、とにかく弾薬庫関係の任務に就いている兵隊は軒並みいなくなってたんだ。これは尋常なことじゃない。顔見知りの兵隊に聞いて回った結果、知花の弾薬庫でなにか重大な事故が起こったらしいということがわかった」

「知花か……」

栄門の隣にいるインテリ風の男がいった。

「コザのすぐそばじゃないか」

金城がいった。

「もし、基地外で事故が起こってたら、大変なことになったかもしれん」

「ゆるしがたいな」

男たちは口々に勝手なことを喋《しゃべ》りはじめた。

「アメリカーは事故をひた隠しにしてなかったことにしようとしていたんだ。もし、アメリカの新聞が嗅《か》ぎつけなかったら、おれたちはずっと毒ガスと隣り合わせで生きていくはめになってただろうな」

おれは静かにいった。金城たちは押し黙った。

「このまま黙っているつもりか？　ここで埒《らち》もない議論を続けるだけで、なにも行動を起こさないのか？」

おれの挑発に男たちは簡単に乗った。

「黙ってるわけがないだろう」

「行動を起こそう。抗議デモをやるんだ。沖縄本島全土で、アメリカーに意思表示するんだ。この島には、核も毒ガスもいらないってな」

口々にスローガンめいた言葉を吐き散らし、自分たちの吐いた言葉でさらに激高していく。金城家の居間は収拾のつかない討論場と化しつつあった。

おれは栄門に目配せして、居間の隅の方に誘った。

「どうした？」

興奮のせいで鼻の穴を膨らませながら、栄門はいった。

「例の雑誌の件だけどな、この毒ガス漏れ事故と何本かの原稿を入れ替えて、すぐに出版しよう。米軍の中の反戦GIたちにもこの事故のことを伝えた方がいい。基地の外と中から、同時に米軍を攻撃するんだ」

「あ、ああ。その方が効果的だな」

「おまえたちはデモの件であちこちと連絡を取ったりで忙しいだろう。できあがった雑誌の配布はおれと仁美で責任を持ってやる」

「ふたりだけでだいじょうぶか？」

「この前、ここに来ていた学生たちがいるだろう？　あいつらにも手伝ってもらうつもりだ」

「そうか……」

栄門の気持ちはここにあらずだった。他の連中との討論に参加したくてうずうずしている。

「できあがった雑誌を配った方がいいと思う人間や団体を教えてくれ」

栄門はもどかしそうにおれの質問に答えた。栄門の口から出たのは、ほとんどはすでにおれが知っている人間や団体の名前だった。だが、中にはおれの知らなかった固有名詞が混ざり込んでいる。新しく結成されたばかりの反戦団体。栄門と個人的な付き合いのある白人の反戦GIたち。ホワイトが涎《よだれ》を垂らして喜ぶ姿が容易に想像できる。

栄門が頭の中の情報を吐き出して仲間たちの討論に加わりはじめたころ、照屋仁美が姿を現した。照屋仁美は白熱した議論を交わす男たちに戸惑い、おれのそばにやってくる。

「なにを話し合ってるんですか？」

「米軍に対する抗議デモをどこと連携するかとか、いつどこではじめるかとか、そんな話だろう」

「伊波さんは参加しないんですか？」

「おれと君の仕事は別にある」

「わたしの？」

「そうだ。とにかく、ここを出よう」

やって来たばかりの照屋仁美の腕を取り、おれは金城家を後にした。栄門たちはだれひとり、おれたちに視線を向けようともしなかった。

「どこへ行くんですか？」

「まず、おれの部屋――」

照屋仁美の筋肉が強張《こわば》っていく。それには構わず続けた。

「それから、栄門に紹介してもらった印刷所だ」

「じゃあ……」

「そう。いよいよ、おれたちの雑誌を印刷して発行だ。栄門はデモで忙しいから、雑誌の配布はおれたちでやる。島袋たちにも手伝ってもらいたい」

「彼らはだいじょうぶだと思います」

「じゃあ、急ごう」

おれたちは大通りに出てタクシーを拾った。照屋仁美ははしゃいでいるようだった。頬に赤みが差し、目がきらきらと輝いている。ようやく自分の活動が目に見えるものとして結実する。その喜びの前では、毒ガス事故の陰惨さすら霞《かす》んでしまうようだった。

だれもが家に居残ってテレビやラジオのニュースに耳を傾けているのか、コザの道はどこもかしこも空《す》いていた。タクシーの車中にいたのはほんの五分。おれと照屋仁美はほとんど言葉を交わさないまま、おれの家の前に降り立っていた。

「少しばかり散らかってるが、気にしないでくれ。できるなら、おれひとりで原稿を取ってきたいんだが、ちょっと嵩張《かさば》るんだ。人手がいる。それとも、島袋かだれかを呼ぼうか？」

「大丈夫です。わたし子供じゃありませんから」

そういうと、照屋仁美はおれより先に歩き出した。おれは慌てて追い越し、鍵穴《かぎあな》に鍵を差し込んだ。

「外出するたびに鍵をかけてるんですか？」

「ああ。経歴が経歴だからな。アメリカーに目をつけられてる可能性もある。用心に越したことはないんだ――さあ、どうぞ。スリッパもなにもないが」

おれは照屋仁美を招き入れた。照屋仁美は物珍しそうに視線を左右に走らせる。

「思ったほど散らかってないじゃありませんか」

照屋仁美は無邪気に微笑んでいる。そのあまりの無防備さに、加虐心が湧いてきた。

「ああいうのは社交辞令というんだ。本当のところは、いつおまえがここに来てもいいように、掃除は怠っていないんだよ」

照屋仁美の微笑が引きつっていく。

「そんなに身構えるなよ。今日のところはなにもしない。それとも、期待してたのか？」

「馬鹿なこといわないでください」

照屋仁美は怒ったようにいって、さっさと奥に進んでいった。彼女の靴を揃え直して、おれも後に続く。

「なにもないんですね」

居間の入口で足をとめて、照屋仁美がぽつりと呟《つぶや》いた。照屋仁美の肩越しに見えるおれの部屋は、たしかになにもないというに等しい。食卓兼用の作業机がひとつ、オンボロのソファがひとつ。あとは、電話とテレビがあるだけだ。

「寝てるだけか、原稿を書いているかしかないからな、この家にいるときは。それで充分だ」

照屋仁美の脇をすり抜け、寝室に使っている奥の部屋に向かった。さすがに照屋仁美もここまでついてこようとはしない。押入から原稿と写真と割付用紙が入った茶封筒を取りだし、居間に運んだ。分量の増えた原稿のせいでかなり重みがある。別の茶封筒を用意し、原稿だけをそちらに移し替えた。

「もの凄《すご》い量の原稿ですね」

照屋仁美が吐息を漏らす。

「どうした？　運ぶのが億劫《おっくう》か？」

「そうじゃないんです」照屋仁美はかぶりを振り、悲しげに視線を落とした。「わたしにも英語ができたら……伊波さんのような文才があったら、もっとお手伝いできることがあるのにと思って」

「文才なんてだれにでもある。下手くそだと思ってても、ずっと書き続けてれば文章なんてうまくなるもんだ。それに、英語は教えてやるといっておきながらサボってるおれが悪い」

「でも——」

「もういいだろう。そうやって悩んでたって、なにも解決しないぞ。いいか、仁美。おまえに文才がなくても、英語が話せなくても、この前のおれをおまえがゆるしてくれた、それだけでおれには充分だ」

計算ずくの恥知らずな台詞《せりふ》をおれは口にした。照屋仁美の耳朶《みみたぶ》が真っ赤に染まっていく。照屋仁美はおれには無垢《むく》すぎる。純粋すぎる。しかし、だからこそ照屋仁美が欲しくてたまらない。

急激に湧き起こってきた欲望を無理矢理抑えこみ、おれはふたつに分けた茶封筒の重い方を抱え上げた。

「そっちを頼む」

「は、はい――」

耳朶を赤く染めたまま、照屋仁美は腰をかがめた。薄いスカートに包まれた丸い腰の膨らみがどこまでも艶《なま》めかしい。おれの視線に、照屋仁美はまったく気づいてはいなかった。
＊　＊　＊

印刷所は浦添《うらそえ》にあった。印刷所のおやじは、おれたちが持ち込んだ原稿と写真の量に目を白黒させ、これほど大仰な印刷物だとは聞いていないといい張った。

頑迷なおやじをなんとか説き伏せ、ゲラ刷りを出すことと三千部を刷ることを約束させると、日はすでに暮れ始めていた。

コザに戻る途中、煙草屋に立ち寄り、夕刊を買った。毒ガス漏れ事故の続報と、月面着陸を間近に控えているアポロ十一号の記事が並列で扱われている。

運転席でおれが広げる新聞を、照屋仁美が覗《のぞ》きこんでくる。甘い香りが鼻腔《びこう》をくすぐるが、今はロマンティックな気分に浸っている場合ではなかった。

一面の記事に目を引く記述はなかった。問題は、社会面。『本土政府は知っていた』という大見出しがスキャンダラスに躍っている。

要するに、事故が起きた直後、本土の日本政府はアメリカ側から事故の詳細を報告されていたが頬被《ほおかむ》りを決めこみ、沖縄側にはなにひとつ通達しなかったという事実がヒステリックに書き立てられている。

「酷《ひど》いわ……」

照屋仁美が呟いた。声はかすれ、唇がわなわなと顫《ふる》えていた。

「やまとのいつものやり方じゃないか。アメリカーに追従して、都合の悪いことは一切、沖縄側には教えない」

「だけど、これは普通の事故じゃないのよ」

「普通の事故さ」

おれは冷たくいい放った。照屋仁美が信じられないというようにおれの目をまじまじと見つめた。

「爆撃機が墜落しようが、核が爆発しようが、毒ガスが漏れようが、本土の連中にとってはどれも、普通の事故だ。自分たちにはなにひとつ危害が及ばないんだからな」

「だけどそれじゃあ――」

「あんまり、か。でも、これが現実だよ、仁美。うちなーんちゅが何人か死ねば、連中も少しは騒ぎ立てるかもしれない。だが、それもちょっとだけだ。死ぬのはやまとーんちゅじゃないし、佐藤政権にとって大切なのは、うちなーんちゅの命じゃなく、アメリカーの意向だからな」

「伊波さんのいってることは理屈です」照屋仁美の眼差《まなざ》しは痛烈だった。「伊波さんがいうように、世界は冷たい現実で支配されているのかもしれないけど、そこに生きているわたしたちは理屈だけで動いているわけじゃないでしょう？　感情はどうなるんですか？

わたしたちの感情。悲しみや憎しみや、失望や……そういう感情も、理屈の前で飲みこんでしまえというんですか？」

「だから、みんな行動を起こそうとしてるんだろう？」

おれの静かな声に、照屋仁美は口を閉じた。

「やりきれなくてたまらないから、自分たちの意志をアメリカーに叩《たた》きつけてやりたいんだろう？」

「当たり前じゃないですか」

「だったら、なおさらのこと感情は抑えこまなきゃだめだ」

照屋仁美は戸惑いの表情を浮かべた。

「感情というのは一過性のものだ。一度爆発させたら、後にはなにも残らない。特にうちなーんちゅはそうだろう？　滅多に怒らないが、怒ったときの癇癪《かんしゃく》は凄い。凄いけれど、癇癪を破裂させたことですべてが相殺される。そうやって、うちなーんちゅは生きてきたんだ。だから、薩摩に征服されても、アメリカーに蹂躙《じゅうりん》されても、暴動を起こすこともなくやってきた。感情を爆発させたら、みんな忘れてしまうんだ。今度のことも、多分そうだ。最初のうちは、みんな躍起になってデモに参加するだろう。シュプレヒコールを叫ぶだろう。だが、連中はずる賢いぞ。アメリカーもやまとも言を左右して時間稼ぎをする。すると、どうなる？」

照屋仁美は口を閉ざしたままなにも答えなかった。

「みんな忘れるんだ。最初の怒りを、悲しみを忘れて日常に戻っていく」

「だったら、わたしたちはどうすればいいんですか？」

「冷徹な現実に対抗するには、感情を捨てて冷徹な理屈で行動しなければだめだ。栄門たちにはそのことがわかってない」

栄門だけではない。金城も、金城に代表される活動家たちも、東京から来ているべ平連の連中も、なにもわかってはいない。わかっている連中は本気で活動に参加したりはしない。ありとあらゆる反体制活動が無意味であることを知っているからだ。現実を見据えることのできる人間は、活動に参加する代わりに諦《あきら》める。もしくは、独自の行動を取る。

政信のように。政信が銃器を隠し持っているように。政信はなにを望んでいるのだろう。あの武器を使ってなにをしようというのだろう。革命？　まさか。米軍に対するテロ？　とんでもない。政信は突拍子もないことを考える人間だが、現実味のないことは相手にしない。

「伊波さんはどうしたらいいというんですか？」

照屋仁美の切実な声が、おれの想いを政信から切り離した。

「わからんよ。だが、見てろ、仁美。今度の件で沖縄には嵐が吹き荒れる。今までにないような嵐だ。老若男女、ありとあらゆる階層のうちなーんちゅがデモに加わるだろうよ。米軍とやまと政府に抗議の拳《こぶし》を振り上げるだろう。もしかすると、米軍は毒ガス兵器を沖縄から撤去するかもしれない。だが、それだけだ。結局はなんにも変わらず、基地は存在し続け、うちなーんちゅは搾取され続ける」

おれはいった。いいながら、世界に入った罅《ひび》を見続けていた。なにも変わりはしないと恋しく思う娘に語りながら、その実、変わることをだれよりも望んでいるのはおれ自身だった。

おれの言葉に対する応答はない。照屋仁美は唇を嚙《か》み、おれの言葉を吟味するように目を閉じていた。

27

日曜は那覇市議選の投票日だったが、新聞の一面では選挙の記事は片隅に追いやられていた。

基地の撤去を――ヒステリックな見出しが躍りまくっている。沖縄タイムスも琉球新報も同じだった。

立法院では毒ガス兵器の撤去決議が自民党の反対によって持ち越しになっている。新聞報道だけでは事実が解明できない、軍関係者に話を聞くべきだというのが自民党の屁理屈《へりくつ》だ。現状認識ができないまま、やまとの言い分を守ることに固執している。哀れというほかはない。

沖縄復帰協会と原水爆禁止協会が毒ガス兵器の配備に抗議するゼネストを計画している

と発表している。全軍労も第二波ストの決行を表明した。どの団体も、毒ガス漏れ事故を追い風にしようと躍起になっている。

日曜の昼間中、おれはコザのあちこちを動き回った。栄門や金城の指示で、関係各団体間の連絡係を仰せつかったからだ。焼けつくような陽射しに勝るとも劣らない熱気がコザに渦巻いていた。恐怖と怒りがそこここに淀《よど》んでいた。B52が墜落事故を起こしたとき以上の恐怖と怒りだ。激しい感情はさらなる激しい感情を呼び起こし、着火寸前の火薬のように危険な空気を周囲に撒《ま》き散らしている。この剣呑《けんのん》な空気は、一週間や一ヶ月では消えそうにもない。

夜の照屋でもそれは同じだった。黒人兵たちは事件の内容に、その事件が自分たちになにも知らされなかったという現実に打ちのめされていた。陰鬱《いんうつ》な空気が漂い、路地裏の暗がりで暴力沙汰《ざた》が頻繁に起こる。

カデナ・フェニックスの顔は見えなかった。政信の姿も見つけることはできなかった。どこに雲隠れしたのか。どこに潜んでいるのか。

翌月曜には、アポロ十一号の乗組員が月面に着陸した。那覇の市議選では与党会派を結成する社大党と人民党が議席を倍増させた結果を受けて、革新勢力が気勢をあげている。自民党は横ばい。米軍とやまと政府の危惧《きぐ》は現実のものとなりつつあるかのようだ。

朝刊の社会面の片隅に載った記事に、おれの目は釘付《くぎづ》けになった。

『黒人兵、死体で発見
首を絞められ死亡　暴力団とのトラブルか

二十日の帰投時間を過ぎても基地に戻らなかった黒人兵が、二十一日未明、浦添村安波《あは》茶《ちゃ》で変死体となって発見され、那覇、普天間両警が捜査に乗り出した。解剖の結果、死因はタオルのようなもので首を絞められたものと判明、警察は普天間署に捜査本部を設置、他殺事件として米軍と協力して捜査に乗り出した。

変死体として発見されたのは、嘉手納弾薬庫勤務、陸軍一等兵テッド・アレンさん(24)。昨夜未明、帰宅途中の農業、玉置《たまき》友志《ともし》さんが、農道脇の茂みに人間の足のようなものを見つけ、警察に届け出た。

米軍によると、アレン一等兵は十八日正午、仲間と共に基地を出て以来、消息が摑《つか》めていなかった。

普天間署の捜査員によると、アレン一等兵は休暇の度にコザ市照屋の特飲街に入り浸っており、米兵同士のいざこざ、あるいは暴力団との間になんらかの諍《いさか》いがあったのではないかということである。

また死体発見当時、アレン一等兵は認識票も金も持っていなかったことから、強盗殺人の線もあるとして、警察は捜査を進めている。』

アレン一等兵。気のいい南部出身の黒人。カデナ・フェニックスのポイントガード。昨日、殺された。昨日、照屋にはカデナ・フェニックスのメンバーはいなかった。政信も行方が知れなかった。島田哲夫はどこにいたのだろう。マルコウはどこにいたのだろう。マルコウの手下たちはどこにいたのだろう。

いてもたってもいられなかった。栄門に風邪と偽り、宜野湾に向かった。例の倉庫、例の合い鍵《かぎ》。倉庫の中は空っぽだった。銃器が収まっていた木箱はきれいさっぱりなくなっていた。

足もとから世界が崩れ落ちていく。おれはここから銃を盗んだ。銃がなくなったことに気づいたマルコウたちはなにをするだろう？

考えすぎだ。政信やマルコウたちが、この場所をカデナ・フェニックスの五人に教えるはずがない。

漠然とした不安を抱きながら、ホワイトと待ち合わせた金武のハンバーガーショップに向かった。ホワイトはすでに来ていて、皿からこぼれ落ちそうなほどに盛られたターコライスを食べていた。辛く味付けした挽肉《ひきにく》とチーズや野菜を白米の上にかけたものだ。

「君も食べるか？　ここのターコライスは琉球一美味《おい》しいぞ」

唇の脇に野菜の切れっ端をつけたまま、ホワイトはいった。

「結構。コーラだけでいい」

「ここのところ、君はずいぶんやつれて見える。だれかがスパイを疑うときは、やつれた人間に目をつけるのが鉄則なんだがな」

「この島にはやつれてる人間が多すぎて、おれなんか目立たないさ」

「まあ、気をつけていてくれるんなら、それでかまわないが」

ホワイトのお喋《しゃべ》りが一段落するのを待って、おれはカウンターでコーラを注文した。細かい氷で冷やされたコーラを、半分ほど一気に飲み干す。相当喉《のど》が渇いていたのだが、自分では気づいていなかった。

「それで。活動家たちの動きは？」

「ゼネストや抗議デモに向けて、着々と準備を進めている」

「それはそうだろうな」

「それに絡んで、いくつか名前を手に入れたよ」

おれは栄門や金城たちの動向、栄門から聞いた反戦ＧＩの名前を告げた。ホワイトが笑みを浮かべながら、その名前をメモに書き取っていく。

「君の態度は気にくわないが、君は優秀なエージェントだ。それだけは認めるよ」

「事故が報道されてから、まだ、昨日の今日だ。連中の動きを見極めるにはもうしばらく時間がいる」

「わかってるさ。これは定時報告みたいなものだ。次の月曜日に我々はまたここで会うし、君が重要な情報を摑んだときには、いつもの電話で報告してくれればいい」

ホワイトは皿に残った最後のターコライスを口に放り込み、コーヒーで流し込んだ。

「ひとつ、頼みがあるんだが」

「なんだ？」

「今日の朝刊に、テッド・アレンという陸軍一等兵が死体で見つかったという記事があった」

「ああ、あの事件か。我々も背景を調べているが、それがどうした」

「彼はおれの情報源のひとりだったんだ。ただの強盗殺人なら問題はないが、もし、おれの活動になにか関係しているのだとしたら、おちおち照屋に足を向けることもできない」

ホワイトは右の眉《まゆ》を吊《つ》りあげた。おれの表情を探ろうとしている。

「捜査の状況がおれにもわかるように手配してもらいたいんだがな。彼は嘉手納の弾薬庫勤務だった。例の事故の件もあるし、気になってしかたがない」

おれは表情を崩さずに淡々と口にした。

「わかった。そんなことはないと思うが、万が一を考えておいた方がいいだろう。MPやCID（犯罪捜査部）の情報を君に流すのは無理だが、琉球の警察ならなんとかなるだろう。ちょっと待っていてくれ」

ホワイトはカウンターの端にある公衆電話に向かった。電話をかけ、英語と日本語でやり取りを交わしていた。電話が終わると、にやつきながら戻ってきた。

「普天間署にキャプテン山里《やまさと》という男がいる。彼に話を通しておいたよ。知りたいことがあれば、彼がなんでも教えてくれるはずだ」

え、ミスタ伊波」
「なに、遠慮することはない。これからも必要なことがあったらなんでもいってくれたま
え、ミスタ伊波」
おれたちは互いの憎しみや侮蔑《ぶべつ》を笑顔に隠して、別れの挨拶《あいさつ》もせずに店を出た。

＊　＊　＊

山里警部は普天間署殺人課に勤務していた。五十過ぎの叩《たた》きあげで、頭には白いものが目立っていたが、肌には艶《つや》があり、他人を威圧するような活力を絶えず発散させている。

「伊波尚友か。たしか、アメリカーの新聞に勤めていたな。馘《くび》になったと聞いていたが、なるほど、正真正銘、アメリカーの手先になったわけだ」

待ち合わせの場所に姿を現すと、山里は開口一番そういった。

「あなた方警察もアメリカーの手先だと巷《ちまた》ではいわれてるようですがね」

山里は鼻息を荒くして煙草をくわえた。米兵による殺人や強盗、強姦《ごうかん》事件が起こっても、沖縄の警察は実質的になにもできないに等しい。警察の苦悩がわかっていても、被害にあった人間たち、遺族、そしてうちなーんちゅの怒りは巨大な米軍ではなく、身内たる警察に向けられる。そのことは警官自身が一番身に染みているはずだった。

「沖縄がやまとに戻されて、アメリカーのくびきから自由になったら、真っ先におまえのようなろくでなしどもを逮捕してやる。覚えておけよ」

「覚えておきましょう。今でも、本土の警察庁から視察の名目で顧問のようなことをしている警官が大勢いるみたいですからね」

「あんなやつら——」

山里は吐き捨てるようにいい、激しく首を振った。

「そんなことより、黒人兵の事件で聞きたいことがあるんだって？」

「殺されたテッド・アレンはぼくの情報提供者だったんですよ。ただの強盗殺人ならともかく、なにか別の理由があって殺されたんだとしたら、ちょっと気になるもので」

「情報提供者だと？　要するにおまえの犬か。なんの情報を集めていたんだ？」

「米軍内の情勢です」

「アメリカーの手先がアメリカーの内情を調べているっていうのか」

「いろいろあるんですよ、複雑な事情がね」

山里は眉をひそめた。苛立《いらだ》たしげに煙草をふかし、手帳を取りだして乱暴にめくっていく。

「死因は絞殺だ。死亡推定時刻は十九日の午前零時から三時の間。目撃者はなし。認識票と財布がなくなっていた。抵抗した形跡はない。ほとんどの連中が物盗《ものと》りの線に傾いてるようだが、まだわからんな」

「どうして？」

「まず、抵抗の形跡がないこと。銃を突きつけられていた可能性もあるが、知り合いに不意をつかれたという可能性も残る」

政信やマルコウたちの顔が脳裏に浮かんでは消えていく。おれは口を閉じたまま山里の続きを待った。

「それに、殺されてから死体が発見されるまでに間があきすぎている。この気候だ。死んで数時間で腐り始めるぞ、死体なんてのはな。あたりは田畑で、日曜にも人が働きに出ていたはずだ。それなのに丸一日気づかれなかったっていうのは、おかしいんだ。別のところで殺されて、捨てられた可能性もある」

「捜査本部の見解は?」

「いっただろう。物盗りだよ」

「新聞には暴力団との諍《いさか》いの可能性もあると書いてありましたが」

「どんな可能性だってあるさ。まだなにもわかっちゃいないんだからな」

「じゃあ、山里さんの見解を教えてください」

山里はおれを睨《ね》めあげた。おれに対する胡散《うさん》臭い想いと好奇心が濁った目の奥で火花を散らしている。

「なにかおれに隠してることがあるんじゃないのか? おれたちが知らない背景を知ってるとかよ」

「なにも知りませんよ。だからこうして山里さんにお話を伺ってるんです」

山里は農夫のようにごつく太い指で頭を掻《か》いた。

「ただの物盗りじゃあないだろう。状況があまりにも不自然だ。だからといって、じゃあなんだといわれても困るがな」

「仲間と一緒に基地を出たということですけど、米兵にも事情聴取はされてるんですか？」

「アメリカーが琉球警察にそんなことをさせてくれると思うか？　ＣＩＤがやってるそうだ」

琉球警察には米軍内での捜査権が与えられていない。ＭＰやＣＩＤに睨《にら》みを利かされ、警官たちはいつも臍《ほぞ》を噛《か》んでいる。

「物は相談なんだが、伊波君よ。あんた、アメリカー側の情報も摑《つか》めるんだろう？　おれは知ってることを全部教えてやるよ。代わりに、あんたが摑んだアメリカー側の情報を教えてもらえんかな」

「取り引きですか？」

「悪い話じゃないだろうが？」

山里は下卑た笑みを浮かべた。だが、その仕種《しぐさ》はあまりにも芝居がかっていて、山里の痛切な想いが却《かえ》って表に現れていた。山里は知りたがっている。米側の動きをなんとしてでも知りたいと思っている。それがいわゆる刑事魂なのか、コンプレックスの所産なのか、おれにはわからない。ただ、そこに潜む執念の大きさに圧倒されそうだった。

「いいでしょう」

おれは静かにいった。MPやCIDの情報をホワイトがおれに流してくれるとは思えない。だが、山里にはそんなことはわからない。なにかに縋《すが》りたがっているのなら、縋りつかせてやればいい。

「そうか、やってくれるか」

「だけど、あんまり期待はしないでくださいよ。連中の秘密主義は山里さんもご存じでしょう」

「ああ。それでも、きっかけがないよりましなんだよ。これまでは、情報をあいつらに吸い上げられるだけだったからな」

山里はぎりぎりまで吸った煙草を灰皿に押しつけた。皮膚が焦げる匂いがしたが、山里は気にもしていないようだった。山里の目の奥では暗い炎が燃えていた。それはたぶん、毒ガス漏れ事故の報を受けたうちなーんちゅの胸に宿った炎と同質の物だった。

＊　＊　＊

山里と別れた足でコザへ舞い戻り、仲の町の具志川リサのアパートを訪れた。病魔に冒されたウィルのハーニー。金を出せばなんでも話してくれる。カデナ・フェニックスの連中の動向を摑んでおきたい。連中の怯《おび》えの度合いを知っておきたい。

具志川リサは留守だった。隣人を説き伏せて話を聞くと、体調を崩してどこかに入院しているらしいということだった。娼婦《しょうふ》が梅毒治療にかかる病院といえばたかがしれている。

心当たりの病院に電話をかけ、三軒めで具志川リサを見つけた。リサの本名は具志川菊子《きくこ》だった。第三期の梅毒と診断され、入院治療を受けている。つまり、具志川リサは数年の間スピロヘータ菌を放っておいたということだ。ウィルの身体もスピロヘータに冒されているのだろう。カデナ・フェニックスは遠からぬ内に崩壊する。だれもそれを惜しんだりはしない。

照屋に近い個人診療院の大部屋で具志川リサは眠っていた。パジャマの胸元から覗《のぞ》ける肌は老婆のそれのようで、寝顔には死相と呼んでもいいような表情が浮かんでいた。おれが近づくとうっすらと目を開け、怪訝《けげん》そうに眉を吊《つ》りあげた。

「覚えてるか？」

具志川リサを見おろしながら静かにいった。

「くそ新聞記者」

具志川リサは憎々しげにいった。それでも、唇の端にかすかな笑みが浮かぶ。見舞いに来てくれる人間などひとりもいなかったのだろう。

「ウィルはどうした？」

「別れたわよ。帰って。あんたの顔見てると具合が悪くなる」

「いつ別れたんだ？」

「わたしのいったこと、聞こえないの？」

おれはあらかじめ用意しておいたドル紙幣の束をベッドの上へ無造作に放り投げた。

「仕事もできなくて金に困ってるだろう？」

「帰ってよ」

具志川リサの声は低かった。目は札束に釘付《くぎづ》けになっている。

「いつ別れたんだ？」

「あんたがわたしの部屋に来たすぐ後だよ。疫病神」

「病気のせいか？」

「ウィルはわたしが梅毒にかかってるなんて、これっぽっちもわかっちゃいないわ。たぶん、自分が梅毒にかかってることもね」

リサは札束に手を伸ばし、きつく握りしめた。

「別れた理由は？」

「わかんない。あいつ、日本語下手だから。デンジャーだとかなんとかいってたみたいだけど」

「危険だって？」

「最初はわたしの病気のことかと思ったけど、なんだか違うことをいってたみたい。ずっと英語で話してたからほとんど意味がわからなかったよ。でも、別れ話だってことだけはちゃんとわかった。言葉って不思議だね」

リサは感傷に耽《ふけ》ろうとしていた。今のおれには不要どころか邪魔なものでしかない。

「本当にデインジャーといったのか？」

おれは恫喝《どうかつ》するような声を出した。具志川リサは小さく頷《うなず》いた。

「一昨日、テッド・アレンが殺された。知ってるか？」

「テッドって、あのテッド？」

「そうだ」

「どうして？」

「その理由を調べてるんだ。なにか思い当たることはないか？　ウィルがなにかいってなかったか？」

「わたしたち、普段はあんまり喋《しゃべ》らないで……音楽聞いて、あとは寝るだけだったから」

予想していたとはいえ具志川リサの言葉におれは失望した。おそらく、毒ガス漏れ事故報道のほとぼりが冷めるまで、弾薬庫勤務の兵隊たちは外出を禁じられるだろう。マスコミの人間が獲物を待ちかまえているジャングルに、事故に関わりのある人間を放り出すほど米軍は甘くはない。となれば、ウィルたちから話を聞きだすのは困難極まるということになる。リサをはじめとするカデナ・フェニックスのメンバーのハーニーたちからうまく話を聞きだしたかったのだが、他の女たちの英語力もリサと同等だろう。彼女たちから重要な情報を引き出すのは無理だ。

「ウィルは君が入院していることは知らないんだな？」

リサはうなずいた。

「手紙を書いてくれないか。辛《つら》くて苦しくて寂しいから、一度でいいから会いに来てくれと」

「わたし、英語書けないもの」

「おれが書いてやる。見舞いに来ることはできなくても、せめて返事の手紙をくれと書くんだ」

リサはおれの言葉には応じず、手の中の札を数えはじめた。

「これじゃ足りない」

「ボーナスははずむさ」

「ウィルから来た手紙の返事、あんたに見せなくちゃならないんでしょう?」

「五十ドル出そう」

リサの言葉を遮るようにおれはいった。リサは唇を嚙《か》みしめ、小さく、しかしはっきりとうなずいた。

「よかった。今週中に入院費の一部を払わないと、この病院から追い出されるところだったんだ」

リサの言葉は宙を漂い、熱気に飲みこまれ、おれ以外の人間の耳に届くこともなく消えていった。

28

くたびれた身体を引きずって家に戻った。疲労感はあまりにも濃い。それなのにおれの脳はあっさりと睡眠を拒否してしまう。食パンを焼き、大量のインスタントコーヒーで胃に流し込みながら思案した。

優先事項はふたつ。政信たちが隠し持っているあの銃器をどこに移したのか。政信たちとカデナ・フェニックスの間になにが起こったのか。それともなにも起こらなかったのか。後者は山里を頼っていればなんとかなるかもしれない。前者を調べるには時間と根気が必要だが、どちらも今のおれには欠けている。人手が必要だったが、おれはまさに徒手空拳《としゅくうけん》だった。家族もいず、友人もおらず、世界を見限り、世界に見捨てられている。

呆然《ぼうぜん》としていると電話が鳴った。浦添の印刷屋のおやじからだった。ゲラ刷りがあがったという連絡だ。すぐに受け取りに行くと答えて電話を切り、受話器を握ったまま照屋仁美の職場の番号を回した。

「雑誌のゲラ刷りがあがってきた。これから取りに行ってくる」照屋仁美が電話口に出ると、おれは前置きを省いていった。「校正をしなきゃならないんだが、おれひとりでやるにはきつい。手伝ってくれるか？」

「もちろんです」

「デモの準備には参加しなくてもいいのか？」

「わたしたちの仕事は雑誌の発刊でしょう？」

「よし。できれば島袋たちも呼んでもらいたいんだ。人数が多い方が間違いが少なくなる」

「じゃあ、島袋君と儀間君にお願いしてみます……愛子ちゃんも呼んでもいいですか?」

照屋仁美はばつが悪そうにいい淀《よど》んだ。

「かまわないさ。それで、みんなが集まる場所なんだが、五、六人で校正するということだと、喫茶店というわけにはいかない。適当な場所で思い当たるところはないか?」

「愛子ちゃんの施設に児童が集まる広間みたいなところがあります。夜ならだれもいないし、わたしが頼めば貸してくれるはずです」

照屋仁美は施設の場所を告げた。

「じゃあ、そこに――」おれは時計を覗きこんだ。午後五時。浦添まで往復しても七時までには戻ってこられるだろう。「七時半に集合でいいかな?」

「わかりました。すぐ、島袋君たちに連絡してみます」

「頼む。連中には英和辞書を持ってくるようにいっておいてくれ。こき使うが、代わりに晩飯をたらふく奢《おご》ってやるとな」

「ふたりとも大喜びね」

照屋仁美は含み笑いでおれの耳朶《じだ》をくすぐりながら電話を切った。おれは受話器を握ったまま、唇を嚙んだ。照屋仁美に思いを馳《は》せたわけではない。島袋と儀間。愚かな学生たち。うまく手綱を握れば使えないこともないのではないか。茫漠《ぼうばく》とした思案が、少しずつ形をなしはじめていた。

＊＊＊

ゲラを受け取ってコザに戻ってきたのが七時過ぎ。いつも通っている定食屋に立ち寄って、八時過ぎに出前を届けてくれるように頼んだ。特製のビフテキ定食。肉の量も奮発した。島袋たちは喜ぶだろう。それと連中がおれになびくかどうかの問題は別にしても、だ。

施設には七時半ちょうどに到着した。沖縄では珍しいことに、おれ以外の全員が顔を揃えていた。広間は十二畳ほどの広さで、中央に大きな机が据えられていた。おれは机の上にゲラと原稿の入った茶封筒を置いた。

「あまり時間はないからさっさとはじめるぞ。やって欲しいのは印刷された活字と原稿を照らし合わせて誤字脱字がないかどうかを校正することだ。おれと学生諸君は英語の部分を担当する。仁美たちは日本語の部分だ。ひとりが校正し終えた部分は、必ず別の人間に回して再度校正すること。そうすれば間違いは格段に減る」

「間違ったところを見つけたらどうすればいいんですか？」

儀間がいった。目が好奇心に輝いている。

「赤鉛筆で線を引いて正しい文字に書き直してくれればいい。腹が減ってるだろうが、八時過ぎに出前が届くことになっている。頑張ってくれ」

島袋と儀間が歓声をあげた。おれが分配したゲラと原稿をそれぞれが覗《のぞ》きこみ、素人たちの校正がはじまった。相変わらず島袋と儀間は當銘愛子を意識して鞘当《さやあ》てを繰り返していたが、広間の空気は和気あいあいとしていた。まるで学校行事のようだったが、連中が目にしているゲラに書かれているのは冷たく厳然とした現実を暴き立てるものだった。最初のうちはふざけあい、笑いあっていた島袋たちも次第に口が重くなり、ゲラと原稿を照らし合わせることに没頭していった。

紙をめくる音と赤鉛筆が紙の上を滑る音だけが広間に響き渡る。

「しかし、酷《ひど》い話ですよね、これ」

沈黙を破ったのは儀間だった。よく日に灼《や》けた頬がかすかに紅潮している。

「まったくだよな。人の家の庭に土足で入り込んできて、そこに危険極まりない毒ガス兵器を配備してるんだ。ジュネーブ条約で禁止されてる兵器があるんなら、日本が禁止してる核兵器だってあるってことだよ」

島袋が儀間の言葉を引き取るように口を開いた。

「核はあるさ。間違いなくな」おれはいった。「毒ガス兵器だって昨日今日持ちこまれたものじゃない。何年も何十年も知花にあったんだ。おれたちはそんなことも知らずに暢気《のんき》に暮らしてきた」

「暢気に暮らしてたわけじゃないと思うけどな」

口答えするようにいったのは島袋だ。

「暢気なんだよ。そうじゃなきゃ、暴動か革命を起こしてるさ。デモなんていう間の抜けた手段に頼るんじゃなくってな」

「デモは間抜けですか？」

儀間が首を傾げた。

「間抜けだ」

おれは低い声で断言した。

「だけど、アメリカー相手に革命なんか無理ですよ」

儀間はなおも食い下がってくる。おれは歯を見せて笑った。

「ヴェトコンがおまえの意見を聞いたら、腹を抱えて大笑いするぞ」

儀間は唇を嚙んだ。赤い唇が白く変色しつつある。おれの言葉がよほど応《こた》えたようだった。

「そうだよな。ヴェトコンはアメリカー相手に堂々と渡り合ってる……おれたち、なにしてるのかな」

島袋が嘆息するようにいった。それっきり、学生たちは口を閉じた。照屋仁美が責めるような視線をおれに向けていた。

八時十分過ぎに、出前が届いた。作業を一旦《いったん》中断した。届けられたビフテキに、学生ふたりはもちろん、當銘愛子も幼い顔を輝かせた。照屋仁美と當銘愛子がお茶を淹《い》れに行く。島袋たちはふたりが戻ってくるのも待たずに遠慮なくビフテキにかぶりついた。

「今夜はかなり遅くまでかかるからな。遠慮せずに食えよ。おまえたちの分のビフテキは二人前にしてあるからな」

「ありがとうございます。無茶苦茶うまいですよ、このビフテキ」

「ビフテキなんか、滅多に食えないからな」

ふたりは相好を崩していた。ついさっきまではアメリカーの非道さと自らの無力さに打ちのめされていたというのに、ビフテキの前ではすべてが霧散している。人はパンのみにて生きるにあらずとキリストはいったが、理想だけでは生きていけないのもまた人間だ。島袋も儀間も理想に燃えた学生であることに違いはないだろう。だが、どれだけ高尚な理想も空腹には勝てない。ビフテキをぱくついているふたりの脳裏には、飢えで死にかけている不幸な地域の人間たちのことを慮《おもんぱか》る余地などない。

照屋仁美と當銘愛子が湯吞《ゆの》みを載せたお盆を持って戻ってきた。盛んに誘いの仕種《しぐさ》を見せる学生たちを恥じらいながら振り切って、當銘愛子は照屋仁美と共におれの近くで食事をはじめた。

「ずいぶん奮発したのね」

照屋仁美が目を丸くしながらいった。

「頑張ってもらわなきゃならないからな」

「お金はだいじょうぶなの？」

「まだ退職金が残ってる。アメリカーの会社は気前だけはいいんだ」

「だったら遠慮なくいただきますけど――」

「當銘君も遠慮はするなよ」

おれが声をかけると、當銘愛子は切れ長の目をおれに向けた。

「さっきの話は本当なんですか？」

衒《てら》いも恥じらいもない目で見つめられて、おれはたじろいだ。

「なんの話だ？」

「沖縄に核兵器があるっていう話です」

「ああ、間違いないさ」

答えながら、おれは一抹の危惧《きぐ》を抱いていた。當銘愛子の目はあまりに一途《いちず》だった。照屋仁美の一途さとは微妙に趣を異にしている。真っ直ぐで純粋で、それゆえに危険な光を孕《はら》んでいる。

「わたし、ゆるせません」當銘愛子は聞き間違えようのない声できっぱりといった。「ゆるせません」

低くはっきりした声の奥底に、おれは當銘愛子の憎悪を垣間《かいま》見た。米兵を父に持ち、父に捨てられ、辛酸をなめてきた若い魂にこびりついて離れない憎悪。照屋仁美には無縁だったものを、當銘愛子は備えていた。

「みんなゆるせないと思ってるのさ」

當銘愛子の憎悪をいなすようにおれは軽い口調でいった。當銘愛子の憎悪がおれの皮膚を突き破って心臓を鷲摑《わしづか》みにする――そんな妄想すら抱いた。

「だからこうしてこんな時間に集まって、なんとかしようと躍起になってる」

体内に溜《た》まった憎悪が、言葉と一緒に外に流れていく。だれも當銘愛子の憎悪に気づいてはいなかった。たわいない子供のたわいない怒りと受け止めている。

「そうですね。わたし、頑張ります。まだ子供だけど、わたしにできることはなんでもやります」

「そうだな。頑張ってくれ」

當銘愛子ははにかむように笑って、やっと箸《はし》に手をつけた。その顔からはもはや憎悪の片鱗《へんりん》さえうかがえない。照屋仁美も満足げな笑みを浮かべておれたちのやりとりを眺めていただけだ。それでも、冷たい憎悪の感触はしっかりとおれの内側に残っていた。

＊　＊　＊

すべての校正作業が終わったのは午前三時に近い時刻だった。だれもが目を充血させ、首や肩の凝りをほぐそうとしていた。原稿とゲラ刷りをふたつの袋にまとめ、車のトランクに押し込んだ。當銘愛子におやすみを告げ、他の三人がおれの車に乗りこんでくる。学生たちに疲労の影は薄いが、さすがに照屋仁美はぐったりしていた。

「まず照屋君を送り届ける。学生諸君はその後だ」

車を発進させながらおれはいった。

「島袋君たちを送った後に、伊波さんもコザに戻ってくるんでしょう。だったらわたし――」

「君は明日の仕事があるだろう。おれも彼らもゆっくり寝ていられる身分なんだ。早く床に就いた方がいい」

恨めしげな照屋仁美を制しておれはいった。島袋が儀間に泊めてくれと交渉している。ふたりとも大学の部活気分を引きずっている。おそらくは、ふたりは當銘愛子の憎悪を永遠に理解することができないだろう。無邪気さと野放図さは若さの特権だ。當銘愛子の憎悪がふたりには無縁なように、このふたりの無邪気さもおれには無縁のものだった。おれが無邪気だったことはない。野放図だったこともない。

照屋仁美をアパートの前で降ろし、儀間の家に車を向けた。儀間の家は石川にあるということだった。しばらく無言で運転し、台本を練った。大まかな粗筋はすでに考えてあったので、細部を煮詰めるだけでことは足りた。

「君らはこのあともしばらくは忙しいのか？」

「忙しいって、デモやなんかのことですか？」

島袋が欠伸《あくび》しながら応じた。

「そうだ。学生もいろいろ計画があるんだろう？」

「そりゃそうなんですけど、最近、学内にもセクト主義がはびこってるんですよ。ぼくらみたいなノンセクト派は肩身が狭いんですよね」

儀間は窓の外に視線を向けながらいった。ふたりはいい組み合わせだった。

「それでも、できることは積極的にやろうと思ってますけど」

「そうか……そうだろうな」

「なんですか。なにかあるんですか？　口ごもるなんて伊波さんらしくないじゃないですか」

　島袋が欠伸をとめた。おれの垂らした釣り針を飲みこもうとしている。

「君らに頼みたいことがあったんだが、忙しいんじゃ無理だろう」

「頼みたいことって、この反戦雑誌に関係あるんですか？」

　儀間が身を乗り出してくる。今日の校正作業でおれの書いた記事を読んで、俄然《がぜん》、編集作業に興味を持ったようだった。

「まあ、関係があるともないともいえるんだが」

「焦《じ》らさないでいってくださいよ」

「このまま、那覇まで行ってもいいか？」

「ぼくらは別にかまわないですよ」

　島袋の返事を聞いて、おれはアクセルを踏む足に力をこめた。ところどころに雲がかかった夜空が背後に吹き飛んでいく。

「アメリカーと繋《つな》がりがありそうな男がいるんだ」

　ハンドルをしっかり握りながら口を開いた。車体の揺れが激しすぎて、注意していないと舌を噛《か》みそうだった。島袋と儀間は口を開かずにおれの言葉に聞き入っている。

「まだ確証はないんだが、おれは怪しいと睨《にら》んでる。そいつの尻尾《しっぽ》を摑みたいんだが、おれには時間がない。軍の中の同志を探すために夜はコザにいなけりゃならないんだが、その男が活動するのも夜なんだ」

「どんな男なんですか?」

「アシバーだ」

ルームミラーに映るふたりが顔を見合わせた。

「那覇あたりで遊んでいるGIたちと付き合いが深いんだが、他にも付き合いがあるようだ」

「他にもって?」

儀間がおれの方に顔を寄せてくる。

「CIAだ」

充分に間を置いてから、おれはいった。儀間たちの頬が紅潮していくのが夜目にもわかる。ふたりは子供だ。そして、男の子は昔から探偵ごっこが好きだと相場が決まっている。怪人二十面相にアルセーヌ・ルパン。時に探偵になり、悪漢になり、密命を帯びたスパイになる。CIAという言葉がふたりに与えた影響は推測するまでもない。

「おれがリュウキュウ・ポストに勤めていたころ、ライカムで何度か見かけたことのある男がいるんだが、そいつとアシバーが一緒にいるところを見たんだ。ライカムにいた男はCIAだとおれは確信している」

「ということは、どういうことなんですか?」

「そのアシバーはCIAから金をもらって情報を集めてるんじゃないかと疑ってるのさ。その証拠を摑めれば、おれたちの反戦雑誌でアメリカーを糾弾することができる」

「お、おれたち、なにをすればいいんですか？」

島袋がいった。眠気は完全に吹き飛んでいるようだった。

「その男を交代で見張ってもらいたいんだ。どこに行ってだれに会うのか、それを逐一報告してもらえると助かる」

「やりますよ。任せてください」

「ただ、心しておいてもらいたいことがある。相手はアシバーだ。それに後ろには薄汚い情報機関がついている。絶対に近づくな。遠くから気づかれないように見張るんだ。なにが起こるかわからないからな。強盗や酔っぱらいの喧嘩《けんか》を装って人を殺すぐらいわけなくやってのける連中だ」

過剰な興奮とかすかな恐怖。恐怖は隠し味となって若いふたりの神経を刺激している。

「沖縄のためにだれかがやらなけりゃいけないことなんですよね？　だったら、ぼくたちがやります。危険だからって怯《おび》えてちゃ、なにもできないじゃないですか。現に、沖縄には毒ガス兵器や核が配備されてる。どこにいたって危険に変わりはないんだから」

儀間は高ぶっていた。正義の名のもとに行われる探偵ごっこに酔いしれている。

「頼んだぞ」

ルームミラーに熱い眼差《まなざ》しを向けてやると、ふたりは力強くうなずいた。ヘッドライトが闇を切り裂いている。どれだけ切り裂いても闇は途切れることがない。どこまでもどこまでも続いている。

島田哲夫の家はひっそりと静まりかえっていた。周囲の人家も明かりが消え、あたりは闇に覆われている。

「あの家の住人だ」おれは車の中から指さした。「男の名前は島田哲夫。写真はないが、見ればすぐにわかる。右の目尻《めじり》に刃物で切られたような傷跡があるんだ」

「やっぱりアシバーなんですね」

島袋の喉仏《のどぼとけ》が大きく隆起した。

「島田はたいていは明け方に戻ってきて昼過ぎまで寝ている。家を空けるのは夕方からだ。君たちは昼間は学校に行くといい。夕方から交代で見張るんだ」

「もし、その島田という男がタクシーに乗ったりしたら、どうすればいいんですか？」

「君たちもタクシーを使えばいい」

おれは財布からドル紙幣を抜き出した。ざっと見たところでも五十ドルはあるようだった。

「これは経費だ。それから、今夜は無理だが、明日からはこの車を自由に使っていい」

「本当ですか？」

「免許は持ってるんだろう？」

「はい」

ふたりは同時にうなずいた。

「もうポンコツだが、可愛がってやってくれよ」

探偵ごっこと好きなときに運転できる車を手に入れて、ふたりは有頂天だった。

29

沖縄全土で怒りの声が渦巻いている。まるで上陸した台風がそのまま居残っているかのようだった。アポロ十一号が月面を離れ、無事地球への帰還軌道に入ったというニュースもかすんでいた。

那覇市議選の影響でこの問題に対して出遅れていた感のある復帰協も重い腰をあげた。二十八日に県民抗議大会を開催すると発表し、基地点検調査班を編制して、基地に運び込まれる兵器を調査すると息巻いている。米軍は梨の礫《つぶて》で、ひたすらに沈黙を守っていた。

新聞の記事にくまなく目を通し、ラジオやテレビのニュースに耳を傾けながら、ウィルに宛てたリサの手紙を捏造《ねつぞう》し、ポストに投函《とうかん》した。山里に連絡を取り、夜は繁華街に出て政信やマルコウたちの動向に目を光らせた。

テッド殺しの捜査に進展は見られない。政信は照屋と吉原を行き来するだけだ。マルコウとその一党にも変わった動きは見られない。じっとりと湿った焦燥感が体内に蓄積していく。

学生ふたりは大はしゃぎだ。毎夕、おれの家の郵便受けに島田哲夫の詳細な行動表を投函していく。照屋仁美も抗議デモや県民大会の活動に多忙を極めているようで、会社やアパートに電話をしてもまったく捕まらなかった。

身体は睡眠を欲しているのに脳が拒否する。眠れずに布団にくるまっていても汗だくになるだけだった。耐えきれずに部屋を抜け出し、街を徘徊《はいかい》する。真夏の熱気と怒りの炎が街を焙《あぶ》っている。

既視感を覚えた。全軍労のストの前と同じ光景が目の前に広がっている。怒りの渦は今回の方が強烈だが、それでもすべてが同じ道筋をなぞっているように思えて仕方がなかった。数ヶ月が経過しても、数年が経過しても、数十年が経過しても、数百年が経過しても、この島の住人たちはいつも同じことを繰り返している。うちなーんちゅに限ったことではないと頭では理解していても、その想いはおれの心臓を鷲摑《わしづか》みにした。世界には亀裂《きれつ》が入りはじめている。その亀裂に両手を突っこんで左右に引き裂いてみても、その先にあるのは今おれが属しているのと同じ世界なのではないか。

寒気と吐き気に耐えきれなくなって部屋に戻った。体温計で熱を計る——三十九度。汗まみれのままもう一度布団にくるまり、寝ようと考える前に意識が途切れていた。

＊　＊　＊

暗闇の中を彷徨《さまよ》い、恐怖と寒さに顫《ふる》え、落ちては昇るような感覚を繰り返し、なにかに縋《すが》ろうと必死で両腕を伸ばしていた。だれもおれを捕まえてはくれなかった。

神経を逆立てるような音がどこか遠くで鳴り響いている。一定のリズムで、無遠慮に
——。

目が覚めた。だれかが激しくドアを叩《たた》いている。汗に濡《ぬ》れて重くなった布団から這《は》い出、よろめきながら玄関に向かった。

「わかった。わかったからドアを叩くのをやめろ」

自分では大声を張りあげたつもりだったが、実際には干涸《ひか》らびた細い声が出ただけだった。喉《のど》が激しく渇いている。

「なんだ、生きてるのか、尚友」

ドアの向こうから聞こえてきたのは政信のがさつな声だった。

「今、開ける」

相変わらず弱々しい声しか出ない。足腰にも力が入らない。だが、寒気と怠《だる》さは消えていた。

鍵《かぎ》を開けるとすぐにドアが開いた。

「どうなってたんだ、おい？」

政信は酒臭かった。目が真っ赤に充血している。政信の背後には昼間の景色が広がっていて、熱風が家の中に吹き込んでくる。

「今何時だ？」

「昼の一時だよ。このくそ暑い中、仁美がおまえの様子がおかしいって泣きついてくるから様子を見に来てやったんだ」

午後一時――布団に潜り込んだのは午前の遅い時間だったはずだ。二、三時間で目覚めたというのはあり得ない。おそらく、丸二十四時間以上眠りこけていたのだろう。

「仁美が？」

「そうよ。一昨日も昨日も今朝も、いくら電話しても電話に出ないってな。二日ぐらい留守にしてたってなんてこたないとおれがいっても、これっぽっちも聞きゃしねえ」

「なんだって？　一昨日も？」

霧に覆われたようになっていた脳細胞だったが、突風が霧を薙《な》ぎ払った。一昨日？　四十八時間以上寝呆《ねほう》けていたというのか。

「そうだよ。とにかく中に入れろよ。このままここで突っ立ったままでいるつもりか？」

おれは促されるままに居間に戻った。政信が当然のように後についてくる。

「今日は何日だ？」

「おい、おまえ、大丈夫か？」政信はおれの額に手を当てた。「熱はないみたいだな。しかし、飯食ってるのか、尚友？　頬がげっそりこけてるぞ」

「今日は何日なんだ？」

「二十四日だ。それがどうした？」

呆然《ぼうぜん》としながら床に腰をおろした。

「熱が出て寝込んだのが二十二日の午前中だ」

「おまえ、丸二日も寝てたのか？　仁美は何十回も電話をかけたらしいぞ」

なにも覚えてはいない。この二日間の記憶はすべて闇の中だ。また既視感を覚えた。睡眠不足を抱えて夜の巷《ちまた》をさまよい、ある日限界に達して泥のような眠りを貪《むさぼ》る。おれは何度も同じことを繰り返している。今回は発熱があっただけの話だ。この島に囚《とら》われている。この島の時間に囚われている。おれは――おれたちは永遠の囚人だ。

「本当は自分で来たいようだったが、例の毒ガス兵器の騒ぎで目も回るぐらい忙しいらしくてな。可愛い娘じゃないか」

政信が喋《しゃべ》りつづけていた。おれは強く頭《かぶり》を振って無意味な妄想を追い払った。

「参ったな……なにか変わったことはあったか？」

台所に向かった。政信の声が追いかけてくる。それを聞きながら蛇口から直接水を飲んだ。

「特にはねえよ。例の毒ガス兵器のことで騒ぎまくってるだけだ」

「アメリカーややまと政府の反応は？」

水道を止めた。飲みきれなかった水がパジャマを濡らした。政信は居間の中央に突っ立って腕を組んでいた。

「あるわけねえだろう。だんまりを決めこんでるよ。それで、うちなーんちゅはますます怒り狂ってる」

「いつもの繰り返しだな」

既視感のことを思い浮かべながら口にした。

「そうだ。いつもと同じことの繰り返しだ。この島はなんにも変わらんさ。それより、具合はもういいのか？　おまえが二日も寝込むなんて、滅多なことじゃない。ただでさえ意地っ張りなんだからな」

「三十九度熱があった。さすがに意地を張っている余裕はなかったな」

「疲労か？　そんなにくたびれるまでなにをしてたんだ？」

政信の様子を盗み見た。変化はなにも見られない。いつもと同じ悠然とした政信がそこにいるだけだ。車のトランクに隠してある拳銃《けんじゅう》のことが気になってしょうがなかった。

「活動家がこんなに忙しいものだとは知らなかったよ。記者時代よりよっぽど暇なしだ」

「おまえがいってた弾薬庫での事故ってのも、結局は毒ガス兵器のことだったみたいだしな。おまえなら、優秀なおまわりになれるんじゃないのか」

「食っていくためならどんな仕事に就こうとかまわんが、警官だけはお断りだ」

「親父さんの遺言か」

政信は皮肉っぽく笑った。おれは応じなかった。政信もよく覚えているはずだ。おれたちが――二親を失って施設に入れられたガキどもが、警官と称する連中にどれだけ嫌な目に遭わされたかを。

「心配かけて済まなかったな。もう、大丈夫だ。飯を食えば動けるようになる」

「そうか。じゃ、行くか」

「行くって、どこへ？」

「飯屋だよ。ひとりで外を出歩けるような顔色じゃねえんだよ、尚友。おれと飯を食うのはいやだろうが、今日だけは付き合え」

断ろうと口を開きかけ、思い直した。政信と話をしていれば、消えてしまった銃器に関する情報を、たとえそれがあやふやな情報の断片にすぎないとしても、手に入れられるかもしれない。

「連れていくんなら、うまい店にしろよ」

おれはいい直した。

「ふざけたこというな、馬鹿」

政信は笑った。

＊＊＊

政信のいうとおりだった。政信に支えてもらわなければ、おれは真っ直ぐ歩くこともままならなかった。自分で考えている以上に体力を消耗している。

政信はどこから調達してきたのか、車を用意していた。オンボロの小さなトラック。あの夜、マルコウの手下たちと銃器を移し替えるのに使っていたトラックに似ているようだったが断言はできない。

車に揺られている間は、お互いに無言だった。政信は車を宜野湾方面に走らせている。道路脇の至る所を、「毒ガス兵器配備をゆるすな！」、「即時撤去要求！」といった張り紙や横断幕が覆っている。これもまた、全軍労のストの時と同じだ。

「山羊《やぎ》は嫌いだったよな？」

軍道に入ってしばらくしてから政信が口を開いた。

「ああ」

「じゃあ、豚にするか。おれもここのところ泡盛しか口に入れてねえ。そろそろ精のつくものを腹に詰め込んでおかねえと、おまえの二の舞ってこともあるしな」

「奢《おご》ってくれるのか？」

「馬鹿いえ。おれは無職だぞ」

「おれも、無職だ」

「おまえには退職金があるだろうが」

苦笑いが自然に浮かんできた。

「奢ってやってもいいが、条件がある」

「なんだ？」

「いいたいことがあるならはっきりいえよ」

政信も苦笑した。

「そうだな。おまえの腹を探りながら喋るってのはおれの性に合わないよな。よし、ふたつある」

「ふたつ？」

「まず、仁美のことだ。あれは本気でおまえに惚《ほ》れてる。惚れるのは悪いことじゃねえ。だが、仁美はまだ若いし、もともと真っ直ぐな性格だ。おまえの本性を見抜けずに惚れてる。そこが問題だ」

「そのことで、おまえにとやかくいわれたくはない」

政信は一瞬だけおれに視線を向けた。政信の双眸《そうぼう》に浮かんでいる光の意図を、おれは読みとることができなかった。

「勘違いするなよ、尚友。おれが心配してるのは仁美のことじゃねえ。おまえだ」

今度はおれが政信に視線を向ける番だった。

「どういう意味だ？」

「いずれ、おまえは仁美を酷《ひど》く傷つける。それだけだったらいいんだが、おれの言葉を覚えてるだろう。おまえは悲しいふりむんだってな」

体力が衰え、抜け殻のようになっていたはずの身体の中心に火が燃え立ちはじめた。火は熱を生み、熱はおれを満たしていく。

「おまえは仁美を傷つけるくせに、仁美を傷つけたことに対して自分で傷つく。やっかいな性格だ」

「黙れ。おまえには関係のないことだろう」

「見ちゃいられねえんだよ。どうせなにか後ろめたいことをしてんだろう？　それでろくに寝もしないで動き回って身体を壊したんだ。おれにはお見通しだぜ、尚友」

「黙れといっただろう」

どこまでも沈みこんでいくような低い声だった。おれの声でありながら、おれの耳にも辛うじて届いただけだった。政信には聞こえていないかもしれない。

「仁美とのことをただの色恋だと考えてたら、破滅するぞ、尚友。おまえは自分で考えてるほどの悪党でも、ろくでなしでもねえんだ。きちんと均衡を取ってないと破滅する。間違いなくだ。肝に銘じておけ」

もう声すらも出なかった。火は炎となっておれを容赦なく焙《あぶ》っている。どうしてこれだけ悔しいのか。どうしてこんなにも憎いのか。なにかをされたわけでもない。なにかをしたわけでもない。ただ、憎悪が堆積《たいせき》していく。

おれの沈黙に政信は首を振った。

「とにかく、忠告はしたぞ。で、ふたつめだ。おれのどぅしが死んだ」どぅしというのはウチナーグチで友達を指す言葉だった。「だれかに殺されたんだ」

「アシバーか？　アメリカーか？」

やっと声が出た。政信のどぅしがテッドだと思った瞬間、憎悪は消えていた。我ながら現金なものだ。

「アメリカーだ。照屋にたむろしてる黒人兵さ。おまえも会ったことがあるはずだ。おまえにハーニーに出すラブレターの代筆を頼んだことがあるといっていた」

「名前は？」

「テッド。テッド・アレン。覚えはあるか？」

「バスケットのチームにいたやつだろう？」

「そうだ。そのテッドが殺された。新聞にも記事が載ってたんだが、気づかなかったか？」

「いや」反射的に首を振った。「ずっと毒ガス兵器の記事ばっかり追ってたから、見逃したかもしれない」

「黒人の一等兵が殺されたぐらいじゃ、だれも気にはしないだろうよ。問題は、そいつがおれのどぅしだってことだ」

政信の横顔に変化はなかった。自然に前方を見据え、ハンドルを操作している。

「新聞にはなんて書いてあったんだ？」

「追い剝《は》ぎにあったか、アシバーと問題を起こしたんじゃないかってな。新聞に書いてあるとおりなら、黙って線香をあげに行くだけなんだが、そうじゃねえ場合は考えなきゃならないことがあってな」

「穏やかじゃないな」

「おまえにはいえないが、いろいろと裏があるんだ。だが、知ってのとおり、おれはひっそりとなにか調べ回ることができるほど器用じゃねえ」

「なにひとつ理由を教えるつもりはないが、どうなってるのか調べてくれってことか？」

「相変わらず察しがいいな」政信は嬉《うれ》しそうに笑った。「おれの知り合いでそういうのが一番得意そうなのはおまえなんだよ、尚友」

「報酬は？」

「ねえよ」

「ふざけるなよ、政信。おれだって暇ってわけじゃないんだ」

「しかたねえだろう。おまえが女好きってんなら、吉原中の女に頭下げて、おまえにはただでやらせてやってくれと頼むんだがな」

「勝手にほざいてろ」

「金もねえ。ねえものはねえ。だからよ、尚友、おまえが困ったことになったら、今度はおれが助けてやる。それで我慢してくれ」

「おまえの世話になんかなりたくはない」

「そういうなよ、尚友」

政信はトラックのスピードを緩め、路肩にとめた。ハンドルに手をかけたままおれに顔を向けた。見たこともないような視線でおれを見つめる。

政信は苦悩していた。その苦悩が目に現れている。苦悩する政信など、想像したこともなかった。いつも超然として薄笑いを浮かべているのが政信なのだ。

考えを修正する必要があった。テッドは仲間内の揉《も》め事で殺されたのではと疑っていた。

おれが盗んだ拳銃《けんじゅう》のせいで、カデナ・フェニックス、政信、マルコウたちの間に微妙な亀《き》裂《れつ》が入ったのではないか、と。だが、政信の苦悩から導き出されるのは、テッドは政信の知らないところで殺されたという事実だ。

マルコウが政信には内緒で手を下したのか。あるいはおれの知らないだれかがいるのか。

「おまえの世話にはなりたくない。永久に、だ。だが、調べてやってもいい」

「本当か？」

「ああ。ただし、条件がある」

「なんだ？」

「殺された理由が追い剝ぎやアシバーと揉めたせいだっていうなら、どうでもいい。だが、なにか別の理由があったとして、おれがそれを突き止めたら、裏っていうのをおれに教えろよ」

「おまえにはなんの関係もない話なんだ」

「それでも知りたいんだよ。天下の比嘉政信がおろおろしてるんだからな」

「悪趣味だな」

「趣味が悪いのは昔からだ」

政信は腕を組みながら目を閉じた。そんな政信を見るのも初めてだった。普段の政信はなにかを人に告げる前にありとあらゆる可能性を検証し、幾とおりもの答えをあらかじめ用意している。テッドの死は予想外のできごとだったに違いない。政信が動転するほど事態は逼迫《ひっぱく》しているに違いない。

憎しみの炎の代わりに、倒錯した喜びが身体の内側に溢《あふ》れはじめた。政信の苦しみはおれの喜びだ。政信の喜びはおれの苦しみだ。それが変わったためしはない。

「わかったよ。真相がわかったら、おれがやってることを全部教えてやる」

政信はひとつひとつの言葉を押し出すように、そういった。

30

政信に連れていかれたのは真栄原《まえはら》の外れにある小さな食堂だった。豚の内臓を具にしたなかみ汁を三杯飲み、ゴーヤーとモツの炒《いた》め物でご飯を二杯食べた。食事を目にするまでは食欲などなかったが、身体はやはり活力源を欲していたようだった。動けなくなるほどに食い、政信に呆《あき》れられながら家まで送り届けてもらった。政信は照屋仁美に連絡することを忘れるなといって去っていった。風呂《ふろ》に入り、丸二日分の汗と垢《あか》を落としてから、失った時間を取り戻すために行動をはじめた。

郵便受けに溜《た》まっていた郵便や新聞、島袋たちからの報告書に目を通しながら浦添の印刷屋に電話した。雑誌は明日には刷り上がるということだった。

島袋たちの報告書にも特に変わったことはない。島田哲夫は夜な夜な那覇の社交街に繰り出し、米兵たちとダーツやビリヤードに興じ、大麻やヘロインを安く買い取っては地元の不良たちに高く売りつけている。島袋たちは島田哲夫のふしだらな暮らしぶりに憤慨しているようだったが、探偵ごっこの興奮に酔いしれている。無茶なことはしでかしそうにもない。

照屋仁美の仕事場に電話をかけた。

「伊波さん？　どこでなにをしてたの？」

電話に出るなり、照屋仁美はおれを詰《なじ》るように質問をぶつけてきた。

「熱を出して寝込んでたんだ」

「だけど、わたし、何度も電話したんですよ」

「熱は三十九度を超えてたんだ。寝込んでいたといっても、意識を失ってぶっ倒れていたといった方が正解だろう。電話のベルなんて、まったく気づかなかった」

「今は大丈夫なんですか？」

「ああ。政信に叩《たた》き起こされて、飯を食いに連れていかれた。精力をつけろってね。おかげで、ずいぶんましになった」

「よかった……」

照屋仁美は吐息を漏らした。その吐息のほのかな暖かさが、受話器を通して伝わってくる。股間《こかん》が熱くなるのを感じた。

「でも、調子に乗らないで、今日は休んでいてくださいね。わたし、夜になったらお伺いします。料理を作って持っていきますから」

待て、という前に電話が切れた。もう一度電話をかけ直そうとしたが、途中でやめた。股間はまだ火照っている。浅ましい期待に皮膚の表面が粟立《あわだ》っている。夢見たことすらない光景が脳裏に広がっている。おれと照屋仁美。ふたりだけの時間。ふたりだけの空間。世界を崩壊させたいと願っているくせに、自分の世界を欲している。

舌打ちしながら電話をかける相手を変えた。山里は署内にいて、数分待たされた後に電話口に出てきた。

「もう、電話はかかってこんのかと思ってたがな」山里は開口一番そういった。「欲しい情報を引き出したら後は知らん顔、それがあんたらアメリカーのやり方だ」

「おれはアメリカーじゃないし、まだ欲しい情報は手に入れてませんよ」

山里はおれの言葉を鼻で笑い飛ばした。

「まあ、そういうことにしておこうか。それで、なんの用かね」

「捜査になにか進展はありましたか？」

「目撃証言が何件か入ってるだけだな」

「教えていただけますか？」

「電話でか？　馬鹿をいうなよ」

「それじゃあ、これからお伺いします」

「いや、その必要はない。夕方、コザで人と会う予定がある。その前に、どこかで落ち合おう」

センター通りのコーヒーショップで待ち合わせることを決め、おれたちは電話を切った。

＊　＊　＊

思っていた以上に身体は重かった。それでも、タクシーは使わずにセンター通りまで歩いた。流れ落ちる汗が毒素を排泄《はいせつ》しているのだと自分にいい聞かせて、足を進めた。山里はすでにアイスコーヒーを飲んでいた。一緒に行動しているはずの相棒の刑事の姿は見えない。どこかで待機させているのか。それとも、コザでだれかと会うというのは個人的なことなのだろうか。

「顔色が悪いな」

おれが腰をおろすのを待って、山里はいった。

「熱を出して寝込んでましてね」

「なるほど。身体は大事にしないといかんぞ。あ、それからあんたの分のコーヒーも頼んでおいたからな」

山里はカウンターに向かって手を振った。すでに用意してあったのだろう、ボーイがすぐにアイスコーヒーを運んできた。この店は馴染《なじ》みなのか、山里はボーイと軽口を叩きあっていた。おれはコーヒーに口をつけた。舌が麻痺《まひ》しているのか、苦みも甘さも感じない。コザで山里と落ち合ったのは失敗だった。山里が自分が刑事だということを隠さずにこの近辺に出没しているのならまずいことになる。

コーヒーを啜《すす》りながら、ふたりの会話にさりげなく耳を傾けた。会話の中身は他愛《たわい》がなかった。ボーイの態度から推測する限り、山里は自分の身分を明かしてはいまい。コップを置き、肩の力を抜いた。それでも、今後こんな間違いは二度と犯すまいと固く誓った。

ボーイが持ち場に去り、山里は手帳を取りだした。

「あんた、家に戻って寝た方がいいという顔をしてる。とっとと用件を済まそう」

「目撃証言が取れたといってましたね？　やはり、照屋ですか？」

「まあ、そう慌てなさんな」

山里は間延びした手つきで手帳をめくりはじめた。ご丁寧にも親指を舐《な》めてめくっている。

「これだ、これだ。照屋特飲街の床屋の証言だ。先週の土曜の夜、テッド・アレンは髪の毛にパーマを当てにその床屋を訪れている。黒人兵はよくあの辺で髪を切るだろう？　その最中にうちなーんちゅがやって来て、アレンと口論をし始めたそうだ」

「土曜で間違いないんですね？」

「ああ、七月十九日、午後六時に店に来たという証言だ」

「口論の内容は？」

山里は残念そうに頭《かぶり》を振った。

「床屋の主人も従業員も、英語はわからんとよ。うちなーんちゅも流暢《りゅうちょう》な英語を使っておったそうだ」

「そのうちなーんちゅの人相は?」

「三十代のアシバー風ということだ。右の目尻《めじり》に傷があったということだ」

島田哲夫——土曜は毒ガス漏れ事故の発覚であちこちをうろつきまわり、島田哲夫の監視を放棄していた。島袋たちに監視を頼んだのはその後のことだ。唇を嚙《か》みそうになったが、山里の視線に気づいてとめた。山里はなにげないふうを装って、おれをじっと観察している。

「右目に傷のあるアシバーなんて、コザには掃いて捨てるほどいますね」

おれはいった。山里は小さく頷《うなず》いた。小さな目からはなにを考えているかはうかがえない。

「口論の後は?」

「アシバーが出て行ってそれっきりだ。アレンはそうとう怒っていたらしいが、口論の内容は漏らさなかった」

「床屋を出た後のアレンの足取りは?」

「近くの飲み屋に行ったということだが、裏づけは取れておらん。あんたも承知のように、あの辺の人間は妙に口が固くてな」

「密告がばれた後の仕返しが怖いですからね」

「あそこは特別な場所だといいたいわけか。ま、その通りだがな……現在、我々はテッド・アレンと口論していたというアシバーを懸命に捜しているところだ」山里は勢いよく手帳を閉じた。「あんたが寝込んでたという話は顔色を見ればよくわかるが、あんたの方から教えてくれる情報は、なにもないんだろうな？」

「アメリカー側の人間とは毎週月曜に会うことになってるんです。それまで待っていただけますか？　その時に、必ずなんらかの情報を引き出してきます」

「その言葉、とりあえず信じておきましょう」

山里は財布を取り出した。おれはそれを手で制した。

「ここの支払いはぼくが――」

「割り勘だ。あんたらに奢《おご》られると寝付きが悪くなってね」

山里はセント硬貨を数枚テーブルの上に置き、腰をあげた。お疲れさん、とだれにともなくつぶやき、おれに背を向けた。

「あ、そうだ」不意に振り向き、おれの顔を覗《のぞ》きこんでくる。「右目尻に傷のあるアシバー、見つけたら必ず連絡してくださいよ、伊波さん」

「もちろんです」

おれは山里の目を見つめたまま答えた。山里は苦笑し、コーヒーショップを出て行った。

＊　＊　＊

部屋に戻って島袋たちの報告書にもう一度目を通した。今度は念入りに、綿密に。おかしいところはどこにもない。島田哲夫はおれが監視していたときとほぼ同じ生活習慣を守っている。土曜と日曜の二日——おれが監視を放り出した二日間に事件は起きたのだ。臍《ほぞ》を嚙みたい気分だった。

熱いお茶を何度も淹《い》れながら思案を巡らせる。十九日の夜、テッド・アレンと島田哲夫は口論をした。おそらくは、宜野湾の倉庫からおれが盗み出した拳銃《けんじゅう》のせいで。なぜテッドが疑われたのかはわからない。だが、島田哲夫はテッドを疑った。疑われたテッドは激高した。床屋を出て、行きつけの店に向かい、酒を飲み、ダンスを踊り、やがて——。

なにが起こったにしろ、政信は蚊帳《かや》の外だったに違いない。手を下したのは島田哲夫とマルコウの一味。カデナ・フェニックスの残りの連中は怯《おび》えて基地にこもりっぱなしになっている。

照屋仁美の職場にまた電話をかけた。甘い夢想に浸っている暇はない。おれはいつだって現実と向かい合って生きてきた。現実に抗《あらが》うことに自分の存在理由を見出《みいだ》してきた。今さら安楽で甘美な世界に逃げ込もうとしても、だれよりもおれがそれをゆるさない。

照屋仁美は不在だった。体調不良を理由に早退したということだ。アパートの方に電話をかけてみた。応対に出た大家は、いくら呼んでも照屋仁美の返事はないといった。どこかで食材を調達しているのかもしれない。

迷い、舌打ちを繰り返し、結局は出かけることを選択した。照屋仁美もうちなーんちゅだ。一時間も待っておれが戻ってこなければ諦《あきら》めるだろう。

センター通りに向かったときに、歩くことの無謀さは実感していた。黄ナンバーの車を使って具志川リサの入院している病院に向かった。ウィルからの手紙はまだ届いていなかったが、テッドのハーニーの名前と住所を訊《き》きだした。安室慶子《あむろけいこ》、通称ケイ。毒ガス漏れ事故が起こったときに、おれが見張っていたアパートに住んでいる。

照屋に引き返し、安室慶子を訪ねた。部屋のドアをノックしても応答はない。隣の部屋の女に訊くと、テッドが殺されたことにショックを受け、田舎に帰ってしまったという。田舎は名護《なご》だが、住所まではわからないと女はいった。多分、他の住人に訊《たず》ねても結果は同じだろう。こういう生業《なりわい》の女たちの結びつきははたで見るより脆《もろ》いものなのだ。

女に礼をいってアパートを出、照屋の通りをうろついた。足腰は多少回復していていてふらつくことも少なくなっていた。カデナ・フェニックスの連中が入り浸っていた飲み屋に足を向けた。まだ開店前だったが、ボーイやバーテンが掃除をはじめているところだった。

顔なじみのバーテンに声をかけた。

「よう、景気はどうだい？」

「ダメですね」

バーテンは箒《ほうき》で床を掃く手を止めた。

「警察が来て、商売の邪魔をしていくんだろう」

「その通りですよ。うちに通ってた客かなんだか知らないけど、どこかよそで殺されたっていうのに、毎晩のように話を聞きにくるんですからね」

「しょうがないだろう。テッドはここの常連だったからな」

おれは断りもせずにカウンター脇のスツールに腰をおろした。バーテンは文句ひとつついわなかった。おれと話をすることで掃除をさぼる口実ができたのだろう。口元がにやけていた。

「土曜の夜もテッドは来てたんだろう?」

「もちろん。よっぽどのことがない限り、週末は仲間と一緒にここで飲んだくれてましたよ」

「土曜の夜もいつもと同じか?」

バーテンは唇を舐めておれから視線を外した。

「なんだか、警察と同じことを訊いてきますね」

「テッドのハーニーに頼まれたのさ。あんたも知ってるだろう、おれがラブレターの代筆をやってたこと。その縁で、どうしてテッドが殺されたのか、わかる範囲でいいから教えて欲しいっていうのさ」

「ああ、なるほど。ケイはテッドに真面目に惚《ほ》れてたみたいだから。他のハーニーたちとは違って純情だったんですよね」

「ここで訊いたことは警察には絶対に教えない」

「わかってますよ、そんなこと」

バーテンは箒をカウンターに立てかけて煙草をくわえた。おれにも勧めてきたが、おれはやんわりと断った。まだ、喉《のど》に腫《は》れた感じが残っている。

「とにかく、いつもと同じだったんですよ。てんでばらばらに集まって、同じテーブルを占領して、ビールや赤玉パンチを飲んで、ポーカーをやって、たまに踊ったりしてね。変わったところはなにもなかったんだ。ただね――」

バーテンは言葉を吐き出す代わりに煙草を吸った。

「ただ、なんだい？」

「アシバーが二、三人、店に来たんです。で、ウィルたちとなにか話しはじめて」

「物々しい雰囲気だったか？」

「いや、そういうことじゃないんですけど……照屋にアシバーが来るって珍しいじゃないですか。おまけにひとりが英語でウィルたちと話してるんですよ。五分ぐらいかな、そうやってて、それから、みんなで店を出て行ったんです。この話、警察にはしてないですけど」

ほぼ、おれの推測通りだ。目新しい話はなにもない。

「アシバーたちの中に、右の目尻に傷のある男はいたかい？」

バーテンは首を振った。

「気づきませんでしたけど、目立つ傷なんですか？」

「ああ、普通は気づく」

「じゃあ、いなかったんでしょうよ」

島田哲夫でなくても、英語を喋《しゃべ》るアシバーはいるだろう。それに、口論したばかりの島田哲夫がいたのなら、テッドもそれなりの反応を示していたはずだ。

「英語でなにを喋っていたか、わかったかい？」

「まさか。おれのはブロークン・イングリッシュってやつですよ。注文を受けるのと釣りの受け渡しぐらいしかできませんや」

「そうだろうな。ウィルやテッドたちはおとなしく店を出て行ったんだな？」

「そうですよ」

「これから殺されるって雰囲気はなかった？」

バーテンは足もとに視線を落として、小さく笑った。

「警察にも同じことを訊かれましたけど、そんな様子はまったくなかったですよ」

「わかった。ありがとう」

おれは一ドル札をカウンターの上に置いた。

「こんなの、受け取れませんよ」

「いいんだよ。おれがビールを飲んだってことにして、小遣いにでもしてくれ」

バーテンはそれ以上なにもいわなかった。おれは重い腰をあげ、店を出た。疲労感が増している。

カデナ・フェニックスのメンバーに詰め寄ってきたアシバーたち。テッドを殺したのはマルコウとその手下たちに違いない。カデナ・フェニックスとマルコウたちの間になにかが起こったのだ。

密《ひそ》かに運び出された銃器。おれが盗んだ拳銃。

たとえようのない罪悪感がおれを蝕《むしば》んでいく。それを振り払いたくて、おれは足早に歩いた。マルコウたちの動向を探らなければならない。

吉原が華やぐにはまだ早すぎる時間だった。いつものように女たちの誘いをはぐらかしながら坂道を登った。吉原を仕切っているアシバーたちの姿は少ない。道ばたで時間を潰《つぶ》している連中の大半は下っ端のチンピラだった。

この時間に吉原にいてもなんの意味もないことはわかっていた。ただ、罪悪感に苛《さいな》まれてここにいる。罪悪感を忘れたくてここにいる。

銃を盗んだことへの恐怖。アパートへ戻れば照屋仁美が待っているという現実に対する恐怖。現実から目をそらそうとする自分への嫌悪。

砂を嚙《か》みしめているような気分で坂をのぼり続け、政信の行きつけの店を目指した。濱野と一緒に訪れた店だ。ぴたりと閉ざされていた引き戸を開けると、智美という女が店の床を箒で掃いていた。

「あら、政ちゃんのどぅし……」

智美はおれを見て反射的に笑みを浮かべたが、その笑みは途中で引きつった。

「尚友だ」

「そうそう。伊波尚友さん。今日は政ちゃん、まだ来てないよ」

「いいんだ。政信に用があるわけじゃない」

「じゃあ、わたしに会いに来てくれたの？」

「まあ、そういうことだ」

「へえ」

智美は奇妙な声を発しながら箒を壁に立てかけカウンターの中に入っていった。

「なに飲む？」

「お茶でいい」おれはいった。「病み上がりなんだ。酒はきつい」

「そういえば酷《ひど》い顔色ね。そうか、病気で寝込んでて、女の柔肌《やわはだ》が恋しくなってここに来たんだ」

智美は開けっぴろげだった。屈託がない。政信が側にいるときは口を閉じていることが多かったので気づかなかった。いずれにせよ、おれは苦笑するしかなかった。

「ま、だれにだって人恋しくなるときはあるもんね」

智美はお湯を沸かしはじめた。媚《こ》びるような笑みを浮かべて口を開く。

「おビールもらってもいいかしら？」

「もちろん」

おれはカウンターの中央の椅子に腰を降ろし、智美が冷蔵庫からビールを取り出すのを見守った。ガスコンロから熱気が伝わってくる。扇風機はまわっていたが、あってもなくても変わりはなかった。おれはうっすらと汗をかいていたが、智美は平然としていた。

智美がビール瓶をおれに差し出した。左手にはコップを握っている。おれはビールを受け取り、智美に注いでやった。

「先にごめんなさい。お湯、まだしばらく沸かないから」

「かまわないさ。好きなだけ飲むといい」

「奢《おご》ってもらってこんなことをいうのは申し訳ないんだけど……」

ビールで満たされたグラスを持ちながら智美はいいにくそうに言葉を濁した。

「なんだ？」

「政ちゃん、わたしにはお客さんであってお客さんじゃないの。わかる？」

「恋人でもないし、だからといって赤の他人というわけでもない」

「そうそう。伊波さん、よくわかってるわね」

そうそう、というのは智美の口癖のようだった。

「尚友でいいよ」

「わたしと政ちゃんは微妙な関係なの。それで、尚友は政ちゃんの友達でしょう？」

おれは曖昧《あいまい》に微笑んでみせた。

「政ちゃんのお友達とは寝られないの。いくらお金を積まれても」

「病み上がりだといっただろう。やりたくてもそんな気力はないよ。余計な心配はしなくてもいい」

「だったらいいんだけど」

智美は乾杯するような仕種《しぐさ》をみせてからコップに口をつけた。満足そうにビールを飲み下し、太い息を吐き出す。

「でも、ちょっと癪《しゃく》だな。政ちゃんのことなんかどうでもいいからやらせろっていわれてみたかった気もする」

「贅沢《ぜいたく》なんだな、智美は」

「そうそう。わたし、贅沢だっていつもいわれる」

薬缶《やかん》から湯気が勢いよく出はじめた。智美がお茶を淹《い》れはじめる。おれは煙草に火をつけた。

「煙草吸っても大丈夫なの？」

「喉が痛いわけじゃないんだ」

智美は湯気の立つ湯呑《ゆの》みをおれの前に置き、カウンターを回っておれの隣に腰を降ろした。シャンプーの香りが鼻をくすぐる。

「それで、尚友。わたしを買いに来たんでもなく、政ちゃんに用があるわけでもないんだったら、どうしてわざわざここに来たの？」

「調べものをしてるんだ。この辺りのアシバーのことなんだが」

「そういえば、尚友は新聞記者だったって政ちゃんがいってたわ。今も新聞記者やってるの？」

「似たような仕事だよ。吉原一帯を仕切ってるのはマルコウのところだろう？　最近、連中の様子はどうだい？」

まず探りを入れてみた。政信とマルコウはこの店で密談していたのだ。智美が政信たちの企《たくら》みになんらかの形で関わっているのだとすれば、マルコウの名前が出たことに警戒するだろう。

「どうっていわれても……どいつもこいつも威張り散らしてるだけよ」

おれの思惑をよそに、智美は裏のない声でそういった。アシバーに対する恨みや侮蔑《ぶべつ》が如実に伝わってくる声音だった。

「最近、なにか変わったことはないか？　だれかが怪我をしたみたいだとか、顔を見なくなったやつがいるとか」

智美はコップに残っていたビールを飲み干した。目は宙をさまよって、なにかを思いだそうとしている。おれは空になったコップにビールを注いだ。

「ジローってアシバーがいるんだけど――」

智美は視線を宙にさまよわせたままで口を開いた。

「そいつがどうした？」

「二、三日ぐらい前からかな、ここに大きな絆創膏《ばんそうこう》を貼ってるのよ」

智美の細い指が自分の右頬を掃くように撫《な》でた。

「絆創膏って、どれぐらいの大きさなんだ？」

「結構大きいよ。下にガーゼを当てて絆創膏で押さえてるの。どこかの女にいいよって、引っかかれたんじゃないかってみんな噂してるけど」

「ジローか。普段は何時頃出てくるんだ?」

「九時過ぎかな。坂の下の方の店が受け持ちなの。夜通しその辺をうろついたり、馴染《なじ》みのお店で酒飲んだりしながら朝までいるわよ。用心棒役だからね」

おれは腕時計を覗《のぞ》いた。六時半になったばかりだった。

「他に変わったことは?」

「別にないと思うけど」

「そうか」

おれはやっとお茶に口をつけた。なんのお茶かはわからないが、ゴーヤーが入っているようで苦みと甘みが口の中で広がった。

「少しは役に立った?」

智美は頬杖《ほおづえ》をついておれに顔を向けた。ビールのせいか、顔がほんのり赤らんでいる。うちなーんちゅにしては肌が白かった。

「もう少し調べてみないとわからんよ」

「なにを調べてるの?」

「吉原とアシバーの関わりさ」

「そんなの、調べなくてもみんな知ってるじゃない」

「本土の連中は違うのさ」

智美は目を丸くした。

「本土の人と仕事してるの？」

「内緒だ。政信にも話しちゃだめだぞ」

おれの言葉に、智美は素直に頷《うなず》いた。うちなーんちゅ特有の本土に対するコンプレックスと素朴な生真面目さがその表情に同居している。智美が政信におれがマルコウの身辺を調べていることを告げる恐れはなさそうだった。

「政信は最近どうしてる？」

「いつもと同じ。歌三線《さんしん》にお酒に女。三線とお酒はいいけど、女遊びは頭に来ちゃう」

政信のことを口にする智美の顔は輝いていた。ビールのせいで赤らんでいた頰がさらに赤味を増している。埒《らち》もない嫉妬《しっと》の感情に囚《とら》われ、それを飲み干すようにお茶を飲んだ。

智美はおれの様子に気づく素振りもなく、政信とののろけ話を延々と続けていった。

31

智美はビールを三本、空にした。解放してもらえたのは他の客が顔を出したおかげだった。時刻はすでに午後八時を回っていた。

ジローと呼ばれるアシバーが姿を現すまでにはまだ時間がある。智美の店でおれは汗をかき続けていた。衣服は濡《ぬ》れて重く、夜の風にあたっておれの体温を奪っていく。湿った生暖かい空気に包まれているのに、おれの身体は冷えはじめていた。

着替えるために一旦《いったん》、家に戻ることにした。照屋仁美も諦《あきら》めて立ち去っているだろう。汗をどうにかしなければ、再び発熱する可能性がある。

とぼとぼと歩きながら、ジローという男のことを考えた。頬にあるという絆創膏。智美のいうように単に女と諍《いさか》いをおこしただけのことかもしれない。しかし、もしテッドを殺そうとした際に負った傷なら、テッドの遺体にもなんらかの兆候が残っているはずだ。山里はおれにはなにも告げなかった。なにもなかったからなのか、それとも含むところがあるのか。

考えながら歩いていたせいで、その影にはしばらく気づかなかった。街灯に照らされて長く伸びた影を右足で踏んで、おれは顔をあげた。

照屋仁美がおれの家の前で立っていた。右手に風呂敷《ふろしき》包みを提げ、拳《こぶし》を握った左手を胸に当てていた。怒っているわけでもなく、悲しんでいるわけでもなく、近づいてくるおれを見守っている。

胸が締めつけられた。冷えていた身体が急に火照り、息苦しさを覚える。身体を反転させて逃げ出したかったが、照屋仁美の真っ直ぐな視線がそれをゆるさない。おれは歩調を落とすことなく、照屋仁美に近づいていった。

「ずっと待ってたのか？」

「どこに行ってたの？」

おれたちは同時に口を開いた。照屋仁美の声におれを難詰する調子はない。ただ、おれの身を案じていた。

さらに胸が締めつけられ、おれは口にすべき言葉を失った。

「すまん」

「身体の具合は大丈夫なんですか？」

照屋仁美の声はどこまでも柔らかく、おれの胸を容赦なく抉《えぐ》った。視線を合わせることができずにおれはうなだれた。母親に叱られている子供のような気分だった。母を持ったことがないというのに、それはしかしあまりにも確かな感情だった。

「とにかく、中に入りましょう」

「ああ、そうしよう」

おれが鍵《かぎ》を開け、照屋仁美が後に続いた。家の中は埃《ほこり》っぽかった。

「お腹は空《す》いてないんですか？」

居間に足を踏みいれると、照屋仁美は口を開いた。そういわれて初めて、おれは自分が空腹であることに気づいた。政信と昼飯を食って以来、なにも胃に詰め込んではいない。

「腹ぺこだ。だけど、この家にはまともな料理道具はないぜ」

「お鍋《なべ》があれば充分です」

照屋仁美はてきぱきと動き始めた。おれに断ることもせずに台所に向かい、風呂敷包みをあけていく。風呂敷に包まれていたのは重箱と調味料、それに油の入った小瓶だった。重箱の中には総菜らしきものが詰まっていた。

「やっぱり。油もないんだわ」

台所のあちこちを覗きながら、まるで何年も前からそこに君臨してきたかのように振る舞っている。おれは手持ち無沙汰《ぶさた》だったが、照屋仁美の背中がおれの手伝いを拒否しているように思えて、居間の床に座りこんだ。

「普段の食事はどうしてるんですか？」

「全部外食だよ。自分で料理を作ることはほとんどない」

「男の人ってどうしてそうなんですかね」

照屋仁美は鍋を火にかけ、油を引いて重箱に詰めていたものを更に炒《いた》めはじめた。ちらりと見ただけだが、昆布のイリチー——炒め物のようだった。香ばしい匂いが台所から居間に流れてきた。

「何時に来てたんだ？」

おれは訊《き》いた。照屋仁美は返事をしなかった。かたくなにおれを拒否していたように思えた背中が小さく顫《ふる》えていた。

「仁美——」

照屋仁美が振り返った。目が涙で潤んでいた。

「心配してたんですよ。心配で心配で、でもどこに行ったらいいのかわからなくて、途方に暮れてずっと待ってたんです」

照屋仁美はおれを責めているわけではなかった。ただ、自分の気持ちを訴えただけだ。

断罪された方がよっぽどましだった。

「すまん。どうしても済ませておかなきゃならない用があったんだ」

「いいんです。待つって決めてましたから。伊波さんが帰ってくるまでずっと待ってようって」

照屋仁美はまた背中を向けた。炒め直した手料理を慣れた手つきで重箱に詰め直している。ときおり頭が揺れるのは鼻水を啜《すす》っているからだろう。

かけるべき言葉も、すべきことも見つからずおれは煙草を口にくわえた。テレビをつけようかとも思ったが、おれと照屋仁美の間に流れている空気を乱すこともためらわれた。灰と化していく煙草と煙を見つめ、口を閉じて料理に専念している照屋仁美の背中を見つめた。

無力感が募っていく。静かに、確実に体内に満ちていくその無力感を、おれは堰《せ》きとめることができなかった。

煙草が二本灰になったところで、照屋仁美の動きがとまった。支度が整ったようだった。中身を丁寧に詰め直した重箱を、照屋仁美は居間に運んできた。

昆布のイリチーにラフテー、ゴーヤーのちゃんぷるー、ご丁寧にもジューシー——炊き込みご飯まで詰められている。

「ご飯は温め直せなかったけど、冷たくても大丈夫？」

「もちろん」

照屋仁美は割り箸《ばし》まで持ってきていた。おれの部屋にはなにもないと踏んでいたのだろう。実際、台所にあるのは菜箸だけだ。心の裡《うち》を見透かされたような気分だった。乱暴に割り箸を割り、豚のように料理を食い漁《あさ》った。飢えたように食べ続けていれば、照屋仁美も口を挟んでくることはないだろうという卑屈な考えが脳裏にはあった。

照屋仁美は料理にむしゃぶりつくおれを、母親のような眼差《まなざ》しで見守っている。言葉よりもその視線の方がおれには厳しかった。

「おまえは食べないのか？」

「伊波さんが食べてるのを見てるだけで充分。美味《おい》しいですか？　わたし、他の人のためにお料理作ったの、初めてだから」

「おれも他人に料理を作ってもらったのは初めてだよ」

照屋仁美の料理はどれも味が薄かった。それでも、おれの舌は旨《うま》いと感じている。たぶん、味覚も気持ちに左右されるのだろう。気取ったアメリカーがたむろする最高級のステーキレストランで最高級のステーキにかぶりつくより、心のこもった手料理の方がよほど美味しく感じられる。

「だれにも作ってもらったことがないんですか？」

「ガキのころは別だ。施設を出てからはずっとひとりだった。ほとんど毎日外食だよ」

「恋人とかに作ってもらったことはないんですか？」

「ない」

おれはラフテーを頬張りながらいった。味は薄いが肉はこの上なく柔らかい。照屋仁美は会社を早退しておれのための料理作りに精を出していたのではないか。そう思うと、空気が重く感じられた。

「そうなんですか……」

「だいたい、女を自分の部屋に入れたのはおまえが初めてだ」

喜ぶかと思ったが、照屋仁美は肩を強張《こわば》らせただけだった。

「旨いよ、おまえの料理」

おれがいうと、照屋仁美は腰をあげた。

「お茶、淹《い》れてきます」

「インスタントコーヒーしかないんだ」

「じゃあ、コーヒーを」

照屋仁美はおれと視線を合わそうとしなかった。おれの部屋にあがりこみ、おれに手料理を食わせたはいいが、その後のことは全く考えていなかったのだろう。仕種《しぐさ》がどこか子供じみていた。

なにもわかっていないのはおれも同じだ。重箱に残った料理を一気に平らげ、煙草に火をつけると途方に暮れた。照屋仁美はガスコンロの前で湯が沸くのを待っている。

おれはテレビをつけた。テレビの音量に驚いた照屋仁美が居間に顔を向けた。ＯＨＫにチャンネルを合わせると、白黒の画面にアナウンサーの姿が映った。毒ガス漏れ事故に関連するニュースを、アナウンサーが平板な声で告げていく。

米国防総省が二十二日に発表した「ある種の神経ガスを含む化学兵器を沖縄から撤去する」というコメントについて、撤去の時期について一切明示されていないという事実をくどいほど引用し、復帰協が目論《もくろ》んでいる県民抗議大会のニュースに続けていく。

当初は二十八日に予定されていた県民抗議大会は二十九日決行で決まったようだった。

「復帰協も今回は腰を据えてるみたい」

コーヒーカップを両手に持って照屋仁美はおれの横に腰を降ろした。おれとの間には微妙な距離が保たれている。

「いつだって本腰だというのが連中じゃないか」

「今度は違うの。上層部の考え方はわからないけど、一般の人たちは今度の県民抗議大会を二・四ゼネストの弔い合戦だと思いたがってるのよ。ただの抗議デモにするんじゃなくて、ゼネスト態勢で挑まなきゃだめだって声がたくさんあがってるの」

二・四ゼネストというのはB52墜落事故を受けて、各種労組、人権団体、反戦団体が企てた反基地ゼネストのことだ。沖縄全土が一丸となってゼネスト実行に向けてうねるように動いていたが、政府主席の屋良朝苗が本土自民党政府に丸め込まれて回避の憂き目にあった。

あの時沖縄を包み込んだ無力感は、全島が焼け野原になった太平洋戦争末期の無力感にも匹敵するといわれたほどだ。戦争の記憶は年とともにぼやけていくが、二・四ゼネスト回避の屈辱はまだうちなーんちゅの心に強く焼きついている。

「おまえもゼネストには参加するんだな」

「もちろんです。伊波さんはまた馬鹿にするかもしれないけど、じっとなんかしてられません」

「馬鹿になんかしないさ」おれはコーヒーに口をつけた。インスタントコーヒーは熱く、砂糖の味しかしなかった。「ただ、ゼネストを打ったって無駄だと思ってるだけだ」

「無駄かもしれないけど、沖縄の人間の意志を訴える必要はあるんじゃないですか？」

おれはそれには答えずに熱いコーヒーを啜り続けた。照屋仁美の言葉は正しい。意志を訴えなければ、すべては空虚なまま通りすぎていく。だが、意志を訴えるならゼネストなどではなく別の方策を探るべきなのだ。ゼネストでは米軍には意志が届かない。やまと政府にも無視されるだけだ。

自分の考えを口にすることは憚《はばか》られた。だったらどうすればいいのかと問い返されても、おれには確たる答えを用意できないからだ。

「たとえなんの変化も起こらなかったとしても、わたしたちは自分たちの意志を表明する必要があるんです」

照屋仁美の声は決意声明を読みあげる女闘士のようだった。

「そんなに怖い声を出さなくても、おまえの気持ちはわかってるよ」

「だったら——」

照屋仁美は言葉を濁した。俯《うつむ》いて、スカートの布地を両手で握りしめている。

テレビではアナウンサーが次のニュース原稿を読みはじめていた。

全軍労の米軍に対する団体交渉のニュースだった。全軍労の要求——ストに参加した人間に対する不当解雇の撤回——を米軍はあっさりと却下した。最終的に決定された事項に関して、これ以上話し合う余地はないというのが米軍の言い分だと、アナウンサーは伝えていた。

ほらな、と軽口を叩《たた》くこともできずにおれは照屋仁美の様子を盗み見た。照屋仁美は唇を噛《か》んでテレビ画面に食い入るような視線を向けている。當銘愛子が憎しみに塗りつぶされた存在なのだとしたら、照屋仁美は怒りと悲しみに塗りつぶされていた。

慰めてやりたかった。おまえがひとりで悲しむ必要はないのだと声をかけてやりたかった。だが、自分はなにもしないだろうこともよくわかっていた。切実な欲望と願望だけが一人歩きして、おれはいつも取り残される。

米軍関係のニュースが終わって、地方のニュースに切り替わった。強張っていた照屋仁美の横顔が徐々に緩んでいく。それでも、スカートの生地を握った手はそのままだった。

「これ、片づけてきます」照屋仁美はテーブルの上の重箱に手を伸ばした。「そろそろ帰らなきゃならないし。この後はゆっくり休んで、無茶しないでくださいね」

照屋仁美は重箱を持って立ち上がった。ゆったりとした足取りで台所に向かうその背中を、おれはただ見守ることしかできないでいた。

照屋仁美が帰れば、ジローを探しに吉原に戻ることができる。それを欲していながら、照屋仁美をこのまま帰すことをためらうおれもいる。自分が混乱していることをはっきりと自覚した。なにをどうしたらいいのかわからなくて、おれは子供のように混乱しているのだ。

蛇口から迸《ほとばし》る水の音が響いた。照屋仁美の両肩が踊っているかのように揺れている。洗い物をしているその横顔はどこまでも無垢《むく》だ。

「帰るなよ」

照屋仁美の横顔を見つめながらおれはいった。もうどうにでもなれという気分だった。

照屋仁美の動きが止まった。水だけが流れ続けている。

「おまえが帰ったら、おれは多分、また出かける。調べたいことがあるし……いや、それより寝込んでいて失った二日間を取り戻したいって思いが強いんだ。これぱっかりは自分でもどうしようもない」

「だから、わたしに側にいて欲しいんですか？」

照屋仁美は首を曲げて顔だけをおれに向けた。真っ黒な瞳《ひとみ》に微妙な色が宿っている。喜びと、悲しみと。これ以上照屋仁美を悲しませたくはなかった。なんとしてでも、おまえは大丈夫なのだと伝えてやりたかった。病み上がりで精神が不安定になっているせいもあるのだろう。だが、心臓の中心から湧き起こってきた強い感情は、すでに制御不能なまでに巨大化している。

「いい方が悪かった。もう、いい訳はしない。今夜は帰らないでくれ、仁美」

おれは彼女の瞳を真っ直ぐ見つめていった。

「はい」

照屋仁美は恥ずかしそうに、小さく頷《うなず》いた。

＊　＊　＊

照屋仁美の唇は柔らかかったが、身体は硬かった。恐怖に筋肉が収縮している。暗闇の中、手探りで服を脱がし素肌に手を這《は》わせた。筋肉は硬いままで、かたくなにおれを拒否しているようにも思えた。

だが、照屋仁美はおれを求めている。浅く激しい息づかい。おれにしがみついてくる一《いち》途《ず》さ。うっすらと汗ばんだ肌はどこまでも滑らかでしなやかだった。

飲みこんでしまいたかった。おれのすべてでおれの腕の中の柔らかな肉体を包み込んでしまいたい。

もう一度唇を吸った。割れ物に触れるようにそっと、遠慮がちに。照屋仁美はそれでは不満だというように、強く唇を押しつけてくる。その唇を割り、舌を潜り込ませる。舌を絡ませる。扇風機の回る音とおれたちの呼吸音が熱く淀《よど》んだ空気をかき回していく。

「愛してます」

照屋仁美はいった。

「おまえが欲しい」

おれは答えた。

照屋仁美の胸に耳を当てた。鼓動が鼓膜に直に伝わってくる。照屋仁美の脈は異常なほどに速かった。

「大丈夫だ。おまえは大丈夫だ」

譫言《うわごと》のように呟《つぶや》きながら、慈しむように照屋仁美の肌を撫《な》で、身体を絡ませていく。少しずつ、確実に照屋仁美の筋肉が緩んでいく感触を堪能《たんのう》する。

乳首を口に含むと、照屋仁美の身体が痙攣《けいれん》した。嫌がっているのではないということは、次第に濃くなっていく体臭が告げてくる。最初に抱き合ったときは、照屋仁美からはシャンプーとリンスの匂いがするだけだった。今では、腋臭《わきが》に近いきつい体臭が立ちのぼりはじめている。腋臭より甘美で、野性的な体臭だ。その香りはおれを強く刺激する。

照屋仁美は興奮している。おれが興奮させている。

汗が激しく流れ落ちた。おれの肌も照屋仁美の肌もお互いの汗で艶《なま》めかしく濡《ぬ》れていた。緊張から解放された照屋仁美の肉体は関節を失ったかのようにおれの身体にまとわりつき、おれが欲しいと訴える。

下穿《したば》きの中に手を滑り込ませると、再び照屋仁美の筋肉は硬直した。

「大丈夫だ。おまえを傷つけたりはしない。約束する」

照屋仁美は泣いていた。

「やめるか？」

照屋仁美は激しく首を振った。

「好きなの。伊波さんが好きなの」

照屋仁美はおれの胸に顔を埋《うず》めた。身体から力を抜いた。

縮れた陰毛がおれの腕の内側の皮膚をくすぐった。照屋仁美は充分に潤っていた。襞《ひだ》を開き、すでに硬くなった突起に触れると、照屋仁美は顫《ふる》えだした。

「大丈夫だ。なにも怖がらなくていい」

あやすようにいいながら、突起を摘《つま》み、指の腹で擦《こす》る。おれの鼻にまとわりつくのは、照屋仁美の体臭だけになっていた。

もう、おれも限界だった。

腰の位置をずらし、あてがい、侵入させていく。暗闇に慣れた目に、苦痛に歪《ゆが》む照屋仁美の顔が映る。照屋仁美は自分の手で口を塞《ふさ》いでいた。彼女が感じている苦痛は想像するまでもない。だが、途中で止めることはできなかった。照屋仁美の体臭がおれの理性を麻《ま》痺《ひ》させている。

一気に貫いた。腰を密着させたまま、照屋仁美の手を外し、唇を吸った。

「痛いか？」

照屋仁美は首を振った。目尻《めじり》に溜《た》まっていた涙が頬を濡らした。

「痛いんだろう？」

照屋仁美はもう一度首を振って口を開いた。

「幸せです」

何かがおれの中で生まれた。初めて味わう感情だった。それは瞬く間に膨れあがり、おれを飲みこんだ。それがもたらす感覚は甘美でもあり、甘美すぎて恐ろしくもあった。おれは照屋仁美をきつく抱きしめ、恐怖を忘れるために闇雲に腰を振り続けた。

32

夢の中を彷徨《さまよ》っているように日々が過ぎていく。なにをしていても——眠っていても、飯を食っていても、排泄《はいせつ》していても、他人に嘘をついているときでも、頭の片隅に仁美の幻影が巣くっていておれの気を引こうとする。あの夜、おれの中で生まれた何かは、魂が落っこちた後の空洞に居座って、自らの存在を主張し続けている。

これが魂というものなのか。おれにはわからない。ただ、夢の中を彷徨うように、なにもかもを非現実的に感じながら行動するだけだ。

吉原のジローは確かに頬に絆創膏《ばんそうこう》を貼っていた。アシバー仲間には、女をこまそうとしたら逆に爪でひっかかれたとうそぶいている。女にいいようにあしらわれたことを、アシバーが吹聴《ふいちょう》して回るわけがない。あの傷は別の理由でできたものに間違いはなさそうだった。

具志川リサのもとに、ウィルからの手紙が届いていた。ウィルはでたらめを並べ立てていた。曰《いわ》く、勤務時間が変わったせいで、なかなか基地外に出て行くことができなくなった。曰く、いつまでもリサを愛している。

煙草を吸いながら、リサが嗄《しわが》れた声でいった。

「わたしの知り合いがこの前の晩、金武でウィルを見たって。他の女といちゃいちゃしてたらしいわ」

入手した情報から導き出される推論——マルコウたちとカデナ・フェニックスの蜜月《みつげつ》は終わりを告げた。あるいは、連中はほとぼりが冷めるのを待っている。

照屋仁美は昼間の仕事と県民抗議大会のための雑用で一日中忙しく動き回っている。おれは相変わらず、夜中に街を徘徊《はいかい》している。会う時間を作ることもできず、愛を囁《ささや》く時間を持つこともできない。

山里と会ったのは本部《もとぶ》のすば屋——沖縄そばの店だった。お互いにソーキそばを食べながら情報を交換した。山里の側には、めぼしい情報はなにひとつなかった。

「もう一度最初から情報をまとめさせてください」

そばを啜《すす》りながらおれはいった。遺体の発見状況、殺害推定時刻、目撃者の有無。すでにわかっていることを事細かに並べ立て、山里をうんざりさせ、そして、訊《き》きたかった疑問をさりげなくぶつけた。

「遺体には他に遺留品はなかったんですか？」

「遺留品ねえ」

「たとえば、犯人と争った時に衣服になにかついたとか……」

「遺体は基地に運ばれたんだよ。解剖もなにもかも、アメリカーどもがやって、結果を書面で報告してくるだけだ。我々が知りたいことはなにひとつ教えてもらえんのさ。あんたのボスに訊いた方が早いんじゃないかね」

「なるほど……」

「アメリカーが圧力をかけてこなけりゃ、とっくに迷宮入りになってる事件だよ。あんたはおれから情報を訊きだそうと躍起になってるがね、情報が欲しいのは我々の方なんだ」

山里の眠たげな目の奥でなにかが揺れている。おれに対する苛立《いらだ》ちか、あるいは現状すべてに対する苛立ちだろう。

「わかりました。遺体の解剖の詳しい結果、なんとか調べてみますよ」

「頼む」

山里はおれに頭を下げた。おれはぬるくなったそばの出汁《だし》を口に含んだ。予想もしていなかった山里の行動に慌てたからだった。

「頭を上げてください、山里さん。約束はしませんが、できるだけのことはやってみますから」

顔をあげた山里は不思議なものを見るような視線でおれを見た。

「あんた、変わったな」

おれは静かに山里を見つめた。

「怒るなよ。感じたことをいっただけだ」

山里は悪びれる様子もなくそういった。おれは両手を粗末なテーブルの下に隠した。強く拳《こぶし》を握っていることを知られたくはなかったのだ。力を緩めようと思っても、おれの両手はきつく握りしめられたままだった。

＊　＊　＊

ホワイトは月曜までに、テッド・アレンの遺体解剖結果を書き記したものを用意すると請け合った。電話に出たホワイトは、どこか心ここにあらずという感じだった。

おれは電話を切った。

仁美と別れた朝から、世界はおれの知っているそれではなくなっていた。時が流れるごとに、確実におれは苛立っていく。こんな思いをしなければならないのなら仁美を抱くのではなかったと唇を嚙《か》み、自分の唇の感触と仁美のそれとを比べている。そんな自分にいたたまれなくなり、車を飛ばして残波岬に向かった。切り立った断崖《だんがい》に腰を降ろし、なにをするでもなく、海面に映る太陽と雲が作り出す光と影の移ろいを見守った。

結局、自分で自分を支配できないという現実を思い知らされて車に戻った。乱暴に運転しながら那覇を目指し、島田哲夫が家から出てくるのを待っている島袋と合流した。

「儀間君は？」

助手席に乗りこみながらおれは訊いた。

「大学です。二十九日のこととか、いろいろ忙しくて」

島袋の目は真っ赤に血走っていた。目の下に隈《くま》ができ、頬もわずかにこけている。

「寝てないのか?」

「明け方ぐらいから昼まで寝ましたよ」

明らかな嘘だった。二日は寝ていない顔だ。なぜ嘘をつかなければならないのか。おれは嘘を指摘するのをやめて、そのことに思いを巡らせた。

「あいつは?」

「今朝六時頃家に戻ってきて、そのままです。昼の間にどこかに出かけたかどうかはわかりませんけど、今は家にいます」

「どうしてわかる?」

おれが訊くと、島袋は島田の家の土塀の先を指さした。窓は固く閉められているが、その奥でカーテンがかすかに揺れている。

「家にいるときは扇風機をつけっぱなしにしてるんです」

「そうか……あいつの見張りは君、学生運動の方は儀間君っていう具合に役割を分担したんだな」

「ぼくらは――」

慌てて首を振る島袋におれは笑顔を向けた。

「いいんだよ。こっちは無理を承知で頼んでるんだ」

「すみません」島袋は萎《しお》れて頭を下げた。「毒ガス漏れ事故の件で頭に来てる学生が大勢いて、そっちの方にも顔を出しておかないとなんだか危ない雰囲気になってるんですよ」

「危ないって、どう危ないんだ？」

「実力行使に出ようって叫んでるグループがいるんです。儀間かぼくのどっちかが睨《にら》みを利かせて抑えておかないと、いつ暴走するかわからないんですよね」

島袋や儀間で抑えが利くということは、それほど過激な学生集団ではないということだった。しかし、過激ではない学生集団を激高させるほどの衝撃が毒ガス漏れ事故にあるのだとしたら、過激な学生たちはどんなことを考えているのだろう。

「それで、いつから徹夜を続けてるんだ？」

「一昨日からですかね。伊波さんとの約束を破るわけにもいかないし、学校の方も放ってはおけない。だから……今夜、儀間が代わってくれることになってるんです。ぼくは、久々にゆっくり眠って、明日、学校に顔を出すつもりです」

おれと仁美がお互いの気持ちを激しくぶつけ合っていた時に、島袋はひとりで島田哲夫を追っていたということになる。かすかな罪悪感がおれの胸を刺した。これまで感じなかったことをおれは感じるようになっている。苛立ちと恐れが交錯する。喜びはどこにもなかった。

「ゆっくり寝てたんじゃ、講義には間に合わないな」

おれは埒《らち》もない言葉を口にして気を紛らわせた。

「講義なんかに出てる場合じゃないですよ——あ、出てきた」

島袋の声に緊張が加わった。土塀の向こうに見えるカーテンの揺れが収まっている。玄関の引き戸が開いて、島田哲夫が姿を現した。

「普通だったら、そのままタクシーを捕まえるんです」

島袋は車の鍵《かぎ》に手をかけた。まだエンジンはかけない。このオンボロ車がどれだけ騒しく目を覚ますかを、この数日でよく学んだようだ。島田哲夫は大きな通りに向かって歩いていく。肩を怒らせただらしない足取りは、まったくアシバーに相応《ふさわ》しい。遠ざかっていく島田の背中が小指の先ほどの小ささになってやっと、島袋は車のエンジンをかけた。

「いつもあそこでタクシーを捕まえるんです」

島田は路地と大通りの交差点で足を止めていた。なにかを探すように首を巡らせている。やって来た空車に島田が乗りこむのと、おれたちの車が交差点に進入していくのはほとんど同時だった。このタイミングなら、島田に尾行を気づかれる恐れも少ないだろう。島袋のスパイとしての技量はおれが驚くほどに進化している。

「普通はこのまま松山か波の上の方に向かうんです。だいたい、アメリカーの士官が通うような店に行くんですけど」

島袋はそういったが、島田の乗ったタクシーは進路を北に取ろうとしていた。

「あれ、今日はおかしいな」首を捻《ひね》りながら、島袋はタクシーの後を追った。「伊波さんの車、あのまま置いておいて大丈夫ですか？　今日は那覇を離れるみたいだけど」

「後で取りに来る」

おれは腕を組んだ。静かな声とは裏腹に、気持ちは高ぶっていた。那覇から北に向かうということは、宜野湾やコザを目指している可能性があるということだ。

「どこに向かってるんでしょうね？」

島袋が無邪気な質問をぶつけてきた。

「宜野湾かコザだ」

「どうしてわかるんです？」

「そうだったらいいなとおれが思ってるからだ」

「伊波さんて、難しい人ですよね」

「おれがか？」

「ええ。普通のうちなーんちゅとははっきり違うし……こういう活動をしてる人たちとも一線を画してるでしょう。こうやってあいつの見張りをやってて、暇なときよく儀間と話したんですよ。伊波さんってどういう人なんだろうって」

「黙って運転しろ」

おれはぴしゃりといった。島田の乗るタクシーは一号線に合流して、ひたすらに北上していた。時間帯のせいか、道は混雑している。タクシーを見失う可能性は限りなく低い。

「大丈夫ですよ、この混雑なら……機嫌悪くしました？　そうですよね。ぼくらみたいな学生にあれこれいわれたくないですよね」

　おれは島袋の問いかけには応じなかった。島袋は唇を舐《な》め、何度かためらうような仕種《しぐさ》を見せてから口を閉じた。沈黙が車内に垂れこめる。沈黙を望んでいたのはおれのはずだったが、その沈黙に最初に音をあげたのもおれだった。煙草をくわえ、火をつける。最初の煙を吐き出しながら、窓を半分ほど開けた。途端に、一号線の喧噪《けんそう》が飛び込んでくる。

「ひとつだけお願いがあるんですけど」

　島袋が遠慮がちに口を開いた。

「煙草が欲しいのか？」

「違います。照屋さん……仁美さんのこと大事にしてあげてください」

　人差し指と中指の間で、つけたばかりの煙草が潰《つぶ》れて折れ曲がった。

「さ、差し出がましいことなのはわかってるんです。でも、仁美さん、ぼくらのマドンナなんですよ。生まれや育ちに負けないでたくましく生きてて、そのくせ女らしくて、みんな憧《あこが》れてるんです」

　折れた煙草を灰皿に投げ捨て、おれは新しい煙草に火をつけた。激情はすでに去っていた。

「仁美は君らのマドンナか。じゃあ、當銘愛子はどうなんだ？」

「彼女は別ですよ」島袋ははにかむように微笑んだ。「まだ子供だし、それに……」

　島袋の笑みがゆっくり消えていく。変わって浮かんだ表情は、どこか沈んだ優れないものだった。

「それに、どうした?」

「彼女、ちょっと気性が激しすぎるところがあるんですよね。微笑んでそこにいるだけならなにかのモデルのような美しい少女なんですけど」

當銘愛子の内側にくすぶっている憎悪の激しさに、島袋たちも若い感受性で気づいているのだろう。気づいてはいるが、その外見の美しさ、儚《はかな》さに目を眩《くら》まされている。

「確かに美少女だな、あれは」

「ええ。でも、時々ついていけないことがあるんですよね。ぼくも儀間も、できれば彼女と交際したいなんて甘い夢を抱いてるんですけど、彼女の気性の激しさがその夢をはねつけるんです」

「なにがあった?」

「特にこうっていうことはないんですけど……彼女、大学生の集会にもよく顔を出すんですよ。それで、さっきいったじゃないですか、実力行使に出ようって叫んでるグループがいるって」

島袋のいいたいことが、だんだんおれにも飲みこめてきた。

「そのグループを陰で煽《あお》ってるのが彼女か」

「確証はないんですけど……彼女と交際してみたいと思ってるの、ぼくたちだけじゃないんですよ。憎からず想ってる相手に、ああしましょう、こうしましょうっていわれたら、ぼくら学生なんてイチコロじゃないですか」

　アメリカーに目にもの見せてやろう、アメリカーを自分たちの手で追い出そう。甘い仕種と険しい声で甘っちょろい学生たちに焚《た》きつけている當銘愛子の姿を、おれは容易に想像することができた。仁美はおそらく、なにも知らないのだろう。

「高校生にいいように踊らされてるのか、君ら学生は」

「でも――」

　抗議しようとしかけて、島袋は口を閉じた。島田の乗るタクシーのウィンカーが点滅していた。

　タクシーは一号線を左に折れた。そのまま直進すれば真栄原辺りに向かうことになる。島袋がハンドルを操作してその後を追った。一号線の混雑を抜けると、車の通行はまばらだった。

「気づかれないようにしろよ」

　おれは島袋に注意を促した。

「任せてください。この一週間で、尾行のコツは摑《つか》んでますから」

　島袋は自信に溢《あふ》れていた。落ち窪《くぼ》んだ眼窩《がんか》の奥で双眸《そうぼう》が熱気を孕《はら》んでいる。よほどスパイごっこがお気に召しているのだろう。的確な運転で距離を微妙に取り、タクシーの後を追いかけていく。

　真栄原の手前、ひなびた飲み屋が軒を連ねる一画でタクシーが停止した。島袋は慌てる様子も見せずにタクシーを追い越し、百メートルほど進んだところで車を停めた。心得たものだった。ルームミラーにタクシーから降りる島田哲夫が映っている。島田哲夫は脇目もふらずに一軒の飲み屋に入っていった。

「よし、君は英語を学ぼうとしている学生で、おれは家庭教師だ」

「中に入っていくんですか？」

島袋はおれの言葉に疑問を挟むことなくそういった。頭の回転が速い、というより、すっかりその気になっているということなのだろう。

「そうしなきゃ、あの男がだれと会ってなにを話しているのか突き止められないだろう」

おれはいいながら車を降りた。島袋はためらうことなく後をついてくる。島田哲夫が入っていったのはどこにでもあるような店構えの飲み屋だった。沖縄料理のつまみと島酒を売り物にしているような店だ。アメリカーは決して近寄らないし、アメリカかぶれしているうちなーんちゅが立ち寄ることもない。

「さりげなく振る舞うんだぞ。なにがあってもあの男に視線を向けるな。それから、お互いの名前は決して呼び合わないこと。おれは君のことを〝君〟と呼ぶ。君がおれを呼ぶときは〝先生〟だ。いいな？」

島袋は唾《つば》を飲みこんでからうなずいた。

のれんをくぐって店の中に入った。カウンターとテーブル席が三つあるだけの狭い店だった。左奥のテーブルを島田哲夫とマルコウが占領していた。カウンターの中にいるのは六十はとっくに過ぎただろうという夫婦だった。親父が酒やつまみを用意し、女将《おかみ》がそれを客に運ぶということらしかった。

おれたちはカウンターの端に腰を降ろした。こうした店に来る客がそうするように、とりあえずといった様子でビールを頼み、壁に貼られた品書きに目を通した。

「なんでも好きなものを頼めよ。今日はおれが奢《おご》るから」

「いいんですか？」

「若いものはたくさん食べなきゃな」

「じゃ、先生、遠慮なくご馳走《ちそう》になります」

島袋はそういって、食い物を注文しだした。芝居がかっていないこともないが、疑惑を抱かれるほど泥臭くはない。島田哲夫とマルコウは、おれたちに一瞥《いちべつ》をくれただけで会話に戻っている。島田哲夫とは一度顔を合わせたことがあるが、あれも暗闇の中のこと、おれのことを詳細に覚えているとは思えない。ふたりはラフテーや足てびちーを肴《さかな》に島酒を飲んでいた。

女将が運んできたビールをお互いに注ぎ合いながら、おれたちは芝居をはじめた。

「どうだ、英語の進み具合は？」

「まだまだですね。読み書きはいいんですけど、話すのと聞き取るのがだめなんです」

島袋の言葉には真実味がこもっていた。現実の島袋の英語力も言葉の通りなのだろう。

「慣れるしかないな、それは」

「先生はどうやって英語を勉強したんですか？」

「センター通りやゲート通りに通い詰めて、アメリカ兵たちを相手に実践したんだ。習うより慣れろ、この言葉は当たってるよ」

他愛《たわい》もない芝居を続け、運ばれてきた料理を頬張りながら、マルコウと島田哲夫の会話に神経を集中させる。声をひそめているせいで、会話は断片的にしか聞き取れない。

「連中がな……」

マルコウがいう。

「代わりを……」

島田哲夫が応じる。

十分も経たないうちに、おれは盗み聞きを諦《あきら》めた。ふたりの会話をもっとよく聞くためには近づくしか方法はなく、そんなことをすれば命取りになるのは明白だった。

島袋が頼んだ料理を平らげるのを待って、おれは店の親父に声をかけた。

「お勘定」

島袋が怪訝《けげん》な顔をしたが、おれはそれを目で制して金を払った。釣りを受け取り、マルコウたちには目をくれずに店を出た。

「もういいんですか？」

追いかけてきた島袋がいった。

「ああ。あれ以上あそこにいても無駄だ。車に戻って、連中が出てくるのを待とう」

「いいですけど、あのふたりが別々に行動したらどうするんですか?」

「君はいつもと同じように島田哲夫を追え。おれは禿頭《はげあたま》の方を追う」

立ち止まり、振り返った。日はすでに落ち、辺りは暗闇に包まれている。遠く一号線を走る車の明かりがおれの立つ通りをかすかに照らし、その隙間を縫うように風が吹きつけてくる。

風は憎悪と恐怖を運んでいるかのようだった。

＊　＊　＊

一時間が過ぎたころ、飲み屋の前に一台の車が停まった。黒光りするマスタングで、品がない。沖縄のアシバーの親分が乗るには申し分のない車だった。

「いよいよだな。おれはタクシーを拾う。君は打ち合わせ通り島田哲夫を追ってくれ。どこでだれと会うのかを突き止めてくれればいい。できれば、今夜、おれの家に来て報告してくれないか。もし、おれがいなかったら、簡単に報告書にまとめて郵便受けに投函《とうかん》しておいてくれればいい。深追いはするなよ」

「わかってます。伊波さんも気をつけて。あの禿頭、アシバーでしょう?」

島袋は真剣だった。おれはそれを笑い飛ばしながら車を降りた。一号線に向かうタクシーを拾っていると、マルコウたちが店から出てきた。二言三言、言葉を交わしてから、マルコウが待ち受けていたマスタングに乗りこんだ。島田哲夫は道の反対側に渡ってタクシーを探す仕種《しぐさ》を見せている。

「あのマスタングの後についていってくれ」

運転手にそう告げて、シートに深く腰を沈めた。マスタングが強引なUターンで一号線に向かって走っていく。

「お客さん、警察の方で？」

運転手が首を傾げた。

「黙って行ってくれ。金はきちんと払う。後についていることを、前の車に悟られないようにしてくれ」

おれは低い声で答えた。それをどう受け止めたのかはわからないが、それ以降、運転手は口を閉じて運転に専念した。

マスタングは一号線を北上していく。おそらくはコザに向かっているのだろうと予期しながら、別の場所に向かってくれと念じていた。そのまま吉原に直行されたのでは、すべてが徒労に思えてくる。

おれの願いが受けいれられたのか、マスタングはコザに向かう道を無視して直進を続けた。名護市内に入ったところで一号線を外れ、市の中心へ向かっていく。

「しかし、黄ナンバーでもないのにアメリカ車に乗ってるなんて、お相手はやっぱりアシバーなんですか？」

運転手が堪《こら》えかねたというように口を開いた。

「まあ、そんなところだ」

「大変なお仕事ですねぇ」

「タクシーの運転手だって大変だろう。酔っぱらった米兵に無理難題をふっかけられたり、金を踏み倒されたり」

「まあねえ、あいつらはしょうがないですから――あ、どうやら到着したようですよ」

おれたちは米兵が集まる繁華街の一画に入ろうとしていた。マスタングがスピードを落とし、路肩に寄っていく。マスタングとタクシーの距離は五十メートルほどだった。

「ここで停めてくれ」

マスタングは一軒のクラブの前で停まっていた。明滅を繰り返すネオンには英語で〈シェルクラブ〉と書かれていた。マルコウがマスタングから降りてきて、連れの人間とともに店の中に姿を消していく。マスタングに残っているのは運転手だけだった。

「この辺りは白の溜《た》まり場かい？　それとも――」

「黒い連中のですよ。白人の集まる店は一本裏に軒を並べてます」

「ありがとう」

料金を支払ってタクシーを降りた。その場所を動かずに煙草に火をつける。マスタングが走り去る気配はなかった。マルコウを待っているのだろう。ということは、マルコウの用件は短時間で終わるということだ。一瞬躊躇《ちゅうちょ》してから、煙草を投げ捨て、店に足を向けた。真栄原でマルコウには顔を見られている。だが、店構えから受ける印象では、〈シェルクラブ〉は黒人兵が集まる典型的な飲み屋のようだった。暗い照明、派手な音楽。ビールとバーボンと大麻とヘロイン。いかがわしさと人いきれがいい隠れ蓑《みの》になるはずだ。

マスタングの脇を通って〈シェルクラブ〉の重い扉を押した。マスタングの運転手はおれに一瞥をくれたが、退屈そうに煙草を吹かしているだけだった。

店内は立錐《りっすい》の余地もないほどの混雑だった。耳を聾《ろう》するような音楽が鳴り響き、煙草と大麻の煙で空気が淀《よど》んでいる。思い思いに踊る黒人兵たちの横顔をミラーボールで乱反射した照明がまだらに染めあげている。黒人兵たちを押しのけながら奥に進み、マルコウを探した。五分ほど店内をうろついて、やっと目的を果たした。

店の片隅、トイレのドアのそばでマルコウとウィルが話し込んでいる。マルコウが連れてきたアシバーは、どうやら通訳のようだった。

おれはカウンターでコーラを注文した。瓶を片手に踊るようにふらつきながら、ゆっくりマルコウたちに近づいていった。ウィルもマルコウもお互いの顔を睨《にら》みながら熱く言葉を交わしている。おれはウィルの背中の方に回り込んだ。この場合、危険なのはマルコウよりウィルの方だった。

おれは少し距離を置いて、ウィルの後方に自分の居場所を確保した。ウィルに背を向け、左肩を壁に押しつけて、音楽に合わせてリズムを取る。

「だから、あれは事故だったんだって」

マルコウの声が肩越しに聞こえてくる。音楽に負けないようにと声を張りあげているので、言葉を聞き取るのは真栄原の飲み屋よりはるかに容易だった。

「事故だ？　ふざけるなよ。事故で殺されたんじゃ、テッドも浮かばれねえぜ」

ウィルも負けじと声を張りあげている。ふたりの通訳をしているアシバーの顔は汗にまみれていた。

「だからこうして頭を下げてるんだ。テッドの家族には金も送るといってるだろう」

アシバーが通訳を終えると、ウィルは激高したように汚い言葉を繰り返した。ジャップ、イエローモンキー、ファックなクソ野郎。もちろん、アシバーはそうした言葉をマルコウに通訳するという愚は犯さなかった。

一通り喚《わめ》き散らした後、ウィルはビール瓶に口をつけた。

「テッドは無実だった。本当に申し訳ねえことをしたと思ってるんだよ、ウィル。うちの跳ねっ返りが無茶をしたんだからな。だが、おれたちの事情もわかるだろう。あの倉庫から銃がなくなった。だれかが持ち出したんだし、一番疑われやすかったのはテッドなんだ」

心臓が止まりそうになった。テッドが殺されたのは、やはりおれが持ち出した銃のせいなのだ。

「テッドはなにもしちゃいねえ。確かに、手癖の悪い野郎だったが、仲間のものに手をつけるほど腐っちゃいなかった」

「なあ、ウィル――」

「いいか、おれの話をよく聞けよ。おまえたちは問答無用でおれの仲間を殺しやがったんだ。一緒に戦ってきた仲間をな。このことをセイシンが知ったらどうなると思う？」

アシバーがウィルの言葉を通訳している合間も、おれの心臓は止まり続けていた。罪悪感、あるいは良心の呵責《かしやく》。投げ捨てたいと願いつつ、投げ捨てることができなかったおれの一部が熱を持って疼《うず》いている。

「比嘉にはこのことは内緒だ。もし、口を滑らせたら、おれにも考えがあるぞ、ウィル」

「おれを脅すのか？　テッドみたいにおれも殺すのか？」

思わず振り返った。マルコウとウィルが睨みあっている。現役の兵隊とはいえウィルは後方勤務、マルコウは現役のアシバーの親分だった。睨みあいはマルコウの勝利で終わった。

「わかったよ、セイシンにはいわねえ。約束する。ただし、そっちも約束しろ」

「なにをだ？」

「テッドの家族に金を送るのは当然だが、おれたちにも金を寄こせ」

「そうすれば、今までと同じように付き合ってくれるのか？」

アシバーの通訳が終わると、ウィルは激しく首を振った。

「だめだ。あんたたちとはもう終わりだ。おれたちは仲間を殺されたんだし、例の事故のせいで、前みたいに好き勝手に武器を持ち出すことはできなくなってるんだ。もう、潮時なんだよ、マルコウさん」

「じゃあ、代わりの人間を紹介しろ。仲介料ってことで金を払ってやる」

ウィルは腕を組んだ。マルコウと視線が合いそうになって、おれは慌てて顔を背けた。肩から力を抜き、音楽に合わせて頭を振る。アメリカかぶれのチンピラに見えることを心の底から祈った。

「わかった。なんとか探してみるよ」

ウィルの声が聞こえた。

「よし、頼むぞ。連絡はいつものところにな」

マルコウが遠ざかっていく気配が伝わってきた。おれはゆっくり振り返った。通訳のアシバーが露払いして作った空間をマルコウが歩いていく。その後ろ姿は疲れ果て、まるで活力というものを感じることができなかった。

ウィルの横顔もまた、疲れ果て、くたびれ果てていた。

33

マルコウは待っていたマスタングに乗った。なんとかタクシーを捕まえて後を追ったが、無駄だった。マルコウはそのままコザに戻り、手下たちがたむろする事務所に入っていった。外から様子をうかがっているだけではなにもわからない。

思案に思案を重ねた末に、政信にぶちまけることに決めた。知らんぷりを決めこんで今後の成り行きを見守っていたところで、なにが起こるのかは予測がつかない。いや、マルコウとウィルの会話から推測するかぎり、もはやなにも起こらない可能性すらある。それならば、マルコウたちの暴走を政信に伝え、状況をかき回し、混乱させた方がいい。おれには見えなかったなにかが見えてくる可能性もある。

徒歩で照屋に向かい、一軒のダンスクラブでブルーズを演奏している政信を見つけた。前線勤務が決まったのか、あるいは前線から戻ってきたばかりで耳に銃声がこびりついたままなのか、陰鬱《いんうつ》な黒人兵たちが暗い目をステージに向けて、政信とバンドの演奏にじっと聴き入っている。煙草と大麻の煙が混ざりあった空気はどこまでも重く沈殿してゆき、タールのように粘ついて政信の奏でるギターの音に絡みついていく。

おれは黒人兵たちをかき分けながら、壁際に沿ってステージに近づいていった。酒のメニューと麻薬の価格表がべたべたと張られた壁のあちこちに、黒人兵たちの落書きが刻まれている。落書きはすべて、必ず戦地から無事に戻ってくるという決意表明だった。稚拙な文字に込められた黒人兵たちの悲痛な叫びに、壁は今にも崩れ落ちてしまいそうだった。

政信たちの演奏は三十分ほど続いて、唐突な終わりを迎えた。ギターのフレーズが余韻を残しながら店内の空気にまだとどまっているうちに、ベースの奏者やドラマーがステージを降り、最後に残った政信がまばらな拍手の中で頭を下げた。拍手の少なさは演奏への不満を現しているわけではなかった。だれもが俯《うつむ》き、自らの内面に潜り込んでいたせいで、演奏が終了したことにしばらく気づかないでいただけだ。

政信はステージの隅にギターを立てかけると、真っ直ぐにおれの方にやってきた。

「もうなにかわかったのか?」

「ああ、これぐらいのことならわけはない。簡単な調査で済んだよ」

「そうか……さすがだな。どこか、他の場所に移るか?」

政信は周囲に視線を走らせた。照屋にある他のダンスクラブと違って、ここは静かすぎる。

「そうだな。ここは話をしやすい雰囲気じゃない」

「ちょっと待っててくれ。すぐに戻ってくる」

政信はそういって、カウンターの方に身体を向けた。傍らを通りすぎる政信に黒人兵たちが声をかけていく。政信は片手をあげながらそれに応じ、カウンターに座っていたふたり連れの黒人の肩を抱きながら、ふたりの間に割って入った。沈痛な眼差《まなざ》しで言葉を交わし、それぞれの黒人と静かに握手して、最後に拳《こぶし》をぶつけ合った。その場で振り返っておれの視線を捕まえると、出口の方に顎《あご》をしゃくった。

先に店を出た政信の後を追って黒人兵たちをかき分けた。店の外の空気がこの上もなく甘美に感じられる。それほど店の空気は重かった。

「誰かの追悼で演奏してたのか?」

煙草に火をつけている政信の背中に声をかけた。

「黒人兵だけで構成された分隊だか小隊だかが、昨日、ヴェトナムで全滅したらしい。しかも、友軍の砲撃の的にされたんだと。この店にいるのは、みんなそいつらのお仲間さ。魂が安らかに天国に行けるように昔ながらの黒人のソウルを演奏してくれと頼まれた」

「なるほどな――」

「ここは辛《つら》いなぁ、尚友。日に日に辛くなっていく」

政信は煙を吐き出しながら照屋の空を見上げた。雨の気配をたっぷりと含んだ分厚い雲はまだ沖縄の空をすっぽりと覆っていて消える気配もない。

「おまえもしょっちゅうここに出入りしてるから感じるだろう？　どんどん空気が薄汚れて淀《よど》んでいく。あいつらの怒りや悲しみがその辺に吹き溜《だ》まってる。そのうち……そんなに遠くないうちに、爆発する」

「それは沖縄も同じだろう」

「まあな。黒人もうちなーんちゅも、上から押し潰《つぶ》されて踏みにじられて、ぺしゃんこになる寸前で苦しんでる。どうにかならんもんかなあ」

「どうにもならないことは、よくわかってるんだろう？」

「それよ。どうにもならんことはよくわかってるのにな、なんだかこの辺が息苦しい」

政信は自分の胸を指差した。

「らしくないぞ、政信」

政信は荒々しく鼻から息を吐き出して歩きはじめた。

「それで、だれがテッドを殺したんだ？」

「マルコウの一味だ」

政信が足を止めた。背中が一回り膨らんだように見えた。半分ほどの長さになった煙草を投げ捨て、足で執拗《しつよう》に踏みにじってから、政信は振り返った。

「でたらめを抜かすと、おまえでも容赦しねえぞ、尚友」

政信の顔からは表情というものが抜け落ちていた。魂をどこかに落としてきた男のように——おれと同じように——精気というものが感じられない。ただ、名状しがたい緊張感が目に宿っているだけだ。

「さっきまで、名護にいたんだ。黒人兵が集まるクラブでマルコウとウィルっていう男が話しているのを盗み聞きした」

政信の顔に表情が戻った。落胆、あるいは悲哀。どちらにしろ、怒りの感情はどこにも見あたらない。

「詳しく話してくれ。歩きながらでいいだろう？　少し頭を冷やしたいんだ」

「おれは構わないよ」

おれと政信は肩を並べて歩きはじめた。夜の照屋の喧噪《けんそう》がおれの声を飲みこんでいく。だれもおれたちには気も留めないだろう。

「なんだってマルコウなんだ？　おまえ、最初からあいつに目をつけてたのか？」

政信の問いかけに、おれは首を振って答えた。

「照屋で聞き込みをしたのさ。殺されたテッド・アレンの行きつけの店を探し出して、そこの従業員にテッドが殺される日の前後になにか変わったことはなかったかって訊《き》いてな」

「それで？」

「テッドとウィルっていう男がアシバーふうの連中に難癖をつけられていたらしい。照屋に顔を出すアシバーは数が限られる」

「そうだな」

政信は心ここにあらずという声で応じた。

「照屋の次は吉原だ。いろいろ歩き回って、頬に変な傷をこさえたアシバーを見つけた。ジローって男だ。知ってるか？」

「ああ。吉原通いをしててジローを知らないやつはいない。そういえば、昨日も見かけたが、確かに絆創膏《ばんそうこう》を貼ってたな」

「ジローは頬の傷は女に引っかかれたものだと吹聴《ふいちょう》してた。その割には、傷の上に貼った絆創膏がやけにでかい」

おれは政信の横顔に一瞬、視線を走らせた。政信は苦虫を噛《か》みつぶしたような表情を浮かべていた。自分の迂闊《うかつ》さを呪っているのだろう。

「吉原の女たちに訊いてみたら、ジローの絆創膏に気づいたのはテッドが殺された翌日だということで一致した。ジローの親分はマルコウだ。それで、マルコウたちの動向を見張ることにしたのさ。昼飯一回分の借りにしちゃ、ずいぶん働いたと思わないか」

「アシバーを覗《のぞ》き見するのが楽しかっただけだろうよ。おちゃらけはいいから、さっさと話を進めろよ」

「今日の夕方、マルコウが動きだした。まず、真栄原に行って、飲み屋で右の目尻《めじり》に傷のある男となにやら話し込んだ。そいつが何者かはまだわかっていない」

政信は新しい煙草をくわえた。マッチで火をつけようとしたが、擦るたびにマッチの軸が折れ、最後にはマッチの箱ごと道ばたに投げ捨てた。

「火、貸してくれ」

「おれがつけてやるよ。馬鹿みたいに力を入れるから折れるんだ」

おれは自分のマッチに火をつけ、左手で炎を囲んで差し出した。政信が首を伸ばして煙草に火をつけた。

「右の目尻に傷のある男だが、心当たりは？」

「ねえな。アシバーならそんな男、腐るほどいるだろう——来たな」

政信は頬に手を当てて空を見上げた。細かな雨粒がおれたちの足もとに水玉模様を作っていく。あれだけ耐えていた雲も、ついに堪《こら》えきれなくなって雨を降らせはじめたようだった。

「どこかで雨宿りするか？」

政信はひとりごとのようにいった。つけたばかりの煙草の巻紙が濡《ぬ》れて透けている。

「この辺りならどの店に入ってもうるさすぎて話はできないだろう。濡れていこう」

「病み上がりのくせに、身体はいいのか？」

「おかげさまでな……マルコウはその男と小一時間ほど話して別れた。その後は、名護だ。ウィルっていう黒人がマルコウを待っていた」

「どうしてそいつがウィルだってわかったんだ？」

「何度かラブレターの代筆をしてやったことがあるんだよ」

「ああ、そうか。そういうアルバイトもやってたんだったな。それで、ふたりはなにを話した？　盗み聞きしたんだろう？」

雨足はどんどん強くなっていく。通りでたむろしていた黒人たちが足早に手近の店に駆け込み、人影が急速に減っていく。政信の頭髪は濡れて頭に張りつきはじめていた。おれも似たようなものだろう。雨は生ぬるく、粘膜のようにおれの身体を覆っていく。

「テッドをわざと殺したわけじゃないとマルコウがいってたよ。それに対して、ウィルは怒り心頭といった様子だった」

「本当にマルコウがそういったのか？」

政信が口を閉じるのとほとんど同時に、稲妻が夜空を切り裂いた。雨に濡れた政信の横顔が闇に浮かびあがる。

「マルコウと付き合いがあるような口ぶりだな、政信」

「おれが吉原で何年遊んでると思ってるんだ？　マルコウと話すぐらいなら、飯を食うより頻繁にしてる。マルコウはなんていったんだ？　焦《じ》らすなよ、尚友」

「あれは事故だったんだそうだ。おれの推測じゃ、マルコウはウィルたちから米軍の武器弾薬を横流ししてもらってたんだな。ところが、その弾薬を隠していたところから、拳銃《けんじゅう》が一丁なくなったらしい。それで、マルコウの手下たちがテッドを疑って、問いつめている間に弾みで殺してしまった、そんなところじゃないか」

「自分の手下がテッドを殺したとマルコウがいったのか？」

「ああ。間違いなくそういっていたよ。お詫《わ》びの印に、テッドの家族に金を送るとウィルに約束していた」

「金をな……」

「ウィルは自分たちにも金を寄こすべきだと詰め寄ってたよ。手切れ金をもらって、もう付き合いはやめにしたいという意味のことを話していた」

「他には？」

政信は声を張りあげた。雨は今では土砂降りになっていて、空のあちこちで花火のような雷の音が炸裂《さくれつ》していた。雨音と雷とで、肩をよりそうようにしていても、人間の声はかき消されてしまう。おれも政信も、ずぶ濡れだった。

「マルコウは、手切れ金を払うのを承諾する代わりに、ウィルたちと同じことをしてくれる別の人間を紹介してくれと」

「ウィルは承諾したのか？」

「もちろん。なんだって、金には換えられないだろう？」

また、稲光が政信の顔を照らした。政信が唇をきつく結んで、宙の一点を凝視していた。まるで、耐えがたい悲しみに打ちひしがれてでもいるかのように、政信は瞬《まばた》きひとつしなかった。

「そうか……尚友、この話はだれにもするなよ」

「だれに話せっていうんだ？　こんなことに喜んで耳を傾けてくれるのは警官だけだろう。おれは裏の事情がどうなってるかもよく知らないんだぞ。あまり好きでもない幼馴染《おさななじ》みに昼飯を奢《おご》ってもらって、その借りを返すためにあくせく歩き回っただけだ」

「だったらいいんだがな」

政信は小さな声でいった。雨と雷のせいで聞き漏らすところだった。

「どういう意味だ？」

「おまえは伊波尚友で、それ以上でもそれ以下でもねえってことだよ。くそっ、時々自分が嫌になるぜ。いいか、尚友、おまえのことだ、マルコウやウィルたちがやってたことに、おれも噛んでたと疑ってるだろう？」

政信は足を止めておれに向き直った。おれの両肩を摑《つか》み、強い力で揺さぶってくる。

「自分が嫌になる？　おまえが？　比嘉政信が自己嫌悪に陥るのか？」

「当たり前だ。話をごまかすなよ、尚友。お察しの通り、マルコウやウィルはおれの仲間だった。おれが金儲《かねもう》けのために銃の横流しに関わってたなんて話、おまえはこれっぽっちも信じないだろうから、これだけはいっておくぞ」

「いうだけはいってみろよ。聞くかどうかを決めるのはおれだ」

大粒の雨が脳天を痛いほどに叩《たた》く。政信の指はおれの肩の肉に食い込んで放さない。おれは痛みと政信の強烈な視線に耐えて、歯を食いしばった。

「この件は忘れろ。頭の中からきれいさっぱり追い出すんだ。おまえには無関係なことなんだ。おれに対する意地だけで動き回ってると、痛い目に遭うぞ」

「おまえがおれを痛い目に遭わせるのか？　それとも、他のだれかか？」

「やめろといってるんだ、尚友。仁美を幸せにしてやれ。所帯を持って、自分の世界を作れ。おまえの中に巣くってる憎しみを捨てちまえ」

「余計なお世話だ。おれのことは自分で決める」

「尚友――」

政信の手の力が緩んだ。おれは肩に食い込んでいた政信の両手を振り払った。

「おれを巻き込んだのはおまえだぞ、政信」

「おまえには無理なんだ。諦《あきら》めろ、尚友――」

政信の声は上擦っていた。政信が口にした言葉が、おれの内部に激しい憎悪を産み落とした。おれたちは雨に濡れたまま、ぴくりとも動かずに睨《にら》みあっていた。

34

浦添の印刷屋からのアングラ雑誌が刷り上がったという連絡で叩き起こされた。車で向かおうとして、その肝心の車を那覇の島田哲夫の家の近くに置いたままであることを思い出した。

郵便受けに投函《とうかん》されていた島袋の報告書を抜き取って、タクシーを摑まえた。那覇に向かう車中で報告書に目を通した。

真栄原でマルコウと別れた島田哲夫は那覇にとんぼ返りした。いつもの将校たちが集う店ではなく、下士官たちの行きつけの店を徘徊《はいかい》し、明け方に家に戻っている。将校たちが集まる店ならうちなーんちゅが周りにいても不思議ではないが、下士官たちの店はアメリカ兵オンリーのところが多く、だれと会ってなにをしていたかは探れなかった——島袋は悔しそうに記していた。

島田哲夫の家を、今日は儀間が見張っていた。儀間が気づく前に助手席に乗りこみ、驚いている儀間におれは告げた。

「もう、帰っていいぞ」

「伊波さん……驚いたなあ、もう。帰っていいってどういうことですか？」

「この仕事はもう終わりだ。だいたいのことは摑めたからな。これ以上、君たちの手をわずらわせることもない」

「でも……」

「昨日、島袋君に聞いたよ。大学の方も大変なんだろう？」

「ええ。なんだか本土の過激派みたいな雰囲気になってきてるんですよね」

儀間の表情が途端に曇った。島袋とは違って大学の方にまめに顔を出していたせいで、状況の難しさが身に染みているのだろう。

「そんなに大変なのか？」

「一部の学生だけなんですけどね、このまま黙っていたんじゃアメリカーにはなにも通じない、実力行使でうちなーんちゅの気持ちを訴えるって息巻いてるんですよ」

「當銘愛子に唆されて？」

「そんなことまで喋《しゃべ》ったんですか、島袋のやつ……」

「なかなかのオーガナイザーぶりを発揮してるそうじゃないか」

「彼女はただのきっかけなんですよ。みんな、心の奥でやりきれないなにかを抱えてるんです。伊波さんだってそうでしょう？　彼女はそれを焚《た》きつけただけなんです」

當銘愛子に対する想いも、島袋より儀間の方が強いようだった。

「だが、アメリカーに対して学生が実力行使に出るっていうのは得策じゃない。学生の実力なんてたかがしれてるし、逆にアメリカーの態度を硬化させるおそれもある」

「そうなんですよね」

「とにかく、ここは引き上げて学校に戻るんだな。そのうち、他の仕事を頼むことにもなるかもしれないし、時間のあるうちは、勉強でも活動でも大学の方を重視しておいた方がいい」

「車はどうすればいいんですか？」

「この週末は自由に使っていい。月曜になったら、おれの家の前に止めておいてくれ。鍵《かぎ》は郵便受けに入れてくれればいい」

「わかりました」

おれは車から降りた。儀間が黙礼をして車を発進させる。島田哲夫の家のカーテンは揺れている。眠りを貪《むさぼ》っているのだろう。政信とマルコウの間で島田哲夫がどんな役割を担っているのか、なんとしてでも知りたいところだったが、昨日の今日ではしばらく素人を使った見張りはやめておいた方がいいだろう。

停めておいた車にとって返し、そのまま浦添を目指した。千冊の雑誌を印刷屋のおやじと手分けして車に運び込んだ。

支払いの手配を済ませ、コザに向けて車を走らせたときにはすでに十二時をまわっていた。ラジオをつけると、来週からはじまる日米貿易経済合同委員会のニュースが流れていた。沖縄の返還問題に関してはアメリカ側は「核抜き」を明言することは避けるだろうとアナウンサーは告げていた。毒ガス漏れ事故で沖縄は大きく揺れ動いているというのに、当事者は除《の》け者にされ、部外者が着々と周囲を固めていく。おそらく、同日開催される県民大会で、うちなーんちゅはその非道さを大声で訴えるだろう。だが、うちなーんちゅの怒りはだれの胸にも響かないのだ。

栄門は留守だったが、栄門の女房は話に通じていた。アングラ雑誌を車から栄門の自室に運び込み、連絡をくれるように栄門に伝えてくれと告げてから、一旦《いったん》自分の家に戻ることにした。月曜のホワイトとの会見に向けて、頭の中をまとめておかなければならない。

台所に残っていたもので簡単な食事を作り、遅い昼食を取った。その間に栄門から電話があり、アングラ雑誌の配布について細かい打ち合わせをした。仁美や学生たちに手伝ってもらって無作為かつ広範囲に亘《わた》って配布する。とりわけ、照屋の黒人兵たちに読ませたい。栄門との打ち合わせは一時間ほどで済んだ。問題はホワイトに報告すべきこととそうでないことの整理だ。ホワイトに疑いを抱かれず、かといって仕事をサボっていると判断されないように、微妙に摑んだ事実を振り分けなければならない。ああでもないこうでもないと頭を捻《ひね》り、なんとか格好が付き始めたころにはすでに日が暮れようとしていた。夜の始まりとともに、おれの活動も再開される。昨日の夜の政信の態度——近いうちになにかが起こるだろう。これからしばらくはマルコウの周囲を見張り続けることに決めていた。

外出の支度を整えていると、家の外からけたたましい音が響いてきた。喘息《ぜんそく》の発作のようなエンジンの音と、乱暴に振り回されて悲鳴をあげるタイヤの音だ。

カーテンを開けて外を覗《のぞ》くと、儀間がおれのオンボロ車から慌てた様子で降りてくるところだった。遠目に見える儀間は夕闇の薄明かりの中、亡霊のような足取りでおれの家に向かっていた。

なにか予期しない事態が起こったに違いない。おれは慌てて玄関に走り、ドアを開けた。

「どうした？　なにがあった？」

「し、島袋が捕まりました」

「なんだって？」混乱が一気に押し寄せてくる。「警察に捕まったのか？」

「は、はい……」

儀間の顔は青ざめ、目は虚《うつ》ろだった。

「とにかく、中に入るんだ。落ち着いて、なにが起こったのかを説明しろ」

部屋の中に招き入れ、コップに水を汲《く》んで儀間の目の前に置いた。儀間は水を一気に飲み干し、太い息を何度も吐き出した。

「どうして捕まったんだ？　島袋はなにをやった？」

「なにもしてないんです。島袋はただ止めようとしただけで……」

「なにを止めるんだ？」

「は、反戦学生会議の連中が、民政府に乱入して、アメリカーの国旗を引きずり降ろしたんです」

実力行使——午前中に儀間と話した言葉が頭の中で何度もこだました。テレビをつけ、ＯＨＫにチャンネルを合わせる。緊迫した表情のアナウンサーが、事件についての原稿を読み上げていた。

「たった今入ったニュースです。本日、午後四時過ぎ、一部の学生が浦添牧港の米国民政府内に乱入し、米国国旗を引きずり降ろすという事件が発生しました。この事件により、普天間署は女子十数名を含む七十人以上の学生を逮捕した模様です。普天間署によりますと、学生たちは民政府正面入口でデモをはじめ、毒ガス兵器の撤去、軍事基地の撤廃を叫び、その後ヘルメットとマスクを着用して民政府構内に突入、一部の学生がポールに掲げられていた米国国旗を引きずり降ろし、足で踏みつけるなどしたということです。また、他の学生は庁舎内に駆け込み、庁舎の屋上で『革マル』の旗を振り、反戦学生会議の垂れ幕を垂らして気勢をあげました。この混乱は約二十分間にわたって続き、警察の小隊が到着すると、学生たちは自主的に構内から外に出、座り込みを行いましたが、警察とガードに追われて民政府バス停前からバスに乗り込んだということです。普天間署はこのバスごと七十名以上の学生を逮捕したということです。繰り返します――」

映像はなかった。スタジオを背景にアナウンサーが原稿を読み上げているだけだ。これだけではなにもわからない。

「どういうことだ、これは？」

「さっき話したじゃないですか。実力行使に訴えたんですよ」

「おまえや島袋の話じゃ、そこまで緊迫してるようには思えなかったぞ」

「ぼくらもすっかり騙《だま》されてたんです。昨日までの成り行きだともう少し話し合いをして、どうするか決めようってことだったんです。それが……」

「おまえたちの知らないところで、當銘愛子がうまく立ち回っていたってことか？」

儀間は萎《しお》れた草のようにうなだれた。

「反戦学生会議内にも、十人ほど強硬派がいて、彼女、彼らと結託してたみたいで」

「どうしてあそこに島袋がいるんだ？　あいつは実力行使には反対だったんだろう？」

「ぼくも現場にはいなかったんで……一旦家に戻って昼飯を食って、それから大学に行ったら、もう、みんな民政府に向かって出発した後で。とにかく、他の人間から聞いた話じゃ、島袋はみんなを止めようとしてついていったらしいんです、そんな馬鹿げたことはやめろって」

「そのまま一緒にバスに乗って、一緒に逮捕されたということか……」

「當銘愛子は？」

「彼女も逮捕されたと思います。ニュースじゃ高校生とはいってなかったけど、彼女、一見大人びて見えますから……島袋や愛子ちゃん、どうなるんですか？」

儀間は年相応に幼い表情を浮かべて訴えた。劇的に変化した現状に対応できず、途方に暮れ、おれに助けを求めている。知ったことではないと突き放したいところだったが、當銘愛子も逮捕されているのだとすれば話は変わってくる。仁美がおれをただでは置いておかないだろう。

「ちょっと待ってろ」

おれは電話に手を伸ばし、山里の所属する殺人課の番号を交換手に告げた。山里はまだ署内にいて、すぐに電話に出た。

「なんだ？　今、署内はてんてこ舞いなんだ。急の用件じゃなければ明日にしてくれ」

「学生の件です」

「あんた、これにも関わってるのか」

山里の気怠《けだる》そうだった声が急に調子を上げた。

「逮捕された学生の中に、知り合いの息子や娘が混じっていそうなんですよ。親に確かめる方法はないかと問いつめられまして、それで山里さんに……」

「名前は？」

「島袋昇と當銘愛子」

山里の返事はなかった。代わりに紙をめくるような音が受話器の向こうから聞こえてきた。しばらく待っていると、山里の声が戻ってきた。

「ふたりとも留置場にいるぞ」

「勾留《こうりゅう》はどれぐらいになりそうですか？」

「連中、一丁前に黙秘権だなんだと抜かしおってな、まだだれもなにも喋《しゃべ》っておらんのだ。この状態が続くと、勾留もかなり長引くだろうな」

「でも、相手は学生じゃないですか。しかも、當銘愛子はまだ高校生です」

「高校生が混じってるのか……じゃあ、その子はすぐに釈放されるかもしれんがな、アメリカーの圧力がきついんだ。学生だからといって容赦はされないだろう」

山里の声には学生に対するわずかばかりの同情と、無理強いをしてくるアメリカーへの強い反発心が込められている。

「わかりました。ふたりの親にはそう伝えておきます。また、電話してもかまいませんか？」

「だめだといってもかけてくるんだろう。しょうがない……できれば、あっちの事件の件で電話してもらった方が嬉《うれ》しいんだがな」

「月曜には多少お教えできることが増えているかもしれません」

「伊波君よ、あんた、人の気持ちを引きつけるのが上手だな」

「また電話します」

おれは電話を切り、儀間に向き直った。

儀間が不思議そうに訊《き》いてきた。

「警察に知り合いがいるんですか？」

「スパイみたいなもんだ。警官に取り入って、向こうの情報を集めてる」

儀間の顔に賛嘆の表情が浮かんだ。

「凄《すご》いですね……それで、島袋と愛子ちゃんはどうなるんですか？」

「しばらく勾留されるだろう」

「だが、そのことを警察にいえば、島袋は密告者と同様になる。彼はなにもいわないだろ
「島袋は止めようとしただけなんですよ」

う。違うか？」

「そうですね……」

「よし。君は島袋の家に行って、親御さんに状況を説明してこい。まだなにも知らないか、知っていたらかなり心配してるだろうからな」

「わかりました。伊波さんは？」

「おれは照屋君のところに行ってくる。彼女は當銘愛子を可愛がってるからな。とりあえず報《しら》せて、今後の対応を相談してくるよ」

気が重かった。だが、知らんぷりを決めこむには、仁美はおれの心の奥で無視できない重みを持ちはじめていた。

35

仁美は栄門と一緒に、二十九日の県民大会のための準備に勤《いそ》しんでいた。あちこちに足を運び、ベ平連の連中が自分たちの活動のために借りているアパートの一室でやっと摑《つか》まえた。

四畳半と六畳の二間のアパートは、十人以上の人間がひしめき合っていて、煙草の煙のせいで空気が濁っていた。ヒッピー風の白人がふたり、虚ろな目を宙にさまよわせながら、部屋の隅で座っていた。

「どうしたんですか、伊波さん？」

眉間《みけん》に皺《しわ》を寄せて語り合っていた仁美が、玄関口に立ったおれに気づいて顔を輝かせた。

おれは仁美に手招きし、その場で待った。

「ちょっと席を外せるか？　内密で話したいことがある」

畳の上に座りこんでいる連中を巧みに避《よ》けて近寄ってくる仁美に、おれは小声で囁《ささや》いた。

仁美は訝《いぶか》しげに右の眉《まゆ》を吊《つ》りあげた。その表情は彼女がなにも知らないということを告げていた。

「なんなの？」

「すぐに済む」

有無をいわせずアパートの外に出た。路上に佇《たたず》んで煙草を吸いながら待っていると、サンダルを引っかけた仁美が追いかけてきた。

「なにかあったんですか？」

「今日の夕方、一部の学生たちが民政府構内に乱入して星条旗を引きずり降ろした。聞いてないか？」

「だれかが話してるのを小耳に挟んだけど、県民大会の準備で忙しくて……」

口にくわえた煙草の穂先が赤く輝き、仁美の漆黒の瞳《ひとみ》にそれが浮かびあがった。

「その事件で、七十人以上の学生が逮捕されて、現在も勾留されてる」

「そんな事態になってるんですか。栄門さんたちにも報せなきゃ」

仁美が踵《きびす》を返してアパートに戻る素振りを見せた。おれはその腕を摑んだ。あの夜と同じように、仁美の筋肉は弾力に富み、なおかつ柔らかかった。

「逮捕された学生の中に、君の知り合いがふたりいる」

「島袋君と儀間君ですか？　でも、あのふたりはそんな――」

「島袋と當銘愛子だ」

おれは煙草を投げ捨てながら告げた。仁美の表情が一瞬緩み、次の瞬間には強張《こわば》った。

「愛ちゃんはまだ高校生よ」

「学生たちを扇動してまわっていたらしい。扇動しただけならまだしも、民政府乱入に参加もしてるんだ」

「だけど、高校生を勾留するなんて、いくらなんでも酷《ひど》すぎるわ」

「みんな黙秘権を主張して口をつぐんでいるらしいんだ。警察も當銘愛子がまだ高校生だという事実は摑んでないと思う」

山里のことは伏せておいた。心が痛んだが、それとこれとは別の話だ。

「どうしよう。愛ちゃんがそんな――」

「まず、教職員会のだれかに連絡を取って、勾留されている人間の中に高校生が混じっているということをマスコミに訴えるように働きかけるんだ。いるだろう？」

「え、ええ。教職員会の人だったら、この会合にも何人か参加してるわ」

「よし、そいつらに現状を伝えたら、普天間署に行こう」

「ふたりとも、そこで勾留されてるんだ。許可されるかどうかはわからないが、面会を申し込んでみる」

「普天間署？」

「わかりました」

夜目にも仁美の顔が青ざめているのがはっきりとわかった。抱きしめてなにも心配することはないと背中をさすってやりたかったが、おれがそうする前に彼女は身を翻し、アパートに向かって駆けだしていった。

＊　＊　＊

タクシーで普天間署に向かう間、仁美はおれの手を握り続けていた。普段はしっとりと潤っている肌はすっかり乾き、指先が冷えきっていた。

「愛ちゃんが学生を扇動したっていってましたよね？」

コザの街明かりが遠ざかると、仁美はやっと重い口を開いた。

「どういうことなんですか？　愛ちゃんは——」

「彼女はアメリカーを憎んでいる。二、三度しか会ったことのないおれにもそれははっきりわかる。他人にはうかがい知れないような深い憎悪だ。儀間や島袋ももう気づいている。彼女を見た目どおりのただの綺麗《きれい》なお人形のような娘だと思ってるのはおまえだけだ」

仁美は唇を結んで、おれの横顔に真摯《しんし》な眼差《まなざ》しを向けてきた。まだ状況を——當銘愛子の本性を把握できていない。

「當銘愛子は学生たちの集会に頻繁に顔を出しては、実力行使で米軍を沖縄から追い出そうと訴え続けていたらしい」

「だけど、彼女はまだ高校生ですよ。学生が耳を貸すとは思えませんけど」

「彼女はとても美しい高校生だ。おまえは女だから忘れがちになるんだろうが、あれだけの美少女はそうはいない。二十そこそこの学生たちが、彼女のために見栄《みえ》を張ろうとしたってておかしくはない。島袋も儀間も、彼女のことは憎からず想ってはいるそうだが、怖くて近寄りがたいといっていたよ」

仁美の視線が遠ざかっていく。冷えきっていた指先にほんのりとした熱さがよみがえりつつある。

「自分に気がある男をうまく操る方法に長《た》けてるんだ。昨日の夜、島袋と話をしたんだが、今日、民政府に突入するなんて話はこれっぽっちも出ていなかった。當銘愛子がうまく立ち回って、急にやることに決まったんだろうな」

「島袋君はどうして参加したんですか？　彼はどちらかというと慎重派です」

「最後の最後まで無謀な行為を止めようとしていたらしい。それで、他の学生たちと一緒に逮捕されたんだ」

「そんな……愛ちゃんは、わたしの知ってる愛ちゃんはそんなことをする子じゃないわ」

「おまえにはわからないんだ。おまえも當銘愛子も似たような境遇で育った。だから、おまえは彼女も自分と同じだと思いこみたいんだろう。だが、境遇は似ていても、中身がまったく同じになるなんてことはないよ、仁美。おまえも當銘愛子も米兵に母を犯されて生まれてきた。その血と肌のせいで親戚《しんせき》からも疎まれ、孤独に生きることを強いられてきた。そうだろう？　だが、どうしてかおまえは憎悪にまみれることはなかった。憎悪を知らない人間には、憎悪に心を食い破られた人間のことはわからないんだよ」

「伊波さんはわかるんですか？」

「ああ」

おれが答えた次の瞬間、仁美の目が悲しげに曇った。

「なにがそんなに憎いんですか？」

「それがわかれば苦労はしない」

おれの手の中で、仁美の小さな手がさらに小さくなっていく。あまりにも小さくなって、おれの手の内からこぼれ落ちてしまいそうだ。

「わたしは……この世界から憎しみをなくしたいわ。伊波さんの憎しみや愛ちゃんの憎しみ、世界中に散らばっている憎しみがなくなれば世界は形を変える。そう信じてるの」

憎しみは決して消えない。人は憎しみなしでは生きていくことはできない。仁美には彼女なりの信念があり、おれにはおれの譲れない信念がある。

おれはなにもいわず、ただ窓の外を流れる暗闇に目を向けていた。

「愛ちゃんも島袋君も無事だといいんだけど」

沈黙に耐えかねたというように、仁美はぽつりといった。おれの手の中で、彼女の小さな手は怯《おび》えたように縮こまっている。

＊　＊　＊

普天間署の周辺はテレビや新聞の人間でごった返していた。制服警官たちの制止の声を無視して、連中はカメラのフラッシュを焚《た》き続けている。アポロ十一号の帰還と二十九日の県民大会の合間の、これは格好のニュースなのだ。

人ごみをかき分けるようにして警察署に向かった。怒号と熱気が渦巻いていて、まるでデモの現場に遭遇したかのようだった。

「おい、伊波じゃないか」

だれかに声をかけられた。振り返ると、琉球新報の宮良《みやら》という新聞記者がおれたちの後を追いかけてきていた。

「おまえ、ポストは辞めたんだろう。こんなところでなにをしてるんだ？」

宮良はおれと仁美の顔を交互に見つめながら荒い息を吐き出した。

「捕まった学生の知り合いだ」おれは仁美に顎《あご》をしゃくった。「心配だっていうんで、面会できるように掛け合いにきたんだ」

「知り合い？」宮良の表情が貪欲《どんよく》に動く。「捕まった学生を知ってるんですか？」

「ああ。学生といっても、まだ高校生なんだがな」

驚愕《きょうがく》に目を剝《む》く宮良の死角で、おれは仁美の背中を強く押した。おれが口を開くより、仁美に訴えさせた方が宮良の心に強く届くだろう。

「當銘愛子という子です。まだ、十七歳なんです」

期待通り、仁美は目を潤ませ、声を顫《ふる》わせた。その褐色の肌から容易に苦しい人生を歩んできたことが察せられるうら若き乙女が、涙ながらに不当に勾留《こうりゅう》された女子高生の安否を気遣っている。おれでなくても、ブン屋なら食指を動かされる素材だ。

「高校生だって!?」

「どうして高校生が大学生と一緒に民政府に突入なんて……しかも、女の子でしょう」

質問を繰り出しながら、宮良はカメラを構えた。後ずさろうとする仁美の背中を押しとどめ、おれ自身はカメラから顔を隠しながら囁《ささや》いた。

「せいぜい悲しそうな顔で写真を撮ってもらえ。これが琉球新報に載れば、當銘愛子の釈放が早まるかもしれない」

仁美は小さく、しかし力強くうなずき、宮良の質問に答えた。

「なにがどうなってるのかは、わたしもわからないんです。それが知りたくてここに来たんですけど、どんな理由があるにせよ、高校生を問答無用で勾留するなんてゆるせません」

カメラのフラッシュが三度、立て続けに光った。宮良はカメラを肩からぶら下げて、今度は熱心にメモを取りはじめた。

「もう一度、その子の名前を——」

「當銘愛子です。愛ちゃんは孤児なんですよ。わたしと同じように、母親が米兵に強姦《ごうかん》されて……父親が誰かもわからず、母親も早くに亡くして、今は施設で暮らしています。沖縄問題の犠牲者なんです。それを……毒ガス兵器を黙って貯蔵していた米軍に抗議行動を起こしたからって逮捕して、勾留して……そんなこと、ゆるされていいはずがありませんせん」

「おい、本当か？」

メモを取る手を止めて、宮良はおれに訊《き》いてきた。

「ああ」

「こいつはいいネタになるな。すいません、その當銘愛子という子が入っている施設の名前を教えてもらえませんか？」

仁美は躊躇《ちゅうちょ》なくそれに答えた。知りたいことを手に入れた宮良はさらなる質問を放とうと口を湿らせている。

「行こう」

おれは仁美の腕をとった。

「ちょ、ちょっと待てよ、伊波。逮捕されてる他の学生の情報はないか？」

「それぐらい、自分で調べろよ」

ブン屋に少しでも美味《おい》しい思いをさせると、どこまでも食らいついてくる。おれの厳しい声も宮良の耳に届くことはないだろう。

宮良を振りきって警察署の構内に飛び込んだ。マスコミを牽制《けんせい》している制服警官がおれたちの前に立ちはだかった。

「こらあ、勝手に入りこんでくるな」

「勾留されてる学生の知人だ。面会を要求する」

「め、面会？」

制服警官は途方に暮れたように目を白黒させた。マスコミを制止しろという指示しか受けていないのだろう。それ以外の事態にどう対処すべきなのか、自分の頭で判断することはできないようだった。

「責任者を呼んでこい」

一喝すると、制服警官は踵《きびす》を返し、廊下の奥に飛んでいった。

「大変な騒ぎね」

仁美が建物の外に視線を向けながら呟《つぶや》くようにいった。

「そうだな。まるで飢えたハイエナのようだ。連中はニュースに飢えている。今の沖縄はニュースの宝庫みたいなものだが、学生が七十人以上も逮捕されるなんていうことは、尋常じゃない。それなのに、活動家とかおっしゃる方々は、暢気《のんき》に会合を開いていてなにが起こっているかもご存じじゃない」

「皮肉はやめてください」

仁美の小さく鋭い声は、警察署の冷たい廊下に吸いこまれていく。

「皮肉じゃない。これは学生の起こした馬鹿げた行動の結果だ。やったことの是非はともかく、マスコミがこれだけ集まって注目している。座り込みやデモをするよりよっぽど効果的ではあったな」

「県民大会なんてやめて、実力行使に訴えろというんですか？」

「やめろとはいわないさ。ただ、やっても無意味だと思っている」

「意見の相違ですね」

仁美は皮肉めいた声を出そうとしていたが、失敗していた。硬く尖《とが》った声は意固地さを表しているだけで、おれはなんの痛痒《つうよう》も感じない。自分でもそれに気づいたのか、仁美はさらに言葉を続けようと口を開きかけた。だがそれも、廊下の奥から響いてきた靴音に邪魔された。さっきの制服警官が私服の刑事を連れて戻ってくるところだった。

「学生の身内だっていうのはあんたたちか？」

私服の刑事が大声をあげた。かすれた低い声はチンピラやこそ泥をどやしつけるにはぴったりだろう。だが、おれたちはそのどちらでもなく、仁美は筋金入りの活動家でもあった。彼女の横顔が硬く強張《こわば》っていくのがおれの視界の隅に映る。

「だれもかれもが黙秘権だとか生意気なことを抜かして口を開かない。どうにも困ってたところなんだがな」

「わたしたちは容疑者なんですか？」

「なんだって?」

私服の刑事はおれたちの前で足を止め、出っ張った目をぎょろりと動かした。

「あなたの口の利き方。まるで取り調べ中の容疑者に話しているようです」

私服の刑事は顎をさすった。学生活動家の身内、もしくは知り合いということは、その人間も活動家である可能性が高いということに遅ればせながら気づいたようだ。救いを求めるような視線をおれに向けてきた。

「多分、勾留されている学生の中に彼女の知り合いがいる。面会させてもらいたいんだが」

私服の刑事は咳払《せきばら》いをした。決まり悪そうに仁美に視線を走らせ、仏頂面を作って口を開いた。

「ま、ここではなんだから、こちらへどうぞ」

制服警官をその場に残して、おれたちは廊下の先の捜査課という札が吊《つる》された部屋の中へ入っていった。だだっ広い部屋に、目つきの悪い刑事が数人、自分の机に向かって書類を書いている。山里の姿を探したが見つからなかった。おれたちは部屋の脇にある粗末な応接セットに座らされた。

「さて、面会したいという容疑者の名前と容姿を教えてもらえますか?」

おれたちを案内してきた私服の刑事が、書類を片手におれたちの向かいに腰を降ろした。

「その前に、そちらのお名前を教えてください。わたしは照屋仁美と申します」

「そ、そうですな。わたしは城間《しろま》です」

城間は名刺をおれたちに手渡した。名刺の肩書きは普天間署捜査課課長になっていた。階級は明示されていないが、叩《たた》き上げの警部というところだろう。

仁美は名刺に視線を落としながら、城間の最初の質問に疑問を呈した。

「名前と容姿を教えろといいましたけど……名前はわかりますけど、容姿というのはどういうことなんですか？」

「ですから、勾留した学生全員が黙秘権を行使しておりましてね。どこのだれなのか、まだ調べがついていないんですよ。ですから、名前と容姿が一致すれば、それが確かにあなたのおっしゃる人物だということが特定できるわけでして」

廊下にやって来たときとは一変して、城間はへりくだった話し方をしていた。だが、ときおり老獪《ろうかい》な表情が浮かんでは消えていく。話のわかる中年男を演じようとしているのだろうが、少なくともおれには通じない。

「名前と容姿を教えれば、必ず面会させてくれるんですか？」

城間に答えようとする仁美を制して、おれはいった。途端に、城間の表情が曇った。

「いや、まあ、それはですね、今夜中に面会となるといかんともしがたいものがあるんですが、なんとか、二、三日中には面会できるよう手配はできるはずです」

「どういうことですか？」仁美が声を張りあげた。「今夜は面会できないなんて、城間さん、さっきは一言もおっしゃらなかったじゃないですか」

「そうでしたか？　ああ、いい忘れてしまったんですな。申し訳ない。それで、お知り合いの名前ですが――」

「面会させてもらえないのなら、お教えするわけにはいきません」

「しかし、それですと、面会もなかなかできないし、お知り合いが釈放される日も遠のきますよ。なにしろ、こっちは名前も身分も摑《つか》んでいないんですからな。取り調べにもそれだけ時間がかかる」

「脅迫ですか？」

「滅相もない。わたしは事実をお話ししてるだけでして」

城間はおれよりも仁美の方がまだ与《くみ》しやすいと見て取ったようだった。おれを無視して仁美と話を進めようとしている。城間の思惑どおりに事を進めても、こちらにはなんの利点もない。おれは口を開いた。

「確かに民政府に乱入して星条旗を引きずり降ろすなんて褒められた話じゃないが、それにしたって相手は学生じゃないですか。面会もさせてくれないというのは、民政府やアメリカーからの圧力があるからですか？」

「とんでもない。これは通常の取り調べですよ」

「だったら、通常と同じように面会もできるはずじゃないですか」

「ですから、名前も身分もわからない者に面会をゆるすわけにはいかないでしょう」

「名前がわかっても、面会はしばらくできないと城間さんはいったわ。矛盾してます」

城間は上目遣いにおれたちを睨《にら》んだ。出っ張った眼球が眼窩《がんか》から飛び出そうになっている。きつく結ばれた唇はところどころがひび割れていて、徐々に血の気を失っていく。城間はおれたちに対する敵意を隠す余裕を失いはじめていた。

「さっきからああだこうだといいますがね、面会したいんですか、したくないんですか？どうしても面会したいというんなら、こっちのいうとおりにしてもらわなきゃならんのですよ」

「そんなのは、警察権力の横暴だわ。容疑者にだって人権はあるはずでしょう？」

「やまとやアメリカー本土ならそうでしょうがね、ここは沖縄ですよ、お嬢さん。基地の島なんだ。そこを忘れてもらっちゃ困るね」

城間は吐き捨てるようにいった。おれたちに向けられていると思っていた城間の敵意は、実のところ自分を取り巻くすべてのものに対する敵意なのかもしれなかった。

「弁務官かその側近あたりから、アメリカーに弓引く者は絶対にゆるすな、そういうお達しがあったら法律も人権も関係ないということですね」

おれはいった。城間が疲れたような表情をおれに向けてきた。

「あんたはものがわかってるようだ。このお嬢さんに説明してやりなさいよ。名前を教えるか、その気がないんなら帰りなさいってな」

「帰ってもいいが、そんなことになったらマスコミが騒ぎ出しますよ」

「もう連中はずいぶん騒いでるじゃないか。今さら騒ぎの種がひとつ増えたところでどうってことはないよ」

「どうしても面会はさせてもらえませんか。相手は高校生なんですが」

城間の眉毛《まゆげ》がぴくりと動いた。

「高校生？　本当かね」

「ええ。名前はいえませんがね」

「大学生ならともかく、高校生を長時間勾留《こうりゅう》したら、本土のマスコミだって黙ってませんよ。それに、アメリカも。あちらは人権にはうるさい輩《やから》が多い」

「そっちの方は、わたしらが心配することじゃないんだ。残念ながらね。さ、こっちも忙しい、そろそろお引き取り願えますか」

「警官としてじゃなく、人として恥ずかしくないんですか？　未成年を不当に勾留して——」

仁美が激高して立ち上がった。だが、くたびれ果てて見える城間にはなんの効果もなかった。

「よしんば、勾留者の中に高校生がいるとしても、こちらにはなにもわからんのだからしょうがないでしょう。それとも、名前を教えてもらえるんですか。だったら、早期に釈放できるようにわたしが骨を折りますよ」

仁美はおれを見た。自分では判断がつかなくて、おれに助けを求めている。おれは小さく首を振って腰をあげた。

「お暇《いとま》しよう。これ以上ここにいても無駄だ」

おれたちは部屋を出た。城間は見送りに立とうともしなかった。

「あれでいいんですか。愛子ちゃんの名前、教えた方が良かったんじゃ……」

仁美が後ろを振り返りながらいった。

「どうせ、明日になれば琉球新報に名前が載るさ。それより、警察と民政府の横暴をマスコミに訴える方が先だ。城間の態度を見る限り、アメリカーからの圧力が相当に強いんだろう。ここでなにをしようが面会はできないし、勾留されてる連中がすぐに釈放される可能性も低い」

「酷《ひど》い話だわ」

仁美は肩を顫《ふる》わせた。自分の無力さと自分が属する社会の理不尽さにやりきれない想いを抱いているのだろう。

「酷い話なんてうちなーにはいくらでも転がってるじゃないか」

おれはいった。仁美はブン屋たちがひしめいている外の景色に暗い視線を向け続けていた。

36

翌日の新聞の一面は、学生たちの記事で埋め尽くされていた。琉球新報には當銘愛子の一件も大きく掲載されていた。宮良は相当に力を入れたらしく、警察を批判する舌鋒《ぜっぽう》は鋭かった。この記事のせいで、急遽《きゅうきょ》普天間署長による緊急記者会見が開かれたが、勾留されている被疑者たちが黙秘権を行使している以上、警察には打つ手がないの一点張りで記者たちの追及があっけなくかわされて終わった。

大衆の反応も今ひとつだ。大方の人間の気持ちは二十九日の県民抗議大会に向けられている。勾留されている学生たちの親族が騒ぎ立てても、県民抗議大会に向けて打ち寄せる巨大な怒りの波に飲みこまれて消えるだけだった。

仁美は憔悴《しょうすい》しつつあった。強すぎる責任感と使命感のせいで、県民抗議大会の準備から離脱することもできず、かといって當銘愛子を放っておくこともできず、限られた時間の中で無闇に体力を消費している。

おれはおれで、アングラ雑誌の配布に駆りだされて身動きが取れずにいた。二十九日の前に雑誌を配布し終わりたいというのが栄門たちの意向だったが、頼みにしていた学生たちの多くが勾留されたせいで、おれと儀間のふたりだけでそれをこなさなければならなかった。二十六日の土曜と翌日曜の丸二日を配布に費やし、月曜のホワイトとの会合に駆けつけるのがやっとというありさまだ。儀間は仲間たちのことが心配なのか気もそぞろでほとんど使い物にはならなかった。仁美を気遣うこともできず、政信やマルコウたちの動向を探ることもできず、ただやきもきしながら時間が過ぎていくのを漫然と眺めるしかない。

月曜の午後に口実を作って金武に向かった。ホワイトは特大サイズのハンバーガーにかぶりつきながらおれを待っていた。

「学生のあの事件、なにも情報は持っていなかったのか？」

フライドポテトをフォークでつつきながらホワイトは訊《き》いてきた。

「一部の学生がなにかを企《たくら》んでいるという話は耳にしていたよ。ただ、あんなふうに事が起こるとは予想もしていなかった」

「知ってはいたんだな……困るよ、ショーン。君が摑んだ情報はすべて、わたしに報《しら》せてくれないとね」

「そこまで重要な情報だとは思っていなかったんだ。すまん。次からは気をつける」

「高等弁務官はお冠だよ。なにしろ、星条旗を引きずり降ろされて踏みつけられたんだ。君たちが日の丸に同じことをされたらどう思う？」

「少なくとも、おれはなにも感じないね。たかが旗じゃないか」

ホワイトは苦笑した。

「君に訊いたのは間違いだったたな。とにかく、我々は怒っている。そのことだけは知っておいてほしい」

「たかが学生の暴走じゃないか。警察に圧力をかけるほどのことなのか？」

「星条旗は我々にとって神聖なものなんだ。学生だからといって、ゆるすわけには行かない。責任の所在を徹底して追及しろというのが我々の総意だよ」

「中には高校生も混じっている」

「知ったことじゃないね。ヴェトナムじゃまだ小学校に上がる前の子供が手榴弾《しゅりゅうだん》を握って我々の友軍のただ中に突っこんでくる」

ホワイトの様子から推測するかぎり、この件に関してアメリカーの態度が変わることはなさそうだった。ホワイトのいうとおり、アメリカーは怒っている。星条旗を踏みにじられるということは、プライドを傷つけられるのとほとんど一緒なのだ。

「ひとつだけ確認しておくが、彼らを裏で操っていた人間はいないのか？」

「いないね。あれは単なる学生たちの暴走だ」

「よろしい、君を信じよう、ショーン。人格に問題はあるが、君はスパイとしては優秀だ」

ホワイトはハンバーガーの最後のひとかけらを口に放り込んだ。パンと肉を下品に咀嚼《そしゃく》しながら言葉を続けた。

「今日のこの会合の最大の懸案は明日の県民抗議大会だ。君が摑《つか》んでいる情報を逐一、報告してもらいたいんだが」

「話すと長くなるから、ここにまとめてある」

おれはアングラ雑誌を一部、ホワイトに差し出した。雑誌の中央におれが知った名前や情報、そこから導き出される推測などを書きこんだレポート用紙が挟み込んである。

ホワイトは目を丸くして、先にアングラ雑誌を読みはじめた。はじめのうちは口笛を吹いたりにやついていたりしたが、やがて表情が強張《こわば》りはじめ、きつい視線をおれに向けてきた。

「なんだ、これは？」

「前に話しただろう。おれたちが作った反戦アングラ雑誌だ」

「それはわかっている。わたしがいっているのはこの雑誌の内容だ」

「もう、毒ガス兵器のことは知れ渡っているんだ。それぐらいのことを書かなきゃ、世間から笑いものにされる。つまり、おれも活動家の仲間から認めてもらえなくなるということだ。そこに書いた記事のほとんどは、照屋やセンター通りで拾い集めたものだよ。だれにだってわかることだけだし、あんたたちが目くじらを立てることもないと思うがね」

「この件に関しては、ミスタ・スミスと協議することになるだろう。多分、ミスタ・スミスはこれを気に入らんよ。わたしが君から聞いていた内容とは大違いだ」

「状況が変わったんだよ、ミスタ・ホワイト。いちいちあんたにお伺いを立てていたんじゃ、まともな情報収集もできなくなる」

　おれたちは睨《にら》みあった。ホワイトの顔はうっすらと赤らみ、視線にははっきりとした恫《どう》喝《かつ》がこめられていた。

「なにも問題はないよ、ミスタ・ホワイト。この雑誌を作りあげたことで、おれは活動家連中の中枢に潜り込める。あんたたちにとっては万々歳だ」

「だといいが……君が急に愛国心に目覚めるという可能性も、我々は考えておかなければならない」

笑いが込みあげてきた。抑えようと思っても抑えきれない笑いだ。

「なにがおかしい？」

「ひとつだけ断言しよう」おれは笑いながらいった。「おれが愛国心に目覚める？　あり得ないよ」

ホワイトの顔がさらに赤くなった。

「愛国心を笑うのかね？　国民に愛国心がなければ、国は成り立たない。君は自分自身が特異な存在であることを認識しているのか？」

「愛国心がなければ戦争も起こらないだろうとは思っているがね。キリストだって汝《なんじ》の隣人を愛せとはいっているが、国を愛せとはいっていないだろう？」

ホワイトは鼻を鳴らしておれの報告書に目を移した。それ以上議論しても無駄だと悟ったのだろう。報告書に目を通しているうちに、ホワイトの顔の赤みは消え、満足そうな笑みがそれに取って代わった。

「なるほどな。君のように愛国心とは無縁な人間がいなければ、こういう情報も入手できないというわけだ」

報告書を雑誌の中に折りこんで、ホワイトは顔をあげた。

「頼んでいたものはどうなってる？」

「ああ、遺体の検視解剖報告書だったな……これだ」

ホワイトは背広の内ポケットから丁寧に折り畳んだ書類を取りだした。

「渡すわけにはいかんのだ。ここで読んで内容を頭に叩《たた》きこんでくれ」

書類はたった一枚だった。死因と死亡推定時刻、それに遺体についていた傷の検分が無機質な文章で書き殴られている。テッド・アレンの右手の人差し指、中指、薬指の爪の間に、犯人のものと思われる皮膚と筋肉組織がこびりついている。もはやどうでもいい情報だったが、勾留《こうりゅう》されている学生たちの情報を引き出すためにも、山里には餌を与えつづけておきたかった。

「君の見立てでは、二十九日はどうなると思う？」

「いつもと同じさ。座りこんで、シュプレヒコールを怒鳴って、デモをして抗議文を採択しておしまい。全軍労のストの時のようなことにはならないだろうし、米軍だって今回は黙って見ているほかないんだろう？」

「上の方じゃ、なにやら隠し球を用意しているらしいがね」

「隠し球？」

「我々もなにも知らされてないんだ。それじゃ、また来週の月曜に」

ホワイトは腰をあげ、気障《きざ》な仕種《しぐさ》で手を振りながら出口に足を向けた。途中で立ち止まり、アングラ雑誌をかざしながら、嫌味たっぷりの口調で呟《つぶや》いた。

「やはりこれは、ミスタ・スミスのお気には召さないだろう。ミスタ・スミスの君に対する評価が変われば、なにかとやりづらくなる。そのことだけは弁《わきま》えておいてくれよ」

「そうはならないと思うがね」

おれの声など耳には入らないとでもいいたげな態度で、ホワイトは店を出て行った。

ホワイトの姿が視界から消えるのを待って、店の公衆電話で山里に電話をかけた。米軍側の資料を目にする機会があったと告げると、山里は興奮した声ですぐに会いたいといった。例のコザの喫茶店で落ち合うことにして電話を切った。

＊　＊　＊

「爪の間に犯人のものと思われる皮膚が付着していた？」

山里は死因や死亡推定時刻より先にテッド・アレンの爪の間に残っていたものに目をつけた。警官なら当然だろう。犯人逮捕にもっとも繫《つな》がりやすいものは現場に残されていた遺留品なのだ。

「つまり、殺される時に被害者が抵抗して、相手の身体のどこかに爪を突き立てたってことだな？」

「検視報告書にはそこまで書いてませんでしたが、まあ、そういうことになるんでしょうね」

「顔か、腕か……顔だといいんだがな。その方がわかりやすい」

「死因は素手による絞殺です。首筋に残っている手の跡から、犯人は背後から被害者の首を絞めたに違いないと書いてありました。後ろから首を絞められたのなら……」

おれは殺される瞬間のテッド・アレンのように、頭を少し後ろに倒して抵抗する振りをしてみせた。まずは自分の両手を首の方に持っていく。

「こう抵抗したのなら、傷は犯人の手につきますね。こうなら――」今度は両手を頭の後ろに持っていった。「傷は顔にできる」

喋《しゃべ》りながら、山里が吉原のジローに辿《たど》り着く可能性は何パーセントだろうと考えた。山里がジローに辿り着き、その背後にある銃器の横流しに気づいたら、政信やマルコウ、島田哲夫はどう反応するのか。知りたかったが、その可能性は薄いだろう。事件が起こってからかなりの時間が経っている。ジローの顔の傷もかなり薄らいできているに違いない。

「いや、伊波さん。助かるよ。最初からこの情報をアメリカーがこっちに流してくれていたら、捜査ももっと違うやり方でできたんだが……早速、事件の後に手か顔に傷を負っていたやつを捜すように指示を出そう」

勇んで席を立とうとする山里をおれは手で制した。

「待ってください、山里さん。少しお訊《たず》ねしたいことがあるんですが……」

「なんだ？」

山里は浮かしかけていた腰を元に戻した。逸《はや》る気持ちをなだめようと躍起になっているのが傍目《はため》からでもよくわかる。

「この件とは別なんですが、普天間署に勾留されている学生たちのことで……学生の親に知り合いが何人かいまして。安否を気遣ってるんです」

「うん、あれか……」山里の声は歯切れが悪かった。普天間署内部でも、学生たちの処遇に関して意見が割れているのだろう。「黙秘権行使などという生意気なことをやめて身分を明かせば、明日《あした》にでも保釈されるんだがな。どうだ、伊波君、そのぉ、君の知り合いの親御さんの名前、教えてくれるか？」

「それはできませんよ。仁義に悖《もと》ります。子供たちが頑張っているんだからと、親の方も捕まっているのは自分の子だろうと思いながら、名乗り出たりせずに我慢してるんです」

「そうだろうなあ」

山里はばつが悪そうに頭を掻《か》いた。

「このまま黙秘権を行使しつづけたとして、学生たちの保釈はいつ頃になりそうですか？事件の夜、知り合いをひとり連れて、普天間署に伺ったんですが、城間とかいう人に適当にあしらわれましてね」

「課長か……署長や副署長のご機嫌ばかり気にしてる人でな、しょうがないといえばしょうがないんだが……星条旗を引きずり降ろされたもんだから、アメリカーも激怒していて、圧力が凄《すご》い。たぶん、勾留期限ぎりぎりまで引っ張ることになるんだろうな……いや、そうでもないか」

「そうでもない、とは？」

山里は腕を組んで頭を捻《ひね》った。

「ほら、一昨日の琉球新報の朝刊に、高校の女生徒も一緒に勾留されてると記事になっていただろう？　あれが突破口になるかもしれん」

か？」

「つまり、その女子生徒を攻めて、他の者の名前も割り出していける、ということですか？」

「革命だ、民主化だと騒いでおっても、要するにまだ子供だからな。百戦錬磨の刑事の取り調べにあえば、必ず口を割るよ。ひとりが口を割れば、あとは雪崩式だ。親御さんにいっておきなさい、そんなに心配せんでも、二、三日中にはお子さんも帰ってくるから、とな」

山里は形ばかりの挨拶《あいさつ》の言葉を最後に残して喫茶店を出て行った。殺人事件担当の刑事としては、馬鹿騒ぎをしでかして捕まった学生のことより、手に入れた新事実の方がよほど大切だったのだろう。

おれはひとり、喫茶店に残り、ぬるくなったアイスコーヒーを啜《すす》りながら、山里の言葉を頭の中で吟味した。

當銘愛子の素性と名前を琉球新報の宮良に告げたのは失敗だった。あの朝刊を読んだ学生担当の警官は舌なめずりをしただろう。山里のいうとおり、なんだかんだいっても相手はただの高校生だ。名前と素性を盾に迫られれば、いずれは口を割るだろう。仲間の名前を漏らし、密告者の汚名を着ることになる。釈放された学生たちは、だれが自分の名前を警察に売ったのかをすぐに知るだろう。當銘愛子は学生たちの運動から弾《はじ》き出される。行き場のない憎悪を持て余すようになる。

その時、當銘愛子はなにを選択するのだろう。仁美はなにを思うのだろう。

仁美の當銘愛子に対する盲目的な母性愛を思うと気が重くなる。當銘愛子を仁美から遠ざけておきたいが、いい案は浮かばなかった。

アイスコーヒーを飲み干して喫茶店を出た。仁美や儀間に現状を報告してやらなければならない。気は重いが、知らんぷりもできない。

＊　＊　＊

儀間は大学にいた。英文科のゼミの教室で、他の学生たちと議論を交わしている。仲間と大嶺の姿もあった。

「伊波さん……」教室に足を踏み入れたおれに真っ先に気づいたのは儀間だった。「どうしたんですか？　あ、島袋のこと、なにかわかったんですか？」

学生たちが一斉におれを見つめた。仲間と大嶺は視線で挨拶を送ってきたが、他の学生たちは敵意と好奇心が相半ばした目をおれに向けている。

「わかったというほどのことでもないんだがな……逮捕された学生が黙秘権を行使し続けてるかぎり、警察は保釈するつもりはないようだ」

「でも、愛子ちゃんの名前は向こうにはわかってるんですよね。だったら、愛子ちゃんだけでも……彼女はまだ高校生なんだし」

「警察の見解じゃ、新聞がそういう記事を載せたというだけで、まだ身分の確認は取れてないということだろう」

「そんなの、警察権力の横暴じゃないか」

だれかが叫んだ。威勢はいいが思慮には欠けた声だ。

「権力っていうのは昔から横暴だと決まってるんだ……島袋君も、多分、仲間に殉じて口を閉じてるんだろう。このままじゃ、八方塞《ふさ》がりだな」

「ふざけやがって」

別のだれかが吐き捨てるようにいい、そこでまた、新たな議論がはじまった。本土の過激派学生ならゲバ棒とヘルメットで武装して大学に立てこもって抗議をするとでもいいだすのだろうが、沖縄の学生はまだ可愛いものだった。空虚な論理を振り回しはじめた仲間たちを横目で見ながら、儀間はおれのそばから離れなかった。

「島袋のお袋さんにはなんていったらいいんでしょうね」

「本当のことをいえばいいじゃないか。恥じることはなにもしてないんだ」

儀間は唇を噛《か》んだ。

「あそこは母子家庭なんですよ。母ひとり、子ひとりで……お袋さんは穏やかな人で、島袋には卒業したら本土に行って、大企業に勤めてもらいたいって……普通のお母さんです。民主化だとか反米、反基地だとか、そんなこと考えたこともない人で。今度のことでもとても心配してるんですよ」

「なんだ、おまえたちは親が悲しんだら、それだけで革命を諦《あきら》めるのか？」

「そんなことありませんよ」儀間は気色ばんだ。「親がなにをいおうと、自分の信念を貫きますよ。ただ、島袋のところは……」

「なにかを犠牲にしなきゃ、革命なんて全うできないのさ。それが嫌なら、尻尾《しっぽ》を巻いて逃げ出すことだ」

「おれは――」

なおもいい募ろうとする儀間を、おれは鋭く睨《にら》んだ。儀間はなんとかおれの視線を受け止めようと自分を奮い立たせていたが、やがて目をそらし、俯《うつむ》いた。

他の学生たちは、断固たる行動だの、決然とした抗議をといった借り物の言葉を使った議論に依然熱中していた。

「おれが来る前はなんの話をしていたんだ？」

「明日のことです。デモへの参加とか雑用を頼まれてるんですけど、最初はそれの分担やなにかの話をしてたんですけどね、そのうち話がずれて……」

「明日の県民大会の場を利用して、警察の不当逮捕を糾弾しようとでもいうのか」

「ええ。何人かが復帰協の人に相談したんだけど、いい顔されなくて」

「そりゃそうだろう。そんなことをされたら、毒ガス兵器配備への抗議という県民大会の本来の意義から逸脱する」

「ですよね。話してるとわかるんですよ。復帰協や全軍労の人たちは、馬鹿なことしでかしやがってと感じてるんです。学生はおとなしく勉強してろ、必要な時だけ力を貸してくれればいいんだっていう感じですよね」

儀間は自嘲《じちょう》気味に呟《つぶや》いた。

「それで、なにかすることに決まったのか？」

「あの事件で過激な連中はあらかた逮捕されてるんですけど、何人かが残ってるんですよ。そいつら、今日は学校に来てないし、なにか企《たくら》んでるんじゃないかと思うんですけどね」

「リーダー格はだれだ？」

「渡嘉敷《とかしき》っていう四回生なんですけど、本土の革マルとも繋《つな》がりがあって、うちなーの学生は生ぬるいっていうのが口癖で」

儀間の口は滑らかだった。沖縄の学生運動への失望感と、おれに対する信頼がそうさせているのだろう。おれには願ったりだった。

「困ったもんだな。そういう跳ねっ返りが、運動の大義を歪《ゆが》めていくんだ」

おれはもっともらしい顔をしていかにも活動家が口にしそうな言葉をいった。

「そうですよね。学生も労働者も、もっと連携を密にして足並みを揃えて行動しないと、大衆運動の持つエネルギーが他に逸《そ》れますよね」

「そういう過激な学生っていうのは、普段はどの辺にたむろしてるんだ？」

「諸見百軒通りに〈スタア〉っていうジャズ喫茶があるじゃないですか。よく、その辺にいるみたいですよ」

渡嘉敷と〈スタア〉――このふたつの情報を手に入れただけで、ここに来た甲斐《かい》はあった。早速ホワイトに報告してやれば、アングラ雑誌で損ねたスミスの機嫌も直るだろう。

「とにかく、島袋と當銘愛子のことはおれに任せておけ。保釈させるのは無理だが、どんな状況にいるのか、調べることはできる」

「よろしくお願いします」儀間は神妙に頭を下げた。「本当に、あいつのお袋さん、心配してるんです」

「當銘愛子にはそんなに心配してくれる母親もいないがな」

儀間は瞬《まばた》きを繰り返した。小さく舌を出して唇を舐《な》め、大きな息をひとつ、漏らした。

「確かに愛子ちゃんは可哀想だけど、こんなことになったのも、全部、彼女のせいなんですよ」

儀間の目からはほとんどの感情が消えていた。

37

一度自分の部屋に戻り、ホワイトに電話をかけた。

「さっき別れたばかりなのに、もうおれのことが忘れられないのか？」

電話口に出たホワイトは陽気だった。おそらく、アングラ雑誌を見たスミスが激怒したのだろう。おれの立場が不利になると知って、喜んでいる。

「つい今しがた、新しい情報を仕入れた。あんたたちの嫌いな学生の件だ」

「話してくれ」

ホワイトの口調が突然事務的なものに変わった。

「あの事件に関与していなかった学生の一部が、明日の県民大会に乗じて抗議行動を計画している節がある。詳細は摑《つか》んではいないんだが、リーダー格の学生は本土の革マルとも強い繋がりを持っているそうだ」

「その学生の名前は？」

「渡嘉敷。よく、諸見百軒通りの〈スタア〉というジャズ喫茶にたむろしている」

「危険なことを企んでいそうなのか？」

「わからんよ。ただ、恣意《しい》的に情報を集めるんじゃなく、耳に入ったことはすべて報告しろとあんたにいわれたから、そうしている。どっちにしろ、米軍は明日が終わるのをじっと待っていたいんだろう？　毒ガス兵器だけならまだしも、学生の不当逮捕にまつわる厄介事が持ち上がるのは歓迎できないはずだ」

「あれは正当な逮捕だよ、ショーン。それに、逮捕したのは我々ではなく、琉球の警察だ」

「おれは身動きが取れない」ホワイトのたわごとを無視して先を続けた。「渡嘉敷たちのことが心配なら、そっちでなんとかしてくれ」

「ミスタ・スミスに報告しておくよ——そういえば、そのミスタ・スミスだが。君の書いた傑作原稿にいたく感銘した様子だ。近々会いたいといっている」

わざとらしい声だった。おれはホワイトにも聞こえるように鼻で笑った。

「すべて、あんたに任せるよ、ミスタ・ホワイト。急いでいるんで、これで切る」

電話を切り、煙草をくわえた。喉《のど》が酷《ひど》く渇いていた。冷蔵庫に入っていたコーラを飲み干しても渇きは癒《い》えなかった。押入を開け、畳んだ布団の奥に押し込むようにして隠しておいた拳銃《けんじゅう》を手に取った。

拳銃は冷たく、重かった。グリースがぬぐい取り切れなかった箇所に綿埃《わたぼこり》がこびりついていたが、それも死の象徴としての銃をいささかも損なってはいない。

これをおれが盗んだためにテッド・アレンは殺された。政信とマルコウの間に亀裂《きれつ》が入った。今でも思う。なんのためにこれを盗んだのか、と。使うあてもない。だれかに見せることすらできない。そんなものをなぜ盗んでしまったのか。

おれの問いかけに答えてくれるはずもなく、銃はおれの手の中で黒い光をたたえているだけだった。

＊　＊　＊

那覇にある復帰協の本部で明日のための準備総会が午後七時から予定されていた。おれは仁美を車で迎えに行き、そのまま那覇に向かった。車中で山里から聞いた状況と、當銘愛子の釈放もまだ先になるだろうというおれの推測を伝えた。唯《ただ》ひとり、名前を知られた當銘愛子が警察の徹底的な取り調べを受けるだろうという推測は、口にはしなかった。

「高校生をそんなに勾留《こうりゅう》するなんて、酷すぎるわ。どうにかならないのかしら」

「どうにもならんさ。できるのは時間が経つのを待つことだけだ」

「伊波さんは冷たすぎるわ」

仁美は腕を組んでそっぽを向いた。首の筋が浮きあがっている。まるで頑《かたく》なにおれを拒否しているかのように。あの首筋に唇を這《は》わせたのはついこのあいだのことだった。おれを拒んでいるその身体を、骨も折れよと強く抱きしめたのは、たった数日前のことだ。あの夜、あの時、仁美の脳裏を占めていたのは間違いなくおれだけのはずだった。それが今では、おれのことなどどうでもよくなっている。

暗くもやもやした感情が、おれの思考を塗り潰《つぶ》していく。くだらない嫉妬《しっと》だ。わかっていても、とめることはできない。

「伊波さん――」仁美が勢いよく振り返った。「アメリカーに知り合いが大勢いるんですよね？　その人たちにお願いすれば、なんとかならないかしら？」

「おれはアメリカーの新聞社を叩《たた》き出された人間だぞ。今さら頭を下げに行ったって、嗤《わら》われるのが落ちだ」

苛立《いらだ》ちが増していく。小娘のことなどどうでもいい。埒《らち》もない母性愛など、ドブに投げ捨ててしまえばいい。おまえはおれのものだ。おれだけのものだ。

強烈な嫉妬心に駆られ、そうした自分を厭《いと》い、しかし、どうすることもできずにおれは機械のように車を運転していた。政信がこの場にいたら、腹を抱えて笑うだろう。そう思うと、やるせなさはますます募っていく。

「愛ちゃんが可哀想すぎるわ」

「島袋や他の学生は可哀想じゃないのか？」

「話を混ぜっ返さないでください。彼らは大学生だし、男じゃないですか。愛ちゃんはまだ、十七歳なのよ。どれだけ心細いか……」

十七歳と二十歳の違いがおれにはわからない。どちらも子供だ。

那覇市街に入ると、道ばたに幟《のぼり》が目立つようになってきた。「毒ガス兵器、撤去！」「断固反対!!」怒りをそのままぶつけたように文字が躍っている。

またぞろ例の既視感に襲われた。沖縄はいつも同じことを繰り返している。亀裂が入ったように見えた世界は、昔と変わらずに存在している。沖縄と同じように、おれも同じことを繰り返している。憎しみと呪いと。まともに他人を愛することもできないくせに、仁美から愛されることをなによりも望んでいる。身勝手で愚かで、エゴだけがどこまでも肥大化して、やがて身を滅ぼす。

なにも変わらない。変えようとするだけ無駄だ。そうした諦観《ていかん》も、荒れ狂う感情の前では負け犬の遠吠《とおぼ》えにもかなわない。

「今日の会合には復帰協や教職員会のお偉いさんも顔を出すんだろう？　連中に頼んでみればいいじゃないか」

「無理です。あの人たちは明日のことで頭が一杯なんですから」

「じゃあ、諦《あきら》めるんだな。たしかにあの子はまだ十七歳かもしれないが、自分の意志で行動し、その結果、留置場に勾留されているんだ。だれだって、自分の行動には責任を取らなきゃならない」

「だけど――」

「もうこの話はやめよう。水掛け論でおわるだけだ」

仁美を制して、おれはいった。きつい視線が横顔に食い込んでくる。

「どうしてそんなにこだわるんだ？　おまえと同じ境遇の孤児なんて、それこそ星の数ほどいるだろう」

「似てるだけじゃないんです。あの子はわたしとそっくりなの。生まれ方も、生まれてからのことも。どこのだれかもわからない父親を憎むより大切なものがあるということに気づいて、一生懸命生きていることも。わたしは自分になかったものをあの子にあげたいんです。自分が欲しくてしかたがなかったのに手に入れられなかったものを、あの子に与えたいんです」

「愛情か……」

おれは呟《つぶや》くようにいった。視界の隅に映る仁美は動きを止め、苦悶《くもん》するような表情を浮かべていた。

「それがわかっているのに、どうして……」

「おれがこういう人間だとわかっていて惚《ほ》れたんだろう。おれにできないことを求めるのはやめてくれ」

「わたしのために変わる努力をしようとは思ってくれないんですか?」

「おまえだって、おれのために自分を変えたりはしないさ」

吐き捨てるようにおれがいうと、車内に沈黙が降りた。仁美はおれを見るのをやめ、ヘッドライトに浮かびあがる景色を思い詰めたように見つめていた。

そうじゃないんだといいたかった。仁美の手を握り、おれはおまえのためにならなんでもしたいんだと伝えたかった。

だが、おれの手はぴくりとも動かず、喉は凍りついて息をするのもやっとだった。思いを口にすることなどできるはずもなかった。

＊　＊　＊

復帰協の本部は人いきれと熱気で蒸し風呂《ぶろ》のような状態になっていた。だれもが額に汗を浮かべ、なにかに取り憑《つ》かれたような目で忙《せわ》しなく動き回っている。

おれのそばにいるのが苦痛だったのだろう。仁美は人ごみに紛れておれから離れていった。後を追いかけたいという衝動を堪《こら》え、仕事に専念することにした。そうすることで、仁美と當銘愛子を巡るごたごたや暗い感情から逃れることもできるはずだった。

幹部たちの会合は大会議室で開かれるということだった。他の部屋や廊下、階段も鉢巻きをした人間で鈴なりになっている。人ごみをかき分けて、二階にあるという会議室を目指していると、背中に声がかけられた。

「伊波君、伊波君だろう？」

訛《なまり》のない標準語に振り返ると、濱野が屈託のない笑顔を浮かべて手招きしていた。

「濱野さん……いつこっちに戻ってきたんですか？」

のぼりかけていた階段をおりながら、おれは訊《たず》ねた。

「昨日ね……どうにも比嘉君に聞かせてもらった沖縄民謡が耳に残ってね。今回は腰を据えて、各地に残っている民謡を収集して歩こうと思ってるんだ」

「ということは、長逗留《とうりゅう》になるんですね」

「長逗留なんて、今どきの日本人も使わない言葉を、君はよく知ってるねえ」

おれが差し出した右手を、濱野は力強く握りかえしてきた。

「宿はコザですか？」

「金城君がね、自宅の一室を民宿みたいな形で提供してくれるというんで、ありがたく甘えることにしたんだよ。ぼくも裕福な人間じゃないからねえ、ホテル暮らしだとこっちの方が追いつかない」

濱野は右手の親指と人差し指で丸を作った。なにをするにしても、嫌味さをまったく感じさせないのは人徳だろう。

「どれぐらい滞在する予定ですか？」

「半年、といいたいが、まず、二、三ヶ月というところかな。コザを拠点にして沖縄本島はもちろん、石垣や宮古、他の離島なんかもまわってみたいと考えてるんだ。また、迷惑をかけるかもしれないけど、よろしく頼むね、伊波君」

「ぼくにできることだったら、なんでもいってください。できることなら協力しますし、できないことでも他の人間を探します」

「ありがたい。持つべきものは友人だなあ」

白々しい言葉をさらに軽薄な口調で濱野はいう。そうすると却《かえ》って言葉に重みが出ることを充分に承知しているのだ。

「民謡の収集だけじゃなく、こっちの活動にも参加していくんですか」

おれはカマをかけた。濱野ならそれもありそうだが、東京の活動家がわざわざ民謡の収集などという酔狂なことをするためだけに沖縄に来たとは考えにくい。

「本当は遠慮するつもりだったんだけどね……毒ガス兵器の持ち込みだろう？　核も持ち込んでいるに違いないって、本土の活動家がいきりたっててねえ。那覇の街を歩いていたら、そういう連中とばったり出くわして、ここに来ざるを得なくなったというのが本当のところなんだ」

「そんなに来てるんですか、本土の活動家が？」

「十人じゃ利かないよ。後で大会議室とやらを覗《のぞ》いて見るといい。したり顔をした連中が偉そうにふんぞり返ってるから……比嘉君や照屋君だったかな、あの綺麗《きれい》な娘さん、みんな元気かね？」

思わず、人ごみの中に仁美を探して視線をさまよわせた。舌打ちを堪えて、おれは話を

った。

「毒ガス兵器の問題やらなんやらで、今の沖縄に元気な人間なんていませんよ」

おれ自身のことを言葉にしたのだが、濱野がそれに気づくおそれはこれっぽっちもなかった。

「そうだろうなあ。ここまで舐《な》められてる大衆など、滅多にお目にかかれないよ。沖縄はもっと本気で怒るべきだね」

「怒っただけじゃ、変化はおきません。それはこれまでの沖縄の歴史が証明してますよ」

「そんなことはないだろう。米国が沖縄を返還する腹づもりになったのは、沖縄の民衆の怒りにおそれをなしたからだよ。見た目にはなにも変わってないように見えても、実際には、かすかだけど少しずつ変化は起こってるんだ」

「だといいんですがね」

詰めかけてくる人の量がさらに増してきた。おれたちが立っている階段付近も、そろそろ足の踏み場もないほどの状態になりつつある。

「会議室に移動しましょうか。会議が始まれば追い出されるんだし、その前にどんな人たちが集まっているのか、見ておきたい」

「そうしようか。東京生まれの東京育ちなんだが、どうも人ごみは苦手でね。本土の活動家に挨拶《あいさつ》したら、とっとと帰りたいぐらいだ」

「もしよかったら、コザまでお送りしますよ。車で来てるんです」

「そこまでしてもらっちゃ悪いよ」

「そんなことはないですよ。どうせついでですから」

「じゃあ、お言葉に甘えようかな……どうも、沖縄に来ると、人情が身に染みるねえ」

濱野の軽口を受け流して階段をのぼった。二階の廊下は一階のそれほど混雑はしていなかった。大会議室と書かれたプレートが下がったドアを開けると、部屋の外とはまたひと味違った重く慌ただしい空気が渦巻いていた。

「ほら、あの辺にいる連中だよ」

濱野がおれの耳許《みみもと》で囁《ささや》く。ドアの向かい、壁を背にしたテーブルに〝連中〟がずらりと勢揃いしていた。発散している空気だけで、連中がうちなーんちゅではないことは容易に察することができる。総勢十二名。眉《まゆ》をひそめて話し込んでいる沖縄の活動家とは違って、それぞれがいかめしい顔つきで宙を睨《にら》んでいる。自分たちは特別なのだと主張したいのだろう。しかし、周りから浮きあがって見える彼らは、どちらかというと滑稽《こっけい》な存在でしかなかった。

「ああいう連中と同じにされるのが、ぼくはたまらなく嫌なんだよ」

そういいながら、濱野は十二人の活動家の名前と所属先、肩書きを順におれに教えてくれた。耳と目に神経を集中させ、顔と名前を一致させていく。連中の来沖はアメリカーも把握しているだろうが、だれがどこの組織に属しているのかまではわからないはずだ。スミスもホワイトも、飛びあがって喜んだりはしないだろうが、この情報には満足するはずだ。

「そういえば、今日は若い人たちの姿が少ないね」十二人の名前を告げ終えて、濱野は周囲を見渡した。「学生諸君は、みんなあの件で捕まってるのかい？」

「みんなというわけじゃないんですが、要するに不当逮捕のようなものですから。学生の多くは明日が大切なのもわかってるんでしょうが、逮捕されている仲間の釈放を訴える運動の方に力を割いているんでしょう」

「あれも酷《ひど》い話だ。本土の新聞なんて、ほとんど報道してないよ。ぼくもこっちに来て初めて知ったんだ。米国や琉球警察のこうした横暴を報道してこそのジャーナリズムだと思うんだが、どうしてもね、明日の県民大会みたいなことに目がいっちゃうんだね。読者に媚《こ》びを売ってるんだよ。腹立たしいことにね」

「たぶん、普天間警察署は期限ぎりぎりまで学生たちを勾留《こうりゅう》する腹づもりですよ。表向きは、黙秘権を行使されているので身元が判明しない。どこのだれかもわからない人間を簡単に保釈することはできない、そういってますが」

「そこまでして米国に尻尾《しっぽ》を振らなきゃいけないのかね、沖縄は——」

濱野の言葉が終わらないうちに、おれたちの背後でドアが開いた。入ってきたのは栄門と仁美だった。おれと仁美は気まずそうに顔を伏せたが、濱野と栄門は照れもせずに再会を喜び合っていた。

「濱野さん、またいらしたんですね……」

握手を繰り返しながら言葉を交わしているふたりを眺めながら、仁美が口を開いた。

「政信の歌がよほど気に入ったらしい。金城さんのところの部屋に間借りして、沖縄全土の民謡を集めたいそうだ」

「比嘉さんの……あの人、元気ですか？　最近、姿をあまり見かけないけど」

「どうだろうな。あの日以来、おれも顔を見ていない」

あの日——政信がやって来て、飯を食わせるためにおれを連れだしたあの日の夜、おれと仁美は交わった。それを思い出したのか、仁美の頰がうっすらと赤くなっていく。

「さっきはごめんなさい。わたし、どうかしてました」

うっかりすると聞き漏らしてしまいそうなほど小さな声で仁美はいった
「もう嫌われたのかと思ってたよ」

「そんなことはありません。わたしはただ——」

「愛ちゃんのことが心配なだけ。そういうことだろう。わかってるよ。おれもおまえのことが心配だ」

仁美は視線を足もとに落とした。きつく握った拳《こぶし》がわずかに顫《ふる》えている。

「明日——」顔を伏せたまま、仁美は口を開いた。「県民大会が終わったら、伊波さんのお部屋に行ってもいいですか？」

「いつでも、好きな時にくればいい。今度、合い鍵《かぎ》を作っておくよ」

仁美は顔を上げた。感謝と謝罪と嬉《うれ》しさと切なさと苦悶《くもん》と——あらゆるものが混ざり合い融合したような表情を浮かべて、照屋仁美は力強くうなずいた。

「そうだ、そうだ。照屋君にも挨拶しなきゃあ」

濱野の甲高い声が、仁美の表情を押し流した。仁美は他人行儀な笑みを無理矢理浮かべて、濱野の右手を両手で握った。

「お久しぶりです、濱野さん。こちらにはどれぐらい――」

話しはじめた仁美と濱野、それに栄門をその場に残して、おれは静かに大会議室を後にした。しばらく早足で歩き、やがて階段の踊り場に立ち止まって深く息を吸いこんだ。

仁美に与えた自分の言葉が今でも信じられない。どれだけ愛していようと、どれだけ狂おしく求めていようと、家の合い鍵を渡すと約束するとは……。

自分のことがわからない。それがなによりも恐ろしかった。亀裂《きれつ》が入ったのは世界ではなく、おれの方だ。なくしてしまったはずの魂が、仁美によって新たに生じ、それがどんどん膨らんでおれを圧迫している。

息が苦しく、胸が苦しい。今にも破裂しそうだ。

深呼吸を繰り返しながら建物を出、車のボンネットに寄りかかって空を眺めた。星たちがおれを嘲笑《あざわら》っている。おれの恐怖を憐《あわ》れんでいる。

縋《すが》るものが必要だった。縋れるのは仁美しかいなかった。八方塞《ふさ》がりの閉塞《へいそく》状況にあって、おれはなにもできず、ただ、深呼吸を繰り返していた。

浅い眠りしか得られず、夜中に何度も目覚めては、だれに向けたわけでもない呪いの言葉を口にした。結局、布団から這《は》い出たのは午前もかなり遅い時間だった。

機械のように顔を洗い、歯を磨き、ラジオをつけてニュース番組にチャンネルを合わせた。興奮したアナウンサーの声に異変を嗅《か》ぎつけ、ボリュームを上げた。

「繰り返し、今のニュースをお伝えします。米国防総省のスポークスマンは現地時間二十八日、沖縄米軍基地に配備されていた神経ガス兵器を完全に撤去したと発表しました。同スポークスマンによると、撤去作業にあたった陸軍省民間査察班は現在、米メリーランド州にあるエッジウッド化学兵器廠《しょう》に帰任の途上にあるということです。また、毒ガス漏れ事故により中毒症状を起こしていた二十四人も現在では完全に回復し、職務に復帰しているということです。この発表を受けて、屋良朝苗主席は――」

あまりの腹立たしさに、最後まで聞かずに途中でラジオの電源を切った。ホワイトのいっていた隠し球とはこれのことだったのだろう。県民抗議大会が開かれるその直前に毒ガス兵器撤去の報を流して、怒れる民衆の意志を挫《くじ》こうというのが狙いなのだ。だが、すべてはでたらめだ。

38

沖縄の米軍基地の性格を考えれば、毒ガスや核は必要不可欠な兵器だ。ソ連や中国に対する有効な抑止力となる兵器を、いくら沖縄の民衆や日本政府が騒ぎ立てたからといって、おいそれと撤去するはずがない。いや、撤去できるはずがない。

嘘で塗り固めた嘘。日本政府は厚顔にもその嘘を鵜呑《うの》みにするだろう。それ以前に双方で話し合いが持たれた可能性もある。うちなーんちゅはそれに気づいていても、嘘を弾劾するための証拠を摑《つか》めず、ただ怒りの拳を振りあげるしかない。

やりきれない思いを抱きながら、電話に手を伸ばした。普天間署の山里はすでに出勤していて、いつもの声に疲れを滲《にじ》ませながら応対に出てきた。

「手や顔に傷をこさえた男といっても、なかなか情報は入ってこないもんだなあ。なんとか傷の位置や深さがわかればいいんだが」

「とりあえず、アシバーに的を絞ったらどうですか？　大柄な黒人兵を殺そうなんていうのは、普通の人間には考えもつかないことですよ」

「もちろん、コザを中心に、アシバー関係で調査を進めておるよ。それより、なんの用だね？」

「学生たちの件です」

「やっぱりそっちか」山里は溜息《ためいき》を漏らした。「例の女子高生、かなり手こずったらしいが、徐々に口を割りはじめているらしい。昨日の夜の段階で、四、五人の名前を割り出したと取り調べにあたっていた連中がいっていたよ」

五人が十人に、十人が二十人に、意志を挫かれる学生の数は飛躍的に増えていくだろう。

だれがだれの名を口にしたかには関係なく、最初に口を割った當銘愛子が矢面に立たされることになるのは明白だった。

「身分が判明した学生は釈放されるんでしょうね？」

「そうだろうな……いくらアメリカーからの圧力が強いといっても、そう長くは勾留できんだろう。一両日中には釈放されると思ってもいいんじゃないか。あんたの知り合いとかいう親御さんたちを安心させてやるといい」

「そうですか。ありがとうございます」

「ああ、それからな——」おれが電話を切る寸前に、山里がなにかを思い出したように声を張りあげた。「昨日の夜、コザ署の連中が、普天間署を襲って勾留されている学生たちを救出しようなどという馬鹿げたことを企《たくら》んでいた連中を逮捕したという話を小耳に挟んだよ」

「普天間署を襲撃ですか……その情報はどこから入ってきたんでしょうね？」

ホワイトは迅速に行動したらしい。渡嘉敷とかいう学生は、なぜ自分が逮捕される羽目になったのかもわかってはいないだろう。

「さあ、そこまではわからんな。部署が違うんでね」

山里に礼をいって電話を切った。受話器を持ったまま、今度は仁美の職場に電話をかけ直した。

「彼女だが、明日か明後日には釈放される見通しらしい」

「本当ですか？」

「ああ。警察の知り合いに確かめてみた。彼女の他に、何人か身元が判明した学生がいて、一両日中には釈放されるだろうといっていたよ」

「よかった……」

仁美は放心したように呟《つぶや》いた。

「保釈されてきたら、少しは説教でもしてやるんだな」

「はい、そうします……あの、今日は午前で早退して、午後からは那覇に行って県民大会の準備を手伝うことになってるんですけど、伊波さん、那覇まで送ってくれます？」

午後は濱野と約束していた。那覇からコザに帰る車中で、政信と会いたいのだが連絡の取り方がわからないと泣きつかれたのだ。

「すまん。午後はやることがあるんだ。夕方になったら那覇に向かおうと思っている。向こうで会おう。帰りはちゃんと送るよ」

「わかりました。無理をいってごめんなさい。それから……愛ちゃんのこと、ありがとう」

「気にするなよ。おれにできることをやっただけだ」

釈放された後に當銘愛子に降りかかってくる災難を、仁美はどう受け止めるのだろう。忠告を口にする勇気も持てずに、おれは電話を切った。

そのまま部屋を出、金城の家まで車で濱野を迎えに行った。遅くまでどこかで飲んでいたのだろう、濱野の顔はむくんでいた。

「いや、参ったよ。沖縄の人は本当に酒が強いよね。付き合いで飲まされている内に、撃沈だよ。いやあ、頭が痛い」

車に乗りこむなり、濱野はそういった。

「大丈夫ですか？　なんでしたら、今日は休んでいても結構ですよ。政信はいつだって摑まりますから」

「いや。長逗留《とうりゅう》といっても、時間が無限にあるわけじゃないからね。早めに比嘉君に会って、まず、彼が民謡を習ったお年寄りたちの消息を訊《き》きたいんだ」

「わかりました。それじゃ、出発しましょう」

「やっぱり、吉原にいるのかい？」

「たぶん」

アクセルを踏みながら、おれは答えた。湿気を含んだ砂利道を車がゆっくり進んでいく。

「どこを眺め回しても、毒ガス兵器撤去、米軍基地撤去、そんな幟《のぼり》ばかりだね」

「もう何年も前からこの景色は変わりませんね。その時々によって、書かれている内容が違うだけです」

「沖縄を出ようと思ったことはないのかい？　君ぐらいの知性と機転があれば、本土でも暮らしていけると思うけど」

「この島を出ることはいつでも夢に見ますよ。ただ、行き先は本土じゃない。あそこだけは死んでもごめんです」

「厳しいなあ」濱野は乾いた笑いを発した。「まあ、その気持ち、わからないでもないけどね。本土じゃないとしたら、行くのはどこだい？　ヨーロッパ？　それともアジア？」

「アメリカです」

おれの言葉に、濱野は意外だという表情を浮かべた。

「日本より、いや、日本と同じ程度にアメリカが憎いんじゃないのかな」

「憎いですがね……ここにいるからアメリカーが憎いんです。アメリカ人になれるのなら、連中のいう自由と平等をほんの少しでも享受できるでしょう」

「なるほど。君はリアリストだ」

吉原に向かう道は空《す》いていた。空は澄みわたり、無慈悲な太陽がぎらぎらと地表を焙《あぶ》って、外を歩く人間の姿もまばらだった。

吉原の入口で車を降り、濱野とふたりで坂道をのぼった。

「聞きしにまさる暑さだね、こりゃ。前に来た時もいい加減暑かったけど」

「まだまだ暑くなりますよ。それに、台風もやって来る。濱野さん、こっちの台風は経験ありましたか？」

「いや。まだないよ」

「今回は長期滞在だから、確実に経験できますよ」

「いい経験になるかな？」

「間違いなく。米軍基地以上の暴君ですから」

他愛《たわい》もない話をしているうちに、智美のいる店の前に辿《たど》り着いた。店の戸締まりはされていたが、人の気配は濃厚に漂っている。

戸を乱暴に叩《たた》き、店の中に声をかけた。

「政信、いるんだろう？　ちょっと起きてこいよ」

しばらく待っていると、磨《す》りガラスの向こうに人影が現れた。線の細さと髪の長さから智美だということがわかる。智美は身を屈《かが》めて錠を外し、戸を開けた。

「こんな時間に押しかけてくるのは尚友に決まってるって、政ちゃん、お冠よ」

「政信に会いたがってる人がいるんだ。早く下に降りてくるようにいってくれ」

「はいはい。少しお待ちくださいね」

智美は濱野に笑顔を向けて、奥に戻っていった。おれと濱野は狭いカウンターに腰を降ろし、政信が顔を出すのを待った。

「あの子が比嘉君の思い人なのかい？」

濱野が押し殺した声で訊いてきた。おれは思わず苦笑した。

「思い人とは、濱野さんも古風ですね。違いますよ。肌と気が合うから一緒にいることが多い。政信はこの辺りの娼婦《しょうふ》には人気がありますからね。普段は、その日の気分で泊まる店を変えてるはずです」

「うらやましい話だな——」

「なにがうらやましいんですか、濱野さん」

濱野の小声を飲みこんで、政信の野太い声が狭い店内を圧した。

「尚友の言葉を真に受けちゃだめですよ。こいつはおれに関しては嘘ばかりつくんだ。お久しぶりです、濱野さん。もう、戻ってきたんですか？」

「おお、比嘉君」

政信と濱野は握手を交わした。双方の顔に深い笑みが浮かんでいる。ただ、政信の横顔には疲労の色が濃かった。おそらくは睡眠不足だろう。テッド・アレンの死に関して、マルコウや島田哲夫、そしてカデナ・フェニックスの連中との間で様々なやり取りがあったのかもしれない。この数日の政信の行動を詳細に知りたかったが、おれには方法がなかった。

「君の歌ってくれた民謡が忘れられなくてね。なにがなんでも沖縄に残っている民謡を収集しようと思ったんだ。そうなると、いても立ってもいられなくてね」

「民謡の収集ですか。濱野さんも物好きだな――ちょっとだけ、待ってもらえますか。尚友に話があるんで」

「ぼくの方は一向に構わないよ」

「すぐに済みますから」

政信はそういって、おれの肩に手を回し、おれを店の隅の方に誘った。

「今日の夜、時間作れないか？」

「今日がなんの日か知ってるだろう?」

「県民大会なんか、屁《へ》みたいなもんだろう、おまえにとっちゃ。それが終わってからでいいんだ」

政信はいつになく真剣な眼差《まなざ》しをおれに向けていた。

「明日《あした》じゃだめなのか?」

仁美のことを思いながらおれはいった。政信がおれに持ちかけてくる話——なんとしても内容を知りたい。だが、それ以上に仁美の存在がおれの中で重くなっている。歯嚙《はが》みしたかったが、おれにはどうしようもなかった。

「夜なんか、いつだって暇だろうが——」

詰《なじ》るようにいって、政信は途中で言葉を切った。おれをまじまじと見つめ、やがて、合点がいったというように何度も首を縦に振る。

「そうか。おまえにもやっと女ができたか……仁美か。そうだな、おい」

「おまえには関係ない。とにかく、今夜はだめだ。明日の夜でいいなら、時間を作る。明日なら、別に夜でなくてもいい」

「いや、待て……女ができたんなら、それも相手が仁美なら、この話はなしだ。忘れてくれ」

政信はそれで話は終わりだといわんばかりに濱野に顔を向けようとした。おれはその肩を摑《つか》み、強引に向き直らせた。

「それはないだろう、政信。なんの話かは知らないが、そこまでいったんなら、ちゃんと聞かせろよ」

「仁美を泣かせたら承知しないと一度いっただろう?」

「それとこれにどんな関係があるんだ」

「今の話は忘れろ。いや、なかったことにしてくれ。頼む」政信は頭を下げた。「おれが頭を下げておまえにものを頼むことなんてないだろう。おまえも男なら、おれの意を汲《く》めよ」

「いやだね」

おれは頑《かたく》なな声でいった。確かに、政信の好意はおれに驚きをもたらしたが、逆に疑念も募らせた。政信のいうとおり、政信がおれに頭を下げたためしなどない。つまり、おれに頭を下げなければならないなにかがどこかに隠されている。政信はなにかをおれに頼むつもりだったのだが、仁美の存在を知って翻意したのだろう。危険な匂いが充満していたし、それを看過できるほどおれはまともな神経の持ち主ではなかった。

「尚友――」

「明日の夜だ。おれはここに来る。おまえが雲隠れしたら、次の日もここに来る。その次の日も、また次の日も――」

「わかったよ。まったく、その頑固さをもっと別のことに利用すれば、おまえはもっとまともな人間になってたのにな」

で余計なお世話だ」

「明日の夜だな。照屋で演奏が終わったら、ここに来るよ。それでいいんだろう？　これでこの話は終わりだ」

政信は念を押すようにいって、再び濱野に向き直った。おれに向けていたのとは違うにこやかな笑みを浮かべて濱野の隣に腰を落ち着ける。すぐに沖縄の民謡にまつわる長くて熱い会話がはじまった。

おれは政信の言葉に思案を巡らせながら、ふたりのやり取りに耳を傾けていた。

＊　＊　＊

県民大会は午後六時ちょうどにはじまった。集まった人間の数は思いの外少ない。五千人というところだろう。アメリカの毒ガス兵器撤去の報を受けて、参加を見合わせた人間も少なくないということだ。アメリカの戦略は確実な成果を上げている。

復帰協副会長の桃原用行《とうばるようこう》の主催者挨拶《あいさつ》を皮切りに、全軍労の仲間委員長、社大党の安里委員長といった連中が入れ替わり立ち替わり壇上にあがり気勢をあげた。最後に毒ガス兵器の即時撤去要求の決議案を採択して大会が終了したのは午後七時前だった。会場に詰めかけていた人間が一斉に外に飛び出し、いつしか、デモ行進が始まった。

人の波にもまれながら、おれは照屋仁美を探した。デモ隊は国際通りを安里三差路に向かって緩やかに動いていた。無数の人間によるシュプレヒコールや歌声が怒号になって渦巻き、色とりどりの組合旗や団体旗が夜空を埋め尽くしている。

仁美はデモ隊の中段あたりの外側を、栄門やその仲間たちと一緒に歩いていた。額には「毒ガス撤去」と殴り書きされた鉢巻き、右手に「基地のない沖縄を」と書かれた旗を持っている。黒人の血が入ったすらりと長い手足を持つ仁美には、その姿がまったく似合っていない。島の民謡よりジャズやブルーズが似合う外観なのだ。本人自身が気づいてもいないそのギャップが滑稽《こっけい》さと哀れさを醸し出している。

おれは無言のまま仁美の横に並んで歩いた。仁美はおれにちらりと視線を走らせて微笑み、すぐに前を向いて旗を振った。その顔には情熱と誇りが満ちあふれている。おれが横に来たせいなのか、ただデモの熱気に酔っているだけなのかはわからなかった。

おれに気づいた栄門が歩きながら振り返った。

「そうだ、尚友。あのアングラ反戦雑誌、かなり反響を呼んでるぞ。あの原稿を書いた者はだれだって、基地内でも犯人探しがはじまっているらしい」

「ご苦労なことだな」

「本土のベ平連からも連絡が入ってきてるんだ。あのアングラ雑誌を送ってくれってな。横須賀や立川《たちかわ》の基地内にもばらまきたいらしい」

「送ってやればいいさ。金さえ出せば、いくらでも刷り増しはできる」

「ああ、そのつもりだ。ベ平連から活動資金をカンパしてもらえそうなんだ。それで、もうひとつ、頼みがあるんだが」

栄門はおれの表情をうかがいながら、しばしいい淀《よど》んだ。シュプレヒコールのせいでお互いに顔を寄せなければ声が聞き取りづらい。

「次の雑誌も作りたいんだ。アメリカーは毒ガス兵器を撤去したといっているが、怪しいもんだ。そこで、おまえのツテを使って、基地内にいる兵隊に本当のところを訊《き》きだして記事にするということは可能かと思ってな」

おれは曖昧《あいまい》に首を振った。毒ガス兵器撤去の発表はまやかしだろう。本当にそれをやったのなら、もっと大きな動きがあってしかるべきだが、照屋でもそんな噂を耳にしたことはない。だが、米軍はそれをまやかしだとは決して認めないだろうし、ホワイトに問い質《ただ》しても結果は同じだろう。ましてや、下っ端の兵士たちにはなにも報《しら》されていない可能性が高い。彼らはただ、上層部の言葉を鵜《う》呑《の》みにするほかないのだ。撤去発表の嘘を見破るにはそれこそ今までの数倍もする時間と苦労が必要になる。

「来年あたりに、アメリカーの本土から大物の反戦活動家が沖縄にやって来るという話もあるんだ。その前に、もうひとつ気勢をあげておきたいと考えてるんだが……無理かな？」

栄門の言葉におれの思考は反転した。アメリカの大物反戦活動家——そいつに関する情報と引き替えだといえば、ホワイトが妥協する可能性が出てくる。

「やってやれないことはないと思うが、今度は時間がかかるぞ。それに、必ず情報を手に入れられるという確約はできない」

「それでもいい。なんとかやってみてくれないか」

「わかった。明日から早速聞いてまわってみるよ」

「頼んだぞ。米兵に関する情報網は、おまえがなんといっても一番だからな。本当にあの記事には驚かされたよ」

「おだてるなよ。みんなが手伝ってくれたからあの雑誌も日の目を見たんだ」

栄門は歩調を緩め、おれの横に並んで肩に手を回してきた。

「おまえのことをアメリカーのスパイじゃないかと疑ってた連中も、あの雑誌に目を通して考えを変えたぞ。おまえも今じゃ、おれたちの立派な仲間だ。これからもよろしく頼むぜ、同志」

おぞましい言葉に皮膚が敏感に反応した。全身が粟立《あわだ》っていく。

「まあ、これからもよろしく頼むよ」

内面に生じた嫌悪感をおくびにも出さずにおれはいった。栄門は顔をくしゃくしゃにして仲間のところへ戻っていった。あの屈託のなさがおれにあれば、別な人生が待ち構えていたのだろう。だが、おれはおれであることを止められはしないのだ。

「伊波さん、ありがとう」

唐突に仁美が口を開いた。怪訝《けげん》そうな表情を浮かべるおれに、仁美は言葉を繋《つな》いだ。

「みんな、あの反戦雑誌のことでは伊波さんに感謝してるんですよ。今日の県民大会に人がこれだけ集まったのも、あの雑誌のおかげだっていう人がいるぐらいなんです」

「これだけ集まったって……五千人ぐらいのものだろう。おれはもっと集まってくるのかと思ってたんだがな」

「毒ガス兵器撤去の発表のせいで、気が削《そ》がれた人がたくさんいるんです。それでも、これだけの人が集まったんですから」

「そんなもんかな……どっちにしろ、あの雑誌はおれひとりで作ったわけじゃない。君や島袋君たちが手伝ってくれた」

仁美ははにかみながら俯《うつむ》いた。安里三差路がすぐそばに来ていた。三差路に達した群衆たちは三々五々に散っていく。シュプレヒコールも歌声もすべてが霧散するように消えていく。そのあっけなさが沖縄を今日の状況に置いたのだとしても、うちなーんちゅもおれと同じようにうちなーんちゅであることを止められはしない。

「この後はどうするんだ？」

おれは仁美に訊いた。

「後かたづけをお手伝いして、その後、伊波さんの家に……」

仁美は語尾を飲みこんだ。鉢巻きが邪魔だと思いながら、おれは彼女の空いている左手に自分の手を重ねた。

「終わるまで待ってる。復帰協本部の外れの方に車を停めておくから」

仁美の耳が真っ赤に染まるのが夜目にもはっきりとわかった。

「なるべく早く終わらせます」

仁美はそういって、おれから逃げるように走り去っていった。溜息《ためいき》を押し殺し、後ろを振り返る。国際通りはまだ人に埋め尽くされていて、色とりどりの旗が波のように揺らめいていた。

＊　＊　＊

仁美が駆けてくるのがバックミラーに映った。助手席のドアを開けて待っていると、弾んだ息づかいが耳に飛び込んできて、車体が揺れた。ドアを閉めようとする仁美の手を引いて抱き寄せた。

「伊波さん——こんなところじゃ、だれかに見られちゃうわ」

「かまうものか。うちなーんちゅは昔は人前でもどうどうといちゃついていたんだ」

仁美の唇を吸った。抵抗されることはなかった。好きなだけ貪《むさぼ》り、右手で胸をまさぐった。

「ここじゃいやです……お願い、伊波さん」

仁美が顔をそらした。顎《あご》を自分の肩に埋《うず》めるように押しつけている。

「ドアを閉めろ」

おれはそういって、エンジンキーを回した。セルがまわってエンジンに火がつく。仁美がドアを閉めるのを待ってアクセルを踏んだ。ハンドルを乱暴に操作すると、仁美が身をすくめた。

「怒ってるんですか？」

「まさか。早く家につきたくて飛ばしてるんだ」

おれはいかめしい顔をしたままでそういった。仁美がおずおずと腕を伸ばしてきて、シフトノブに置いたままのおれの手を握ってきた。

仁美の掌《てのひら》は熱病にかかっているかのように熱かった。おれの手も同じようなものだろう。おれたちは無言のまま、夜の闇の中を走り続けた。おれの家に辿《たど》り着くと、お互いに服を脱ぐのももどかしく、抱き合い、貪りあった。切実な欲望がふたりを世界から遮断し、時間の流れを止めた。飽くことのない求愛と欲望の果て、汗まみれになって横たわる。

おれの腕に頬を押しつけ、脚をおれの身体に絡ませて、仁美は息を弾ませていた。抱き寄せ、柔らかな髪を撫《な》でると、愛《いと》おしさと切なさが再び込みあげてくる。無防備なままおれに縋《すが》りついてくるその身体も、心もすべてをおれのものにしたい。止めどのない欲望がおれを支配する。

固く尖《とが》った乳房を指で弄《もてあそ》んでいると、仁美がぽつりと呟《つぶや》いた。

「どうしてこんなに好きなんだろう」

消え入りそうなその声がおれの心に深く深く染みこんでくる。あまりにも深すぎて恐怖を覚えるほどだった。

おれは乱暴に仁美の脚を割り開いた。愛液と精液でぬめった花弁に、固くそそり立ったものを突き立てる。

仁美がしがみついてきて、おれたちはまたひとつになった。

39

朝を迎え、ふたりで普天間警察署に向かった。仁美は職場から休みをもらっていた。おれと過ごすためではない。當銘愛子を迎えに行くためだ。當銘愛子が世話になっている施設にも、自分が迎えに行くといってあるらしかった。おれの部屋から車まで、駐車場から警察署まで、おれたちは身体をくっつけて寄り添うように歩いた。車に乗っている間も、仁美の左手はシフトノブに添えていたおれの右手に重なっていた。

どうしてこんなに好きなんだろう——照屋仁美が喘《あえ》ぐように漏らした言葉が耳から離れない。おれの気持ちも同じだった。自分が自分でなくなることに怯《おび》えながら、それでもどうして横にいる女に惹《ひ》かれてしまうのか。好きの一言では片づけられない。おれは執着しているのだ。くだらないがらくたを宝物だと決めこんで頑《かた》くなに執着する子供のように、おれは仁美に執着している。おれは自分自身を持て余している。

仁美はおれの左手をきつく握りしめている。仁美の体温と心拍が伝わってくる。仁美の心臓が刻むリズムはおれのものとは微妙に違うはずなのだが、いつしかおれたちの脈拍は同調しはじめる。恐怖と、目眩《めまい》に似た快楽がおれを侵していく。

署の受付で尋ねると、當銘愛子は午前十時に釈放される予定ということだった。おれたちは入口にぽつんと置かれたベンチに腰掛けてその時を待った。互いに無言で、お互いの手を握りあって。

仁美の手から伝わってくる感触が、少しずつ変化していく。おれへの思いが薄まり、當銘愛子に対する母性愛が強まっていく。瞬時に燃えたぎる恋情より、穏やかに緩やかに燃えたつ愛情の方が強いのはわかっている。女としての感情より、母としての愛情の方が勝ることは理屈で重々理解している。それでも、おれは嫉妬《しっと》に駆られた。そんな自分を苦々しい思いで見つめた。

當銘愛子が姿を現したのは十時五分前だった。ふたりの警官に付き添われた當銘愛子は売春街で長い時を過ごした年増《としま》のようにやつれていた。

「愛ちゃん」

仁美が駆けよっていく。當銘愛子の目を覗《のぞ》き込み、涙ぐみ、抱きしめた。その姿は子をいたわる母親そのものだ。だが、それとは逆に、當銘愛子は仁美のそんな態度を煩わしく感じているように見えた。

「大丈夫だった？　酷《ひど》いこと、されなかった？」

「うん、わたしは大丈夫」

そう答える声もまた、しわがれ、ひび割れている。実際、當銘愛子はこの数日間で数十年に匹敵する辛《つら》い経験をしたに違いない。

「さあ、帰りましょう。ゆっくり休んで、美味《おい》しいものたくさん食べて」

仁美は當銘愛子の肩に手を回して外に出るよう促した。だが、當銘愛子はその手を邪険に振り払った。

「ひとりで帰れるわ。仁美姉さん、わざわざ迎えに来てくれてありがとう」

「ひとりでって……。伊波さんの車もあるのよ。送っていくから。園長先生だって……」

仁美は見るからに困惑していた。救いを求めるような視線をおれに向けながらなんとかなだめようとしていたが、當銘愛子の頑なな拒否の姿勢は変わりそうにもない。

「ひとりになりたいの。ひとりで考えたいことがたくさんあるの。仁美姉さん、わかって」

断固とした声を浴びせられて、仁美はようやく當銘愛子の変化を飲みこんだようだった。褐色の肌が赤らみ、青ざめ、やがて歪《ゆが》んでいく。

おれは後ろめたい喜びを味わっていた。無償の愛を拒絶されて途方に暮れる仁美はどこまでも無防備で愚かで、美しい。

當銘愛子が突然走り出した。制服のスカートを翻して署を出て行く。その後を追おうとした仁美をおれは遮った。

「どうして？」

仁美は困惑に揺れる目でおれを見た。おれは無言で首を振った。仁美はその場に膝《ひざ》をつき、人目を憚《はばか》らずに嗚咽《おえつ》しはじめた。

「多分、愛子は取り調べに屈したんだ」

＊＊＊

暗く沈みこんで助手席に座っている仁美におれはいった。

「勾留《こうりゅう》されている学生の中で、身分が判明していたのは彼女だけだったからな、取り調べに当たる警官も彼女を突破口にしようと牙《きば》を剝《む》いて襲いかかったに違いない」

仁美の反応はなかった。ただ、おれの言葉に耳を傾けているのだけは確かだった。

「いくら意志が強いといっても彼女はまだ高校生だからな。百戦錬磨の警官の取り調べにあったらひとたまりもない。彼女は喋《しゃべ》ってしまったんだと思う」

「なにをですか？」

照屋仁美がやっと口を開いた。泣き続けたせいで瞼《まぶた》はまだ腫《は》れている。生気を失った唇がかすかにわなないている。

「自分が知っている他の学生の名前だよ」

「でも……だからといってあんなふうになるなんて」

「なるさ」

なんとか救いを見出《みいだ》そうと足掻《あが》く仁美に、おれは冷たい声で応じた。

「みんな、黙秘権を行使して警察権力に立ち向かってるんだ。あの事件には実際には関わりのない島袋だって口を割らずに頑張ってる。それなのに、警察が一部の人間の名前を摑《つか》むんだ。だれかが喋ったんだし、だれが喋ったのかはいずれわかる」

　おれたちの車の前をバスがのんびりと走っている。當銘愛子の後ろ姿が後部の窓越しに見えていた。バスの揺れに身を任せる以外は、當銘愛子は微動だにもせず視線を前に向けていた。

「彼女はだれにも相手にされなくなる。当然だな、彼女は裏切り者なんだ。そのことに彼女自身も気がついているんだろう。警察の追及をかわしきれなかった自分を責め、自分の将来を悲観している。しばらくはそっとしておいた方がいい」

「裏切り者だなんて、そんな……だいたい、新聞に愛ちゃんの名前を伝えたのだって伊波さんじゃないですか」

　仁美が座席の背もたれに預けていた身体を起こした。顔に生気が戻りつつあった。

「あの時は、彼女を早期に釈放するにはそれが最善の方法だと思ったんだ。おれの失敗だったな。すまん」

　仁美の視線を横顔に痛いほどに感じた。おれの真意を探ろうとしている。おれの言葉どおりに善意に基づいたものなのか、それとも底に悪意があるのか。仁美もおれと同じように惑い、苦しみながらおれに惹かれている。

　どうしてこんなに好きなんだろう――昨日の言葉がまた、耳の奥で静かによみがえった。

＊＊＊

當銘愛子の所属する施設で仁美をおろし、おれは自宅に舞い戻った。結局、おれの謝罪を最後におれたちの会話は途切れたままだった。仁美は一言も口をきこうとはしなかったし、おれもなにを喋ればいいのかわからなかった。昨日の夜の、まるでふたりの身体が溶けあってひとつになったかのような一体感はどこかに消え失《う》せ、おれたちの間には隙間風が吹いていた。

結局、仁美はおれを信じきることができなかったのだ。他のことならば、おれを信じることはできなくても、おれをゆるすことはできたのだろう。だが、當銘愛子がおれの悪意の対象なら、ゆるすことはできないのだ。

部屋の中は湿った空気と仁美の中に何度もぶちまけたおれの精液の匂いで淀《よど》んでいた。窓という窓を開けて空気を入れ換え、シャワーを浴びた。鳩尾《みぞおち》の周辺が冷えている。仁美の愛によって満たされたはずの空洞に、またぽっかりと穴があいている。

やり場のない怒りと悲しみに駆られて身体を乱暴に洗った。風呂《ふろ》場から出た後は、ホワイトに宛てた報告書を書こうとしたが気持ちが千々に乱れた。やりきれない切なさと、抑えきれない怒りと、寄る辺のない恐怖。

おれはなにを求めているのか。どこへ行きたいのか。すべては闇の中だった。リュウキュウ・ポストを辞めるまではすべてがはっきりしていたおれの世界が、突然の日食に襲われたように暗闇に覆われている。

仁美などクソ食らえ。沖縄などクソ食らえ。施政権返還などクソ食らえ。

書きかけの書類を放り出し、机の上にあったものを片っ端から薙《な》ぎ倒して、おれは部屋を出た。

行く当てはなかった。だが、この荒《すさ》んだ気分を和ませてくれる話のわかるだれかが必要だった。金城の家まで車を飛ばし、濱野の所在を尋ねた。濱野はまだ金城の家にいて、昼飯を食っていた。

「いや、昨日は県民大会の後、仲の町で遅くまで飲んでねえ。ほら、あそこらに飲みに来ているのは離島の人も多いでしょう。彼らに島に伝わる民謡の話を聞いてるうちに、ついね」

二日酔いだという割には旺盛《おうせい》な食欲を見せながら、濱野は照れ笑いを浮かべた。

「それで、伊波君、なにか用かい？」

「別に用というわけでもないんですが、ちょっと今日は夜まで暇なので、濱野さんの酔狂に付き合わせてもらおうかなと思いまして。車もありますから、どこにでもお供しますよ」

「それは助かる。今日はね、やんばるの方に足を伸ばしてみようかと思ってたんだよ。本当にかまわないの？」

「かまいませんよ。やんばるはどちらへ？」

「まずは名護へと思ってるんだけどね……伊波君、時間はどれぐらい大丈夫なの？」

「十時ぐらいまでにコザに戻ってこられれば……」

「あ、それなら大丈夫だ、じゃあ、お願いしますよ。これ、すぐに終わらせますから」

濱野は手にしていた茶碗《ちゃわん》を少しだけ掲げて中身を勢いよく口の中に放り込んだ。

＊　＊　＊

名護に向けて車を走らせた。コザから北へ向かう軍道は、島の南半分よりはるかに交通量が少ない。蒼穹《そうきゅう》を我が物顔で支配する太陽が島全体を容赦なく焙《あぶ》りたてている。開けた窓から吹き込んでくる風も生ぬるく湿っている。

「そういえば、今朝のニュースで台風六号が発生したといってたけど」

窓の外に視線を向けていた濱野がぽつりと口にした。

「上陸するのを期待しててください」

「一度は経験してみたいもんだが、そう何度もだと困るね」

「これから二、三ヶ月滞在するんなら、確実に二度は経験できますよ」

濱野は乾いた笑い声をあげた。

「やんばるはほとんど初めてみたいなものなんだが、那覇やコザとは違うものなのかね？」

「本土から来た人にすればなんの違いもないんでしょうが、うちなーんちゅははっきり区別しますね。区別というか、南の人間は北の人間を差別しますよ」

「こんな小さい島なのにねえ」

「こんなに小さい島だからこそ、愛憎は濃く煮詰まるんじゃないですか」

「そうかもしれないね。日本だって世界から見れば小さな島国だ。相変わらず、君のものの見方は鋭いね」

「そんなことはないですよ」

おれも濱野と同様乾いた笑いで答えた。だが、濱野の横顔にはすでに笑みはなかった。

「その鋭い君が、憔悴《しょうすい》しているのはどういうわけかな？　昨日の夜とはまるで顔つきが違うよ」

「そんなに顔に出てますか？　自分ではそうでもないと思ってたんですが」

「普通の人間ならそんなに変わったとは思わないかもしれないが、他でもない君だからね」

「濱野さんはぼくのことを買い被《かぶ》りすぎてますよ」

「そうは思わないよ。少なくとも君は珍しい沖縄人だ。比嘉君もそうだがね。沖縄を飲みこもうとしている大波から一歩引いて、冷静に現状を見極めている。そんな人間は沖縄にも本土にも少ないよ」

「分析できない人間の方がどうかしてるんだとぼくは思いますが」

「こんな環境で育てば無理だよ、それは」濱野は窓の外に手を出した。「常夏《とこなつ》の島、恵まれた自然に食物。こんなところに生まれ育てば、人は穏やかになる。激情も一瞬爆発させればそれで終わりだ。寒い地方のように陰にこもったり、根に持つということが苦手になるんだな。この島が二十年以上も歪《ゆが》んだ状態に置かれて、それでもこれまでなにも起こってこなかったというのはそれに尽きると思うよ。アメリカもいい場所を選んだ。皮肉じゃなくそう思う。これが北海道あたりだったら、とっくに暴動やテロリズムが氾濫《はんらん》してるはずさ」

なんと答えればいいかわからなかった。おれは機械的にハンドルを操作した。

「ぼくにもね、悩みがないわけじゃないんだが、ここに来るとそんなものはどうでもいいことに思えてくるよ」

「濱野さんにも悩みはあるんですか」

「あるさ。純然たる趣味で沖縄に来たかったのに、どうしても政治がぼくの背中を追いかけてくる。どこでどう聞きつけたのか、やれべ平連だの、やれ代々木だのという連中がやって来て、沖縄の現状をつぶさに報告してくれといってくるんだ。要するに、スパイの真似事をしろってね」

息をのんで濱野の横顔を盗み見た。スパイという言葉が耳の奥で執拗《しつよう》にこだましている。濱野はおれという人間の本質を見抜いているのだろうか？

おれの気持ちなど知らぬげに、濱野は窓から入り込んでくる風に気持ちよさそうに表情を崩していた。

泡盛に口をつけながら濱野はいった。

「本土の人だってそうでしょう。美味《おい》しい日本酒があるのに、やれビールだ、やれ角瓶だっていってるじゃないですか」

おれはビールをちびちびと飲んでいた。車の運転のこともあるが、コザに戻って政信と話をするためにも、頭ははっきりさせておきたかったからだ。

「こりゃ一本取られたかな。確かに、これだけアメリカの文化に取り巻かれていたら、伝統だの文化だのはどうでもよくなるか……」

濱野はポークとゴーヤーのちゃんぷるーを箸《はし》でつつきながらぽつりといった。確かにポーク入りの料理は沖縄におけるアメリカ文化を象徴したものだろう。ポークといっても生の豚肉ではない。缶詰入りの濃く味付けしたハムのようなものを、うちなーんちゅは薄く切り分けて炒《いた》め物やみそ汁にぶち込む。戦前にはあり得なかった食習慣だ。アメリカーを恨み、基地を憎み、しかしそのアメリカーや基地と共存するしか他に道を持たなかった沖縄の矛盾が、料理にすら現れている。

「さっきは話が途中で途切れちゃったけど、君の悩みって、なんなのかな？」

今日の半日で、濱野はおれにすっかり狎《な》れていた。伊波君、ではなく君とおれを呼ぶようになり、時にはあんたと呼びかけてくることもある。

「もういいですよ、その話は」

「そう？　だけど、ぼくに聞いてもらいたいことがあったから、わざわざこうして付き合ってくれたんだろう?」

「悩みを聞いてほしかったわけじゃないんです」

おれがそういうと、濱野は目を丸くした。

「そんな顔しないでくださいよ。悩みはありますが、それは自分で解決します。これまでも、ずっとそうやってきたんです。ただ……」

「ただ?」

「物の見方が自分と似てる人の話を聞いてほっとしたかっただけなんです」

「ぼくと君のものの見方が似てるって?」

「まったく同じっていうわけじゃないですよ。ただ、理解できる。共感できる。そういう人と話をしているとほっとすることってありませんか? これまで、ぼくの周りにはそういう人間はいなかった。そこに濱野さんが現れたんで、甘えてみたくなっただけです。ちょっと自分でもびっくりしてますけど」

「なんとまあ……」濱野は照れ笑いを浮かべた。「そりゃ光栄な話だけど、それで気分は晴れたのかい?」

「少しはましになりましたよ。濱野さんでも気が滅入《めい》ることがあるって聞いてね」

「君も底意地が悪いな」

「すみません。うちなーんちゅらしくないとよくいわれます。もっとも、ぼくはそもそもうちなーんちゅではないんですけどね」

「生まれは関係ないさ。要は育ちだよ。この島で何年も暮らしていたら、自然とうちなーんちゅのようになる。そういうもんだろう。あのさ、尚友君——」

濱野のグラスは空になっていた。もう、四杯目だ。そろそろ酔いが回ってきているのだろう。尚友君と呼ばれたのは初めてだった。

「屋良朝苗主席みたいな人間が何人いても、沖縄は変わらないとぼくは思うんだよ。要するに支配者がアメリカから日本政府に変わるだけだ。だけどさ、君や比嘉君みたいな人間が増えたら、沖縄はきっと変わるよ」

濱野は酔ってはいたが、目は真剣だった。いや、酔った分だけ感情を素直に吐き出しているると見る方が自然なのだろう。

「そうですかね」

「そうだとも」

おれの皮肉をまぶした応答に、濱野は断固とした声で応じた。

気持ちが急速に醒《さ》めていく。酔って弛緩《しかん》しはじめた濱野の顔が愚か者のそれに見えてくる。

おれや政信のような人間が増えたところで、混乱に拍車がかかるだけで世界はただ、そこにあり続ける。濱野は多少はものがわかる人間だが、理想主義を捨てきれずにいるのだ。だから政治を切り捨てられず、スパイの真似事を強要されて苦しんでいる。

醒めてしまった気分を持て余したまま、おれは無言でビールを舐《な》めた。

40

次に移動した飲み屋で地元の人間と民謡談義に花を咲かせていた濱野を説得して、コザへの帰途についた時には十二時をまわっていた。金城の家で濱野を落とし、大急ぎで照屋に向かった。政信が立ち寄りそうな店を虱潰《しらみつぶ》しに訪れ、六軒目で見つけた。政信は三人の黒人兵と談笑しながら、カウンターでハイボールを飲んでいた。

「珍しいものを飲んでるな」

背中から声をかけると、政信は自信に満ちた笑顔を浮かべて振り向いた。

「こいつらの奢《おご》りだよ。おれのエレキにソウルを感じたんだとよ」

「今度は三線《さんしん》でブルーズを弾いてやればいい。アメリカと沖縄のソウルの融合だとかいって、みんな泣き出す」

「そりゃいい考えだな」

おれの皮肉をそう切り返して、政信は横に座れと目で促した。カウンターの向こうにいるバーテンはフィリピン人だった。米海軍の雑用係として雇われ、沖縄に来てそのまま居着いてしまったタイプだろう。沖縄で働いていてもうちなーんちゅとの接触は少なく、こっちの言葉には無知な人間が多い。だが、ここは照屋だ。黒人兵たちのハーニーも毎夜顔を出す。フィリピン人のバーテンがおれたちの話す言葉を理解できないとは断言できなかった。

「大丈夫なのか？」

おれは政信の耳許《みみもと》で囁《ささや》いた。政信がなんの話をするにせよ、大声で喚《わめ》いてもかまわないという内容ではないはずだ。

「心配するな。このフィリピン人はこっちに来てまだ二ヶ月だ。こっちの言葉はなんにもわからない」

近くに移動してきたバーテンにコークハイを注文して、おれは政信の隣のスツールに腰をおろした。政信がブロークンな英語で黒人兵たちに私用ができたと伝えていた。黒人兵たちは陽気な笑みを浮かべ、政信から離れてフロアの方へ移動していった。

「それにしても遅かったな。昨日のおまえの剣幕じゃ、もっと早くにやってくると思ってたんだがな」

「濱野さんに付き合って、名護の方へいってたんだ。民謡の話で地元の人間と盛りあがってな。帰ろうと促すのに手間取った」

「おまえが、濱野に付き合った？　民謡の収集を手伝ったっていうのか？　熱でもあるんじゃないのか、尚友？」

「民謡の収集はどうでもいいが、ちょっと聞きたいことがあったんだ。手伝ったのはそのついでだよ」

「聞きたいことな……あの狸親父になにが聞きたいっていうんだ？」

「おまえには関係のないことだ」

政信は肩をすくめて、グラスに残っていた酒を一気に飲み干した。

「奢れよ、尚友。今夜は懐具合が寂しいんだ」

「いつものことだろう」

コークハイを持ってきたバーテンに政信の分の酒を注文して、金をカウンターの上に置いた。五ドル紙幣のつもりで出した金だったが、額面には二十ドルと記載されていた。政信が口笛を吹いた。

「相変わらず金回りがいいな、尚友。栄門や仁美の手伝いをしてて、どこで金を作ってるんだ？」

「退職金の残りだよ。一方的に馘《くび》にされたんだからな。退職金の方も弾んでもらったってわけさ」

「そんなうまい話があるもんか」

政信はバーテンの動きを目で追っていた。バーテンが秤《はかり》でシングル分のウィスキーをグラスに注ぐと、ダブルで注げと声を荒らげた。おれがだれのためになにをしているのか、政信が正確に把握しているとは思えない。ただ、おれの性格からなにかを類推しているのだろうということはわかる。政信の洞察力、あるいは直観は、いつも的を射ている。

泡立った酒に舌なめずりしながら、政信は新しいグラスに口をつけた。喉仏《のどぼとけ》を大きく動かして酒を飲み下し、満足げな笑みを浮かべた。

「白人どもっていうのは、ろくな味覚もないくせに、酒だけはうまいものを作るよな」

「そんなことより、話を聞かせろよ」

「相変わらずせっかちだな。やまとーんちゅみたいだぞ、おまえ」

「おれは昔からこうだ。おまえもよく知ってるだろう」

「まあな……どこから話すかな」

　政信はまた酒に口をつけて、半分ほどを飲み下した。周りは騒がしいというのに気泡が立てる細かな音がおれの耳に飛び込んでくる。それだけおれは神経を耳に集中させていた。

「勿体《もったい》ぶるなよ」

「急《せ》かすなって。いろいろと入り組んでるんだ……おまえ、嘉手納のバスケットボールチームの連中と仲がよかっただろう？　ラブレターの代筆やってやったりしてよ」

「ああ。殺されたテッドも仲間だった」

「そうだ。テッドだ。あいつが死んで、いろいろ困ったことになっちまったのさ」

　政信は残りの酒を飲み干し、カウンターを叩《たた》いてバーテンを呼んだ。苛立《いらだ》ちを抑えて、おれは待った。政信はおれを焦《じ》らすのを楽しんでいるかのようにカウンターに両肘《りょうひじ》をつき、組んだ両手の上に顎《あご》を乗せて酒を作るバーテンの動きに見入っている。

　おれは煙草をくわえた。政信の手が伸びてきて煙草を箱ごと持っていった。マッチで火をつけてやりながら、おれは政信を促した。

「テッドが死んで、それでどうしたっていうんだ？」

「おまえもある程度は知ってるんだろう、尚友？　テッドを殺したのがだれか調べてくれっておれが頼んだこともあるしな」

「知ってるって、なにをだ？」

「だから、テッドたちとおれたちがなにをしてたか、だ」

「おれたち？」

政信を相手に手の内をすっかりさらけ出すのは危険に過ぎる。おれは政信に見透かされているのを承知しつつ、とぼけ続けた。

「おれとマルコウだ」

バーテンが置いていった新しいグラスを、今度は口をつけずに手で弄《もてあそ》びながら政信はいった。島田哲夫の名がその口から出ることはなかった。

「武器の横流しだろう」おれは煙を吐き出した。「カデナ・フェニックスの連中はみんな、弾薬庫勤務だった。書類をごまかして銃を基地の外に持ち出すのに、それほど苦労はしなかったんじゃないか」

「苦労はあったんだがな、他の兵隊よりは楽にやれたさ。ただ、それもテッドが死んだことでご破算だ。ウィルたちが怒って、おれたちとの関係を清算するといいだした」

「そりゃそうだろう。テッドはマルコウの手下に殺されたんだ。連中にしてみれば、仲間に裏切られたようなものだろう」

「わかってるさ。おれもマルコウには厳しくいったよ。子分たちの手綱はきちんと握っておけって」

「ちょっと待てよ」おれは煙草を床に投げ捨て、足で踏みにじった。「おまえとアシバーの親分のマルコウがなんで結びついてるんだ？　金のためだなんていうなよ。おれだっておまえのことはわかってるんだ」

「そう先走るなよ。順を追って説明しなけりゃ、話がこんがらがる」

「じゃあ、さっさと話せ」

政信は苦笑した。短くなった煙草をひとふかしして、おれと同じように床に投げ捨てた。

「おまえ、おれたちが手に入れた武器をどうするつもりでいるか、わかってるか？　それこそ、金のためなんていうなよ。おれのことはわかってるんだろう？」

「マルコウは金のため、おまえはスリルのためだと思ってたよ」

「スリル？」

「そうだ」おれはコークハイに口をつけた。コーラのきつい気泡が喉を刺激する。「アシバーと組んで犯罪行為に手を染める。つまらない日々にちょっとした刺激。いかにも比嘉政信らしいじゃないか」

政信は顔をのけぞらせて笑いはじめた。

「だからおまえはだめなんだ」咳《せ》き込みながら政信はいった。「自分の視野の狭さを他人にも当てはめたがる。スリル？　ああ、昔のおれならそれを楽しんだかもな。だけどな、尚友。今は激動の時代だぞ。おれも変わるとは考えられんか？」

からかわれているのだと思った。息もせずに政信を凝視し、その手には乗らないと伝えようとした。政信の顔からは笑みがすっかり消えていた。おれを嗤《わら》っているのでもなく、憐《あわ》れんでいるのでもなく、いわくいい難い表情でおれの視線を受け止めている。

「世間を拗《す》ねて、ぐうたらに生きるのはよ、もうやめようと決めたんだよ、尚友。佐藤―ジョンソン会談でうちなーの日本復帰がほぼ決まったときだ。冗談じゃねえ。日本復帰だ？　だれがそんなことを望んだ？　あほうならうちなーんちゅ共がか？　おれはごめんだ。アメリカーに蹂躙《じゅうりん》されつづけるのは嫌だが、それがやまとーんちゅに変わるのはもっと耐えられねえ」

政信はおれが見たこともない表情で喋《しゃべ》っていた。おれは魔物に魅入られたように呆然《ぼうぜん》と立ち尽くし、耳を傾けることしかできなかった。

「だからってよ、嫌だ嫌だってガキみたいな駄々をこねてて、やまとーんちゅやアメリカーがしょうがねえなといってくれるわけもねえだろう。だったら、なにかをするしかねえ」

政信は唇を結んで挑発するようにおれを見た。

「まさか……そんな馬鹿なことを」

おれは呟《つぶや》いた。靄《もや》がかかったようになっていた頭の中が少しずつ晴れていく。だが、靄の先に現れたものはおれの想像を絶するものだった。

「馬鹿げてる、そんなことは無理だと思っても、やるしかねえんだよ、尚友。やるだけやって犬死にしたとしたって、おまえみたいに魂をどっかに落として死んだように生きてるよりはよっぽどましだ」

政信は酒に口をつけた。グラスを持つ手が細かく顫《ふる》えていた。自分の言葉に自分で興奮している。そんな政信を見るのも初めてだ。政信に侮辱されているのだとわかっていても、そんなことはなにも気にならなかった。こんなことも初めてだ。なにもかもが初めて尽くしの夜だった。

「そういうふうに考えてるのはおれだけじゃなかった。マルコウも似たようなことを考えてた口でな。他にも仲間を集めてくれた」

「島田哲夫も仲間のひとりか」

政信が目を剝《む》いた。

「哲夫のことも知ってるのか？」

「おまえにいわれてテッド殺しの犯人を捜してる時だ。マルコウと島田哲夫が真栄原で一緒にいるのを見たんだ」

「それだけでそいつが島田哲夫だってことがわかったのか？」

「調べたからな」

興奮とショックで膝《ひざ》が笑っている。それでも、嘘は滑らかにおれの口をついてでてきた。どうやって島田哲夫に行き着いたのかを話せば、あの倉庫から拳銃《けんじゅう》を盗み出したのがおれだとばれる可能性があった。間違いなくテッドが死んだのはあの銃のせいだ。事実を知れば、政信はおれをゆるさないだろう。

「まったく、油断も隙もねえな、尚友。まあ、いい。もう済んだことだ。とにかく、おれたちは計画を練った。マルコウには手下が二十人はいる。おれには仲間なんてものはいねえが、哲夫にはいる。そういった連中を合わせれば三十人からの人数になる。それだけの人間に行き渡るだけの武器を集めてよ」政信は言葉を切って、視線を足もとに落とした。「革命起こすんだ。いや、テロルを決行するってのが正しいのかな」

「無理だよ」おれは反射的に応《こた》えていた。「たった三十人でなにができる？　相手はアメリカーだぞ。世界最強の軍隊だぞ。それこそ犬死にするのがおちだ」

革命——テロル。どちらもおれの知っている政信には似つかわしくない言葉だ。その両方の言葉を政信は衒《てら》いもなく口にした。浦島太郎のような気分だった。たったひとりで海底に取り残され、その間に世界が激変している。

「わかってるんだよ、そんなことは」

政信はゆっくり顔を上げた。

「わかってるっていったって——」

「それでもやらなきゃならねえことがあるんだよ。屋良ややまとの自民党の連中が口にする言葉には虫酸《むしず》が走らねえか？　沖縄百万住民の悲願？　沖縄島民すべての夢？　そうじゃねえだろう？　そうじゃねえんだ。何十年にもわたって虐げられて、クソみたいな扱いを受けてきたんだぞ、この島の人間はよ。日本に復帰だ？　アメリカーとやまとで勝手に話を進めやがって、冗談じゃねえ。おれたちには権利がある。テロルを起こす権利があるんだよ。そのことを、このくそったれの世界にわからせてやりてえんだ。それで犬死にするなら、それも本望だ」

政信の声は静かだった。静かに燃える焚《た》き火のような熱を帯びていた。激しく燃えさかる炎はすぐにエネルギーを失って消えてしまうが、くすんだ煙をあげる熾火《おきび》はいつまでも消えずに熱を保ちつづける。政信の情熱は熾火そのものだった。

「おまえが本気なのはわかったよ」うなだれてしまいそうだった。政信の隠微な情熱におれはほとんど敗北感すら感じていた。「だけど、そんなことをおれに話して、おれになにをさせる気だ？」

「一緒に銃を取れとはいわねえよ。おまえにそんなことを期待しても無駄だってことはわかってる。ただよ、手伝ってもらえねえか」

「手伝う？　武器の調達をしろっていうのか？」

「ウィルたちの代わりを見つけなけりゃならねえんだ。おれは黒人兵にしかツテがねえが、おまえなら白人にも顔が利くだろう？　あの反戦雑誌に寄稿したＧＩたちの知り合いに弾薬庫勤務の白人がいたら、報酬は理想の共有でも金でもなんでもいい、なんとかなるんじゃねえかとおれは踏んでるんだ」

笑いが噴き出そうになったのを、辛うじて堪《こら》えた。政信はおれが書いたでたらめな記事を、本物の反戦ＧＩが書いたものと誤解している。してやったりという爽快《そうかい》感と、いつも偉そうな顔をしてすべてを見通したつもりでいる政信の愚かな一面を目の当たりにしたとこで、おれの感情は一気に昂揚《こうよう》していた。

「なにがおかしい?」

笑いは堪えたが、雰囲気が表情に出たのだろう。政信は怪訝《けげん》な顔をしていた。

「おまえが簡単そうにいうからさ。そりゃ、反戦GIは基地内にいる。だが、連中はヴェトナム戦争に荷担したくないだけだ。考えればおまえだってよくわかるだろう。アメリカーの反戦運動、反戦思想なんて、要するに自分勝手なもんなんだ。ヴェトナム戦争だって最初はだれも反対なんかしてなかったんだぜ。自分たちの軍隊が東南アジアでどれだけ黄色人種を殺戮《さつりく》しようがどうでもよかったんだ。その風向きが変わったのは、アメリカーが人道主義に目覚めたからなんてわけじゃ絶対にない。簡単に勝てるはずだった戦争がずるずると長引いて、アメリカ軍の兵隊がどんどん死んでいったからだ。アメリカ兵がこれだけ死ななきゃ、連中は反戦運動なんて絶対にしなかったのさ」

「だから、アメリカーに対して牙《きば》を剝こうなんて連中には協力しないといいてえのか?」

「いや」おれは首を振った。「金次第じゃ、転ぶやつはいるだろう。だけどな、政信、理想の共有なんて甘っちょろいことは考えるなよ。それこそ、昔のおまえなら鼻で笑い飛ばしていた類《たぐい》の与太話だ。ウィルたち黒人兵だって、結局は金でおまえたちと手を組んだだけだろう?」

そこまで話して、あることに気づいた。

「金はどうやって作ってるんだ？　ウィルたちに払ってた金だって、決して少ないわけじゃなかっただろう？　いくらマルコウがアシバーだからって、腐るほどの金があるわけじゃない」

「だから、横流しした武器の半分を売ってたんだよ。そうじゃなきゃ、ウィルたちから手に入れた分で間に合ってたんだがな」

「だれに売ったんだ？」

「やまとのアシバーだ。いい値段で売れるんだ、これがよ。ウィルたちに金を払っちゃ、武器を横流ししてもらって、その半分を本土のアシバーに売って、その金でまた武器を横流ししてもらう。その繰り返しだ。武器調達用の金は、とりあえず五万ドルほど貯めてある。もう、与太話はしねえよ。その金で愛国心を売ってくれる白人兵を見つけてくれねえか」

政信は皮肉めいた口調でいった。おれの嘲《あざけ》りなどどこ吹く風だ。

「おれの報酬は？」

「それこそスリルってやつじゃねえのか？　もともとおまえは秘密めいたことが好きなんだ。こそこそ動き回ってよ、アメリカーの鼻を明かすなんてのは、おまえにはたまらねえことだろう？」

「それだけじゃ足りない。おれは危ない橋を渡らなきゃならなくなるんだ。それだけじゃ――」

「おれたちのためだ……おれたちみたいなよ、世の中に受けいれられず、他人を愛することもなく、ただ僻《ひが》んで拗ねて、そうやって生きてきた連中のためなんだよ。おれたちはここにいるってことを、この世界に刻み込んでやらなきゃならねえ。尚友、おまえは馬鹿げたことだと思ってるんだろうが、これはおれたちだけの問題じゃねえ。おまえの問題でもあるんだ」

おれは唇を舐《な》めた。胸の奥がざわめいている。おそらく、おれは政信に嫉妬《しっと》していた。いや、政信が手に入れた情熱に嫉妬していた。おれにはなにもない。仁美への身勝手な欲望以外、おれにはなにもない。それなのに、政信はおれの与《あず》り知らないところで身も心も捧《ささ》げてのめり込む対象を見つけていた。

「怒ってるのか、尚友？」

おれの顔色に気づいて政信は首を傾げた。

「悔しい」おれはいった。「おまえに見つけられたものが、おれにはいつまで経っても見つけられない。おれとおまえのなにが違う？　そりゃ、頭の出来はおまえの方がいいだろうが、おれだってたったひとりでこの嫌味な世界を生きてきたんだ。どうしておまえばかりが——」

「おまえも見つけたじゃねえか、仁美をよ」

「仁美……」おれは首を振った。「そういうことじゃない。おれがいってるのは——」

「同じだよ。おれが見つけた革命ってもんと、おまえが手に入れた仁美は、根っこのところじゃ、結局同じものなんだ。おまえにはまだわからねえかもしれないがな」

違う、違う、違う。それこそ子供のように駄々をこねたかった。おれは仁美を身勝手に愛することしかできない。仁美の柔らかい肉体をこの腕に抱く時、おれの内部に生じているのは暗い破壊衝動に似たものだ。仁美を食べ尽くしてしまいたい。仁美のすべてをおれの内部に取り込んでしまいたい。慈しみや愛《いと》おしさという感情はどこかに置き去りにされ、凶暴な飢餓感に苛《さいな》まれるだけだ。たぶん、おれが他人に感じる愛情というのは、普通の人間が口にする「愛」とは別なものなのだろう。おれはおれのやり方で仁美を愛している。だが、それだけではおれは満たされない。

政信は満たされている。テロルなどという埒《らち》もない夢に癒《いや》されている。

おれの無言を肯定と受け取ったのか、政信は穏やかな笑みを浮かべておれの肩に手を置いた。

「仁美はおまえを選んだんだ、尚友。そいつはよ、つまり、おまえにだってなにかがあるってことの証明だろう？」

政信は知らない。仁美のつぶやきを耳にしていない。どうしてこんなに好きなんだろう――仁美も自分の感情に戸惑っている。おれと同じように、自分の中に芽生えた愛情に確信が持てずにいるのだ。

力が抜けていくのを感じた。どれだけ説明しても、政信には理解できないだろう。所詮《しょせん》、おれと政信は水と油だ。

「やってくれるか？」

政信はおれの目を覗《のぞ》きこんだ。政信の目は血走っていた。自堕落な生活と夢に燃える情熱が目の中の毛細血管を破壊して白目の部分に血の川を走らせている。

「絶対に成功するとはいえないが、やってみてもいい」

「みてもいい？　この上まだなにかを要求しようってのか？」

「おれもそのテロルとやらに参加させてくれ」

政信は口を開けて絶句した。

「マルコウにおれを紹介しろとか、計画の中心におれを混ぜろとかそういうことをしたいんじゃない。おまえたちがテロルを決行しようと決めたその時、おれがなにか……おまえが見つけたのと同じようななにかを見つけていたら、その時は——」

「わかった。その時は、おまえもおれたちの仲間だ」

政信はおれの肩に置いた手に力をこめた。血走った目がまっすぐおれを見つめている。その目は、おれが政信たちのテロルに加わることなど永遠にないと語っているようだった。

＊　＊　＊

政信と別れた足で自分の家に戻った。すぐに布団を敷いて中に潜り込んだが、眠気は一向に訪れない。
テロル——暗闇に血で殴り書きしたように、その文字が躍っている。その言葉を口にした時の、政信の猛《たけ》った横顔が脳裏に焼きついて離れない。

眠れず、寝つかれず、寝返りを打ち続けて汗にまみれた。悪態をつきながら布団から這《は》いだし、服に着替えて外に出た。夜空は分厚い雲に覆われていた。悪意をこねて作りあげたような雲が世界を覆い尽くそうとしている。

埒もない妄想を振り払って車に乗った。闇雲に運転するつもりが、気がつけば仁美のアパートのそばに来ていた。車を降り、ためらいながら足を動かし、仁美の部屋の前に立った。辺りは静まりかえり、ドアの向こうにも人の動く気配はない。仁美は寝入っている。なんの夢を見ているのだろうと考えながら、ドアをそっと叩《たた》く。

返事はなかった。それでも諦《あきら》めきれずに、もう一度、ドアを叩いた。空気がさざ波のように動くのを感じた。仁美が目覚め、目をこすり、訝《いぶか》りながら身体を起こす。見えるはずのないものが、おれの目にははっきりと映っていた。

「伊波さん？」

ドアの向こうから声がした。

「おれだ」

「どうしたの、こんな時間に」

「惚《ほ》れた女に会いたくなるのに理由なんかいるか。時間なんか、知ったことじゃない」

ドアが開いた。パジャマ姿の仁美が自分で肩を抱きながら立っていた。

「どうしてわかったの？」

照屋仁美はいった。

「わかったって、なにが？」

「ずっと伊波さんに会いたいって思ってたの。寝るまでずっと」

「當銘愛子のことで苦しんでるんだろう？」

仁美はうなずいた。

「おれも、おまえにいえないことでずっと苦しんでる」

おれは仁美を抱きしめた。おれの腕の中で、仁美の肉体は溶けてしまいそうなほど柔らかかった。

41

テロル――言葉が頭の中で渦巻いている。言葉の持つ響きと意味がおれの全身の細胞を活性化させる。眠りは必要最小限。飯を食う暇も惜しんであちこちを飛び回った。夜は仁美を抱いて眠った。おれの部屋で。あるいは仁美の部屋で。仁美は二日に一度はおれの家に来て朝まで過ごすようになっていた。学生たちはいまだ釈放される気配もなく、當銘愛子は日に日に陰鬱《いんうつ》な顔つきになっていく。おれと一緒にいても、仁美が輝くような笑みを浮かべる機会は少なかった。
昼間は白人兵たちが集うセンター通りとゲート通りを行き来した。夜はそれに照屋が加わる。ホワイトへの報告の義務を忘れるわけにはいかなかった。

政信の話を聞いてからちょうど十日後、おれはやっと有力な情報を手に入れた。シェイン・オサリバン陸軍曹長。MIT卒業のエリートだが、祖国愛に目覚めて陸軍に志願した。だが、その甘っちょろい祖国愛も、ヴェトナムでの現実の前では脆《もろ》くも崩壊し、いまでは公然と軍上層部を批判し、営倉入りを繰り返している。軍上層部はオサリバンのような兵士を前線に送ることの危険性を鑑《かんが》み、弾薬庫勤務を命じた。

頭のイカれたクズ野郎だ——南部出身の白人兵たちはオサリバンのことをそういって吐き捨てた。

頭のイカれた哀れなやつだ——西部や東部出身のインテリ兵たちはオサリバンのことをそう評した。

要するに白人版のエディということだ。クスリの噂を聞かないだけ、エディよりは数段ましかもしれない。

オサリバンは夜な夜なゲート通り沿いのクラブ〈イン・ザ・ジェイル〉に出没するとだれかがいった。ロックンロールを効果音代わりに使って、年端もいかない若い兵隊たちに説教をしてまわるのだ、と。ヴェトナム戦争の論理的な矛盾について説いてまわるのだ、と。それを厭《いと》う兵隊たちの足が次第にクラブから遠のき、〈イン・ザ・ジェイル〉は常に閑古鳥が鳴いている状態だという。店主は苦り切っているが、アメリカーの兵隊相手に直接文句をいうこともできず、オサリバンがまたぞろ営倉入りするのを夜な夜な天に祈っているという。

午後九時になるのを待って、おれは〈イン・ザ・ジェイル〉に足を運んだ。兵隊たちが話していたとおり、店内は閑散としていた。スピーカーから流れてくるチャック・ベリーのひび割れたロックンロールがもの悲しさを煽《あお》り立てている。壁際の古びた椅子に、ヌードショーを演じるフィリピンの女たちが数人お茶を引きながら腰掛けていた。ダンスフロアで踊る者はなく、ハーニーを連れた数人の白人兵が四人掛けのボックスをそれぞれ占領して、ハイボールを飲みながらハーニーに愛を囁《ささや》いている。シェイン・オサリバンがここを根城にしているのを知っていて足を運んでいるのだから、もしかすると思想的シンパなのかもしれない。

「ここはうちなーんちゅはお断りの店かい？」

おれはカウンターの内側で欠伸《あくび》を嚙《か》み殺している中年に訊《き》いた。おそらく、店主兼ボーイなのだろう。

「いいや。金さえ払ってくれれば、うちなーんちゅだろうが黒人だろうがかまわないよ」

おれはコークハイを頼み、空いている席に腰をおろした。店内にいる客は正確に八人──白人兵とハーニーのカップルが四組いるだけだった。オサリバンらしき男の顔は見当たらない。煙草を吸いながら時間を潰《つぶ》していると、壁際の椅子からひとりの女が立ち上がり、媚《こ》びを含んだ笑みを浮かべながらおれの方に歩いてきた。

「ねえ、一杯奢《おご》ってくれない？」

女の英語は巻き舌がきつかったが悪くはない発音だった。

「なんでも好きなものを飲めよ」

「あら、話がわかるわね。二世？」

女はおれの向かいに腰をおろしながら、カウンターの方に手を振った。

「いや。琉球人だよ」

「あら、ごめんなさい。英語がうまいからてっきり……」

「気にすることはないさ。それより、名前は？」

「メグよ。あなたは？」

「ショーンだ」

カウンターの中年男が水色の液体の入ったグラスを運んできた。なんという名のカクテルなのかはわからないが、いかにもアメリカーの白人が好みそうな飲み物だった。メグはカクテルグラスの脚を優雅につまんで乾杯の仕種《しぐさ》をした。おれもそれに応じてコークハイに口をつけた。

「この店はいつもこんなに暇なのか？」

「ここのところはそうね。反戦GIの巣窟《そうくつ》みたいなことになってて、まともな兵隊がいつかなくなっちゃったのよ。おかげでわたしたちもお金儲《かねもう》けができなくて困ってるわ」

「客がいなくても、ダンスショーはやるんだろう？」

メグは苦笑いを浮かべながら首を振った。

「ここのオーナー、ケチなの。客が見てないのに裸踊りをしてなんになるんだ、踊らないダンサーに金を払う必要はないだろうって。みんな、別の店に移りたがってるわ」

おれはわざとらしく店内を見渡した。

「みんな、反戦GIには見えないけどな」

「表だって反戦を訴えたら軍法会議でしょ？　みんなこそこそやってるのよ。それに、今夜はまだ一番うるさいGIが来てないわ」

「だれだよ、それ？」

「シェイン・オサリバン曹長。この店の害虫ナンバー1よ」

メグの言葉が終わるのとほとんど同時に店のドアが開き、ジャケット姿の白人が店に入ってきた。

「噂をすれば影。あれがオサリバン曹長よ」

メグは声を低くして囁いた。

シェイン・オサリバンは軍人には見えなかった。鳶色《とびいろ》の髪の毛に眼、撫《な》で肩の体型は華奢《きゃしゃ》で、銃を担ぐよりペンを握っている方がよっぽど似合っている。

シェイン・オサリバンはおれたちのテーブルの脇を素通りして、店の一番奥のボックス席に腰をおろした。右手に丸めた雑誌を持っていた。その雑誌がなにか、おれには一目でわかった。おれがでたらめの記事を書き殴った反戦アングラ雑誌だ。

他の四組の客はそれぞれにオサリバンと挨拶《あいさつ》を交わした。オサリバンは重々しくうなずくだけで、酒の注文もせずに反戦雑誌を開き、目を通しはじめた。

「害虫には見えないな」

おれはいった。

「たいていの人にはね。でも、この店にとっては害虫なのよ」メグは吐き捨てるようにいって、水色の液体を一気に飲み干した。「もう一杯いただいてもいい？」

踊らせてもらえない代わりに、客からせしめた飲み物の代金の一部が懐に入る仕掛けなのだろう。メグは積極的だった。

「今日はもう店じまいした方がいいんじゃないかな」

おれはそういって腰をあげた。

「もう帰っちゃうの？」

「いや。君の嫌いな害虫とちょっと話をしてくる」

ぽかんと口を開けたメグをその場に残して、おれはオサリバンのボックスに足を向けた。オサリバンは雑誌から顔を上げ、怪訝《けげん》そうな視線をおれに送ってきた。

「友人の顔なら忘れることはないんだが、君の顔は思い出せないな」

オサリバンの声は甲高く、かさついていた。錆《さ》びた金属パイプを思わせる声だった。

「すみません。その雑誌が目にとまったもので、嬉《うれ》しくて」

「嬉しい？　この雑誌と君になんの関係があるんだ？」

「おれが編集したんですよ、その雑誌」

途端に、オサリバンの目つきが変わった。威圧的に吊《つ》りあがっていた目尻《めじり》が下がり、氷のようだった鳶色の眼に暖かみが宿った。

「本当かい？」

「もちろん。それはおれと仲間たちが作った雑誌だよ。まさか、こんなところで目にするとは思わなかったから、嬉しくて思わず声をかけたくなったんだ」

おれも口調を砕けたものに変えた。オサリバンのような人間には、そっちの方が有効だと直観したからだ。

「たまげたな。とにかく、座れよ」

オサリバンは自分の向かいを指差した。おれは遠慮なく腰をおろした。

「この雑誌はもう何度も読み返してるんだ。作ったのは琉球の人間だと聞いてたんだけど、どうやってこの原稿を書いた兵隊と接触したんだろうとずっと疑問に思ってたんだが、それもいま解消したよ。君ほどの英語力があれば、米兵に対する取材も簡単だろうね。特に、ブッシュ辺りに行けば、これぐらいのことを考えている黒人兵はごろごろいるはずだ」

オサリバンは照屋のことをブッシュと呼んだ。反戦GIだろうがインテリだろうが非差別主義者だろうが、その一点で白人はすべてを共有する。

「いろいろ大変だったけれどね……名前は絶対に明かさないっていう条件で、なんとか原稿を書いてもらうことができたんだ」

おれは思わせぶりにいった。オサリバンの目がかすかな失望に揺らいだ。

「この原稿の書き手はだれにもわからないってことかい？　それはもったいないなあ。読めばすぐにわかるよ。かなりの文章力だ。知性も教養もあるに違いない。そんな黒人兵となら、ぼくら白人兵も連帯できると思っているんだが」

「連帯って、なんの？」

「もちろん、ラブ・アンド・ピースさ。この店の人間からぼくの悪口はさんざん聞かされたんだろう？　合衆国陸軍第三歩兵部隊第十五連隊が生み出した最悪の反戦ＧＩがぼくだ」

「そんなことを大声でいってもかまわないのかい？」

「ぼくが陸軍の膿《うみ》だってことはみんな知ってる。汚れた戦争に参加するつもりはないが除隊するつもりもないと公言してるからね。ぼくを疎ましく思ってるやつらにできることは、ぼくを営倉に入れることだけだが、ぼくはそんなこと屁《へ》とも思っていない」

おれの睨《にら》んだとおり、オサリバンは白人版のエディだった。饒舌《じょうぜつ》なところまでそっくりだ。自分の言葉に酔い、陶酔していく。扱いにくいといえば扱いにくいし、御しやすいといえばこれほど御しやすいタイプもいない。

「彼の名前は明かせない」おれは断言するようにいった。「男同士、誓い合ったんだ。聖なる誓いを破ることはできないよ」

「そ、それはそうだな」

オサリバンは肩を落とした。

「だが、おれの名前なら明かそう。ショウユウ・イハ。アメリカ人には発音しにくい名前だから、友人はみんなおれのことをショーンと呼んでる」

「ぼくはシェインだ」オサリバンは右手を差し出してきた。「シェイン・オサリバン。まったくの奇遇だけど、同じような響きの名前を持つ君と知り合いになれて、とても嬉しいよ」

おれはオサリバンの右手を握った。オサリバンの手はエディのごつごつしていて分厚い手とはまったく正反対の感触をおれに伝えてきた。

「ぼくも誓うよ、ショーン。だれにも彼の名前は明かさない。だから、教えてもらえないか」

「なにをそんなに焦ってるんだ、シェイン？」

「そりゃ焦るさ。ぼくがここでこうしてる間にも、ヴェトナムでは大勢の人間が無惨に殺《さつ》戮《りく》されてるんだ。この戦争を早くとめなきゃならない。それがぼくの義務だ」

「自分で志願して入隊したんだって聞いたぜ」

おれはカウンターの方に視線を滑らせた。まるで、店の人間からそう聞いたのだといわんばかりに。

「ああ。そして、ぼくはヴェトナムで地獄を見た。あれは犯罪だ。あんなことは今すぐやめさせなきゃならないんだ。軍の外であの戦争を阻止すべく戦っている人間は多いけど、軍の内部には少ない。だから、ぼくはこうして軍をやめずにとどまってる。軍の内部にもっと仲間が欲しい。これは切実な願いだよ」

「なるほどね」

おれは煙草をくわえ、火をつけた。考えるふりをしながらオサリバンの様子をもう一度うかがった。興奮しているせいか、オサリバンの目はぎらついている。そのくせ、エディとは違って目の奥には知性の光が消えることなく揺らめいていた。なにかを確信したものだけが持つ熱狂と冷静の眼差《まなざ》し。

引っかけるならこの男だ。おれもまた確信を抱いていた。

「悪いが、どうしても名前は明かせない。というのも、彼はいまでも立場上非常に微妙なんだ」

「どういうことだ？」

オサリバンはテーブルの上に身を乗り出してきた。

「それを話すには、もっと君のことを知る必要がある。本当に信用できる人間なのか、それとも……」

「君も反戦活動家なんだろう？　リュウキュウの基地内にぼく以上に信用できる人間なんて、そうはいないぜ」

「それは君がそう思ってるだけだ。おれには仲間もいる。彼らの同意もなく、おれたちの計画を危険にさらすわけにはいかないんだ。わかってくれよ、シェイン」

「君たちの計画？」

おれはわざと顔をしかめた。

「聞かなかったことにしてくれ、シェイン」

「そういうわけにはいかないさ。なあ、ショーン、ぼくは本気なんだ。本気でこの戦争をとめようと思っている。それがぼくがこの世に生まれ落ちた理由なんだと確信してるぐらいにね」

おれは沈黙を保った。オサリバンの苛立《いらだ》ちが目に見えてはっきりするまで、煙草を口にくわえたまま黙りつづけた。

「なあ、ショーン――」

「君の気持ちは充分に理解してるよ、シェイン」オサリバンを遮っておれは口を開いた。「とりあえず、仲間に連絡を取ってみる。明日の昼過ぎに、ここに電話をくれ」

おれは上着のポケットからボールペンを取りだし、テーブルに置かれたコースターの裏に自分の電話番号を書き入れた。

「電話ではお互いの名前を絶対に口にしないこと、必要最低限のことしか喋《しゃべ》らないこと。これが条件だ」

「わかってるよ、それぐらいのことは」

オサリバンは顔を赤らめながらコースターを受け取った。子供扱いされたと感じたらしい。

「それじゃ、明日」

おれはそういって席を立った。オサリバンはコースターの裏を凝視していた。

「あなたも害虫の仲間だったのね」

帰り際、メグが皮肉をいってきた。おれは微笑みながら店を出た。

42

〈イン・ザ・ジェイル〉を出た足で照屋に向かった。政信はいつもの店でブッシュマスターたちと話し込んでいた。おれは顔なじみのブッシュマスターと挨拶《あいさつ》を交わした――突き出した拳《こぶし》をぶつけ合う。そのブッシュマスターは他のブッシュマスターたちをおれに紹介し、にこやかな笑みと共に立ち去っていった。

「なんの悪だくみをしてたんだ?」

空いた席に腰をおろしながら訊《き》いた。

「なんてことはねえよ。あいつらの愚痴を聞いてただけだ」

「愚痴?」

「ああ。相当鬱屈《うっくつ》が溜《た》まってる。ヴェトナムから引き上げてきた連中との軋轢《あつれき》が激しいらしい。戦場帰りは気が荒くなってるからな。そのうち、大きな衝突が起きるかもしれん」

政信はらしくもない深刻な表情を浮かべてハイボールを口に含んだ。

「おまえ、酒は?」

政信の問いかけに、おれは首を振った。

「いらん。今日は飲み過ぎた」

「珍しいこともあるもんだな。なにか収穫があったのか？」

「シェイン・オサリバン陸軍曹長。名前を耳にしたことあるか？」

「いや」

政信は首を振った。

「陸軍の問題児だ。上層部批判を平然と行って、何度も営倉にぶち込まれてる。さっき会ったんだが、おれが作った反戦アングラ誌を舐《な》めるように読んでいた」

「所属は？」

政信の目が据わっていた。酒に酔っているわけではない。

「嘉手納弾薬庫に異動させられたばかりだ。軍もオサリバンをどう扱っていいか計りかねているらしい」

「使えそうなのか？」

「相当にいかれている。それだけは確かだ。おまえさえよければ、明日会う手筈《てはず》を整えられる」

「インテリの白人だな？」

「ああ。真実を見極められるのはこの世界で自分ただひとりだと信じ込んでいる」

「会ってみよう。時間と場所はおまえに任せる」

政信はきっぱりといって、ハイボールを飲み干した。

オサリバンと落ち合う時間と場所を決め、おれは政信に別れの言葉を告げた。

＊＊＊

台風が近づいている。空を覆っている雲が凄《すさ》まじい速度で移動している。やがて風が強まり、激しい雨が大地を叩《たた》くだろう。

朝の早い時間に部屋を出、天気を気にしながら普天間署へ向かった。政信たちの計画に参与すると決めたからには、テッド殺しの捜査がどこまで進んでいるのか確かめておく必要があった。山里はおれの突然の来訪に気分を害した様子も見せず、署の外へ出て散歩でもしようといった。

「どうですか、捜査の方は？」

「吉原でアシバーをひとり捕まえたよ。事件の直後に顔に傷を作っていたという証言があったんでな。ジローという通り名のアシバーなんだが、君、知ってるかね？」

「いいえ」

「とりあえず、任意同行で引っ張って取り調べをしたんだが、知らぬ存ぜぬの一点張りでな。どうにも頭を抱えてるところだ」

「他に容疑者は？」

「ジローだけだ。まったく、アメリカーが協力的じゃないと、捜査はこれっぽっちも進まないのがうちなーの現状だよ」

山里は空を見上げた。雲はますます分厚くなって、その移動速度を増している。

「台風が来そうだな、これは……そうだ、台風といえば、例の学生たちの事件だが、今日あたり、凄《すご》い風が吹きそうだぞ」

「どういうことですか？」

おれは首を傾げた。学生たちの勾留《こうりゅう》期限はもうそろそろ切れるはずだ。當銘愛子の証言で四、五人の身元が判明し、それぞれ釈放されてはいたが、それ以外の連中は黙秘を決めこんだままだった。これ以上、どんな風が吹くというのか。

「何人か逮捕を免れていた学生がいてな、そのうちのひとりは首謀者なんだが、なんといったかな、彼女——」

「當銘愛子ですか？」

「そう。彼女の証言からな、どうやら捜査陣は首謀者の名前を割り出したらしい。今日中に逮捕されるんじゃないかな」

首謀者が逮捕を免れていたというのは初耳だった。そういえば、ここのところ忙しさにかまけて儀間とも連絡を取っていなかった。

「當銘愛子がその首謀者の名前を口にしたんですか」

「まさか」山里は苦笑しながら首を振った。「それだったらとうの昔に逮捕しているさ。彼女が何気なく口にした言葉から情報を辿《たど》っていって行き着いたというわけだ。あまり警察を舐めるもんじゃない。アメリカーからの圧力が強い分、捜査官たちも寝食を忘れて働いていたからな」

首謀者の逮捕は新聞やテレビ、ラジオの記事になり、瞬く間に島中に知れ渡るだろう。當銘愛子は学生たちからさらに疎まれ、侮蔑《ぶべつ》され、傷つき、意固地になっていく。美しい容姿の下に隠された憎悪は新たな餌を得て肥え太っていく。そんな當銘愛子に接して、仁美は激しく傷つくだろう。暗澹《あんたん》たる気持ちに襲われる。

「いや、いろいろ話してしまったなあ」

山里はいった。なにげない口調を装ってはいたが、暗になにかを求めているのは明白だった。

「なにを知りたいんですか？」

「アメリカーのことさ。テッド・アレン殺しでアメリカーは本当のところ、なにを望んでいるのかね？」

「なにも」おれはさらりと答えた。「アメリカ合衆国の軍人が殺されたのだから、徹底的に調査しなければならない。これがアメリカーのひとつの本音です」

「ひとつの？　他にも本音があるのか？」

「建前と本音。連中はやまとーんちゅ以上にうまく使い分けますよ。この事件はこういう見方もできるんです。殺されたのは黒人だ、放っておけ」

「嫌な話だな」

「だから、アメリカーの本音の本音はこうだと思います。軍人が殺されたのだから捜査は徹底されねばならない。だが、殺されたのは黒人なのだからそれほど本腰を入れる必要はない。捜査を徹底したという事実だけが欲しい——故郷で嘆き悲しんでいる家族のために。その家族たちが持っている投票権のゆえに」

「つまり、わたしらがやっていることは全くの徒労にすぎんということか……」

山里は肩を落とした。身体全体が一回り縮んだように見える。寂しげな背中にかけるべき声を、おれは見つけ出すことができなかった。

＊　＊　＊

昼前に家に戻った。オサリバンは十二時きっかりに電話をかけてきた。

「どういうことになった？」

挨拶の言葉もそこそこに、急《せ》くような口調でオサリバンは訊いてきた。

「今日の午後十時。センター通りとゲート通りのちょうど中間ぐらいの路地の中に、〈サンセット・ロード〉というフィリピン人が経営しているレストランがある。そこで落ち合おう。基地で働いているフィリピン人に訊けば、レストランの場所はすぐわかるはずだ」

照屋や吉原、仲の町にオサリバンを呼び出したのでは人目につきやすい。だからといって、センター通りやゲート通りで落ち合うのも避けたかった。おれと政信がくだした結論は、ちょうど白人たちの死角にあたるそのフィリピン・レストランにオサリバンを呼び出そうというものだった。

「わかった〈サンセット・ロード〉に十時だな。期待してるよ、ショーン」

「名前は出すなといっただろう」

おれは語気を強めた。

「そんなに神経質になることはないだろう——」

「君はなにもわかっちゃいない。基地の中にいるだけじゃ、この島の本当の実態はわからないんだ。そこらじゅうにCIAがいる。日本の公安警察官がいて目を光らせてる。どれだけ慎重に事を運んだとしても、やりすぎるということはないんだ」

おれの剣幕に圧倒されたのか、電話の向こうでオサリバンは沈黙を保った。

「いうまでもないことだとは思うが、おれたちと会うことはだれにも話すな。基地を出る時は尾行に気をつけてくれ。君は要注意人物なんだ。神経質なぐらいでちょうどいい」

「わかったよ。不用意な発言を謝罪する。受けいれてくれるかい？」

アメリカーはアメリカーだ。インテリだろうがブルーカラーだろうが、白人だろうが黒人だろうが変わりはない。世界は自分を——アメリカを中心に回っていると信じている。だからこそ、屈託なく謝罪の言葉を口にできる。

「受けいれるよ。ただし、次に同じことが起こったら、すべては終わりだ。いいな？」

「ぼくのことを馬鹿者だとでも思っているのか？」

「神経質になってるだけだ」

おれはそういって電話を切った。

気分が重く、身体が怠《だる》い。疲れているのだということはわかっていた。活動家たち、政信、ホワイトたちを欺きつづける三重生活は肉体をひたすらに痛めつける。食欲はなかったが、なにかを胃に入れておく必要があった。今日の夜も長くなるだろう。

冷蔵庫にはタッパウェアが入っていた。一昨日の夜、仁美が風呂敷《ふろしき》に包んで持ってきたもののあまりだった。中にはジューシー——炊き込みご飯が入っている。冷えて固くなったジューシーを水で胃に流し込み、畳の上に横たわると唐突に眠気が襲ってきた。

夢を見た。

おれと政信が軍服に身を包み、ヘルメットを被《かぶ》って丘の斜面に身を伏せている。おれも政信も背中にM1小銃をくくりつけている。丘の向こうには嘉手納基地が広がっている。おれと政信はあうんの呼吸で立ち上がり、M1小銃を構えて突撃していく。突然、まばゆい光がおれたちを包みこみ、どこからともなく米兵たちが姿を現した。抵抗する間もなく、おれたちは米兵たちの銃弾に薙《な》ぎ倒される。苦痛は感じない。甘美な死がおれたちを飲み込み、すべてが闇に溶けていく。

場面が切り替わる。仁美が泣いている。おれを嘘つきだと詰《なじ》っている。不誠実で不道徳な男。なによりも愛がない。人を愛する術《すべ》を知らない。仁美は泣き続ける。おれを詰りつづける。魂がないからだ——おれは仁美に訴える。おれはどこかで魂を落としてしまった。それ以来、おれは死人のように世界を漂っている。おれを責めるのは筋違いだ。おれの必死の抗弁は虚《むな》しく宙に吸いこまれていく。仁美はおれを詰りつづける。

嘘つき。嘘つき。嘘つき。

そこで目が覚めた。激しい頭痛に思わず呻《うめ》きを漏らす。仁美の「嘘つき」という声が耳の奥で何度も繰り返されているような気がした。時計を見ると、午後六時をまわっていた。五時間以上寝ていた計算になる。

蛇口から直接水を飲み、頭にも水をかけた。幾分すっきりした気分で配達された夕刊に目を通す。

今日から開催される「被爆二十四年原水禁世界大会沖縄大会」に参加するために本土から二百人以上の人間がやって来たという記事。立法院で与党が提出した機構改革案及び予算案が野党である自民党の抵抗にあって修正、廃案に追い込まれたという記事。そして、捕まっていた学生たちの処分が今日中にも決定される見込みだという記事。

検察は強い態度で臨みたがっているが、どうやら学生たちは明日、明後日にも釈放される見込みらしい。

その下に、山里がいっていた首謀者の逮捕に触れる小さな囲み記事があった。見出しは『民政府乱入事件でまた一人逮捕』だった。

「琉球警察本部公安二課と普天間警察署は七・二五米民政府乱入事件の共犯者として十三日朝、那覇市内で沖大生ひとりをつかまえた。他にひとりをマークして行方を捜している。

つかまった学生は乱入事件のリーダーとみられている。さきにつかまった学生の自供でわかったもので、那覇署に留置、取り調べを受けている」

仁美に連絡を取ろうかと考え、迷った挙げ句にやめた。今夜は大事な会合がある。他のことで手をわずらわしている暇はない。

げんきんなものだ。ほんの数日前まで、おれの頭の中は仁美のことで一杯だった。今ではテロルという言葉が頭から離れない。世迷《よま》いごとだと思いながら、完全無欠に見える世界に武器を持って切り結ぶというイメージに取り憑《つ》かれている。

新聞を乱暴に折り畳んだ。當銘愛子などくそ食らえ。甘ちゃんの学生どもなどおれの知ったことではない。

頭痛が消え、代わりに食欲が湧き起こってきた。寝る前に食べたジューシーはすでに消化されてしまったらしい。冷蔵庫が空っぽなのは確認済みだった。十時にレストランで待ち合わせをしている。その前に腹を満たすというのも非効率的だった。しばらく呆然《ぼうぜん》とした後で、おれは風呂にはいることに決めた。

＊　＊　＊

湯船から出てくつろいでいると電話が鳴った。午後八時過ぎ。嫌な予感が背筋を駈《か》けのぼる。

「伊波さん？」電話の主は仁美だった。興奮し、泣いている。「愛ちゃんが、愛ちゃんが……」

「落ち着け、仁美。愛子がどうした？」

「手首を切って病院に運ばれたって……」

語尾は鼻水を啜《すす》る音にかき消された。

「どこの病院だ？」

仁美は嗚咽《おえつ》しながら市役所の近くにある総合病院の名を告げた。

「おまえはどこにいるんだ？」

「まだ、職場です」

壁の時計を見た。午後八時を少しまわったところだった。仁美を摑《つか》まえて病院まで送り届ける時間は充分にある。

「すぐに行くから、待ってろ」

電話を切り、外に出た。地響きに似た音をたてて風が渦を巻いていた。分厚い雲の裂け目から覗《のぞ》く星空が刻一刻とその姿形を変えていく。明日にも台風は上陸するのかもしれない。強風に煽《あお》られながら、おれは車に飛び乗った。

43

泣きじゃくる仁美をなだめながら、なんとか状況を聞きだした。勾留《こうりゅう》されたままの学生たちの釈放が間近に迫ったことと、首謀格の学生が逮捕されたことを受けて、支援学生や逮捕されている学生たちの父兄で組織した七・二五救護本部が緊急会合を持ったらしい。

そこで、琉大の学生のひとりが、首謀格が今ごろ逮捕されたのはおかしい、だれか密告した人間がいるはずだと発言した。

だれもが當銘愛子を思い浮かべたのだろう。実際、すでに釈放されている四人の学生も、身元が割れたのは當銘愛子と繋《つな》がりが深かった連中ばかりだった。當名愛子はその会合に顔を出していた。激高した数名が當銘愛子に詰めより、罵声《ばせい》を浴びせたという。當銘愛子は会合から逃げ出し、施設の自分の部屋に戻ってカッターナイフで手首を切った。

幸い、発見が早く、命に別状はないらしいが仁美の受けたショックはそんなこととは無関係だった。経緯を施設の人間から電話で聞いただけで、とにかく當銘愛子に会いたいという一心でいる。

車を飛ばし、病院に着いたのが八時四十分。面会時間はとうに過ぎていたが、夜勤の看護婦に状況を説明し、當銘愛子の病室に案内させた。

當銘愛子は眠っていた。看護婦によると、興奮が激しくやむを得ず鎮静剤を打ったということだった。手首を切ったという左手は布団の中に潜り込んでいる。点滴のチューブが伸びた右腕だけが、當銘愛子に起こったことを物語っている。まだ遠い海上にいる台風が巻き起こす突風が病室の窓を叩《たた》いていた。

「可哀想に」當銘愛子の寝顔を覗きこみながら仁美は呟《つぶや》いた。「可哀想に」

「特にこれといった問題はないんだろう？」

病室の入口から照屋仁美と當銘愛子を見守りながら、おれは看護婦に訊《き》いた。

「ええ。幸いにも発見が早かったので……二、三日で退院できるということです。ただ、手首の傷というより、心の傷の方が心配ですね」

おれが心配なのも當銘愛子ではなく仁美の方だった。深い眠りに落ちている當銘愛子より、彼女の背中の方がよっぽど不安定で頼りなげに見える。

「あの……」看護婦がいいにくそうに口を開いた。「明日は九時から面会できます。今夜はこの辺で……」

「そうですね。済みませんでした」看護婦に頭を下げ、仁美に声をかけた。「仁美、帰るぞ」

後ろ髪引かれる思いなのだろう、仁美は何度も當銘愛子を振り返りながら病室の外に出た。

「ありがとうございました。我が儘《まま》をいって、本当に済みません」

看護婦にいっているのか、おれにいっているのか判然としない口調で何度も頭を下げる。眼窩《がんか》が落ち窪《くぼ》んだ表情は病人のもののようだった。暗い照明に照らされただけの廊下を歩き、駐車場の車に辿《たど》り着くまでおれたちは無言だった。風はいよいよ強さを増している。地面に転がっているすべてのものを巻きあげ、運び去ろうとしていた。雨はまだだ。明日になれば、暴風雨が島全体を薙ぎ払っていくだろう。

「このまま伊波さんのお部屋に行ってもいいですか？」

車を発進させると、仁美が重い口を開いた。

「今日はだめだ。この後、約束がある」

「断ってください」

これまでに耳にしたことのないような強い口調だった。アクセルに載せていた足が滑りそうになった。

「お願いです。今夜は一緒にいてください」

「無理だ。大事な約束なんだよ」

「わたしのためにはなんにもしてくれないんですか？」

「してやりたくても今日はだめなんだ」

横顔に仁美の視線が痛いほどに突き刺さっている。

「わたしのことより大事な約束ってなんなんですか？」

「反戦GIと会うことになってる。これからの活動のためにも大切な人間だ」

「嘘です」

仁美はおれを断罪するかのようにいった。

嘘つき。嘘つき。嘘つき——夢で見た光景がおれの頭の中で再現される。頭痛がぶり返してきた。胸になにかがつかえている。

「嘘とはどういうことだ？」

「反戦活動が大事だなんて、そんなの嘘です。伊波さんはそういう人じゃありません」

仁美はおれという人間の本質をはっきりと摑んでいる。いい訳のしようがなかった。

「相手はいつヴェトナムに派遣されるかわからないんだ。これまで、必死に方策を探って、やっと今夜、会えることになった。寂しいのはよくわかる。苦しいのもわかる。だが、今夜は我慢してくれ」

「嫌です。こんなに伊波さんが必要だと思ったことないの。お願い」

我をこれだけ強く出すということは、それだけ心に負った傷も大きいということなのだろう。當銘愛子が恨めしかった。おれの本質は摑めるくせに、當銘愛子の心の奥底で煮えたぎっている憎悪に気づけない仁美がわずらわしかった。それでも――どうしてこんなに好きなんだろう。あの夜、仁美が口走った言葉はおれの心をがっちりと摑んで放さない。

「なるべく早く話を終わらせる。それまで、おれの部屋で待っててくれ。それじゃだめか？」

仁美の返事はなかった。横顔に突き刺さってくる視線の気配も消えた。思わず、助手席を盗み見た。仁美は俯《うつむ》き、きつく握った両の拳《こぶし》を膝《ひざ》の上に置いていた。込みあげてくる顫《ふる》え、涙を必死に耐えている。

おれは右手を伸ばして仁美の拳に重ねた。石のように固い拳は細かく顫えている。照屋仁美という存在を構成する分子が、今にも崩壊せんばかりに荒れ狂っている。

「約束するよ、仁美。できるだけ早く戻る。おまえはひとりじゃない。おれの腕の中で夜を過ごし、朝を迎えるんだ」

仁美はこくりと頷《うなず》いた。だが、拳の顫えはとまらない。横風にハンドルが取られそうになる。おれは慌てて右手をハンドルに副《そ》えた。仁美は微動だにせずに助手席に腰を沈めていた。

＊＊＊

〈サンセット・ロード〉は空《す》いていた。米軍基地の強者《つわもの》どもも、台風におそれをなしているのかもしれない。それほど沖縄を襲う台風の威力は凄《すさ》まじい。がらんとした食堂の一番奥の席にオサリバンはいた。

「早いじゃないか」

眉間《みけん》に皺《しわ》を寄せてなにかの本を読んでいるオサリバンに声をかけながら近づいた。

「時間にはうるさい方なんだ。沖縄は素敵な島だが、南の人間はどうしてこう時間にルーズなんだろう。それが不満だね」

オサリバンは本を閉じた。表紙に書かれているのはフランス語だった。フランス語は読めないが、著者名に見覚えがあった。フランスの有名な反戦思想家だ。

「さすがはインテリだな」

腰をおろしながら、おれはオサリバンの本に顎《あご》をしゃくった。

「英語で翻訳されたものがあればそっちを読むんだがね。本は素敵だよ。世界を広げてくれる。政治家どもがもっと本を読むようになれば、戦争なんてなくなる。そうは思わないかい？」

「思わないね」

おれはにべもなく答えた。オサリバンは苦笑を浮かべた。

「なんとなく君のことがわかってきたよ。もしぼくが、無人島に一冊だけ本を持っていくとしたらなににすると訊いたら、君はきっとこう答えるんだ。『共産党宣言』。違うかい？」

おれは首を振った。

「無人島に持っていくなら、ヘミングウェイだ。それも短編集だな。英語の短編集なら何度も読み返したよ。その度に新たな発見がある。簡潔で短いセンテンスの中に世界の真実を切り取ってみせる。ヘミングウェイが手元にあれば、他の小説はいらない」

「つまり、君はリアリストなんだな」

「そう。おれはリアリストだ」

いいながら、背筋にむず痒《がゆ》さを覚えた。リアリスト——馬鹿げている。本物のリアリストならテロルという言葉や概念に興奮したりはしない。したり顔でリアリストを気取る理想主義者。おれは鼻持ちならない人間だ。

「リアリストにして反戦活動家か。面白いな、君は」

「あんたには負けると思うがね」

フィリピン人の店員がやって来て、おれたちの無意味な会話は中断された。おれはビーフサンドイッチとコーラ、オサリバンはフィリピン・スタイル・ステーキとビールを注文した。

「それで、君の仲間はいつ来るんだ？」

立ち去る店員の背中を目で追いながら、オサリバンは低い声でいった。

「さっき、自分でいってたじゃないか。琉球人は時間にルーズだ。焦るなよ」

料理はすぐにやって来た。肉は焼きすぎでぱさつき、肉とパンの間に挟まっているレタスはしなびていた。

「琉球で食った一番まずいステーキだな、これは」

オサリバンが眉《まゆ》をひそめ、切り分けた肉片をフォークで突っついた。結局、皿をテーブルの脇に押しやり、ビールで腹を膨らませることに決めたようだった。

「おう、すまん。寝過ごしちまった」

政信の無遠慮な声が入口の方で響いたのは、オサリバンがビールを口に含んでいる最中だった。

「おまえにしちゃ早いほうだ」

おれは振り返りながら答えた。政信はいつもと同じ格好——くたびれたTシャツにジーパンとサンダルだった。オサリバンの表情が見物だった。いかめしい顔をしたインテリ然とした活動家を予想していたのだろう。政信を見て目を丸くし、口を開けていた。唖然《あぜん》とした表情は、政信が隣に腰をおろして英語で話すまで続いた。

「遅れて申し訳ない。ゆるしてくれ」

文法的には乱暴だが、政信の英語の発音は黒人たちとの交流で磨かれている。もともと耳はいい質《たち》なのだ。

「紹介しよう」おれはオサリバンに英語でいった。「ミスタ・セイシン・ヒガだ」

「セイでもシンでも呼びやすいように呼んでくれ」

「シェイン。シェイン・オサリバンだ。よろしく、セイ」

オサリバンは右手を差し出し、政信と握手を交わした。政信の外見から受けたショックはすでに消え、剝《む》き出しの好奇心が表情に溢《あふ》れていた。

「よろしくといえるかどうかは今日の交渉次第だぜ、シェイン」

政信は悪戯《いたずら》小僧のように笑って、店員にハイボールを注文した。

「食事はいいのかい？」

オサリバンが訊《き》いた。

「ここの飯は豚の餌以下だ。ショーンに聞いてなかったか？」

「戯《ざ》れ話はそれぐらいでいいだろう」おれはふたりの間に割って入った。「早速だが、本題に入ろう」

「そのせっかちなところはだれに似たんだ？」

政信は不満そうにウチナーグチで呟《つぶや》いた。

「あんまり時間がないんだ。仁美が家でおれを待ってる」

「仁美が？　なにかあったのか？」

おれたちの会話を、オサリバンは不安そうに眺めていた。フランス語の読み書きはできても、日本語や沖縄方言にはまったくの無知。オサリバンも結局はそういう人間だ。

「そういうことならしかたがねえな」政信はオサリバンに向き直った。「今夜はあまり時間がない。いや、やばいってことじゃなく、ショーンの個人的な用件だ。それに、台風も近づいてる。明け方になれば、タクシーもいなくなる」

「わかったよ。ぼくもそっちの話を聞きたくてうずうずしてるんだ」

「よし。ショーンからはまだなにも聞いてないんだったな？」

オサリバンはうなずいた。

「聞いているのは君たちが反戦活動家で、なにかを計画しているっていうことだけだ」

「ひとつ聞かせてくれ、シェイン。あんたはアメリカ人か？　それとも理想に殉じようという世界市民か？」

オサリバンは腕を組んだ。

「難しい質問だね、それは」

「おれたちは二十年以上、あんたたちアメリカ人と隣り合わせで暮らしてきた。だから、あんたたちのことはよくわかってる。保守でもリベラルでも、反戦でも好戦でも、アメリカ人はアメリカ人でしかない。そういうアメリカ人はおれたちとは連帯できない」

政信の英語は滑らかだった。オサリバンは真剣に耳を傾けていた。


「今度話すよ」

「ぼくはアメリカ人だ。アメリカを愛しているが、今のアメリカは間違っていると確信している。それに、アメリカ人である前に、自分がこの星に住む地球人だということも自覚しているつもりだよ」

「だったら問題はない。おれたちは基地にある銃器を横流ししてくれる人間を探している」

反射的に政信の横顔を睨《にら》んだ。まさか、いきなり核心をついた話を切り出すとは思ってもいなかった。当惑したのはオサリバンも同じだった。

「銃器の横流し？　なんのために？」

「金儲《かねもう》けのためだと思うか？」

政信とオサリバンは視線をぶつけ合った。

「いや。君もショーンもそんなタイプじゃない」

「だったら、なぜ銃器を必要としていると思う？」

オサリバンの白い肌が紅潮しはじめていた。青い瞳孔《どうこう》が興奮に開き、額に汗が浮かんでいる。

「革命だ」オサリバンは静かな口調でいった。「それしか考えられない」

政信は首を振った。

「革命なんてナンセンスだ。この島で革命を訴えても支持は得られない」

「じゃあ、なんのために――」

「テロルだ」政信は断固とした口調でいった。「銃器を集め、同志を訓練し、核の貯蔵施設を襲撃する。それがおれたちの計画だ」

オサリバンは口をあんぐりと開けた。おれは意志の力でそれをこらえた。核施設の襲撃——革命以上にナンセンスだ。

「別に、テロルが成功するとは思っていない」政信は低い、厳かともいえるような声でつづけた。「琉球の不条理を世界に訴えたい。軍事基地の意味を世界に問いたい。おれたちが望んでいるのはそれだけだ」

「本気なのか?」

オサリバンの問いかけに、政信は深くうなずいた。

「ペンは剣よりも強しなんてのは嘘っぱちだ。力には力で対抗しなければ意味はない。弱い力であっても、力を発揮することが必要なんだ」

「君たちはクレイジーだ」

オサリバンは脱力したように椅子の背もたれに身体を預けた。

＊　＊　＊

ヘッドライトが夜の闇を切り裂いている。強い風がゴミや埃《ほこり》を巻きあげ、椰子《やし》の木を激しく揺さぶっている。

「本気なのか?」

横風に煽《あお》られる車をなんとかコントロールしようとハンドルにしがみついたまま、おれは助手席の政信に訊いた。

「なにが？」

政信は鼻をほじっていた。生あくびを飲みこんで、退屈そうな視線を窓の外に向けている。

「とぼけるな。核兵器の貯蔵施設を襲撃するっていう話だ。初耳だった。心臓が口から飛び出るかと思った」

「オサリバンは気に入ってたみたいだろう？」

政信は嬉《うれ》しそうに笑った。

「本気なのか？」

おれはもう一度訊いた。

「ああ」政信は鼻毛を抜いた。「核か毒ガス。やるならどっちかしかない。その前に、米兵の二、三人も殺して犯行声明を出しておかないとな」

政信のいいたいことはわかる。いきなり米軍施設を襲撃しても、うちなーんちゅは米軍に衝撃を与えることはできるだろうが、なんのためにそんなことをしたのかを理解させるのは難しい。テロル——目的が明確であってこそのテロルだ。ある程度の犯行を繰り返し、犯行声明を出して自らの目的を世間に報《しら》せ、しかるのちに最終的な標的を攻撃しなければならない。

理屈ではわかる。米兵を殺さなければならないことも理解できる。だが、核施設の襲撃など言語道断だ。それこそ自殺行為ではないか。

「無茶だ」

おれはいった。

「無茶は承知だ。フーテンじみたやつやアシバーどもが米軍相手にテロルをやろうっていうんだぞ。ハナっから生き残ろうなんて思っちゃいないさ」

「そういうことじゃない。核施設を襲撃するっていうこと自体が無理だといってるんだ」

「相変わらずだな、尚友。おまえ、マルコウのことを甘く見てるだろう？　アシバーなんかになにができるってわけだ」

政信は指先にくっついたままの鼻毛を鼻息で吹き飛ばした。おれは無言でいた。

「おれたちはな、尚友。ずっとこういうことを考えてきたんだ。きちんと計画は練ってある。うまくいくさ。いや、うまくやらなきゃならないんだ」

政信は窓を開けた。強い風が吹き込み、車内の空気をかき回す。

「閉めろよ」

おれは怒鳴った。

「おまえもおれもうちなー育ちだぞ。これぐらいの風がなんだ。本格的に台風が上陸したらこんなもんじゃすまない。だったらよ、今のうちに楽しんでおいた方がいいじゃねえか」

政信の笑い声が風に巻き込まれていく。政信は目一杯開けた窓から顔を出し、宮古の民謡を大声で歌いはじめた。

44

政信を吉原で降ろし、そのまま家に向かった。明かりがついているのを不審に思い、すぐに仁美がおれを待っていることを思い出した。政信とオサリバンの話を聞いている間、仁美のことは一度も思い出さなかった。後ろめたさに駆られながらドアを開け、ただいまと奥に声をかけた。

「お帰りなさい」

予想していたより明るい声が返ってきた。ほっとして落ち着くと、醬油《しょうゆ》と出汁《だし》の匂いに気がついて鼻をくすぐられた。仁美は食事を作って待っていたのだ。空腹というよりは〈サンセット・ロード〉で食べたもののせいで胸焼けがしていた。だが、食べないわけにはいかないだろう。

「意外と早かったのね」

居間に入ると台所から声がした。まだ調理の最中のようで、煮物が沸騰する音が小気味良く響いている。おままごと——おれのために料理を作ることに夢中になって悲しみや不安を紛らわせているのだとしたら、おれにとっても幸いだった。腰を降ろし、煙草に火をつけた。

「もう少しかかるから、これでも飲んで待っててね」

仁美がビールの瓶とコップを持ってきた。その顔を見た瞬間、自分がいかに浅はかだったかを思い知らされた。仁美の両目はぽってりと腫《は》れていた。當銘愛子の不幸を嘆き、不実なおれを恨み、長い時間泣いていたのだろう。無理に浮かべたような引きつった笑みが痛々しい。

ビールをおれの前に置こうとした手を、おれは摑《つか》んだ。

「ずっと泣いてたのか？」

おれの問いかけに、仁美は顔を隠すように背けた。

「泣くのに疲れて、料理をはじめたんだろう？」

「違うわ。伊波さんに美味《おい》しいものを食べさせてあげたくて……」

おれは乱暴に仁美を引き寄せた。手首を摑んだ手にも力がこもる。仁美の手からビールが離れて転がった。中身が溢《あふ》れ、床を濡《ぬ》らす。

「あ、ビールが」

「そんなのはどうでもいい。無理に笑うことはないんだ、仁美。泣けよ、おれを詰《なじ》れよ。どうして一緒にいてくれなかったのかって、おれを問いただせよ」

「そうしたら、わたしより大切なことがなんなのか、教えてくれるの？」

仁美は両目を見開いておれを睨んだ。目が真っ赤に充血している。血の海の中に黒い瞳《ひとみ》が浮かんでいるかのようだ。

「いや」真っ赤な目を見つめたまま、おれは首を振った。「それでも、鬱屈《うっくつ》した気持ちを中に溜《た》めこんでるよりはましだろう」

仁美はおれの腕を振り払った。無言のまま台所に行き、雑巾《ぞうきん》を手にして戻ってくると乱暴な手つきでビールがこぼれた床を拭《ふ》き始めた。

「比嘉さんの匂いがします」

「なんだって？」

「伊波さんから、比嘉さんの匂いがするっていったの。比嘉さんと会ってたのね？　わたしより大事なことって、比嘉さんと会うことだったの？」

健気《けなげ》な表情は消えていた。雑巾を操る指先は硬く強張《こわば》り、目尻《めじり》には強靭《きょうじん》な我が現れて吊《つ》りあがっている。

「政信の体臭がわかるのか？」

「お酒の匂いがしたからカマをかけてみただけです。伊波さんはそんなにお酒飲まないから」

床をひととおり拭きおえて、仁美は腰をあげた。濡れた雑巾を両手でかかえるようにして台所に戻っていく。おれは煙草を灰皿に捨てた。ほとんど吸っていなかったのに、もう根元まで灰になっていた。

台所から戻ってきた仁美はハンドバッグを持っていた。

「鍋《なべ》の中に煮物が入ってます。ご飯も炊いてあるし、冷蔵庫に昆布のイリチーも入ってます」
「帰るのか？」
おれはぽつりといった。最初からこうなることはわかっていたような気がした。仁美は
おれを睨《にら》んだ。
「わたしは……わたしは自分の気持ちを抑えて伊波さんを待ってようと決めてたんです。
だけど、伊波さんはそれじゃだめだっていう。もう、どうしていいかわからないの。この
まま一緒にいても、きっとわたし、伊波さんを怒らせちゃうだけだわ」
「怒らせればいいんだ。おまえは辛《つら》い夜を過ごしてたのに、おれはそれを見捨てて出かけ
ていった。おまえには怒る権利がある。おれを詰る権利がある」
「できません」仁美は強い眼差《まなざ》しをおれに向けたまま静かに首を振った。「伊波さんをこ
れ以上悲しませたくないから」
「おれを悲しませる？　どういう意味だ？」
憐《あわ》れまれた——そう思った瞬間、頭のてっぺんで血が沸騰した。自分で思っている以上
にくたびれていた。自分で思っている以上に政信の発言に動揺していた。だから、自制が
利かなかった。仁美の政信のような物言い、政信のようなおれへの見方。我慢がならない。
ゆるせない。
「これ以上といったな？　おれが普段から悲しい人間だとでもいいたいのか？」

「伊波さんは自分で自分のことがわかってないんです」

「なにがどうわかってないっていうんだ？」

「ひとりじゃない」仁美はきっぱりといった。「この世界で、伊波さんはひとりっきりじゃないですか。孤独に顫《ふる》えて、精一杯強がって生きてるだけじゃない。わたしや比嘉さんがいなかったら、だれも伊波さんに手を差し伸べてくれる人なんていないわ」

考えるより先におれの手が仁美の頰を張っていた。鈍い音。床に転がる仁美。冷水を浴びせられたような気分。虚無の感覚。欲しいものに手を伸ばしても、そこには空虚な闇があるだけだ。掌《てのひら》が火傷《やけど》を負ったように熱かった。

「すまん」

おれは慌てて屈《かが》んだ。仁美は頰を押さえてうずくまっている。その手をどけさせると、褐色の頰が真っ赤に染まっていた。

「すまん。殴るつもりはなかったんだ」

「本当のことをいわれてかっと来たのね」

仁美は涙が滲《にじ》んだ目でおれを見た。悲しみや哀れみで流れた涙なのか、頰を打たれた痛みで反射的に流れたものなのかはわからなかった。

「すまん。ゆるしてくれ」

おれはうなだれるしかなかった。仁美はおれを押しのけるようにして立ち上がり、ハンドバッグの中からコンパクトを取りだした。

「これじゃ、明日会社に行けないわ」

たぶん、数分もすれば仁美の頬は腫れてくるだろう。それほど強烈な打擲《ちょうちゃく》だった。おれの手ですらまだじんじんと痺《しび》れている。

「すまない」

おれはもう一度頭《こうべ》を垂れた。掌の痺れが顫えに変わる。臓腑《ぞうふ》が底無しに冷えていく。まるで背骨が氷柱《つらら》に変わったかのようだ。

顫えるおれの頬に仁美は右手を副《そ》えた。

「伊波さん、顫えてる……ごめんなさい。わたしのせいね」

違うといいたかった。おまえの言葉で動揺するほどおれはやわじゃないと叫びたかった。だが、身体全身がおこりにかかったかのように顫えている。喉《のど》も、舌も、唇も、脳味噌《のうみそ》さえも。政信にならまだしも、仁美にさえ自分の空虚さを見抜かれて、おれはどこへ行けばいいのかもわからなかった。

仁美に抱きしめられた。子供のように。母親に抱かれるように。仁美の体温が伝わってくる。冷えた身体が暖められていく。

おれは目を閉じ、おれだけの神に祈りを捧《ささ》げた。強さをください。だれにも、なにものにも負けない強靭さをおれにください。孤高の道をひとり行く力をおれに与えてください。

神からの返事はない。いつもそうなのだ。おれはひとり、途方に暮れながら世界を歩くしかない。そう、仁美に指摘されたそのままに。

45

勾留《こうりゅう》されていた学生たちが釈放された。當銘愛子は病院を引き払った。仁美はおれの部屋で二日休み、その後でなにもなかったかのように出勤していった。

おれは抜け殻だった。それでも仕事は続けなければならない。ホワイトがおれの報告を待っている。活動家たちが新たなアングラ雑誌を作ろうと働きかけてくる。政信たちの計画がじりじりと動いている。秋には佐藤栄作が訪米する。ニクソンと会談して七二年の施政権返還に合意する。

あちこちを動き回り、飛び回り、有象無象の情報を拾い集めた。本土と連携して佐藤栄作の訪米阻止に動こうと学生たちが画策している。民政府は現実とうちなーんちゅたちの怒りや希望の間に挟まれて身動きが取れなくなっている。本土の資本家の走狗《そうく》たちがおためごかしを口にして返還後の沖縄の資源を盗み取ろうとしている。

政信とは接触しない。オサリバンとも接触しない。おれは仲介役にすぎない。武器弾薬の横流しは、政信とオサリバンの間で話が進められている。

おれひとりが蚊帳《かや》の外だ。おれはいつもひとりだ。

仁美の言葉が堪《こた》えている。おれはおれではなくなりつつある。ごめんだ。おれは自分を取り戻さなくてはならない。かつてのおれに。ただひとり高みに立って世界を嘲笑《あざわら》っていたおれに。

　電話がかかってきた。

「伊波君かな？　話をするのは初めてだと思うが、おれはマルコウだ」

　マルコウはまるで学校の教師のような口調でそう告げた。

「なんですか？」

「君に相談したいことがあるんだ。例の件で。政信抜きでな」

　一も二もなく会いに行くと告げた。夢見つづけてきたひび割れた世界。おれの世界にもマルコウからの電話で罅《ひび》が入りはじめている。

　待ち合わせ場所は那覇の喫茶店だった。おれを待っていたのはマルコウだけではなかった。オサリバンも暗い目をしてコーヒーカップを睨みつけていた。マルコウと初対面の挨《あい》拶《さつ》を交わし、オサリバンを交えて四方《よも》山《やま》話で時を潰《つぶ》した。マルコウは話題が豊富だった。口も達者で、聞く者の興味を見抜く眼力があった。アシバーの親分としては上等な部類だろう。おれはマルコウに対する考え方を改めた。

　そろそろ潮時だろうと思った時に、おれの考えを見抜いたようにマルコウが本題に入った。

「例の件だがな。問題が生じてるんだ」

「問題？」

「ああ。シェインが協力してくれるとはいっても、ひとりじゃなにもできないに等しい。

そうだろう？　仲間が、協力者が必要なんだが、今度の相手は白人兵になる。黒人兵なら軍への不満が溜《た》まってるからな、こっちの話に簡単に乗ってきたんだが――」

マルコウは視線をオサリバンに向けた。オサリバンはマルコウの言葉を引き取った。

「ひとり、目をつけてる男がいるんだ。トマス・マクガバンという伍長《ごちょう》なんだけど」

「思想的に君に近しいのか？」

おれは訊《き》いた。オサリバンとマルコウが顔を見合わせ、苦笑を浮かべた。

「思想的にはマクガバンはぼくの敵さ。テキサス生まれの白人。がちがちの保守主義者にして人種差別主義者。反吐《へど》がでそうな男だよ」

「わからんな」おれは苛《いら》立ちを押し隠していった。「そんな男をどうして仲間に引き入れようなんて考えてるんだ？」

「マクガバンには弱みがあるんだよ。それを押さえれば、あいつはぼくらのいいなりになる」

「弱み？」

「子供が好きなんだ」オサリバンは汚物を吐き捨てるようにいった。「普通の女じゃ勃起《ぼっき》しない変態だ。だが、テキサス出身の白人だといっただろう？　マッチョを気取ってるから、自分のそんな性向を他人に知られないようにといつもびくびくしてるよ」

子供を犯す変態の男――別に驚きはしない。米軍に占領されてからの二十年、年端のいかない少女たちが米兵に強姦《ごうかん》され、時には殺されている。変態揃いのアメリカーとだれかがいった。おれたちにはわからないが、キリスト教による抑圧は並大抵のものではないのだろう。

「君はどうしてマクガバンが変態だと知ったんだ？　必死で隠していた秘密なんだろう？」

「マッチョ仲間の間じゃせいぜい虚勢を張ってるが、そうじゃない連中の中にいると意外とガードが緩むんだよ、ああいう連中は。おれと仲のいい兵隊にもその気があるやつがいるんだ。海兵隊なんだけどね。ろくでもない話だが、そいつはオフになると街に繰り出す。いっておくが、センター通りやゲート通りじゃないぜ。コザや金武の普通の街へ行くんだ。幼稚園を見て回って、これはと思う少女たちのリストを作るために」

「くそったれな野郎どもよ」マルコウが喚《わめ》いた。「子供だぞ。うちなーの子供たちを汚してまわろうと考えてるんだ。くそったれどもめ」

「基地内の変態たちの間じゃ、そのリストが話題になってるそうだ。マクガバンもそのリストを手に入れようと、おれのその知り合いに接触してきたらしい」

「欲望に負けたということか」

「ああいう連中はこらえるってことを知らないのさ」

「そのマクガバンが変態だとして――」

そこまでいって、おれはオサリバンとマルコウの企《たくら》みを察知した。ふたりが政信抜きでこの件を話し合おうとしている理由もそれなら合点がいく。

「弱みを握るといったな？」

オサリバンは静かにうなずいた。

「マクガバンが少女を犯しているところを写真に撮ろうとでもいうのか？」

「他に手がないんだ」オサリバンはいい訳がましくいった。「弾薬庫勤務の兵隊たちをいろいろリサーチしてみたんだけど、例の毒ガス兵器の事故以来、上からの締め付けが厳しい。それに逆らってまで金儲《かねもう》けをしたいっていう連中もいないというのが現状だ。だが、マクガバンを籠絡《ろうらく》できれば、あいつと仲のいい連中も引き込むことができると思う。そうなれば、ぼくらの戦力は小隊になる。小隊なら、ぼくひとりよりいろんなことができるようになるんだ」

「子供を犠牲にするつもりですか？」

おれはオサリバンにではなくマルコウに言葉を向けた。

「他に方法はないんだ。おれだってやりたくはないんだが……政信は絶対に反対するだろう。だから、あんたに相談してるわけだ。あんたはこういうことが上手だと聞いた。アメリカーの新聞に勤めてるころは、でっち上げの記事を書いてたんだろう？」

「子供を傷つけたことはないぞ」

おれとマルコウは睨《にら》みあった。マルコウの瞳《ひとみ》の奥に弱々しい光がある。これがマルコウにとっては苦渋の決断だということを物語っている。

「そう興奮しないで冷静に考えてくれよ、ショーン」

オサリバンがおれたちの間に割って入った。言葉はわからなくても雰囲気で状況を察したのだろう。

「おれは冷静だよ、シェイン。あんたたちは言葉と考えを弄《もてあそ》んでる。ちゃんと現実を認識しているのかどうか確かめたいだけだ」

おれの冷たい言葉に、オサリバンも怯《ひる》んだ。マクガバンに子供を暴行させて弱みを握る。頭の中ではそれが必要なことを認識していたとしても、実際にその場に遭遇した時にマルコウやオサリバンの心が揺れないとは限らない。いや、絶対に揺れるだろう。それでもやる気があるというのなら、この計画は実行に移す価値がある。マルコウたちがやろうとしているのはテロルだ。犠牲者のことを考えて気持ちが揺れているようでは、テロルなど覚束ない。

「なにも感じていないような口ぶりだね、君は」

オサリバンはいった。単なる負け惜しみだ。

「なにも感じてないとはいってないさ。ただ、これが必要なことならやろうと決めてるだけだ」

鉄面皮を装ってはいたが、おれの心も同じように揺れていた。テロリストに感情はいらない。だが、おれたちはまだ机上のテロリストにすぎない。犠牲になる子供のことももちろんだが、こんなことを計画しているということを仁美に知られたらと思うと顫《ふる》えがくる。それでも、マルコウやオサリバンに比べれば、おれは冷たいのかもしれない。他人への関心の薄さが、他人に共感する心を冷えさせている。

「大義のためには犠牲も厭《いと》わないなんて偉そうなことはいわんさ」マルコウが口を開いた。「おれたちのやろうとしてることは、変態どものくそったれがやってることと変わらない。それでもおれはやる。決めた。罪を背負って墓場まで行くわい」

おれはオサリバンを見た。

「彼は決心がついたらしい」

「この話を持ち出したのはぼくなんだ。最初から心は決まってるよ」

「よし。だったら、君の変態の友人からリストを手に入れてくれ」

おれはいった。自分でも驚くほど厳かな口調になっていた。

「政信にはおくびにも出さないように。いいですね、マルコウさん」

「わかってる。こんなことが知れたら、おれたちは政信に絞め殺される」

マルコウの言葉を最後に、おれたちのテーブルの上には沈黙が降りた。だれにも口を開く勇気はなかった。

＊＊＊

オサリバンがリストを手に入れるまでに数日かかった。その間、おれはいつものように奔走し、夜は仁美の愚痴に耳を傾けた。當銘愛子が高校に行かなくなったらしい。学校にいるはずの時間に、質《たち》の悪い連中と繁華街にいる當銘愛子を見た人間がいる。

どうしたらいいのかわからない、と仁美はいった。愛ちゃんはわたしの話にも耳を貸してくれなくなった、と。

放っておけばいいさとおれは答えた。麻疹《はしか》みたいなものだ。しばらくすれば熱も冷める。自分が嘘をついていることはよくわかっていた。當銘愛子が負った傷の深さはだれよりもよく理解できる。心に刻み込まれた傷は化膿《かのう》し、だらだらと血と膿《うみ》を流しつづける。早い手当てが必要なのだが、仁美と當銘愛子の結びつきが強まることは、おれにとっては楽しいことではなかった。だから、嘘をついた。呪われた魂に幸いあれ。だが、おれにはその魂すらない。

リストが手に入ったとオサリバンから連絡が入った。オサリバンの声は暗く沈んでいる。リストを受け取り、目を通し、暗澹《あんたん》たる気分になった。オサリバンの知り合いだという変態の情熱は凄《すさ》まじかった。少女たちの外観の特徴は当然として、名前や住所まで調べ上げ、さらには帰宅経路や自宅付近の遊び場まで克明に記載されている。吐き気を催すような代物だ。

萎《な》えそうになる心を無理矢理奮い立たせて、おれはリストの検証に向かった。コザ市内の幼稚園を歩き回り、リストに載っている少女たちに関する情報を確かめる。

すべてが正確だった。オサリバンの話では、このリストを作った変態は満期除隊の日が来るのを待って少女たちを犯しまくり、アメリカに逃げ帰ろうと計画しているらしい。

いつか、政信やマルコウたちのテロル部隊が米兵を血祭りにあげる日が来るのなら、最初の標的はこの変態にすべきだ。

リストの情報が正しいことを調べ上げると、おれは途方に暮れた。リストには二十人近い幼児の名前が並べられている。この中から、だれを犠牲者に選べというのか。だれに選ぶ権利があるというのか。なぜ、その役目をおれが担わなければならないのか。

やると決めたのはおまえだ。オサリバンやマルコウに偉そうなことをいいながら、自分の意志で決めたのだ。自分のために。自分を取り囲むこの呪わしい世界を崩壊させるために。違うか？

仁美に触れたかった。仁美に抱きしめてもらいたかった。心配することはなにもないのだと囁《ささや》いてもらいたかった。

だが、薄汚れた手で仁美に触れたくもない。

肩を落として家に戻り、リストに載っている少女を選別する作業に入った。電話が鳴った。おそらく、仁美からだ。電話には出られない。呪われた作業をしながら仁美に愛を囁くことなどできない。電話が繋《つな》がらなければ、仁美はこの家にやってくるだろう。當銘愛子のせいで、彼女もまた情緒不安定になっている。

リストを茶封筒に入れ、戸にしっかりと施錠して車に乗った。目についた連れ込み兼用の宿を取り、薄汚れた部屋でリストを睨みつづけた。

リストに載った二十人。一般家庭の子が十三人。母子家庭——母親が特飲街で勤めたり、売春をしている子が五人。施設にいる孤児が二人。孤児は除いた。くだらない感傷だが、照屋仁美にだぶってしまう。母子家庭の子供——母親の監視が緩い。この五人から選ぶのが妥当だ。

迷いに迷った挙げ句、あみだくじを作り、すべてを運に任せた。要するに、重荷に耐えきれなくなって逃げたのだ。

折れた線を辿《たど》っていった先に行き着いたのはひとつの名前。稲嶺美恵子《いなみねみえこ》。五歳の少女。悪魔に魅入られた哀れな魂。

おれは湿った布団に倒れ込み、生まれて初めて他人のために神に祈った——どうかこの子の魂を憐《あわ》れんでやってください。おれたちを地獄に突き落として永遠の責め苦を負わせてください。

＊　＊　＊

マクガバンは腕に刺青《いれずみ》をいれた連中とビールを呷《あお》っていた。スラングを連発し、二の腕の太さを誇り、黒人やうちなーんちゅに露骨な侮蔑《ぶべつ》の視線を向ける連中。頭の中も筋肉でできている。夜が更けるにつれ、集団の数は減っていった。酒を飲んで騒いだら、次は下半身を軽くする番だ。決まったハーニーかその夜かぎりの娼婦《しょうふ》を摑《つか》まえて、兵隊たちは夜の闇の中に消えていく。

マクガバンにその気がないのは明らかだった。どれだけ仲間に冷やかされても、テキサスにいる恋人との誓いを守るのだといって酒を飲み続ける。とんだたわごとだ。

結局、マクガバンはひとり取り残された。未練がましく去っていく最後の仲間の背中を睨みながらビールを舐《な》めるように飲んでいる。

やっと待っていた時が来た。オサリバンの知り合いの変態と共に、空いたテーブルに腰を降ろす。マクガバンのすぐ横だ。マクガバンはおれを威嚇しようとしたが、一緒にいるのが変態だと気づいて身体を強張《こわば》らせた。

ここからが本番だった。打ち合わせはしてある。練習も重ねてきた。

「さっきの話は本当なんだろうね、ショーン?」

変態が練習通りの台詞《せりふ》を口にした。声まで汚れているような気がする。ハブ酒のような匂いすら感じられた。

「あんまり大きな声を出すなよ、ジム。本当に本当の話さ。その子の母親は売春婦なんだが、米兵に質の悪い病気を移されて、商売ができなくなって困ってるんだ。金のためならなんでもする女さ。娘を抱きたいという男がいるんなら、くれてやってもいいといってる」

「本当に五歳の少女なんだな?」

変態——ジム・ライリーは目を輝かせた。芝居とは思えない熱の入りようだった。低く抑えたような声だが、それはもちろんマクガバンの耳にも充分に届いている。マクガバンは見るからに落ち着きをなくし、ちらちらとおれたちの方に視線を送ってきた。

「間違いない」

「いくらだ？」

「一晩、五十ドル」

ライリーは目を丸くした。少し大袈裟《おおげさ》なぐらいだったが、反応としてはまともなはずだ。五十ドルといえば、うちなーんちゅの公務員の月給にほぼ匹敵する。米兵にとっても安い金額ではなかった。

「それは無茶だ、ショーン」

「無茶なもんか。五歳の女の子だぞ。その辺のあばずれとはわけが違うんだ」

ライリーは腕を組んだ。眉間《みけん》に皺《しわ》を寄せ、心持ち首を傾げる。こめかみに血管が浮き出ていた。おそらく、芝居と現実の境目がわからなくなってきているのだろう。血管を切ればどんな血が流れ出すのか。見てやりたいという欲望と、おれは必死になって戦った。

「今すぐ五十ドルは無理だ」ライリーはいった。「だけど、近いうちに必ず金は作るから、それまで待ってくれるようにいってくれないか？」

「それほど長くは待てないぜ、ジム。向こうは今すぐにでも金を欲しがってるんだ。あんたの他に金を出すってやつが現れたら、そっちを優先させるからな」

「おれとあんたの仲じゃないか、ショーン。頼むよ」

ライリーは腕を伸ばしておれの手に自分の手を重ねた。怖気《おぞけ》が走った。それを堪《こら》えて芝居をつづけた。

「ジム、これはビジネスの話だ。勘違いするなよ」

おれはライリーを睨《ね》め付けた。ライリーは肩を落としうなだれる。マクガバンが今でははっきりと聞き耳を立てている。

「わかったよ。金は必ず作る」

「いつだ？」

「来週の頭には」

「よし。待ってやるよ、ジム」

「ありがとう。持つべきものは友達だよ、ショーン。じゃあ、おれは早速金の工面をしなきゃならないから、悪いがこれで帰るよ」

おれたちは握手をした。ライリーの掌《てのひら》から邪《よこしま》な波動が伝わってくる。まるでおれ自身が汚されたかのような気分の悪さだ。店を出て行くライリーも見ずに、おれは手つかずだったビールに口をつけた。

「おい、おまえ」

マクガバンが自分のテーブルを離れてやって来た。期待したとおりの反応だった。おれは無視した。

「おい。おまえに話しかけてるんだ」

「知り合いとしか口をきかないことにしてるんだよ」

不機嫌な声で応じた。マクガバンは強気の表情を崩し、縋《すが》るような視線を送ってきた。

「そんなにつんけんするなよ。今の話、ちょっと聞こえたんだが——」

おれはマクガバンの不意をついて素早く立ち上がった。

「待て、待て。勘違いするな」

「なにを勘違いするっていうんだ？　他人の話を盗み聞きするようなやつが、偉そうなことを抜かすなよ」

「頼むから落ち着いてくれ。あんたらがやばい話をしてたのはわかってるし、いきり立つ気持ちもわかる。だけど、そうじゃないんだ」

「そうじゃない？」

「あ、ああ」マクガバンは声をひそめた。「ここだけの話だが、おれもあいつと同類だ。あんたたちがしてた話に興味がある。興味だけじゃない。五十ドルなら、すぐにでも用意できる」

マクガバンは罠《わな》にかかった。後は罠を閉じてまな板に載せるだけだ。

46

罠を仕掛けるための準備——カメラはおれが持っている。稲嶺美恵子の周辺調査はマルコウとその手下たちがすでに終えていた。母親は夜の八時になると仕事のために外出する。その間、家にいるのは幼い美恵子だけだ。家の戸に鍵《かぎ》はついているが滅多にかけられることはない。鍵がかけられていたとしても、簡単に壊すことができる。速やかに侵入して少

いている。カーテンで遮られてはいるが、カメラを突き出して写真を撮るのに問題はない。女の口を塞《ふさ》げば、近隣に気づかれることもない。涼を求めるためか、稲嶺家の窓は夜も開いている。カーテンで遮られてはいるが、カメラを突き出して写真を撮るのに問題はない。

決行はペイディの翌日に決めた。マクガバンは浮かれて基地の外に出てくるだろう。いきり立ったいちもつに今宵《こよい》は餌を与えてやると語りかけるだろう。

気分がどんよりと沈んでいる。仁美からの電話がそれに拍車をかける。

「最近、電話にも出てくれないんですね」

仁美は寂しそうにそういう。助けてもらいたいのはおれの方だが、口が裂けてもそんなことはいえなかった。

「忙しいんだ。センター通りの店で、おれたちに協力してくれそうな白人のＧＩを見つけた。そいつを説得するのに骨が折れてる。しばらくは……そうだな、二週間ぐらいは帰りが遅くなりそうだ。すまん」

「それならしょうがないですけど……伊波さん、一度でいいから愛ちゃんと会って、話をしてくれない？　わたしじゃだめなの」

「わかった。一度、会ってくるよ」

「お願いします。それから、時間ができたら、早く教えてください」

「そうするよ」

電話を切って、しばし考えた。當銘愛子を籠絡《ろうらく》するのは簡単ではない。當銘愛子がどうなろうとおれの知ったことではない。だが――重く沈んだ気分がなにかを求めている。仁美の優しい声を聞きたがっている。

押入から拳銃《けんじゅう》を取りだして、おれは外出した。家を出るのは丸一日ぶりだった。稲嶺美恵子のことが重くのしかかって、外に出るのも億劫《おっくう》だったのだ。大学へ行き、顔見知りの学生を摑まえて儀間と島袋の居場所を聞いた。学生会館——琉球警察の横暴を訴えるための座り込みデモを計画しているのだという。

真剣な眼差《まなざ》しで議論を戦わせている学生たちの中に島袋がいた。儀間の姿は見えない。おれが手招きすると、島袋は気づいて会議を抜け出してきた。

「お久しぶりです」

「大変な目に遭ったな。君はみんなを止めてたそうじゃないか」

「あまりにも無謀だと思ったんで……でも、捕まった後は、みんな仲間ですから」

キャンパスに向かって歩きながらおれたちは会話を交わした。

「尋問はきつかったか？」

「そうでもありません。取り調べに当たった刑事さんたちも、アメリカーの手前調べてるって感じで……中にはおれたちがやったことを褒めてくれる人もいましたよ」

「なるほどな。じゃなきゃ、いくら黙秘を続けるといっても、途中で脱落する人間がもっと出ても不思議じゃなかったはずだ」

「本当にそうだと思います」

昼飯時を過ぎたせいか、キャンパスに学生の姿は少なかった。おれたちは木陰のベンチに腰を降ろした。おれは煙草を取りだした。島袋にも勧めたが、彼は軽く手を振った。

「煙草やめました。勾留中はほとんど吸えなかったんですけど、その方がなんだか体調がよくて」

「當銘愛子の評判はどうなってる？」

微笑みを浮かべていた島袋の横顔がかすかに強張った。

「仁美さんに頼まれたんですか？」

「ああ。男は女に弱い。泣いて頼まれればいやとはいえない。そういうもんだろう？」

「愛ちゃんの評判かあ……よくないですよね、やっぱり。みんな、最初に口を割ったのは愛ちゃんだって思ってますから」

おれは煙を吐き出した。紫煙はすぐに穏やかな空気と同化して消えていく。

「思ってるだけじゃない。事実だ。おれがドジを踏んだんだよ。新聞社に彼女の身元を教えた。高校生だということがわかれば、すぐに釈放されると思ったんだ」

「そうはならなかったんですね」

「君の経験とは逆に、警察を甘く見すぎてたよ」

「やっぱり、煙草いただけますか？」

おれは島袋に袋ごと煙草を渡した。島袋は一本抜き取り、火をつけた。煙草はやめたといっていたが、マッチは自前のものを持っていた。

「子供じみてるんですけどね、みんな、愛ちゃんを無視ですよ。中には口汚く罵るやつがいるけど、愛ちゃんにしてみたら、そっちの方がよっぽどましだったんじゃないかな」

「君はどう思ってるんだ？」

　島袋はおれの問いには答えず、しばらく自分が吐き出した紫煙の行方を目で追っていた。

「伊波さんがいったように、あの子はまだ高校生ですからね」唐突に口を開いた。「彼女が喋《しゃべ》っちゃったのは仕方がないと思うんですよ。ただ、ぼくが引っかかるのは、あの事件を扇動したのが愛ちゃんだっていう事実ですよ。ぼくはあの時、すぐそばにいたんです。なんていうか、愛ちゃん、形相が変わってましたよ。憎しみの塊が表情に浮かんできたっていうか……わかります？」

「わかるよ」

「あの愛ちゃんはゆるせないな……そう思います」

「彼女が君たちの活動に復帰できる見込みはゼロか？」

「ゼロですね。もう、だれも彼女の言葉には耳を貸さないと思います。儀間はわからないですけど。あいつはあの時いなかったから」

「そのことで話し合ってはいないのか？」

「儀間は話したそうでしたけど、ぼくは話したくなかったんです」

「若いっていうのはいいことだか悪いんだかわからんな。ありがとう。手間を取らせたな」

「最近は忙しいんですか、伊波さん？」

「まあ、いろいろとな」

おれは腰をあげながら答えた。

「あの反戦アングラ誌、評判凄《すご》いんですよ。ぼくたちもあれを手伝ったんだっていったら、まるで英雄扱い。少し、嬉《うれ》しいです」

「少しだけか？」

島袋は照れ笑いを浮かべた。自分が英雄扱いされているどころか、島袋がおれを見る目そのものが英雄を見る目になっている。島袋のそんな視線がおれには鬱陶《うっとう》しかった。おれは英雄などではない。ただの鬼畜に成り下がろうとしている。この世界に罅《ひび》を入れるため。ただ己の欲望を満たすためだけに。

「なにかあったら、また手伝いを頼むよ」

「お願いします」

頭を深々と下げる島袋に手を振って、おれは歩きはじめた。

「伊波さん、女性って怖いですね」

島袋の声が追いかけてきた。怖いのは女だけじゃない——声には出さずにおれは呟《つぶや》いた。

＊　＊　＊

パラダイス通りのジャズ喫茶で當銘愛子をやっと見つけた。不良じみた若い男たちとコーヒーを飲み、煙草を盛大に吹かしている。不良じみているのは男たちだけではない。當銘愛子も顔に化粧を塗りたくり、斜に構えて他の客を睨《にら》みつけている。もともと彫りが深い顔だけに化粧映えがしている。當銘愛子の周りに群がっている若い男たちの目的ははっきりしているのだが、当の本人はそんなことには無頓着《むとんちゃく》なのだろう。

おれがテーブルに近づくと、男たちが凄みはじめた。

「なんだ、てめえ？　なにか用か？」

少し前ならおれも若者たちの恫喝《どうかつ》におそれをなしたかもしれない。だが、今ではおれはマルコウと悪魔の所行を為《な》そうと手を結んでいる。アシバー中のアシバーだ。不良学生など足もとにも及ばない。

「ああ、その子に用があるんだ」

おれの落ち着きに気勢を削《そ》がれたのか、男たちは動揺した。

「わたしはあんたになんか用はないよ」

「十分で済む。少しぐらいは付き合ってくれてもバチは当たらないだろう？」

「愛子は用がねえっていってるんだよ。聞こえねえのか、てめえ？」

「おまえらに用はない。黙ってろ」

おれは静かな声でいった。たぶん、おれのおれ自身に対する強い嫌悪が声に表れ、それが響いたのだろう。男たちは色を失った。

「十分だけ？」

當銘愛子は煙草を灰皿に押しつけた。

「ああ」

「しょうがない。付き合ってあげるわよ」

「ありがとう」

おれたちは喫茶店を出て、パラダイス通りを当てもなく歩いた。パラダイス通りはコザの南西、諸見百軒通りに近い繁華街だ。通りの規模自体が小さく、他の繁華街に比べれば寂しい雰囲気が漂っている。

「仁美さんに頼まれて来たんでしょう？　余計なお節介はしないでって伝えておいて。あの人にはなんにもわかっちゃいないんだから」

當銘愛子は吐き捨てるようにいった。今では、彼女自身の激しい憎しみの対象に仁美も含まれてしまっているようだった。

「確かに、あいつはなにもわかっちゃいない。だが、おれはわかってるぞ」

「なにがわかってるっていうのよ？」

當銘愛子は気色ばんだ。まなじりが吊《つ》りあがっている。

「おれとおまえは同じ穴の狢《むじな》だ。この世界が憎くてたまらない。この世界を破壊したくてうずうずしている。そうだろう？」

「どうして――」

「同じ穴の狢だといっただろう」

目を丸くする當銘愛子の言葉をおれは遮った。

「仁美はおれを愛してる。おまえのことを、時にはおれよりも気にかけてる。どうしてかわかるか？」

當銘愛子は首を振った。

「あいつはおれたちが裡《うち》に抱えている憎しみに気づいてはいないし、気づいたとしても理解できない。だが、おれたちのその憎しみがもたらす不安定さがあいつを引きつけるんだ」

「母性本能を刺激されるってこと？」

當銘愛子はいった。少なくとも、頭の回転は速い。

「そうだ。おれたちを見ていると危なっかしく感じるんだろう」

「ちょっと待って。あなたは同じ穴の狢っていうけど、わたしとは育ちも違うし、第一——」

あなたは混血じゃない——おそらくそういう言葉を當銘愛子は飲みこんだ。

「おれは奄美の生まれだ。こっちに来た当初は馬鹿にされ、蔑《さげす》まれ続けたよ」

「そう……」

「おまえがどうなろうと、おれの知ったことじゃない。ただ、おまえのせいで仁美が傷つくのは困る」

「それこそ、あなたには関係のないことでしょう。わたしはあの人が嫌いなの。いつもいつもお節介ばかり焼いて。そのくせ、わたしがどんな思いで生きてきたかなんてこれっぽっちもわかってくれない。どうしてよ？　あの人だって親がいない混血じゃない。なのに、どうしてあんなふうに幸せそうに笑ってられるの？　嫌いよ。大嫌いよ」

當銘愛子は道ばたで足を止め、叫ぶようにいった。本当は思いきり叫びたかったはずだ。わずかに残っている理性がそれを押しとどめた。

「おまえの仁美に対する感情も、おれの知ったことじゃない」

「じゃあ、なにしに来たのよ？」

「あんな不良どもとつるんで、おまえの心の中のもやもやが晴れるのか？」

おれは當銘愛子の両肩を摑《つか》み、目を覗《のぞ》きこんだ。

「あんな連中とくだらない遊びをしていて、この世界が壊せるか？　甘ちゃんの学生たちと活動家ごっこしてどうだった？　おまえの望みが叶《かな》えられる可能性が少しでもあったか？」

當銘愛子は目に憤怒を湛《たた》えておれを睨み返していた。

「どうだ？　活動家ごっこをして、学生たちを扇動して、見捨てられて、それでぐれて。おまえの憎しみはそんなものか？」

「どうしろっていうのよ？　あなただって、なにもしてないじゃない」

「なにもしてないわけじゃない」

思わせぶりにいって、おれは彼女の肩を放した。煙草をくわえて歩き出す。當銘愛子が後を追ってくることに百パーセントの自信を抱いていた。

「なにをしてるの？」

おれの予想どおり、當銘愛子は息を切らせながら後を追ってきた。

「不良と遊んでるだけの子供には教えられない」

「真面目に学校に行けっていうわけ？　施設の先生たちの顔色うかがって、仁美さんに笑顔振りまいて、そんな生活に戻れって？」

「そうだ。それができたら、おまえも仲間に加えてやる」

「仲間っていったって、あなたがなにをしようとしてるかも知らないのに、無理よ」

おれは當銘愛子の声を無視して人気のない路地に足を踏み入れた。子供を仲間に加えるつもりはさらさらない。ただ、これで當銘愛子がおれに従い、仁美の気が晴れるならそれでいい。

「ちょっと、わたしの話聞いてるの？」

「聞いてるさ」

路地は十メートルほどで民家の塀に塞《ふさ》がれて行き止まりになっていた。おれは振り返った。當銘愛子の背後に人の姿はない。腰から銃を抜き、當銘愛子にもよく見えるようにかざした。

「おれがやろうとしていることの、これが証拠だ」

當銘愛子は目を剝《む》き、息を止めた。時がとまってしまったかのように銃を凝視しつづけていた。

＊　＊　＊

當銘愛子はまじめに学校に通い出した。仁美からの電話でおれはそのことを知った。

「どんな魔法を使ったの、伊波さん？　施設の人たちや学校の先生の言葉には絶対耳を貸そうともしなかったのに」

「別に特別なことをしたわけじゃないさ。甘えるなって怒鳴りつけてやっただけだ。みんな甘やかしすぎるんだよ。みなしごだから、アメリカーとの混血だからって、ガラスに触るように接してる。だから増長するんだ」

「そんなものなのかしら？　でも、ありがとう。本当に助かりました。伊波さんになにかプレゼントしたいぐらい」

　仁美の声はこれまでにないぐらい明るかった。その声を聞きたいと思っていたのに、受話器を耳に押しつけたままおれは暗く落ち込んでいく。まるで底無し沼に飲みこまれていくかのように。

「なにが欲しいですか？」

　おれが黙ったままでいると、仁美は焦《じ》れったそうにいった。

「なにもいらない。特別なことをしたわけじゃないんだ。給料がいいわけでもないんだから、無駄な金を使うことはない」

「わたしがそうしたいと思ってるんだから、無駄遣いじゃありません。なにが欲しいのか、教えて」

「おまえだ」

意志とは裏腹に、言葉が反射的に出ていた。

「嬉《うれ》しいことといってくれるのね」少し間を置いて、照屋仁美はいった。「じゃあ、今夜そっちに行ってもいい？」

自責の念がおれを責め立てる。これからおぞましいことをしようとしているその手で、仁美の身体を撫《な》で回すというのか？

「しばらくは忙しいといっただろう。もうちょっと待ってくれ」

「優しかったり冷たかったり、伊波さんはいつだって伊波さんね」

「とにかく、身体が空くようになったら連絡するよ」

「わかりました。待ってます」

「それじゃ」

電話を切ろうとすると、受話器から仁美の声が聞こえてきた。

「ありがとう。本当にありがとう。わたし、どうしていいかわからなかったの。伊波さんに頼んで、本当によかった」

聞こえなかったことにして、おれは静かに受話器を置いた。

ホワイトへの定期報告をでっちあげると、あとはすることがなにもなかった。真夏の太陽は容赦なく照りつけ、その暑さにだれもが嫌気を感じたのか散発的な抗議集会やデモがあるだけで、沖縄は静穏を保っていた。

決行日のことを考えると胃がきりきりと痛み、偏頭痛が現れる。夜になるとマルコウに打ち合わせと称しては呼び出された。人を呼びつけたくせにマルコウはあまり喋《しゃべ》らない。だが、それはおれも同じだ。ふたりで黙々と泡盛を酌み交わし、お互いが背負おうとしている重荷に思いを馳《は》せる。うちなーんちゅがこんな暗い酒を飲むのは珍しい。だが、おれたちには他にどうする術《すべ》もない。

「オサリバンがな――」ある夜、マルコウは重い口を開いた。「政信にせっつかれているそうだ。仲間はまだ見つからんのかとな」

「マルコウさん、いつ英語を話せるようになったんですか？」

「茶化すなよ。喋ることは覚束んが、相手のいってることはだいたいわかる。ここで何年もこんな商売をやってるんだからな」

「それで、オサリバンはなんと？」

「政信の前で芝居を続ける自信がないから、こっちでなんとかしてくれんかとな」

マルコウは泡盛を一気に喉《のど》に流し込んだ。もう五合近くを飲み干しているはずだが、顔には酔いがまったく表れていない。マルコウといい政信といい、その酒量は桁外《けたはず》れだ。

「で、マルコウさんはおれに政信をなんとかしろといいたいんですか?」

「政信のあの目で見られるとな、なにもかもを見透かされてるような気がして落ち着かんのだ。その点、おまえさんはあいつの幼馴染《おさななじ》みだろう? 政信になにをいわれても無視できるのはあんただけだと聞いたぞ」

「買いかぶりですよ。それにおれたちは幼馴染みじゃない。ただ、ガキのころ同じ施設にいたってだけのことで——」

「九月になればなんとかなりそうだから、それまでじっと待っていろと伝えてくれるだけでいいんだ」

「いやなことは全部他人に押しつける。アシバーは気楽でいいですね?」

おれの言葉に、マルコウは一瞬気色ばんだ。だが、すぐに気を取り直し、空になったコップに手酌で泡盛を注いだ。

「そのアシバーにそんな口を利くやつは滅多におらんぞ。図太いんだかなんだか、よくわからん男だな」

「気が立ってるだけです」

「それはおれも同じだ」

「政信のことはなんとかしてみましょう。その代わりといってはなんですけど、ひとつ訊《き》いてもいいですか？」

「なんだ？」

マルコウはおれのコップにも泡盛を注ぎ足して、瓶を乱暴に机の上に置いた。

「どうしてこんなことをしようなんて思ったんですか？　それこそアシバーには似つかわしくない」

「なんだ、そんなことか」マルコウは表情を和らげた。「最初はな、ただの縄張り意識よ。返還を睨《にら》んで、本土のアシバーどもがウジ虫みたいに沖縄に群がってきた。このままじゃ、おれたちの商売が横取りされる。返還なんてとんでもない。そう思ったのよ」

「それがどうして？」

おれはコップに口をつけた。泡盛はほんのり甘く舌を刺激する。

「アシバーといってもな、元をたどればアメリカーからうちなーんちゅを守るために組織されたようなもんだ。わかるか？　腕っ節の強い連中が集まって、米兵から婦女子を守る。あるいは、米軍の物資を盗んでみんなに配る」

「戦果あぎゃーですね。おれの親父もそうでしたよ」

マルコウは意外だという顔つきをした。

「伊波……伊波か。もしかして、おまえの親父さんってのは伊波正嗣か？」

懐かしい名前を耳にして、心がざわめいた。

「ええ。知ってるんですか？」

「知ってるもなにも、伊波正嗣っていったら、有名だったよ。命知らずの戦果あぎゃーだってな。おれはあの人に憧《あこが》れてこの道に入ったようなもんだ。そうかい。おまえはあの伊波正嗣の息子か。偶然っていやぁ偶然だが、不思議な縁だな」

「親父の話はいいですよ。とっくの昔にくたばった人間ですから。それより、続きをお願いします」

「親父さんになにか含むところでもあるのかい？」

「別に。ずいぶん小さい時に死んだんで、あまりよく覚えてない。それだけです」

マルコウは疑わしそうに眉《まゆ》をひそめたがそれ以上追及はせずに話を続けた。

「返還なんてとんでもねえってとこまでだったよな……そう、とんでもねえ。だが、世の中の流れは返還に向けてすっかり傾いちまってる。アシバー風情がなにをいったところで無駄骨よ。だったら、本土のアシバーに対抗するために武器を集めなきゃならねえと考えたんだ。おれの縄張りを横取りしようとするやつらは片っ端から皆殺しだってな」

「それで政信と？」

「こっちは吉原近辺が縄張りだからな。MP連中には小遣いを渡したりして顔は繋《つな》いであるけど、普通の兵隊となるとなかなかいねえ。政信は照屋にもよく顔を出してる。それでちょっと儲《もう》け話に乗らないかと声をかけた」

マルコウは足てびちーにかぶりついた。ゼラチン質の肉を咀嚼《そしやく》しながら言葉を紡ぐ。

「政信はよ、金儲けには興味はねえと抜かしたよ。ただ、武器を集めることには興味があるってな。それで、いろいろ話をした。今、おまえとこうやってるみたいにな」

「それで、自分が如何《いか》に無知だったのかを思い知らされたんですね？」

「ああ」マルコウは苦笑した。「あいつは天性のアジテーターだ。はじめのうちは馬鹿馬鹿しいと思って聞いていただけだったんだが、返還後に、沖縄がやまとの連中にどうやって食い物にされていくのか、うちなーんちゅがどうやって骨抜きにされていくのか。事細かく聞いてるうちに、なんとかしなきゃとんでもねえことになると思うようになった」

「だけど、あなたはアシバーだ。いくら沖縄の将来に危惧《きぐ》を抱いたとしたって、テロルに身を投じるというのはちょっと理解できないな」

おれは煙草をくわえた。マルコウが目で煙草を要求してきた。おれは別の一本を取りだし、マルコウに与えて火をつけてやった。

「さんざっぱら人にいえねえようなことをしてきた。もういいだろう」

マルコウは小さく煙を吐き出した。

「改心したというわけですか？」

「いいや。そんな大層なもんじゃねえよ。年取ってくたびれたってだけのことだ。悪さして稼いだ金使って、やまとーんちゅとアメリカーに一泡吹かせるってのもおつなもんかもしれねえ。それでくたばるんだ。墓の下の連中もゆるしてくれるかもしれねえ」

マルコウは盛大に煙を吐き出した。

「下の人たちはどうなるんです？　マルコウさんが英雄気取りで死ぬのはいいとして、手下を巻き込んでも気にならないわけですか」

「おまえも相当な毒舌だな。まあ、確かに格好はつけすぎた。要するに、おれはやまともアメリカーも嫌いなんだよ。憎いんだ。だから、連中に一泡吹かせてやりたい。おれと同じ気持ちの若いもんもいるんだ。女房や妹をアメリカーに強姦《ごうかん》されたやつらだとか、実家の畑を接収されてとんでもねえ貧乏暮らしを経験したやつらだとかな。そういう連中にしかこのことは話してねえし、いやだったら無理についてこなくてもいいとはいってある」

「一泡吹かせてやりたい、ですか」

「ああ。政信やおれが望んでるのは間違いなくそれだ。おまえは違うのか?」

この世界に罅《ひび》を入れたい。この世界を破壊したい。おれは曖昧《あいまい》に首を振って泡盛を飲み下した。

「政信のこと、やっておきます。今日はそろそろお開きにしましょう」

おれはそういって、腰をあげようとした。

「待てよ。そう急ぐな。おまえが伊波正嗣の息子だってんなら、渡したいものがある」

マルコウはそういって、襟元からシャツに手を入れた。無骨な指で革紐《かわひも》で作った首飾りを頭から引き抜いた。首飾りの先端にはひしゃげた弾丸がついている。

「伊波正嗣がアメリカーに撃ち殺された時に、身体に残っていた銃弾だ。お守り代わりだと思ってこんなものに作り替えて、風呂《ふろ》を浴びるとき以外は肌身離さず持ってたんだ。気色悪いかもしれないが、受け取ってくれねえか」

おれは浮かしかけていた腰を元に戻した。鈍い光を放っている銃弾に目が吸い寄せられる。

「お守りなんでしょう？」

「おれにはもう必要がねえ。手下がついて、縄張りも広げて、それなりの親分といわれるようになった。これのおかげかどうかはわからねえが、もうこれ以上欲しいものはねえのよ」

マルコウは首飾りを手の中で丸め、おれの方に差し出した。おれはおそるおそる手を伸ばして受け取った。思っていたより軽い。息を吹きかければ飛んでいってしまいそうだ。

親父のことを思い浮かべたことはほとんどない。おれと親父が沖縄で過ごしたのはほんの二年の間だけだ。親父は死に、おれは取り残された。それ以来、おれはたったひとりで生きてきたのだ。

「親父さんは五発撃たれてた。一緒にいた連中が遺体を医者のところに運んできてな。抜き取った弾はそれぞれだれかが持ち帰った。だれがどうなったかは、今じゃもうわからねえ。多分、おまえが目にできる、それが唯一の形見じゃねえのか」

「呪わしいことをする前に、これを手放しておきたかったんじゃないですか？」

銃弾を見つめたまま、おれは訊いた。

「本当におまえは毒舌だ。始末に負えねえな」

マルコウは呆《あき》れたというように太い息を吐き出した。

「じゃ、おれは帰るぞ。勘定はおれのツケだ。好きなだけ飲んでいい」

マルコウは巨体を屈《かが》めながら暖簾《のれん》をくぐって出ていった。おれの手の中にある銃弾は体温で温まりはじめていた。おれは銃弾を床に落とし、靴底で踏みにじった。

48

照屋にも吉原にも政信はいなかった。足が棒になるほど歩き回り、やっと仲の町の飲み屋にいることを突き止めた。なんのことはない、政信は濱野と一緒に飲んでいた。

スペインの音楽を聞かせる店で、店内は混み合っていた。店の奥に設置されたステージの上で、若い男がギターを弾き、それにあわせて女がスペイン語の歌をうたっている。政信と濱野はカウンターに並んで、その音楽に耳を傾けていた。先におれに気づいたのは濱野だった。

「おお、伊波君。どうだ、こっちに来なよ。一緒に飲もう」

タイミングよく歌が終わり、まばらな拍手が起こっていた。政信はコップを傾けながらおれに顔を向けた。コップは琥珀《こはく》色の液体で満たされ、細かな気泡が内側にへばりついている。おそらく、ハイボールだろう。

「どうした？　こんなところに来るなんて珍しいじゃないか」

「おまえを探してたんだ」

おれは濱野とふたりで政信を挟むように空いていたスツールに腰を降ろした。

「おれを？」

「ああ。例の件だ」

おれは押し殺した声を政信の耳に吹き込んだ。ギター弾きが別の旋律を弾きはじめる。歌い手がスタンドに載せてある楽譜をめくっていた。新たな曲を期待して客席が静まりかえった。政信はおれの声が耳に届かなかったというような顔をステージに向けた。歌い手の華奢《きゃしゃ》な身体が一回り膨らみ、豊かな声が流れはじめる。

「困ったな。濱野に聞かれていい話じゃないんだろう？」

歌にあわせて政信はいった。おそらく、濱野の耳にはまったく聞こえていないだろう。

「そうだな」

「今じゃなきゃだめなのか、その話をするのは？」

「おまえを探してコザ中を歩き回ってたんだぞ」

おれはカウンターの内側で働いている若い女性にビールを頼んだ。衣服は汗にまみれ、喉《のど》はからからに渇いている。コップに注がれたビールが置かれると、おれはそれを一息で飲み干した。

「しょうがねえな——濱野さん、この馬鹿が女のことでおれに相談があるっていうんですよ」政信は濱野に身体を向けた。「せっかくなんですけど、話の続きは明日ってことでかまいませんか？」

「ああ、かまいませんよ。ぼくの道楽なんかより、伊波君の恋の行方の方がよっぽど大事だ。行ってやりなさい」

濱野は心ここにあらずという顔をしていた。根っから音楽が好きなのだろう。ステージから流れてくるメロディに合わせて左右に首を振っている。

「そうですか。すみません。このお返しは明日必ずしますから」

「そんなに気にしなくていいよ。どうせ、時間はたっぷりあるんだしね。伊波君、頑張ってね」

おれが恋に悩んでいるというでたらめを濱野が疑いもせずに受けいれたという事実に戸惑いながら、おれは頭を下げた。

「すみません、濱野さん――」

「いいから。照屋さんは素敵な娘さんだからね。しっかりと摑《つか》まえておいた方がいいよ。余計なお世話だろうけど」

言葉に詰まり、意味のない愛想笑いを浮かべ、おれは濱野に手を振った。顔が熱くなっている。政信はすでに出口に向かっていた。その後を追い、背中に声をかけた。

「どういうことだ？」

「なにが？」

「濱野はおれと仁美のことを知っていたぞ」

「だれだって知ってるさ」

政信は笑った。

「おまえが話したのか？」

「そんなことしなくても、仁美がおまえを見る目に気づけば、だれだってうなずく。恋する女ってのは怖いぞ、尚友」

「仁美が？」

政信の冷やかしを無視して、おれは呆然《ぼうぜん》と呟《つぶや》いた。おれの呟きは突然湧き起こった拍手に飲みこまれた。振り返ると、ステージのふたりが深々と頭《こうべ》を垂れていた。

「集会の時でも、会合の時でも、いつもおまえを見てる。おまえしか見てない。どんな手を使ったんだ、尚友。おれにも教えろよ」

拳《こぶし》で政信の背中を強く突いた。政信はそれでも笑い続け、おれの顔はますます熱くなっていった。

＊　＊　＊

スペイン酒場のすぐ隣の店におれたちは入った。居酒屋風の造りの店で、地元の男たちが集っている。ある者は議論を戦わせ、ある者は島歌をうたい、ある者はカチャーシーを踊っていた。おれたちはカウンターの隅に空いている席を見つけ、そこに陣取った。政信は泡盛を、おれはビールを注文した。

「それで、どういう話だ？」

酒が運ばれてくるのを待たずに政信は口を開いた。

「九月になれば、目処《めど》がつくそうだ。それまでうるさくいわずに、じっと待っていろとマルコウがいってくれとさ」

「どうしてマルコウが直におれにいわない？」

「おまえに見つめられると、すべてを見透かされたような嫌な気分になるそうだ」

乱暴な音をたてて、ふたつのコップがカウンターの上に置かれた。おれたちは勝手に自分のコップを取り、それぞれのやり方で中の酒を飲んだ。

「なにを企《たくら》んでるんだ、てめえ？」

コップを顔の前にかかげ、透明な液体の向こうから政信はおれを睨《にら》んだ。

「やらなきゃならないことをやろうとしてるだけだ」

「オサリバンのやつは、なかなか事がうまく運ばないといってたぞ。それが九月には目処がつく？　納得いかねえな。マルコウじゃなくおまえがここにいることにも納得がいかねえ」

「そのオサリバンが、昨日、なんとかなりそうだって連絡してきたのさ」

おれはビールを飲み干しながらいった。空のコップにビールを注ぎ足す。歩き回っていたせいで血の巡りがよくなっている。そのせいで酔いが早い。だが、おれが政信にいおうとしていることは、決して酒がいわせるわけではない。そのことははっきりと自覚していた。

「それはおかしいな。おれが聞いた話じゃ――」

「軍の締め付けが厳しくて、仲間になりそうな白人兵はとてもじゃないが見つからない。そういうことだろう？」

政信は不服そうに泡盛に口をつけた。

「状況が変わったんだ」

「軍の締め付けが緩んだとでもいうのか？　それとも、軍の締め付けなんか屁《へ》とも思わない新任の兵隊が来たか？　そんなに都合のいいことが起こるわけがねえ」

「都合のいいことが起こる魔法をかけようと決めたんだ」

「魔法？」

「そう。邪《よこしま》で呪わしい魔法だ。おまえはきっと嫌がる。だから、おとなしく待ってろ。そういうことなんだ」

魔法とは我ながらよくいったものだ。口の中がざらつき、こめかみに鈍い痛みが走る。計画のことを頭に浮かべると、とたんに身体が変調をきたす。こんなことは早く終わらせてしまいたい。

「なにを企んでやがる？」

「それを知れば、おまえは必ず反対する。だが、その魔法を使わなければ、武器は調達できない。テロルも夢物語に終わる。政信、おまえはどっちを選ぶ？」

「選択肢はなんだ？」

政信は泡盛に口をつけた。濡《ぬ》れた唇を右手で拭《ぬぐ》う。相変わらず政信の勘働きはいい。なんとなく、おれが示唆していることを理解しはじめている。

「甘っちょろいヒューマニズムを貫きたいのか、世界に風穴を開ける方を選ぶのか」

「なにをするつもりだ？」

「おまえには話せない。話せば、おまえは絶対に反対する。だからといって、おまえを蚊《か》帳《や》の外に置くのもいやだ。マルコウはそうしたがってるけどな」

おかわり、と政信は乱暴な声で告げた。

「おれたちの手は汚れる。どっぷりと汚水に浸《つ》かるんだ。おまえだけが汚れないままでいるのは、おれは我慢できない。だが、おまえを引きずり込むのも無理だ。おれもジレンマに悩んでる」

「なにをするつもりだ？」

政信は傷ついたレコードのように同じ言葉を繰り返した。

「だから、おまえには報《しら》せておくことにしたんだ。詳細は話さない。だが、おれたちは呪われた魔法を使う。そのことをおまえに知っておいてもらいたい。その上で、まだテロルを望むのか、おまえ自身で決断しろ」

「なにをするつもりだ？」

おれはゆっくりかぶりを振った。

「いわないと叩《たた》きのめすぞ」

「どれだけ殴られても、おまえ相手におれは口を割ったりはしない。そのことはよくわかってるはずだ」

「なにをするつもりなんだ!?」

「決めろよ、政信。おまえはどうするんだ？」

「おまえは吐かないかもしれねえが、マルコウをぶん殴るぞ」

「アシバーの親分をか？　いくらおまえでもずたずたにされて海に放り込まれるだけだ」

「尚友――」

「これしか方法はない。おれたちはそういう結論に達した。その場におまえを呼ばなかったのはマルコウの意志だが、おれもマルコウは正しいと思っている」

「なにをするつもりだ？」

おれたちは睨みあった。いつもなら睨みあいに負けるのはおれだが、今度ばかりは勝算がある。

「いずれ、おまえはおれたちがなにをしたのかを知るよ。その時、おまえはおれたちをゆるすのかどうか。答えろ、政信」

政信が目を逸《そ》らした。

「それしか手がねえのか？」

「どうしても武器を調達したいなら、やるしかない」

「おまえもマルコウも同じ考えなんだな？」

おれはうなずいた。

「オサリバンも同じ考えだ」

「おれたちの考えが変わることはない。おれが聞いてるのはおまえとマルコウのことだ」

「おれたちの考えが変わることはない。手が汚れるといっただろう。おれはともかく、マルコウは最後まで悩んでた。それでもやるしかないというのがおれたちの結論だ」

「おれにはできないから、おまえらだけでやるっていうのか？」

おれは頷《うなず》いた。

「おれには絶対にできないことを、おまえらがやるっていうのか？」

おれは頷いた。

「おまえ、それを仁美に話せるか？」

おれは首を振った。

「それでもやるのか？　仁美のおまえに対する気持ちを裏切ってもよ」

「おまえがおれを誘ったんだぞ。おれの性格はわかってるはずだ。おれの望みもわかっているはずだ。そうだろう？」

政信は両手で握ったコップの中の泡盛を見下ろした。強張《こわば》った横顔が小さな円の中に小さく映っている。

「ゆるすよ、尚友。その代わり、その魔法とやらをかけ終わったら、なにをしたのかおれにきっちり教えてくれ」

政信は自分の弱さを認めた。おれの正しさを認めた。相手がおれだから、そうすることができたのだ。おれの代わりにマルコウがいたのなら、こうはならなかっただろう。政信がおれに対して自分の弱さを認めることなど、これまでにはなかった。満足感はない。ただ、疲労感とやるせなさが増していくだけだった。

49

マルコウがどこかから調達してきたトランシーバーが悲鳴のような雑音を立てた。

「やつが店を出ました」

雑音をかき分けて、マルコウの手下の緊迫した声が伝わってくる。やつというのはマクガバンのことだ。おれは先週、マクガバンと会い、五十ドルを受け取った。五十ドルの代償として、隠し撮りした稲嶺美恵子の写真と家の住所、夜の八時過ぎには家にだれもいなくなるという事実を教えた。マクガバンは舌なめずりし、おれにウィンクを送ってよこした。あの時、銃を持っていれば撃ち殺してしまったかもしれない。

今日、マクガバンは勤務を終えると基地を後にした。タクシーで稲嶺美恵子の家の近くに向かい、家を下見し、センター通りに戻って兵隊仲間と合流し、ビールを浴びるように飲んでいた。いつものように仲間たちが女を求めて去り、ひとり残ったマクガバンはようやく腰をあげて今夜の目的を遂げるために店を出たというわけだった。

「やめるんなら今の内だぞ」

トランシーバーを耳に押しつけたままの姿でマルコウがいった。おれたちはしゃがんだ姿勢で稲嶺親子の家の壁にそれぞれの背中を押しつけている。頭のすぐ上には窓があり、カーテンが揺れている。たぶん、窓の内側では稲嶺美恵子がひとりでおままごとをしているはずだ。

「もう遅いでしょう」

カメラの各部をチェックしながらおれは答えた。カメラに触れ続けることで、自分もカメラの一部になれたらと考えていた。冷たく、固く、容赦なく、ただ己の機能を実行することにだけ忠実であればいい。

もちろん、機械になりきることなどできはしない。ただ、そうあれたらと願っているだけだ。

「遅いか？」

マルコウが空を見あげながらそういった。空は分厚い雲に覆われて、星ひとつ見えない。マルコウはただでさえ細い目をさらに細めていた。まるで、雲の向こうの星を見透かそうとでもしているかのように。いや、見たいと思っているのは星ではないのかもしれない。

「今になって躊躇《ちゅうちょ》するぐらいなら、最初からこんなことを考えるべきじゃなかったんですよ」

おれはレンズを専用の布で磨いた。なにかをしていないと落ち着かないのはおれも同じだった。

またトランシーバーが耳障りな音を発した。

「やつがタクシーに乗りました」

マルコウは腕時計に目を落とした。

「あと十分ってところだな……あの子はどうしてる？」

おれは反転しながら腰をあげ、窓の隙間から中を覗《のぞ》いた。五歳の少女の軽やかな声が耳に響く。

「だめですね。そんなだから、シュウちゃんはいつも先生に怒られるんですよ――」

稲嶺美恵子は二体の人形を使った遊びに夢中になっていた。そのうち疲れてくると、顔を洗い、歯を磨き、自分で布団を敷き、寝間着に着替えて眠りに就く。いつ覗きにきても、稲嶺美恵子は似たような夜の生活を送っていた。母親のいない寂しさを人形遊びやおままごとで癒《いや》し、身支度を整えて眠りに就くのだ。母親の躾《しつけ》の厳しさと美恵子の健気《けなげ》さが偲《しの》ばれる。人形はバービー人形だ。おそらく、母親が買ったか、相手の米兵からの贈り物だろう。バービーとボーイフレンドの人形が一体ずつ。バービーにはいつも母親の役が割り当てられ、ボーイフレンドの人形は時に美恵子の嫌いな近所の悪ガキであったり、いるはずのない父親の役が割り当てられる。

稲嶺美恵子のことならなんでも知っている。身近に感じるほどに調べ上げている。その幼女を悪魔の生贄《いけにえ》に捧《ささ》げようとしている。

やめろ——声に出さずに自分にいい聞かせた。元の位置に戻り、マルコウに告げる。

「いつもと同じですよ」

「お人形ごっこか……今日は男の人形はなんの役だ？」

「近所の悪ガキですよ」

「シュウとかいったか……どんな字を書くんだろうな？」

おれはそれには答えなかった。マルコウも答えを期待しているわけではない。

トランシーバーが夜気を掻《か》き乱す。

「あと四、五分でそっちに到着します」

マルコウの身体に緊張がみなぎった。鋭い眼光を周囲にまんべんなく送る。暗がりの中にはマルコウの手下《て》たちが潜んでいる。おれたちが目的を達したら、家の中に踏み込んでマクガバンをいたぶる手筈《はず》になっていた。

「もう後戻りはできないぞ、尚友」

マルコウが押し殺した声でいった。

「そんなこと、とっくにわかってますよ」

おれは強張っていた肩の筋肉を緩めるために軽く頭を振った。掌《てのひら》の汗をズボンで拭《ぬぐ》い、右手でカメラをしっかりと持った。

冷たく、固く、無慈悲なほどに正確に——だれにともなく祈る。もう一度、家の中を覗いた。稲嶺美恵子は飽きることなく人形遊びを続けていた。近所のどこかから、ラジオの音楽番組が流れてくる。それ以外に聞こえる音はない。申し訳程度に立った街灯が照らす範囲はあまりにも狭く、そこここに真っ黒な暗がりが広がっている。暗がりにはマルコウの手下たちが潜んでいる。

車のエンジン音が静寂を破り、ヘッドライトが闇を切り裂いた。タクシーだ。マクガバンが乗っているものに違いない。エンジン音はすぐに小さくなり、ブレーキの軋《きし》る音が聞こえた。マルコウがトランシーバーに囁《ささや》きかける。

「用意はいいいな？　おれが合図するまで音を立てるなよ」

トランシーバーの雑音がことのほか大きく聞こえた。それはマルコウも同じだったようで、慌てて送話口を押さえた。

「いよいよだな」

「そうですね」

「どこまで待てばいいんだ？」

「このカメラのフラッシュが光るまで」

タクシーのドアが閉まる音が響いた。底の厚い軍靴が砂利を踏みしめる音がそれに続く。口笛が聞こえた。『星条旗よ永遠なれ』。アメリカーにとって神聖な歌を口ずさみながら、マクガバンは鬼畜のような行為に及ぼうとしている。

カメラを持つ手に力がこもった。マルコウはぴくりとも動かない。おそらく、あの口笛の意味を理解していないのだろう。うちなーんちゅの少女を犯す。それはヴェトナムでヴェトコンを殺戮《さつりく》するのと同じなのだ。だから、マクガバンは平気で『星条旗よ永遠なれ』のメロディを奏でている。

口笛と軍靴の音が同時に消えた。周囲の様子を探っているマクガバンの姿が目に浮かぶ。後方勤務とはいっても訓練を受けた兵士だ。微妙な空気の変化には敏感に違いない。

だれも動くな――おれは思った。だれか動いてくれ――おれは願った。異変に気づけばマクガバンは立ち去るだろう。だが、そうなればおれたちの計画は大幅に後退する。それでも――

軍靴が再び砂利を踏みしめはじめた。確実にこちらに近づいてくる。立ち止まる前よりは警戒気味に。だがそれでも、どこか脳天気に。

「来るぞ」

マルコウが囁いた。縦に長く伸びた影が視界に入ってくる。マクガバンは躊躇《ためら》うことなく稲嶺家の引き戸に手をかけ、静かに戸を開けた。鍵《かぎ》はかかっていない。歓楽街のそばならいざ知らず、住宅が密集している地域で家に鍵をかけるうちなーんちゅは少ない。泥棒などいるはずもないと思っている。

影が家の中に消えた。おれとマルコウは腰をあげた。カーテンの隙間から家の中を覗く。稲嶺美恵子はまだ人形と遊んでいた。荒々しく床を踏みしめる軍靴の足音に気づいて、ふたつの人形を胸に抱え込んだ。まだ恐怖は感じていない。幼い顔に怪訝《けげん》そうな表情を浮かべ、障子に視線を向けていた。

軍靴が近づいてくる。カメラを握る手が汗で滑りそうになった。自分に毒づきながらカメラを持ち直した。暗がりからマルコウの手下たちが這《は》いだしてきていた。音を立てないように腰を屈《かが》めて歩き、開けっ放しの引き戸に近づいていく。

おれはファインダーに目を当てた。

マクガバンがゆっくり障子を開いた。酒に酔った赤ら顔ににやけた笑いが浮かんでいる。

「こんにちは、可愛い子ちゃん」

マクガバンは英語でいった。声は濁っていた。目もこれ以上ないほどに濁っている。

「おじさん、だれ？」

美恵子が立ち上がった。マクガバンの放つ臭気に尋常ではないものを感じ取ったのだろう。つぶらな目に恐怖が宿っていた。

「楽しいことをしようぜ、ベイビィ。おれが教えてやるからな」

マクガバンは大股《おおまた》で部屋に侵入してきた。和風の狭い部屋はそれだけでいっぱいになってしまったように見える。美恵子の逃げ場所はどこにもなかった。

「ママ——」

助けを求めて叫びを上げようとした美恵子の口をマクガバンの巨大な手が覆った。口だけではない。美恵子の顔の半分がマクガバンの手の下に隠れていた。

「騒ぐなよ、ベイビィ。騒ぐと痛い目を見ることになるぞ」

マクガバンは美恵子に理解できるはずもない英語をまくしたて、左手で美恵子の両手を摑《つか》んだ。畳の上に落ちた人形が軍靴に踏みつぶされた。マクガバンの目はぎらついた光を放っていた。人の欲望に物理的な力があるのなら、マクガバンの眼光は光線銃のように美恵子の身体を貫いていただろう。

顫《ふる》える手でピントを調整した。ファインダーの中に恐怖に見開かれた美恵子の瞳《ひとみ》が映る。涙が電球の光を乱反射させている。怒りとおぞましさに吐き気を覚えた。マクガバンに対する怒りではない。おれたち自身に対する怒りだ。

「おとなしくするんだ、ベイビィ。いい子だから、おとなしく――」

全身をばたつかせてもがく美恵子にいい聞かせるようにしながら、マクガバンは小さな身体を畳の上に押しつけた。

「おとなしくしろといってるのがわからないのか？　だったら、こうだ！」

マクガバンはふいに声を荒らげ、美恵子の髪の毛を摑んで後頭部を畳に叩《たた》きつけた。痛みのせいかショックのせいか、美恵子の四肢の動きが止まった。

「しずかにする、オーケイ？」マクガバンは下手くそな日本語でいった。「さわぐ、ころす、オーケイ？」

マクガバンの手の下で美恵子がうなずく。

「もういいだろう」

耳許《みみもと》でマルコウが囁いた。

「まだだ」

ファインダーを覗《のぞ》いたまま、おれは答えた。まだ、これでは足りない。マクガバンを従属させられない。冷たく、固く、無慈悲なほどに正確に——シャッターボタンに指を載せた。まだ怒りは残っていたが、吐き気は消えていた。

マクガバンが美恵子の着衣を乱暴に引き裂いていた。美恵子は口を塞《ふさ》がれたまま嗚咽《おえつ》している。恐怖に見開かれた目——その奥で揺れる絶望の暗い炎。

冷たく、固く、無慈悲なほどに正確に——シャッターボタンの上の指に力をこめる。

マクガバンが美恵子の口に押し当てていた手をどけた。

「しずかに。しずかに」

そういいながらベルトを緩め、勃起《ぼっき》したいちもつをさらけ出す。巨大だった。滲《にじ》み出た体液で先端がぬめりを帯びている。

「あんなものを子供の中に入れようってのか。尚友、もういいだろう」

マルコウがいった。

おれは答えた。

「まだだ」

マクガバンが美恵子の顎《あご》を親指と人差し指で挟んだ。美恵子の顔が苦痛に歪《ゆが》み、口が開く。マクガバンは引きつった笑みを浮かべながら、巨大なそれの先端を美恵子の口に押し当てた。

今だ——シャッターを切った。フラッシュが弾《はじ》けた。強烈な光がマクガバンと美恵子を照らす。マクガバンは反射的に手で顔を覆ったが、勃起したままの陰茎はまだ美恵子の口にあてがわれている。フィルムを巻きあげ、もう一度シャッターを切った。フラッシュ――光の爆弾。マクガバンの顔が赤らんでいく。

「だれだ!?」

右の耳にマクガバンの叫びが飛び込んできた。

「行け!!」

左の耳がマルコウの怒声に揺れた。

勝手に指が動く。フラッシュが弾ける。マクガバンは美恵子を放り出し、腰を浮かし、手を伸ばし、窓際に向かおうとする。膝《ひざ》までおろしていたズボンが邪魔になって転びそうになった。その背後から、マルコウの手下たちが襲いかかった。言葉にならない怒りと殺意が狭い部屋に充満する。

振り返ろうとするマクガバンの襟首をだれかが掴まえた。マクガバンの巨体が後ろにひっくり返る。その上に、無数の足が飛んでくる。マクガバンは身体を丸め、男たちの暴力から身を守ろうとした。剝《む》き出しの尻《しり》がこちらに向く。筋肉を誇示して生きてきた兵隊には屈辱的な姿だ。おれはシャッターを切った。

マルコウがおれのそばから離れ、家の中に駆け込んでいった。

部屋の中では怒声と悲鳴が交錯している。美恵子の泣き声はすっかりかき消されている。

美恵子は部屋の隅でひとり取り残されている。

騒動に気づいた隣人たちが家の外に出てきた。おれは大声で怒鳴った。

「見せ物じゃない。酔っぱらったアメリカーがここの家の子供に悪戯《いたずら》しようとしてたところをおれたちが見つけたんだ。ぶん殴ってＭＰに突き出してやる。おまえたちは危険だから、家に引っ込んでろ」

精一杯凄《すご》んだつもりだった。何人かは家の中に姿を消し、何人かはそのまま野次馬よろしく稲嶺家の様子をうかがっていた。舌打ちしながらおれも家の中に駆け込んだ。美恵子がひとりで遊んでいた部屋はマクガバンの血があちこちに飛んで凄惨《せいさん》な状況になっていた。

「助けてくれ。ゆるしてくれ。お願いだ——」

マクガバンが譫言《うわごと》のように繰り返している。もちろん、慈悲が与えられることはない。

マルコウは部屋の隅で泣きじゃくる美恵子を抱きかかえていた。優しく背中を撫《な》でさすり、「もう、大丈夫だ。怖いことはなんにもない」とウチナーグチで繰り返している。

「近隣の連中が気づいた。そろそろここを出ないと、警察に通報されるぞ」

「そんなことはわかってる。だが、この子を放って行けるか」

「最初から覚悟していたことだろう。行くんだ。行かなきゃ、あんたとは終わりだ」

「素人のくせに生意気抜かしやがって」

マルコウは美恵子を抱いたまま立ち上がった。おれたちは睨《にら》みあう。これがただの修羅場なら、負けるのはおれだ。だが、この異常な状況は海千山千のマルコウにも受け止めきれないようだった。

「全員捕まりたいのか？」おれは静かな声でいった。「おれたちはまだしも、マクガバンが捕まったら、この計画は無意味だったことになる。その子がこんな目に遭ったのも無意味だったことになるんだ」

「わかったよ」吐き捨てるようにいって、マルコウは手下たちに顔を向けた。「おまえら、終わりだ。そいつを連れて出ていくぞ」

マルコウの一声でリンチが終わった。血まみれのマクガバンをみんなで抱え起こし、部屋を出て行く。少し離れたところに、トラックがとめてある。マクガバンはその荷台に乗せられる手筈《てはず》になっていた。

「今日のことは忘れるんだ。いいな？　なんにもなかった。お嬢ちゃんは悪い夢を見てただけなんだ。そうだろう？」

マルコウは抱きかかえたままの美恵子の耳に呟《つぶや》いた。

「いい加減にしろ」

おれはマルコウの背中にカメラをぶつけた。マルコウは美恵子をそっと床におろし、髪の毛を二、三度撫でた。自分のシャツを脱ぎ、引き裂かれた衣服のままの美恵子にかけてやる。

「夢を見ただけなんだからな。いいな？」

名残惜しそうにしながら、マルコウはようやく美恵子に背中を向けた。

「くそったれ。胸くそが悪いったらありゃしねえ」

「おれも同じですよ」

吐き捨てるようにいって、おれは部屋を出た。

＊　＊　＊

トラックはゆっくりとコザを横切っていた。マクガバンをゲート通りの適当なところで放り出し、その後は吉原に戻ることになっている。トラックのヘッドライトがカメラのフラッシュに見えた。フラッシュに浮かびあがる美恵子とマクガバン。美恵子の小さすぎる唇と巨大な陰茎のグロテスクな対比。惨めだった尻を剝き出しにしたマクガバン。

胃が痛んだ。吐き気が規則的に襲ってくる。冷たく、固く、無慈悲なほどに冷酷に——あの時はそうなれたが、もう一度やれといわれてもできる自信がない。

「まったく、たいしたタマだよ、おまえは」

むっつり押し黙っていたマルコウが口を開いた。おれとマルコウはトラックの助手席に肩を寄せ合って座っている。

「おれは何度もやめようと思った。あのクソ野郎があの子に手をかけた時には、もうなんでもいい、こんなことは止めなきゃいかんとな。ところが、おまえときたら冷静にカメラを覗いてやがる。やめようって言葉をかけるきっかけすら摑めなかった」

「精一杯だっただけです」

指先でカメラを弄《もてあそ》びながらおれは答えた。寒気を覚えている。発熱する感覚はない。身体の芯《しん》が、それこそ氷のように冷えているだけだ。

「やめようとは思わなかったんだろう?」

「思いましたよ。ただ、やめることなんかできないと自分に言いきかせていただけです」

「どっちにしろ、おまえは肝が据わってる。それとも、冷酷なだけか。おれにはよくわからんがな」

マルコウは間違っている。肝が据わっているわけでも冷酷なわけでもない。ただ、自分勝手なだけだ。我が強いだけだ。

寒い。身体が凍りつきそうだ。目を閉じるたびに、おぞましい光景がよみがえる。フィルムに焼きつけられたのと同じ光景が、おれの脳にも焼きつけられている。美恵子の身体に傷を負わせることにはならなかった。だが、心には深い傷を負っただろう。たった五歳の子供に、おれたちはとてつもない重荷を押しつけた。

「おまえ、貯金はいくらぐらいある?」

マルコウがいった。

「貯金ですか?」

おれは両手で自分の肩をさすった。寒さに耐えきれなくなってきている。

「そうだ。貯金だよ」

「退職金がまだ残ってますが」

「百ドル、出せ」

マルコウの考えがわかった。おれは肩をさすりながら目を閉じた。失敗だった。美恵子とマクガバンの陰茎がよみがえる。冷気がおれを責め立てる。

「出します」

おれはいった。歯の根があわなくなっている。

「今回は百だが、来月から毎月二十ドル出しな。それぐらい、なんとかなるだろう。今日集まった若い連中にも少し出させる。あの子が大きくなるまで……くだらねえと思うかもしれねえが、せめてもの罪滅ぼしだ」

「親に送るんですか？　勝手に使われるかもしれませんよ」

「それでもかまいやしないさ。これはなんていうか……おれたちの気持ちの問題だ。そうだろう？　本当のところ、そんな金を送ったところでどうにもなりゃしないっていうのはわかってるんだ」

マルコウは怒っているような目つきを前方の道路に向けていた。ネオンの明かりがちらほらと点滅している。ゲート通りまではもう少しだ。

「だったら、マルコウさんの好きなようにしてください」

おれもまた前方のネオンを見据えていった。なにもかもがどうでもいい。ただ、この冷えきった身体を温める柔らかい肉体を欲していた。仁美に温めてもらいたかった。

それ以上、おれもマルコウも口を開くことはなかった。トラックの揺れに身を任せて、ただただ無言で前方のネオンを見続けていた。目に映るのはネオンではない。ネオンの上の黒い空。あるいはネオンの下の異臭を放つ暗がり。おれは諦観《ていかん》していたが、マルコウは闇に飲みこまれまいと必死で抗《あらが》っているように見えた。

トラックが胡屋十字路を横断した。歩道を行き交う米兵たちが気勢をあげている。出陣か、帰還か。白人兵たちの悲壮な横顔は前者であることを物語っていた。トラックは右折して路地に入り、粗末な連れ込み宿が立ち並ぶ一画で静かに止まった。荷台で男たちが蠢《うごめ》き、かけ声と共にマクガバンの肉体を道ばたに放り投げた。マクガバンはぴくりとも動かない。完全に気を失っているようだった。

「おい」

マルコウが運転席の手下に声をかけた。手下はすぐにトラックから飛び降り、荷台の男たちに指示を与えた。どこかからバケツが現れ、マクガバンの顔に水が浴びせられる。呻《うめ》きながら意識を取り戻したマクガバンを、男たちが羽交い締めにして身動きが取れないようにさせた。

おれはトラックをおり、背後からマクガバンに近づいた。マクガバンは譫言のように「ヘルプ・ミー」と繰り返している。

「黙れ」

マクガバンの耳に押し殺した声を吹き込んだ。マクガバンはぴくりと肩を顫《ふる》わせた。

「あ、あんたたちは何者だ？　おれは――」

「黙れといったんだ。その薄汚い口を閉じなきゃ、さっきと同じ目に遭わせるぞ」

「やめて――」

マクガバンは途中で言葉を飲みこんだ。分厚い身体全体が細かく顫えている。

「おれたちは見た」おれは低い声で囁《ささや》いた。「おまえの薄汚い所行をこの目ではっきりと見た」

「おれは――」

「黙れ。おまえは『星条旗よ永遠なれ』を口ずさんでいた。アメリカ人にとって聖なる歌を口ずさみながら、琉球の幼子に陵辱を加えようとした。悪魔でもそんなことはしない」

おれはマクガバンのシャツの襟に手を入れた。認識票と十字架のネックレスの鎖が指先に触れる。十字架の方の鎖を引きちぎった。

神よ、おゆるしを――マクガバンはそう呟き、祈りの言葉を唱えている。

「黙れ。神もおまえを見捨てた。当たり前だろう。幼い少女を犯すような男をだれがゆるす？」

「おれはただ――」

「黙れ」おれはマクガバンの背中を小突いた。「貴様は神にも、救世主たるキリストにも見放された背信者だ」

マクガバンは無言で顫えている。

「おれは見た。おれたちは見た。カメラもおまえの悪魔の所行を見届けた。わかるか？カメラだ」

「頼む、お願いだ。写真は――」

「黙れ。貴様にはなんの権利もない。おまえを待っているのは苦役だけだ。神にゆるしを乞《こ》え。あの少女の魂にゆるしを乞え。苦しみながら寝るんだ。罪悪感に苛《さいな》まれながら生き続けろ。おれは見た。おれたちは見た。カメラがすべてを見た。フィルムにすべてが焼きつけられている。見ただろう、フラッシュが光るのを？」

「おれは……おれはただ――」

「黙れ」今度はもっと強く背中を小突く。「貴様はウジ虫以下の存在だ。ウジ虫が口をきくか？　苦しめ。懺悔《ざんげ》しろ。ゆるしを乞え。そのうち、おれたちの使いがおまえの元に行く。おまえはその使いの指示に従うんだ。さもなければ、神の怒りの矢がおまえを貫く。写真が基地中にばらまかれる」

「そんなことはやめてくれ。頼む、お願いだ――」

「黙れ。貴様に選択肢などない。恐怖に顫えながら、闇にくるまれて生きる人生しかおまえには残されていないんだ。わかったか？」

マクガバンは答えなかった。おれはマルコウの手下たちにうなずいた。先の尖《とが》った革靴がマクガバンの腹にめり込んだ。マクガバンの頭《こうべ》が垂れた。気絶したわけではない。苦痛にのたうち回ることもできず、叫びとも悶《もだ》えともつかない声をあげている。

「わかったのか？」

「わ、わかりました。おれは、おれは――」

「黙れ。黙って待っていればいいんだ」

おれはもう一度、マルコウの手下たちにうなずいた。羽交い締めにしていた男がマクガバンを解放した。マクガバンはほっとしたように肩の力を抜き、両手で自分の身体を抱きしめた。次の瞬間、男たちがマクガバンに襲いかかった。無言の襲撃。土砂降りの雨のようにマクガバンの肉体に打ちつけられる拳《こぶし》と足。

マクガバンはまた気絶した。動かなくなったマクガバンを男たちが抱え、路地の外れの方に運んでいった。おれはトラックに戻った。運転役の手下がいつのまにか運転席に座っていた。マルコウが小さくうなずくと、トラックが動きだした。

「うちの近くでおろしてください。明日の朝一番で、このフィルムを現像に出しておきますよ」

「あと一軒、付き合ってくれんか？」

マルコウはいった。眠たげな口調だったが、目は相変わらず前方を見つめている。

断りたかった。早く家に帰り、仁美を呼び出し、しなやかで柔らかい身体でおれを包み込んでもらいたかった。だが、今夜は仁美に触れたくはない。これほど凍えていても汚れた手で彼女に触れたくはなかった。

「いいですよ」

おれはいった。

「ありがとう」

マルコウはウチナーグチでそういった。

＊　＊　＊

トラックが向かったのは八重島だった。かつての繁華街は重々しい闇にくるまれている。わずかな星明かりもほとんど闇に吸収されていた。辺り一帯に奔放に繁った緑の木々が風になぶられてざわめいている。まるで暗闇に潜む魔物の鳴き声のような音だった。おれが英語を覚えはじめた場所。照屋仁美の秘密の家があった場所。打ち捨てられ、朽ち果て、忘れ去られようとしている。

「こんなところでなにをしようというんですか？」

おれはマルコウに訊《き》いた。マルコウは答えなかった。トラックは八重島を貫く道のちょうど中央辺りで停止した。運転役の男が懐中電灯を片手にトラックをおり、道の右手の廃《はい》墟《きょ》に明かりをつけた懐中電灯を向けた。かつてはダンスクラブかなにかだったのだろう。白かったはずの外壁はすすけ、緑の木々にほとんど飲みこまれかかっている。

「おりよう。おまえに見せたいものがある」

おれとマルコウはトラックをおりた。先におりていた男が、廃墟のドアを開けていた。その時気づいた。廃墟には似つかわしくない新しいドアが取りつけられている。重い鋼鉄製の引き戸だ。鍵《かぎ》も重々しい南京錠。宜野湾の倉庫についていたものと瓜《うり》二つだった。

「ここに？」

おれの問いかけに、マルコウは無言で頷《うなず》いた。

「なにが隠してあるのかは知りませんが、誰かに見つかったりはしませんか？」

「昼間、近所のガキどもが遊びにくるぐらいで、だれもここに来たりはしない。安全な隠し場所だ」

廃墟の中は真の闇に占領されていた。男の懐中電灯が中を照らし出す。見覚えのある木箱が明かりの輪の中に浮かびあがった。宜野湾の倉庫に運び込まれた木箱は四つだったが、光の輪の中にあるのは二箱だけだった。足りない二箱は本土のやくざに売り払ったのだろう。

「拳銃《けんじゅう》が二十五丁。ライフルが十丁。機関銃が五丁ある。もちろん、それだけじゃ全然足りない。これを倍、いや、三倍に増やしたい。それだけの数が揃ったら、連中に一泡吹かせてやることができる」

闇の中を進みながら、マルコウは呪文《じゅもん》のように呟《つぶや》いた。木箱の前で立ち止まり、男から懐中電灯を受け取る。手があいた男が右側の木箱の蓋《ふた》を開けた。

「弾丸も足らん。もっと集めなきゃ、話にならん」

マルコウは木箱の中を照らし、拳銃を手に取った。グリースを塗られた表面が軟体動物のような光を放っている。

「ほら。持ってみろ」

おれはマルコウから銃を受け取った。おれが盗んだものとほとんど同じものだった。

「どうだ？　拳銃を持つのは初めてだろう？　どんな感じだ？」

「思ってたより重いですね」

おれはいった。嘘をつこうと意識する必要すらなかった。

「弾は入ってる。銃身の上の方を後ろに引くと装弾されるんだ。こういうふうにな」

マルコウは別の拳銃を手に取り、懐中電灯を手下に渡して銃身を引いた。乾いた冷たい音が響き渡る。

「やってみろ」

マルコウの勿体《もったい》ぶった顔にうなずきながらおれも銃身を引いた。

「引き金には触れるなよ。すぐに弾が飛び出るからな。表に出よう」

おれたちは廃墟の外に出た。運転手を残してふたりで無言で歩いた。廃墟が連なる通りの外れに達したところでマルコウが足を止めた。その向こうは木々が生い茂る密林だった。

マルコウは密林に銃を向けた。

「だれかに聞かれますよ」

「アメリカーがやってる音だと思うだけだ」

マルコウは無造作に引き金を引いた。銃口から炎の矢が迸《ほとばし》る。一瞬遅れて轟音《ごうおん》が耳をつんざいた。弾丸は闇に飲みこまれて行方さえ摑《つか》めない。

「おまえも撃ってみろ」

「いいですよ」

「気分が少しは晴れる。人殺しの道具だってのに不思議なもんだ。いいから、騙《だま》されたと思って撃ってみろ」

マルコウは簡単には引き下がりそうになかった。おれは両手で銃を握り、銃口を密林に向けた。引き金に指をかける。引き金は想像していたより重かった。少しずつ手前に引いていくと、ある瞬間、引き金にかかっていた抵抗がかき消えた。手の中で銃が躍った。手首から肘《ひじ》、肩へと衝撃が走り、消えていく。まるで銃の中に込められた激情が迸ったかのようだった。

「もっとしっかり握って撃たないと、手首を痛めるぞ」

マルコウはそういって、無造作に銃を連射した。獣の咆哮《ほうこう》のような銃声が断続的にあがり、闇に飲みこまれて消えていく。

おれも撃った。何度も撃った。弾がなくなるまで撃った。

気分は一向に晴れなかった。

50

目を閉じるのが怖かった。身体は休息を欲している。目を開けたまま眠ることはできない。結局明け方に布団を抜け出して熱い風呂《ふろ》に浸《つ》かった。湯船の中でうとうとし、沈みかけては起きるということを繰り返した。なにをしているんだと呟き、こんなのがおれに対する罰かと囁《ささや》いた。

のぼせる寸前まで湯に浸かり続け、風呂場から出たのは午前六時少し前だった。

写真の現像は知り合いのカメラマンの現像所を借りて自分でやるつもりだった。カメラマンと連絡が取れるようになるのは九時を過ぎたころになる。三時間もひとりで待っているのは苦痛にすぎた。長いこと湯船に浸かっていたというのに冷気は相変わらずおれに取り憑《つ》いている。

車に乗って、仁美の家に向かった。乱暴にドアをノックする。突然の訪問者を誰何《すいか》する声もなく、静かにドアが開いた。

「伊波さん、どうしたの、こんな時間に？」

仁美はドアから顔を覗《のぞ》かせただけだった。おそらくまだ寝間着を着たままなのだろう。髪の毛が艶《つや》やかな光沢を放っていた。鏡台の前で髪をとかし、これから化粧をするところだったのかもしれない。

「入れてくれ」

「だめよ。散らかってるし。それに、出勤する支度もまだだし」

「頼む。入れてくれ。お願いだ」

「なにがあったの？」

「なにも聞くなといったら、怒るか？」

仁美の動きが止まった。強い光を伴った目がぴくりとも動かずにおれを凝視している。

「辛《つら》いことがあったの？　それで、わたしのところに来たの？」

おれは仁美と同じように動きを止めた。ただ、見つめ合う。視界いっぱいに仁美の顔が広がっていく。昨日の悪夢が追い出されていく。血液の循環すら止まっているような感覚にとらわれていた。

「なにもいいたくないの？　それとも、いえないの？」

仁美を見つめ続ける。呼吸することすら忘れてしまいそうだった。

「入って」

仁美はそういって身体を反転させた。その瞬間、呪縛が解けたかのようにおれの身体に血が通い始めた。仁美を追いかけ、後ろから抱きしめる。

「伊波さん、だめよ。だれかに見られるわ」

だれに見られようとおれの知ったことではなかった。だが、おれは後ろに手を伸ばしてドアを閉めた。窓から差し込んでくる朝日が、狭い部屋を照らし出している。部屋の中央には小さな机があり、鏡と化粧用具が並べられていた。隅に丁寧に畳まれた布団が重ねられている。後ろから抱きしめたまま、仁美の胸をまさぐった。

「いや……」

吐息のような声が漏れてくる。仁美は身体から力を抜いていた。仁美は柔らかかった。おそらく、稲嶺美恵子も——やめろ。反射的に目を閉じ、右手の中の膨らみを握りしめた。

「痛い！」

仁美の身体が強張《こわば》った。それでも、おれを拒否することはない。仁美は歯を食いしばっている。おれのすべてを受けいれようとしているかのようだ。いつもならその健気《けなげ》な態度に加虐的な欲望を覚えただろう。今日は違った。己の行為とマクガバンの行為が重なってしまう。おれは仁美を解放した。為《な》す術《すべ》もなくその場に立ち尽くす。

「どうしたの、伊波さん？」

仁美が振り返った。目が涙で潤んでいた。

「おれをゆるしてくれるか？」

おれは囁くようにいった。

「ゆるすって、なにを？」

「ゆるしてくれるか？」

おれは壊れたレコードのように繰り返した。

「ゆるします。ゆるしてあげます。だから、そんな悲しそうな顔しないで。伊波さんにはそんな顔似合わないわ。いつも、超然としていて、ちょっとだけ傲慢《ごうまん》で、でも、わたしにだけは優しい表情を向けてくれて……それが伊波さんよ。わたしの大好きな伊波さん」

稲嶺美恵子は仁美がおれを見つけたように、だれかを見つけることができるだろうか。心に刻み込まれた傷を、いつか忘れることができるのだろうか。

おれは立ち尽くしている。仁美の視線に貫かれて身動きがままならなくなっている。あれはメデューサといっただろうか。眼光で男を石に変える魔女。もちろん、仁美は魔女ではない。汚れ、呪われているのはおれの方だ。

「伊波さん?」

仁美の細く柔らかい指がおれの頰に触れた。

「わたしは伊波さんのすべてをゆるすわ。それでも、伊波さんは救われないの?」

おれは罪人だ。いたいけな少女を勝手な理由で地獄に突き落とした。おまえの愛する當銘愛子をも煉獄《れんごく》の苦行の中に叩《たた》き込もうとしている。それでも、おまえはおれをゆるすのか?

言葉には出さず、ただ、仁美の目を見つめ続けていた。仁美の目は、おれをゆるすといっていた。

膝《ひざ》から力が抜けた。その場に跪《ひざまず》き、仁美の下半身に抱きついた。仁美の指がおれの髪の毛に絡みつく。

「今日は仕事、休みます」

「そんなことはしなくていい」

おれは叫ぶようにいい、仁美の太股《ふともも》をきつくきつく引き寄せた。仁美はおれの髪の毛をいじっている。その手を摑み、引き倒し、おれは照屋仁美に覆い被《かぶ》さった。

＊　＊　＊

仁美を車で仕事場へ送り届け、しばらく海沿いを走ってから家へ戻った。ようやく眠気が訪れようとしていたからだ。

眠ることはできそうになかった。家の外に政信が立っていた。おそらく、これはなんらかの罰なのだろう。

「よう」おれが車を降りると、政信は片手をあげた。「酷《ひど》い顔色だな。昨日は遅かったのか？」

「こんなところでなにをしてるんだ？　おまえこそ、この時間は鼾《いびき》をかいて眠り呆《ほう》けてるはずだろう？」

「昨日はどこにも出かけずに部屋にいたんだ。寝ようとしたが眠れなかった」

政信の声は静かだった。静かすぎるその声におれは緊張した。昨日のことは——すべてをひっくるめて昨日のことは政信には告げていない。昨日、計画を実行するということも。それなのに、政信はすべてを察しているようだった。

「マルコウたちが一昨日ぐらいからそわそわしてたんでな、それで察しがついた」政信は左の脇に新聞を抱えていた。「気になってしょうがなくてな、珍しく朝から新聞を舐《な》めるように読んだ」

「なにか載ってたのか？」

「ちっちゃな記事だけどな——」

政信は新聞をおれに放ってよこした。新聞は沖縄タイムスだった。社会面が表になっていた。右隅の小さな見出しが目に飛び込んでくる。

『民家に米兵侵入か？

昨夜遅く、コザ市仲宗根《なかそね》の稲嶺よしさん宅に、米兵が入り込んだという通報がコザ署にあった。警察が駆けつけた時には、賊は姿を消していた。警察の調べによると、事件当時、稲嶺よしさんは仕事のため外出中で、長女の美恵子ちゃん（5歳）がひとりで留守番をしていたところ、突然白人の大男が家に入り込んできたという。また、目撃者によると、謎の集団が白人の犯罪に気づき、稲嶺さん宅に集結し、白人を拉致《らち》して連れ去ったとのこと。現在、コザ署はこの事件に関して捜査中だが、賊の目的は不明。美恵子ちゃんに怪我はなかったという』

読み終えて、顔をあげた。政信は爪を噛《か》んでいた。

「謎の集団だとよ」

政信は爪を噛みながらいった。笑おうとしているのだろうが、政信には珍しく自分の感情を抑制することに失敗している。爪を噛むという行為自体がおかしいのだ。それは幼いころの政信の癖だった。施設の人間か教師に指摘されて、政信は意志の力でその癖を封印した。政信が爪を噛むのを見るのは十数年ぶりだった。

「謎なんだろう」

おれは新聞を畳んだ。政信の脇を通り抜けて家のドアを開けた。声をかけるまでもなく、政信は当然のようにおれの後をついてきた。

「爪を嚙んでるぞ、政信。何年ぶりだ？」

振り返らずにいった。政信が慌てて手をおろす気配が伝わってくる。

「いつから嚙んでた？」

「おれがついた時からずっとだ」

舌打ちが聞こえてくる。おれは靴を脱ぎ、居間に向かった。ちらりと振り返ると、政信は爪の代わりに唇を嚙んでいた。

「おまえは平気な面してるじゃないかよ、尚友」

「今朝、仁美のところに行ってきた。マルコウは八重島におれを連れていって、拳銃《けんじゅう》を滅《め》茶苦茶《ちゃ》撃ちまくったよ」

居間を横切って台所の冷蔵庫を開けた。ビール瓶を取りだし、コップふたつと一緒に居間に戻った。

「昼間からビールか？　おまえらしくないぞ、尚友」

「朝から女のところに泣き言をいいに行くのもおれらしくない」

そんな顔をしないで——仁美の声は耳にこびりついている。

「家に忍び込んだ白人兵はなにをしようとしてたんだ？　おまえはなにを企《たくら》んだ？」

「知らない方がいい。せっかく矯正した爪を嚙む癖がまた止まらなくなるぞ」

それ以外の言葉が見つからず、おれは吐き捨てるようにいった。嘘を、どれだけ克明に作りあげた嘘を口にしても、政信は真実に辿《たど》り着くだろう。

ビールの栓を開け、コップに注いだ。政信はおれの動きをなにひとつ見逃すまいという目で注視していた。普段なら、真っ先にコップに手を伸ばすはずなのに。

「襲わせたのか？」政信は唇をほとんど動かさずにいった。「五歳の子供を襲わせたのか？」

「アメリカーには変態が多い。おまえも知ってるだろう？」

「尚友、てめえ——」

政信は机に両手をついて腰を浮かした。日に灼《や》けた指先が白く変色している。

「落ち着けよ」おれは政信にコップを差し出した。「どんなことが起こるのか、おまえだって薄々気づいていたくせに。今さらひとりだけいい子ぶるな」

「五歳の子供だぞ」

「だからなんだ？　二十歳の女ならかまわないとでもいうのか？」

政信は絶句した。やりきれないという視線でおれを睨《にら》み、効果がないとわかると、わざとらしい音を立てて腰をおろした。おれはビールを一口含んだ。ビールが通りすぎてはじめて、喉《のど》が渇いていたことに気づいた。

「マクガバンという白人兵だ。弾薬庫勤務のな。子供相手にしか勃起《ぼっき》できない変態だが、こいつを引き込むことができれば、他の白人兵たちをなびかせることも簡単にできるようになるとオサリバンはいっていた」

「おれが知りたいのはそんなことじゃねえ」

「女の子は無事だ。新聞にも怪我はないと書いてあっただろう。直前でやめさせた」

政信はやっとビールに手を伸ばした。コップを摑《つか》み、気泡の中に求めているものがあるとでもいいたげに見つめている。

「おれとマルコウは金を出し合うことにした。その女の子が成人するまで、あるいはおれたちがくたばるまで、足長おじさんを気取ることにしたんだよ。くだらない、がマルコウの頼みは断り切れなかった」

「おれも金を出すよ」

「おまえが？　ふざけるなよ、政信。毎月五十セントか？　奮発して一ドルか？」

「働く」

政信はビールを飲んだ。

「働く？　ヒモにでもなるつもりか？」

一般的な基準からいえば、政信は無能力な人間だ。経済活動のために己を殺すということができない。これまでに、定職に就こうという努力をしたことがないのも、自分をよく弁《わきま》えているからだろう。労働には向かない。徹底して向かない。

「おれを雇えよ、尚友」

ビールを飲み干して、政信はいった。

「なんだって？」

「おまえがアメリカーを騙《だま》して金をふんだくってることはわかってるんだ。新聞社を馘《くび》になった？　退職金がある？　だからって、おまえが栄門や仁美の活動を嬉々《きき》として手伝うなんてことがあるわけねえ。そうだろう？　おまえは、情報をアメリカーに売ってるんだ。澄ました顔して、アメリカーにもうちなーんちゅにもおべっかつかって、その裏でどっちもくたばっちまえと思ってる」

いつものことながら、政信の洞察力には恐れ入る。おれのことならなんでもわかっているのだ。いつもの怒りは覚えなかった。ただ、自分を雇えといった政信の言葉に魅入られていた。

「おまえのやってることを手伝ってやる。どうせ、くその役にも立たない情報をアメリカーにくれてやってるだけだろう」

「たまには重要な情報もくれてやる。そうじゃなきゃ、信用されないからな」

「おれにはうちなーんちゅを売ることはできねえ。それでいいなら、雇え。おれの給料は、そのままあの子に渡してくれればいい」

政信の顔は広い。手伝ってもらえるなら、おれの仕事はかなり楽になる。

「雇ってもいいが、ひとつだけ条件がある」

「なんだ？」

「島田哲夫に会わせてくれ」

おれはいった。政信は目を丸くした。

51

オサリバンからマルコウの元に連絡が入った。マクガバンは武器の横流しに協力することを約束したという。どうやって脅したのかはわからない——あの写真を見せればぐうの音もでないはずだ。オサリバンやおれにはめられたのだとわかったとしても。マッチョの世界で生きる変態には逃げ場がない。

マルコウはいきり立ち、政信は物思いに沈んだ。マクガバンの約束を取りつけたといっても、すぐに大量の武器が手に入るわけではない。毒ガス漏れ事故以来、米軍の武器管理は厳格になっている。綿密な計画を立て、夜の闇に乗じて行動しなければならない。武器を運び出すのは一月、あるいは二月に一度に限られる。

おれはオサリバンとの連絡役に指名された。単に、仲間内でだれよりも英会話能力があるのがおれだからだという理由だった。週末にセンター通りのバーでオサリバンと落ち合い、計画を煮詰め、最初の行動の概要を決めた。日曜の深夜。週末のどんちゃん騒ぎから戻った兵隊たちはぐったりと疲れているはずだ。基地全体が怠惰な眠りを貪《むさぼ》っているはずだ。

持ち出す武器は、拳銃五丁、ライフルが三丁、突撃銃が二丁、手榴弾《しゅりゅうだん》が十数発。PX

（基地内売店）用の木箱に詰めて外に持ち出す。基地の外でマルコウが用意するトラックに木箱を詰め替え、輸送する。ゲリラ戦を展開するのに充分な数の武器を持ち出すには、これと同じことを何度も繰り返さなければならない。気が急《せ》くのは当たり前だが、慎重を期す必要があることはだれもが理解していた。

落ち合う場所と時間、合い言葉を決めて、おれはオサリバンと別れた。

翌日は、おれと政信、それに島田哲夫で昼飯を食うことになっていた。政信とは三日に一度の割合で会っていた。政信から各団体・組織の動向を聞くためだ。政信から聞いた状況を適当にまとめ、月曜の昼にホワイトに報告する。政信の集めてくる情報は広範囲に亘《わた》っていた。ホワイトは満足そうな笑みを絶やさなくなった。

疲れた身体を引きずるようにして家に戻った。玄関の前に人影がある。近頃では、家の前でおれを待ち構えるのが流行になっているようだった。

人影は當銘愛子だった。

「なにをしてるんだ、こんなところで？」

「それはわたしがいいたいことよ。いったい、伊波さんたちはなにをしてるの？　ずっと待ってるのよ、わたし」

當銘愛子は喧嘩《けんか》腰だった。

「ゆっくりじっくり計画を練っているところだ」

「どんな計画？」

「聞き分けのない子供に教えるわけにはいかないな。ずっと待ってる？　まだ一月も経っていないだろう。その程度の我慢しかできないんじゃ、とてもじゃないが仲間にするわけにはいかない」

「最初からその気がないんでしょう。わたしを子供だからって甘く見て、軽くいいくるめられると思ってるんだわ」

おれは空を見あげた。雲の切れ目から星が顔を覗《のぞ》かせている。雲は刻一刻と形を変え、厚みを増していく。この様子では明日は雨だろう。それも強い雨だ。豪雨の中を那覇まで車を走らせることを考え、さらに気が滅入《めい》った。

「おまえを子供だと思ってるわけじゃない。おまえは質《たち》の悪いガキだ。だから、おまえをいいくるめたりはしない。待っていろよ。そのうち、おまえの憎悪を解放してやる」

「待てないわ」

おれの言葉が終わる前に當銘愛子は口を開いた。黒い瞳《ひとみ》の縁が緑がかった光を放っている。なにかを反射しているというわけではない。身体の内側に詰まっている激情が溢《あふ》れでてきているようだった。

「家でじっとしてると、胸が苦しいの。苦しくて耐えがたくて、なにかを、だれかを滅茶《めちゃ》苦茶にしてやりたくなる。だれもわたしの気持ちをわかってくれない。だれにもこの気持ちをぶつけることができないの」

「みんなそうだ。おまえだけじゃない」

おれがそういうと、當銘愛子の緑がかった目が夜の闇にひときわ大きく浮かびあがった。

「そんなおためごかし、わたしには通じないわ」

「いろんな人間が関わってることなんだ。おまえみたいなガキのためにぶち壊すことはできない。我慢が利かない人間は信用できないからな」

「待ってればいいの？　待っていれば、本当にわたしを仲間に加えてくれるの？」

「ああ。それまでおまえの憎しみを溜《た》めこんでおけばいい。一気に解放すれば、その分だけおまえは強くなれる」

「だめよ」當銘愛子は首を振った。「わたし、あなたのこと信用できないわ」

「だったら、好きにすればいい」

おれは當銘愛子に背を向けて家の戸に手をかけた。疲れていた。うんざりしていた。

「待ちなさいよ。わたしを仲間に入れてくれないなら、あなたが拳銃《けんじゅう》を持ってること、仁美さんに教えるわよ」

思わず振り返った。當銘愛子が勝ち誇ったような笑みを浮かべていた。

「困るでしょう、そんなことされたら？」

「そんなことをしたら、あの銃でおまえを撃ち殺してやる」

緑光を放つ瞳を、おれは静かに睨《にら》んだ。憎悪と悪意の質なら當銘愛子に負けることはない。だれにも負けない自信がある。おれを打ち負かせるものは誠実さだけだ。おれが持ち合わせていないものがおれを打ちのめす。仁美にはそれがあり、當銘愛子にはない。

当銘愛子が怯《ひる》むのがわかった。高校生や大学生相手なら通じることも、おれにはなにひとつ通じないと知って落ち着きを失っている。

「その時は必ず来る。だから、施設の部屋に戻って待っていろ」

「本当に？　待っていたら、本当に報われるの？」

緑色の光はすっかり消え失《う》せていた。闇夜で道を失い途方に暮れている少女の顔が目の前にある。

「おれは三十年近く待っているんだ」

おれはいった。祈りを捧《ささ》げるような厳かな声で。当銘愛子は俯《うつむ》き、唇を噛《か》み、小さく肩を顫《ふる》わせた。

＊　＊　＊

翌朝、分厚い雨雲にすっかり覆われている空に憂鬱《ゆううつ》な気分を増幅されながら政信のアパートに向かった。雲は臨界点を探して徐々にその高度を低くしている。降り始めと同時にありとあらゆる場所が洪水のような雨に晒《さら》されるだろう。

政信を車に乗せて那覇に向かった。松山――那覇の歓楽街の外れにうまいジューシーを食わせる店があると政信が行きたがったからだ。よもぎを使った沖縄風のお粥《かゆ》は二日酔いの時には天からの授けものにさえ思える。政信がジューシーを食いたがるのにもわけはある。

車中で政信から報告を受けた。十一月に予定されている佐藤総理大臣の訪米に向けて、各組織が行動をはじめている。佐藤とニクソンとの会談で七二年の返還が合意されるのは既定路線のようだったが、米軍基地が返還後も存続するというのも確実のようだった。教職員会を筆頭とする反戦、反米、反基地を謳《うた》う団体は、佐藤訪米を阻止しようという点で完全なる一致を見ているようだった。

ホワイトが喉《のど》から手が出るほど欲している情報を、政信は的確に捉《とら》えていた。会議や集会の場所、集まったメンバー、交わされた会話。政信はなんでも知っていた。どの組織にも政信に心をゆるす人間がいる。政信の人柄と三線《さんしん》と歌を愛している人間がいる。スパイとしてはおれはとうてい政信には太刀打ちできない。

「これだけなんでもかんでも教えてくれていいのか？」

「かまわん。おまえを信じてるからな。アメリカー側に知られちゃやばいことは、おまえはもみ潰《つぶ》す。そうだろう？」

「金を積まれれば、おまえを裏切るかもしれない」

「おまえが欲しがってるのは金じゃない。それはわかってるんだよ、尚友」

「じゃあ、なんだ？」

政信は笑っただけで答えなかった。その態度がおれを苛《いら》つかせるということもわかっているのにだ。おれは舌打ちを堪《こら》えて、政信から手に入れた情報を頭の中で整理した。

水滴がフロントグラスを打ったと思った次の瞬間、視界があっという間に黒ずみ、滝のような雨が世界を蹂躪《じゅうりん》しはじめた。ありとあらゆる音が雨音に薙《な》ぎ払われ、轟音《ごうおん》が世界を揺るがす。あまりにも雨音が大きすぎて、逆にまったき静寂の中にいるような錯覚すら覚えるほどだ。ワイパーは役に立たず、ヘッドライトをつけても視界は黒く染まったままだった。

車を路肩に寄せてとめた。しばらく待っていれば雨足も少しは弱まるだろう。雨雲はそのありったけのエネルギーを豪雨に変えて地上を蹂躪しているが、雨を注げば注ぐほどその力は弱まっていく。

「そういえば、おまえ、哲夫に会いたいといっただけで、理由は訊《き》いてなかったな」

政信の低い声は激しい雨音の中でもよく通った。

「いつだったか、マルコウと島田哲夫が一緒にいるところを見たことがあるんだ。もちろん、その時は名前も知らなかったが、顔の傷に見覚えがあった。それで思い出したんだよ。全軍労のストの時におまえと一緒にいた男だってことをな」

「それで調べたのか?」

「ああ。気になったからな。しかし、たいしたことはわからなかった。金武で米兵相手のクラブを経営していたが、それも何年か前に潰した。その後は、那覇で麻薬の売買に手を染めている。それぐらいだ」

「別に金儲《かねもう》けのために麻薬に手を出してるわけじゃねえ。軍の中級将校に取り入って、情報を集めてるんだよ。いつ、どこで、なにがあるのか。それを知ってるのと知らないのとじゃ、事を起こす時に大きな違いがあるからな」

稲光が空を切り裂いた。雨雲はますます猛《たけ》り狂っている。間断なく降り注ぐ大粒の雨はまるで分厚い垂れ幕のように外の世界とおれたちを遮断している。おれたちは世界と断絶している。あれほど憎み、呪っていた世界から切り離されている。

「島田哲夫はおまえたちの仲間に違いないと踏んでいた。なのに、おれが加わった後でも、顔を見せないし、だれも紹介してくれない。どんな男なんだろうと不思議に思ってもおかしくはないだろう？」

政信は窓の外に視線を向け、唇の端を吊《つ》りあげた。

「除《の》け者にされてるみたいで、それが我慢できないんだろう？」

おれを揶揄《やゆ》しながら、おれの方を見ようとはしない。稲嶺美恵子の件がまだ心に引っかかっているのだろう。逃げた自分を責めている。おれとマルコウに引け目を感じているのだ。

「なんとでもいえよ」

おれはそういって、座席の背もたれに深く身体を預けた。遠くで爆音のような低い音が炸裂《さくれつ》した。雷が野放図に空を切り裂いていた。だが、雨足は少しずつ弱まっているようだった。断絶されていた世界とおれたちの境目が曖昧《あいまい》に緩んでいき、お互いを浸食しはじめている。試しにワイパーを動かすと、なんとか前方の視界を確保することができた。

ギアを入れ、アクセルを踏んだ。雨の弾幕の中を車はゆっくり進んでいく。そう、この雨粒が本物の弾薬だったなら。無数の銃弾で世界中の地上に弾痕《だんこん》を穿《うが》つことができたなら。嘘とまやかしをこね上げて作られた世界に風穴を開けることができるのなら。

その向こうで口を開けているのが完全な虚無だったとしてもおれはかまわない。いつだったか、天啓を得たと感じた瞬間があった。おれは憎むために生まれてきたのだ。呪うために生まれてきたのだ。憎悪が、呪詛《じゅそ》が成就されるのなら、おれがこの世に生を受けた意味はある。

なぜそんなことを思ったのかは忘れてしまった。ただ、その瞬間の思惟《しい》だけが心に深く刻まれている。

政信はそれっきり口を開こうとはしなかった。おれも無言で運転に集中した。

那覇に入った時には雨はすっかりあがっていた。

＊　＊　＊

待ち合わせた食堂に島田哲夫は先に来ていた。うちなーんちゅとしては珍しい。米軍の将校を相手にしているうちに、時間に厳格になっていったのかもしれない。

政信が先頭に立ってテーブルに近づき、島田哲夫の肩を叩《たた》いてその隣に腰をおろした。必然的におれはふたりと向き合う形で座った。

「伊波尚友だ」

政信がいった。島田哲夫はちらりとおれを見ただけで、自ら名乗ることも挨拶《あいさつ》の言葉を口にすることもなく、怠惰な仕種《しぐさ》で煙草をくわえた。

「初めまして」

おれは座ったままでいった。島田哲夫は見事としかいいようのない表情と態度でおれの言葉を無視した。

「飯はもう頼んである。ビールが欲しいんなら、勝手に頼めよ」

「なにを苛ついてるんだ、哲夫？」

政信が目を丸くしている。ということは、これは普段の島田哲夫の態度ではないということだ。

「さっき、知り合いの将校と近くでばったり出くわした。おまえらと一緒のところを見られる可能性は低いとは思うが……気分がいいわけでもない」

「そうか。そいつは災難だったな」

「なにが災難だ。おれがコザかどこかで会おうといったのに、ここのジューシーが食いたいといい張ったのはおまえだぞ、政信。おかげでおれは危ない目に遭ってるんだ」

島田哲夫の喋《しゃべ》る言葉は、訛《なま》りの少ない綺麗《きれい》なヤマトグチだった。名前も顔立ちも含めて、なにもかもがうちなーんちゅ離れしている。生粋のうちなーんちゅではなく、戦前に本土からやって来たやまとーんちゅの末裔《まつえい》なのかもしれない。だとすれば、政信と島田哲夫を結びつけているものの正体がわかる。

「そう怒るなよ。まさか、こんなところに米軍の将校が来るなんて、おれにも想像はつかんさ」

政信は少しも悪びれることがない。島田哲夫の背中を思いきり叩き、その手をあげて店の人間にビールを追加注文した。そんな政信を島田哲夫は苦々しげに見つめている。まるで、施設にいたころのおれを見ているかのようだ。政信にいいように振り回され、腹を立て、憎んでさえいるのに逃れられない。

「じゃあ、とっとと飯を食って話をすませてしまおうぜ」

ビールが運ばれてくると、政信は自分のコップだけに注ぎ、一気に飲み干した。すぐにビールを注ぎ足していく。

「何の用だ？」

相変わらず政信を横目で見ながら、島田哲夫がいった。低く、暗い声だった。剥《む》き出しの敵意とまではいかないが、苛立ちを露骨に表している。

「特に用はない。一緒に動いてる人間がどういうやつか知っておきたかっただけだ。信用できそうにもないやつとは働けないからな」

「で、おれは信用できそうなのか？」

「まだわからんよ」

棘《とげ》を含んだ島田哲夫の言葉をおれは受け流した。政信は無関心を装ってビールを飲み続けている。

「当たり前だ。すぐにわかられてたまるか」

「その傷はどうしてできたんだ？」

島田哲夫はおれの問いかけを無視した。政信がビールを飲む手を止め、ひとつ深い息を吐き出した。

「哲夫の家は八重島の近くで鶏を飼ってたんだ。卵と肉を売る養鶏場だ。ある時、八重島で飲み過ぎて酔っぱらった米兵が真夜中に鶏小屋に忍び込んでな、片っ端から鶏を殺しはじめた。気づいた哲夫の両親が止めに入ったんだが、逆に撃ち殺された」

途中で食事が運ばれてきたが、政信はかまわず喋りつづけた。盆を運んできた中年の女も、間違いなく耳に入ったはずだが顔色ひとつ変えなかった。要するに、沖縄ではよくある悲劇のひとつにすぎないということだ。

「この傷はその時、米兵に銃で殴られてできたんだよ」中年の女が去るのを待って、島田哲夫は重い口を開いた。「銃の照星に皮と肉をえぐり取られたんだ。さて、質問にはお答えした。それでおれのなにがわかった？」

「そう突っ張るなよ、哲夫」政信が哲夫をたしなめた。「そんな顔をしてないで飯を食え。腹が減ってるから気が立つんだ」

最後の方の言葉は島田哲夫だけに向けられたものではなかった。たぶん、島田哲夫の刺々《とげとげ》しい雰囲気に呼応して、おれも苛立《いらだ》ちかなにかを表情に出していたのだろう。

おれは箸《はし》を手に取った。

「アメリカーを憎み続けているわけか？」

ジューシーを頬張りながらおれは質問を続けた。自分でも意地になっているのがわかる。だが、どうにもとまらない。

「別に。親父たちが殺された当初は憎んだがね。だが、おれだけが特別なわけじゃない。米兵に殺されたうちなーんちゅは腐るほどいる。理不尽なできごとだったとは思うが、憎しみは薄れた」

そんなはずはない。憎しみを簡単に浄化できるほど人は清らかな存在ではない。自分では忘れたつもりになっていたとしても、憎悪は肉体の一部と化し、発酵し、饐《す》えた匂いのするガスを放つ。憎しみが島田哲夫をこの計画に駆り立てていることに間違いはないはずだ。

「政信やマルコウと知り合ったのは？」

島田哲夫は舌打ちした。代わりに政信が答えた。

「こいつは少し前まで金武で米兵相手のダンスクラブを経営してたんだ。たまたま、おれが米兵に呼ばれて演奏しに行って、その時に知り合った。哲夫をマルコウに紹介したのはおれだ。基地からくすねた武器を隠しておく場所が必要だったんだ。マルコウのねぐらやなんやらは警察に目をつけられてるからな。最初のうちは、こいつの潰《つぶ》れた店に隠しておいたのさ」

政信は天性の話し上手、聞き上手だ。うまく島田哲夫に取り入り、過去を聞き出し、内面を覗《のぞ》きこみ、仲間にできると判断したのだろう。

「おれのことはもういいだろう。逆に訊《き》くぜ。あんたはどうなんだ？　アメリカーを憎んでるのか？　だとしたらどうしてなんだ？」

おれは箸を置いた。丼《どんぶり》の中のジューシーは綺麗になくなっている。島田哲夫は箸に手を伸ばしてさえいなかった。

「別に」おれはいった。「アメリカーなどどうでもいい。日本だってどうでもいい。おれ以外のだれかがどうなろうとどうでもいい」

「だったら――」

「世界が崩壊する瞬間を、この目で見たいんだ。ただ、それだけだ」

島田哲夫はやっと真正面からおれの顔を見据えた。

「無神論者にして、アナーキスト、皮肉屋、そして、究極のロマンチスト。おれの幼馴染《おさななじ》みの伊波尚友だ。よろしく頼むぜ、哲夫」

政信がそういって、島田哲夫の背中をまた叩いた。島田哲夫は顔をしかめた。その瞳《ひとみ》に映るおれの顔は凪《なぎ》の時の海のようにこれっぽっちも表情を変えず、ただそこにあった。

52

仁美から電話があったのは翌日のことだった。エディがおれに会いたがっているという。栄門が次の反戦アングラ雑誌はどうなっているのかと気にかけていたという。エディの名を告げる時の仁美の声はわずかだが顫《ふる》えていた。あの時の記憶は消えずに残っているらしい。

マクガバンの件に関わっている間、照屋通いはご無沙汰《ぶさた》していた。そろそろ顔を出すべきだとは思っていたのでエディからの連絡は渡りに船だった。スミスとホワイトは黒人兵の動向にも気を配っている。政信のコネクションを使えば情報収集はたやすいのだろうが、政信ばかりに頼っていると、なにかが起こった時に対応できなくなる。照屋の黒人たちはおれの受け持ち——そう決めておいた方がいい。政信は、おれに摑《つか》めない情報を手に入れる時の切り札だ。

栄門の方はしばらくやきもきさせておくしかない。最初の武器の受け渡しが終わるまでは他の仕事を片づけるのは無理だった。

オサリバンと連絡を取り、武器の受け渡し場所に若干の変更を加えた。基地の近くでの受け渡しは危険に過ぎるとマクガバンが喚《わめ》いているという。写真をもう一度見せて脅してやれとおれはいったが、受け渡し場所が基地に近すぎるということは自分も気になっていたというオサリバンの声音に負けた。基地から離れれば兵隊たちの安全は確保できるかもしれないが、今度は受け取る側の危険が大きくなる。PXからの横流しに神経を尖《とが》らせているのはなにも米軍だけではない。米軍とおそらく今では日本政府の意向を受けた琉球警察も基地周辺には常に目を光らせている。

変更を伝えると、予想通りマルコウは渋い顔をした。アシバーの親分として警察からはいつも目をつけられている。それでも、マルコウは文句ひとついわず、手下たちにてきぱきと指示を出した。受け渡し場所周辺と八重島に昼間から人を配して見張らせ、トラックの運転手に道順を身体に叩《たた》き込んでおけと命令する。どんな種類の情熱がマルコウを駆り立てているのだろう。マルコウから聞いた言葉だけでは説明がつかないような気がした。いずれにせよ、本業よりは遥《はる》かにいきいきしていることは間違いない。

マルコウの家で早めの晩飯を食べさせてもらい、その足で照屋に向かった。エディはいつもの店のいつもの場所にいた。これまでと違うのは、取り巻きがいなくなっていることだ。それに、エディの表情。眼窩《がんか》の窪《くぼ》み方と頬のこけ方が目立つようになっていた。麻薬は確実にエディの精神と肉体を蝕《むしば》んでいる。取り巻きたちもエディにくっついていることの危険を察知したのだろう。

「しばらくぶりじゃないか、ブラザー」

淀《よど》み、血走った目で億劫《おっくう》そうにおれを見あげながらエディは弱々しく微笑んだ。

「照屋に来ること自体が久しぶりだからな。ここのところ忙しかったんだ」

「おれたち黒いブラザーから白い豚どもに乗り換えたのかと思ったぜ」

声に敵意はない。エディはただ頭に浮かんだ言葉を無節操に垂れ流しているだけだ。

「白豚はごめんだ。あいつらは体臭がきつすぎる」

「そうこなくちゃな、ブラザー」

おれはいったんテーブルを離れ、エディのためにコークハイをカウンターで受け取った。

エディはコークハイには目もくれなかった。

「それで、おれになんの用なんだ、エディ？」

おれは煙草をくわえた。それにつられたようにエディも懐から紙巻きを取りだした。煙草ではなく大麻だった。マッチでエディの大麻とおれの煙草に火をつけた。今さらエディをとめても意味はないように思えた。

「危険な空気が充満している。揮発したガソリンみたいに危険な空気だ。ちょっとした火花で爆発する」

エディは抑揚を完全に欠いた口調でいった。

「危険な空気？　どこに？」

「照屋に。沖縄に。基地の内部に」

「エディ、もっと具体的に教えてくれ」

苛立ちと興奮が同時に押し寄せてくる。苛立ちはエディの喋《しゃべ》り方に対して。興奮はエディの言葉に対して。まだ新聞記者の癖が抜けきっていない。

エディは深々と大麻を吸った。煙を肺に溜《た》め、目を閉じる。唇の端と鼻の穴から薄く細い煙が漂ってくる。エディは突然、血走った目を大きく見開いた。煙を一気に吐き出して話しはじめた。

「戦争はじきに終わるとニクソンはいった。事実、ヴェトナムから撤退してきた兵隊が沖縄に溢《あふ》れかえっている。帰ってきたのはくそったれな白人ばかりだ。無知で無教養、がさつで臭い。そんな白人兵たちが基地内で我が物顔に振る舞っている。もう、白人たちに襲撃されて病院に運ばれた黒人兵の数が五十人を超えてるんだ。そして、戦争は終わるはずなのに、黒人兵たちはどんどん前線に送られている。どう思う、ブラザー？」

「危険だな」

喉《のど》が渇きはじめていた。長居するつもりはなかったので、自分の飲み物は注文していなかった。おれはエディのコークハイに手を伸ばした。

「そう。危険だ。まさに一触即発。なにかきっかけがあれば、ブラザーたちは爆発する」

「暴動が起きるとでもいうのか？」

「なにが起こるかはだれにもわからないよ、ブラザー」エディはゆっくり首を振った。

「ただ、揮発したガソリンがそこかしこに充満している。それだけは確かだ」

照屋に久々に足を踏み入れて、空気の感触が以前と変わっていることには気づいていた。はっきりそれとわかるという変わり方ではない。ただ、なにかが違う。コマを落として映画を見せられたかのような違和感がつきまとうのだ。それがおそらくエディのいう揮発したガソリンだ。黒人たちの怒りと不満が路地裏に溜まり、爆発する時を待っている。

「状況はわかった。だが、どうしてそんなことをおれに？　おれは無力だ。なにもしてやれないぜ」

「ショーン、おまえの作った反戦雑誌を読んだよ。素晴らしい出来だ。正直に白状すると、驚いた。兵隊でもないおまえに、おれたちのなにがわかるんだって思ってたからな」

エディはまた大麻を吸った。口調が明晰《めいせき》になっているのは大麻の影響だろうが、このまま吸い続ければ元の木阿弥《もくあみ》になってしまう。その前に、すべてを訊きだしておく必要がある。

「おれの作る雑誌で、黒人兵たちの不満を取り上げろというのかい？　しかし、そんなことぐらいじゃ――」

「ガス抜きの弁が必要なんだよ、ショーン。ブラザーたちの怒りや不満、悲しみを理解し、慰撫《いぶ》し、気持ちを代弁してくれる者が必要だ。このままじゃ、本当に大変なことになる。おまえの雑誌はな、ショーン、基地内でも大勢に読まれてる。白人、黒人、反戦、好戦の違いなく、だ」

おれは腕を組んだ。エディの望みはわかった。黒人が白人を襲おうがなにをしようがおれにはどうでもいい。いや、数ヶ月前なら諸手《もろて》を打って喜んでいただろう。だが、今はあの計画がなによりも優先する。基地内で大きな揉《も》め事が起これば、武器の横流しがやりにくくなることは間違いない。

「基地内の不公平や人種差別を取り上げてくれ。白人に支配されている軍の実体を批判してくれ。ブラザーたちに連帯を呼びかけてくれ。ガスに火がついて爆発してしまったら、みんなおしまいだ。理由は詮索《せんさく》されず、ただ軍規を犯した罪でみんな断罪される。おれたち黒人には人権なんてないも同然だからな。おれはそれを恐れてるんだ。なんとしてでも防ぎたい。そのためなら、あんたのケツを舐《な》めてもいいぜ、ショーン」

「それは願い下げだ、エディ」

　おれはエディの激情を冗談で紛らわそうとした。だが、通じなかった。エディは血走った目でおれを睨《にら》んでいる。大麻のもたらす陶酔感もエディの激情をなだめることはできないようだった。おそらく、この後でエディはヘロインを打つのだろう。今だって身体がヘロインを欲しているはずなのに、なんとか意志の力で堪《こら》えている。ヘロインを打った後の自分が屍《しかばね》同然だということをまだ自覚しているからだ。

「頼む、ショーン、力を貸してくれ。見てのとおり、おれはもうダメだ。ヘロインを手放せなくなってる。ヘロインがないと生きた気がしないんだ。だが、ヘロインを打つとおれは死んだようになっちまう。どうすればいいかもわからない。こんなことになっちまうなんて……」

　エディは頭を抱えた。顔はくしゃくしゃに歪《ゆが》んでいるが、血走った目はそのままだった。ヘロインに身体を蝕まれ、涙すら干上がってしまっているのだろう。

「わかった。できるかぎりのことはやってみよう。その代わり、黒人兵たちの動向を常時見張っておれに伝えてくれ。雑誌だからすぐに作るというわけにはいかないが、とりあえず急いではみる」

「ありがとう、ブラザー」

「感謝されるようなことじゃない。虐げられている者はいつだって、おれのブラザーだ、エディ」

エディはおれの手を両手で握り何度も握手しながらうなずいた。エディの手は相変わらずごつかったが、肉の厚みは減っていた。圧倒的な存在感、力感はほんの一ヶ月程度で消え失《う》せている。エディはまるで萎《しぼ》んだ風船のようだった。

おれはエディの手を静かにふりほどき、懐から紙とペンを出して電話番号を書きこんだ。

「これがおれの自宅の電話番号だ。繋《つな》がらない時は、仁美に電話してくれ」

紙をエディの手の中に押し込んで腰をあげた。

「ショーン、頼む。おれたちブラザーを救ってくれ」

「できるだけのことはやってみるよ」

エディに背を向けて出口に向かった。途中で肩越しに振り返ると、エディはテーブルの上にヘロインと注射器を並べていた。

＊　＊　＊

馴染《なじ》みの店を何軒か回ってみた。どの店に行っても表面上は変わったところは見受けられない。黒人兵たちはいつもと同じように飲み、歌い、踊っている。だが、店の隅に目を移すと情景は一変する。目尻《めじり》を吊《つ》りあげて早口でまくしたてている黒人たち。照明の届かない暗がりで目だけが爛々《らんらん》と輝いている。瞳孔《どうこう》の奥で暗い炎がくすぶっている。

立ち上がろうぜ、マン、おれたちブラックパンサーの力を白豚どもに見せつけてやるんだ。

黒人たちの火傷《やけど》しそうな囁《ささや》き声が、はっきりとおれの耳に飛び込んでくる。なるほど、ガスははっきりと充満している。ちょっとした静電気でも一気に爆発してしまいそうなぴりぴりとした緊張感が照屋の暗がりに満ちあふれている。

事が起こるとしたらそう遠いことではないだろう。酔っぱらって危険なブッシュに迷いこんできた哀れな白人兵か、あるいは横柄なMPか。いずれにせよ、白人のだれかがここに足を踏み入れた瞬間に、ガスに着火し、なにもかもが一気に爆発する。

おれは政信を捜した。どこかで飯を食いながら黒人たちとお喋りに興じている可能性が高い。通りの外れの方にある簡易食堂で政信を見つけた。豆料理をビールで胃に流し込んでいる。右隣に政信とロックバンドを組んでいる黒人がいた。黒人に笑みを投げかけながら政信の肩に手を置いた。

「どうした？　こんなところに来るなんて珍しいな」

「話があるんだが……」

「例の件か？」

口に運ぼうとしていたスプーンを宙でとめて、政信は低い声で応じてきた。

「間接的に関わってくるかもしれない。照屋のことだ」

「わかった。マイケル、悪いがこいつと話があるんだ」

政信は黒人——マイケルにブロークンな英語で告げた。マイケルは人のよさそうな笑みを残して立ち去った。少なくともマイケルは暗がりで熱く語っている黒人たちの激情とは無縁のようだ。

「照屋のことって、黒人たちの気が立ってるってことか？」

「そうだ。このままじゃやばいぜ。一触即発って感じじゃないか。おれはしばらく照屋から脚が遠のいていたから、まったく気づかなかった。エディが報《しら》せてくれたんだ。なぜ教えなかった？」

「黒人が白人に対して怒るのなんていつものことじゃないか。このまま不穏な空気が続いて、どこかででかい花火があがるなら見てみたいもんだ。おまえだってそうじゃないのか、尚友？」

「一ヶ月前なら。だが、今は話が違う」

政信は眉《まゆ》を吊りあげた。事の向かっていく先を読めていない。こんな政信は珍しい。なぜだ？——疑問が頭の中を駆けめぐる。洞察力が政信の最大の武器だ。明晰な頭脳で事象を捉《とら》え、分析し、先を見据える。なぜ、今回に限ってそれが失われているのだろう。

「今は？」

「兵隊が基地外で大きな問題を起こしてみろ。オフリミッツが発動されるかもしれないし、そこまでいかないにしても、兵隊たちの監視が厳しくなるのは間違いない。武器の運び出しに問題が生じるおそれがある」

政信は豆が残った皿をテーブルの向こうに押しやった。すっかり食欲が失せたという表情を浮かべている。

「なるほど、おまえのいうとおりかもしれないな。エディはなんといってた？」

「このままじゃ黒人たちの不満が爆発するとさ。おれのアングラ雑誌で黒人たちの不満や怒りを代弁して欲しいと頼まれた」

「煙草、持ってるか？」

煙草を箱ごと政信に手渡した。政信は虚《うつ》ろな目つきで煙草を口にくわえ、火をつけると煙を深く吸いこんだ。

「どうしてそんな当たり前のことに気がつかなかったんだろうな、おれは」

呆《ほう》けたような口調のおかげで、おれにもやっと政信の変調の理由がわかった。稲嶺美恵子。政信はずっとそのことを思い悩んでいたに違いない。だからこそ、目に映って当然の物も見えなくなっていたのだろう。

「おれたちにできることはほとんどないだろう」おれはいった。「今週が無事に過ぎてくれと祈り、事が起こってしまったら、軍の監視が長続きしないでくれと祈るしかない」

「そうなったら、計画は大幅に遅れるな」

「だれかいないか？　ブラックパンサーのリーダーたちでもだれでもいい。黒人たちの不満を抑えつけておけるやつはいないか？　一週間だけでいいんだ」

「いない」政信はきっぱりと否定した。「十年も前なら一声で黒人たちを抑えつけられるような大物がいたけどな。もうだめだ。みんな小物ばっかりよ。ブラックパンサーだ、ブラザーだっていきがってはいるが、ひとりでいるのが怖くて寂しくて、それで群れているだけだ。エディはまともそうに見えたが、結局は麻薬に溺《おぼ》れた」

「一週間だけでも無理か？」

政信はまだ半分以上の長さが残っている煙草を灰皿に押しつけた。

「とりあえず、ブラックパンサーの連中に話はしておく。照屋の入口をしっかり見張って、阿呆《あほう》な白人兵やＭＰが入り込んで来ないように気をつけろってな。気休めにしかならないが、なにもしないよりはましだろう」

政信の手から煙草を取り返して火をつけた。なにもかもが心許《こころもと》ない。だが、できることが限られているというのも事実だった。おれは黙って煙草を吸い続けた。政信は細めた目で自分の指先を見つめている。短くなった煙草を灰皿に捨てた時、政信はやっと口を開いた。

「後はおまえのいうとおり、祈るしかないな。最悪でも武器を運び出す当日に事が起こらないようにってな」

「そうだな」おれは短くなった煙草をもみ消して腰をあげた。「マルコウにも伝えておいてくれ。酔った白人が照屋に近づかないように見張っておけってな」

「そう伝えておく——尚友、おまえの方からうまくできないか？」

「おれの方から？」

「そうよ。おまえにスパイをさせてるお偉いさんを使えねえか。黒人の間に不穏な空気があるから気をつけろといってよ」

「連中は喜ぶだけさ。黒人を牢屋《ろうや》にぶちこむ口実ができるんだからな」

「そうか」

「そうだ。おれたちにできるのは祈ることだけだ」

政信はテーブルに両肘《りょうひじ》をついて肩を丸めた。それっきり振り返る気配もない。まるでおれの存在を忘れたかのように、政信はぴくりとも動かずにいた。

53

何事も起こらないまま数日が過ぎ去っていった。照屋に充満する剣呑《けんのん》な空気は密度を増しはしなかったが減ることもない。可燃性のガスの存在は照屋では日常と化しつつあった。だが、いかにそれが日常であれ、火がつけば一気に爆発することに変わりはない。マルコウが自警団めいたものを組織し、照屋の見回りに当たらせていたが、酔った白人兵ならいざしらず、MPを止めることはできないのだ。白人だけで組織されたMPが照屋に足を踏み入れればなにもできることはない。

土曜の午後十時、おれたちは三々五々センター通りの〈チャーリーリーズハウス〉というステーキ屋に集まった。最終的な打ち合わせをするためだ。一番先に到着したのがおれ。ついでオサリバン、マルコウ、政信の順で姿を現した。いかにも沖縄的だ。政信が席についた時には約束の時間を四十分も過ぎていた。島田哲夫はやって来ない。できるだけその存在を隠しておくというのがマルコウと政信の考えのようだった。

分厚いビフテキが売り物の店だったが、ビフテキを注文するものはだれもいなかった。代わりにテーブルに地図が広げられ、それを取り囲むように大量のビールとウィスキーが並べられた。本題に入る前に雑談が交わされ、乾いた笑いがテーブルの上を飛び交った。だれも稲嶺家で起こったことは話題にしなかった。

「さてと、いつまでもこうしてたんじゃ埒《らち》があかねえ。そろそろ本題に入ろうぜ」

切り出したのはマルコウだった。ウィスキーのせいで顔全体が赤らんでいる。おれの通訳を介してオサリバンがその言葉を引き取った。

「明日の午後十一時きっかり、おれたちは基地を出る。計画通り、PXの余り物を民間に払い下げるという名目で、だ。PX関係の人間は買収してあるし、書類も本物を用意してある。ただし、書類に書かれている出発時刻は午後の早い時間だ。マクガバンは変態のクソ野郎だが、使える男だよ。明日の当直の門衛はマクガバンのマッチョ仲間だ。マクガバンが小遣い稼ぎをしたいんだといったら、目をつぶると請け合ってくれたよ」

「だったら、特別な問題はないんだな?」

口を挟んだのは政信だった。

「ああ。十一時ちょうどに弾薬庫のゲートを出て、トラックは南に向かう。書類上では荷物は那覇に届けることになってるんだ」

オサリバンは広げた地図に指を這《は》わせた。弾薬庫から軍用路を辿《たど》り、ある地点で指を止める。

「ゲートから完全に死角に入ったら、トラックは道を変えて北上する予定だ。何事もなければ、二十分ちょっとで目的地に到着する」

オサリバンの指がコザと読谷《よみたん》、石川の町境に位置するあたりで止まった。

「ここで積み荷を受け渡し、トラックは基地に戻る。簡単だ」

「トラックの運転手は？」

おれは訊《き》いた。

「マクガバンが務めることになってる」

オサリバンの答えに、おれたちは口をつぐんだ。あの夜の記憶が鮮明によみがえる。それはマルコウも一緒のようだった。おれと視線が合うと、マルコウは苦々しげに首を振った。

「代わりの人間を使うわけにはいかないのか？」マルコウの気持ちを代弁しておれは口を開いた。「彼も彼の部下たちもマクガバンが少女にしようとしたことを見てるんだ。怒りを抑えきれなくなるかもしれない」

「マクガバンが自分で運転するから門衛も目をつぶってくれるんだ」オサリバンは首を振った。「そこは耐えてくれ。マクガバンを外すとなると、計画を一から練り直さなきゃならなくなる」

「しかたがないな――」

おれはマルコウと政信にオサリバンの言葉を伝えた。マルコウが露骨に舌打ちし、政信は掌《てのひら》で顔を撫《な》でた。

「マルコウのおっさんと尚友は現場にいない方がいいな。その変態に顔を見られてる可能性があるんだろう?」

「見られてるどころか、マクガバンがおれを見つけたら襲いかかってくるさ。おれにはめられたんだからな。オサリバンは同じ白人だから堪《こら》えてるんだろうが、黄色人種が相手なら怒りは簡単に爆発するだろうよ」

おれは煙草をくわえながらいった。おれとマルコウが外れるということは、現場の指揮を執るのは政信だということになる。政信は怒りを抑えきれるだろうか? 政信はあの夜稲嶺家にはいなかった。おぞましい光景を実際に目にしたわけではない。だが、想像力が現実を上回っていることも考えられる。

「おまえは大丈夫なのか?」

「おれは逃げた男だからな。責任を取らなきゃならない。なんだって我慢するさ」

自嘲《じちょう》のこもった声で政信は答えた。

「わかった。政信に任せよう」

決めたのはマルコウだった。おれたちはうなずきあい、オサリバンに同時に目を向けた。

「合い言葉を決めた」

オサリバンがいった。

「合い言葉？」

「ああ。積み荷を受け取りに来たのが間違いなくあんたたちだと確認するためだ。トラックが止まったら、マクガバンが『ロビン』と叫ぶ。あんたたちは——」

『バットマン』と叫びながらトラックに近づけというのか？」おれは首を振ってオサリバンの言葉を遮った。「もう少しまともな合い言葉を考えつかなかったのか？」

「バットマンはいかしてるぜ」

オサリバンは憮然《ぶぜん》とした口調で応じた。自分のセンスを非難されたのが不満らしい。アメリカーは全員滅んでしまえばいい——おれは声に出さずに呟《つぶや》いた。

「今さら変更はできないよ、ショーン」

オサリバンが未練たらしく主張する。

「わかったよ。それで行こう」

「よし。じゃあ、続けよう。積み荷は金と引き渡しだ。おれは金が欲しくてやってるわけじゃないが、他の連中は違う。マクガバンに二千ドル渡してくれ。そうすれば、積み荷はあんたたちの物だ」

おれはマルコウに通訳した。マルコウは軽くうなずいただけだった。おれたちの小さな組織の金庫番は暗黙の了解でマルコウだということになっていた。

「金は明日、おれのところで渡すわ」

マルコウは政信に告げた。政信は軽くうなずいた。

「明日の受け渡しが何事もなく順調に行けば、次は二ヶ月後ということになる——」

　オサリバンの言葉に政信が眉《まゆ》を吊《つ》りあげた。だが、なにかいいたげな政信を制してオサリバンは言葉を続けた。

「もっと早くしたいというあんたたちの気持ちはわかる。だが、こっちの事情も察してくれ。毒ガス兵器の事故以来、弾薬庫の管理は以前より厳しくなってるんだ。拳銃《けんじゅう》をひとつちょろまかすだけでも時間がかかるんだ。まあ、いくら監視がきついといっても、それが日常になれば徐々に緩んできて隙も見つかるようになると思うが、それまではこのペースで我慢してくれ」

「何事も起こらずに、それが日常になればな」

　政信はくだけた英語でいった。

「大丈夫。もうしばらくはあんな事故は起こらないよ」

　オサリバンは政信の言葉を誤解して受け取った。おそらく、黒人兵たちの間に蔓延《まんえん》している憤怒と不満に白人兵たちは気づいてもいないのだろう。黒人が怒ってる？　いつものことじゃないか。やつらの気分はその程度のものだ。

「そうだといいが——」

　政信は口を閉じた。店の人間がこちらに向かってくるのが視界に入ったのだろう。

「高嶺様、お電話でございます」

「おれにか？」

マルコウが自分を指差した。顔に戸惑いの色が浮かんでいる。

「さようでございます」

「わかった。ちょっと待っててくれ」

マルコウが腰をあげ、キャッシャーに向かっていく。

「なんだろう？」

だれにともなくおれは訊いていた。嫌な予感に胸が締めつけられている。

「さあな」

政信の声にも張りがなかった。おれたちはキャッシャーで電話に出ているマルコウをじっと見守った。

「どうした？　なにか問題でも起こったのか？」

オサリバンは状況を飲みこめていない。おれは唇に人差し指を当てた。

「ちょっと黙っててくれ」

マルコウがこちらに向き直っていた。小さく、素早く、何度も首を振っている。

「照屋だな」

おれは呟いた。

「だろうな」

政信も同じように呟く。電話を叩《たた》き切るようにしてマルコウが戻ってきた。

「照屋だ。白人のＭＰが乗りこんできたらしい。麻薬売買の容疑がかかってる黒人兵がいるとかいってな。黒人兵たちがＭＰの乗ってるジープを取り囲んでるとよ」

おれと政信はほとんど同時に立ち上がった。

「明日、連絡する。今夜はこれでお開きだ」

「おい、いったい、なにが起こったんだ？」

「基地へ戻れ。そうすりゃ、じきにわかる」

オサリバンにそう告げて、おれたちはレストランを後にした。

＊　＊　＊

不規則に揺らめくオレンジ色の炎が照屋の夜を染めあげていた。鼻をつく異臭があたりに立ちこめている。あちこちから聞こえるけたたましいサイレン音が少しずつ照屋に近づいている。炎をあげているのはひっくり返されたジープだった。三人のＭＰを数十人の黒人兵が取り囲んでいる。ＭＰたちは手にした銃で威嚇しようとしていたが、闇夜に浮かびあがる無数の目はまったく意に介していないようだった。

「こりゃ警察や消防だけじゃないぞ」サイレンに耳を澄ましていた政信が口を開いた。「応援のＭＰや、もしかするとＣＩＤの連中もやってくる」

「頭の悪いＣＩＤで、黒人たちを頭ごなしに威嚇したら間違いなく爆発するな」

「ああ。間違いない」

心配そうな口調とは裏腹に、政信の表情は緩んでいた。根っから祭が好きなのだ。燃え上がる炎とMPを取り囲む黒人兵たちの目に宿る憎悪に触れて、心が高ぶっているに違いない。おれやマルコウの手前、なんとか自制しているだけだ。

「どうするよ、おい？」

手下たちと話しこんでいたマルコウが戻ってきた。

「どうもこうもない。こうなったら、おれたちにできることは事がこれ以上大きくならないように祈るだけです」

「知った顔がいる。ちょっと待ってろ」

おれとマルコウを押しのけるようにして、政信は黒人の群れに近づいていった。サイレンの音がどんどん近づいてくる。十台近い緊急車輛《しゃりょう》がじきに到着するだろう。ただでさえ緊張と興奮のただ中にいる黒人たちが赤色灯を見た瞬間にどう行動するのか、考えるだけ無駄だった。

「くそったれのMPが。いきなり押しかけてきて、逮捕の理由も告げずに黒人兵をふたり銃を突きつけて連れだそうとしたらしい。それで、怒った黒人たちが取り囲んだんだが、馬鹿はどうにもならねえ。いきなり空に向かって銃をぶっ放したんだってよ。後はあっという間だったらしい。どこに隠れてたんだか、黒人たちがわっと押し寄せてジープをひっくり返して火をつけたそうだ」

修羅場をいくつもくぐり抜けているはずのマルコウが興奮していた。米軍統治下に入って以来、米兵によるうちなーんちゅへの残虐行為は後を絶たないが、アメリカー同士によ

ていた。

る大規模な衝突というのは聞いたことがない。おれたちの目の前で繰り広げられようとしているのは前代未聞の一大事だった。

サイレンの音が耳に痛いほどに響き渡った。一台の消防車がコザ十字路で停止した。消防士たちが消防車から降りたって消火の準備をはじめた。野次馬の集団から声があがる。

「早く消さないと、ガソリンに引火するぞ！」

怒りに身悶《みもだ》えしているのは黒人兵だけではなかった。野次馬たち――コザ市民も怒りに打ち顫《ふる》えている。酔った黒人兵たちの狼藉《ろうぜき》に怯《おび》える日々のどんなに長かったことか。異民族に隷属させられることのどんなに屈辱的だったことか。屈辱を甘んじなければならなかった長い年月、その一点で黒人とうちなーんちゅは繫《つな》がっている。だが、肌の色が白かろうが黒かろうが、アメリカーはアメリカーだ。異常事態に接してコザ市民の鬱屈《うっくつ》していた怒りもゆらめく炎と同じように燃え上がっている。

ホースを持ってジープに近づこうとした消防士たちの前に黒人たちの壁が立ち塞《ふさ》がった。

「ここはおれたちの庭だ。ジャップは帰れ！」

黒人のひとりが叫んだ。英語はわからなくても雰囲気は明確に伝わる声だった。消防士たちが顔を見合わせる。ジープからあがっている炎は勢いを増そうとしていた。

サイレンをがなり立てて緊急車輛が続々と到着しはじめた。コザ警察のパトカーに、MPやCIDの捜査官が乗ったジープ。黒人たちの緊張が目に見えそうなほどに高まっていく。

緊迫した空気の中、政信が戻ってきた。

「だめだ。だれも聞く耳を持ってない。なにをいっても聞いても、白豚どもを蹴散《けち》らしてやるって言葉が返ってくるだけだ」

「計画は延期だな」

おれは呟《つぶや》いた。

「くそっ」

罵《のの》り声をあげたのが政信なのかマルコウなのかはわからなかった。ジープから降りたCIDたちが銃を片手に黒人たちに向かっていく。

「CIDだ。みんなこの場を立ち去れ。そうすれば見逃してやる」

大柄な白人が叫んだ。その声には充分すぎるほどの威嚇と侮蔑《ぶべつ》が滲《にじ》んでいた。

「てめえらが帰りやがれ!!」

黒人の群れの中からだれかが叫び返す。それ以外の連中は、無言で白人たちを睨《にら》んでいる。

「命令に従わないと、全員逮捕するぞ」

「やれるもんならやってみやがれ!!」

CIDの足がとまった。話が違うというようにお互いに顔を見合わせている。ここにきてやっと、事態の異常さを悟ったのだろう。そうした白人たちの鈍感さ、傲慢《ごうまん》さが黒人たちの怒りに油を注ぐのだということも知らずにいる。

「馬鹿はよせ。このまま放っておけば、大火事になるかもしれないんだぞ」

大柄なCIDが相手の反応をうかがうような声でいった。それに応じる声はなかった。気をよくしたのか、CIDたちは足を止めている消防士たちを追い立てるように前に進んだ。

「さ、早く火を消すんだ」

その声に促されるように、消防士たちも前進した。潰《つぶ》れていたホースが蛇のようにうねり、膨らんでいく。ホースの先端から水が噴射される――そう思った瞬間、黒人の群れの間から甲高く短い叫びがあがった。

「レッツ・ゴー！」

炎を飛び越えて、なにかが飛んできた。炎がそのなにかを照らし出す。ビール瓶だった。それも半端な数ではない。無数のビール瓶、コーラの瓶が宙を飛び、アスファルトに衝突しては粉々に砕け散る。消防士たちはホースを放り投げて逃げ出した。CIDも頭を抱えてうろうろするだけだった。黒人兵に囲まれていたMPたちはとっくに逃げ出していた。

「どこからこんな数のガラス瓶を集めてきたんだ？　前もって用意してたとでもいうのかよ？」

政信が呆《ほう》けたように呟いた。

「ジープをひっくり返したときから、照屋中の空き瓶を集めてたんだろう。最初からやる気だったのさ、連中は」

空き瓶は途絶えることなく次々と宙を飛んできた。砕け散ったガラス片が炎を受けてぎらぎらと輝いている。まるで天から降ってきた星の欠片《かけら》のようだった。

銃声が響いた。業を煮やしたＣＩＤが空に向けて威嚇射撃を行ったのだ。だが、それでも黒人たちは怯《ひる》まなかった。無数の空き瓶が宙を舞い、ＣＩＤの足もとで砕け散る。

「いつまで連中の好き勝手にさせておくつもりだ？」

野次馬の中から怒号が響いた。黒人兵やＣＩＤに向けられたものではない。自分たち自身――うちなーんちゅに向けられたものだった。

「そうだ。ここはおれたちの島だ、おれたちの町だ。おれたちで守らないで、だれが守るんだ？」

別の場所でも叫びがあがる。数人の野次馬が駆けだしてきて、消防士が放り出したホースを持ち上げた。空き瓶の直撃を受けたひとりが顔を押さえてうずくまると、代わりの人間が飛び出てきた。逃げ出していた消防士たちもその流れに加わっていく。消防車がジープと消防士たちの間にゆっくり移動していく。盾の代わりにするつもりなのだろう。

余計なことはするな――言葉が、思いが溢《あふ》れかえる。すべてを打ち壊せばいいのだ。破壊されるがままに任せておけばいいのだ。なぜ、亀裂《きれつ》を埋めようとする。なぜ、苦しいだけの世界に縋《すが》りつこうとする。

口の中に苦いものが広がった。知らないうちに唇を強く噛《か》んでいたらしい。切れた唇から溢れた血が口の中に流れ込んでいた。

消防車の側面にCIDたちが張りついた。

「もう充分だろう。これ以上騒ぎを大きくしたら、軍法会議だけじゃ済まないぞ!」

いつの間にか空き瓶の投擲《とうてき》がやんでいた。暗がりに浮かびあがる無数の目が無言のまま対峙《たいじ》している。憎悪と恐怖、憤懣《ふんまん》と諦観《ていかん》、緊張と弛緩《しかん》。揺らめく炎がすべてを照らし出している。

「このまま火災を放置すれば大惨事になるおそれがある。それはおまえたちの本意でもないだろう。そうなれば、営倉にぶち込まれるだけじゃ済まないんだぞ」

CIDがまた叫んだ。くすんだ金髪が炎のせいで赤毛に見える。

「おれたちの知ったことか! 白豚はくたばりやがれ!!」

黒人たちの間から叫びがあがった。だが、以前ほどそれに賛同する者はいなかった。祭は急速に終焉《しゅうえん》を迎えようとしていた。

「とりあえず、みんなここを引き上げよう。このままじゃ、おれたちのブッシュが焼けちまう」

黒人たちの壁を割るようにしてひとりの男が進み出てきた。エディだった。この時間なら、とっくにヘロインの海に溺《おぼ》れているはずなのに、その足取りは口調と同様しっかりしていた。

「どうやら、終わりのようだな」

政信がぼそりと呟いた。マルコウは足もとに転がっていたガラス片を蹴り飛ばした。政信とマルコウの心にくすぶっている思いはまったくの別物だろう。だが、ふたりが落胆していることだけは確かだった。そして、ふたり以上におれが落胆していることもこのうえなく確かなことだった。

「話し合いに応じるつもりがあるのか？」

「ああ、おれが責任を取る。これ以上の騒ぎはなしだ。もちろん、あんたたちもおれたちを紳士的に扱う。それで取り引き可能なら、とっとと火を消してくれ」

ＣＩＤがうなずくと消防車がゆっくり動き始めた。人垣が割れ、黒人たちが静かに、だが確実に暗がりに姿を消していく。消火ホースから水が噴き出た。抗《あらが》いながらも炎はその勢いを減じていく。星の欠片のように輝いていたガラス片もただの無機物へと戻っていった。

「行こう」おれはふたりに告げた。「計画を練り直さなきゃならない」

返事を待たずに足を踏み出した。ガラス片が靴底にめり込んで嫌な音を立てた。

54

慌ただしく過ぎると思っていた日曜だが、現実は違った。地元の新聞は前日の黒人兵たちの暴動を小さく取り上げただけだった。しかし、基地の中で大きな動きがあったことは確かだった。

オサリバンとの連絡が取れなくなった。基地内の監視が厳しくなり、白人と黒人の違いもなく、これ以上不穏な行動が起こらないように軍上層部が神経を尖らせている。それは基地の外からフェンスの中を見ただけでわかることだ。澄み切った大空が広がっているというのに、基地周辺にはどんよりと重い空気が立ちこめていた。

おれたちはマルコウの家でオサリバンからの連絡を待っていた。なすべきことはなにもなく、無為に時間だけが過ぎていく。マルコウは手下たちに八つ当たりしていた。政信は三線《さんしん》をかき鳴らしていた。おれはむっつりと黙りこんでいた。マルコウの家の電話が鳴ったのは午後一時。オサリバンからではなく、島田哲夫からの電話だった。島田哲夫は付き合いのある高級将校から情報を仕入れていた。

「外出禁止令が出されたらしい。ただし、期間は長くない。オフリミッツを発令して沖縄の人間の反感をこれ以上買うのはよくないと上層部は考えているらしい。いずれにせよ、今夜の計画は中止だろう」

島田哲夫は早口にそれだけ伝えて電話を切った。もともとマルコウの家に充満していた脱力感がさらに重さを増しておれたちの肩にのしかかった。政信の三線でさえ、その勢いを失って重い空気の中で淀《よど》んでいた。

おれはひとりで腰をあげた。やりきれない思いが渦巻いている。淀んだ空気の中にいると爆発してしまいそうだった。

「どこへ行くんだ?」

政信が玄関先までついてきた。

「海を見てくる」

「今日は海も綺麗《きれい》に咲いてるんだろうな。おれも付き合うぞ」

「ひとりになりたいんだがな」

「ひとりでいると、ろくでもないことしか考えられなくなるぞ」

それ以上いい合いをするのも億劫《おっくう》だった。おれは車の助手席に政信を乗せて泡瀬の海岸に向かった。政信と海へ行くのは初めてだった。泡瀬の海は陽光を受けて煌《きら》めいていた。

昨日の夜、照屋に降り注いだガラス片が人間の負の感情を吸い取った星屑《ほしくず》だとしたら、海面で煌めいているのは人間の意志などを歯牙《しが》にもかけない堅牢《けんろう》なダイヤモンドのような星屑だった。おれの人格も思考も、いやおれという存在のすべてが、その星屑の前では矮小《わいしょう》化され飲みこまれていく。

「海を見に来たのなんか、何年ぶりだろうな」

目を細めて波が反射させる光を受け止めながら政信が口を開いた。車に乗りこんでからは、おれたちは一言も口を利いていなかった。

「おれはたまに来る」

「おまえは昔からそうだったよな。嫌なことがあるたびに、海に行ったり、森を見に行ったり。似つかわしくないって、みんな不思議がってたもんだ。他人と一緒にいるよりはそっちがいいっておまえが思うのは当たり前だとおれは感じてたんだがな」

おれはそれには答えずに海の一点を凝視した。コバルトブルーに染められた海面の中で、そこだけ薄く黒ずんでいる。海底に岩かなにかがあるのだろうが、その黒ずみはおれの一部のように思えた。おれだけではない。昨日、空き瓶を投げつけた無数の黒人兵たちの怨《おん》念《ねん》がそこに焼きつけられているのだ。

「昨日のあれな――」

政信の小さな声が風に運ばれてくる。政信はおれと同じように海面の黒ずんだ一点を見つめているようだった。

「おまえもマルコウもがっかりしてるみたいだが、おれは興奮したぜ」

「おまえは昔からそうだ。祭や踊りがあればすぐにそこに飛び込んでいく」

「そうじゃねえよ。そういうことじゃねえんだ。なんていうか……あれは示唆的だったな」

「なにを示唆するんだ?」

「あそこの黒くなってるところ、見えるか? あんなふうによ、一見穏やかな波に見えてその実、底の方でなにかがあやってどす黒い怒りや憎しみをためこんでる。海だけじゃねえ。この晴れ渡った大空の下でもよ、あんなふうにどす黒いなにかが地の底に潜って渦巻いてるんだよ。それはちょっとしたきっかけで火山のマグマみたいに噴出する。昨日のあれがそうだ。尚友、おまえはそう思わないか?」

「そのせいでおれたちの計画が遅れる」

おれは吐き捨てるようにいった。政信がなにをいいたいのかはぼんやりとわかっているつもりだった。美しい景色の裏で、薄汚れた人間たちの欲望や怒りや悲しみや憎しみが渦巻いている。だが、それは世界の一部なのだ。どれだけどす黒く、粘っこく、巨大だとしても、悪意や憎しみはこの世界に属するものでしかない。おれは世界に罅《ひび》を入れたい。この世界そのものを破壊してしまいたいのだ。

「うちなーんちゅもいずれああなるぞ、尚友。溜《た》まりに溜まった鬱憤《うっぷん》を一気に吐き出すときが来るんだ。おれたちがそのきっかけを作るんだとしたら、愉快だとは思わないか？」

「思わないね」

おれの素っ気ない答えに、政信は喉《のど》を鳴らしながら笑った。

「おまえらしいな、尚友。みんな変わっていく。大人になったからといい訳をしながらみんな変わっていくのよ。だが、おまえは変わらない。ガキのころから岩みたいに頑固だった。変わらないというその一点だけで、おれは他の人間よりおまえを信じられる。たとえ、おまえがおれよりクソみたいな人間だったとしてもな」

おれは冷ややかな目で政信を見た。傲慢《ごうまん》さはこれっぽっちも変わらない。相手を思いやっているつもりでいながら、すべてを見、すべてを理解できるその卓越した洞察力が、本人も知らないうちに傲慢の芽を育てていく。無意識の内に相手を見下し、傷つけ、後でそれに気づいて自己嫌悪に陥る。政信がやって来たのはその繰り返しだけの人生だ。おれが変わらないというのなら、政信も変わらない。

「いつか爆発するぞ、尚友。おれたちが踏みしめてる地面の奥底で二十四年分のうちなーんちゅの鬱屈《うっくつ》が渦巻いてるんだ。出口を求めて身を軋《きし》らせてな。いつか爆発する。それは間違いない。おれはそれが楽しみでしょうがねえ」

「爆発したら、それでおしまいさ」

政信が怪訝《けげん》そうにおれを見た。

「爆発してなにかが変わるならそれもいい。だが、ここは沖縄だぞ、政信。爆発するのはうちなーんちゅだ。溜めていた鬱憤を爆発させて、そのエネルギーでことを起こすなんてことはあり得ない。爆発させたらすっきりするだけだ。どんな辛《つら》いことや理不尽なことがあっても、歌って踊ればすぐにそれを忘れて今までやってきたようにな」

今度は政信からの返事がなかった。政信は困ったときに見せるように、右の眉《まゆ》を少しだけ吊《つ》りあげて海を見ていた。

「そうかもしれないな」

長い沈黙の後で、政信は嚙《か》みしめるようにそういった。

「そうかも、じゃない。そうなんだ。うちなーんちゅは間抜けだ。百年前、二百年前ならそれで幸せだったんだろうが、現実はこうだ。なにもこの島が日本列島の南の端に位置するから、米軍の戦略的にもっとも重要な位置にあるからこうなったわけじゃない。お人好《ひとよ》しのうちなーんちゅがやまとーんちゅに騙《だま》された結果がこれなんだよ。騙されたくせに、まだ日本を祖国だなんていってやがる。おめでたいにもほどがある」

「だからぶち壊したいのか？　混沌《こんとん》の中にうちなーんちゅを叩《たた》き込んで目覚めさせたいのか？」

「いや。ただぶち壊したいだけだ」

「おまえもつくづく難儀な男だな」

「おまえがつくづく傲慢なのと一緒だ」

政信は目を剝《む》いた。心底驚いたというようにおれを凝視する。

「傲慢？　おれがか？」

「しらばっくれるなよ。みんなが気づいてなくても、おれとおまえはわかってる。いいか、政信。保護者面するのはやめろ。おまえがどう思おうと、だれもおまえの助けなど必要としてないんだ。おれもマルコウも、おまえ抜きで今度の計画を進めてきた。たまたま、昨日のあれのせいでうまく行かなくなったが、おまえがいなくても、おれたちは武器を手に入れるはずだったんだ」

「尚友、おれはなにも――」

政信に最後までいわせずに、おれは海に背を向けた。砂を踏みしめながら車に向かう。乾いた砂はどこまでも頼りなく、永遠に足踏みを続けているような錯覚にとらわれる。

「おまえが頭がいいのは認める。おれや他の人間の目には映らないものごとの本質を、おまえが真っ先に見つけることもわかってる。だがな、政信。だからといっておまえは全能なわけじゃない。おれの死んだ親父の代わりになれるわけじゃない。少女が酷《ひど》い目に遭う瞬間にその場にいることが耐えられなくて、自分の部屋でひとりで顫《ふる》えてた、ただそれだけの男だ。それを忘れるな」

風は海から浜に向かって吹いていた。おれの言葉が政信の耳に届いたかどうかはわからない。おれは車に乗り込み、政信を待った。政信は突っ立ったまま海を見つめている。詳細に描かれた油絵の中に閉じこめられたとでもいうように、実体もあやふやなままそこにいる。

五分だけ待って、おれは車を発進させた。政信は振り返りさえしなかった。

＊＊＊

真夜中にマルコウから連絡があった。オサリバンから電話がかかってきたという。計画は無期延期。基地内が落ち着くまでじっとしていた方がいい。オサリバンがいってきたのはそれだけだということだった。

すべてを意識から締めだし、おれは浅い眠りに逃げ込んだ。夢を見ては目覚め、眠っては夢を見る。星屑が無数に降り注ぐ世界を何度も夢に見た。星屑は時にガラス片であり、時に波間に煌めく陽光だった。陽光の下で、おれは困惑し、寒さに顫えた。ガラス片に皮膚を切り裂かれながら、おれは喜びを感じていた。

目覚めたのは午前六時。ゆっくり風呂《ふろ》につかり、久しぶりに自分の手で朝食を作った。米を炊き、みそ汁を作り、ポークと卵を油で炒《いた》めた。調理の間は余計な考えが頭の中に忍び込んでくることもない。新聞を読みながら朝食を食べ、食べ終わった後はホワイトに渡す資料を整理した。午前十一時ちょうどに家を出て、金武に車を走らせた。

ホワイトはいつもと同じようにハンバーガーを頬張っていた。横顔に浮かぶ疲労の影がいつもとは違う兆候として現れている。

「ミスタ・スミスは戸惑っている」おれが向かいに腰を降ろす前にホワイトは口を開いた。「一昨日の件だ。君からの報告には、あんなことが起こる前兆のようなものにはまったく触れていない」

「気づかなかったんだ。いくら照屋の中に潜り込んだといっても、彼らは黒人でおれは黄色人種だ。すべてを知ることはできないよ。確かに、ここ数週間、黒人兵たちの間に不満がくすぶっているのは感じていたが、あんなふうに爆発するとはね。これは私見だが、問題は黒人兵じゃなく、高圧的な態度を取り続けるMPの方にあったんじゃないのか？」

「我々が知りたいのは客観的な事実であって、君の私見ではない」

「なら、好きにしてくれ。おれはおれにできることをやっているだけだ」

おれは煙草を取りだして口にくわえた。マッチは湿っていて、何度擦っても火がつかない。三本目のマッチでやっとついた火をおれは煙草の穂先に近づけた。

「ずいぶん苛立《いらだ》っているようだな」

ホワイトは食べかけのハンバーガーを皿に戻した。はみ出たマヨネーズとケチャップが吐瀉《としゃ》物のようにパンに絡みついている。

「難癖をつけられたように感じているのさ。できることとできないことを分けて考えられる人間だと思っていたんだがな。ミスタ・スミスのことだよ」

「なにも君を責めているわけじゃない、ショーン。兆候があったのなら報《しら》せて欲しかったというだけのことだ」

「だったら、もう少し建設的な話をしよう。これが、この一週間で集めた全軍労絡みの情報を整理したものだ」

おれは茶封筒に入れた書類をホワイトに手渡した。

「いつもすまんな。最近、君が手に入れてくる情報は的確で奥が深いとミスタ・スミスも喜んでいる」

「だが、照屋の黒人兵に関する情報には不満なんだな」

「謝るよ、ショーン。もうそのことは忘れてくれ」

灰皿を探したが見つからなかった。おれはホワイトの食べ残しの皿に短くなった煙草を押しつけた。ホワイトは眉を吊りあげたが、それだけのことだった。おそらく、政信経由の情報の質があまりにも高いので、せいぜいおれの機嫌を取っておけとスミスに釘《くぎ》を刺されているのだろう。

「実際のところ、基地の中でなにが起こってるんだ?」おれはさりげなく話題を振った。

「オフリミッツ?」

「いや。二日間の外出禁止令が出ただけだ。あの騒動の後で、MPとCIDが数人の黒人兵を連行したんだが、そのうちのひとりが拳銃《けんじゅう》を所持していてね。どこでチェック漏れがあったのか確認する必要があるという理由だ。人種間の問題は根深いものがある。おそらく、軍にはことを荒立てるつもりはないだろう。日本式にいう『臭いものに蓋《ふた》』というやつさ」

「だが、しばらくは人の出入りや銃器の流れには厳しい目が向けられるということだな？」

「情報収集がしづらくなるかね？」

「それはどれぐらい続きそうなんだ？」

「三、四ヶ月というところだろう。どんなに厳しい監視も、それが日常になれば緩んでくるからな」

「まあ、それならこっちの仕事にはそれほど関係ないか……いずれにせよ、ストレスの溜《た》まった連中は基地の外で羽目を外したがるし、ストレスがきつい分だけ口も緩くなる」

そろそろ限界だと判断して、おれは話の矛先を変えた。あまりしつこく訊《たず》ねるとホワイトに疑念を抱かせることになる。

「軍はスケープゴートを探しているよ」

「スケープゴート？」

「ああ。とりあえず、あれだけの騒ぎを起こしたんだ。さすがに知らぬ存ぜぬは通用しない。首謀者を捕まえて処分したという証拠を見せないと、コザの琉球人は納得しないだろう。施政権返還後の基地の形態もまだはっきりとはしていないから、琉球人との摩擦には軍の上層部も過敏に反応するきらいがあるんだ」

ホワイトはなにげない仕種《しぐさ》でコーラに手を伸ばした。コップを持つ手に向けられた目はなにも見ていない。

「おれにスケープゴートを見つけろと？」

「見つかるかな？　基本的に、あれは自然発生的に起きたことだと思っている。首謀者などいないんだ。いや、あれに関わった全員が首謀者だといった方がいいかな。だとすれば、だれかに罪を押しつけようとしても、押しつけられる方は抵抗するだろう。名誉も年金も、すべてがふいになりかねないんだし――」

「心当たりがなくもない」

おれはいった。おれの目もなにも見てはいなかった。脳裏に浮かんでいるのはエディの顔だけだ。

「どんなやつだ？」

ホワイトは身を乗り出してきた。今日の目的は最初からそれだったのだ。

「彼を差し出すに当たっては、いくつか条件がある」

「いってみろ」

「まず、おれへの報酬を検討してくれ。おれはあんたたちの予想以上の働きをしているはずだ」

政信へ渡す金や稲嶺美恵子のために供出する金をさっ引けば、おれの月給は以前の半分になったのと同じだった。計画はしばらく中断せざるをえないが、今後、武器を集めていくにも金はいる。集金担当はマルコウだが、マルコウひとりに頼っているわけにもいかない。おれは主導権を握る立場にいたかった。

「今でも過分なぐらいの協力費を払っていると思うがね」

「じゃあ、そういうことにしよう」

おれは腰を浮かした。あからさまなはったりだし、ホワイトにもそれはわかっていたはずだ。それでも、負けたのはホワイトの方だった。

「いくら欲しいんだ？」

「五百ドル、今までの金額に上乗せしてもらえると助かる」

ホワイトは口の中でなにかを呟《つぶや》いた。聞こえなくても、やつがなにをいったかははっきりとわかった。くそったれのジャップ――そういったのだ。怒りも屈辱感も湧かなかった。そんなものホワイトのような連中を相手にしているときはなんの役にも立たない。

「わかった。約束しよう。ほかの条件というのはなんだ？」

「君たちに差し出そうとしている男は麻薬中毒者だ。今や廃人同様だが、そうなる前は果敢な戦士だった。沖縄相手に彼を晒《さら》し者にするのはいいが、本国にそれが伝わらないようにしてもらいたい。彼に家族がいるかどうかは知らないが、彼の名誉は守ってやりたい。この条件を軍が呑《の》めば、彼を説得できる確率は高くなる」

「説得？」

「そう。ブラザーのために犠牲になれと説得する。彼は受けいれるだろう」

ホワイトは小刻みにうなずいた。親指と人差し指で顎《あご》の先端を摘《つま》み、しばし黙考に耽《ふけ》った。

「この件に関しては軍と相談する必要があるから、ここで確約することはできない。だが、君の条件が受けいれられる可能性は高いと思う」

「いつ、確約が取れる？」

「明日の朝、わたしのオフィスに電話をくれ。その時には決まっているはずだ」

ホワイトの言葉にうなずいて、おれは腰をあげた。いつもと同じように別れの言葉がお互いの口から出ることはなかった。

55

結局、軍はおれの条件を呑《の》み、エディはおれの説得を受けいれた。営倉にぶち込まれればクスリ断ちができるとエディは微笑んだ。本国に送還されれば、傷ついた心と身体をゆっくり休めることができると寂しそうに呟いた。それだけだった。エディにはなんの問題もなかった。問題があるとすれば、それは仁美だった。

エディが照屋の暴動事件の首謀者として逮捕され、軍法会議にかけられたという記事が新聞の片隅に載った夜、仁美はおれの家に押しかけてきた。

「これはどういうことなの？」

「おれに訊《き》かれてもわからないよ。エディ本人に訊けばいい」

「エディに連絡が取れないことぐらいわかっているくせに。エディにこんなことができるわけないでしょう？　どうしてこんな馬鹿げたことがまかり通るの？」

「この世界が馬鹿げたルールで縛られてるからさ」

「ふざけないで」

「大真面目だよ」

「どうしてあなたはいつもそうなの？　友達が無実の濡《ぬ》れ衣《ぎぬ》を着せられてるっていうのに、どうして平気でいられるの？」

「あれはエディが自分から望んだことだ」

さらになにかを言いつのろうとしていた仁美が、おれの言葉に怯《ひる》んだ。

「そうじゃなきゃ辻褄《つじつま》があわない。たしかにおまえのいうとおりさ。エディが首謀者であるわけがない。というより、あの暴動事件に首謀者なんかいないんだ」

「だったら、どうして……」

「だから、エディが自分から軍に首を差し出したのさ。ほかのブラザーたちに迷惑がかからないように、自分を犠牲《とも》にしたんだ」

仁美の目に理解の光が灯った。猛々《たけだけ》しく怒っていた肩が落ち、乱れた髪が筋になって頬

ている。激情のせいでぎすぎすしていた体つきも、丸みを帯びてかすかに顫《ふる》えている。まるでふたつの存在が瞬時に入れ替わったかのようだった。

「営倉の中にいれば、麻薬から自分を遠ざけることもできる。おまえが考えているほど悲惨な結末じゃない。エディは本国に送還されるだろうが、誓ってもいい、ここにいるよりはまっとうな人生を送れるはずだ」

仁美は倒れるように床の上に腰を落とした。両手で顔を覆い、荒い息を繰り返す。

「ごめんなさい。酷《ひど》いことをいってしまったわ」

「気にするなよ。おれは酷いことをいわれて当然の男だ」

「意地悪しないで」

仁美は顔をあげた。目が涙で潤んでいる。だが、彼女は意志の力で泣くことを拒んでいた。

「エディにお別れをいいたかったわ」

おれはエディからの彼女に対する謝罪の言葉を預かっていた。ヒトミにしてしまったことを心から悔やんでいる、謝罪の気持ちを永遠に忘れない。だが、それを伝えることはできなかった。エディと仁美にはおれを永遠に呪う資格がある。おそらく、稲嶺美恵子にもだ。

「とりあえず、座って待っててくれ。晩飯を作っていたところなんだ。量を作りすぎてどうしようかと思っていたところだ。来てくれて助かったよ」

「伊波さん、料理をするの？」

「最近、凝ってるんだ」

要するに、じっとしているといらぬ考えが湧き起こり、それに耐えられなくて料理に逃げているだけだ。料理をしている間は余計なことを考える余裕がない。美味《おい》しく作ろうと思えば思うほど余裕はなくなっていく。武器調達の計画が頓挫《とんざ》して以来、おれの思考は陰《いん》鬱《うつ》に沈むことが多かった。ホワイトから要請されるスパイ活動のために連日忙しくしてはいるのだが、ふとしたおりに意識が真っ黒な布のようなものに覆われてしまう。肉体と意識が乖離《かいり》して、憎悪のみが渦巻く暗闇の世界をおれの思考は漂っていく。それを避けるための料理だった。もともと自炊などほとんどしたことがなかったから、料理には手間がかかった。手間がかかればかかるほど、おれはおれであり続けることができた。

作っていたのはそーみんちゃんぷるーだった。素麵《そうめん》を固めに茹《ゆ》で、水を切り、肉や野菜と一緒に炒《いた》めあわせる。ところが、なにをどう間違ったのか素麵を多く茹ですぎていた。空腹だったせいだろう。素麵が二把では少ない、いや、三把でも足りないのではないかと思いはじめると飢餓感が暴走し、結局は五把もの素麵を茹でていた。食べきれなかった分は翌日の朝食にと思っていたところだった。

仁美が来る前に途中まで炒めていた肉と野菜に再び火を通し、油が回ったところで素麵をフライパンに投げ込んだ。手早くかき混ぜ、塩胡椒《こしょう》、醬油《しょうゆ》で味付けをする。炒め物は時間との勝負だ。おれは仁美が待っていることすら忘れて食材との格闘に勤《いそ》しんだ。できあがったちゃんぷるーを皿に盛った。食器もこの数週間で少しずつ買い集めていた。茶碗《ちゃわん》にお椀《わん》、大皿に小皿、箸《はし》、すべて二つずつ揃っている。五枚一組の方がお得だといわれながら、ある時、仁美と食卓を囲むことを考えてふたつで一組という食器のあり方にこだわっているのだと気づいた。自分の料理を振る舞いたいのかと自問して、そうだと認めた。自分の料理を嬉《うれ》しそうに頬張る仁美を想像するのはたやすく、かつ楽しかった。

「食器もあるんですか?」

できあがったちゃんぷるーを運んでいくと、仁美が目を丸くした。

「食器だけじゃない。おまえの箸もある」

台所にとって返し、温めてあったみそ汁と箸を持って戻った。黒と赤の漆塗りのお揃いの箸だ。買った店の人間が本土産の逸品だといい張っていたものだ。

「お箸もあるの……わたしのために?」

「少しずつでも料理の腕があがってくると、だれかに食わせてみたくてしかたなくなる。だれに食わせようかと考えて、結局、おれにはおまえしかいなかった」

「酷い。でも、嬉しい。いただきます」

ちゃんぷるーを頬張る仁美を固唾《かたず》を飲んで見守った。この時が来るのを楽しみに待っていたはずなのに、心臓がきりきりと痛んだ。食欲は失《う》せ、聴覚だけが異常なまでに増大していた。

「美味しい」

照屋仁美がそう発して、おれの全身から力が抜けた。そうか、おれの料理は美味しいのか——ぼんやりとした満足感が胸のあたりに宿った。

「もっとどうしたらいいとか、アドバイスはないのか？」

仁美が堪《こら》えきれないというように吹き出した。

「本当にどうしちゃったの、伊波さん？　美味しいわよ。だけど、ちょっとだけ塩辛いかしら。もう少しお塩の量を加減するともっと美味しくなると思う」

自分でもなにがどうなったのかはわからない。おそらく、料理は代償行為でもあるのだろう。そこになにがしかの喜びを見出《みいだ》している自分がおかしくもあり、哀れでもあった。

空腹感が戻ってきて箸に手を伸ばした。茹でてから時間が経ちすぎたせいか、素麵は多少伸び気味だった。しかし、味付けは悪くはない。彼女のいうように、多少塩っ気が強いきらいはあるが、味がしないものよりはよっぽどましだった。

「今度、一緒にご飯を作りましょう。いろいろ教えてあげることもできるし」

仁美は屈託のない笑みを満面に浮かべていた。ここに来たときの剣幕は微塵《みじん》もない。おれと一緒に食卓を囲み、おれの作った料理を食べているという現実が彼女に幸福感を与えている。背中がこそばゆかった。

「とりあえず、持っていた方がいい調味料を教えてくれ。塩胡椒、醬油しかないんだ」

「後でメモしておきます。本当に変なの、今日の伊波さん。どうして料理なんか作る気になったの？」

「外で食べるのに飽きたんだ」

当たり障りのない答えを口にしながら、ちゃんぷるーをかきこんだ。できればもう一品、副菜を作りたかったのだが今のおれにそこまでの余裕はない。

食事はあっという間に終わった。箸を動かしていた間の和やかな空気も徐々に霞《かす》んでいった。仁美は物思いに耽《ふけ》り、おれはおれで頭蓋骨《ずがいこつ》の奥に忍び込んでくる暗い思いと格闘をはじめていた。なにも拳銃《けんじゅう》やライフルをたくさん集める必要などないのだ。ダイナマイトがあればいい。オサリバンに核兵器を貯蔵している基地の詳細を訊《き》き、忍び込み、爆破してやればいい。おれは首を振った。現実味がなさすぎる。どうやって基地に忍び込めというのか。強行突破するほかないから、政信たちは武器をかき集めようとしているのだ。

暗い思いは苛立《いらだ》ちを誘発する。もう、料理に逃げ込むこともできなかった。だが、仁美がいる。伸びやかで若々しい肢体を思う存分蹂躙《じゅうりん》すれば、この苛立ちも霧散するだろう。

おれの気分を察知したかのように仁美が立ち上がった。食器を集めて台所に運んでいく。スカートの裾《すそ》から伸びた剝《む》き出しのふくらはぎが目に眩《まぶ》しい。水を流す音が聞こえてきた。時折、皿と皿がぶつかり乾いた音を立てる。すぐに水が止まった。箸と皿、それにフライパンしか洗うものがない。だが、しばらく待っても仁美は戻ってこなかった。

「なにをしてるんだ、仁美?」

声をかけてやっと、こちらに戻ってくる気配がした。

「お願いがあるんだけど、怒らないで聞いてくれますか?」

仁美は肩を落として戻ってきた。

「なんだ？」

「毎日とはいいません。せめて、週末ぐらい、ずっと伊波さんといたいの。ここに泊まりにきちゃだめですか？」

なんと答えてやればいいのかがわからなくて、おれは唇を舐《な》めた。月曜にホワイトとの会合があるせいで、週末は忙しい。遅くまで情報を整理しているからだ。だが、それが口実にすぎないこともわかっている。他人と一緒に暮らすということに耐えられる自信がない。仁美におれのすべてを知られてしまうという恐怖が、愛情や欲望に勝っている。

「だめですか？」

「週末はいろいろと忙しい。それはわかってるだろう？」

「伊波さんの邪魔は絶対にしないわ」

「そういう問題じゃない」

「伊波さんはわたしと一緒にいたくないんですか？」

また、おれは答えることができなかった。気まずい沈黙がおれたちを覆っていく。食事中の団欒《だんらん》は遥《はる》か彼方《かなた》に飛び去ってしまった。いつもそうなのだ。おれと関わりを持った女たちは、おれの不誠実さに気づいて去っていってしまう。仁美もいずれは去っていくのだろう。ほかの女に去られても、おれは痛痒《つうよう》を感じなかった。仁美は違った。彼女が去っていく、そう考えただけで自分の一部を引きちぎられるような痛みを感じた。

なぜこの女なのだろう？　なぜこの女でなければならないのだろう？　いくら考えても答えは見つからない。

「おまえが好きだ。だが、おまえと一緒になにをしたらいいのかが今のおれにはわからない」

自分の気持ちに混乱したまま、おれは正直な気持ちを口にした。

「わたしは――」

仁美は言葉を発しかけた口を途中で閉じた。もどかしそうに目を細め、眉間《みけん》を曇らせて懸命に言葉を探している。おれは小さな唇が再び開くのを、ただ待っていた。

「わたしは、伊波さんと一緒にいたい。伊波さんとわたしの家庭を作りたい。伊波さんに笑われても、そう思わずにいられないの。きっと、家庭と無縁で育ったからよね。家庭に幻想を抱いてる。伊波さんは家庭とはもっとも縁遠い人だってわかってても、わたしは夢見るの。でも、夢を見てるだけ。そんなの無理だってわかってる。わたしひとりが望んでたって、相手がそれを望まないのなら実現するはずがない。だから、わたしは夢見るだけ。そして、週に一日でも二日でもいいから、伊波さんの腕の中で眠って、朝、一緒に起きたいの。これぐらいのささやかな希望でも、だめですか？」

「週末は無理だ」

おれはいった。いつ再開されるかはわからないが、オサリバンたちとの武器の受け渡しは必ず週末になる。週末はなにがあっても空けておかなければならない。

「週末じゃなかったら？」

「平日の夜は忙しいんじゃないのか？」

「なんとかします」

仁美はきっぱりといった。もはや揺らぐことのない視線は不退転の決意を表明していた。ここでだめだといえば、おれは永遠に目の前の女を失うことになる。失えばいいのだ――理性が冷たくいいはなつ。身軽になって世界をぶち壊すために邁進《まいしん》すればいい。余計な感情は邪魔なだけだ。失ってはだめだ――魂が抜け落ちた空洞から切実な声がする。この女を失えば、おまえは永遠に空虚な世界をうつろうことになる。

「毎週というわけにはいかないと思う」結論を出す前に勝手に口が動いていた。「都合のつく日があったら前もって連絡する。それじゃだめか？　できるだけの努力はする」

「本当ですか？」

仁美の顔がぱっと輝いた。干涸《ひか》らびていた土地に恵みの雨が降った時のように、褐色の頬に赤みが差していく。そこまで追いつめていたのだ。おれを失うかもしれないという恐怖に怯《おび》えながら、それでも仁美は自分をさらけ出さなければならなかった。怯えていたのはおれの方だというのに。

「ああ」

「良かった」

仁美はほっと息を吐き出して、おれにしがみついてきた。首筋が濡《ぬ》れる。仁美は泣いていた。
自分の意志で涙をとめていた女が、静かにひっそりと、おれの腕の中で泣いていた。

本書は二〇〇八年二月に小学館から刊行された単行本を文庫化したものです。

弥勒世《みるくゆー》 上

馳《はせ》 星周《せいしゅう》

平成24年 2月25日 初版発行
令和7年 9月30日 7版発行

発行者●山下直久

発行●株式会社KADOKAWA
〒102-8177 東京都千代田区富士見2-13-3
電話 0570-002-301（ナビダイヤル）

角川文庫 17269

印刷所●株式会社KADOKAWA
製本所●株式会社KADOKAWA

表紙画●和田三造

◎本書の無断複製（コピー、スキャン、デジタル化等）並びに無断複製物の譲渡および配信は、著作権法上での例外を除き禁じられています。また、本書を代行業者等の第三者に依頼して複製する行為は、たとえ個人や家庭内での利用であっても一切認められておりません。
◎定価はカバーに表示してあります。

●お問い合わせ
https://www.kadokawa.co.jp/（「お問い合わせ」へお進みください）
※内容によっては、お答えできない場合があります。
※サポートは日本国内のみとさせていただきます。
※Japanese text only

©Seisyu Hase 2008 Printed in Japan
ISBN978-4-04-344209-6 C0193

角川文庫発刊に際して

角川源義

第二次世界大戦の敗北は、軍事力の敗北であった以上に、私たちの若い文化力の敗退であった。私たちの文化が戦争に対して如何に無力であり、単なるあだ花に過ぎなかったかを、私たちは身を以て体験し痛感した。西洋近代文化の摂取にとって、明治以後八十年の歳月は決して短かすぎたとは言えない。にもかかわらず、近代文化の伝統を確立し、自由な批判と柔軟な良識に富む文化層として自らを形成することに私たちは失敗して来た。そしてこれは、各層への文化の普及滲透を任務とする出版人の責任でもあった。

一九四五年以来、私たちは再び振出しに戻り、第一歩から踏み出すことを余儀なくされた。これは大きな不幸ではあるが、反面、これまでの混沌・未熟・歪曲の中にあった我が国の文化に秩序と確たる基礎を齎らすためには絶好の機会でもある。角川書店は、このような祖国の文化的危機にあたり、微力をも顧みず再建の礎石たるべき抱負と決意とをもって出発したが、ここに創立以来の念願を果すべく角川文庫を発刊する。これまで刊行されたあらゆる全集叢書文庫類の長所と短所とを検討し、古今東西の不朽の典籍を、良心的編集のもとに、廉価に、そして書架にふさわしい美本として、多くのひとびとに提供しようとする。しかし私たちは徒らに百科全書的な知識のジレッタントを作ることを目的とせず、あくまで祖国の文化に秩序と再建への道を示し、この文庫を角川書店の栄ある事業として、今後永久に継続発展せしめ、学芸と教養との殿堂として大成せんことを期したい。多くの読書子の愛情ある忠言と支持とによって、この希望と抱負とを完遂せしめられんことを願う。

一九四九年五月三日

角川文庫ベストセラー

不夜城　馳星周

アジア屈指の歓楽街・新宿歌舞伎町の中国人黒社会を器用に生き抜く劉健一。だが、上海マフィアのボスの片腕を殺し逃亡していたかつての相棒・呉富春が町に戻り、事態は変わった――。衝撃のデビュー作!!

鎮魂歌《レクイエム》　不夜城Ⅱ　馳星周

新宿の街を震撼させたチャイナマフィア同士の抗争から2年、北京の大物が狙撃され、再び新宿中国系裏社会は不穏な空気に包まれた！『不夜城』の2年後を描いた、傑作ロマン・ノワール！

長恨歌　不夜城完結編　馳星周

残留孤児二世として歌舞伎町に生きる武基裕。麻薬取締官に脅され引き合わされた情報屋、劉健一が、武の精神を蝕み暴走させていく――。大ヒットシリーズ、衝撃の終幕！

夜光虫　馳星周

プロ野球界のヒーロー加倉昭彦は栄光に彩られた人生を送るはずだった。しかし、肩の故障が彼を襲う。引退、事業の失敗、莫大な借金……諦めきれない加倉は台湾に渡り、八百長野球に手を染めた。

虚の王　馳星周

兄貴分の命令で、高校生がつくった売春組織の存在を探っていた覚醒剤の売人・新田隆弘。組織を仕切る渡辺栄司は色白の優男。だが隆弘が栄司の異質な狂気に触れたとき、破滅への扉が開かれた――。

角川文庫ベストセラー

古惑仔　馳　星周

5年前、中国から同じ船でやってきた阿扁たち15人。だが、毎年仲間は減り続け、残るは9人……。歌舞伎町の暗黒の淵で藻掻く若者たちの苛烈な生きざまを描く傑作ノワール、全6編。

走ろうぜ、マージ　馳　星周

11年間を共に過ごしてきた愛犬マージの胸にしこりが見つかった。悪性組織球症。一部の大型犬に好発する癌だ。治療法はなく、余命は3ヶ月。マージにとって最後の夏を、馳星周は軽井沢で過ごすことに決めた。

殉狂者（上）　馳　星周

1971年、日本赤軍メンバー吉岡良輝は武装訓練を受けるためにバスクに降りたった。過激派組織〈バスク祖国と自由〉の切り札となった吉岡は首相暗殺テロに身を投じる——。『エウスカディ』改題。

殉狂者（下）　馳　星周

2005年、オリンピック元柔道スペイン代表アイトール吉岡は、死別した父がテロリストだったことを知る。事情を知る母マリアは失踪し、当時を知る者も次々と消されていき……。『エウスカディ』改題。

標的はひとり　新装版　大沢在昌

かつて極秘機関に所属し、国家の指令で標的を消していた男、加瀬。心に傷を抱え組織を離脱した加瀬に来た〝最後〟の依頼は、一級のテロリスト・成毛を殺す事だった。緊張感溢れるハードボイルド・サスペンス。

角川文庫ベストセラー

眠たい奴ら 新装版　大沢在昌

破門寸前の経済やくざ高見は逃げ込んだ温泉街で警察嫌いの刑事月岡と出会う。同じ女に惚れた2人は、政治家、観光業者を巻き込む巨大宗教団体の跡目争いの渦中へ……はぐれ者コンビによる一気読みサスペンス。

冬の保安官 新装版　大沢在昌

ある過去を持ち、今は別荘地の保安管理人をする男。冬の静かな別荘で出会ったのは、拳銃を持った少女だった（表題作）。大沢人気シリーズの登場人物達が夢の共演を果たす「再会の街角」を含む極上の短編集。

らんぼう 新装版　大沢在昌

巨漢のウラと、小柄のイケの刑事コンビは、腕は立つがキレやすく素行不良、やくざのみならず署内でも恐れられている。だが、その傍若無人な捜査が、時に誰かを幸せに……？　笑いと涙の痛快刑事小説！

ジャングルの儀式 新装版　大沢在昌

ハワイから日本へ来た青年・桐生傀の目的は一つ、父を殺した花木達治への復讐。赤いジャガーを操る美女に導かれ花木を見つけた傀は、権力に守られた真の敵を知り、戦いという名のジャングルに身を投じる！

夏からの長い旅 新装版　大沢在昌

充実した仕事、付き合いたての恋人・久邇子との甘い逢瀬……工業デザイナー・木島の平和な日々は、放火事件を皮切りに、何者かによって壊され始めた。一体誰が、なぜ？　全ての鍵は、1枚の写真にあった。

角川文庫ベストセラー

ニッポン泥棒（上）　大沢在昌

失業して妻にも去られた64歳の尾津。ある日訪れた見知らぬ青年から、自分が恐るべき機能を秘めた未来予測ソフトウェアの解錠鍵だと告げられる。陰謀に巻き込まれた尾津は交渉術を駆使して対抗するが——。

ニッポン泥棒（下）　大沢在昌

未来予測ソフトウェア「ヒミコ」の解錠鍵に選ばれたことで、陰謀に巻き込まれた元商社マンの尾津。もう一人の解錠鍵・かおるを見つけ出すが、「ヒミコ」を巡る争奪戦はさらに過熱していき——。

魔物（上）新装版　大沢在昌

麻薬取締官の大塚はロシアマフィアの取引の現場をおさえるが、運び屋のロシア人は重傷を負いながらも警官2名を素手で殺害、逃走する。あり得ない現実に戸惑う大塚。やがてその力の源泉を突き止めるが——。

魔物（下）新装版　大沢在昌

イコンに描かれていた「カシアン」は聖人でありながら、強い憎しみを抱えた人間にとりついて力を与える魔物だという。大塚は命を賭けて真実を突き止めるため、自らの過去の傷と対峙しようと決意する。

悪夢狩り　新装版　大沢在昌

試作段階の生物兵器が過激派環境保護団体に奪取され、その一部がドラッグとして日本の若者に渡ってしまった。フリーの軍事顧問・牧原は、秘密裏に事態を収拾するべく当局に依頼され、調査を開始する。

角川文庫ベストセラー

B・D・T［掟の街］新装版　大沢在昌

不法滞在外国人問題が深刻化する近未来東京。急増する身寄りのない混血児「ホープレス・チャイルド」が犯罪者となり無法地帯となった街で、失踪人を捜す私立探偵ヨヨギ・ケンの前に巨大な敵が立ちはだかる！

影絵の騎士　大沢在昌

ネットワークと呼ばれるテレビ産業が人々の生活を支配する近未来、新東京。私立探偵のヨヨギ・ケンは、ネットワークで横行する「殺人予告」の調査を進めるうち、巨大な陰謀に巻き込まれていく――。

緑の家の女　逢坂　剛

ある女の調査を頼まれた岡坂神策。周辺を探っている最中、女の部屋で不可解な転落事故が！　逢坂剛の大人のサスペンス。「岡坂神策」シリーズ短編集（『ハポン追跡』）が改題され、装い新たに登場！

宝を探す女　逢坂　剛

岡坂神策は、ある晩ひったくりにあった女を助けるが、なぜかその女から幕末埋蔵金探しを持ちかけられる（表題作）。「岡坂神策」シリーズから、5編のサスペンス！『カプグラの悪夢』改題。

十字路に立つ女　逢坂　剛

岡坂の知人の娘に持ち込まれた不審な腎移植手術の話。古書街の強引な地上げ攻勢、過去に起きた婦女暴行殺人犯の脱走。そして美しいスペイン文学研究者との恋。錯綜する謎を追う、岡坂神策シリーズの傑作長編！

角川文庫ベストセラー

熱き血の誇り（上） 逢坂 剛

製薬会社の秘書を勤める麻矢は、偶然会社の秘密を知ってしまう。白い人工血液、謎の新興宗教、追われるカディスの歌手とギタリスト。ばらばらの謎がやがて1つの線で繋がっていく。超エンタテインメント！

熱き血の誇り（下） 逢坂 剛

人工血液の謎を探っていた麻矢は海岸に呼び出されて行方不明に。捜索する友人の女性カメラマン・のぶ代はやがて、ある組織にたどり着く。壮大な仕掛けが1本に繋がり驚愕の結末へ。超エンタテインメント！

燃える地の果てに（上） 逢坂 剛

ギター工房の名手を捜し、スペインのパロマレスを訪ねた日本人の古城。村の沖合では給油中の米軍機2機が空中衝突し、搭載中の核爆弾が行方不明に。実際の事故を基に描かれた迫力のエンタテインメント作品。

燃える地の果てに（下） 逢坂 剛

ギター製作者エル・ビエントを捜しパロマレスにやって来た織部とファラオナ。しかしその消息は知れない。30年前の米軍機事故でスパイ合戦と、織部たちの2つの異なる時間軸がやがて交錯、驚愕のラストへ！

過去 北方謙三

突きささる熱い視線。人波の中に立っていたのは刑事、村尾。四年ぶりの出合いだった……服役中の川口から、会いに来てくれという一通の手紙。だが、急死。川口は何を伝えたかったのか？

角川文庫ベストセラー

二人だけの勲章　北方謙三

三年ぶりの東京。男は死を覚悟で帰ってきた。迎え撃つ親友の刑事。男を待ち続けた女。失ったものの回復に命を張る酒場の経営者。それぞれの決着と信頼を賭けて一発の銃弾が闇を裂く！

さらば、荒野　北方謙三

冬は海からやって来る。静かにそれを見ていたかった。だが、友よ。人生を降りた者にも闘わねばならない時がある。夜、霧雨、酒場。本格ハードボイルド〝ブラディ・ドール〟シリーズ開幕！

碑銘　北方謙三

港町N市市長を巻き込んだ抗争から二年半。生き残った酒場の経営者と支配人、敵側にまわった弁護士の間に、あらたな火種が燃えはじめた。著者会心の〝ブラディ・ドール〟シリーズ第二弾！

肉迫　北方謙三

固い決意を胸に秘め、男は帰ってきた。港町N市——妻を殺された男には、闘うことしか残されていなかった。男の熱い血に引き寄せられていく女、〝ブラディ・ドール〟の男たち。シリーズ第三弾！

秋霜　北方謙三

人生の秋を迎えた画家がめぐり逢った若い女。過去も本名も知らない。何故追われるのかも。だが、男の情熱に女の過去が融けてゆく。〝ブラディ・ドール〟シリーズ第四弾！　再び熱き闘いの幕が開く。

角川文庫ベストセラー

黒銹　北方謙三

獲物を追って、この街にやってきたはずだったのに……殺し屋とピアニスト、危険な色を帯びて男の人生が交差する。ジャズの調べにのせて贈る〝ブラディ・ドール〟シリーズ第五弾！　ビッグ対談付き。

黙約　北方謙三

死ぬために生きてきた男。死んでいった友との黙約。女の激しい情熱につき動かされるようにして、外科医もまた闘いの渦に飛び込んでいく……〝ブラディ・ドール〟シリーズ第六弾。著者インタビュー付き。

残照　北方謙三

消えた女を追って来たこの街で、青年は癌に冒された男と出会う……青年は生きるけじめを求めた。男は生きた証を刻もうとした。己の掟に固執する男の姿を掘りおこす、〝ブラディ・ドール〟シリーズ第七弾。

鳥影　北方謙三

妻の死。息子との再会。男はN市で起きた土地抗争に首を突っ込んでいき喪失してしまったなにかを取り戻そうとする……静寂の底に眠る熱き魂が、再び鬨の声を上げる！〝ブラディ・ドール〟シリーズ第八弾。

聖域　北方謙三

高校教師の西尾は、突然退学した生徒を探しにその街にやって来た。教え子は暴力団に川中を殺すための鉄砲玉として雇われていた……激しく、熱い夏！〝ブラディ・ドール〟シリーズ第九弾。

角川文庫ベストセラー

ふたたびの、荒野　北方謙三

ケンタッキー・バーボンで喉を灼く。だが、心のひりつきまでは消しはしない。張り裂かれるような想いを胸に、川中良一の最後の闘いが始まる。〝ブラディ・ドール〟シリーズ、ついに完結！

軌跡　今野敏

目黒の商店街付近で起きた難解な殺人事件に、大島刑事と湯島刑事、そして心理調査官の島崎が挑む。（「老婆心」より）警察小説からアクション小説まで、文庫未収録作を厳選したオリジナル短編集。

熱波　今野敏

内閣情報調査室の磯貝竜一は、米軍基地の全面撤去を前提にした都市計画が進む沖縄を訪れた。だがある日、磯貝は台湾マフィアに拉致されそうになる。政府と米軍をも巻き込む事態の行く末は？　長篇小説。

鬼龍　今野敏

鬼道衆の末裔として、秘密裏に依頼された「亡者祓い」を請け負う鬼龍浩一。企業で起きた不可解な事件の解決に乗り出すが……恐るべき敵の正体は？　長篇エンターテインメント。

陰陽　鬼龍光一シリーズ　今野敏

若い女性が都内各所で襲われ惨殺される事件が連続して発生。警視庁生活安全部の富野は、殺害現場で謎の男・鬼龍光一と出会う。祓師だという鬼龍に不審を抱く富野。だが、事件は常識では測れないものだった。

角川文庫ベストセラー

憑物
鬼龍光一シリーズ
今野敏

渋谷のクラブで、15人の男女が互いに殺し合う異常な事件が起きた。さらに、同様の事件が続発するが、その現場には必ず六芒星のマークが残されていた……警視庁の富野と祓師の鬼龍が再び事件に挑む。

豹変
鬼龍光一シリーズ
今野敏

世田谷の中学校で、3年生の佐田が同級生の石村を刺す事件が起きた。だが、取り調べで佐田は何かに取り憑かれたような言動をして警察署から忽然と消えてしまった――。異色コンビが活躍する長篇警察小説。

殺人ライセンス
今野敏

高校生が遭遇したオンラインゲーム「殺人ライセンス」。ゲームと同様の事件が現実でも起こった。被害者の名前も同じであり、高校生のキュウは、同級生の父で探偵の男とともに、事件を調べはじめる――。

ブルース
花村萬月

巨大タンカーの中で、ギタリスト村上の友人、崔は死んだ。崔を死に至らしめたのは監視役の徳山のいたぶりだった。それは、同性愛者の徳山の崔への嫉妬であり、村上への愛の形だった。濃密で過剰な物語。

ロック・オブ・モーゼス
花村萬月

高校2年生の朝倉桜は、天才ギタリストである同級生のモーゼに才能を指摘され、ギターを始めることに。その魅力に取り憑かれた桜は、プロミュージシャンになる決意をするが……。心を掻き鳴らす珠玉の青春音楽小説。